Ein psychopathischer Täter, der das Glück der anderen zerstören will: In seinem zwölften Ostfriesenkrimi zeichnet der Nummer-1-Bestsellerautor Klaus-Peter Wolf das Psychogramm einer verwundeten Seele.

Ann Kathrin Klaasen und ihre Auricher Kollegen sind ratlos. Da entführt einer Frauen, stellt aber keine Lösegeldforderungen. Stattdessen schickt er nur ein Paket mit den Kleidungsstücken der Betroffenen an Freunde oder Bekannte. Sind die Frauen wirklich entführt worden, oder wollten sie ein neues Leben beginnen? Fernab von Ehemann, Küche und Kindern? Als eine der entführten Frauen in einem Rapsfeld tot aufgefunden wird, gleich neben einem toten Touristen aus dem Ruhrgebiet, stellen sich plötzlich viele Fragen.

»Ein nervenaufreibender Thriller, der beweist, dass diese Serie noch lange nicht auserzählt ist!« *Till Stoppenhagen / Stephanie Lamprecht, Hamburger Morgenpost zu »Ostfriesentod«*

Klaus-Peter Wolf, 1954 in Gelsenkirchen geboren, lebt als freier Schriftsteller in der ostfriesischen Stadt Norden, im selben Viertel wie seine Kommissarin Ann Kathrin Klaasen. Wie sie ist er nach langen Jahren im Ruhrgebiet, im Westerwald und in Köln, an die Küste gezogen und Wahl-Ostfriese geworden. Seine Bücher und Filme wurden mit zahlreichen Preisen ausgezeichnet. Bislang sind seine Bücher in 24 Sprachen übersetzt und über zehn Millionen Mal verkauft worden. Mehr als 60 seiner Drehbücher wurden verfilmt, darunter viele für »Tatort« und »Polizeiruf 110«. Mit Ann Kathrin Klaasen hat der Autor eine Kultfigur für Ostfriesland erschaffen, mehrere Bände der Serie werden derzeit prominent fürs ZDF verfilmt und begeistern Millionen von Zuschauern.

Weitere Informationen finden Sie auf www.fischerverlage.de

KLAUS-PETER WOLF

Ostfriesen
FLUCH

Der zwölfte Fall
für Ann Kathrin Klaasen

FISCHER Taschenbuch

Originalausgabe

Erschienen bei FISCHER Taschenbuch
Frankfurt am Main, März 2018

© 2018 S. Fischer Verlag GmbH,
Hedderichstr. 114, D-60596 Frankfurt am Main

Satz: Dörlemann Satz, Lemförde
Druck und Bindung: CPI books GmbH, Leck
Printed in Germany
ISBN 978-3-596-03634-9

»Was heißt hier: Aus dem Chaos entsteht eine neue Ordnung? – So ein Quatsch! Meistens entsteht aus Chaos einfach nur noch größeres Chaos.«

Martin Büscher, neuer ostfriesischer Polizeichef

»Ann Kathrin ist egal, wer unter ihr Chef ist.«

Hauptkommissar Rupert

»O Herr, gib mir Geduld, aber bitte sofort!«

Hauptkommissarin Ann Kathrin Klaasen

Luft! Endlich wieder frische Luft!
Sie wusste nicht, wo sie war.
Sie wusste nicht, wie lange er sie schon gefangen hielt.
Aber sie wusste, dass es um ihr Leben ging. Er würde ihr diesen Fluchtversuch niemals verzeihen. Sie kannte sein Gesicht. Er musste sie töten.
Sie lief in die Dunkelheit.
Immer wieder rief er laut ihren Namen: »Angela! Angela!« Als sei sie ein Hund, der zu seinem Herrchen zurückkommen würde.
Es war, als wollte das Universum ihr eine Chance geben. Eine dunkle Wolke verdeckte den Mond.
Der Lichtkegel seiner Taschenlampe suchte das Feld nach ihr ab. Sie ließ sich flach auf den Boden fallen und robbte im Schutz der Grasbüschel vorwärts.
Sie war nackt.
Er vermutete sie offensichtlich weiter rechts. Er leuchtete in das Rapsfeld. Sein Scheinwerfer kreiste über die gelben Blüten und ließ die Pracht golden strahlen.
Mein Gott, dachte sie, der Raps blüht! Es muss Mitte, Ende Mai sein.
Der Tag, an dem er sie geholt hatte, war ein Montag in der ersten Märzwoche gewesen. Es hatte morgens noch geschneit.
Der Lichtkegel kam ihr bedenklich nahe. Seine Nervosität übertrug sich auf den zitternden Strahl der Lampe.
Seine Rufe wurden lauter. Da klang Verbitterung mit, als sei er enttäuscht von ihr.

Jetzt suchte er eine Anhöhe ab. Das musste der Deich sein.
Der Deich! Welch ein Gedanke!

Deich ... Allein schon das Wort schmeckte nach Freiheit. Sicherheit. Touristen.

Sie lief auf das Rapsfeld zu. Etwas Spitzes bohrte sich in ihre Fußsohle. Eine Glasscherbe oder eine scharfkantige Muschel.

Sie unterdrückte einen verräterischen Schrei, am liebsten hätte sie laut um Hilfe gebrüllt. Sie wünschte sich das Blaulicht von Polizeifahrzeugen und Rettungswagen mindestens so sehr wie das Lachen ihrer Kinder.

Sie versuchte, sich mit dem Gedanken aufzubauen, bald schon ihre Kinder wiederzusehen. Sie stolperte weiter. Gebückt erreichte sie das Rapsfeld.

Er scheuchte mit seinem Licht ein paar Schafe auf, die blökend vor Angst auf die andere Deichseite flohen.

Der blühende Raps roch betäubend süßlich. Sie mähte mit ihrem Körper die Stängel nieder. Die Blüten entluden ihre Pollenkörner auf ihren Brüsten.

Der Lichtstrahl bewegte sich jetzt tastend in ihre Richtung.

»Angela! Angela! Willst du das wirklich?!«

Sie ließ sich fallen. Er konnte sie hier unmöglich sehen. Oder hatte sie im Rapsfeld eine zu deutliche Spur hinterlassen? Eine Schneise ...

Hier in Bodennähe gab es unzählige Käfer, Spinnen und Insekten. Sie ließen sich auf sie fallen, krabbelten auf ihr herum und suchten Schutz in ihren Haaren.

Sie konnte nicht mehr sehen, wo er war. Kam er näher, oder bewegte er sich von ihr weg?

Sie lauschte. Da war ein Geräusch von großen Rotorblättern. Nicht weit von ihr mussten Windkraftanlagen stehen.

Der Gedanke, dass sich hoch über ihr Windräder drehten und Strom erzeugten, trieb ihr Tränen in die Augen.

Da war der Deich mit den Schafen. Dort die Windräder.

Sie lag im Rapsfeld. Bei Tag, ohne diesen Irren, war dies bestimmt ein ganz zauberhafter Ort. Ein beliebtes Objekt für Handyfotos: *Wir am Deich!*

Aber jetzt konnte genau dieses Fleckchen Erde für sie zur tödlichen Falle werden.

Sie konnte seinen rasselnden Atem hören.

Er rief: »Wenn du fliehst, hole ich mir deine kleine Tochter! Welche soll ich nehmen? Die Rosa oder die Julia? Willst du das wirklich? Willst du, dass ich mir die kleine Rosa hole?«

»Du mieses Dreckschwein!«

Sie wusste nicht, ob sie es nur gedacht oder laut gerufen hatte. Sie bereute es sofort. Hatte sie sich selbst verraten?

»Was bist du nur für eine Mutter, Angela? Du willst dein Kind opfern? Wofür? Damit du in deine Ehehölle zurückkannst?«

Kam die Stimme näher, oder wurde er nur lauter? Klang da schon Verzweiflung mit?

In Zukunft, dachte sie, werde ich nicht mehr die Gefangene sein. Wir tauschen die Rollen. Du wanderst in den Knast und ich in die Freiheit!

»Ich bin wirklich enttäuscht von dir, Angela! Sehr enttäuscht! Soll ich deiner Tochter sagen, dass ihre Mutter wollte, dass ich sie zu mir hole?«

Sie biss in Blätter, um nicht zu schreien. Sie durfte sich nicht provozieren lassen.

Er will nur, dass du dich verrätst. Er weiß nicht, wo du bist, redete sie sich ein.

Jetzt wurde seine Stimme zu einem verzerrten Singsang, als wolle er jemanden imitieren. Sie hatte keine Ahnung, wen. Wahrscheinlich wusste er es selber nicht. Vielleicht sprach eine andere Person aus ihm. Verrückt genug war er.

»Oh, liebes kleines Rosalein, dein braves Mütterchen hat lieber dich geopfert als deine Schwester. Oder was meinst du? Soll ich besser deine Schwester holen als dich? Möchtest du zurück zu deiner Mama? Was ist das für ein Gefühl, Rosa, dass deine Mutter jetzt Julia ins Bett bringt und nicht dich? Bestimmt werden sie am Wochenende einen Ausflug machen und viel Spaß haben. Aber leider ohne dich, Rosa.«

Er schnappte nach Luft. Heiser rief er: »Ja, du hast recht, Rosa. Ich glaube auch, dass sie Julia immer viel lieber hatten als dich. Du hast doch im Grunde immer nur gestört ...«

Er weiß nicht, wo ich bin. Er weiß es nicht.

Da war ein Rascheln. Sie fuhr herum.

Er packte ihren Fuß und hob ihr linkes Bein an.

»Die Blutspur hat dich verraten, Angela.«

Er schleifte sie ein paar Meter weit durch das Rapsfeld. Die plattgetretenen, umgeknickten Stängel fühlten sich an ihrem Bauch an wie eine Schlange. Ja, es war, als würde sie durch eine Schlangengrube gezogen.

Als sie wieder auf der Wiese angekommen waren, ließ er sie los und sagte fast sanft: »Steh auf. Rabenmutter. Der Ausflug ist beendet.«

Sie erhob sich. Sie traute sich nicht, ihm ins Gesicht zu schauen. Sie blickte auf die Gürtelschnalle an seiner Hose, sah ihn breitbeinig dastehen.

Jetzt war doch sowieso schon alles egal. Sie nahm all ihren Mut zusammen, legte all ihren Hass und alle Verzweiflung in diesen einen Tritt zwischen seine Beine.

Sie traf seine Weichteile, und die lange Taschenlampe fiel zu Boden. Sie lag so, dass sie ihn ausleuchtete wie ein Gespenst in der Geisterbahn.

Er hatte den Mund weit offen. Es war, als würde sich in seinem Körper ein Druck aufbauen, der ausreiche, um seine Augäpfel herauszupressen. Was jetzt? Noch einmal zutreten oder zuschlagen und dann wieder weglaufen?

In der Ferne sah sie ein Auto näher kommen. Zwei gelbe Lichter. Das gab ihr Kraft.

Sie schlug ihn ins Gesicht. Sein Kopf flog in den Nacken.

Ihre Fingerknöchel schmerzten. Sie hatte das Gefühl, sich das Handgelenk gebrochen zu haben. Sie hatte noch nie im Leben jemandem einen Kinnhaken verpasst.

Sie rannte los. Sie hoffte, die Straße zu erreichen und das Auto anhalten zu können. Der Gedanke beflügelte ihre Schritte. Sie lief über die dunkle Weide. Es war nicht schlimm, dass sie die Maulwurfshügel nicht sah. Aber der Stacheldrahtzaun, der eigentlich die Kühe daran hindern sollte, überfahren zu werden, stoppte sie schmerzhaft.

Sie beugte sich vor, bekam Übergewicht und fiel.

Schon war er bei ihr.

Die Rotorblätter der Windanlagen schienen sich jetzt neben ihrem Kopf zu drehen. Da war ein lauter werdendes Brummen in ihren Ohren.

Er stand über ihr und drückte seinen Fuß in ihren Rücken. Er wollte sie auf dem Boden halten, damit sie aus dem vorbeifahrenden Auto nicht gesehen werden konnte. Sie spürte das grobe Profil seiner Outdoorschuhe.

Der Wagen hielt an. Der Fahrer stieg aus. Er war keine fünfzig Meter von ihr entfernt.

»Die Läufe meiner Schrotflinte sind auf deinen Kopf gerichtet, meine Süße. Ein Wort und ich blase dir das Gehirn weg.«

Der ostfriesische Wind pustete die Wolken zur Seite und gab den Mond frei. Es wurde heller. Die Nacht war sternenklar.

Der Fahrer stand am Straßenrand und urinierte ins Feld. Dabei stöhnte er genüsslich. Er blieb länger stehen als nötig. Es rauschte und plätscherte nicht mehr.

Von ihren Halswirbeln ging ein glühender Schmerz aus, so sehr verrenkte sie sich, um den Fahrer wenigstens sehen zu können. Er war der letzte Funken Hoffnung.

Sie stöhnte gequält auf.

Der Mann versuchte, sich eine Zigarette anzuzünden. Er stellte sich dabei nicht sehr geschickt an. Entweder war er betrunken, oder er hatte etwas bemerkt.

»Äi, Sie da!«, rief er. »Wat machen Sie denn da?«

Unverkennbar Ruhrgebietsslang. In ihren Ohren ein zauberhafter Engelsgesang. Ein Tourist. Ein mutiger Tourist!

Aber statt zu seinem Handy zu greifen und die Polizei zu rufen, spielte er lieber den Helden und versuchte, der Frau sofort zu helfen. Vielleicht gab dabei auch die Überlegung den Ausschlag, dass er in Greetsiel zwei halbe Weizen getrunken hatte und seinen Führerschein nicht verlieren wollte. Er dachte darüber nach, ob er nach der Scholle Finkenwerder Art einen Klaren genommen hatte oder zwei – zur Verdauung, versteht sich.

»Was ist denn mit der Frau? Is die nackt?«

Der Druck zwischen ihren Schulterblättern ließ nach. Er hob den Fuß an, mit dem er sie niedergedrückt hatte und stellte sich anders hin. Er ging dem Fahrer entgegen.

»Alles in Butter, Kumpel. Hast du nie Sex im Freien gehabt? Solltest du mal ausprobieren! Die Kleine da steht drauf, aber wir haben es nicht so gerne, wenn jemand zuguckt. Du bist doch kein Spanner, oder?«

Sie raffte sich auf. Sie schwankte. Ihr war schwindlig.

»Passen Sie auf!«, schrie sie. »Er hat ein Gewehr!«

Erneut lief sie einfach los. Hauptsache, weg.

Eine Weile rannte sie am Stacheldraht entlang. Hinter ihr fiel ein Schuss.

Sie blickte sich um. Der Tourist aus dem Ruhrpott brach zusammen.

»Und jetzt zu dir, Zuckerpuppe! Hier gibt es keinen Schutz. Keine Häuser. Keine Bäume. Nur den Deich, die Weide, das Rapsfeld und die Straße, die zu dieser Zeit kaum befahren ist.«

Sie versuchte noch einmal, ins Rapsfeld zu entkommen. Er folgte ihr.

Es schien ihm Spaß zu machen. Er benutzte nicht einmal seine Taschenlampe. Der Himmel war jetzt nachtblau.

Er lud in Ruhe zwei Patronen nach. Kaliber 12. Er legte an und zielte.

Diesmal hatte Weller sich für Ann Kathrins Geburtstag etwas ganz Besonderes ausgedacht. Er wollte den 7.7. – in fünf Wochen – nicht einfach in einem Lokal mit ihr feiern und mit einem Gläschen Sekt anstoßen. Er hatte auch nicht vor, Freunde einzuladen. Nein, dies sollte ein Tag wirklich ganz für sie werden. Nicht für die anderen.

Er wusste, wie viel die Holzschnitte von Horst Dieter Gölzenleuchter ihr bedeuteten. Oft hatte sie die Geschichte erzählt, wie ihr Vater sie zum ersten Mal mit in eine Ausstellung nahm. Wie Gölzenleuchter ihr seine Arbeit erklärte, sie ernst nahm. Obwohl sie noch ein Kind war, schien sie ihm wichtiger zu sein als all diese bedeutenden Erwachsenen, die Sammler und Journalisten. Er hatte sogar aus dem Stegreif Kindergedichte für sie vorgetragen.

Zunächst hatte Weller versucht, einen Gölzenleuchter-Holzschnitt zu kaufen. Ein großformatiges Bild. Aber dann war ihm klargeworden, dass dieser Gölzenleuchter ja noch lebte. Er hatte ihm einen Brief geschrieben. Keine E-Mail, einen richtigen Brief, und damit lag er genau richtig. Gölzenleuchter antwortete mit einem Malerbrief.

Für Weller sah es aus wie Wasserfarbe, wie zufällig aufs Papier getropft und dann verlaufen. Doch wenn er genauer hinsah, erkannte er Figuren.

Ann Kathrin hatte ihm gesagt: »Gölzenleuchter hat mich sehen gelehrt und genau hinzuschauen. Nicht nur die Figur zu sehen auf den Holzschnitten, sondern auch die Struktur im Holz.«

Damit hatte er sie sehr weit gebracht. Selbst heutzutage, wenn sie an einem Tatort stand, begleiteten sie diese Gedanken: genau hinsehen. Erkennen, was es in sich ist, nicht nur die Wirkung sehen, sondern auch die Ursache.

Gölzenleuchter stimmte einem Atelierbesuch zu. Er würde sich Zeit nehmen für Ann Kathrin, ihr seine Arbeit, seine Technik zeigen. An ihrem Geburtstag. Das sollte die Überraschung werden.

Um das Programm perfekt zu machen, hatte Gölzenleuchter vorgeschlagen, am Abend gebe es im Bochumer Kulturrat eine Krimilesung. Ob das nicht eine gute Idee sei. Er wolle sowieso mit seiner Frau Renate dorthin, ob die beiden sich nicht anschließen wollten?

Dafür, dachte Weller, wird sie mich lieben. Ein Besuch bei dem großen Meister und anschließend eine Autorenlesung. Konnte es ein besseres Programm für Ann Kathrin geben?

Diese gemalte Nachricht von Gölzenleuchter, diese getropften Figuren mit den handschriftlichen Bemerkungen, schienen Weller sehr wertvoll. Er wusste nicht, wie er damit umgehen sollte. Das war doch schon der erste Teil des Geschenks. Rollte man so etwas ein und verschenkte es mit einem Schleifchen drumherum, oder gehörte es hinter Glas? Aber auf der einen Seite war das Bild mit ein paar handschriftlichen Zeilen versehen, und auf der anderen Seite stand auch so etwas.

Mein Gott, dachte Weller, wie arm sind wir durch diese ständigen E-Mails geworden? Wer denkt bei einer E-Mail schon darüber nach, sie sich unter Glas an die Wand zu hängen?

Er spürte etwas von der Magie, die von der Arbeit dieses Künstlers ausging, zwischen seinen Fingern. Und er war stolz auf sich, diese Idee gehabt zu haben.

Alles lief gut im Moment. Mit Rupert verstand er sich besser denn je, und mit Ann Kathrin fühlte er sich wie frisch verliebt.

Weller beschloss, den Brief einrahmen zu lassen.

Rupert mutmaßte, dass es Marion Wolters aus der Einsatzzentrale Spaß gemacht hatte, ihn aus dem Bett zu klingeln. Ihre Stimme am frühen Morgen zu hören war ohnehin kein Vergnügen für ihn, und dieser schadenfrohe Ton, mit dem sie gesagt hatte: »Ich hoffe, ich versaue dir jetzt nicht das Wochenende«, wurmte ihn, denn genau das hatte sie getan.

Jetzt war er dafür aber als Erster am Tatort, was ihm eigentlich gefiel, denn sobald die Jungs von der Spusi kamen, gab es Stress. Denen war praktisch jeder Polizist am Tatort nur im Weg, und er konnte kaum eine Bewegung machen, die sie nicht kritisch beäugten oder kommentierten.

Sätze wie: »Du verunreinigst den Tatort« oder »Fass bloß nichts an« konnte er nicht mehr hören. Sobald diese Truppe auftauchte, steckte er seine Hände tief in die Hosentaschen, um ja nichts aus Versehen zu berühren.

Für ihn war der Fall hier eindeutig: Verbrechen aus Eifersucht.

Die nackte tote Frau trug einen Ehering, der vollständig bekleidete tote Mann nicht.

Rupert wollte ihn nicht umdrehen. Dafür würde er sich garantiert einen Anpfiff von der Spusi einhandeln, außerdem wollte er sich die frisch gewaschenen Klamotten nicht versauen. Aber er ging davon aus, dass der Hosenschlitz des Mannes offen war.

Die Tote lag wie aufgebettet da. Die Beine züchtig zusammengeklemmt, die Hände gefaltet. Zwischen den Fingern eine Rose, die fast alle Blätter verloren hatte. Um sie herum einige verstreute wilde Blumen.

An ihrem Bauch und ihren Oberschenkeln längliche Verletzungen wie von Peitschenhieben oder als sei ihr Körper irgendwo entlanggeratscht. Lange, blutunterlaufene Stellen.

Neuerdings gab es einen Schreibdienst, und er hatte ein digitales Diktiergerät bekommen. »Der moderne Kommissar rennt nicht mehr mit Bleistift und Heftchen herum, sondern diktiert seine Eindrücke«, hatte Polizeichef Martin Büscher gesagt. »So guckt ihr nicht in ein kariertes Heft, sondern auf den Tatort und schildert frei, was ihr seht.«

Rupert hatte eine Weile gebraucht, um mit dem Diktiergerät fertig zu werden. Manchmal, wenn er eine unbedachte Bewegung machte, schaltete es sich in seiner Hosentasche ein und nahm auf, was er während der Fahrt sprach. Dann wieder, wenn er es einschalten wollte, weigerte sich das Ding, auch nur einen einzigen Satz von ihm richtig aufzuzeichnen.

Er war voll konzentriert auf sein silbernes Diktiergerät. Er stand bei der Leiche im Rapsfeld und diktierte. Oben auf der Straße kamen die ersten Mitarbeiter der Spurensicherung an. Auch Ann Kathrin Klaasen und Weller stiegen aus ihrem französischen Auto.

Sie sollten ruhig hören, was er zu sagen hatte. Dabei musste er sie nicht mal angucken. Er hatte ja zum Glück dieses Gerät. Es verlieh ihm auf eine merkwürdige Weise Macht, fand er.

»Glasklare Faktenlage. Die beiden haben im Auto rumgemacht. Der Ehemann ist ihnen draufgekommen und hat sie mit vorgehaltener Flinte genötigt auszusteigen. Dann sind sie ihm krummgekommen, und er wollte sich nicht länger verarschen lassen und hat sie beide abgeknallt. Ich wette, er sitzt jetzt zu Hause, flennt und säuft sich einen an. Wir müssen nur herausfinden, wie die Tote heißt und wo sie wohnt. Genau da verhaften wir dann ihren Mann, der sicherlich rasch gestehen wird, weil ihm das alles schrecklich leidtut und er das Luder immer noch liebt.«

Ann Kathrin Klaasen räusperte sich hinter Rupert. Er drehte sich zu ihr um. Sie sah unausgeschlafen aus und auch nicht gerade gutgelaunt, fand Rupert. Er hatte keine Lust, sich jetzt irgendetwas von ihr anzuhören.

Das Diktiergerät gibt mir echt Macht, dachte er und hielt eine Hand hoch, um ihr anzudeuten, dass sie schweigen sollte. Er wollte ihr keine Gelegenheit geben, seinen Gedankenfluss zu unterbrechen.

Aber natürlich hielt Ann Kathrin sich nicht an seine Anweisung, sondern sagte schnippisch: »Gib mir Bescheid, wenn Ruperts Märchenstunde beendet ist, damit wir uns dann dem Fall hier widmen können.«

Am liebsten hätte Rupert ihr den Mund verboten. Er machte eine wegwischende Handbewegung. »Es ist eindeutig ...«

Scharf unterbrach sie ihn: »Eindeutig vollkommen anders. Wenn die im Auto *rumgemacht* hätten, wie du es so schön ausgedrückt hast, wo ist dann die Kleidung der Frau? Sie müsste doch noch im Auto liegen, oder?«

Rupert verzog den Mund und zuckte mit den Schultern. »Die Kleidung, ja, was weiß ich!«

Ann Kathrin konnte Rupert nachdenken sehen. Er fuchtelte mit den Armen in der Luft herum. »Ja, die Kleidung, die ... ich ... äh ... die kann zum Beispiel der Ehemann mitgenommen haben!«

Weller versuchte, den beginnenden Streit zu schlichten. »Das kann man nicht ganz ausschließen ...«

»Warum sollte er das denn getan haben?«, fragte Ann Kathrin.

Rupert antwortete schnell: »Als Trophäe! Wir hatten schon mehrfach Fälle, da ...«

Es nervte Rupert unendlich, dass Ann Kathrin ihn nicht ausreden ließ. Sie tat jedes Mal so, als wisse sie ohnehin, was er sagen wollte.

»Ein Ehemann als Trophäenjäger wäre allerdings neu. Der

hat doch zu Hause die Schränke voll mit Wäsche von seiner Frau, oder?«

Mürrisch brummte Rupert und tischte gleich eine neue Theorie auf: »Wenn es nicht der Ehemann war, dann handelt es sich eindeutig um ein Sexualdelikt. Die haben im Auto geknutscht und gefummelt, ein Spanner hat sie beobachtet, der Mann ist aus dem Auto, um dem Typ was auf die Zwölf zu hauen, dann hat der Spanner ihn erschossen, schließlich die Frau gezwungen, aus dem Auto zu steigen. Der Mistkerl hat sich über die Frau hergemacht und sie dann erschossen, um Zeugen zu beseitigen. Dann hat er ihre Wäsche als Trophäe mitgenommen.«

Zwei Mitarbeiter der Spurensicherung, in weiße Schutzkleidung gehüllt, baten Rupert, Weller und Ann Kathrin, zur Seite zu gehen. Sie verteilten ihre nummerierten Tatort-Schildchen.

»Ich glaube nicht«, sagte Ann Kathrin, »dass es sich um eine Sexualstraftat handelt.«

Rupert grinste: »Klar. Eine nackte Frau, tot im Rapsfeld, wie kann man denn da auf ein Sexualdelikt kommen?!«

Ann Kathrin zeigte auf die weibliche Leiche. »Spanner, wie du sie nennst, Rupert, neigen selten zu Gewalttaten. Sie sind eher Augenmenschen. Brauchen die Entfernung. Sieh dir lieber mal die Leiche genau an. Der Täter hat Blumen gepflückt und auf ihrem Körper verteilt. Wilde Rosen, Klee, Margeriten, Gänseblümchen. Das deutet darauf hin, dass ihm die Tat leidtut. Er hat sich quasi entschuldigt. Ihre Hände sind wie zum Gebet gefaltet. So etwas gibt es immer wieder, wenn Täter eine Beziehung zum Opfer haben ...«

»Na, bitte«, freute Rupert sich, »das spricht dann doch wieder für den Ehemann. Es ist doch meistens der Ehemann! Die Wahrscheinlichkeit, dass eine Frau von ihrem Ehemann getötet wird, ist unendlich viel größer, als dass sie nachts im Park von einem Unbekannten attackiert wird.«

Weller nickte. »Da hast du leider recht.«

Ann Kathrin deutete auf den toten Mann. »Der war ihm egal. Er hat sich keine Mühe gegeben, ihn schöner hinzulegen oder mit Blumen zu bedecken.«

Aus der Hosentasche des Toten ragte ein Portemonnaie, das eigentlich für die Hose viel zu groß war. Darin vierzehn verschiedene Club-, Vorteils-, Mitglieds- und Kreditkarten. Sein Führerschein, sein Ausweis und 482 Euro 15.

Rupert folgerte: »Damit kann ein Raubüberfall ja wohl ausgeschlossen werden.«

Der Tote hieß Bekir-Dieter Yildirim-Neumann. Der Wagen war auf ihn zugelassen, die Papiere lagen im Handschuhfach neben einigen Fotos von Kindern, aber keins von einer Frau.

Eine rasche Überprüfung ergab, dass er Autoschlosser aus Wattenscheid war. Der Vorname kam von seinen beiden Großvätern, der eine war Deutscher, der andere Kurde. Er lebte in der dritten Generation in Deutschland und war vor kurzem zum zweiten Mal geschieden worden.

Vor ein paar Monaten war er bei einer Demonstration in Köln gegen Erdogan verhaftet worden, ansonsten war nichts polizeibekannt. Vorstrafen gab es nicht.

Weller wirkte nachdenklich. Immer wieder ging er gegen den Protest der Spurensicherer zu der weiblichen Leiche und schaute sie sich an.

Es war nicht die merkwürdig aufgebettete Art, in der sie da lag, wie bei einer Beerdigung, nur ohne Sarg drumherum. Nein. Weller betrachtete immer wieder ihr Gesicht.

»Ich kenne diese Frau«, behauptete er. »Verdammt, ich kenne sie, aber ich weiß nicht, woher.«

»Ja, das ist jetzt sehr hilfreich«, grinste Rupert.

Auf dem Deich sammelten sich immer mehr Touristen, die das Schauspiel beobachten wollten. Weller und Rupert halfen ihren Kollegen, rasch ein Zelt aufzubauen, um die Leichen vor Blicken und den Tatort vor Fremdeinflüssen zu schützen.

Mittendrin hielt Weller inne. »Sie hat mich mal beraten«, sagte er und wirkte dabei, als sei er sich völlig sicher. »Es war während meiner Scheidung, als Renate versucht hat, mich so richtig auszupressen. Da habe ich mir anwaltlichen Rat gesucht. Sie arbeitete in einer Kanzlei in Wittmund. Ich dachte erst, sie sei die Sekretärin, aber dann stellte sich heraus, dass sie selbst Rechtsanwältin war. Fachfrau in Scheidungsangelegenheiten. Ich wollte lieber zu ihrem Kollegen, aber die hatten das irgendwie aufgeteilt. Er machte Bau- und Strafrecht ...«

Rupert spottete: »Na, das liegt ja auch nah beieinander.«

»Sie war für Scheidungen zuständig, machte hauptsächlich Familienrecht. Es war noch ein Dritter in der Kanzlei, aber an den erinnere ich mich nicht mehr, den habe ich nie gesehen.«

Ann Kathrin wippte nervös mit dem Fuß auf und ab. »Name? Adresse?«

Weller rang mit den Händen. Es kostete ihn Überwindung, im Beisein der Kollegen mit der Wahrheit herauszurücken: »Ich habe das meiste aus dieser Zeit einfach verdrängt. Ich war nur einmal bei ihr. Ich wollte damals nicht von einer Frau beraten oder vertreten werden.« Er schielte zu Ann Kathrin. »Das war mir irgendwie unangenehm. Ich will nicht direkt sagen, dass ich von Frauen die Nase voll hatte, aber ...«

Ann Kathrin versuchte, ihn wieder zu den Dingen zurückzuführen, um die es jetzt vorrangig ging: »Aber du bist da gewesen. Du weißt also die Adresse. Wir können sofort herausfinden ...«

Weller schlug sich mit der flachen Hand gegen die Stirn: »Röttgen! Sie hieß Röttgen. Andrea oder Alexandra, auf jeden Fall mit A.«

Ann Kathrin atmete aus. »Dann werden wir jetzt nach Wittmund fahren und ihrer Familie die Nachricht überbringen.«

»Eine verheiratete Scheidungsanwältin ist eigentlich ein Witz«, grinste Rupert.

Ann Kathrin wies ihn zurecht: »Dies ist keine gute Situation, um Witze zu machen, Rupert.« Sie erklärte sich bereit, der Familie die traurige Nachricht persönlich zu übermitteln.

Erleichtert lächelte Rupert: »Ja, prima, darum reiße ich mich nicht. Ich kann so etwas nicht gut.«

Weller gab ihm recht: »Stimmt.«

Das Häuschen der Familie Röttgen lag an dem kleinen Flüsschen Harle, nicht weit von Carolinensiel entfernt. Die Harle floss erst noch in eine Schleuse und mündete dann kurz danach in Harlesiel in die Nordsee.

Vom Garten aus war ein kleiner Holzsteg ins Fließgewässer gebaut. Daran befestigt dümpelte ein Paddelboot.

Von der Straße aus konnten Weller und Ann Kathrin eine Hollywoodschaukel erkennen und eine Hundehütte. Darauf flatterte eine Piratenfahne.

»Ein Paradies für Kinder …«, flüsterte Ann Kathrin und hoffte, dass kein Kind ihr öffnen würde. Angela Röttgen hatte, wie sie inzwischen wussten, zwei Töchter: Rosa und Julia, neun und zwölf Jahre alt.

Peter Röttgen öffnete. Vor Ann Kathrin Klaasen und Weller stand ein Mann Anfang fünfzig. Lehrer an der Alexander-von-Humboldt-Schule in Wittmund.

Seit gut drei Wochen war das Wetter fabelhaft in Ostfriesland, doch Herr Röttgen sah aus, als hätte seine Haut keinen Sonnenstrahl abbekommen. Er hatte tiefe, schwarze Ränder unter den Augen, und seine weiße Gesichtshaut wirkte fast durchsichtig auf Ann Kathrin. Sie schimmerte leicht bläulich.

Er war für das Wetter viel zu warm angezogen. Eine Strickweste. Darunter ein Flanellhemd, nicht mal den oberen Knopf offen. Sein Kehlkopf schabte beim Sprechen an dem zu engen Kragen entlang. Sein silbergraues Haar war lange nicht geschnitten worden. Immer wieder warf er mit zuckenden Bewegungen den Kopf zurück, um die Haare aus dem Sichtfeld zu schütteln.

Er trug einen Schnauzbart, dessen Spitzen vom Nikotin gelb waren und die Oberlippe verdeckten.

Sein Blick war traurig, verwirrt.

Ann Kathrin wusste gleich, dass sie es mit einem Mann zu tun hatte, dessen Leben völlig aus dem Ruder gelaufen war. Möglicherweise stand er unter Tabletteneinfluss. Vielleicht war er depressiv. Auf jeden Fall antriebslos, mit schlurfendem Gang.

Er wusste noch nicht, dass seine Frau tot war. Seine Erschütterung war älter. Ann Kathrin war sich sicher, dass er seitdem seine Haare nicht mehr schnitt und sich auch sonst nicht besonders gut pflegte. Er roch säuerlich. Seine Kleidung trug er seit Tagen am Körper. Vielleicht hatte er darin geschlafen.

Er bat die zwei Kripobeamten nicht in die Wohnung. Ann Kathrin vermutete, dass es im Haus nicht besonders sauber und aufgeräumt war. Befürchtete er vielleicht Ärger mit dem Jugendamt?

Weller übernahm die Vorstellung: »Mein Name ist Frank Weller, Hauptkommissar im K1 Aurich-Wittmund, das ist meine Kollegin Ann Kathrin Klaasen.«

»Mordkommission?!« Es war mehr eine Feststellung als eine Frage.

Ann Kathrin gab die Idee auf, Röttgen könne sie hineinbitten, denn er stemmte seinen rechten Fuß an der Tür quer und drückte den geöffneten Spalt ein Stückchen weiter zu, als habe er vor, sie gänzlich auszusperren.

»Es tut mir leid, Ihnen mitteilen zu müssen, dass Ihre Frau heute Morgen tot ...«

Röttgen ließ sie nicht weiterreden, sondern fuhr gleich dazwischen: »Die nackte Tote im Rapsfeld?« Er gab die Türöffnung frei und hielt die Hände wie zum Gebet zur Decke: »Bitte nicht! Bitte nicht die Nackte im Rapsfeld!«

Er stolperte voran ins Wohnzimmer. Ann Kathrin und Weller folgten ihm. Er stützte sich an einem Sideboard auf und dann an einer Sessellehne, als hätte er Angst zu stürzen. Er ließ sich aufs Sofa nieder und stöhnte: »Wie soll ich das meinen Kindern beibringen? Eine Mutter, die die Familie im Stich lässt, ist doch schon schlimm genug! Die Kinder sind traumatisiert. Aber eine nackte Leiche! Geschändet … Nein, das kann ich ihnen nicht zumuten!«

»Sie wurde nicht geschändet«, betonte Ann Kathrin scharf.

Weller sah sich im Zimmer um, während Ann Kathrin mit Herrn Röttgen sprach.

»Was tut diese Frau uns nur an?«, schrie Röttgen.

»Man hat ihr etwas angetan«, stellte Ann Kathrin klar.

»Woher wissen Sie von dem Mord im Rapsfeld?«, fragte Weller.

Peter Röttgen griff sich an den Kopf. »Schalten Sie mal Radio oder Fernsehen ein. Da ist das die Meldung des Tages. Die reden über gar nichts anderes mehr.«

Ann Kathrin überlegte kurz, ob sie ihm das Foto seiner toten Ehefrau zeigen sollte. Dann entschied sie sich spontan dagegen.

»War Ihre Frau religiös? In einer Sekte oder so?«

Röttgen staunte Ann Kathrin mit offenem Mund an. Er brauchte eine Weile für seine Antwort.

»Meine Frau und ich sind evangelisch. Keine eifrigen Kirchgänger, aber auch nicht ausgetreten. Obwohl ich manchmal – besonders in der letzten Zeit – sehr mit Kirche und Gott hadere. Aber … warum fragen Sie mich das?«

Ann Kathrin hielt das Foto weiterhin zurück. »Ihre Frau wurde von hinten erschossen. Der Täter hat sie dann aber wie zu einer Beerdigung oder Leichenschau aufgebahrt. Mit gefalteten Händen, darin eine Rose.«

Röttgen stöhnte. Er schwitzte. Die abgestandene Luft im Raum schien noch stickiger zu werden.

»Ich würde das meinen Kindern gerne ersparen. Solche Bilder kriegen die doch nie wieder aus dem Kopf. Können Sie verhindern, dass solche Fotos veröffentlicht werden? Überhaupt soll das am besten gar nicht kommuniziert werden.«

»Wir werden unser Bestes tun«, versprach Weller, »aber garantieren können wir gar nichts. Die sozialen Medien lassen sich von uns nicht ernsthaft kontrollieren ...«

»Die Presse auch nicht.« Räumte Ann Kathrin ein. »Aber die ostfriesischen Zeitungen halten sich an Regeln und berichten seriös. Was bei bundesweitem Interesse passiert ...« Sie zuckte mit den Schultern. Sie sprach nicht weiter. Sie war froh, ihm das Foto nicht gezeigt zu haben.

Weller fragte, ob er mal ein Fenster öffnen dürfe oder ob sie das Gespräch nicht auf der Terrasse fortsetzen könnten.

Röttgen verstand sofort. Er entschuldigte sich für die Unordnung und nannte sich selbst einen Einsiedlerkrebs.

Der Weg durchs Haus zur Terrasse glich einem Hindernislauf. Die Küchentür stand halb offen. Die Spüle und die Arbeitsplatte waren voll mit benutztem Geschirr, Pizzakartons und aufgehebelten Dosen. Es roch säuerlich nach faulen Essensresten.

Auf der Terrasse mit Blick auf die Harle fühlte Weller sich gleich besser. Im Garten spendeten hohe Schmetterlingsfliedersträucher Schatten, und ein sanfter Nordwestwind erfrischte die Schwitzenden. Zwei Schwäne und eine Entengruppe umkreisten den Steg und das Paddelboot, als seien sie gewöhnt, hier sonst gefüttert zu werden.

»Die Schwäne fressen meinen Mädels aus der Hand«, sagte Röttgen. Auch er wirkte hier draußen freier, ja intelligenter als drinnen.

»Meine Frau«, sagte Röttgen, »hat uns am siebten März verlassen. Keine Erklärung. Keine Nachricht. Nichts. Sie war einfach weg. Natürlich habe ich eine Vermisstenmeldung aufgegeben. Erst haben wir an einen Unfall geglaubt. Dann an eine

Kurzschlusshandlung. Niemand hat sie seitdem gesehen. Wir haben nicht ein einziges Lebenszeichen erhalten. Können Sie sich vorstellen, was das für eine Familie bedeutet? Für Kinder? Freunde? Partner? Arbeitskollegen?« Er schüttelte den Kopf.

Weller und Ann Kathrin setzten sich ungebeten in die bequemen Korbsessel. Dann nahm auch Röttgen Platz. Er bot ihnen nichts zu trinken an, sprach selbst mit trockener Zunge und schluckte immer wieder. Zwischen seinen Worten schnappte er nach Luft, als hätte er vergessen zu atmen und müsse das nun widerwillig tun.

»Die erste Zeit war die schlimmste. All diese Verdächtigungen, Schuldzuweisungen. Mein Schwiegervater, der mich noch nie leiden konnte, glaubt natürlich, ich hätte etwas mit ihrem Verschwinden zu tun und würde die Wahrheit verschweigen.«

»Dieses Haus«, fragte Ann Kathrin, »gehört Ihnen gemeinsam?«

»Nein. Meiner Frau. Sie hat es von ihren Eltern. Die haben auf einem Ehevertrag bestanden. Falls Sie es genau wissen wollen: Ja, ihre Eltern sind nicht unvermögend. Dieses Haus hier und dann noch eins auf Wangerooge.« Er zeigte in die Richtung.

»Haben Sie eine Erklärung für die Geschehnisse?«, wollte Ann Kathrin wissen. Sie fand es wichtig, den Mann reden zu lassen. Hinterher würde sie dann alles sortieren.

Er wirkte, als hätte er ein großes Redebedürfnis. Das war bei den meisten Menschen so. Sogar bei den Tätern. Das Wissen um dieses Geheimnis hatte Ann Kathrin so manchen Ermittlungserfolg beschert.

Er klatschte in die Hände. »Ja. Habe ich. Ich bin doch nicht blöd. Sie hat ein Verhältnis mit ihrem Kollegen Eissing. Das läuft schon lange. Er hat sie damals in die Kanzlei geholt. Das war ein Riesending für sie und eine große Chance für uns. Alles schien ideal. Das Haus hier. Die gutgehende Kanzlei in Wittmund. Ich hatte eine Stelle an der Humboldt-IGS. Das Glück schien komplett. Wir wollten hier nicht weg. Die Kinder waren glücklich. Der Stress begann, als Eissing sich von seiner Ehefrau getrennt hat. Dem reichte die Affäre mit Angela dann vermutlich nicht mehr. Er wollte mehr und hat sie garantiert unter Druck gesetzt, sie sollte mir alles sagen und sich von der Familie trennen.«

Röttgen winkte angewidert ab. Er sprach, als sei das alles Realität, aber Ann Kathrin war sich nicht sicher, ob er über Vermutungen sprach oder über die Wirklichkeit.

Weller hätte zu gern um ein Glas Wasser gebeten, schwieg aber und stellte sich angesiffte Gläser vor, wie er sie im Vorbeigehen in der Küche gesehen hatte.

Er bat, die Toilette benutzen zu dürfen. Es war Herrn Röttgen sichtlich unangenehm. Er erklärte fahrig den Weg dorthin, verbunden mit der Feststellung: »Ich kann im Moment nicht gut Leute um mich haben. Selbst die Putzfrau ist mir zu viel. Ich bin erst mal krankgeschrieben. Reaktive Depression. Dienstuntauglich.«

Er sah Ann Kathrin an und erklärte: »Irgendetwas muss ja auf dem gelben Zettel stehen. Meine Kinder sind die meiste Zeit bei meiner Mutter. Ist auch besser so. Da gibt's jetzt Riesenzoff mit den Schwiegereltern. Die wollen die Kinder zu sich holen. Das wird nun garantiert eskalieren. Der Streit ums Sorgerecht beginnt sofort, wetten?«

»Sie haben als Vater zunächst das Sorgerecht«, stellte Ann Kathrin klar.

Er lachte bitter: »Da kennen Sie meine Schwiegereltern schlecht. Die haben schon mehrfach beim Jugendamt interveniert. Mit denen ist nicht zu spaßen. Die projizieren ihre ganze Wut auf mich. Dabei hat ihre Tochter sie genauso verlassen wie uns alle. Wenn sie angeblich immer so ein gutes Verhältnis zu ihren Eltern hatte, wieso hat sie sich dann nicht wenigstens bei denen gemeldet?« Er sah Ann Kathrin an, als müsse sie die Antwort auf seine rhetorische Frage geben.

Ann Kathrin spielte den Ball sofort zurück: »Was glauben Sie? Warum hat sich Ihre Frau nicht bei ihren Eltern gemeldet?«

Er schwieg eine Weile. Dann kam sein Satz, schneidend wie ein Schwerthieb: »Weil sie verrückt war vor Liebe, die dusslige Kuh!«

»Aber bitte, ich denke, Herr Eissing hat eine Kanzlei in Wittmund. Wenn Ihre Frau bei ihm gewesen wäre, hätten Sie sie doch leicht finden können.«

Röttgen schüttelte die silbernen Haare. »Von wegen! Der feine Herr hat ein Feriendomizil in der Bretagne. Da ist er in jeder freien Minute. Dahin hat er sie mitgenommen. Da haben sie sich in ihrem Liebesnest erst mal so richtig ausgetobt und uns dann völlig vergessen.« Er verstummte. Sein Blick ging ins Nirgendwo. Jetzt wirkte er auf Ann Kathrin wie ein Mann, der sich längst von der Welt verabschiedet hat und nur noch auf eine günstige Gelegenheit wartet, um endgültig zu gehen.

Im Haus betätigte Weller die Spülung.

Zwei Enten watschelten an Land und beäugten Ann Kathrins Füße. Die Schwäne hielten majestätisch Abstand. Sie wirkten irgendwie beleidigt, fand Ann Kathrin.

»Aber der Liebesurlaub kann ja nicht ewig gedauert haben …«, betonte Ann Kathrin, um Röttgen wieder zum Reden zu bringen.

Er guckte versonnen auf den Fluss. »Stimmt. Meine Angela war ja immer so hin und her. Die Ambivalenz in Person. Sie konnte sich nie gut entscheiden. Im Restaurant beim Aussuchen der Speisen, das war ein Albtraum. Bis die weiß, welche Vorspeise sie möchte und ob überhaupt, sind die anderen längst beim Dessert.

Sie hat viele gute Gelegenheiten im Leben verpasst, weil sie zu lange gezögert hat. Das war in diesem Fall garantiert nicht anders. Mal hüh, mal hott. Und aus der Bretagne wollte sie uns bestimmt jeden Tag anrufen und hat dann doch kurz vorher Schiss bekommen. Schließlich hat es zwischen den beiden Krach gegeben. Garantiert!«, rief er überzeugt. »Dann hat er sie verlassen und ist alleine zurück nach Ostfriesland gekommen, in seine schöne Anwaltspraxis. Und meine Angela stand einsam vor dem Nichts und hat Angst gekriegt. Und – das ist typisch für sie – ein schlechtes Gewissen. Sie wusste nicht, wie sie uns die letzten vierzehn Tage erklären sollte und hat dann einfach gekniffen. Ja, verdammt! Aus Angst, zu sich und ihrer idiotischen Tat zu stehen, hat sie dann versucht, irgendwo ein neues Leben ohne uns alle anzufangen. Und jetzt ist sie tot.«

Er schwieg erneut. Er wirkte sehr gefasst, beinahe erleichtert auf Ann Kathrin.

»So erklären Sie sich das alles?«, fragte sie.

»Hm. Ich grüble den ganzen Tag herum und versuche, mir einen Reim auf die Dinge zu machen.«

»Sie suchen einen Sinn?«

»Nein. Ich suche Gründe. Erklärungen. Jeder Mensch versucht doch zu verstehen, was geschieht. Sie hat uns alle im Unklaren gelassen. Das war ein gemeiner, ja bösartiger Akt. Auch wenn sie es nicht so gemeint hat. Es war passiv-aggressiv. Und nun ist die Strafe für sie auf dem Fuß gefolgt. Sie ist tot. Ob Sie es glauben oder nicht, Frau Kommissarin, ich bin fast erleichtert. Wenn wir ein Grab haben, wissen wir wenigstens, wo sie ist.«

»Sie haben also keine Ahnung, wo Ihre Frau die letzten Wochen verbracht hat?«

Röttgen hob die Hände, als würde er in der Luft einen Halt suchen, dann ließ er sie wieder fallen, um anzudeuten, dass er nichts gefunden hatte, woran er sich festhalten konnte.

Ann Kathrin versuchte es erneut: »Gibt es Kontobewegungen? Abbuchungen? Hat sie ihre Kreditkarten benutzt?«

»Nein, Frau Kommissarin. Nichts dergleichen. Keine Ahnung, wie sie an Geld gekommen ist. Vielleicht hatte sie ein Konto, von dem ich nichts weiß ... Ich schließe nichts mehr aus. Alle mir bekannten Konten zeigen seit ihrem Verschwinden jedenfalls keine Bewegung mehr.«

»Ihr Handy? Was ist mit ihrem Handy?

»Tot, seit dem siebten März, 9 Uhr 31. Die letzte SMS ging an unsere Tochter Rosa.« Er zitierte aus dem Kopf: »*Lust auf selbstgemachte Pizza heute Abend?* Rosa kocht gerne. Daraus wurde aber nichts. Dieses Abendessen fand nicht mehr statt.«

Weller kam aus dem Haus. »Wann ist es je Ende Mai so warm gewesen?«, fragte er.

Sie fuhren an einem Baggersee vorbei, und Weller war mulmig zumute. Ann Kathrin ahnte sofort, worum es ging.

»Du musst nicht mit reingehen. Du kannst draußen bleiben, wenn du willst, und ich befrage Harm Eissing alleine.«

Weller schluckte. Er hielt beide Hände fest am Lenkrad, als müsse er sich daran festhalten. »Es ist ja nur wegen ...«

Er sprach es nicht aus, und es war auch nicht nötig.

»Ich weiß«, sagte Ann Kathrin. »Der ganze Scheidungsstress kommt wieder hoch in dir. Du bist blass um die Nase, deine Lippen werden schmal, und mein sonst so gelassener, fröhlicher Frank wirkt völlig verkrampft.«

»Wenn ich mich Wittmund nähere, wird mir schon schlecht. Und diese Anwaltskanzlei wollte ich eigentlich nie wieder im Leben betreten.«

Ann Kathrin versuchte, ihn aufzuheitern: »Wittmund kann nichts dafür, Frank. Die Stadt hat eine ziemliche Lebensqualität. Sie ist dünn besiedelt. Hier hat man Platz.«

»Ich weiß, ich weiß. Aber sobald ich an Wittmund denke,

denke ich auch an ...«, schwer löste er die Linke vom Lenkrad, ballte sie zur Faust und schlug dann dagegen, »denke ich an meine Scheidung und diesen ganzen erbärmlichen Psychokrieg. Wenn deine Frau die ganze Zeit mit anderen rummacht, fühlst du dich wirklich wie der letzte Versager. Manchmal, wenn mich auf der Straße, oder schlimmer noch, beim Verhör einer blöd angegrinst hat, so als wisse er etwas, das ich nicht weiß, und fühlt sich mir deswegen überlegen, dann hätte ich ihm am liebsten eine reingesemmelt, weil ich dachte, der hatte bestimmt auch was mit deiner Frau, und jetzt grinst der dich frech an, weil du Blödmann mal wieder keine Ahnung hattest.«

»Einigen hast du auch eine reingesemmelt«, stellte Ann Kathrin klar.

Weller brummte. »Ja. Zu Recht ...«

»Aber du hast in Wittmund auch tolle Sachen erlebt, Frank.«

»So? Was denn?«

»Weißt du noch, als wir den Skulpturengarten hier besucht haben? Ein Regenguss hatte die Leute vertrieben, und im Schutz der Kunstwerke haben wir uns geküsst und ...«

Noch einmal löste Weller eine Hand vom Lenkrad und kratzte sich am Hals. »Ja, und ich hätte dir beinahe einen Heiratsantrag gemacht. Oh, ich wollte das so gerne! Ich dachte, toller geht's doch nicht, hier, zwischen den Kunstwerken. Ich weiß doch, wie du auf so was stehst. Aber dann ... dann habe ich wieder an Renate gedacht und wie schief das alles gelaufen ist und dass ich ein beziehungsunfähiger Versager bin. Ja, genau so hat sie mich genannt! Und ich hatte Angst, dass alles auch mit dir wieder in einer Katastrophe endet und dann ...«

Sie legte ihre linke Hand auf seinen rechten Unterarm, um ihn zu beruhigen. Er fuhr inzwischen sechsundachtzig Stundenkilometer, fünfzig waren hier nur erlaubt. Es war, als würde er versuchen, vor etwas zu fliehen, und müsse deswegen Gas geben.

»Jetzt sind wir aber schon ein paar Jahre verheiratet, Frank.«

»Ja«, stöhnte er, »weil du mir den Heiratsantrag gemacht hast. Ich hätte es nie hingekriegt. Damals im Uplengener Moor ...«

»Jedenfalls sind wir jetzt verheiratet. Und wenn vielleicht auch nicht alles so rundläuft wie in den Kitschromanen und nicht jedes Mal Geigen erklingen, wenn wir uns anschauen, so musst du dir wenigstens keine Sorgen machen, dass deine Frau ständig mit anderen Typen ins Bett steigt. Das ist echt so gar nicht mein Ding, obwohl ich es schön fände, wenn wir uns mal wieder ein bisschen mehr Zeit füreinander nehmen würden ...«

Er sah sie erschrocken an und achtete überhaupt nicht mehr auf die Fahrbahn.

»Frank!«, ermahnte sie ihn. »Soll ich vielleicht besser fahren?«

»Nein, nein, schon gut. Es war nur gerade so, als hätte mich dieser Röttgen zurück in vergangene Zeiten katapultiert. Irgendwie ahne ich, wie der sich fühlt. Meine Renate war damals auch manchmal nachts verschwunden. Aber ich habe keine Vermisstenmeldungen aufgegeben. Ich habe mich nur geärgert und geniert ...«

Weller parkte direkt vor der Anwaltskanzlei, zwischen einem weißen Mercedes und einem schwarzen Porsche Targa. Die Sonne ließ die Autos glänzen.

Ann Kathrin sah lieber zu den Klinkerhäusern. Viele Gebäude hatten hier dunkle rötlichbraune Klinker. In Norden, wo Ann Kathrin wohnte, waren hellere Backsteine beliebter.

Weller stand vor dem Auto, hob die Arme, reckte sich und bog seinen Rücken durch, als hätte er eine stundenlange Fahrt hinter sich.

»Ich geh alleine rein«, sagte Ann Kathrin.

Weller nickte, schüttelte dann aber den Kopf. »Ach was, ich gehe mit. Mir geht es schon wieder gut. Ich bin hier einfach nur schon zu weit vom Meer entfernt.«

Sie lachte. »Frank, wir sind hier keine zehn Kilometer vom ...«

»Eben. Sag ich doch. Viel zu weit weg vom Meer. Mir wird dann immer gleich ganz eng.«

Er griff mit beiden Händen in den Kragen, als hätte er Angst, das Hemd könne sich um seinen Hals zuziehen und ihn würgen. Er reckte den Kopf nach oben. »So. Komm rein, bringen wir es hinter uns.«

Harm Eissing hatte hinter seinem Schreibtisch eine ganze Wand mit Gesetzestexten. Dicke, prachtvolle, in Leder gebundene Bücher, aber auch Ringbuchsammlungen. Er schlug nie darin nach, das alles war im Internet viel besser zugänglich. Da konnte er sich Textbausteine holen und daraus seine Briefe zusammensetzen. Aber den Klienten gegenüber eröffnete so eine Wand den Eindruck von Wissen und Seriosität. Es waren sozusagen die Insignien der Macht, wie ein Doktortitel und geprägtes Briefpapier auf Bütten, obwohl praktisch der gesamte Schriftverkehr per E-Mail abgewickelt wurde.

Ganz anders als in Peter Röttgens Haus war hier alles an seinem Platz. Fast ein bisschen zu sauber und aufgeräumt, so dass die Räume ungenutzt, ja wie Ausstellungsflächen wirkten, bevor die ersten Besucher da waren.

Trotzdem roch es nach nassem Tierfell. Den Schäferhund, der halb hinter, halb unter dem Schreibtisch lag, sah Weller zunächst nicht und erschreckte sich dann, als das Tier sich plötzlich aufrichtete.

Weller fühlte sich so unwohl, dass er in der Nähe der Tür stehen blieb, als müsse er jederzeit für Ann Kathrins Rückzugsmöglichkeit sorgen.

Dr. Harm Eissing sah aus wie das Gegenteil von Peter Röttgen.

Er war sehr korrekt gekleidet, für Ann Kathrins Geschmack sogar ein bisschen too much. Blütenweißes Hemd mit gestärktem Haifischkragen, akkurat gebundene Krawatte mit doppeltem Windsor-Knoten, darauf feine goldene Ankerhaken. Ein sanfter Hinweis darauf, dass er Segler war.

Sein Boot lag in Greetsiel, wie ein großes Foto an der Wand unschwer erkennen ließ.

Kaum hatte Ann Kathrin den Grund ihres Kommens genannt, wirkte Dr. Eissing mehr erleichtert als erschrocken. Er war fünfzehn, möglicherweise zwanzig Jahre älter als Röttgen, schien ihm aber an Fitness weit überlegen zu sein. Im Gesicht und an den Händen diese typische Segelbräune, wirkte er drahtig, sportlich, durchtrainiert. Kein Gramm Fett zu viel.

Der Haarschnitt kurz. Vermutlich ging er jede Woche einmal zum Friseur. Dominantes Kinn, scharfe Gesichtskonturen. Glattrasiert.

Er trug eine goldene Rolex, die zur Hälfte unter seiner Manschette hervorlugte und, was Ann Kathrin schon lange nicht mehr gesehen hatte, ein Mann, der Manschettenknöpfe trug, farblich genau abgestimmt auf die Uhr. Und wenn die Rolex da eine Fälschung war, dann war es eine gute.

Wenn Angela Röttgen sich in diesen Mann verliebt hatte, so bekam Ann Kathrin jetzt ein Bild von ihr.

Mochte sie dieses Dominante an ihm? Oder verbarg sich hinter dieser sauberen und glatten Fassade etwas ganz anderes?

»Sie können sich nicht vorstellen«, sagte er, »was das bedeutet, wenn so ein Mensch einfach verschwindet. Von heute auf morgen. Ohne jede Erklärung und ohne dass Sie eine Ahnung haben, ob dieser Mensch jemals wiederkommen wird und wenn ja, wann.«

»Nein«, sagte Weller von der Wand aus, »das können wir in der Tat nicht. Wie war es denn für Sie?«

Dr. Eissing lehnte sich in seinem hochmodern geformten Lederchefsessel zurück. Der Sessel ging mit jeder Bewegung mit, woraus Weller folgerte, dass er vor sich einen Mann sitzen hatte, für den das Problem Rückenschmerzen trotz allen Sports kein Fremdwort war. Er versuchte, sich mit ergodynamischen Möbelstücken Erleichterung zu verschaffen.

Eissing atmete aus. Obwohl Weller gefragt hatte, sah er Ann Kathrin, die ihm gegenüber auf einem bequemen Besucherstuhl saß, bei seiner Antwort an. Er zeigte mit der Hand zur Wand. »Da nebenan hat sie ihr Büro. Sie hat Kunden. Sie gehört zu meiner Kanzlei. Die kommen. Die stellen Fragen. Gerichtliche Geschichten haben immer mit Terminen zu tun. Wenn man die nicht wahrnimmt, dann ...«

Er winkte ab, als hätte er keine Lust, noch mehr zu erklären und als sei es auch nicht nötig. Dann fuhr er fort: »Wir teilen uns eine Sekretärin. Die stellt natürlich auch Fragen. Ich habe eine ganze Weile doppelt so viel gearbeitet, versucht, ihre Fälle mit zu übernehmen. Die Leute wollen aber Erklärungen, fragen sich, was das soll. Außerdem bin ich kein Fachmann für Familienrecht. Plötzlich habe ich es mit diesem ganzen Scheidungsmist zu tun, und das ist genau das, was ich nie wollte. Deswegen führe ich diese Kanzlei ja nicht alleine. Heutzutage ist alles sehr spezialisiert, und mit so viel Wut muss man erst mal umgehen können. Dauernd sitzen heulende Frauen vor mir, die von ihren Männern fertiggemacht wurden, dann kommen wieder welche, die nur voller Wut und Hass sind und von mir erwarten, dass ich einen Rachefeldzug führe. Da ist mir Baurecht lieber! Wenn Sie Ärger mit einem Architekten haben, dann können wir Gutachter bestellen und ...« Wieder winkte er ab, wirkte aber, als wolle er gleich weitersprechen.

Ann Kathrin und Weller sahen ihn nur an.

»Wir hängen jetzt praktisch seit Anfang März durch. Gleichzeitig laufen ja die Kosten weiter. Jetzt kann ich wenigstens eine neue Kollegin einstellen. Oder ihr eine Partnerschaft anbieten.

Jetzt kann ich Lösungen finden. Ich hätte mich das doch vorher nicht getraut.«

Seine Gesichtszüge fuhren gegeneinander. Er machte, wenn auch nur für Sekunden, einen verzweifelten Eindruck.

»Wenn ich einfach eine Vertretung hierhergeholt hätte«, er wehrte ab, »wobei das so einfach gar nicht ist, wäre ich mir vorgekommen, als hätte ich sie für tot erklären lassen, verstehen Sie? Wer will das denn tun? Irgendwann muss man doch sagen, so, jetzt ist es vorbei, wir machen ohne diesen Menschen weiter. Aber das ist ein verdammt schwerer Schritt. Keiner will den als Erster gehen. Der Ehemann hat ja im Grunde auch nichts getan, der hat sich in sein Schneckenhaus zurückgezogen und den Dingen ihren Lauf gelassen. Das ist so ein – verzeihen Sie den Ausdruck – Schluffi. Jedenfalls keine Kämpfernatur!«

Ann Kathrin fragte frei heraus: »Hatten Sie ein Verhältnis mit Angela Röttgen?«

Er sah sie mit breitem Grinsen an.

»Ihr Lächeln ist keine Antwort.«

Eissing fragte: »Hat Ihnen das ihr Mann erzählt?«

»Ich habe Sie gefragt.«

Er rollte mit den Augen. »Seit ich von meiner Frau getrennt bin – in der Scheidung hat mich übrigens Angela vertreten –, habe ich den Ruf, alle Frauen flachzulegen, die bei drei nicht auf dem Baum sind. Entschuldigen Sie den Ausdruck, Frau Kommissarin.«

Ann Kathrin ließ sich nicht ablenken. »Ich habe Ihnen eine konkrete Frage gestellt. Ich wäre Ihnen dankbar, wenn Sie sie konkret beantworten würden. Hatten Sie ein Verhältnis mit Angela Röttgen?«

»Selbst wenn dem so wäre, ist das ja kaum eine strafbare Handlung. Aber um es Ihnen ganz konkret zu sagen – nein, das hatte ich nicht. Weder mit ihr noch mit meiner Schreibkraft, die, wie Sie vielleicht schon bemerkt haben, äußerst attraktiv ist. Auch mit ihr dichtet man mir ständig etwas an. Aber ich trenne Privates und Berufliches sehr strikt. Glauben Sie mir«, jetzt sah er zu Weller und zeigte mit dem Finger auf ihn, »das ist ein kluges Prinzip. Ich genieße mein Leben als Junggeselle im Moment sehr. Ich habe ein Segelboot und ...«

Weller fragte sich, ob Harm Eissing wusste, dass er und Ann Kathrin ein Paar waren und ob sich seine Anspielung darauf bezog. Weller ärgerte sich darüber, dass er im Moment so empfindlich war. Vor ihm saß doch nur ein Zeuge, möglicherweise ein Verdächtiger. Was der über ihn dachte, konnte ihm doch völlig egal sein. Es kam darauf an, was er, Frank Weller, über Harm Eissing dachte, nicht umgekehrt.

Ann Kathrin stellte die Frage wie einen Vorwurf: »Sie haben eine Ferienwohnung in der Bretagne?«

Eissings Blick veränderte sich sofort. Er bekam etwas Schwärmerisches.

»Keine Ferienwohnung. Ein Haus. Pouldu, direkt am Atlantik, bei Port Belon – daher kommen die berühmten Austern. Ein wunderschönes Gebäude aus dem 19. Jahrhundert. Ein riesiger, offener Kamin mit Blick aufs Meer. Sie können abends hinter sich das Feuer knistern hören und vor sich diese gewaltigen Wellen, diese Gischt. Das ist noch mal ganz anders als hier in Ostfriesland.«

Weller zeigte auf ein Foto, das gegenüber von dem Segelschiff hing. »Das da?«

Eissing schwellte stolz die Brust.

»Und? Hat Angela Röttgen Ihr Haus dort gefallen?«

Er grinste. »Netter Versuch. Sie wollen mich reinlegen, was? Aber mit so plumpen Tricks scheitern Sie doch bei jedem, der seinen Hauptschulabschluss nachgemacht hat, oder?«

Ann Kathrin hielt seinem Blick stand und ließ sich nicht provozieren.

»Sie ist nie dort gewesen. Ich habe sie auch nicht dorthin

eingeladen. Wie gesagt, Berufliches und Privates trenne ich. Wie Sie sehen, ein cleverer Schachzug.«

Wieder zeigte er auf Weller, und es kam Weller vor, als würde dieser Mann ihm vorschlagen, er solle entweder bei der Kripo kündigen oder sich von Ann Kathrin scheiden lassen.

Weller spürte, dass er sauer auf den Mann wurde und Lust hatte, Streit mit ihm anzufangen. Ann Kathrin wäre damit sicherlich nicht einverstanden, weil es diese Befragung empfindlich stören würde. Also schwieg Weller und aaste mit den Zähnen die Innenseite seiner Wangen ab. Das hatte er als Kind manchmal gemacht, wenn er vor seinem tobenden Vater stand und gar nicht weiterwusste.

Er wollte jetzt nicht in dieses Verhalten zurückfallen. Er stoppte es sehr bewusst und glättete mit der Zunge die Stelle von innen.

Der Schäferhund beschnüffelte Ann Kathrins Knie. Sie streichelte ihn. Er ließ sich gern von ihr hinterm Ohr kraulen. Sie schaute Eissing ins Gesicht. »Wo waren Sie, als Frau Röttgen verschwand?«

Eissing antwortete, ohne nachzudenken: »Am Morgen des siebten März war ich in ebendiesem schönen Haus in der Bretagne. Ich hatte vor, bis zum Ende des Monats zu bleiben. Der März am Atlantik. Ein Traum, sage ich Ihnen!«

»Gibt es dafür Zeugen?«

Er lehnte sich zurück und lachte. »Na klar. Der Bäcker. Der Wirt in meinem Stammlokal. Der Weinhändler. Ich kann Ihnen gerne eine Liste machen. Die bestätigen Ihnen sofort, dass ich ... Warten Sie ... Ich bin am dritten März hingefahren ...«

»Waren Sie alleine dort?«

Er verschränkte die Arme vor der Brust. »Der Gentleman genießt und schweigt.«

»Wir sind hier nicht in einem B-Movie«, giftete Ann Kathrin Klaasen.

Er stützte jetzt die Hände auf den Schreibtisch auf und beugte sich weit vor: »Gute Frau Kommissarin. Ich habe einen anstrengenden, aufreibenden Job. Ich mache den nicht aus Leidenschaft und auch nicht aus Menschenfreundlichkeit. Ich will die Welt nicht verbessern. Ich will dieses Land nicht retten. Ich will einfach nur noch eine schöne Zeit haben und mein Auskommen genießen. Verstehen Sie das? Ich bin gerne ein wenig alleine. Ich fische, schaue aufs Meer, trinke Rotwein, und ich liebe Austern. Glauben Sie mir, eine bessere Ecke, um diesen Hobbys zu frönen, gibt es kaum. Und ja, ich hatte dort weiblichen Besuch. So ein Ferienhaus ist sehr attraktiv, und ich wirke auch nicht gerade abschreckend aufs weibliche Geschlecht, wie Sie ja vermutlich schon selbst festgestellt haben.«

Weller begriff, dass er einen Typen vor sich hatte, den Rupert gerne in die Kategorie »eitler Fatzke« einordnete.

Je schöner der Pfau sein Rad schlägt, umso besser kann man sein Arschloch sehen, dachte Weller. Er registrierte, dass er den professionellen Blick verlor. Er hätte es gut gefunden, wenn sie noch heute in der Lage gewesen wären, Harm Eissing als Mörder zu überführen. Nur zu gern hätte er ihn jetzt mitgenommen und über dem Feuer gegrillt.

»Die Dame, die mich besucht hat«, fuhr Eissing großspurig fort, »ist selbstverständlich bereits volljährig, und deshalb dürfte es Sie nicht interessieren, was wir dort miteinander gemacht haben. Wer mit wem schläft, sage ich immer gern, das geht keinen etwas an. Sie ist verheiratet und hat Kinder und denkt nicht im Traum daran, ihren Mann zu verlassen.

Sehen Sie, genau das macht diese Frau für mich so attraktiv. Wir können ein bisschen Spaß miteinander haben, und das war's. Ich muss noch nicht mal, wenn sie Geburtstag hat, mit einem Strauß Blumen erscheinen, denn dann würde ja ihr Mann Verdacht schöpfen. Ist es nicht schön, für alles in der Welt gibt es eine Lösung. Ich werde mich nie wieder auf eine tiefere Bindung einlassen. Aber ich will ein bisschen Spaß haben. Sie ist eine wunderbare Frau. Ich werde Ihnen ihren Namen nicht verraten, denn ich will ihr Glück nicht zerstören. Warum auch?

Ich bin nicht bis Ende März geblieben, wie Sie sich denken können, denn wir können es uns nicht leisten, hier gleichzeitig Urlaub zu machen. Angela war ja meine Vertretung und ich ihre, wenn Sie so wollen. Ein paar Tage geschah hier gar nichts. Sie können sich ja mal mit meiner Sekretärin unterhalten, was das für die bedeutet hat. Wie lange sie hinter Angela her telefoniert hat. Dann musste ich schließlich zurück. Es standen ein paar Terminsachen an. Scheidungsfälle, in die ich mich nicht eingearbeitet hatte. Und, glauben Sie mir, das Ganze steht mir bis hier!«

Er zeigte mit der Handfläche auf seine Unterlippe.

»Ich bin sauwütend auf Angela. Man soll ja nicht schlecht über Tote reden, aber ich habe mich wirklich von ihr hängengelassen gefühlt.«

Ann Kathrin strich ihre Kleidung glatt. In Eissings Gegenwart kam sie sich irgendwie schmuddelig angezogen vor. »Können Sie sich vorstellen, wo sie war? Haben Sie irgendeine Vermutung, was mit ihr geschehen ist? Wissen Sie, ob sie ein Verhältnis hatte? Mit einem anderen Mann? Es wäre denkbar, dass sie ...«

»Wir sind ein-, zweimal privat zusammen essen gegangen. Hier in aller Öffentlichkeit. Ihr Mann ist schrecklich eifersüchtig. Wahrscheinlich steckt er voller Minderwertigkeitskomplexe. Ich weiß wenig über ihr Privatleben. Von irgendwelchen Affären weiß ich gar nichts. Ich hatte von ihr eher den Eindruck, dass sie eine ganz traditionelle Ehe führte und damit auch recht glücklich war.«

Ann Kathrin stand auf. Im Hinausgehen fragte sie: »Haben Sie das Ferienhaus mal an Frau Röttgen vermietet? War sie vielleicht mit ihrer Familie dort?«

Er schüttelte den Kopf. »Ich vermiete nicht. Das ist mein Refugium. Ich muss damit kein Geld verdienen. Es ist nur für mich da. Ich würde den Gedanken nicht ertragen, dass sich andere Leute in meinen Betten wälzen, aus meinen Gläsern trinken und sich mit Weinen aus meinem Keller eine Bowle machen.«

Eissing stand nun ebenfalls auf und begleitete die beiden zur Tür. Ann Kathrin gab ihm die Hand und verabschiedete sich, Weller nicht.

Unten vor dem Wagen sagte Weller: »Ich weiß ja nicht, wie es dir geht, aber ich mag den Typen nicht.«

Ann Kathrin lächelte süffisant. »Gut, dass du es sagst. Wäre mir sonst gar nicht aufgefallen, so freundlich, wie du ihm gegenübergetreten bist ...«

Im Auto fragte Weller: »Glaubst du ihm?«

»Glauben? Wir sind doch hier nicht in der Kirche. Wir werden seine Angaben überprüfen.«

»Ja, eine Dienstreise in die Bretagne, das ist genau Ruperts Ding. Der wird vor Freude quieken«, orakelte Weller.

»Das wird nicht nötig werden. Unser werter Kollege, Kommissar Georges Dupin vom Commissariat de Police Concarneau, wird uns sicherlich gern behilflich sein. Wenn Angela Röttgen nie in dem Haus war, wird es dort von ihr auch keine DNA-Spuren geben.«

Weller freute sich: »Und wenn sie doch welche finden, gerät Eissing in Erklärungsschwierigkeiten.« Er rieb sich die Hände.

Er war unzufrieden mit sich. Es war so ziemlich alles schiefgelaufen. Er hatte Angela eine Schrotladung verpasst und diesem blöden Typen aus dem Ruhrgebiet ebenfalls.

Sie hatte alles kaputtgemacht! Alles!

Wie stand er jetzt da? Er fühlte sich hereingelegt. Betrogen. Dieser Vorfall hatte seine Sammlung zerstört. Seine Planung durcheinandergebracht.

Er kam sich vor wie ein Versager. Er hatte alles so schön geplant. Und jetzt das!

Einen Moment lang war er so wütend gewesen, dass er kurz davor war, auch Maike zu erschießen, um das ganze Experiment abzubrechen. Die Versuchsanordnung war gestört worden.

Maike lebte noch. Sie fragte sogar, wo denn die andere sei. Sie sagte nie Angela. Sie sagte immer *die andere*.

Ich werde nicht aufgeben, dachte er. Jetzt erst recht nicht. Ich werde mir eine neue holen. Sofort.

Er hatte noch einige Kandidatinnen auf der Liste. Alleine drei aus Norden und Norddeich. Zwei aus Aurich. Eine aus Wiesmoor. Und dann eine lange Liste aus dem Ruhrgebiet. Aber das war ihm zu weit. Sie mussten schon hier hoch kommen. Zu ihm. In sein Spinnennetz.

Er entschied sich, es dem Zufall zu überlassen. In Norden in der Fußgängerzone wurde heute ein Piratenfest gefeiert.

Wahrscheinlich wollt ihr Touristen anlocken, dachte er. Aber er liebte diese Feste in der Norder Innenstadt. Piraten-, Wein-, Bierfeste. Er war gern trinkfest und sangesfreudig mit dabei.

Wenn ich es dem Zufall überlasse, hat es etwas Göttliches, dachte er. Ich nehme die, die das Schicksal mir in die Hände spielt. Natürlich nur eine von der Liste. Denn sie musste alle Voraussetzungen erfüllen.

Wenn eine von denen beim Piratenfest auftaucht, so werde ich diesen Wink des Himmels verstehen. Dann ist sie auserkoren.

Er sah auf die Uhr. Zwanzig Uhr. Tagesschauzeit in Deutschland. Die Ersten würden in der Osterstraße bereits an den Würstchenbuden und Bierständen herumlungern.

Er freute sich. Er kam sich vor wie ein Wolf, der sich langsam und zielsicher einer Schafherde näherte, um eins von ihnen zu reißen.

Diese Grillwürstchen waren so gut, dass Rupert mühelos ein drittes verspeiste. Er bestellte es mit viel Senf. Wenn sich die Frau aus der Imbissbude zu ihm vorbeugte und sich ihr fettbespritzter Kittel tief auswölbte, wusste Rupert nicht mehr, wen er lieber vernascht hätte: die junge Aushilfskraft oder dieses Grillwürstchen.

Der Tag lief bis jetzt prima für ihn. Seine Beate war mit ihren esoterischen Freunden zu einem Reiki-Wochenende gefahren. Rupert nannte das »Streichelseminar«. Der gewaltige Frauenüberschuss dabei reizte ihn zwar in gewisser Weise, aber er passte besser auf ein Piratenfest als in ein Reiki-Seminar, fand er.

Er war mit dem Fahrrad gekommen, denn angeblich wurden hier heute zweiundzwanzig verschiedene Biersorten ausgeschenkt, und er hatte nicht vor, eine davon auszulassen.

Neben ihm stand der Maurer Peter Grendel und wunderte sich darüber, dass ein Biobier so gut schmeckte ...

Peter Grendel hatte durch eine Krimiserie im Fernsehen, in der er vorkam, geradezu Popstarstatus in Ostfriesland erreicht. Einige Touristinnen umschwärmten ihn und wollten Selfies mit ihm machen. Ein bisschen neidisch sah Rupert zu.

Was hat der, was ich nicht habe, dachte er. Bloß weil er als echter Ostfriese in einer Krimiserie vorkommt, schmeißen sich die Mädels an ihn ran und wollen Fotos mit ihm machen. Ich habe ein paar echte Verbrecher gefangen, aber für mich interessiert sich keine ...

Peter Grendel war mit seiner Frau da, der das offensichtlich gar nichts ausmachte und die sogar ein paar Fotos mit den Apparaten der Touristinnen knipste. So kamen wenigstens alle mit drauf, die sich mit ihrem Mann fotografieren lassen wollten.

Eine blonde Touristin aus Dortmund, mit Sonnenbrand auf der Nase, die keine fünfzig Kilo wog, aber Currywurst mit Pommes aß und dazu Bier trank, interessierte Rupert besonders. Eine so Schmalhüftige hatte er lange nicht mehr im Bett gehabt.

Obwohl, wenn ich darauf aus bin, dachte er, sollte ich es mit dem Bier langsam angehen lassen.

Ihre Freundin aus Bochum, die doppelt so schwer war und mit tiefer, männlicher Stimme sprach, trug ein hellblaues T-Shirt mit der Aufschrift: *Ich brauche keine Therapie, ich muss nur ans Meer.*

Ihre Lache gefiel Rupert. Er mochte fröhliche Frauen.

»Herr Grendel«, sagte sie, »Sie wohnen doch hier und haben das den ganzen Tag.«

»Ja«, lachte Peter, »wir wohnen da, wo andere Urlaub machen. Schönes Gefühl!«

»Aber wissen Sie, im ersten Moment war ich wirklich enttäuscht. Wir kamen hier an, haben unseren Wohnwagen hinten beim Ocean Wave abgestellt und sind dann sofort die Straße runter, den Deich hoch, ans Meer. Ich suchte die Einsamkeit im Weltnaturerbe.« Sie machte große Gesten, während sie sprach, als müsse sie den Anwesenden die Landschaft mit den Händen in die Luft malen. »Aber als wir auf dem Deich standen, da waren so viele Touristen da – ich weiß, das klingt ja komisch, wir sind ja selber Touristen –, ich wäre am liebsten wieder abgehauen. Sie kennen doch hier bestimmt auch ruhige, einsame Stellen. Wo gehen Sie denn mit Ihrer Frau hin, wenn Sie die Einsamkeit suchen? Die Stille?«

Peter Grendel nippte an seinem Bier. Das Glas verschwand in seiner großen Maurerhand. Er stellte das Glas auf die Theke. »Mach mir gleich noch eins, Michael.«

Die Antwort war knapp: »Schon fertig.«

Verschmitzt grinsend antwortete Peter: »Nun, junge Frau, wenn Sie wirklich die Einsamkeit suchen, dann kann ich Ihnen nur empfehlen, zum Baumarkt zu fahren und da zum Informationsschalter zu gehen.«

Die Mädels um ihn herum kreischten, und auch seine Frau Rita gluckste vor Freude.

Er fühlte sich als Jäger. Er stand ganz nah bei ihnen. Wer vermutete hier einen wie ihn? Hier hatte nichts Bedrohliches Platz. Hier fühlte man sich sicher und geborgen. In fröhlicher Ausgelassenheit feierten die Ostfriesen mit den Touristen.

Dann sah er sie: Imken Lohmeyer. Sie war mit ihrem Mann Dirk da.

Dirk hatte schon glasige Augen. Er hielt ein Guinness in der Hand und wischte sich den Schaum von der Oberlippe. Er behauptete: »Das schmeckt ja mehr wie Nachtisch, das ist ja überhaupt kein richtiges Bier. Da ist mir ein Ostfriesen Bräu echt lieber. Wo gibt es das denn?«

»Da hinten«, schlug Peter Grendel vor und zeigte auf einen anderen Bierstand. »Ich komm gleich mit.«

Peter Grendel hatte Lohmeyers Haus gebaut.

Solange ihr zusammen seid, kann ich nichts machen, dachte er. Aber er hatte Zeit, und ewig würde die Situation hier so nicht bleiben. Einer musste nach Hause, um sich um die Kinder zu kümmern. Er vermutete, dass sie fahren würde, denn Dirk hatte sich schon ziemlich einen auf die Lampe gegossen und sah nicht so aus, als hätte er vor, bald Schluss damit zu machen.

Wenn ihr euch trennt, ist sie reif, dachte er. Ich krieg dich, Mädchen. Noch heute.

Monika Tapper vom Café ten Cate sprach Rita Grendel an: »Weißt du, wo Ann ist? Ich dachte, sie und Weller kämen vorbei und wir wollten ein bisschen ...«

Rita zuckte mit den Schultern. »Ich fürchte, die Gute hat mit dem Doppelmord am Deich zu tun. Die können wir für die nächsten Tage vergessen. Wenn ein schweres Verbrechen geschehen ist, dann taucht sie ja praktisch immer völlig ab. Daran muss man sich als Freundin auch erst gewöhnen. Die ist dann plötzlich für ein paar Tage, manchmal für zwei Wochen wie weg. Beantwortet keine SMS, keine E-Mails, geht nicht ans Telefon. Die vergräbt sich dann ganz in so einen Fall. Oft befürchte ich, dass sie darin versinkt. Beim letzten Mal zum Beispiel, da kam mir das Verbrechen vor wie ein Sumpf, und Ann Kathrin steckte bis zum Hals drin.« Rita Grendel schüttelte sich. »Ich möchte diesen Job nicht machen.«

»Ich hoffe, sie kriegt ihn«, sagte Monika Tapper. »Mir ist ganz mulmig bei dem Gedanken, dass hier so jemand frei herumläuft, der mit dem Schrotgewehr Leute umbringt.«

Rita wurde nachdenklich. »Eine nackte Frau … Es gruselt mich richtig. Wo ist die Wäsche? Wie kommt eine nackte Tote in ein Rapsfeld? Ich meine, wenn die mit dem zusammen im Auto dahingefahren ist, dann saß die doch nicht nackt auf dem Beifahrersitz.«

Peter Grendel arbeitete sich jetzt mit Dirk Lohmeyer zu dem Bierstand durch, wo Ostfriesenbräu ausgeschenkt wurde. Auch Peter mochte dieses dunkle Landbier. Außerdem fand er, dass diese Literflaschen besser zu ihm passten als die 0,33-Reagenzgläschen mit Kronkorken, die für ihn immer aussahen, als seien sie für einen Kindergeburtstag produziert worden, und dann hätte sie jemand versehentlich mit Alkohol gefüllt.

Am Ostfriesen-Bräustand wartete schon der Journalist Holger Bloem. Er umarmte Peter Grendel.

Der Jäger grinste. Er fühlte sich großartig, so nah bei Ann Kathrin Klaasens Freunden.

Während die berühmte Kommissarin hinter mir her ist, stehe ich hier mit ihren Freunden, dachte er. Kann das Schicksal nicht ironisch sein?

Weller wusste genau, was Ann Kathrin jetzt vorhatte. Die Sonne ging hinter Juist unter, und seine Frau wollte jetzt nur noch zum Rapsfeld, um sich in die Situation der Toten zu begeben. Um den Tatort auf sich wirken zu lassen, in der Hoffnung, er könnte zu ihr sprechen.

Nein, in den Akten würde das später alles nicht auftauchen. Dazu war sie zu klug. Sie wollte sich und ihre Methoden nicht angreifbar machen.

Jetzt hatte sie vor, allein dorthinzufahren.

Weller sprach seine Frau einfach darauf an. »Ich könnte mitkommen, Ann. Ich wäre gern bei dir.«

»Eine fremde Energie stört das Ganze irgendwie.«

Er lachte: »Ich bin doch kein Fremder! Herrjeh, ich bin dein Mann!«

Er sah seine Frau schon nackt im Rapsfeld herumkriechen, während irgendwelche Urlauber, vermutlich noch angetrunken vom Piratenfest, in ihre Ferienwohnungen zurückfuhren.

Er konnte nicht anders. Er musste sich einmischen. Sie war zwar rein dienstlich gesehen sogar seine Vorgesetzte, doch das uralte Gefühl eines Mannes, seine Frau und seine Kinder beschützen zu müssen, wurde er dadurch nicht los.

Vorsichtig erwähnte er: »Immerhin sind dort zwei Menschen erschossen worden, Ann.«

Sie sah ihn mit aufgerissenen Augen an, sagte aber kein Wort.

»Ich könnte … Also, wenn das nicht vermessen für dich ist, ich könnte in die Rolle von Yildirim-Neumann schlüpfen und dann … Vielleicht wird das Bild dadurch sogar komplett. Es geht nicht nur um die Frau, Ann. Wir haben zwei Tote.«

»Ja, Frank, du hast recht. Aber trotzdem, so schlimm der Mord an Herrn Yildirim-Neumann ist, ich denke, es geht um die Frau. Sie ist der Schlüssel. Nicht er.«

»Wie soll ich das verstehen? Der Mord an ihm kann doch nicht ungesühnt bleiben.«

»Haben wir ihren Mörder, haben wir seinen. Es ist eindeutig ein und derselbe Täter.«

Sie setzte sich ihren Fahrradhelm auf und ging in die Garage.

»Ich habe auch noch Lust, eine Runde zu radeln«, sagte Weller und versuchte dabei, harmlos zu klingen.

Auf der Störtebekerstraße radelte er noch neben ihr her. »Wir hätten«, rief Weller laut gegen den Wind, »im Grunde mit dem Auto fahren müssen, dann könnten wir es besser nachstellen! Die Tür war offen und ...«

»Das kann ich mir auch so gut vorstellen«, antwortete Ann Kathrin, und für Weller hörte es sich so an, als hätte sie damit ihre Einverständniserklärung gegeben, ihn mit dabeizuhaben.

Tatsächlich protestierte sie nicht mehr. Als die beiden dort ankamen, wo die Morde geschehen waren, sagte sie nur knapp: »Ich muss versuchen, in das Gefühl hineinzukommen. Bitte sprich mich nicht an, egal, was geschieht. Sonst besteht die Gefahr, dass du mich rausbringst.«

Er zeigte ihr die offenen Handflächen, um zu demonstrieren, dass er keineswegs vorhatte, sie zu stören.

Das Gras war plattgetreten. Die Spusileute hatten ein Schild mit der Zahl 10 vergessen. Es steckte immer noch am Spieß im Boden.

Weller war froh, dass der tote Mann aus Wattenscheid vollständig angezogen gefunden worden war. Es wäre ihm merkwürdig erschienen, sich hier vorne, so nah an der Straße, nackt ins Gras zu legen. Hier konnte er wirklich von jedem Autoscheinwerfer erfasst werden.

Ihre Fahrräder hatten sie auf der anderen Straßenseite auf die Wiese gelegt.

Ann Kathrin ging auf das Rapsfeld zu. Sie wirkte schon völlig in sich versunken, hatte etwas Traumwandlerisches an sich. Weller sah ihr nach und wusste, wie sehr er diese Frau liebte.

Sie zog ihre Sachen aus, rollte sie zu einem Bündel zusammen und legte es auf den Boden.

Es war sehr still hier. Sie hörten nur die Windräder, ein paar Krähen und das leise Summen fliegender Insekten. Straßenlärm existierte nicht.

In gut zweihundert Meter Luftlinie Entfernung auf der Deichkrone war ein Radfahrer zu sehen. Unwahrscheinlich, dass er mitbekam, was hier los war. Sein Rad wackelte. Weller hätte ein Monatsgehalt drauf gewettet, dass der Typ einen zu viel getrunken hatte und nun vorsichtshalber nicht über befahrene Straßen nach Hause wollte.

Ann Kathrin versuchte, sich in das Opfer einzufühlen.

Du hast dich hier über den Boden gezogen. Du bist auf allen vieren gerobbt. Warum? Und warum warst du nackt? Wo sind deine Kleider? Was will der Mann von dir, der hinter dir her ist? Bist du aus einem Auto geflohen?

Die Spuren im Rapsfeld waren eindeutig gewesen. Die Stängel niedergeknickt, anders als von einem Menschen, der hindurchläuft.

Nein, hier war sie viele Meter über den Boden gerobbt.

Ann Kathrin tat es ihr gleich. Das Erste, was sie spürte, war, dass die Verletzungen am Bauch und an den Oberschenkeln keineswegs von Peitschenhieben stammten, sie waren keine Ergebnisse von Strafen oder Sexspielchen, sondern schlicht und einfach Hautabschürfungen durch abgeknickte Stängel, Sträucher und scharfkantige Blätter.

Du musst eine Höllenangst gehabt haben, dachte Ann Kathrin. Jetzt lag sie ganz ruhig da. Sie bewegte sich überhaupt nicht mehr. Der Wind ließ den Raps rascheln, und sie hatte plötzlich das Gefühl, in eine Tierwelt eingedrungen zu sein. Eine kriechende, fliegende Insektenarmee startete einen Angriff. Ihre Haare wurden zu einem Nest, Stiche ließen ihren Rücken und ihr Gesicht jucken.

Plötzlich wurde ihr bewusst, dass Angela Röttgen den Mann, der hinter ihr her war, gekannt haben musste. Gut sogar.

Der deutsch-kurdische Wattenscheider hatte weiter oben an der Straße geparkt. Er musste ihr vorgekommen sein wie eine Rettung.

Hatte sie um Hilfe geschrien? Aber warum hatte der Wagen da oben überhaupt angehalten? Hatte Yildirim-Neumann etwas gesehen? Musste er sterben, weil er ein Zeuge war? Zeuge von was? Diese nackte Frau war ja sicherlich nicht zu Fuß hierhergekommen.

Ann Kathrin wurde kalt. Aber sie blieb liegen. Lauschte noch und spürte in den Tatort hinein. Sie kam sich vor, als sei sie Insektenfutter, aber sie blieb trotzdem liegen.

Da waren Bodenerschütterungen. Schritte kamen näher. Bildete sie sich das ein, oder geschah es wirklich?

Weller war es ganz sicher nicht. Der lag noch oben, dort, wo der tote Mann gefunden worden war. Sie fand es geradezu rührend, dass er versuchte, ihre Methode nachzuempfinden, bezweifelte aber, dass er damit weit kommen würde.

Jetzt hörte sie Stimmen.

»Weit kann es nicht mehr sein. Da so, in dem Rapsfeld. Ich hab die Fotos auf Facebook gesehen.«

Einen Moment zögerte Ann Kathrin. Sollte sie einfach liegen bleiben, hoffen, nicht entdeckt zu werden, und es Weller überlassen, die Störenfriede zu vertreiben? Oder war es jetzt an der Zeit, sich rasch anzuziehen und zu verschwinden?

Schon hörte sie Wellers Stimme: »Hey, hey, hey, was macht ihr denn hier?«

»Wer sind Sie denn?« Die Stimmen klangen jung. »Wir suchen die Stelle, wo die Leiche gefunden wurde. Das muss hier irgendwo sein, hihihi.«

»Ich weiß nicht, was daran witzig sein soll«, fauchte Weller. »Ich bin von der Kriminalpolizei Aurich. Ich hätte gerne eure

Papiere. Es ist ja bekannt, dass Täter gerne zum Tatort zurückkommen.«

»Wir ... wir haben doch damit überhaupt nichts ...«

»Sind Sie wirklich von der Kripo?«

Ann Kathrin musste sich beherrschen, um nicht zu lachen.

»Wir machen hier Urlaub. Wir sind nur aus Neugierde ...«

»Ja, ich weiß. Täter machen auch mal Urlaub. Und neugierig sind die auch. Das spricht jetzt nicht unbedingt für euch. Namen und Papiere bitte.«

Die Stimmen entfernten sich. Weller drängte die Touristen in Richtung Straße, weg von Ann Kathrin. Sie blieb also vorsichtshalber einfach liegen.

»Wie seid ihr denn überhaupt hierhergekommen?«, fragte Weller. Seine Stimme blieb immer streng, ja militärisch. So versuchte er, die jungen Männer einzuschüchtern.

»Zu Fuß.«

»Wollt ihr mich verarschen? Ihr seid doch nicht zu Fuß hierhin gelaufen!«

»Nein, unser Auto steht da hinten. Wir dachten ...«

Scharf unterbrach Weller: »Wer ist gefahren?«

»W... W... Warum wollen Sie das wissen?«

»Na, rate mal. Weil ich dem, der besoffen gefahren ist, eine Schachtel Pralinen kaufen will? Oder gewinnt er ein Wochenende im Hotel Smutje?«

Ann Kathrin konnte hören, wie Weller sich mit der flachen Hand gegen die Stirn schlug. Sie kannte diese Geste so gut von ihm.

»Ach nein! Jetzt weiß ich's! Ich will eine Blutprobe von ihm und ihm dann vermutlich den Führerschein abnehmen!«

»Machen Sie doch nicht so'n Wind! Wir haben wirklich nichts getan. Wir wollten einfach nur ... wann passiert denn schon mal so was? Und wenn man dann in der Nähe ist, will man doch gerne ...«

»Okay«, sagte Weller, »ich drücke ein Auge zu. Aber macht, dass ihr wegkommt, bevor meine Kollegen hier sind.«

Sie rannten. Dann rief Weller hinter ihnen her: »Halt! Stehen bleiben!«

»Warum? Was ist denn?«

»Euren Autoschlüssel! Die Kiste könnt ihr morgen in Norden in der Polizeiinspektion am Markt abholen.«

»Im Ernst? Wie sollen wir denn dann jetzt nach Hause kommen?«

»Zu Fuß, so wie ihr gekommen seid«, lachte Weller. »Und seid froh, dass ich euch so glimpflich davonkommen lasse. Ich habe heute meinen freundlichen Tag.«

Ein paar Minuten später war er bei Ann Kathrin. »Ich glaube, Liebste«, sagte er, »es wird Zeit zu gehen. Oder brauchst du noch lange?«

Sie stand auf und strich sich mit der Hand über Arme und Beine. »Er hat sie nackt hierhingebracht und dann eine Art Jagd mit ihr veranstaltet. Sie war das Wild«, sagte Ann Kathrin.

»Und deshalb ist er mit der Flinte gekommen?«

»Ich glaube schon. Es ging nicht um Vergewaltigung oder so etwas. Dazu hätte er sie nicht hierhinbringen müssen. Er hat sie festgehalten, möglicherweise ziemlich lange, um sie dann hier freizulassen. Ich glaube nicht, dass er vorhatte, sie zu töten. Irgendetwas ist aus dem Ruder gelaufen, und das tat ihm dann sehr leid.«

»Du meinst, er wollte sie nicht erschießen, sondern hatte irgendetwas anderes mit ihr vor«, fragte Weller, »und dann ist dieser Yildirim-Neumann versehentlich dazugekommen?«

»Ich denke, ja. Wir haben es mit einem verdammt gefährlichen Psychopathen zu tun, Frank. Einem sehr kranken Menschen.«

Seit einer knappen halben Stunde versuchte Imken, ihren Mann Dirk loszueisen. Peter und Rita Grendel und Holger Bloem hatten sich bereits verzogen. Sie wollten unter sich sein und hatten keine Lust, sich von dem betrunkenen Lohmeyer zulabern zu lassen.

Imken erklärte es zum dritten Mal: »Wir haben der Mutter versprochen, dass wir die Kinder heute Abend abholen.«

»Wieso? Die freuen sich doch, wenn sie da schlafen dürfen.«

Sie stampfte mit dem Fuß auf. Es war ihr unangenehm, sich in der Öffentlichkeit mit ihrem zugedröhnten Mann so laut unterhalten zu müssen.

»Ja, aber morgen früh kriegen die Eltern Besuch von ihrer Urlaubsbekanntschaft aus den USA, und dann wollen sie auch Zeit für die haben. Ich hab's Mama zweimal versprochen. Wir können es ja so machen: Ich fahre jetzt los, hole die Kinder, bringe sie ins Bett, und dann hole ich dich hier ab. Ich gehe doch wohl recht in der Annahme, dass du noch keine Lust hast mitzukommen?«

Er nickte.

»Besser wäre es für dich. Du kannst ja zu Hause noch einen Schluck trinken. Die Kinder wollen bestimmt noch ein Feuerchen machen bei dem Wetter. Eigentlich hatten wir ihnen das auch versprochen.«

»Morgen ist ja auch noch ein Tag«, lallte er. »Samstag.«

»Nein«, sagte sie, »morgen ist Sonntag. Heute ist Samstag.«

»Na, ist doch auch egal.«

Wenn er betrunken war, kam Dirk ihr immer so unintelligent vor. Aber gleichzeitig auch lausbubenhaft. Sein Gesicht hatte dann etwas Kindliches. Ein-, zweimal im Monat ließ er sich richtig volllaufen. Den Rest der Zeit war er ein wunderbarer Ehemann und Familienvater, von Verantwortungsgefühl geradezu zerfressen. Aber ein paar Bier reichten aus, um einen anderen Menschen aus ihm zu machen. Eine Art Luftikus, der sich um nichts mehr kümmerte, für nichts schämte und für den das Wort Verantwortung ein Fremdwort aus einer fernen Alien-Sprache war.

Imken hatte ihr Auto in der Doornkaatlohne stehen. Sie bemerkte nicht, dass er ihr folgte. Zu viele Leute bewegten sich auf der Straße. Es war ein Gelächter und Gewusele um sie herum.

Sie ärgerte sich. Sie hatte zu viel Cola getrunken. Sie würde lange neben ihrem schnarchenden Mann wach liegen. Bevor er zu Hause war, konnte sie sowieso nicht schlafen. Sie brauchte ihn im Bett neben sich.

Dann stand plötzlich ein Mann beim Auto neben ihr.

»Hallo, Frau Lohmeyer. Erinnern Sie sich noch an mich?«

»Na klar«, lachte sie. »Ich habe Sie in bester Erinnerung.«

»Würde es Ihnen etwas ausmachen, mich ein paar Meter mitzunehmen? Ich glaube, ich habe schon zu viel getrunken, um in meine eigene Kiste zu steigen …«

»Sehr lobenswert«, sagte sie. »Na klar nehme ich Sie mit.«

Er saß auf dem Beifahrersitz, bevor sie überhaupt eingestiegen war. Er hatte Mühe, sich anzuschnallen, wurde mit dem Gurtschloss nicht fertig. Der Wagen gab ein klingelndes Alarmsignal.

»Sprechende Autos«, lachte er, »sind mir eigentlich unheimlich. Sobald irgendjemand oder irgendetwas sprechen kann, beginnt es, mit mir zu schimpfen … Seitdem meine Mutter damit angefangen hatte, hört es nicht mehr auf. Es ist wie ein Fluch.«

Sie lachte. Sie fand ihn sehr sympathisch. Er war ihr von Anfang an sympathisch gewesen.

»Wo darf ich Sie hinbringen?«

»Lütetsburger Landstraße, kurz hinterm Schloss.«

»Das ist kein großer Umweg für mich.«

Er lächelte sie an.

Die Fahrt über sprachen sie nur wenig. Es war kein weiter

Weg, aber sie hatte das Gefühl, er sei zwischendurch eingenickt oder ganz in Gedanken versunken.

Dann fragte er: »Lesen Ihre Kinder?«

»Ja, darüber bin ich sehr glücklich. Meine Kleine ist eine richtige Leseratte. Till im Grunde auch, aber er hört lieber Hörbücher. Er ist so ein Ohrenmensch. Er mag Stimmen.«

»Ich habe neulich auf dem Dachboden eine ganze Kiste mit Kinderbüchern gefunden. Haben Sie Interesse? Ich will kein Geld von Ihnen. Ich fände es schade, sie wegzuwerfen. Viele alte Karl-May-Ausgaben, Gerstäcker, Astrid Lindgren und Benno Pludra. Der war ja so etwas wie die Astrid Lindgren der DDR.«

»Ich weiß nicht, ob Karl May etwas für meine Kinder ist. Aber Astrid Lindgren ...«

»Soll ich Ihnen meine Sammlung mal zeigen?«

»Nein, nein, nein. Ich habe keine Zeit. Ich muss Till und Anna von den Schwiegereltern abholen. Die kriegen Besuch, und ...«

»Aber darf ich Ihnen dann wenigstens eine Pippi-Langstrumpf-Ausgabe schenken? Ich habe noch die kleinen, blauen.«

Sie willigte ein. Eigentlich hatte sie kein Interesse daran zu warten, aber sie wollte höflich sein. Sie fand, dass er rührend bemüht war.

Sie wunderte sich, dass er hier wohnte. Sie hatte ihn ganz woanders vermutet. War das hier sein Elternhaus?

Er lief ein paar Meter in Richtung Haus. Sie schickte derweil eine SMS an ihre Schwiegermutter: *Bin gleich da*.

Plötzlich stand er wieder neben dem Auto. Diesmal an der Fahrerseite. Er klopfte gegen das Fenster. Sie ließ die Scheibe herunter und lächelte ihn an.

Er drückte einen stinkenden Lappen gegen ihr Gesicht. Sie versuchte, sich zu wehren, aber mit einer Hand hielt er ihren Hinterkopf, mit der anderen drückte er den Lappen gegen ihre Nase.

Sie wusste, dass sie nicht atmen durfte, aber sie konnte die

Luft nicht mehr lange anhalten. Sie schlug nach ihm. Sie umklammerte den Schlüsselbund und versuchte, ihm den Schlüssel in das Handgelenk zu rammen.

Das letzte Bild, das sie sah, war sein schmerzverzerrtes Gesicht. Ein kurzes Triumphgefühl breitete sich in ihr aus, dann verlor sie das Bewusstsein.

Sie konnten beide unmöglich so ins Bett gehen. Das Erlebte wollte erst verdaut werden.

Weller schichtete in der Feuerschale auf der Terrasse Holz auf. Ann Kathrin saß daneben, die Füße auf einem Hocker, so als könne sie sich jetzt schon am Feuer wärmen. Sie sah zum Sternenhimmel hoch und hing ganz ihren Gedanken nach.

Als die Flammen knisterten, senkte sie den Blick und sah Wellers Gesicht, der vor der Feuerschale hockte und stolz auf die hochzüngelnden Flammen blickte, so als hätte er gerade erst jetzt entdeckt, wie man Feuer macht. Sein Gesicht hatte einen besonderen Glanz. Er wirkte auf Ann Kathrin wie ein kleiner Junge beim Indianerspiel.

Er entkorkte eine Flasche Rotwein, roch daran, testete den Geschmack und erklärte Ann Kathrin mit blumenreichen Worten die Herkunft des Weines, die Beschaffenheit des Bodens und behauptete, das auch alles herauszuschmecken. Er drehte das Glas in der Hand. Die Flammen spiegelten sich darin.

Ann Kathrin hörte nicht zu. Seine Worte waren wie eine Art Klinkelklankel, ein Singsang für sie.

Er konnte einen ganzen Abend lang über Weine reden, ohne dass ihm langweilig dabei wurde. Ihr gefiel das. Sie musste dann nicht antworten. Es reichte, wenn sie ab und zu nickte und ihn anlächelte. Er war ganz in Seinem, sie in Ihrem. Und es war gut so.

Sie probierte den Wein, an dem sie nichts Besonderes finden konnte.

Weller stocherte noch einmal zwischen den Holzscheiten herum, so als müssten sie dringend umgeschichtet werden. Er registrierte, dass seine Frau trotz Feuer und Rotwein noch in düsteren Gedanken gefangen war. Manchmal fiel ihr das Loslassen schwer. Dann klebte sie an einem Fall, bis sie ihn gelöst hatte. Das war nicht immer gut für sie.

Wortlos schob Weller seinen Stuhl zurecht, beugte sich vor, zog Ann Kathrins Schuhe aus und begann, ihre Fußsohlen zu massieren.

Sie lehnte sich zurück und genoss es.

Nach einer Weile hatte er das Gefühl, ihre Entspannung zu spüren. Vielleicht war sie sogar eingeschlafen. Aber er überschätzte wohl seine Kunst der Fußmassage, denn unvermittelt sagte sie: »Er muss ein verdammt guter Schütze sein.«

»Ann, er hat mit Schrot geschossen.«

»Ja. Wir haben vier Patronen gefunden. Jeweils zwei lagen nah beieinander. Weißt du, was das bedeutet?« Sie beantwortete ihre Frage gleich selbst: »Er benutzt eine doppelläufige Flinte. Vielleicht sogar einen Vierling. Er muss stark sein, denn das gibt einen enormen Rückschlag. Ich kenne mich mit solchen Waffen nicht aus, aber ich stelle mir vor, dass es ganz schön rummst. Er hat beide Schüsse gleichzeitig abgefeuert, um ganz sicher zu gehen. Deswegen die schlimmen Verletzungen. Er wusste, dass er treffen würde. Nachzuladen wäre ein viel zu großes Risiko gewesen. In der Zeit hätte einer von beiden fliehen können.«

»Das heißt, wir müssen ihn in Jägerkreisen suchen?«

»Ja, und ich denke, er ist ein großer, starker Mann. Er überschaut das Gelände. Nachdem er Bekir Yildirim-Neumann getötet hatte, musste er vermutlich nachladen. Es sei denn, er hat diesen Vierling benutzt.«

»Das ist eine ungewöhnliche Waffe«, warf Weller ein, »darüber könnten wir ihn vielleicht finden.«

»Er hat beide Patronen auf Yildirim-Neumann abgefeuert, weil er sichergehen wollte, ihn damit auszuschalten. Er war wütend. Er wollte vernichten, weil er bei etwas gestört wurde, das ihm sehr wichtig war. Es ging ihm nicht einfach darum, einen Zeugen auszuschalten. Dazu hätte eine Ladung gereicht. Er war sich sicher«, fuhr Ann Kathrin fort, »dass Angela Röttgen ihm nicht entkommt, sonst hätte er jeweils nur einen Schuss abgefeuert.«

»Es sei denn, es war der von dir erwähnte Vierling – wird so etwas denn heutzutage überhaupt noch benutzt?«

Weller stoppte seine Fußmassage erst jetzt. Er reckte sich.

»Danke«, sagte sie, »das war sehr lieb von dir.«

»Ich hatte eigentlich gehofft, dich damit aus dem beruflichen Alltag herauszuholen und hierher zu uns in den Distelkamp zu bringen.«

»Ich bin da, Frank, aber ich werde erst wieder Ruhe finden, wenn wir Licht in dieses Dunkel gebracht haben.«

Am liebsten hätte Weller sie jetzt geliebt. Auch das war eine Form des Stressabbaus für ihn. Doch er wusste, dass er ihr jetzt mit solchen Wünschen nicht kommen konnte.

Er goss sich noch ein Glas Rotwein ein.

Martin Büscher eröffnete die Dienstbesprechung am runden Tisch, der gedeckt war wie eine Kaffeetafel. Es gab Sanddornkekse, Deichgrafkugeln, Baumkuchenspitzen im Schokoladenmantel, zwei große Kannen Tee, Kluntje, Sahne und für die Kaffeetrinker auch Filterkaffee aus einer Thermoskanne.

Das war wohl das Erste, das er von seinem Vorgänger Ubbo Heide gelernt hatte: Wenn die Kollegen so viele Überstunden schoben und der Fall nervenaufreibend wurde, mussten sie sich gut behandelt fühlen. Die Polizeiinspektion wurde dann für einige eine Art Zuhause. Fünfzehn, sechzehn Stunden Dienst waren für viele in der Mordkommission keine Besonderheit. Ein neuer Fall weckte bei den meisten Kräfte, von denen er sonst nicht gewusst hätte, dass sie in den einzelnen Personen steckten. Manch einer schlief neben seinem Schreibtisch, weil es sich kaum lohnte, nach Hause zu fahren, oder weil der Haussegen durch zu viel Arbeit schief hing. Eine gutgedeckte Tafel konnte dann Wunder wirken.

Martin Büscher goss sich Tee ein und biss ein Stückchen vom Baumkuchen ab. Rupert zerkrachte eine Deichgrafkugel mit geschlossenen Augen.

Die Pressesprecherin Rieke Gersema wirkte erschöpft, als hätte sie eine schreckliche Nacht hinter sich.

Rupert deutete das falsch und witzelte: »Na, das pralle Liebesleben lässt dir wohl kaum noch Zeit für den Schönheitsschlaf, was?«

Kommissarin Sylvia Hoppe, die der Liebe wegen nach Ostfriesland gekommen war und inzwischen ihren Mann nur noch »meinen dämlichen Ex« nannte, warf Rupert wütende Blicke zu und legte ihre rechte Hand auf Riekes, um sie zu trösten.

Rieke zog ihre Hand zurück und verschränkte die Arme trotzig vor der Brust. Ann Kathrin verstand: Es war bei Rieke Gersema genau umgekehrt, wie Rupert dachte. Mal wieder war eine Beziehung in die Brüche gegangen oder erst gar nicht zustande gekommen.

Rupert merkte, dass er Missmut auf sich zog. Er hob und senkte die Schultern. »Man wird ja wohl noch mal fragen dürfen«, grummelte er.

Wie so oft, wenn Rupert in die Klemme geriet und die Gruppendynamik sich gegen ihn entwickelte, versuchte er einfach, abzulenken und ein neues Thema auf den Tisch zu bringen.

»In Singapur«, sagte er, »ist es verboten, Kaugummi zu kauen.« Er lachte über seinen eigenen Satz. »Nee, im Ernst, Leute. Ich mach keinen Quatsch. Auch die Einfuhr ist verboten. Da stehen richtig harte Strafen drauf. Stellt euch mal vor, wir würden in Singapur wohnen ...«, er zeigte auf Martin Büscher, »dann müssten wir jetzt unseren Chef verhaften.«

»Ich kaue kein Kaugummi«, stellte Martin Büscher klar, »das sind Baumkuchenspitzen.«

Ann Kathrin räusperte sich: »Wenn diese wichtigen Fragen geklärt sind, könnten wir dann jetzt beginnen?«

Weller öffnete ein Fenster. »Man erstickt hier ja.«

»Mach das Fenster zu!«, zischte Rupert, »sonst geht die Klimaanlage nicht.«

»Die Klimaanlage geht sowieso nicht«, konterte Weller.

Ann Kathrin pochte auf den Tisch. »Hallo! Wir haben einen Doppelmord aufzuklären!«

Martin Büscher faltete ein Blatt Papier auseinander und strich es glatt. »Wir haben den Bericht der Pathologie.«

Rupert pfiff durch die Lippen. »Sind die auf Ecstasy, oder seit wann arbeiten die so schnell?«

Weller beugte sich zu Rupert: »Halt jetzt einfach mal die Fresse.«

»Also, auf gut Deutsch steht hier, dass die Verletzungen der Toten keineswegs von SM-Praktiken, Peitschenhieben oder Ähnlichem stammen. Es wurden Pflanzenfasern in den Wunden gefunden. Sie muss nackt über den Boden gerobbt sein. Dabei hat sie sich verletzt.«

»Ja, und was heißt das jetzt?«, fragte Rupert.

»Genau das, was ich gerade gesagt habe. Es wurden keine Spermaspuren gefunden, es gibt keine Anzeichen für Vergewaltigung. Die schlimmen Verletzungen an Nacken, Rücken und Hinterkopf deuten darauf hin, dass die Tote nicht von einer, sondern von zwei Schrotladungen getroffen wurde.«

Weller sah zu Ann Kathrin. All das hatte sie längst vermutet und bekam jetzt nur die wissenschaftliche Untermauerung nachgeliefert.

»Sie hat vor ihrem Tod Spaghetti gegessen. Mit Meeresfrüchten«, fügte Martin Büscher hinzu, als würde er sich selbst darüber wundern. »Dazu einen Rotwein.«

Büscher blickte sich um, als wolle er die Wirkung seiner Worte auf die Versammelten überprüfen. »Also«, erklärte er, »die haben ihren Mageninhalt analysiert. Sie musste jedenfalls nicht hungern.«

»Ein italienisches Restaurant?«, orakelte Rupert. Seine Augen blitzten auf. Er hatte eine Idee. »Könnten die Kollegen die Weinsorte vielleicht genauer bestimmen? Dann gucken wir die Speisekarten an, und zack, haben wir den Laden, in dem sie essen war. Garantiert hat sie die Henkersmahlzeit nicht alleine eingenommen.«

Niemand ging auf ihn ein.

»Ich habe hier eine Liste mit einer Menge Journalisten«, sagte Rieke Gersema, »die Fragen an uns haben. Frage eins: Gibt es einen Verdächtigen? Frage zwei: Wo war Frau Röttgen seit dem siebten März?«

»Wir wüssten auch gerne, wo sie sich in der Zeit aufgehalten hat. Das könnte uns der Klärung des Falles sehr viel näher bringen«, sagte Ann Kathrin. »Vielleicht können wir mit Hilfe der Presse mehr erfahren. Irgendwo muss sie ja gewesen sein. Irgendjemand wird sie gesehen oder erkannt haben. Ihr Partner in der Kanzlei, Dr. Eissing, hat ein Haus in der Bretagne. Aber angeblich ist sie nicht dort gewesen. Natürlich ziehen wir Erkundigungen vor Ort ein.«

Rieke Gersema machte ein hilfloses Gesicht. »Und wie soll ich jetzt vorgehen?«

»Wie immer«, riet Weller. »Improvisieren. Darin bist du doch gut. Die Journalisten wollen etwas von uns. Und wir wollen etwas von denen. Da könnte doch ein Schuh draus werden, oder nicht?«

»Ihr Ehemann«, sagte Ann Kathrin, »ist in einem ziemlich desolaten Zustand. Er beschuldigt Eissing, ein Verhältnis mit seiner Frau gehabt zu haben. Der bestreitet das aber.«

Rupert hatte plötzlich einen Gedankenblitz: »Wir verbeißen uns hier alle so und reden die ganze Zeit über die Frau. Lasst uns mal über den Mann nachdenken. Vielleicht ging es ja um ihn. Ein Rachefeldzug oder ...«

Weller grinste und gab ihm scheinbar recht: »Na klar. Die haben den bis an den Deich verfolgt, irgendwie gestoppt, ihn aus dem Auto geholt, abgeknallt, und dann kam noch zufällig die nackte Angela Röttgen vorbei.«

Rupert sah sofort ein, dass er sich vergaloppiert hatte.

Weller deutete auf Rieke Gersema: »Sollen wir ihr das ernsthaft vorschlagen als Futter für die Presse, oder halten wir es besser noch zurück? Was meint ihr, Kollegen?«

Ann Kathrin mochte es nicht, wenn bei solchen Besprechungen gescherzt wurde, wusste aber, dass es nötig war, um mit der Situation fertig zu werden. Irgendwie mussten auch alle wieder ins Gleichgewicht kommen. Ein Spaß zwischendurch half, den emotionalen Stress abzubauen. Trotzdem gefiel es ihr nicht.

Martin Büscher schlug vor, sämtliche Besitzer von Schrotgewehren zu kontaktieren, zunächst einmal, um festzustellen, ob irgendwo eine Waffe entwendet worden war.

Weller stöhnte. Er wusste, dass solche Kleinarbeit zur Ermittlungsarbeit gehörte, aber sie eben manchmal auch lähmte, weil sie so viel Zeit fraß.

»Das wäre«, schlug Rupert vor, »eigentlich eine schöne Aufgabe für eine Praktikantin.«

Alle Frauen sagten gleichzeitig in seine Richtung: »Nein!«

Als habe die Nachricht vom Tod seiner Frau neue Lebensgeister in ihm geweckt, beschloss Peter Röttgen, seine Wohnung zu lüften und den Tag mit einem Spaziergang zu beginnen. Vielleicht, dachte er, sollte ich mir einen Hund anschaffen. Die Kinder fänden es bestimmt toll und hätten mal wieder einen Grund, mich besuchen zu kommen. Mit so einem Tier muss man einfach aus dem Haus. Es zwingt einen praktisch, spazieren zu gehen, und so, wie es ist, kann es nicht bleiben.

Er zog sich frische Sachen an, nahm sich vor, später auch mal Wäsche in die Waschmaschine zu stopfen, aber noch nicht jetzt. Er hatte Sorge, der frische Elan könnte ihn schon vor der Waschmaschine verlassen und er würde dann doch nicht mehr nach draußen gehen.

Er zog Joggingschuhe an, hatte aber nicht vor, an der Harle entlangzujoggen, sondern wollte sich einfach nur ein bisschen bewegen, den Enten und Schwänen zusehen und sich den Wind um die Nase wehen lassen.

So viel war in den letzten Wochen für ihn verlorengegangen, so viel zerbrochen, aber den Gezeitenkalender hatte er immer noch genau im Kopf. Er wog sogar ab, was dagegen sprechen könnte, gleich die Fähre nach Wangerooge zu nehmen, um einen Tag auf der Insel zu verbringen. Zurück konnte er den Flieger nehmen. Aber er begriff schnell, dass das nur ein Versuch war, sich dem Gespräch mit den Kindern und den Schwiegereltern zu entziehen. Eine Flucht, nichts weiter.

Nein, er musste jetzt hierbleiben und sich den Dingen stellen.

Als er vor die Tür trat, blendete ihn das Sonnenlicht. Hier draußen war alles so hell und so bunt. Am liebsten hätte er zwei Sonnenbrillen aufgesetzt. Er schloss die Haustür sorgfältig ab.

Am anderen Ufer saßen Angler. Er glaubte, einen frühpensionierten Schulkollegen zu erkennen, hatte aber keine Lust, mit ihm in Kontakt zu treten.

Der Kollege winkte. Ein Glück, dass der am anderen Ufer

sitzt, dachte Röttgen. Er wollte alleine sein. Ganz klar. Er musste noch ein paar Gedanken ordnen, bevor er sich der Welt stellte und versuchte, wieder der Alte zu werden.

Vielleicht würde er sogar bald wieder unterrichten. Im Grunde war er immer gern Lehrer gewesen, hatte es immer geliebt, mit Menschen zu arbeiten, sie ein Stück auf ihrem Lebensweg zu begleiten, ja, zu beeinflussen.

Er stand noch vor seinem Haus, trat von einem Fuß auf den anderen. Atmete einmal tief durch. Dann fiel der Schuss.

Es hörte sich an, als würde ein Jäger hier auf Hasen schießen. Zwischen dem ersten Knall, dem Abfeuern und dem prasselnden Einschlag schien ungewöhnlich viel Zeit zu vergehen, so dass er den ersten Knall noch gar nicht auf sich bezog. Als hinter ihm das Holz in der Tür barst und die kleinen Scheiben in Stücke flogen, zuckte er zusammen, bückte sich und suchte Schutz.

Sein Verstand zweifelte an, dass das gerade wirklich geschah. Doch gefühlsmäßig wusste er sofort, dass er gemeint war. Hier hatte jemand versucht, ihm eine Schrotladung zu verpassen.

Wollte Harm Eissing auch ihn erledigen?

Gebückt flüchtete er nach vorne, hinter die Hagebuttensträucher. Gleichzeitig kam er sich vor wie der letzte Idiot. Er war Pädagoge! Er bereitete die nächste Generation auf ein Leben in dieser Zivilisation vor. Er versuchte, ihnen logisches Denken beizubringen, floh aber jetzt nicht in sein sicheres Haus, sondern versteckte sich hinter diesem Gestrüpp. Im Gegensatz zu seiner Hauswand würde dieser Strauch sicherlich keine Schrotladung aufhalten. Er versuchte, sich hinter dünnen Stängeln zu verstecken, ja, in den Strauch hineinzukriechen. Hier drinnen summten mehrere Insektenvölker.

Ein zweiter Schuss fiel. Diesmal kam es ihm so vor, als würden der erste und der zweite Knall ineinander übergehen. Vielleicht, dachte er, ist meine Aufmerksamkeit einfach geschärft.

Blätter wurden zerfetzt. Zweige knickten.

An der Wange und am Oberarm spürte er einen Schmerz. Entweder ließ der Schock die Insekten verstummen, oder die Mehrheit von ihnen war erledigt worden, oder der Schuss hatte ihn taub gemacht. Jedenfalls hörte er nichts mehr.

Er rannte jetzt zurück zum Haus. Während er gebückt zur Tür lief, zog er den Haustürschlüssel heraus. Seine Hände zitterten. Er ließ das Schlüsselbund fallen, bückte sich, grabschte danach. Plötzlich schien er nicht mehr zu wissen, welcher Schlüssel eigentlich der richtige war.

Endlich fand er ihn und öffnete die von vielen Einschlägen beschädigte Tür. Er stolperte drinnen über ein Paar Schuhe. Ihre Schuhe. Er hatte sie nie weggeräumt, so als würde sie jeden Moment wiederkommen und hineinschlüpfen.

Er stand vor dem alten Eichenschrank seiner Schwiegereltern. Er hatte dieses Ding immer »das Monstrum« genannt und hätte es am liebsten auf dem Flohmarkt verkauft. Aber dieses Familienerbstück war unantastbar.

Darin lag eingeölt und mit Tüchern umwickelt eine Armeepistole und, wie sein Schwiegervater immer wieder betont hatte: voll geladen, mit einem Ersatzmagazin. Auch dies ein Familienerbstück und gleichzeitig ein Geheimnis, denn er besaß keinen Waffenschein, und er hatte auch keine Lust, einen zu beantragen. Mit diesem Ding würde es irgendwann Scherereien geben, das hatte er immer befürchtet.

Nun schrie es ihn geradezu aus dem geschlossenen Eichenschrank an: *Hol mich raus! Benutz mich!*

War es das, was seine Frau von ihm erwartete? War es das, was sie vermisst hatte? Suchte sie den Helden in ihm, der er, als er jung war, einmal werden wollte, doch niemals geworden war?

In seinem Gehirn hämmerte eine Stimme: *Da draußen ist der Typ, der deine Frau erschossen hat. Er will auch dich. Hol ihn dir! Mach ihn fertig! Stell dich dem Kampf!*

Er stellte sich vor, wie er bewaffnet aus dem Haus trat, bereit zum Duell.

Nein, vorne rauszugehen, das war keine gute Idee. Er würde ja einfach nur eine gute Zielscheibe abgeben, und die nächste Schrotladung könnte ihn dann richtig erwischen.

Mit dem Handrücken fuhr er über seine Wange. Irgendwie gefiel es ihm, dass er blutete. Es war, als würde es einen anderen Menschen aus ihm machen, den Helden in ihm wecken. In Zukunft würde er stolz auf Verletzungen hinweisen können. Schusswunden. Zeichen harter Auseinandersetzungen.

Gleichzeitig schauderte ihn davor. Er dachte an seinen Kollegen, Paul, der in einer schlagenden Verbindung gewesen war. Stolz hatte er seinen Schmiss im Gesicht gezeigt, als habe erst diese Verletzung im Kampf aus ihm einen richtigen Menschen gemacht.

Inzwischen hatte Paul sich vorzeitig pensionieren lassen. Manchmal beneidete Peter Röttgen seinen Freund um die Frühpensionierung, nicht aber um die Blutkrankheit, die dazu geführt hatte. Die Leukämie war chronisch, konnte aber jederzeit in ein Akutstadium eintreten.

Was hätte Paul in der jetzigen Situation getan? Paul, der Tatmensch. Paul, der Zupacker, der nicht weit von hier an der Harle saß und angelte. Der sich auch von seiner Krankheit nie hatte unterkriegen lassen.

Er wäre hinten rausgelaufen. Oder vielleicht in die oberste Etage. Auf jeden Fall hätte er versucht, den Überblick zu gewinnen, herauszufinden, wo der Schütze saß, und ihn dann unter Beschuss genommen.

Aber, verdammt nochmal, das bin ich nicht, dachte Peter Röttgen. Nein, das bin ich ganz einfach nicht. Ich bin der, der den Ausgleich sucht, der verhandeln möchte.

Paul mit seinem Gehabe war ihm im Grunde doch immer suspekt gewesen. Dieses ganze Männlichkeitsgetue, dieses Geheimbündlerische passte doch nicht mehr in eine moderne, liberale Gesellschaft.

Er wählte nicht die Schusswaffe. Er wählte das Telefon.

Er war so nervös, dass er nicht wusste, ob er 110 oder 112 wählen sollte. Zum Glück fiel ihm dann die Fernsehkrimireihe »Polizeiruf 110« ein.

Marion Wolters war so schnell dran, dass er erschrak. Praktisch mit dem ersten Klingeln ertönte gleich ihre Stimme: »Polizei! Notruf!«

Er hörte ihr gar nicht zu, sondern flüsterte ins Telefon: »Auf mich wird geschossen! Mein Name ist Peter Röttgen. Meine Frau wurde erschossen, und jetzt will der Kerl mich! Kommen Sie! Kommen Sie ganz schnell!«

Warum flüstere ich eigentlich, fragte er sich. Gehe ich davon aus, dass er schon im Haus ist?

Er drückte sich gegen den Eichenschrank. Am liebsten wäre er in dem alten Familienerbstück verschwunden. Sicherheit. Er brauchte ein bisschen Sicherheit ...

Ann Kathrins gute Vorsätze, abzunehmen, kapitulierten gerade vor der Deichgrafkugel. Sie packte sie aus dem Goldpapier aus. Ihre Handlung sah für Weller fast obszön aus. So wie sie diesen Trüffel mit der Marzipan-Nougat-Füllung ansah und sich dabei über die Lippen leckte – das war schon nicht mehr ganz jugendfrei, fand er. Gleichzeitig freute er sich, dass seine Frau, besonders in Stresssituationen, in der Lage war zu genießen.

Vielleicht hatte sie das von ihrem alten Chef Ubbo Heide gelernt: »Wenn die Nerven angespannt sind und der Stress so groß wird, dass die ersten Denkblockaden kommen und wir völlig verkrampfen, dann«, so hatte Ubbo Heide es ihnen immer vorgemacht, »braucht der Mensch Marzipan. Dann muss der Mensch sich selbst etwas Gutes tun. Es ist ein Aufbäumen gegen den Alltag, der einen fressen will.«

Marion Wolters löste mit einem einzigen Satz die Versammlung auf: »Jemand schießt auf Peter Röttgen.«

Rupert stöhnte mit Blick auf Marion Wolters: »Der Bratarsch hat noch nie eine gute Nachricht gebracht.«

Martin Büscher hatte schon sein Handy in der Hand und gab klare Anweisungen. Er organisierte rund um Wittmund und Carolinensiel Straßensperren. »Er darf uns nicht entkommen. Egal, wer da rein- oder rauswill, wir brauchen alle Namen, und jeder muss sich vollständig identifizieren.«

Weller gab Gas. Er hatte den Ehrgeiz, als Erster vor Ort zu sein. Ann Kathrin saß neben ihm und knackte jetzt endlich die Deichgrafkugel. Für einen Moment schloss sie die Augen. Sie würde gleich eine Menge Energie brauchen ...

Im zweiten Wagen hinter ihnen fuhren Rupert und Sylvia Hoppe. Rupert schaltete das Blaulicht und die Sirene ein. Ann Kathrin verzog sauer den Mund. Sie mochte das nicht.

»Muss der Täter wissen, dass wir uns nähern?«, fragte sie Weller.

»Sag's mir nicht, sag's Rupert«, forderte Weller und fügte gleich hinzu: »Er verhält sich ganz nach den Regeln.«

»Ja«, gab Ann Kathrin zu, »stimmt. Aber die Regeln sind unsinnig. Wollen wir den Täter warnen, oder wollen wir ihn fassen?«

Weller schüttelte den Kopf über seine Frau. So war sie eben. Sie fuhr am liebsten in ihrem klapprigen froschgrünen Twingo zum Tatort. Sie wollte nicht gleich als Polizistin identifiziert werden.

»Die Menschen«, hatte sie oft gesagt, »verhalten sich einfach anders, wenn sie wissen, dass wir da sind. Ich kriege gern die Situation mit, wenn die Täter noch nicht ahnen, dass wir da sind. Dann können wir anders zugreifen und auch Beweismittel besser sichern.«

Aber sie fuhren jetzt nicht im Twingo, sondern in einem der offiziellen silber-blauen VWs.

Die Harle floss friedlich in Richtung Nordsee. Eine Touristengruppe, die gerade die Deichkirche aus dem Jahr 1776 besichtigt hatte und nun zum wissenschaftlichen Erlebnismuseum Phänomania Carolinensiel unterwegs war, hatte sich wegen des guten Wetters kurz entschlossen, einen Spaziergang an der Harle zu machen. Sie blieben bei einem Angler stehen, der mit einem Hecht kämpfte. Seine Angel bog sich so weit durch, dass die zitternde Spitze zu bersten schien. Ein Hobbyangler aus Oberhausen mischte sich ein und rief: »Die Bremse ist zu hart eingestellt! Mach die Spule locker! Der braucht mehr Schnur! Die reißt doch, Mensch!«

»Ich hab ein Stahlvorfach!«, konterte der Mann, der mit dem Hecht kämpfte und auf den Fang seines Lebens hoffte.

»Na klar, das Vorfach ist aus Stahl, aber deine Nylonschnur wird reißen!«

Jetzt surrte die Spule, und der Raubfisch nahm sich Schnur. Handys wurden gezückt und Fotos gemacht, denn der Hecht tauchte einmal auf der Oberfläche auf und zeigte sein weitaufgerissenes weißes Maul. Der Drillingshaken eines roten Blinkers steckte in seinem Kiefer.

Irgendjemand bemerkte aus der Menge heraus, das sei ja wohl Tierquälerei.

Der Hobbyangler aus Oberhausen rief: »Der stammt wenigstens nicht aus Massentierhaltung, du Schwätzer!«

Röttgens Haus lag idyllisch da. Nur die offen stehende, zerschossene Tür ließ ahnen, dass hier etwas nicht ganz in Ordnung war. Zum Glück waren einige Fenster gekippt. Ann Kathrin musste gar nichts sagen. Sie ging durch den Haupteingang, Weller sicherte ihren Rücken.

Rupert kletterte durch ein Fenster. Sylvia Hoppe lief nach hinten, um dem Täter diesen Fluchtweg abzuschneiden.

Ann Kathrin hielt die Heckler & Koch mit beiden Händen, als sie ins Haus stürmte.

»Polizei! Ergeben Sie sich! Das Haus ist umstellt! Sie haben keine Chance! Legen Sie Ihre Waffe nieder und kommen Sie raus!«

Ann Kathrin lief am Eichenschrank vorbei, lehnte sich dann dagegen und rief zu Weller: »Sicher!«

Die zwei vor dem Haus quergestellten Polizeifahrzeuge lenkten nun die Aufmerksamkeit der Touristen vom Angler ab. Die Handys und Digicams wechselten die Richtung.

»Hier kriegt man als Tourist wirklich was geboten«, lästerte eine Fünfzehnjährige aus Bottrop. »Dagegen war Manhattan echt lahm.«

Die Schnur riss. Die Angel patschte zurück. Der Hecht verschwand mit einem Schwanzschlag.

»Ich hab's doch gesagt, ich hab's doch gesagt!«, schimpfte der Hobbyangler aus Oberhausen.

Weller übernahm, lief an Ann Kathrin vorbei die Treppe hoch, um die oberen Räume zu durchsuchen. Sie blieb im Flur stehen, öffnete vorsichtig die Küchentür. Die Abwaschberge waren ihr egal, aber es gab dort einen toten Winkel zwischen Tür und Kühlschrank, da konnte sich jemand befinden.

Sie hatte gelernt, wie sie so einen Raum sichern und sich selbst dabei schützen konnte. Jetzt war sie ihrem Ausbilder dankbar.

Sie sprang vor, richtete die Waffe in den toten Winkel. In dem Moment war ein Geräusch im Flur zu hören.

Sie bewegte sich in den Flur zurück, die Heckler & Koch immer voran, und rief: »Wer ist da?«

Weller erkannte, dass Ann Kathrin nah an der Gefahrenquelle war.

»Ich komme, Ann!«, rief er und wollte gleich mehrere Treppenstufen auf einmal nehmen. Er stolperte, krachte gegen das Geländer. Es tat saumäßig weh.

Hoffentlich habe ich mir keine Rippe gebrochen, dachte er. Es fiel ihm schwer, die Waffe zu heben. Solche Fehler durften einfach nicht passieren. Aber egal, wie oft man solche Situationen übte, wenn der Stress dazukam und die Angst, etwas falsch zu machen, konnte es halt schon mal schwierig werden. Klappte eben nicht alles.

Im Flur stehend fragte Ann Kathrin sich, ob gerade die Nerven mit ihr durchgingen. Hier war ganz klar niemand.

Dann fiel ihr Blick auf den Schrank. Konnte es etwa sein, dass ...

Während ihr Verstand noch das Für und Wider abwog, rief sie bereits: »Im Schrank! Er ist in diesem Eichenschrank!«

Weller war jetzt bei ihr und richtete seine Waffe auf den Eichenschrank. Die Schnitzereien darauf kamen ihm dämonisch vor. Beim Hereinkommen war ihm das gar nicht aufgefallen, aber jetzt doch. Das sollten wohl Engel sein, aber sie waren so dunkel und ihre Gesichter wirkten fratzenhaft, ihre Flügel angefressen oder abgebrochen, als sei dieser Schrank direkt als Geschenk aus der Hölle in dieses Haus gekommen.

Rupert stürmte aus dem Wohnzimmer herbei. Bebend vor Aufregung richtete er seine Waffe auf den Schrank. Ungefragt forderte Rupert laut: »Komm mit erhobenen Armen raus, du Arsch, oder wir machen ein Sieb aus dir! Nur eine falsche Bewegung, und ich schieß dir die Eier weg! Glaub mir, ich warte nur drauf!«

Ann Kathrin funkelte Rupert wütend an. »Darüber reden wir später«, zischte sie in Ruperts Richtung. »Das ist hier kein Hollywood-Actionstreifen, und du bist nicht Bruce Willis!«

»Bruce hätte einfach geschossen!«, tönte Rupert.

Ann Kathrin nickte Weller zu. Der stellte sich schräg neben

den Schrank, griff den Türknauf und riss die Tür auf, so dass Ann Kathrin direkt hineinsehen konnte.

Auf dem Boden hockte zusammengekauert Peter Röttgen. Die von Öl glänzende Armeepistole in der Hand, den Lauf nach unten gerichtet. Er zitterte.

»Lass die Knarre fallen«, brüllte Rupert, »oder ich ...«

Ann Kathrin wandte sich zuerst an Rupert. »Es reicht jetzt, verdammt!«

Dann sprach sie Röttgen an: »Warum geben Sie keinen Laut von sich? Ich habe deutlich gerufen *Polizei*. Vielleicht haben Sie dem Täter jetzt einen Vorsprung verschafft, der nur schwer wieder einzuholen ist.«

Er sah sie von unten schuldbewusst an. »Ich ... ich dachte ... es hätte ja sein können ...«

»Ja, was?«, fauchte Rupert.

»Dass der Täter versucht, mich zu locken. Ich hab mich im Schrank versteckt, ich dachte, es kann ja jeder *Polizei* rufen. Ich hatte Angst, wenn ich rauskomme, schießt er mir eine Ladung Schrot ins Gesicht.«

Rupert stand immer noch breitbeinig, mit voller Körperspannkraft, da und hielt seine Waffe auf Röttgen gerichtet. Ann Kathrin tippte den Lauf seiner Pistole an. »Ich glaube, Rupert«, sagte sie ganz ruhig, »die kannst du jetzt wegstecken. Oder glaubst du, da ist noch jemand im Schrank?«

»War der Täter im Haus?«, fragte Weller.

Röttgen zuckte mit den Schultern. »Keine Ahnung. Er hat zweimal auf mich geschossen, einmal, als ich rausging, und dann noch mal, als ich mich draußen hinter dem Strauch versteckt habe.«

»Warum sind Sie nicht wieder ins Haus gelaufen?«, fragte Ann Kathrin. »Ich bin ... ich bin einfach nicht drauf gekommen ...«

Rupert schlug sich mit der flachen Hand gegen den Kopf. »Wie blöd kann man denn sein?«

»Können Sie mit Sicherheit ausschließen, dass er sich in den oberen Räumen befindet?«, hakte Weller nach.

»Ich habe keine Ahnung! Ich habe die Polizei gerufen und mich dann hier im Schrank versteckt.«

Ann Kathrin versuchte, den Mann zu beruhigen: »Das war gar nicht so unklug. Und jetzt legen Sie bitte die Waffe auf den Boden.«

Er kam ihrer Aufforderung sofort nach.

Rupert brummte: »Ich hoffe, Sie haben dafür einen Waffenschein.«

»Ich habe überhaupt nichts. Ich stehe nicht so auf Waffen. Das Ding gehört meinem Schwiegervater. Wie dieses ganze Haus hier. Ich glaube, er hat sie von seinem Vater geerbt. Irgendeine Weltkriegswaffe, die sie versteckt haben für den Endkampf oder irgend so etwas ...«

Sylvia Hoppe rief von draußen: »Könnt ihr mal Laut geben, was bei euch los ist?«

Ann Kathrin gab den beiden Männern mit einer Kopfbewegung die Anweisung, das Haus weiter zu durchsuchen. Rupert sicherte Weller, und der nahm sich die oberen Räume vor.

»Sie sind verletzt«, sagte Ann Kathrin zu Röttgen. »Soll ich einen Krankenwagen rufen?«

Er schüttelte den Kopf. »Ich hatte einen guten Schutzengel, und das sage ich, der nicht an Engel glaubt. Aber er hat zweimal auf mich gefeuert und mich jedes Mal verfehlt.«

Ann Kathrin glaubte nicht daran, der Täter könne sich noch oben im Haus aufhalten. Das ergab keinen Sinn. Nur der Ordnung halber wollte sie die Sicherheitslage dort oben klären lassen. Das machte sich später in den Berichten besser.

Sie rief zu Weller und Rupert hoch: »Sobald ihr dort fertig seid, befragt die Leute da draußen an der Harle. Dort stehen jede Menge Touristen und Angler. Vielleicht hat einer etwas gesehen. Mit ein bisschen Glück bekommen wir sogar Handybilder. Ich hoffe, wir haben sie, bevor sie in den sozialen Netzwerken auftauchen. Zwei Schüsse erregen doch Aufsehen!«

Sie wandte sich wieder an Röttgen: »Haben Sie den Schützen gesehen?«

Röttgen stand an den Schrank gelehnt gekrümmt da, als hätte er kaum genug Kraft, um sich gerade zu halten.

»Was, verdammt, habe ich dem getan?«, fragte Röttgen mehr sich selbst als Ann Kathrin Klaasen. »Ich habe immer versucht, ein guter Mensch zu sein, so wenig Schaden wie möglich anzurichten. Ich habe Müll getrennt und ...«

»Es wird selten auf jemand geschossen, weil er den Müll nicht getrennt hat«, sagte Ann Kathrin und kam sich dämlich dabei vor. »Es gibt irgendein Geheimnis, Herr Röttgen, das ich nicht kenne. Aber ich nehme an, Sie kennen es. Etwas macht jemanden sehr, sehr wütend. Derjenige versucht gerade, den dritten Mord zu begehen. Haben Sie Feinde?«

»Ich habe mal bei den Kommunalwahlen kandidiert, aber ...«

Sie erwischte sich dabei, dass sie viel Sympathie für diesen Mann empfand. Entweder war er wirklich ein harmloser, guter Mensch, dessen heile Welt plötzlich in Scherben fiel und der keine Ahnung hatte, warum. Oder er war ein verdammt guter Schauspieler.

Die Ringfahndung war einem bekifften Touristenpärchen und einem angetrunkenen Lkw-Fahrer zum Verhängnis geworden. Ein Doppelmörder verfing sich aber nicht im dichtgespannten Netz der ostfriesischen Kriminalpolizei. Dafür verpassten gut zweihundert Touristen die Fähre nach Wangerooge, und da die Insel tideabhängig ist, mussten sie auf die nächste Gelegenheit ein paar Stunden waren. Die Nordsee ließ über Ebbe und Flut nicht mit sich diskutieren.

Nach dem Einsatz wurde der Versuch unternommen, die Dienstbesprechung fortzusetzen und mit den neuen Informationen anzureichern. Die Polizeipsychologin Elke Sommer saß mit am Tisch. Es ging ihr nicht besonders gut.

Ann Kathrin bemühte sich, ihre Wut auf Rupert unter Kontrolle zu halten und sein unmögliches Benehmen jetzt nicht zum Thema zu machen. Sie hatte Angst, damit von den eigentlichen Dingen abzulenken, und sie brauchten jetzt die ganze Aufmerksamkeit für diesen Fall.

Es standen immer noch Teller mit Süßigkeiten auf dem Tisch. Der Tee in der Kanne war kalt geworden, das Teelicht darunter erloschen. Aber die Thermoskanne gab noch warmen Kaffee her.

Weller äußerte den Wunsch nach einem Fisch- oder Krabbenbrötchen. Kripochef Büscher nickte ihm verständnisvoll zu, in der Hoffnung, Weller könne ihm auch etwas Herzhaftes zu beißen mitbringen. Er hatte das Gefühl, dass dieser Tag noch lang werden würde.

Rupert eröffnete die Sitzung mit der Bemerkung: »Dann können wir Röttgen wohl von der Liste der Verdächtigen streichen. Für mich hat er ganz oben gestanden. Meistens sind es ja die Ehemänner, die ihre Frauen umbringen.«

Elke Sommer, für die Rupert ein rotes Tuch war, gab ihm ausnahmsweise recht.

»Aber«, fuhr Rupert fort, »Röttgen wäre ja selber fast zum Opfer geworden. Wir müssen also woanders suchen ...«

Ann Kathrin deutete Büscher mit der Hand an, dass er ihr das Wort erteilen solle, was er sofort tat.

»Denkbar ist allerdings auch«, sagte Ann Kathrin, »dass wir es mit zwei Tätern zu tun haben. Die Doppelmorde am Deich muss kein Einzeltäter begangen haben, zumal das Nachladen einer doppelläufigen Flinte Zeit kostet.«

»Was willst du damit sagen?«, fragte Martin Büscher und machte sich Notizen.

»Wenn sie zu zweit waren und Röttgen war einer davon, dann könnte es sich bei der Tat heute um eine Inszenierung handeln. Um genau das zu erreichen, was Rupert gerade gesagt hat. So wird Röttgen von der Liste der Verdächtigen gestrichen.«

Elke Sommer zeigte in Ann Kathrins Richtung und gab ihr gestisch recht, als würde dies auch ihrer psychologischen Einschätzung entsprechen.

»Du meinst, das war alles Show?«, fragte Rupert.

Ann Kathrin zögerte. »Ich bin mir nicht sicher. Ich spiele nur alles durch. Was kann geschehen sein? Was macht Sinn?«

Weller nickte und begründete seine Zustimmung sofort: »Am Deich war es dunkel. Der Täter hat zweimal eine Doppelladung Schrot abgefeuert und präzise getroffen. Heißt, er war sich sogar im Dunkeln sicher, dass er treffen würde.«

»Ja und?«, fragte Rupert.

»Und jetzt, bei Tageslicht, trifft er einen Mann nicht, der aus seinem Haus kommt? Und glaub mir, im Gegensatz zu Peter Röttgen ist Angela Röttgen gerannt und durchs Rapsfeld gerobbt. Sie wusste genau, was sie erwartet. Während ihr Mann sich eher langsam, ja schlurfend bewegt. Der hat so einen Bademeister-Beckengang drauf, am Ende eines langen Tages.«

»Und dann«, ergänzte Ann Kathrin, »versteckt sich Röttgen hinter einem Strauch? Die Schrotkugeln durchdringen den doch wie Sahne. Und trotzdem erwischt der Schütze ihn nicht?«

»Ein paar Kratzer hat er abbekommen«, warf Rupert ein.

»Ja. Aber im Gegensatz zu den beiden am Deich ist er verdammt glimpflich davongekommen.«

»Wir sollten überlegen, was aus Röttgen wird«, betonte Büscher. »Wir können ihn nicht einfach unter Polizeischutz stellen. Es reicht nicht, wenn da ab und zu mal ein Wagen vorbeifährt. Was ist mit seinen Kindern? Was mit seinen Schwiegereltern? Es könnte auch sein, dass hier jemand versucht, eine Familie auszurotten?«

Elke Sommer lehnte sich zurück. Sie sah aus, als ob ihr schlecht werden würde.

»Ist dir nicht gut?«, fragte Ann Kathrin.

Elke Sommer winkte ab. »Nein, nein, schon gut. Ich habe nur heute Nacht etwas Schreckliches geträumt. Tote Kinder schwammen in einem Fluss.«

»Verdammt«, sagte Weller, »das Haus steht an der Harle.«

Rupert wischte sich mit der offenen Hand vor den Augen hin und her. »Ja, hallo, Leute? Fangen wir jetzt an, Träume zu deuten, oder halten wir uns an Fakten?«

»Wir sollten uns einmal«, schlug Elke Sommer vor, »das gesamte Familiensystem der Röttgens vornehmen. Manchmal liegen ja alte Familiengeheimnisse tief begraben, die Akteure zappeln dann wie an unsichtbaren Fäden und ...« Sie schluckte, sprach aber nicht weiter.

»Du bist im Team«, sagte Ann Kathrin. Büscher konnte das nur noch abnicken: »Sprichst du mit den Kindern?«

Elke Sommer nickte.

Sylvia Hoppe räusperte sich. »Mehrere Leute haben zwei Schüsse gehört, wissen aber nicht, woher sie kamen, haben keinen Schützen gesehen und sich auch nichts Besonderes dabei gedacht. Die Angler waren wohl interessanter.«

»Bei Schrotschüssen fällt es natürlich schwer, die genaue Richtung zu bestimmen, aus der der Schuss kam. Aber ich bin mir sehr sicher, dass der Schütze nicht auf der anderen Seite der Harle stand«, sagte Weller.

Ann Kathrin betonte: »Keine zwanzig Meter vom Haus entfernt steht das nächste Haus. Davor eine große Hecke. Die Spusi soll sich das mal genau angucken. Ich vermute, der Täter hat dort gestanden.«

»Die Bewohner des Hauses waren zur Tatzeit nicht da. Beide waren zur Arbeit«, sagte Sylvia Hoppe.

»Das heißt«, folgerte Rupert, »während wir vor diesem beschissenen Eichenschrank standen, saß der Schütze hinter einer Hecke keine zwanzig Meter von uns entfernt?«

»Denkbar«, grummelte Ann Kathrin.

Elke Sommer rülpste. Es war ihr sichtlich unangenehm. Sie hielt sich eine Hand vor den Mund. »Sobald es mir bessergeht, kümmere ich mich um die Kinder.«

Rupert stoppte sie hart: »Wenn's mir bessergeht? Was soll das heißen, verdammt? Sind wir ein Team oder nicht? Soll ich auch erst mein Hühnerauge behandeln lassen, bevor ich …« Er griff sich in den Rücken. »Und außerdem mein Iliosakralgelenk …«

»Wenn du Chef wärst, würde ich kündigen«, drohte Elke Sommer.

»Wenn ich Chef wäre, hätte dich überhaupt keiner eingestellt«, konterte Rupert. Psychologen standen für ihn auf der gleichen Ebene wie Kartenleger oder Hellseher.

Imken Lohmeyer wurde in einem stockdunklen Raum wach. Sie wusste nicht, wo sie sich befand. Sie fühlte sich, als hätte jemand Blei in ihre Adern gegossen. Schwer. Unbeweglich. Taub.

Der schlimmste Kater ihres Lebens, nach dem Junggesellinnenabschied mit Tequila und Prosecco, der sie – resistent gegen Aspirin und sämtliche Hausmittelchen – zwei Tage lang außer Gefecht gesetzt hatte, war nichts gegen den schmerzhaften Hurrikan, der jetzt durch ihren Körper tobte.

Ihr Kopf schien doppelt so groß geworden zu sein und doch viel zu klein, um das angeschwollene Gehirn zu beherbergen. Es drückte gegen die Schädeldecke.

Da war ein Pochen in den Ohren. Sie atmete durch den Mund. Sie stellte sich ihren Gaumen und ihre Zunge ausgetrocknet, mit Rissen übersät, vor. Die angeschwollene Zunge war pelzig und ausgetrocknet zugleich. Sie wollte sie gegen den Gaumen drücken und ihre Zahnreihen abtasten. Die Zunge fühlte sich haarig an.

Ihr Herz raste, und jeder Schlag kam als lautes Klopfen in ihrem Kopf an.

Mit klammen Fingern erkundete sie die Unterlage, auf die sie gebettet worden war. Sie fühlte eine Schicht Leinen und darunter Gummi. Sie musste an ein Krankenhausbett denken.

Es gelang ihr, das rechte Bein anzuziehen. Sie war nicht gefesselt.

Etwas in ihr war bereit, sich der Müdigkeit wieder zu ergeben. Aber der Gedanke an ihre Kinder durchflutete sie mit neuer Kraft. Sie versuchte, den Oberkörper aufzurichten. Ihr Kopf war so unendlich schwer … als seien ihre Haare mit dem Kissen verklebt.

Jetzt saß sie aufrecht. Ihre Beine baumelten nach unten und hatten keine Bodenberührung. Sie wusste nicht, ob es unter ihr ein paar Meter in die Tiefe ging oder ob schon in wenigen Zentimeter ein tragender Fußboden Sicherheit gab. Ihre Augen gewöhnten sich nicht an die Dunkelheit. Es war schwarz. Wirklich schwarz. Da war auch kein Luftzug zu spüren und kein Ton zu hören. Nichts, das einem Orientierung gab.

Sie berührte sich selbst und eine schreckliche Gewissheit erschütterte sie: Sie war nackt.

Mit beiden Händen klammerte sie sich an der Unterlage fest und wagte sich mit dem linken Fuß immer weiter vor, bis sie mit dem dicken Zeh Boden ertastete. Er war kalt. Laminat.

Jetzt stand sie mit beiden Beinen vorm Bett. Ihr war schwindlig. Es fiel ihr schwer, Luft zu bekommen. Sie tastete das Bett ab. Es war ein Metallgestell mit einer Matratze darauf. Sie fand einen Hebel, mit dem die Höhe verändert werden konnte.

Tatsächlich ein Krankenhausbett? War sie zum Pflegefall geworden? Hatte man sie gefunden? Würde gleich die Schwester hereinkommen, das Licht anknipsen, und alles wäre gut?

Aber in einem Krankenhauszimmer gab es immer irgendwo ein kleines Notlicht neben der Tür und auch am Bett. Hier war nichts. Nur Schwarz.

Sie wollte den Raum erkunden. Sie musste herausfinden, wo sie war.

Sie streckte beide Hände nach vorn und machte zwei vorsichtige Schritte. Sie rührte mit den Händen in der Luft herum. Sie bekam nichts zu fassen.

Jetzt war ihre Erinnerung wichtig. Das Bett musste hinter ihr sein. Es war ein Anker, ein Orientierungspunkt in diesem schwarzen Meer.

Langsam schob sie den rechten Fuß vor, immer bewusst festen Kontakt zum Boden haltend. Die Angst, abzustürzen, irgendwo runterzufallen, wurde übermächtig in ihr. Sie konnte die aufkeimende Panik mit nichts bekämpfen. Sie versuchte, ruhig zu atmen, aber das gelang ihr nicht.

Dann spürte sie die Wand. Welch ein Glücksgefühl!

Sie drückte die Unterarme und die flachen Hände gegen rohe Backsteine. Sie konnte den Zement dazwischen spüren.

Dies war kein Krankenhaus! Dort gab es verputzte Wände, weiß gestrichen.

Die rauen Steine auf der Haut zu spüren machte Angst und tat auf der anderen Seite gut. Endlich etwas, woran sie sich halten konnte!

Sie wollte diesen Raum erkunden. Irgendwo musste eine Tür sein. Vielleicht ein Fenster. Licht. Lieber Gott, gib mir wenigstens ein bisschen Licht. Eine kleine Kerze würde mir schon reichen. Und wo, verdammt, bin ich hier? Wo nur?

Dirk Lohmeyer erinnerte sich im Grunde an alles. Er hatte keinen Filmriss, aber er wusste nicht, wo seine Frau war. Imken hatte eine SMS an ihre Schwiegermutter geschickt. Seitdem war sie verschwunden.

Er war sauer auf sie. Wie konnte sie ihm und den Kindern das antun? Selbst wenn es Streit auf dem Piratenfest gegeben hatte, war so eine Reaktion doch völlig verantwortungslos und passte im Grunde gar nicht zu seiner Frau.

Sie vergaß die Kinder nie. Sie war eine Übermutter. Ihm oft viel zu perfekt. Außerdem hatte es, zumindest in seiner Erinnerung, keinen Streit gegeben. Sie hatte versprochen, zurückzukommen und ihn abzuholen. Sie gönnte ihm den fröhlichen Abend mit Peter Grendel und Holger Bloem auf der Biermeile.

Was war nur geschehen?

Viele Krankenhäuser gab es nicht. Er rief die Ubbo-Emmius-Klinik in Aurich und in Norden an. Seine Mutter hatte in der Nacht auch noch mit Emden telefoniert. Es hatte keinen Unfall gegeben.

Auch der Wagen war wie vom Erdboden verschluckt. Wenn er Imkens Handy anrief, kam: *The person you are calling is not available.*

Dirk Lohmeyer nahm schon die zweite Aspirin-Sprudeltablette, hatte aber immer noch Kopfschmerzen. Jetzt rief er Peter Grendel an. Er erhoffte sich von ihm Antworten auf seine Fragen.

»Sag mal, Peter, habe ich mich auf dem Piratenfest mit meiner Frau gestritten?«

»Das fragst du mich?«, lachte Peter Grendel. »Hier *Eine Kelle für alle Fälle*, nicht die Eheberatungsstelle.«

Dirk brummte: »Ich glaube, ich hatte ein bisschen zu viel getrunken. Hast du was gemerkt? War sie sauer oder so?«

Peter scherzte: »Du hast nicht zu viel getrunken, Junge. Du bist einfach zu leicht.«

»Häh?«

»Na, wie schwer bist du? Fünfundachtzig, höchstens neunzig Kilo, stimmt's?«

»Ja. Stimmt.«

»Mit hundertzwanzig oder besser hundertvierzig Kilo hättest du die Biere leichter weggesteckt.«

»Peter, im Ernst, ich suche meine Frau.«

»Jo. Also bei mir ist sie nicht.«

Peter Grendel begriff, dass die Sache ernster war, als sie sich zunächst für ihn angehört hatte. »Also, du warst wirklich breit wie eine Axt. Holger, Rita und ich haben uns dann ein bisschen rausgezogen, weil du uns so vollgelabert hast.«

»Ja, ich weiß, wenn ich blau bin, erzähle ich gerne jeden Witz zweimal.«

»Das hätte uns nicht so gestört. Aber du hast jedes Mal die Pointen verwechselt oder vergessen …«

»Weißt du denn etwas über Imken? Hat sie etwas gesagt?«

»Außer Moin nicht viel. Ich fürchte, ich kann dir da nicht helfen, Dirk.«

Lohmeyer bedankte sich und legte auf.

Ein Scheißgefühl der Ohnmacht ließ ihn erschaudern. Er musste sich eingestehen, dass er keine Idee hatte, was er tun sollte. Konnte er wirklich nichts machen?

Er musste mit den Kindern reden. Seine Eltern verlangten Erklärungen von ihm.

Wie oft hatte Imken in letzter Zeit gesagt: »Du hörst mir nie richtig zu. Dauernd spielst du mit deinem Handy herum.«

»Ich spiele nicht«, hatte er meist unwillig geantwortet, »ich leite einen Betrieb.«

Jetzt fühlte er sich mies deswegen. Er hatte ihr wirklich oft nicht zugehört. Hatte sie ihm vielleicht erzählt, dass sie für zwei Tage zu einer Freundin fahren wollte, und er hatte es einfach vergessen, nicht richtig zur Kenntnis genommen und stattdessen Geschäfte gemacht? Hatte sie noch Freundinnen in Bochum? War sie dorthin, um sich mal von der Familie zu erholen?

In letzter Zeit hatte sie oft über ihre wilden Jahre in Bochum gesprochen, ihre Studienzeit und ihre Kommilitoninnen: »Wir waren eine richtige Bande.«

Wenn sie ihre Freundinnen so vermisste, dann hätte sie sie doch besuchen oder zu uns einladen können, dachte er. Und wenn sie spontan, vielleicht aus einem Frust heraus, einfach hingefahren war, warum hatte sie dann ihr Handy ausgestellt? Warum nicht wenigstens ihre Eltern informiert?

Er kannte das Passwort für ihren E-Mail-Account. Er sah sich ihre letzten Mails an. Er war nicht gerade stolz auf sich. Das Ganze war ein bisschen wie das Tagebuch der Partnerin zu lesen. Tatsächlich fand er eine E-Mail an ihre Freundin Charlotte, die sie gern Lotte nannte. Sie beklagte sich über den Hausfrauenfrust.

Sie sprach fließend Englisch, Französisch und natürlich ihre Muttersprache Deutsch. Sie hatte Soziologie und Philosophie studiert und organisierte jetzt die vollen Terminpläne ihrer Kinder, hielt ihrem Mann den Rücken frei, gab Nachhilfestunden, versorgte die Rosen im Vorgarten, hielt das neue Haus in Schuss und kochte täglich mit frischem Gemüse. Sie wollte die perfekte Mutter und Ehefrau sein. Dabei, so beklagte sie sich, blieb sie selbst leider auf der Strecke.

Ich mache mir, schrieb sie wörtlich, *die Bedürfnisse meiner Kinder und meines Mannes so sehr zu eigen, dass ich meine eigenen vergesse. Ja, ich spüre sie nicht einmal mehr.*

Einerseits schwärmte sie davon, wie schön das neue Haus mit dem Garten in Ostfriesland sei und welches Glück sie dabei empfinde, die Kinder so unbeschwert aufwachsen zu sehen, andererseits klagte sie aber auch heftig.

Die Freundinnen tauschten sich über eine Zeit aus, als er seine

Imken noch nicht gekannt hatte. Sie stammte ja wie er von der Küste und hatte erst in Gießen, später in Bochum studiert. Aber sie hatte immer gewusst, dass sie zurückwollte.

Ihm war es genauso gegangen. Er hatte in Köln Versicherungswesen studiert, aber nicht mit dem Bachelor of Science abgeschlossen, sondern nach zwei Semestern geschmissen und noch ein paar Semester lustlos BWL studiert, um dann in Norden die Versicherungsagentur seines Vaters zu übernehmen.

Sein Vater war Versicherungsmakler mit Leib und Seele gewesen. Bestens vernetzt. Mitglied in zig Vereinen. Diese Leidenschaft für den Beruf hatte er nie entwickeln können.

Das Internet machte die Arbeit zunehmend schwieriger. Die Leute informierten sich auf Vergleichsportalen und entwickelten das Gefühl, selbst die besten Versicherungsmakler in eigener Sache zu sein. Er hatte zum Glück viele Altverträge. Er betreute die Kunden mit einem kleinen Mitarbeiterstab. Für manche Menschen war der persönliche Kontakt wichtiger als eine angeblich objektive Vergleichsmaschine.

Aber das kostete eben auch Zeit. Die Tradition seines Vaters fortsetzend, bekam jeder Kunde einen Geburtstagsgruß. Andere ließen so etwas von Computerprogrammen erledigen. Er verschickte noch, wie sein Vater, Postkarten mit persönlicher Unterschrift.

Hatte die Firma ihn denn so sehr aufgefressen, dass er nun seine Frau verloren hatte?

Besonders fuchste es ihn, dass sie sich nicht nur mit alten Freundinnen austauschte, sondern auch noch Kontakt mit diesem Chris hatte.

Es hatte ihm schon nicht gepasst, dass dieser Typ unbedingt Trauzeuge werden sollte. Aber am Ende hatte er nachgegeben. Wer will schon Missstimmung an seinem eigenen Hochzeitstag?

In Chris' Augen war er nichts weiter als ein langweiliger Spießer, der aus der wilden Braut Imken ein Hausmütterchen machen wollte.

Chris fuhr eine Motoguzzi, und Imken hatte es früher geliebt, hintendraufzusitzen und mit ihm über die Autobahn zu brausen. Es gab Fotos.

Angeblich war nie etwas zwischen den beiden gewesen. Sie sprach über ihn als *meinen großen Bruder, der mich immer beschützt und verstanden hat.*

Es ist nicht leicht, neben so einem »großen Bruder« Ehemann zu sein.

Chris führte jetzt ein Motorradgeschäft in Wilhelmshaven.

Ihm schrieb sie, dass ihr manchmal die Decke auf den Kopf falle und wie gern sie an die Zeit zurückdenke, als sie sich gemeinsam den Wind um die Nase hatten wehen lassen.

Dirk Lohmeyer spürte beim Lesen der Zeilen einen Stich Eifersucht, und auch Wut kam auf. Er war der blöde Spießer, der mindestens zwölf Stunden am Tag arbeitete, um seine Familie zu ernähren und die Kredite abzuzahlen. Die Typen, die nur an sich selbst dachten, Urlaub und Bikertouren planten, wurden zu Helden stilisiert.

Entweder war er verkehrt oder diese Welt ...

Er beschloss, nach Wilhelmshaven zu fahren und Chris zur Rede zu stellen.

Im Auto stellte er sich solche Szenen vor wie Chris und seine Imken zwischen verschwitzten Bettlaken. Oder: Er lief die Treppe in einem schäbigen Mietshaus hoch. Oben hörte er ihr Stöhnen. Lustschreie hallten bis auf den Flur.

Dann wieder sah er sie in engen Lederklamotten auf dem Rücksitz der Motoguzzi.

Er weinte, während er fuhr, aber er war sich seiner Tränen nicht bewusst. Er war ein friedlicher Mann. Seine letzte Schlägerei lag fünfzehn Jahre zurück. Damals hatte er ein Eigentor geschossen, was bei seiner Mannschaft nicht besonders gut angekommen war. Er ließ einen Zahn auf dem Platz, einen großen Teil seiner Fußballerehre und verlor ein paar alte Freunde. Es war sein letztes Fußballspiel gewesen. Nie wieder hatte er einen Fußballplatz betreten oder an einem Training teilgenommen. Und er hatte sich nie wieder geprügelt. Aber jetzt wollte seine Faust in ein Gesicht. Er bebte vor Wut. Und da er seine Frau immer noch liebte, projizierte er all seinen Hass auf diesen Chris.

Als er auf der B 210 zwischen Jever und Schortens von einem Motorradfahrer überholt wurde, musste er sich beherrschen, um ihn nicht einfach auf den Kühler zu nehmen oder wenigstens mit dem Kotflügel anzurempeln. In seiner Phantasie sah er den Fahrer schon stürzen.

Er kannte solche Gefühle an sich gar nicht. Er erschrak über sich selbst, musste sich aber eingestehen, dass er gerade wirklich einen Mordszorn hatte.

Ann Kathrin erhielt eine Nachricht von Kommissar Georges Dupin aus der Bretagne. In Rechtsanwalt Eissings Haus war Dupin auf ein merkwürdiges Paket gestoßen. Er hatte es von allen Seiten fotografiert und den Inhalt ebenfalls.

Das Paket enthielt Wäsche. Eine Jeans. Ein Paar Socken. Einen hellblauen Damenslip. Einen gleichfarbigen BH von H&M. Ein weißes T-Shirt mit einem Schmetterling auf dem Rücken. Ein Sweatshirt. Eine Stoffjacke mit Schmetterlingsbrosche und ein Paar Turnschuhe Größe 39, Marke Nike. Außerdem ein rotweißes Stirnband.

In dem Haus hatte sich keine andere Damenwäsche befunden. Nur diese in einem Postpaket, hinten in einem Kleiderschrank.

Ann Kathrin fuhr mit den Bildern sofort zu Peter Röttgen, der sich in die Ferienwohnung der Familie Janssen in der Friesenstraße in Bensersiel zurückgezogen hatte. Vor der Tür in einem Strandkorb saß ganz unauffällig der Kollege Benninga und las den Anzeiger für Harlingerland.

Benninga wusste noch nicht, dass dieser Tag sein Leben verändern würde. Er fand es langweilig und blöd, hier herumzuhocken, aber dies war sein letzter aktiver Tag im Polizeidienst. Zu diesem Zeitpunkt glaubte er, dass er noch siebzehn Jahre bis zur Rente vor sich hätte. Er ahnte nicht, dass vor ihm unendlich viele Therapien und schließlich die Dienstunfähigkeit lagen.

Röttgen identifizierte die Kleidungsstücke augenblicklich als die Sachen seiner Frau. Die Schmetterlingsbrosche hatte er ihr zum Hochzeitstag geschenkt.

Da sie beide Schmetterlinge liebten, hatten sie im Garten mehrere Sträucher Schmetterlingsflieder, und zu jedem Hochzeitstag bekam sie ein Schmuckstück mit Schmetterling. Anhänger. Kettchen. Ohrringe.

»Das«, sagte Peter Röttgen und tupfte sich mit einem Papiertaschentuch den schweißnassen Hals ab, »ist die Kleidung, die meine Frau am Tag ihres Verschwindens getragen hat. Es fehlt praktisch nichts, bis auf das Kettchen.«

»Kettchen?«, fragte Ann Kathrin.

Er zeigte ihr ein Foto seiner Frau, darauf trug sie ein Kettchen mit einem Anhänger, der aussah wie ein Teekessel.

»Das ist aus dem Teemuseum. Es sind Originale, die gibt es nur dort. Ich habe es ihr zum Hochzeitstag geschenkt.«

»Haben Sie auch im Teemuseum geheiratet?«, fragte Ann Kathrin.

Er winkte ab. »Nein. Angela trank nur gern Tee, und sie sammelte Teetassen, und die Kette hat sie zum zehnten Hochzeitstag von mir bekommen. So richtig teuren, edlen Schmuck mochte sie nicht. Da war sie anders als viele Frauen. Gold und Diamanten ... nein, das war nicht ihr Ding. Aber mit dieser Kette hier habe ich ihr damals eine Riesenfreude machen können ... Damals, als noch alles in Ordnung war.«

Nachdenklich sackte er in sich zusammen und schien eine Weile unerreichbar zu sein für die Menschen seiner Umgebung. Dann fuhr er leise fort: »Sie hat nichts sonst mitgenommen. All ihre Lieblingskleider hängen noch im Schrank. Im Sommer hat sie gern Kleider getragen. Sie hatte schöne Beine, meine Angela, und sie hat sie gern gezeigt.«

Er schwieg wieder eine Weile. Als seine Hand zum Wasserglas griff, zitterte sie so sehr, dass er es abstellen musste.

»Was werden Sie jetzt tun?«, fragte er Ann Kathrin schließlich, sah aber aus, als würde er sich für die Antwort kaum interessieren. Er versank wieder in sich selbst.

»Ich werde Herrn Eissing ein paar Fragen stellen.«

Peter Röttgen blickte zur Wand, als könne er dahinter das Meer sehen. »Die Depression«, sagte er leise, »ist wie ein dunkles Netz aus klebriger Watte. Wenn man sich darin verfängt, sieht man nichts mehr.«

Ohne dass sich irgendetwas im Raum verändert hätte, starrte er jetzt auf die Wand, als hätte er dahinter das Tor zur Hölle entdeckt.

Ann Kathrin blieb länger bei ihm, als sie vorgehabt hatte. Am liebsten hätte sie eine psychologische Betreuung für ihn organisiert, doch er lehnte ab, wollte allein sein und sich hinlegen.

»Die Welt«, raunte er, »ist mir zu viel. Ich will niemanden sehen. Auch keinen Psychologen.«

Sie war sich nicht sicher, ob sie ihn allein lassen konnte. Er wollte sie loswerden und behauptete: »Ich schaffe es nicht mal mehr, meine Kinder in den Arm zu nehmen. Ich bin nur noch müde.«

Draußen vor der Tür rief Ann Kathrin Elke Sommer an und berichtete ihr vom Zustand des Mannes. Elke versprach vorbeizufahren.

Erst nach dem Gespräch informierte Ann Kathrin Weller.

»Es sind ihre Sachen. Ihr Mann hat die Kleidungsstücke eindeutig identifiziert. Wir sollten jetzt nicht auf die DNA-Analyse warten, sondern sofort handeln.«

»Ich komme«, sagte Weller entschlossen. »Mach das jetzt bitte nicht im Alleingang, Ann. Der Typ ist gefährlich.«

»Hm«, sagte sie, und dieses »Hm« klang verdächtig so, als hätte sie ihm noch nicht alles gesagt.

»Ann?«

»Ja. Ich denke nach.«

Es dauerte noch einen Moment. Er hörte nur ihren Atem und Möwengeschrei. Sie hatte einen Entschluss gefasst. Er hörte es an der Klarheit ihrer Stimme.

»Besorg uns einen Haftbefehl. Und wir müssen sein Haus durchsuchen und die Kanzlei. Klär du das, oder, nein, warte – lass Martin das besser erledigen. Es besteht dringender Tatverdacht. Zwei Morde und ein Mordversuch. Wir brauchen das juristisch wasserdicht. Ich will dem Herrn Anwalt erst gar keine Möglichkeit geben, uns als Deppen hinzustellen. Ich brauche ein Mobiles Einsatzkommando. Wir stürmen den Laden, und dann nehme ich ihn mir vor.«

Weller pfiff demonstrativ. »Den willst du aber einschüchtern.«

»Genau. Ich will ihn aus seiner bräsigen Selbstgefälligkeit in die Realität holen. So, wie ich den einschätze, bricht der ohne seine juristischen Bücher und Fristen und Regeln sofort zusammen, wenn er mal etwas härter angefasst wird.«

»Okay«, freute Weller sich. »Machen wir ihm mal so richtig Angst.«

Als würde sie plötzlich vor der eigenen Courage zurückschrecken, fügte Ann Kathrin hinzu: »Im Rahmen der geltenden Gesetze.«

»Klar«, versicherte Weller großzügig. »Im Rahmen der geltenden Gesetze. Aber wir müssen dabei ja nicht noch freundlich lächeln.«

»Wir verstehen uns, Frank.«

Imken Lohmeyer wusste nicht, wie oft sie zwischen den Mauern entlanggegangen war, immer eine Hand an der Wand und eine weit nach vorn gestreckt. Sie wollte jeden Zentimeter abtasten.

Solange sie etwas tat, hatte sie sich nicht aufgegeben. Vielleicht gab es irgendwo ein Loch. Ein Werkzeug. Einen Hinweis.

Manchmal hörte sie Geräusche. Der Raum hatte keine Fenster und keine Tür, aber irgendwie musste sie doch hineingekommen sein.

Sie suchte auf allen vieren den Boden ab. Im Gegensatz zu den rauen, unverputzten Wänden war er glatt.

Ein Tier huschte über ihre rechte Hand. Oder hatte sie sich das eingebildet?

Dann war da etwas an ihrer Wade. Es hatte lange, zittrige Beine. Eine Spinne vielleicht? Sie schlug danach, und sofort tat es ihr leid. Ein Tier in dieser dunklen Einsamkeit war besser, als gar kein Lebewesen in der Nähe zu haben.

Zweimal stieß sie mit dem Kopf gegen das Bettgestell. Es hatte Räder.

Sie hoffte, im Boden etwas zu finden. Eine Erhebung. Eine Falltür. Einen Ausweg.

Sie begann zu begreifen, dass der Zugang über ihrem Kopf liegen musste. Irgendwie hatte doch auch jemand das Bett hier reingeschafft, und sie selbst war ja schließlich auch da.

Sie stellte sich aufs Bett und reckte sich zur Decke. Es war eine wacklige Angelegenheit. Sie hatte Angst zu stürzen. Aber so sehr sie sich auch streckte, ihre Finger ertasteten nichts.

Sie sprang im Bett hoch. Das Metallgestell quietschte. Sie griff immer wieder ins schwarze Nichts.

Als alles in ihrem Kopf zu dröhnen begann und nicht einmal die Erinnerung an ihre Kinder Anna und Till ihr neue Kraft gab, setzte sie sich auf den Bettrand und weinte still.

Entweder bildete sie es sich ein, oder da waren tatsächlich Geräusche. Ein fernes Klopfen. Eine Art Singsang.

»Ist da noch jemand?«, rief Imken. »Hallo! Mein Name ist Imken Lohmeyer! Ich werde hier gegen meinen Willen festgehalten! Bitte rufen Sie die Polizei!«

Plötzlich war da eine Antwort. Sehr weit weg oder gedämpft durch dicke Wände: »Ich heiße Maike! Maike Müller!«

»Helfen Sie mir! Ich will hier raus!«, kreischte Imken.

Die Antwort war vernichtend. Der euphorische Höhenflug wurde sofort zu einer schrecklichen Bruchlandung: »Er hält mich genauso gefangen wie Sie!«

Imken brauchte eine Weile, um mit dem Schock umzugehen. Dem Kribbeln im Körper folgte ein dumpfes Gefühl völliger Taubheit. Als sie endlich wieder sprechen konnte, rief sie: »Seit wann sind Sie hier?«

»Seit dem zehnten April! Welches Datum haben wir heute? Wissen Sie das?«

Imken konnte nicht antworten. Sie schrie nur noch.

Chris Hoffmann wohnte im Südwesten des Wilhelmshavener Stadtteils Altengroden. Es war ein Haus aus den Sechzigern. Er joggte gern im Rüstringer Stadtpark oder im Rüstersieler Groden an der Maademündung. Ihm gefiel es, an der Außenjade zu laufen, weil dort so viele alleinerziehende Mütter spazieren gingen. Die beiden Kohlekraftwerke störten ihn nicht. Die schönen Frauen wogen jeden Nachteil auf.

Er war nassgeschwitzt, als er an Dirk Lohmeyers Wagen vorbeilief. Lohmeyer parkte keine zwanzig Meter von Chris Hoffmanns Haustür entfernt. Er hatte die beiden vorderen Seitenfenster heruntergelassen. Im Rückspiegel sah er den Mann, den seine Frau so oft als »meinen Bruder« bezeichnet hatte, heranjoggen. Eine Weile befürchtete er, seine Frau könne gleich im engen, farbigen Sportdress folgen. Vielleicht hätte es ihn sogar erleichtert.

Jetzt spulte seine Phantasie wieder Bilder ab: Imken, die in der Küche für den tapferen Sportler Säfte auspresste und anstatt einer richtigen Mahlzeit Eiweißdrinks für ihn zubereitete. Sie sah toll aus. Gutgelaunt und hocherotisch.

Selbst vor der Tür hopste Chris unermüdlich weiter von einem Bein aufs andere. Hier wollte einer fit bleiben und war bereit, viel dafür zu tun.

Er suchte keinen Schlüssel. Er klingelte.

Also doch, dachte Lohmeyer. Imken ist im Haus.

Die Tür mit den weißen und blauen Ornamenten öffnete sich. Sofort verschwand Chris im Flur. Es kam Dirk Lohmeyer so vor, als habe das Haus den Mann geradezu eingesogen und verschluckt.

Wahrscheinlich hatte Imken Angst, von irgendwem gesehen zu werden. Sicherlich war ihr diese Affäre grottenpeinlich.

Dirk brauchte noch ein paar Minuten, legte sich immer wieder neue Gesprächsstrategien zurecht. Schließlich atmete er noch einmal tief durch, dann ging er, bereit, Imken zur Rede zu stellen, auf die Tür zu wie ein Gladiator in die Arena.

Er hatte nicht vor, sich lange mit diesem Chris Hoffmann aufzuhalten. Er wollte ihm eine reinsemmeln und fertig. Aber anschließend musste er für Imken die richtigen Worte finden. Daran bastelte er noch herum.

Er würde die Kinder erwähnen und dass er immer noch ihr Ehemann sei und sie doch über alles reden könnten.

Er klingelte.

Es dauerte einen Moment, dann öffnete Chris. Er hatte schon einen Bademantel an, und seine Haut roch nach Shampoo mit einer Kokosduftnote.

Dirk Lohmeyer schlug direkt zu. Chris schützte sich nicht. Er war viel zu erstaunt. Er machte sogar einen Schritt nach vorn, um den unerwarteten Besuch zu begrüßen.

Chris griff sich ans Ohr und betastete ungläubig die getroffene Stelle. Zeit genug für Dirk, um weit auszuholen und noch einmal so richtig zuzuhauen. Diesmal platzte die Haut über Dirks Knöcheln. Seine rechte Hand schmerzte, als hätte er in glühende Kohlen gestoßen. Der Schmerz schoss durch das Handgelenk in seinen Ellbogen und von dort in die Schulter. Er hatte das Gefühl, sich an Chris' Kinnlade das Handgelenk gebrochen zu haben.

Chris lag am Boden, doch Lohmeyer verspürte nicht das erwartete Triumphgefühl. Stattdessen hüpfte er durch den Flur und wusste nicht wohin mit seiner Hand, so weh tat sie. Am liebsten hätte er sie in Eiswasser getaucht.

Er sah vor seinem inneren Auge Jack Nicholson, wie er in *Die Hexen von Eastwick* seine Faust in einen Eiscremekübel drückte.

Er wollte so seiner Imken nicht begegnen. Er kam sich dämlich vor. Er suchte das Badezimmer auf, um sich kaltes Wasser über die Hand laufen zu lassen.

Chris stöhnte: »Bist du wahnsinnig oder auf Speed oder was?«

Lohmeyer drehte den Wasserhahn auf. Da ertönte ein Schrei: »Junge!? Um Himmels willen!«

Durch die offenstehende Badezimmertür erblickte Dirk Lohmeyer eine Frau. Aber es war nicht seine Imken, sondern eine

Dame um die siebzig. Sie hielt ein Schälmesser in der Hand und hatte eine Schürze um.

Schlagartig wurde Lohmeyer bewusst, dass er vor Chris' Mutter stand. Sie führte dem Junggesellen den Haushalt, kochte für ihn und passte auf, dass sich hier nicht so rasch eine andere Frau breitmachte.

Sie half ihrem Sohn hoch und wollte sofort die Polizei und einen Krankenwagen rufen. Chris wehrte sich: »Nein, nicht, Mutti. Das ist ein Missverständnis. Ich weiß auch nicht, was mit dem los ist. Das ist der Mann von Imken.«

»Dieser Versicherungsheini? Was will denn der von dir?«

»Keine Ahnung. Der ist völlig durchgeknallt.«

O Gott, dachte Lohmeyer, was jetzt? Er wog ab, was dafür sprach, einfach aus dem Badezimmerfenster zu fliehen. Es war schmal, aber es führte direkt in den Garten. Es war ebenerdig. Er konnte einfach springen und dann zu seinem Auto laufen.

Er fegte ein paar Gegenstände vom Fensterbrett. Eine kleine Porzellanfigur. Einen Leuchtturm. Einen Aschenbecher, voll mit Muscheln und Sand. Er hatte Probleme, das Fenster zu öffnen. Es klemmte.

Hinter ihm im Türrahmen erschien jetzt Chris Hoffmann. Über seinem linken Auge klaffte eine Wunde. Zwei Blutflüsse ergossen sich links und rechts neben dem Auge und liefen darunter zusammen.

Das Fenster sprang mit einem Krachen auf. Dirk Lohmeyer versuchte, sich hindurchzuquetschen.

Chris Hoffmann knickte in den Knien ein. Er schaffte es nicht, Dirk zu folgen. Aber seine Mutter attackierte jetzt den fliehenden Eindringling. Zum Glück benutzte sie dazu nicht das Schälmesser. Sie warf es ins Spülbecken, nahm die Klobürste und schlug damit nach Dirk. Sie traf ihn zweimal am Kopf. Es tat verdammt weh!

Mit jedem Treffer schrie sie: »Drecksack! Drecksack!«

Lohmeyer gelangte auf wackligen Beinen in den Garten und stürmte zu seinem Auto. Hinter ihm lehnte sich Frau Hoffmann aus dem Toilettenfenster und rief: »Lass meinen Sohn in Ruhe, oder du kriegst es mit mir zu tun!«

Im Auto merkte Dirk Lohmeyer, dass er japste und zitterte. Seine Rache- und Strafaktion kam ihm jetzt selbst ziemlich jämmerlich vor. Trotzdem musste er lachen. Das war der abenteuerliche Motorradheld? Der Weltenbummler mit dem Bike? Ein Muttersöhnchen war er, nichts weiter! Und in so einen hatte seine Imken sich verguckt? Er konnte es selbst kaum glauben.

Dreimal waren Ruperts Beweise von Strafverteidigern vor Gericht als unglaubwürdig, schlecht recherchiert und folglich nicht gerichtsverwertbar auseinandergenommen worden. Seitdem hasste er Anwälte mindestens ebenso sehr wie Journalisten oder Pressefotografen. Er fühlte sich immer noch ungerecht behandelt. Es war eine offene Wunde, die sich nur sehr langsam schloss, da sie immer wieder aufgerissen wurde.

Er wollte unbedingt dabei sein, wenn die Kanzlei Eissing in Wittmund gestürmt werden würde. Zu gern hätte er im Anschluss auch das Verhör übernommen, aber da Ann Kathrin Klaasen als Verhörspezialistin galt und er höchstens manchmal innerhalb solcher Inszenierungen den Buhmann spielen durfte, wusste er, dass ihm dieser Genuss entgehen würde.

Trotzdem freute er sich darauf, zu sehen, wie so ein Anwalt, den er sich nur als hochnäsig vorstellen konnte, in Handschellen abgeführt werden würde.

Rupert begleitete also als Fachmann vor Ort die Eingreiftruppe. Es waren fünf junge Kollegen, bestens ausgebildet, durchtrainiert und hochmotiviert. Sie rückten in ganz Norddeutschland an, wenn es darum ging, einen Schwerverbrecher zu inhaftieren und mit viel Widerstand, möglicherweise gar einer Schießerei, gerechnet wurde.

In ihren kugelsicheren Westen, den Helmen und der ganzen dunklen Ausrüstung wirkten sie furchterregend wie schwarze Ritter. Rupert musste immer an Darth Vader denken, wenn er sie sah. In seinen Heldenträumen gehörte Rupert selbst zu dieser Mannschaft, ja, führte sie als Chef an. Zwei Scharfschützen und drei Leute für den Bodyjob.

Er hatte sich sogar einmal beworben. Er war dort genauso abgelehnt worden wie im Norddeicher Shantychor. Die einen behaupteten, er könne nicht singen, und die anderen, er sei schon zu alt und nicht fit genug dafür. Er wusste nicht, welcher Schlag härter gesessen hatte.

Seiner Frau Beate hatte Rupert das alles ein wenig anders geschildert. Er hatte ihr erzählt, sie wollten ihn unbedingt in der Eingreiftruppe haben, weil man dort einen erfahrenen, entschlossenen Mann brauche, der auch in der Lage sei, ein junges Team zu leiten.

Beate war entsetzt gewesen. Sie hatte Angst um ihren Rupert, und das tat ihm gut. Sie, die Reiki-Meisterin – obwohl sie ihm ständig Reiki gab, wusste er immer noch nicht, was das war –, hatte ihn mit sanfter Stimme angefleht: »Aber ich will noch ein schönes Leben mit dir haben! Mir wäre es lieber, du würdest einen harmlosen Bürojob machen. Du musst doch nicht den Helden spielen, um mir irgendetwas zu beweisen. Mein Held bist du sowieso!«

Sie führte Ubbo Heide ins Feld, der, inzwischen durch eine Stichverletzung an den Rollstuhl gefesselt, seinen Dienst vorzeitig quittieren musste. Und Rupert spielte dann die Rolle des Liebhabers, der, um seiner Frau keine Albträume zu bereiten, auf diese große Karrierechance verzichtete und stattdessen weiter im K 1 blieb, unter der Fuchtel dieser unmöglichen Ann Kathrin Klaasen.

Doch jetzt war er dabei. Zwar nur als Zuschauer, aber immerhin. Er fand, die Jungs machten das hervorragend. Er hätte es zugegebenermaßen nicht besser gekonnt.

Alles verlief reibungslos. Sie sicherten das Gelände. Ein Scharfschütze positionierte sich auf dem gegenüberliegenden Dach. Von hier aus hatte er freies Schussfeld ins Büro. An den Fenstern im ersten Stock hingen die typisch ostfriesischen gehäkelten Scheibengardinchen.

Das, dachte Rupert, war dein erster Fehler, Eissing. Wer krumme Geschäfte macht, sollte richtige Vorhänge vor den Fenstern haben, nicht solche winzigen Scheibengardinchen.

Es gab zwei Methoden, wie das Spezialkommando vorgehen konnte: Entweder sie pirschten sich heran, schlugen die Tür ein und stürmten den Raum, oder sie wählten die bevorzugte Piratenart der ostfriesischen Freunde: Verkleidung und Täuschung. Je unerwarteter der Zugriff erfolgte, umso erfolgreicher war normalerweise die Aktion.

Sie fuhren nicht mit Blaulicht und Sirene vor, sondern kamen im Lieferwagen eines Blumengeschäfts. Eine dreiundzwanzig Jahre junge Kollegin, die sich aus Ruperts Sicht genauso gut für eine Karriere in Hollywood hätte entscheiden können, aber statt beim Film Karriere zu machen nun hier die Blumenbotin spielte, klingelte mit einem großen, bunten Sommerstrauß im Arm.

Schon beim zweiten Klingeln wurde ihr geöffnet.

Klar ist das einfacher, als eine Tür einzuschlagen, dachte Rupert. Aber das andere hätte ihm besser gefallen. Ann Kathrin wollte doch, dass dem Typen Angst gemacht werden sollte. Wie wollten sie das denn mit einem Blumenstrauß hinkriegen?

Rupert war gegen diese laschen, neumodischen Methoden. Lediglich die junge Frau war wirklich eine Augenweide. Wie hielt sie es nur mit diesen Schnöseln von der Eingreiftruppe aus? Jetzt tat es Rupert wieder leid, dass er nicht mit dabei war.

Die Rechtsanwaltsfachangestellte Antje Saathoff empfand

sich als gute Seele der Kanzlei. Sie wusste, dass all diese studierten Leute wie ihr Chef Eissing und viele seiner Kollegen, Architekten, Ärzte, Geschäftsführer, nichts waren ohne ihre Sekretärinnen und Bürokräfte, die ihnen das Leben und die Arbeit organisierten. Ja, manchmal hatte sie das Gefühl, diese Kanzlei hier regelrecht zu regieren. Ohne sie lief nichts.

Sie legte die Dinge auf Termin, sie heftete ab, sie wusste, wo die Ablagen waren. Sie organisierte den Tagesablauf. Vermutlich hatte sie sogar einen genaueren Blick auf den Kontostand als Eissing selbst.

Er verstärkte ihre Meinung von sich selbst noch dadurch, dass er mindestens einmal pro Woche kopfschüttelnd über sich selbst sagte: »Was wäre ich nur ohne Sie?«

Manchmal, wenn sie alleine miteinander waren, duzte er sie. Wenn Klienten da waren, siezten sie sich, um mehr Professionalität zu suggerieren.

Es war nicht das erste Mal, dass hier ein Strauß Blumen für Herrn Eissing ankam. Manche Frauen fuhren auf seine unterkühlte Art ab. Wenn sie sich von Angela Röttgen im Scheidungsprozess vertreten ließen, saßen sie manchmal heulend im Wartezimmer, gebeutelt von den eigenen Gefühlen, erschüttert von den Dingen, die ihnen geschehen waren.

Eissing konnte aus seinem Arbeitszimmer, wenn er die Tür einen Spalt offen ließ, ins Wartezimmer schauen, denn dort war eine große Glasscheibe, die den Blick in den Flur frei machte, so dass jeder, der durch den Flur ging, gleich mitbekam, ob noch jemand im Wartezimmer saß.

Ein paarmal hatte Antje Saathoff erlebt, dass Eissing sich mit einer Tasse Kaffee zu den Damen gesetzt und sie mit seiner ruhigen Art getröstet hatte. In Norddeich, wo sie groß geworden war, nannte man das »Abstauberverhalten«. Sie wusste nicht, ob er wirklich so einer war und nur versuchte, seine Chance zu nutzen, um die Frauen ins Bett zu bekommen, oder ob er einfach ein netter Mensch war, der bei seiner sonstigen Tätigkeit so wenig mit Emotionen zu tun hatte und so viel mit Zahlen, dass er es einfach manchmal als Ausgleich brauchte, den Tröster zu spielen.

Als sie die Tür öffnete und in die Augen der Blumenbotin sah, wusste sie sofort, dass etwas nicht stimmte. Bruchteile von Sekunden später lag Antje Saathoff bereits auf dem Boden, spürte ein Knie in ihrem Rücken, und ihre Handgelenke wurden zusammengezurrt.

An ihr vorbei stürmten Männer durch den Flur. Sie sah aus ihrer Perspektive nur die Schuhe und das Profil der kräftigen Sohlen. Kommandos wurden gebrüllt, Türen aufgestoßen.

»Wir haben sein Handy geortet! Wieso, verdammt, ist der nicht hier?«

Antje Saathoff stammelte: »Er nimmt sein Handy nie mit, wenn er segeln geht. Er will dann keine E-Mails checken. Er will eben unerreichbar sein.«

»Scheiße, Scheiße, Scheiße!«, fluchte jemand.

Antje Saathoff war mit Eissings Schäferhund allein. Sie passte oft auf Ajax auf, wenn Eissing mit seinem Segelboot durch die Nordsee schipperte, denn er behauptete, sein Schäferhund würde sofort seekrank.

Das Tier griff den ersten Polizisten an. Sie hörte ihn bellen und rief seinen Namen: »Ajax!« Dann fiel ein Schuss.

Ajax hatte sich in den Unterarm des Polizisten verbissen und selbst jetzt, da ihn eine Kugel links neben dem Ohr getroffen hatte, klammerte sein Kiefer so fest, dass zwei weitere Beamte Mühe hatten, den Arm ihres Kollegen zu befreien.

Rupert ahnte, dass der erschossene Schäferhund ein Nachspiel haben würde. Und jetzt war er wieder froh, nicht zu dieser Eingreiftruppe zu gehören. Der Herr Anwalt würde einen Schuldigen suchen, da war Rupert sich sicher. Irgendeiner musste für diese Aktion am Ende Federn lassen.

Er verstand seine Kollegen. Er hätte genauso gehandelt. Tiere konnten unberechenbar sein und hatten keinerlei Respekt vor Uniformen oder Autoritäten. Hunde akzeptierten nur ihr Herrchen.

Eissing segelte gerade zwischen Wangerooge und Spiekeroog in Richtung Langeoog. Er liebte es, nahe an den Inseln vorbeizusegeln. Manchmal winkten ihm die Touristen vom Strand aus zu. Er hatte dann das Gefühl, dabei zu sein, dazuzugehören, und trotzdem war da diese wunderbare Einsamkeit.

Zeitgleich drang ein zweites Team in Eissings Wohnhaus in Neuharlingersiel ein. Hier wurde kein Hund erschossen, dafür wurden aber einige Nachbarn aufgeschreckt.

Dr. Harm Eissing bekam von alldem nichts mit. Er saß mit nacktem Oberkörper an Deck, genoss die Sonne auf der Haut und den Wind. Wenn er so auf dem Segelboot durch die Wellen glitt, wusste er, dass ein Mann eigentlich nicht mehr brauchte als die Sonne, den Wind, das Geräusch der Wellen und ein gutes Boot.

Der ganze Zivilisationsmüll fiel von ihm ab. Über Immobiliengeschäfte, Steuertricks und Firmenverschachtelungen konnte er nur lachen. Das alles war Mist. Papier. Alltagskram. Bürokratieblödsinn. Was wirklich zählte, hatte er hier an Bord.

Er brauchte auch kein raffiniertes Essen. Ein Weißbrot. Ein Stück Käse. Vielleicht noch ein Glas Rotwein. Die Welt konnte so schön sein ...

Ann Kathrin Klaasen wollte nicht warten, bis Eissing in einen Hafen einlief, um ihn dort einzukassieren. Antje Saathoff hatte ihnen gesagt, dass er garantiert am Abend zurückkommen würde, denn morgen um zehn Uhr hatte er einen wichtigen Termin. Es ging um einen Vergleich. Wert gut zwei Millionen.

»Er hat«, so gab sie zu Protokoll, »so einen Termin noch nie versäumt.«

Ann Kathrin hatte schon immer einen guten Kontakt zur

Wasserschutzpolizei gehabt. »Die Jungs«, sagte Ann Kathrin, »sind nicht nur dazu da, Fischfangquoten zu überwachen und die Maschengröße von Fangnetzen zu überprüfen, sondern das sind richtige Polizisten. Nur statt Autos fahren die mit Booten.«

Sie brauchten nur Minuten, um Eissing zu orten. Erstaunt stand Weller daneben, als Ann Kathrin nun auch noch einen Hubschrauber organisierte.

Er sagte es nicht, aber sie beeindruckte ihn tatsächlich. Sie glaubte nicht, dass Eissing ernsthaft in der Lage war, mit seiner Segeljolle zu flüchten. Sie wollte ihn wirklich einschüchtern.

So kannte Weller Ann Kathrin gar nicht und staunte, weil er immer wieder neue Züge an seiner Frau entdeckte.

Nach all den Jahren, dachte er, ist sie immer noch in der Lage, mich und alle anderen zu verblüffen.

Als das große Schlauchboot W 26 der Wasserschutzpolizei neben Eissing auftauchte und er über Lautsprecher aufgefordert wurde, sofort den nächsten Hafen anzulaufen, tat er augenblicklich, was ihm gesagt wurde, und steuerte auf Langeoog zu. Er glaubte, dass Schiffe wegen des zunehmenden Rauschgiftschmuggels in letzter Zeit häufiger kontrolliert wurden, und da er in dieser Frage vollkommen unschuldig war – an Bord befanden sich lediglich fünf edle Flaschen Rotwein –, steuerte er mehr belustigt als erschrocken Langeoog an.

Das Küstenschiff begleitete ihn. Das Gefährt war eigens für Norddeich gefertigt worden. Es war schnell, konnte sich tideunabhängig zwischen den Inseln bewegen und war zum Stolz aller praktisch bei jedem Wasserstand einsatzfähig.

Als dann aber der Hubschrauber über ihm fast in der Luft stand und die Luftbewegungen, die die Rotorblätter verursachten, seine Segel flattern ließen, wurde ihm doch mulmig.

Weller war bei Ann Kathrin oben im Hubschrauber. »Du willst dich doch jetzt nicht ernsthaft auf das Boot abseilen?«, fragte er.

»Doch, Frank, genau das will ich.«

»Brauchst du diesen spektakulären Auftritt für dich selber oder für den Typen da unten? Das ist nicht ungefährlich!«

»Ich glaube«, konterte sie, »es kann gefährlicher sein, nachts eine Pizza zu machen ...«

Sie spielte darauf an, dass er sich nach Dienstschluss hungrig eine Pizza in den Ofen geschoben hatte, dann aber eingeschlafen war. Erst als die Rauchmelder Alarm schlugen, waren die beiden aus den Betten hochgeschreckt, hatten die verqualmte Küche gelüftet und die Rauchmelder abgeschraubt. Die Batterien hatten sie entfernt, weil sie anders nicht ruhigzustellen waren.

»Ich komme mit«, entschied er.

Ann Kathrin kam problemlos runter und war schon auf dem Boot. Weller befürchtete, dass der Segelmast ihn regelrecht aufspießen könnte. Weller schwang am Seil hin und her, hatte keinerlei Kontrolle über die Bewegungen. Schließlich krachte er einmal gegen den Mast, dann bekam er ihn zu fassen, umklammerte ihn mit beiden Beinen, löste sein Seil, das ihn fast wieder nach oben gehoben hätte, und ließ sich dann langsam am Mast herunter.

Es war einer dieser Momente, in denen Weller bereute, Polizist geworden zu sein, und er wieder darüber nachdachte, ob es nicht schöner wäre, in Norddeich eine Fischbude zu eröffnen.

»Langsam bin ich«, grummelte er, »für solche Scheiße einfach zu alt.«

Ann Kathrin, die zwei Jahre älter war als er, stand schon bei Eissing.

»Wollen Sie mein Schiff durchsuchen? Was soll der ganze Aufwand?«, fragte er. »Glauben Sie wirklich, dass ich Drogen schmuggle? Bitte, tun Sie sich keinen Zwang an. Durchsuchen Sie alles.«

Ann Kathrin wunderte sich. Er, der Anwalt, fragte nicht danach, ob sie eine richterliche Durchsuchungsanordnung hätten, sondern gewährte ihr sofort freien Zutritt.

»Ich suche gar nichts«, sagte sie. »Wir haben bereits etwas gefunden.« Sie zog ihr Handy aus der Tasche und zeigte ihm auf dem Display Fotos der Kleidungsstücke.

»Das hier wurde in Ihrer Ferienwohnung in der Bretagne gefunden.«

Eissings Segelbräune verwandelte sich sofort in Kalkweiß. Augenblicklich war sein überlegener Blick verschwunden. Er guckte jetzt wie ein Schüler, der beim Schummeln erwischt worden war. Seine Körperhaltung war nicht mehr aufgebläht, sondern er machte sich so klein wie möglich.

Er sah Ann Kathrin nicht an. Er versuchte, sich zu sammeln und eine Argumentationskette aufzubauen.

Weller stand schwankend und fluchend hinter Ann Kathrin. Er hatte sich das rechte Knie am Mast gestoßen und befürchtete jetzt, blaue Flecken und ein dickes Bein zu bekommen.

Eissing drehte Ann Kathrin den Rücken zu und nahm das Steuer in die Hand. So versuchte er, wieder Selbstsicherheit zu gewinnen.

»Sie haben also«, sprach er nach vorn, ohne Rücksicht darauf zu nehmen, wo Ann Kathrin stand, »mein Ferienhaus durchsucht? Ich hoffe, Sie haben sich dafür alle juristischen Genehmigungen eingeholt. Wir bewegen uns hier auf sehr dünnem Eis. Es gibt nationale und europäische Gesetze, die es einzuhalten gilt. Die Franzosen gehen mit solchen Dingen ganz anders um als ein Richter bei uns.«

»Ich glaube nicht, dass ich Ihnen viel erklären muss, sondern Sie haben mir einiges zu erklären. Diese Kleidungsstücke hat Angela Röttgen getragen, als sie verschwand. Jetzt sind sie in Ihrer Ferienwohnung, und Angela Röttgen ist tot. Es sieht nicht gut für Sie aus, Herr Dr. Eissing. Sie haben behauptet, Angela Röttgen sei nie bei Ihnen in der Bretagne gewesen …«

Er drehte sich zu Ann Kathrin um und brauste auf: »Das war sie auch nie, verdammt nochmal! Ich habe nichts, aber auch gar nichts mit der Sache zu tun!« Er fuchtelte mit den Armen in der Luft herum. »Das Paket hat mir jemand nach Hause geschickt. Nach Neuharlingersiel. Können Sie sich vorstellen, was das bedeutet? Meine Partnerin in der Anwaltskanzlei verschwindet, ohne mir etwas zu sagen oder ihrem Mann oder ihren Kindern. Und ein paar Tage später – ich breche deswegen meinen Urlaub in der Bretagne ab, komme zurück und finde bei mir zu Hause ein Paket. Meine Nachbarn haben es für mich angenommen. Und darin liegt ihre Wäsche. Ja, Herrgott, was sollte ich denn tun?«

Weller suchte einen festen Platz. Er befürchtete, von Bord zu fallen. Er stand so wacklig. Gleichzeitig wollte er aber Eissings Gesicht genau studieren. Jede Gefühlsregung. Jede Bewegung. Später würde all das eine wichtige Rolle spielen. Sagte Eissing die Wahrheit, oder log er? Weller wollte sich nicht nur auf Ann Kathrin verlassen, sondern sich selbst eine eigene Meinung bilden.

»Ich wusste überhaupt nicht, was ich machen sollte. Ich war noch nie im Leben in so einer Situation!« Er zeigte auf Ann Kathrin. »Sehen Sie? Gucken Sie sich doch an. Genau das habe ich befürchtet.«

»Was?«

»Dass alle denken, ich hätte etwas mit ihrem Verschwinden zu tun. Oder ich hätte ein Verhältnis mit ihr. Ich meine, wenn man eine Frau entführt, wem schickt man denn dann ihre Sachen? Ihrem Mann? Ihrem Vater? Aber doch nicht irgendeinem ...«, er suchte das richtige Wort, »Arbeitskollegen. Indem man mir das geschickt hat, unterstellt man mir doch eine Nähe zu ihr, die ich nicht habe ...«

»Sie sind Anwalt. Sie kennen die Gesetze. Sie hätten zur Polizei gehen können.«

»Hätte, hätte, hätte! Um das einem Ihrer sensiblen Kollegen zu erklären, der sowieso einen Hals auf Anwälte hat? Die meisten Polizisten halten von meinem Berufsstand nicht besonders viel.«

»Behaupten Sie«, konterte Ann Kathrin.

»Hätte ich zu ihrem Mann gehen sollen? Und überhaupt, woher kennt der Täter meine Privatwohnung? Ja, wenn das Paket wenigstens in die Kanzlei geschickt worden wäre, dann könnte ich sagen, na gut, aber zu mir privat nach Hause? Da lag kein Brief bei, nichts. Als Absender war ihre eigene Adresse angegeben. Natürlich habe ich das Paket aufgemacht, und jetzt sind meine Fingerabdrücke, DNA von mir, an ihrer Wäsche! Wahrscheinlich hat der Täter angenommen, dass Sie eine Hausdurchsuchung bei mir machen und das Paket dann finden.«

»Haben Sie es deshalb in die Bretagne gebracht?«

Er zuckte mit den Schultern, verzog den Mund, reckte das Kinn vor und zischte: »Ja, verdammt! Ich dachte, wenn Sie es bei mir zu Hause finden, werde ich wegen irgendeinem Blödsinn verdächtigt, gerate da in eine Sache hinein, mit der ich überhaupt nichts zu tun habe. Also habe ich das Paket in mein Auto gelegt und bin in die Bretagne zurückgefahren, um meinen abgebrochenen Urlaub fortzusetzen.«

Weller mischte sich ein: »Ich denke, Sie mussten die Fälle Ihrer Kollegin weiterbearbeiten?«

»Ja, ich bin in die Bretagne gefahren, habe das Päckchen in meinem Haus versteckt, und bin dann wieder zurück.«

»Finden Sie nicht, dass das ein großer Aufwand gewesen ist? Fast dreitausend Kilometer hin und zurück?«, fragte Ann Kathrin. »Sie hätten auch einfach alles verbrennen können, oder nicht?«

»Ja, wer weiß ... ich wusste doch nicht, was dieser Täter sonst noch für Sachen auf Lager hat. Ich dachte, wenn sie wirklich entführt wurde und irgendwann kommen Erpresserbriefe und es wird Geld verlangt, dann kann ich ja immer noch damit herauskommen, mich erklären, und vielleicht kann man anhand des Pakets irgendetwas feststellen oder anhand der Sachen ... Ich wollte kein Beweismaterial vernichten. Gleichzeitig wollte ich aber auch nicht, dass es bei mir gefunden wird.«

»Sie haben sich absolut idiotisch verhalten, Herr Dr. Eissing, wenn ich das mal so sagen darf«, erklärte Ann Kathrin. »Damit haben Sie sich selbst tief reingeritten. Das geht unter Umständen bis zur Strafvereitelung ... Sofern ich Ihnen Glauben schenke. Es kann nämlich auch alles ganz anders gewesen sein.«

»So? Wie denn?«, fragte er angriffslustig.

Der Hubschrauber war inzwischen abgedreht. Das Boot der Wasserschutzpolizei fuhr noch neben ihnen her. Von dort kam eine Lautsprecherdurchsage, aber Ann Kathrin verstand sie nicht.

Weller spekulierte lauthals drauflos: »Die Geschichte ergibt auch andersherum einen Sinn. Sie hat sich mit ihrem Mann gestritten, ist dann durchgebrannt, zu Ihnen in Ihr Ferienhaus. Dort wurde Ihnen beiden klar, dass bei einer Scheidung eine Menge auf dem Spiel steht. Immerhin hat sie zwei Kinder, das Haus ... Sie brauchten beide Geld für einen Neuanfang. Sie hatten das Paket mit ihren Kleidern gepackt, das wollten Sie dann an sich selbst schicken. Sie wären dann aufgetreten als der Vermittler zwischen dem Entführer und der Familie Röttgen. Anwälte eignen sich für so etwas doch sehr gut.«

»Sind Sie wahnsinnig?«, frage Eissing.

»Herr Röttgen hätte das Haus verkauft oder eine Hypothek drauf aufgenommen. Alle Sparbücher geräumt. Wahrscheinlich wäre auch noch einiges Geld von ihren Eltern gekommen, und damit hätten Sie beide irgendwo ein neues Leben anfangen können.«

»Aber, verdammt, ich bin doch gar kein armer Mann, ich bin wohlhabend und habe so einen Scheiß gar nicht nötig!«

»Haben Sie nicht gerade eine kostspielige Scheidung hinter sich gebracht? Gehört das Haus in Neuharlingersiel Ihnen überhaupt noch oder schon der Bank? Und so ein Segelboot hier, das kostet doch auch ein paar Euro, oder? Haben Sie Dreck am Stecken? Erwarten Sie vielleicht in nächster Zeit, dass ein Mandant einen Prozess gegen Sie führt? Hatten Sie beruflich nichts mehr zu verlieren? Waren Sie genauso auf dem Absprung? Menschen haben manchmal solche Kurzschlussreaktionen und versuchen dann, sich mit einem geschickt eingefädelten Verbrechen zu verbessern.«

»Ich muss mir das alles nicht länger anhören!«, schrie Eissing. »Sie sind unrechtmäßig an dieses Paket gekommen!«

»Ach«, sagte Ann Kathrin, »wir sind unrechtmäßig an dieses Paket gekommen? Und Sie rechtmäßig oder was?«

»Sie hatten kein Recht, mein Haus in der Bretagne ...«

»Ich glaube eher, dass Sie kein Recht hatten, uns dieses Paket so lange vorzuenthalten. Denn jetzt, mein lieber Herr Eissing, stehen Sie unter Mordverdacht. Ich glaube nämlich, dass Ihnen die ganze Sache aus dem Ruder gelaufen ist.«

Ann Kathrins Worte wirkten wie ein Tiefschlag. Er ließ die Schultern mutlos sinken.

Halbherzig durchsuchte Weller das Segelboot nach einer doppelläufigen Schrotflinte. Er fand nur ein scharfes, finnisches Fischmesser. Andere Waffen gab es nicht an Bord.

Imken Lohmeyer summte Kinderlieder, wie sie sie von ihrer Mutter kannte und die sie ihren eigenen Kindern zum Einschlafen vorgesungen hatte.

*Guten Abend, gut' Nacht, mit Rosen bedacht,
mit Näglein besteckt, schlupf unter die Deck.
Morgen früh, wenn Gott will, wirst du wieder geweckt,
morgen früh, wenn Gott will, wirst du wieder geweckt.*

Sie hatte auch schon Schlager gesungen:

*An der Nordseeküste am plattdeutschen Strand
sind die Fische im Wasser und selten an Land.*

Und alte Beatles-Songs. Sie konnte nicht ein Lied wirklich auswendig. Ihr Vater und ihre Mutter waren Beatles-Fans. Sie liebten Vinyl und hatten sich nie an digitale Abspielformen von Musik gewöhnt. Selbst die Umstellung auf CDs war ihnen schwergefallen. Im Grunde wollten sie beide immer nur ihren alten Plattenspieler.

Imken brauchte etwas, woran sie sich festhalten konnte, und seien es solche Erinnerungen. Wenn sie ihre eigene Stimme hörte, wie sie ein paar Zeilen sang, die sie erinnerte, dann kamen Situationen zurück, in denen sie diese Lieder gehört oder mitgesummt hatte.

Dieses kalte, dunkle Verlies wurde plötzlich zum elterlichen Wohnzimmer, und ihr Vater legte stolz das Album Live in New York City von John Lennon auf, wobei er *Give peace a chance* mitsummte und mitdirigierte, und bei *All we are saying* gab er immer auch ihr den Einsatz und forderte sie gestisch auf mitzusingen. Ihre Mutter tat es sowieso.

Jetzt bekam das alles eine neue Bedeutung, war so wichtig wie ein Rettungsseil, das ihr aus der Vergangenheit zugeworfen wurde. Aus dem Sumpf des Irrsinns, der sie zu verschlucken drohte, konnte sie sich an diesem Seil auf geistig gesunden, festen Boden zurückarbeiten.

Inzwischen war sie sicher, nicht im Keller eines Gebäudes

zu sein, sondern in der freien Natur. Sie vermutete, dass ihr Verlies in Waldboden hineingebaut war. Manchmal raschelte und kratzte es über ihrem Kopf, als würden Tiere mit kleinen Krallen über Holz laufen. Dann wieder hörte sie Wind pfeifen. Manchmal Vogelstimmen.

Nicht weit von diesem Verlies entfernt, vielleicht direkt daneben, musste ein zweites sein, in dem Maike Müller saß. Seit, sie konnte es selbst kaum glauben, dem zehnten April. Unfassbar! Vielleicht stimmte das Datum – falls Maike Müller nicht längst verrückt geworden war. Nicht alles, was sie sich gegenseitig zuschrien, ergab einen Sinn.

Sie hatte Hunger und Durst. Er musste Maike Müller versorgt haben, sonst wäre sie längst gestorben. Er wird also auch zu mir kommen, dachte Imken, und er wird auch mir Essen und Trinken bringen. Ich werde ihn dann sofort attackieren. Wenn ich lange hier unten bleibe, werde ich Kraft verlieren und Energie. Jetzt bin ich noch stark.

Oberstudienrat a. D. Paul Verhoeven schrieb eine SMS an seinen ehemaligen Kollegen Peter Röttgen:

Ich glaube, ich weiß, wer auf dich geschossen hat. Können wir uns sehen?

Röttgen hatte die Anweisung von Ann Kathrin Klaasen, auf keinen Fall seine neue Adresse bekanntzugeben. Niemandem. Sie hätte ihn am liebsten viel weiter weg gebracht. Mindestens nach Leer, Oldenburg, am liebsten nach Hannover.

Es gab für solche Fälle sichere Wohnungen. Aber Röttgen hatte sich geweigert. Er brauchte seine Umgebung. Die Nähe zu den Kindern, selbst wenn er sie nicht sah.

Er hatte keine Angst, Paul zu antworten. Er war völlig arglos, als er zurückschrieb und seine Adresse eintippte:

Friesenstraße 10, Bensersiel.
Paul war ganz sicher nicht der Schütze. Da hatte er überhaupt keine Zweifel. Aber Paul hatte mit seiner Angel am anderen Ufer gestanden. Hatte Paul den Täter gesehen? Wusste er etwas?

Jetzt saß Röttgen auf heißen Kohlen und wusste nicht, wohin mit sich. Am liebsten wäre er ums Haus gelaufen, doch er traute sich nicht wirklich raus. Er wollte nicht gesehen werden. Selbst wenn er ans Fenster ging, kam er sich vor wie eine Zielscheibe.

Langsam begann seine Seele zu verarbeiten, was eigentlich geschehen war. Wenn er von einem Raum in den anderen ging und eine Tür hinter sich schloss, war es plötzlich für ihn, als würde auf ihn geschossen. Er hörte wieder das Prasseln der Schrotkörner und das zerberstende Holz.

Er bückte sich unwillkürlich, spürte diesen Fluchtimpuls.

Sein Handy klingelte. Er ging nicht ran. Er sah auf dem Display die Nummer seiner Schwiegermutter. Mit ihr wollte er jetzt auf gar keinen Fall reden. Auch nicht mit seinem Schwiegervater. Er konnte diese vorwurfsvolle Stimme nicht ertragen, und er wusste nicht, was er seinen Kindern sagen sollte, falls eins von ihnen am Apparat war. Nein, das ging jetzt überhaupt nicht.

Er wäre gerne ein starker Vater gewesen, der jetzt für seine Familie da war, die Schwiegereltern stabilisierte und die Kinder tröstete. Aber dazu fehlten ihm die Energie und die Entschlossenheit. Er war selbst so bedürftig und wusste nicht, von wem er sich holen sollte, was er brauchte. Seine Angela war nicht mehr da … Noch immer weigerte sich ein Teil von ihm, das ganze Ausmaß zu begreifen.

Er stand hinter dem geschlossenen Fenster und sah auf die Straße. Paul kam mit dem Rad.

Paul würde so eine Situation durchstehen, dachte Röttgen. Der ist wie gemacht für so etwas. Meinungsstark, klar abgegrenzt, selbstbewusst.

Paul Verhoeven stellte sein Rad unten ab und schloss es sorgfältig mit einem Zahlenschloss und einer zusätzlichen Kette ab.

Der vertraut keinem, dachte Peter Röttgen. Ich hätte mein Rad wahrscheinlich unabgeschlossen unten stehen lassen, weil ich ja von hier aus einen guten Blick drauf habe und außerdem an das Gute im Menschen glaube. Der dagegen sichert sich ab.

Paul Verhoeven setzte seinen Fahrradhelm ab, steckte ihn in die Fahrradtasche und nahm die mit hoch. Freundlich grüßte er den Polizisten, der am Eingang im Strandkorb saß und die Aufgabe hatte, Röttgen zu bewachen. Jörg Benninga hatte nicht vor, den Oberstudienrat a. D. so einfach durchzulassen. Er stellte sich in den Weg.

»Darf ich Sie fragen, wohin Sie möchten?«

»Ja. Zu meinem alten Freund Peter Röttgen.«

»Woher wissen Sie, dass er hier ist?«

»Er hat mir eine SMS geschrieben.«

Benninga verzog das Gesicht.

Röttgen öffnete oben das Fenster und rief nach unten: »Ist schon in Ordnung!«

Benninga stampfte mit dem Fuß auf. Sein Bauchspeck wabbelte.

»Gar nichts ist in Ordnung!«, rief er hoch. »Haben Sie den Ernst der Lage nicht kapiert, oder was? Man hat Ihre Frau erschossen, und der gleiche Typ hat auf Sie gefeuert. Es hat überhaupt keinen Sinn, dass Sie sich hier verstecken, wenn Sie jedem mitteilen, wo Sie sind!«

»Ich hab es nicht jedem mitgeteilt, sondern nur meinem alten Freund!«, rief Röttgen nach unten. »Mit irgendwem muss auch ich reden, verdammt nochmal!«

Paul Verhoeven richtete den Zeigefinger seiner rechten Hand auf Benninga und stieß damit zweimal gegen seine Brust. »Machen Sie sich doch nicht lächerlich. Wenn das hier ein geheimes Versteck sein soll, wieso sitzen Sie dann in Uniform vor dem Haus im Strandkorb?«

»Ich habe die Aufgabe, für die Sicherheit von Herrn Röttgen zu sorgen.«

»Na klar«, tadelte Verhoeven den Polizisten, als sei er einer seiner Schüler. »Das machen Sie bestimmt ganz vorbildlich. So, wie Sie aussehen, sind Sie ja bestimmt ein durchtrainierter Kampfsportler ... gewesen, bevor Sie träge wurden und lieber an der Theke Halbliterkrüge gestemmt haben als Hanteln im Fitnessstudio, stimmt's? Schauen Sie mich an, junger Mann. Ich bin zwanzig Jahre älter als Sie, vielleicht fünfundzwanzig. Aber fitnessmäßig bin ich Ihnen weit überlegen. Ich fahre hundertzwanzig bis hundertfünfzig Kilometer Rad, jede Woche. Ich mache morgens Liegestütze und Kniebeugen, um fit zu bleiben. Sie schrecken keinen Täter ab.«

»Ja, ich ... äh ...« Benninga ballte die Faust und schlug in die Luft, als wolle er einen imaginären Gegner ausknocken. »Ich bin nicht hier, um mit Ihnen über ein Sport- oder Diätprogramm zu diskutieren.«

»Ich weiß. Sie sind da, um Peter zu beschützen. Dann können Sie jetzt eine kleine Pause machen. Für die nächste Stunde übernehme ich Ihren Job. Joggen Sie eine Runde. Und wenn Sie wiederkommen, dann am besten in Zivilkleidung. Glauben Sie mir, die steht Ihnen auch besser.«

Scharf sagte Benninga: »Ich darf Sie nicht zu ihm hoch lassen.«

»Dies ist ein freies Land, Herr Wachtmeister Dimpflmoser«, grinste Paul Verhoeven.

»Ihren Namen und Ihre Papiere«, beharrte Benninga.

Ruhig zog Verhoeven sein Portemonnaie aus der Tasche und zeigte seinen Ausweis vor. »Sie können ihn gerne als Pfand behalten, bis ich wieder unten bin.«

Benninga notierte sich den Namen und die Nummer des Personalausweises. Dann gab er das Plastikkärtchen zurück: »Nicht nötig.«

»Na prima. Dann passen Sie mal gut auf uns auf, Herr Wachtmeister.«

»Und wenn Sie noch einmal Wachtmeister zu mir sagen, haben Sie eine Beleidigungsklage am Hals.«

»Wieso? Ist das eine Beleidigung?« Leise fügte er hinzu: »Herr Dimpflmoser.«

Verhoeven ging die Treppe hoch zu seinem alten Arbeitskollegen, während Benninga darüber nachdachte, warum, verdammt nochmal, er als Polizist für viele Menschen so eine Reizfigur war. Warum wurde er so oft verspottet? Manche Menschen mussten einfach ihr Mütchen an ihm kühlen, und er verstand nicht, warum. Schließlich war er angetreten, um etwas Gutes zu tun. Den Menschen Sicherheit zu geben. Aber er erntete dafür keineswegs Respekt, sondern eine merkwürdige Form von Misstrauen. Ja, wenn sie ihn brauchten, wenn sie Opfer einer Straftat geworden waren, dann drehte sich die Situation sofort. Aber im normalen Leben ...

In seinem Bekanntenkreis war er neulich von einem Kegelbruder bei einer Party gebeten worden, nicht zu erzählen, dass er Polizist sei. »Warum nicht«, hatte Benninga gefragt, »was stimmt denn nicht mit mir?«

»Na ja, dann kriegen die anderen Beklemmungen.«

»Beklemmungen?«

»Ja, der eine will ein Bier trinken, ist aber mit dem Auto gekommen und weiß dann nicht ... Ach, herrjeh, die Menschen fühlen sich halt unfrei, wenn du in ihrer Nähe bist.«

Er hatte immer noch daran zu kauen. Er war noch nicht damit fertig. Er hatte die Party vor dem ersten Drink wieder verlassen. Vielleicht hatte Rupert ja recht. Die Welt geriet aus den Fugen. Die Bösen bekamen immer mehr Rechte, und die Guten wurden an den Rand der Gesellschaft gedrängt, so als sei mit ihnen etwas nicht in Ordnung.

Er blieb nachdenklich zurück und richtete eine Anfrage an Marion Wolters: »Kann ich abgelöst werden? Ich hab keinen Bock mehr.«

Marion Wolters antwortete: »Erde an Raumschiff. Ausdruck unbekannt. Bitte definieren Sie *keinen Bock*.«

»Erfinde irgendetwas, Marion. Mir ist schlecht geworden. Ich kann hier nicht weg, bevor jemand anders da ist. Aber bleiben werde ich hier auch nicht.«

»Ach, du willst da nicht mehr bleiben? Ja, glaubst du, mir macht es Spaß, hier in der Einsatzzentrale zu hocken und das Elend zu verwalten? Zu wenig Leute und zu viel Arbeit zu verteilen. Und weißt du, was ich mache, um die Sache zu verändern?«

»Du spielst jede Woche Lotto.«

»Exakt. Aber glaub ja nicht, dass ich dir meine Glückszahlen verrate.«

Paul Verhoeven und Peter Röttgen umarmten sich im Türrahmen, klopften sich immer wieder gegenseitig auf die Schultern und hielten sich fest, als hätten sie sich zwanzig Jahre lang nicht mehr gesehen und die ganze Zeit Sehnsucht nacheinander gehabt.

»Mein Beileid, Peter. Mein herzliches Beileid. Ich habe Angela immer gemocht.«

»Was sind das für Zeiten?«, fragte Röttgen. »Was haben wir falsch gemacht? Wer war es? Sag's mir!«

Verhoeven wehrte ab. »Lass uns erst ein Glas Wasser trinken. Ich bin ganz durchgeschwitzt.«

Röttgen hielt zwei Gläser unter den Wasserhahn.

Sie saßen sich gegenüber. Jeder hielt sein Glas mit beiden Händen fest. Sie drehten es zwischen ihren Fingern, als würden sie sich so geheime Signale senden. Sie sahen sich in die Augen.

Verhoeven begann: »Es tut mir leid. Ich war fischen. Ich habe mit mir gekämpft, ich wollte dich besuchen, dir mein Beileid ausdrücken, aber so eine Sache macht einen ja auch irgendwie stumm und wütend zugleich. Ich ...«

»Schon gut. Wer war es?«

»Die Sache könnte verdammt unangenehm für uns alle werden.«

Fassungslos sah Röttgen seinen alten Freund an. »Hey, sie ist schon unangenehm! Schlimmer kann es nicht mehr werden.«

»O doch, mein Lieber. O doch. Ich habe Linus gesehen.«

»Linus? Linus Wagner?«

»Ja, genau den. Ich dachte, der fährt zum Angeln. Er hatte so eine große Tasche bei sich. Reichte für mehrere Angeln oder Golfschläger. Oder eben auch für ein Gewehr.«

Röttgen massierte sich die Schläfen. »Aber mein Gott, das ist doch alles schon so lange her. Das kann doch nicht wahr sein ...«

»Und wenn da mehr war?«, fragte Paul Verhoeven. »Hast du mal darüber nachgedacht?«

Röttgen sprang auf, ging ein paar Schritte auf und ab und machte Bewegungen, als müsste er etwas von sich abschütteln. »Hör auf! Ein Schüler von mir, der sich in meine Frau verliebt hat. Du liebe Güte! Wie peinlich ist das denn?«

Verhoeven insistierte: »Er hat ihr Liebesbriefe geschrieben.«

»Ja, du musst das jetzt nicht alles wieder aufwärmen. Ich weiß. Ein verrückter Jugendlicher hat meiner Frau Liebesbriefe geschrieben. Na und?«

»Das hat ihrer Seele damals bestimmt gutgetan. Meinst du nicht, es schmeichelt jeder Frau, wenn ein Siebzehnjähriger so verknallt in sie ist? Tut das nicht dem Selbstwertgefühl gut?«

Röttgen schüttelte den Kopf. »Sie hat damals ganz offen mit mir darüber geredet.«

»Ja. Aber erst, als es nicht mehr anders ging. Mach dir doch jetzt nichts vor. Lüg dir die Sache nicht schön. Der Junge ist in der Schule aggressiv gegen dich geworden. Er hat dich zur Weißglut getrieben.«

»Ja«, gab Röttgen zu, »das hat er. Er hat mich echt an den Rand gebracht. Aber das alles ist schon zwei, drei Jahre her und ...«

»Und was, wenn sie inzwischen seinem Drängen nachgegeben hatte? Vielleicht hatten sie ein heißes Rendezvous miteinander. Und irgendwann, als sie Schluss mit ihm gemacht hat, hat er sie in seinem Liebeswahn entführt. Er hat sie irgendwo festgehalten, um sie sich gefügig zu machen oder um sie doch davon zu überzeugen, dass er sie mehr liebt, als du es je tun kannst. Du weißt doch, was für ein Spinner der ist. So eine sensible Künstlerseele! Und dann ist sie ihm weggelaufen, und er hat sie in der Wut erledigt. Innerlich gibt er dir die Schuld an all dem und deswegen ...«

»Warum kommst du damit zu mir? Warum gehst du damit nicht zur Polizei?«

»Wäre dir das lieber?«

»Nein«, gab Röttgen zu. »Wenn sich nämlich dein Verdacht als unbegründet herausstellt, dann haben wir nachträglich auch noch den Ruf meiner Frau ruiniert. Reicht es nicht, dass sie erschossen, nackt in einem Rapsfeld gefunden wurde? Muss sie jetzt auch noch ein Verhältnis mit einem Minderjährigen gehabt haben?«

»Hey, hey, hey«, warnte Verhoeven. »Wir sind hier auf der Suche nach der Wahrheit. Häng mir jetzt bloß nicht die Verantwortung dafür an. Ich habe gesehen, was ich gesehen habe. Ich habe meinen Blinker ausgeworfen, und Linus fuhr an der anderen Seite der Harle in diese Richtung.«

»Wann war das? Direkt, bevor der Schuss fiel?«

Verhoeven winkte ab. »Ach was. Direkt nachdem ich meine Angeln aufgebaut hatte, noch vor dem ersten Kaffee aus der Thermoskanne. Ich hatte eine Grundangel ausgelegt auf Aal und suchte den passenden Blinker für die Hechtrute, in dem Moment sah ich ihn, und die ganze Geschichte fiel mir wieder ein. Ich dachte noch: Na klasse, dass der Junge jetzt ein anderes Hobby hat. Hoffentlich fischt er. Das lenkt ab. Diese Golfer mag ich ja nicht so sehr und in seinem Alter, ein Golfer auf dem Fahrrad ... ist ja doch zum Grinsen. Auf die Idee, dass er ein Gewehr dabei hatte, um auf dich zu schießen, bin ich natürlich nicht gekommen. Nicht mal, als die Schüsse fielen ... Erst viel später, als ich zu Hause war und mir alles noch mal durch den Kopf gehen ließ, da ergab plötzlich alles einen Sinn.«

»Verfluchte Scheiße! Was machen wir jetzt?«

Verhoeven leerte sein Wasserglas, ging selbst zum Hahn, ließ erst eine Weile das Wasser ins Becken prasseln, bevor er das Glas unter den Strahl hielt.

»Das heißt ja, er muss hier irgendwo in der Nähe ziemlich lange gesessen und ...«

Paul Verhoeven sprach den Satz für seinen Freund zu Ende: »Ja. Und darauf gelauert haben, dich endlich vor die Flinte zu kriegen. Der Junge hat Geduld und Nerven, das kann man wohl sagen.«

»Ich glaube nicht, dass Angela was mit ihm hatte. Herrjeh, so eine war meine Frau doch nicht!«

»Ist doch auch völlig egal. Er hat auf dich geschossen. Er hat sie umgebracht. Und diesen Kurden aus Wattenscheid ebenfalls. Und jetzt will er dich töten.«

»Aber warum mich, verdammt?«

»Vielleicht, weil er glaubt, dass du der Einzige bist, der diese ganze Geschichte an die Öffentlichkeit bringen, sprich, der Polizei melden kann. Er hat doch keine Ahnung, wie viel Angela dir erzählt hat und wie viel nicht.«

»Ich kann gar nicht so viel essen, wie ich kotzen könnte.«

»Ich bin nicht einfach zur Polizei, mein Freund. Ich dachte, du hast ein Recht darauf, es zuerst zu erfahren. Und jetzt können wir beide gemeinsam …«

Röttgen presste die Lippen zusammen. »Irgendwie kann ich das nicht. Das widerstrebt mir. Es kommt mir vor wie ein Verrat an Angela.«

»Angela ist tot. Aber du lebst noch.«

»Gibt es denn keine andere Möglichkeit, verdammt? Kann man den Jungen nicht irgendwie zur Vernunft bringen?«, jammerte Röttgen.

»Zur Vernunft bringen? Er hat zwei Menschen auf dem Gewissen, und wir haben keine Ahnung, was er im Moment plant.«

Röttgen ließ sich wieder in den Sessel fallen. Er sah fertig aus. Kraftlos, ja mitleiderregend.

»Vielleicht«, sagte Paul Verhoeven, »sollten wir ihm die Chance geben, sich selbst zu stellen. Ich meine, das würde doch alles vereinfachen, oder?«

»Du glaubst doch nicht im Ernst, dass wir …«

Röttgen bewunderte die Entschlossenheit seines Freundes.

»Warum nicht? Wir sind seine ehemaligen Lehrer. Er wird bis an sein Lebensende tief in sich drin unser Schüler bleiben. Wenn wir klare Ansagen machen, wird er so klein sein mit Hut.« Verhoeven deutete mit Daumen und Zeigefinger an, wie klein.

»Nein, ich glaube nicht, dass das eine gute Idee ist.«

»Hast du Angst, dass er mit seinem Scheiß-Schrotgewehr auf uns schießt? Bist du so ein Schisser? Statt ihn zu stellen, willst du …«

»Will ich der Polizei die Arbeit überlassen.«

Verhoeven zeigte mit dem Finger nach unten in Richtung Tür: »Diesen Pfeifen willst du dein Leben anvertrauen und die Ehre deiner Frau? Denk doch auch an deine Kinder ...«

Dr. Harm Eissing musste in Langeoog vor Anker gehen. Weller lief gleich zur *Kajüte am Hafen* und holte drei Fischbrötchen auf die Hand. Er genoss den Blick aufs Meer von hier aus und atmete ein paarmal durch. Wie oft hatte er hier mit Ann Kathrin gesessen, dem Schlagen der Seile gegen die Masten zugehört und von einer friedlichen Welt geträumt. Dieses Café direkt am Fähranleger hatte einfach eine gigantische Aussicht.

Während er so dastand, vertilgte er fast unbewusst das erste Fischbrötchen. Dann kam er sich merkwürdig egoistisch vor, lief noch einmal ins Café zurück und ließ sich noch ein Matjesbrötchen aushändigen.

Sie gingen zum Landeplatz des Polizeihubschraubers, um sich zum Festland zurückbringen zu lassen. Weller bot seine Fischbrötchen an, aber weder Ann Kathrin noch Eissing hatten Hunger. Beide lehnten ab. Eissing unwirsch, als müsse er Angst haben, ein vergiftetes Brötchen zu bekommen, Ann Kathrin nur mit einem kurzen Kopfschütteln.

Weller versuchte, sich zu erinnern, ob sie wieder eine Diät machte, aber dann war es ihm egal. Er aß die Brötchen selbst. Vier Matjes, das war eigentlich genau die richtige Größenordnung für ihn.

Im Lärm des Hubschraubers sprach Ann Kathrin nur selten. Weller kannte das. Sie schonte ihre Stimme. Sie schrie nicht gern gegen Motorgeräusche an.

Eissing wirkte wie jemand, der fieberhaft nachdachte. Im Auto, auf der Fahrt zur Polizeiinspektion, wiederholte er noch einmal mit beschwörendem Tonfall, wie schlimm es für ihn gewesen sei, als dieses Paket angekommen war, dass ihm jemand eine Falle stellen wollte. So könne der eigentliche Täter ja auch super den Verdacht auf jemand anderen lenken.

Ann Kathrin und Weller hörten ihm einfach zu, in der Hoffnung, dass er sich irgendwann in Widersprüche verstricken und selbst verraten würde.

»Ist Ihnen so etwas schon einmal passiert? Nein, so etwas ist Ihnen garantiert noch niemals passiert! Ich kenne auch niemanden, dem so etwas schon einmal passiert ist! So eine Situation knockt einen völlig aus. Da nutzt Ihnen auch kein Jurastudium. Plötzlich ist alles, was Sie gelernt haben, nichts mehr wert. Nur weil die Post Ihnen ein Paket gebracht hat, befinden Sie sich schlagartig in einer ausweglosen Situation, werden zum Lügner, zum Betrüger, machen sich verdächtig ...« Er stöhnte, beugte sich vor und presste beide Hände in seine Magengrube. »Mir ist schlecht.«

Weller drehte sich zu ihm um. »Vielleicht hätten Sie doch besser etwas essen sollen. Der Matjes war ganz hervorragend. Ich liebe sie ja so kurz vor der Verwesung ...«

»Seien Sie ruhig, Mensch!«, zischte Eissing und sah aus, als müsse er gleich in den Wagen spucken.

Weller ließ ein Seitenfenster herunter. Frischluft flutete den Wagen.

»Wissen Sie überhaupt, was das für eine war, diese Angela Röttgen? Ein totaler Chaot! Der reine Gefühlsmensch. Zahlen existierten für die überhaupt nicht. Wenn die tausend sagte, meinte die einfach nur viel. Ständig hat sie Termine vergessen und versemmelt. Wenn wir nicht unsere Frau Saathoff hätten, wäre Angela mit Pauken und Trompeten untergegangen! Unzuverlässig. Überhaupt keine Teamplayerin ...«

Weller blickte zu Ann Kathrin rüber und flüsterte: »Na, damit kannst du doch etwas anfangen. Sie wird dir immer sympathischer, oder?«

Ann Kathrin lächelte.

»Und dann war die so richtig Frau. Die Auswahl des Briefpapiers oder der Blumen im Eingangsbereich und welche Graphik wo an der Wand hängt, da hat die mindestens so viel Energie reingesteckt wie in die Vorbereitung eines Schlussplädoyers. Ich habe mehr als einmal darüber nachgedacht, mich von ihr zu trennen. Sie konnte mich zur Weißglut treiben mit ihrem Chaos. Aber gleichzeitig mochten die Menschen sie sehr. Besonders Frauen. Die hat eine ganz eigene Klientel angezogen. Ich weiß gar nicht, was ich jetzt machen soll. Sie hinterlässt eine richtige Lücke. Wir teilen uns ja auch die Mietkosten. Wie soll ich das jetzt überhaupt abwickeln? Ich kann doch schlecht von ihrem Mann den ausstehenden Mietzins verlangen. Und bis ein Neuer in die Kanzlei einsteigt … Überhaupt, wer will das, bis dieser Fall geklärt ist … Auf all dem lastet doch jetzt so ein merkwürdiges Omen …«

Ann Kathrin und Weller warfen sich einen kurzen Blick zu. Sie verstanden sich wortlos. Hier versuchte jemand, seinen Unschuldsbeweis alleine dadurch zu erbringen, dass er durch den Tod keinen Nutzen, sondern nur Schaden erlitt. Dieses Verhalten von Mördern aus dem nahen Umfeld eines Opfers kannten beide.

Der Ehemann, der seine Frau umgebracht hatte, kam plötzlich nicht mehr mit seinem Leben klar, weil ihm erst nach dem Tod seiner Frau bewusstwurde, wie viel Alltagskram sie ihm abgenommen hatte. Das stellten die Verdächtigen gern in den Vordergrund, um sich selbst zu entlasten.

In Ann Kathrins und Wellers Augen machte Eissing sich durch seine Aussagen nur noch mehr verdächtig.

»Als ich mich von meiner Frau getrennt habe, war das nicht ganz einfach. Da war Angela rührend. Manchmal hat sie Kuchen mitgebracht, und zweimal war ich bei ihnen zu Hause zum Essen eingeladen. Aber wer will das schon? Ich kam mir vor wie das dritte Rad am Wagen. Ich dachte, als Nächstes versucht sie, mich mit irgendeiner Freundin zu verkuppeln. Die hatte auch so ein Helfersyndrom ... Mir geht so etwas schrecklich auf den Keks. Ich mache gerne Sachen mit mir alleine aus und will nicht immer über alles reden.«

So geschwätzig Eissing auf dem Schiff und im Auto gewesen war, umso schweigsamer wurde er, nachdem sie die Polizeiinspektion betreten hatten. Im Verhörraum saß er stocksteif, starrte das Aufnahmegerät an, als sei es eine tickende Bombe, und bemühte sich, keine Gefühlsregung zu zeigen, sondern mit versteinertem Gesicht dazusitzen. Er würdigte Ann Kathrin plötzlich keines Blickes mehr und starrte ins Leere. Er beantwortete nicht einmal die Frage, ob er einen Kaffee wolle.

»Der große Schweiger, das ist eine Rolle, die steht Ihnen überhaupt nicht, Herr Eissing«, stellte Ann Kathrin fest. Sie spürte, wie sehr es hinter seiner Fassade rumorte. Da war etwas, das wollte raus aus ihm, und er hatte Mühe, es festzuhalten.

Er sprach dann fast wie eine Maschine, so bewusst emotionslos und sachlich. Seine Stimme hatte denn auch einen künstlich-metallischen Ton, als er sagte: »Ich verlange Ihren Vorgesetzten zu sprechen.«

Ann Kathrin wendete sich Frank Weller zu. »Oh, der Herr möchte meinen Vorgesetzten sprechen. Gibt es eine Beschwerde über mich vorzubringen? Reicht Ihnen der Polizeichef aus Aurich-Wittmund, oder soll ich in Osnabrück anrufen? Vielleicht wollen Sie ja auch den Innenminister sprechen. Bestimmt haben Sie doch einen heißen Draht nach Hannover.«

Martin Büscher beobachtete die Situation schon seit einigen Minuten. Er stand hinter der Glasscheibe. Jetzt betrat er den Verhörraum.

Weller machte eine demonstrativ gespielt unterwürfige Verbeugung in Richtung Büscher. »Und da ist er schon, aufs Stichwort: der große Chef. Stets zu Ihren Diensten, Herr Eissing!«

Martin Büscher sagte nur »Moin« und fixierte den Beschuldigten. Der sprach in Büschers Richtung, ignorierte Ann Kathrin und Weller auf eine verletzend ausgrenzende Art und Weise.

»Ihre Untergebenen haben mich nicht auf meine Rechte aufmerksam gemacht. Sie beschuldigen mich absurder Verbrechen. Ich verlange ein Telefon, damit ich einen Strafverteidiger hinzuziehen kann, und ich werde ab jetzt ohne meinen Anwalt nichts mehr sagen. Alle Fragen, die Sie an mich haben, können Sie schriftlich an ihn stellen.«

Weller kommentierte: »Wow! Da hat aber einer Schiss in der Hose«, und fragte dann Büscher, als hätte er Eissing nicht richtig verstanden: »Hat der gerade gesagt, Untergebene? Sind wir jetzt Untergebene? Hat sich gerade unsere Staatsform geändert? Sind wir plötzlich im Feudalismus angekommen, oder was?«

Hinter der Glasscheibe standen jetzt noch Rupert und Sylvia Hoppe. »Das ist er«, sagte Sylvia, »da kannst du meinen weiblichen Instinkten ruhig vertrauen.«

»Warum haut Weller dem nicht einfach eine rein?«, fragte Rupert.

»Weil er ein guter Polizist ist«, antwortete Sylvia. »Er will ihn nicht verprügeln, er will ihn überführen. Er versucht, ihn zu provozieren.«

»Sie werden hier gar nicht als Beschuldigter vernommen, sondern als Zeuge«, behauptete Polizeichef Martin Büscher, und Harm Eissing, der eigentlich schweigen wollte, platzte wütend heraus: »Na klar! Deshalb auch dieser Aufwand! Seid ihr eigentlich völlig bescheuert? Warum bekomme ich nicht einfach eine Vorladung in meine Kanzlei geschickt? Oder ein Anruf – hätte auch genügt. Ich wäre doch gekommen, verdammt nochmal!« Er schlug mit der Faust auf den Tisch. »Aber nein, da muss die Küstenwache ausrücken und ein Hubschrauber kommen.«

»Immerhin sitzen Sie jetzt hier«, verteidigte Ann Kathrin Klaasen sich.

»Ja, aber ich war nicht auf der Flucht! Ich habe zur Entspannung einen kleinen Segeltörn gemacht. Den haben Sie mir ja wohl gründlich versaut!« Eissing nahm sich sofort zurück: »Sie glauben mir ja sowieso nichts. Ich schweige jetzt. Und ich will, verdammt nochmal, ein Telefon, um meinen Anwalt zu sprechen!«

»Sie vermuten, dass wir Ihnen nichts glauben«, sagte Ann Kathrin sachlich. »Solches Verhalten kenne ich eigentlich nur von Menschen, die lügen und deswegen Angst haben, dass ihnen niemand glaubt.«

»So eine Situation gönne ich meinem schlimmsten Feind nicht!«, brüllte Eissing.

»Apropos Feind«, sagte Weller, »können wir da mal eine Liste machen? Wenn es einen größten Feind gibt, gehe ich davon aus, dass Sie da eine Rangfolge haben. Die würde mich schon interessieren. Und leben die eigentlich alle noch, oder sind in letzter Zeit welche verstorben?«

Eissing presste die Lippen fest zusammen.

»Ich glaube«, schlug Martin Büscher vor, »wir geben Ihnen jetzt ein paar Minuten Zeit zum Nachdenken und um mit Ihrem Anwalt zu telefonieren.«

Er gab Ann Kathrin und Weller einen Wink. Sie verließen mit ihm gemeinsam den Verhörraum.

Vor der Tür schimpfte Weller: »Lass uns weitermachen, Martin. Wir haben ihn fast so weit. Er ist kurz davor zu sprechen!«

Martin Büscher schüttelte den Kopf und ging voran. Ann Kathrin und Weller folgten ihm.

»Und was«, fragte Ann Kathrin, »wenn er uns einfach die Wahrheit erzählt hat?«

»Sie war Scheidungsanwältin«, stellte Weller klar, als hätte das irgendjemand vergessen. »Solche Leute ziehen eine Menge

Hass auf sich. Wenn ich da an meine Scheidung denke«, er winkte ab.

Ann Kathrin blieb abrupt stehen und drehte sich zu Weller um. Sie sah ihn an.

Weller druckste kurz herum, dann platzte es aus ihm heraus: »Ja, da kann man schon mal Mordgedanken kriegen! Wenn man so richtig an die Wand genagelt wird und ausgepresst wie eine Zitrone ...«

Martin Büscher blieb am Ende des Flurs stehen. »Arbeitet ihr noch am Fall?«, fragte er kritisch. »Oder was für ein Film läuft hier gerade?«

Frank Weller gestand Ann Kathrin: »Ach, ist doch wahr! Es gab Tage, da hätte ich den Anwalt meiner Frau am liebsten ...« Er machte mit den Händen Bewegungen, als würde er jemanden würgen.

»Das habe ich nicht gehört«, stellte Martin Büscher klar.

Ann Kathrins Worte erleichterten beide Männer: »Sie war nackt. Sie wurde irgendwo gefangen gehalten. Hier hat nicht jemand im Affekt eine Schrotflinte abgefeuert. Wir können uns unter ihren Klienten und Prozessgegnern gerne mal umschauen, ich glaube aber, dass wir es hier mit einem ganz anderen Phänomen zu tun haben.«

Büscher kam jetzt wieder näher. »Und was für ein Phänomen ist das, Ann?«

»Keine Ahnung«, sagte sie schulterzuckend, »aber es ist so, als seien all unsere Erfahrungen plötzlich wertlos geworden.«

Büscher sprach die Worte geradezu pastoral aus: »Das ist immer der Fall, wenn wir vor etwas Unbegreiflichem stehen.«

»Ich finde das nicht unbegreiflich«, trumpfte Weller auf. »Irgendjemand ist verdammt wütend und tobt sich jetzt aus. Wenn wir ihn nicht bald stoppen, holt er sich Röttgen.«

Ann Kathrin berührte Wellers Unterarm und drückte ihn kurz mit der Hand, als könne sie so ihre Gedanken in Wellers

Körper schleusen. Er kannte diese Art von ihr. Das machte sie nur mit ihm. Wenn sie etwas Bedeutsames sagen wollte oder eine wichtige Frage hatte, dann fasste sie ihn an.

»Du hast recht, Frank. Jemand ist wütend. Das heißt, er ist verletzt worden, und er versucht, die Wunde zu heilen, indem er ...«

»Das betrifft jetzt ja wohl eher das Arbeitsgebiet unserer Polizeipsychologin. Wir sollten uns an die Ermittlungsfakten halten«, schlug Büscher vor.

Peter Röttgen reichte es. »Ich rufe jetzt die Polizei an und erzähle denen alles, was du mir gesagt hast. Vielleicht erwischen sie ihn mit der Waffe und dann ...«

Paul Verhoeven wurde hektisch und versuchte, das zu verhindern. Er nahm seinem Freund das Handy mit einem schnellen Griff weg.

»Hey?!«

»Das ist nicht so einfach für mich, Peter, das musst du doch verstehen.«

»Was ist nicht einfach für dich?«

»Linus' Vater ... Knut ... Ich bin ihm einiges schuldig. Ich habe mein Haus auf seinem Grund gebaut. Ich habe viel Eigenleistung erbracht, und er hat mir geholfen. Gut tausend Arbeitsstunden ... Ich schulde ihm immer noch Geld und ...«

»Ja, und was soll das jetzt bedeuten?«

»Alles stützt sich nur auf meine Aussage. Ich fühle mich mies dabei, seinen Sohn zu beschuldigen. Was, wenn er wirklich in seiner Tasche nur Angeln hatte? Wir müssen das vorher abklären ... Ich kriege das nicht hin, einfach so die Polizei zu informieren.«

»Warum? Weil du Angst hast, dass du dann deine Schulden

zurückzahlen musst, oder … Glaubst du, er erlässt sie dir, wenn wir verschweigen, dass sein Sohn meine Frau ermordet hat oder was? Spinnst du jetzt völlig, Paul?« Ein Ruck ging durch Peter Röttgen. Er zeigte auf den Schmiss in Verhoevens Gesicht: »Es geht doch gar nicht um Geld. Das kannst du mir doch nicht erzählen! Dein Haus hast du vor dreißig, fünfunddreißig Jahren gebaut, das ist doch längst abbezahlt. Ihr seid in der gleichen Verbindung, stimmt's? Er hat auch so was wie du im Gesicht.«

Verhoeven schluckte und blickte nach unten.

»Und deshalb sollen wir jetzt nicht zur Polizei gehen?«

Paul Verhoeven bog seine Finger durch. Dieser so selbstbewusste, toughe Mann schien plötzlich völlig aus dem Gleichgewicht geraten zu sein.

»Es war blöd von mir. Ich habe das falsch gemacht, verstehst du? Ich hätte dich gar nicht informieren dürfen. Das war geradezu fahrlässig. Ich hätte erst zu Knut fahren müssen, um den Verdacht mit ihm zu klären. Jetzt wird das alles immer größer, monströser.«

Verhoeven fuhr sich mit den Fingern durch die Haare. »Linus macht eine Lehre beim besten Hochzeitsfotografen Ostfrieslands. Er ist im Grunde ein anständiger Junge geworden. Die Schwärmerei für Angela ist wahrscheinlich längst Geschichte, und er interessiert sich für Mädchen in seinem Alter.«

Peter Röttgen spürte Pauls Zerrissenheit. Einerseits war er seinem Corpsbruder verbunden, andererseits seinem Freund und Kollegen. Er wollte beiden gegenüber loyal sein, und genau das funktionierte jetzt nicht mehr.

Es fiel ihm nicht schwer, sich harten Auseinandersetzungen zu stellen. Er brauchte es nicht, gemocht zu werden. Aber er brauchte eine klare Linie im Leben. Freund und Feind. Schwarz und Weiß. Richtig und Falsch. Ohne solche Koordinaten kam er mit sich selbst nicht klar.

»Was ich zu sagen habe, habe ich gesagt«, tönte er und klang dabei vorwurfsvoll.

Er musste das Zimmer verlassen, raus aus dieser Situation, die ihn zu zerreißen drohte.

Eine Etage tiefer bat Jörg Benninga darum, die Toilette benutzen zu dürfen. Er habe wohl etwas Falsches gegessen, das ihm auf den Magen geschlagen sei.

Paul Verhoeven verabschiedete sich mit einem Kopfnicken. Er öffnete die Tür, war noch nicht ganz nach draußen getreten, da fiel der erste Schuss.

Paul Verhoeven wusste nicht, ob er sein eigenes Kreischen hörte oder ob jemand anders so schrie. Er sah seine Füße vor sich in der Luft, krachte mit dem Rücken hart auf den Boden. Er versuchte, sich auf den Bauch zu drehen. Noch spürte er den Schmerz nicht, doch er sah den Boden vor sich voller Blut. Er wusste, dass es sein eigenes war.

Marion Wolters brauchte keine Worte. Ihr Gesicht sagte alles.

Ann Kathrin sah die Kollegin aus der Einsatzzentrale und wusste sofort, dass der Täter wieder zugeschlagen hatte.

»Wen diesmal?«, fragte Ann Kathrin.

Rupert überprüfte den Sitz seiner Waffe, womit er allen demonstrieren wollte, dass er bereit war, sie auch einzusetzen.

»Er greift die Ferienwohnung an, in der Röttgen sich versteckt hält. Eine Person wurde schwer verletzt. Benninga ist mit Röttgen im Gebäude.«

»Schade«, sagte Weller und deutete auf den Verhörraum, »dann ist der Arsch von Anwalt wirklich unschuldig.«

Eissings Anwalt trudelte gerade ein. Doch jetzt hatte niemand Zeit für ihn.

Martin Büscher wollte alle verfügbaren Einsatzkräfte nach

Bensersiel beordern, aber Marion Wolters sagte ihm mit einem einzigen Blick, dass sie das selbstverständlich längst erledigt hatte.

Benninga hatte die Hose noch auf Halbmast an den Knien hängen, er kniete am Fenster, hielt seine Waffe mit beiden Händen und brüllte Kommandos durchs Haus:

»Unten bleiben! Flach auf den Boden legen, dann kann niemandem etwas passieren! Es werden gleich Kollegen hier sein!«

»Helfen Sie mir«, rief Paul Verhoeven, »verdammt, ich verblute!«

Oben auf der Treppe erschien, weiß wie die Wand, Peter Röttgen. »O mein Gott!«

»Sie sollen sich auf den Boden legen, verdammt!«, schrie Benninga. Vermutlich reckte er dabei den Kopf zu hoch, denn eine Schrotladung ließ die Fensterscheibe zersplittern. In der gegenüberliegenden Wand war jetzt ein großer, schwarzer Fleck, bestehend aus vielen kleinen, runden Brandlöchern, als hätte jemand eine Menge Zigarettenkippen an der Tapete ausgedrückt.

Benninga hatte Splitter in den Haaren und im Gesicht, war sonst aber unverletzt. Er presste sich mit dem Rücken an die Wand, und zwar so, dass er noch aus dem Fenster sehen konnte. Er nahm einen Strauch unter Feuer, aus dem seiner Wahrnehmung nach Qualm aufstieg. Der stammte allerdings nicht aus dem Lauf einer Schrotflinte, sondern aus der Pfeife von Tammo Frerksen. Die erste Kugel zerschmetterte seine Schulter, die zweite seinen Kopf.

Marion Wolters hatte darauf bestanden mitzufahren. Weller war dagegen gewesen, hatte sich aber nicht durchsetzen können. Hinten auf dem Rücksitz forderte sie ihn immer wieder auf, schneller zu fahren, und schimpfte: »Er wollte, dass wir ihn abziehen. Er hat gesagt, dass er keinen Bock mehr hat. Es ist ihm schlechtgegangen. Verdammt, und ich hab darauf bestanden, dass er dableibt. Und jetzt ... jetzt das!«

Als Ann Kathrin Klaasen, Frank Weller und Marion Wolters in Bensersiel in der Friesenstraße 10 vor der Ferienwohnung der Familie Janssen hielten, wurde Paul Verhoeven bereits vom Notarzt betreut. Der Notarzt hatte sofort erkannt, dass bei Tammo Frerksen nichts mehr zu retten war, also konzentrierte er sich ganz darauf, Paul Verhoeven zu helfen.

Verhoeven bekam Sauerstoff und, um den hohen Blutverlust auszugleichen, 0,9 % NaCl-Lösung. Er zitterte und bekam das deutlich mit. Er schämte sich deswegen. Er fand es unmännlich. Mit einer schweren Schussverletzung ins Krankenhaus gebracht zu werden erschien ihm merkwürdig normal, so als sei es für sein Leben schon immer vorgesehen gewesen, als habe er von Anfang an nicht daran geglaubt, dass alles gut und friedlich ausgehen würde, sondern alles steuerte auf eine Schlacht hinaus.

Zuerst sah es aus, als würden Ost und West sich irgendwann mit einem großen Atomkrieg gegenseitig auslöschen, und dann, als die Entspannungspolitik kam, hatte er sie voller Begeisterung vertreten und wusste doch, dass es anders kommen würde.

Die Duelle in der schlagenden Verbindung, bei denen es ganz ohne Schutz mit scharfen Waffen zur Sache ging, wenn es drauf ankam, seinen Mann zu stehen, den Schmerz zu ertragen, das schien ihm die eigentliche Vorbereitung auf das Leben gewesen zu sein.

Aber jetzt, dies ... es war so jämmerlich. So erbärmlich. Er war einfach zur Zielscheibe geworden. Ein Opfer, nichts weiter.

Er hatte sich nicht wehren können. Seinen Gegner nicht in

Schwierigkeiten gebracht. Keinen Strauß ausgefochten. Er war einfach wie ein Hase mit einer Ladung Schrot abgeknallt worden. Und jetzt lag er zitternd in diesem Rettungsfahrzeug und wurde von einem Notarzt behandelt, der zwanzig Jahre jünger war als er.

Nein, so wollte er nicht abtreten. So nicht!

Weller und Ann Kathrin warfen einen Blick in den Notarztwagen. Der Arzt deutete wortlos an, dass der Mann durchkommen würde. »Sie können ihn aber jetzt unmöglich befragen, Herr Kommissar. Im Haus sind noch Leute. Ein Polizist und ...«

Marion Wolters lief sofort durch ins Haus. Sie wollte nach Benninga sehen.

»Jörg?!«, rief sie, »Jörg?!«

Er saß auf dem Boden, mit dem Rücken an die Wand gelehnt. Seine Arme hingen kraftlos herab, die Beine hatte er von sich gestreckt.

Sie hatte ihn als einen stattlichen Mann in Erinnerung, aber jetzt erschien er ihr doch erstaunlich dick. Sie hatte ihm immer wenig Beachtung geschenkt. Aber jetzt kam es ihr so vor, als hätte sie nie einen besseren Freund im Polizeidienst gehabt, und ausgerechnet den hatte sie – in ihrem eigenen Erleben – den Löwen zum Fraß vorgeworfen.

In Benningas Haaren hingen immer noch Glassplitter, und einige klebten auch in seinem Gesicht. Marion Wolters kniete sich zu ihm. Er starrte ins Leere.

»Es tut mir leid«, beteuerte sie, »so leid.«

Benninga wischte sich mit dem Handrücken übers Gesicht. Dabei schob er einen Glassplitter bis in seinen linken Mundwinkel, wo er hängen blieb.

Am liebsten hätte Marion ihm das Gesicht abgewischt, aber sie wagte nicht, ihn zu berühren.

»Ich habe ihn erschossen«, stammelte Benninga. »Erschossen. Einen unbewaffneten alten Herrn.«

Als Ann Kathrin und Weller den Flur betraten, sagte Benninga zu Marion Wolters: »Das hätte nicht passieren dürfen. Verdammt, das hätte nicht passieren dürfen! Ich hab die Nerven verloren. Ich dachte, so etwas passiert mir nie. Ich bin keiner von diesen Revolverhelden. Heute ist einfach nicht mein Tag. Ich ...«

Sie pflückte nun doch Glassplitter aus seinem Gesicht. »Ich weiß«, sagte sie, »ich weiß.«

Die beiden sahen für Ann Kathrin fast aus wie ein Liebespaar.

»Ich will nicht mehr leben«, sagte Benninga so leise, dass seine Stimme kaum zu hören war. Trotzdem erreichten seine Worte Frank Weller sehr. Er erkannte sich in Benninga. Auch er hatte einmal von der Waffe Gebrauch gemacht und einen Menschen getötet. Danach war er von einigen Leuten sogar als Held gefeiert worden, als ein Polizist, der endlich durchgreift. Er hatte sich nie im Leben miserabler gefühlt.

Das alles kam jetzt zurück zu ihm, und er wusste, dass für Benninga niemand einen Fanclub gründen würde. Er würde auch keine Blumen und Pralinen geschickt bekommen. Denn Benninga hatte keinen Schwerverbrecher ausgeschaltet, sondern einen völlig Unbeteiligten.

Ann Kathrin gab Weller einen Wink, er solle nach Peter Röttgen sehen. Sie selbst telefonierte mit Rieke Gersema. Das hier würde binnen kürzester Zeit einen Nachrichtentsunami auslösen.

»Rieke, ein Unschuldiger wurde von einer Polizeikugel getötet.«

»Ach du Scheiße!«

»Ich will, dass Benningas Name nicht fällt. Kein Foto, nichts zur Person. Er ist schon fertig genug. Informiere Martin. Wir müssen unser Bedauern aussprechen und davon, dass ein Kollege im Feuergefecht ...«

»Es steht doch noch gar nicht fest, dass die dritte Person von einer Polizeikugel getötet wurde, oder? Können wir das nicht zunächst bestreiten, um ein bisschen Zeit zu gewinnen?«

»Wie in den meisten Fällen hilft auch hier die Lüge nicht wirklich weiter. Sie würden es schnell herausbekommen. Der andere hat mit Schrot geschossen. Da ist es nicht schwer festzustellen, wer Tammo Frerksen erwischt hat. Martin soll hierherkommen und am besten ein paar Worte vorbereiten. Jörg muss aus der Schusslinie genommen werden.« Ann Kathrin fand das Wort jetzt in dem Zusammenhang selbst makaber, benutzte es aber trotzdem. »Martin soll den Angehörigen das Beileid aussprechen und ...«

»Kannst du das nicht übernehmen?«

»Nein, ich muss mich ganz auf die Fahndung konzentrieren. Je schneller wir jetzt den Täter liefern, umso besser für uns alle.«

»Ja, eine Erfolgsmeldung könnte jetzt ganz hilfreich sein. Dann wird die Presse sich mehr mit dem Täter beschäftigen als mit Jörg.«

Ann Kathrin fühlte sich verpflichtet, Holger Bloem zu informieren. Der alte Freund sollte es nicht über eine offizielle Pressemitteilung erfahren. Aber gleichzeitig hatte sie jetzt überhaupt keine Zeit dafür.

»Rieke?«

»Ja, was noch?«

»Wenn du Probleme hast, Dinge zu formulieren oder ... Dann ruf Holger Bloem an.«

Die langjährige Pressesprecherin Rieke Gersema spürte einen kleinen Stich, war aber doch Profi genug, um nicht beleidigt zu sein, sondern Ann Kathrins Satz als Hilfsangebot zu betrachten.

Ann Kathrin fügte hinzu: »Du kannst ihm völlig vertrauen.«

Ann Kathrin lief die Treppe hoch zu Weller. Der war oben in der Ferienwohnung bei Röttgen.

Ähnlich wie Benninga saß Röttgen mit dem Rücken zur Wand unterm Fenster, so als habe er immer noch Angst, jeden Moment könne jemand von außen hereinschießen und das, obwohl die Rollläden heruntergelassen waren. Aber im Gegensatz zu Benninga hatte Röttgen die Beine nicht von sich gestreckt, sondern an den Körper gezogen und mit beiden Armen umschlungen. Er stützte sein Kinn auf den Knien auf, dadurch wirkte er ein bisschen wie ein kleiner Junge. Er war verängstigt, ja verdattert, aber er hatte eine klare Aussage.

»Es war Linus Wagner. Einer meiner ehemaligen Schüler.«

Er zeigte nach unten, schlang dann aber sofort die Arme wieder um seine Beine, als müsse er sich zusammenhalten, um nicht zu zerfließen.

»Paul hat ihn auf dem Rad hier vorbeifahren sehen, als das Attentat auf mich verübt wurde. Er wird ihm gefolgt sein. Der Schuss galt nicht Paul, sondern mir. Paul ist nur als Erster rausgegangen.«

Röttgens Unterlippe zitterte. Beim Sprechen spuckte er kleine Speichelbläschen aus.

Es war hier oben stickig warm. Weller hätte am liebsten die Rollläden hochgezogen und die Fenster geöffnet, aber er wusste, dass er das jetzt nicht tun durfte. Röttgen hätte Schreikrämpfe bekommen.

Weller kam sich aber auch blöd dabei vor, sich in einen Sessel zu setzen und dann von oben auf Röttgen herabzugucken. Er nahm ihm gegenüber an der anderen Wand Platz.

»Habe ich Sie richtig verstanden?«, fragte Weller. »Ein ehemaliger Schüler? Haben Sie ihn erkannt?«

»Ich nicht, aber Paul Verhoeven.«

»Wir haben unseren Lehrern auch Streiche gespielt, aber wir haben nicht auf sie geschossen«, sagte Weller. Sein Versuch, die Situation aufzulockern, misslang.

Ann Kathrin betrachtete die Szenerie, und ihr gefiel, dass Weller sich auf Augenhöhe mit Röttgen begeben hatte. Trotzdem wollte sie jetzt nicht ebenfalls auf dem Boden Platz nehmen. Sie blieb nah an der Tür stehen und studierte von hier aus Röttgens Reaktionen. Der Mann sagte, das war ihr erster Eindruck, die Wahrheit. Das hier war nicht gefaked. Hier hatte jemand Todesangst und war zutiefst erschüttert.

»Jetzt ist ja sowieso alles egal«, tönte Röttgen. Seine Stimme war hoch und heiser. Er hörte sich an wie eine hysterisch aufgeregte junge Frau. Dann wurde die Stimme tiefer: »Sowieso alles egal ... Linus hat für meine Frau geschwärmt. Er hat ihr Liebesbriefe geschrieben, ihr Geschenke gemacht. Stand selbst im Winter stundenlang vor dem Haus, in der Hoffnung, sie mal am Fenster zu sehen.«

Weller nickte nur, hakte aber nicht nach.

Ann Kathrin fragte: »Heißt das, Ihre Frau hatte ein Verhältnis mit einem Ihrer Schüler?«

Röttgen sah sie nicht an, als er antwortete: »Ja, verdammt, das heißt es wohl. Ich wollte das alles nicht wahrhaben. Ich habe weggeguckt. Wir haben Kinder und ... Und einen Ruf zu verlieren haben wir auch. Wie stehe ich denn als Lehrer da, wenn alle Schüler wissen, dass einer aus ihren Reihen mit meiner Frau ins Bett steigt? Ich wollte das alles hier nicht verlieren!«

»Man kann die Schule wechseln. Sogar das Bundesland«, schlug Ann Kathrin vor.

Er lachte bitter: »Wir haben das Haus an der Harle von Angelas Eltern bekommen. Die Kinder gehen hier zur Schule, die haben hier Freunde. Meine Frau hat Arbeit in der Anwaltskanzlei. Will man das alles zerstören wegen so einem Schnösel?«

»Haben Sie ihn zur Rede gestellt?«

Röttgen pustete, als müsse er etwas aus seinem Körper herausblasen. »Wie stellen Sie sich das vor? Soll ich zu meinem Schüler gehen und ihn fragen: Was mache ich eigentlich in meiner Ehe falsch? Hast du ein paar gute Tipps für mich?«

Er schaute zu Weller. Von dem erntete er verständnisvolle Blicke.

Zwischen den beiden, dachte Ann Kathrin, gibt es eine Verbindung. Eine Art seelische Standleitung. Weller versteht diesen Mann. Vielleicht können wir das nutzen. Weller hat einen besseren Zugang zu ihm als ich, gestand sie sich ein.

Sie ließ die beiden allein, blieb aber hinter der Tür stehen, um ihrem Gespräch zuzuhören, ohne es durch ihre Anwesenheit zu stören. Es kam ihr so vor, als würde Röttgen, solange eine Frau im Raum war, mit angezogener Handbremse fahren. Irgendwie ging es auch um Mannesehre und um Dinge, die sich für Männer leichter aussprechen ließen, wenn sie unter sich waren.

Weller nahm die Situation sofort auf: »Also, mal ganz unter uns. Wenn hier einer einen Grund hätte, dem anderen eine Ladung Schrot aufs Fell zu brennen, dann doch wohl Sie diesem Linus und nicht umgekehrt. Warum soll der auf Ihre Frau gefeuert haben? Und jetzt auf Sie?«

»Ich stelle mir das«, sagte Röttgen stockend, »nicht einfach nur als heiße Sexaffäre vor. Da war richtig Liebe im Spiel, fürchte ich.« Als müsse er sich erklären, fügte er hinzu: »Wenn man lange verheiratet ist und Kinder hat und jeder seinen Beruf, herrjeh, dann wird doch vieles auch Routine ... Vielleicht ist das ja auch schön, dass nicht mehr alles so aufregend ist und neu. Dass es mehr gemütlich wird und – ach ... Vielleicht hat sie Spannung gesucht. Das prickelnd Neue. Aber ich denke, irgendwann hatte sie einfach genug von ihm. Sie wollte doch dieses Leben auch nicht aufgeben. Wir haben uns schließlich auch geliebt – irgendwie ... Und das hat der Junge nicht verkraftet. Ich denke, als sie Schluss mit ihm gemacht hat, ist er durchgedreht.«

»Und wie kommt Eissing dann an die Wäsche Ihrer Frau?«, fragte Weller.

Röttgen schluckte trocken. »Keine Ahnung. Vielleicht hat Linus sie ihm geschickt, um den Verdacht auf ihn zu lenken. Was weiß ich, was in so einem kranken Gehirn vorgeht.«

»Wo finden wir diesen Linus Wagner? Ist er immer noch an Ihrer Schule? Gehen Sie deshalb nicht mehr hin?«

»Nein. Er macht inzwischen eine Lehre. Er will Fotograf werden. Er ist bei diesem Hochzeitsfotografen Stahnke in Aurich, der die großen Inszenierungen macht. Kennen Sie den etwa nicht?«

»Stahnke? Wie der Kommissar in den Kriminalromanen von Peter Gerdes?

»Keine Ahnung. Ich lese keine Kriminalromane.«

Damit sank der Mann in Wellers Ansehen gleich zwei Etagen tiefer. Leicht spöttisch brummte Weller: »Mehr so Bildungsromane, was? Sie sollten es mal mit Krimis versuchen, das entspannt. Wissen Sie, ich mag Autoren nicht, die mir etwas beibringen wollen. Ich liebe Schriftsteller, die etwas zu erzählen haben. Die in der Lage sind, eine spannende Geschichte zu konstruieren und ...«

Röttgen brüllte ihn an: »Ja, verdammt, diskutieren wir jetzt hier über Literatur oder was?«

Ann Kathrin registrierte vor der Tür, dass das Gespräch in einen Engpass gekommen war. Sie mussten sich jetzt um diesen Verdächtigen, Linus Wagner, kümmern. Sie betrat das Zimmer wieder und sagte: »Herr Röttgen, Sie können hier nicht bleiben. Sie sind eine sehr gefährdete Person. Auf Sie wurde zum zweiten Mal ein Anschlag versucht, denn, da gebe ich Ihnen recht, ich glaube auch, dass der zweite hier Ihnen galt. Wir werden Sie an einen sicheren Ort bringen. Am besten begeben Sie sich in Polizeigewahrsam.«

»Was soll das heißen? In eine Ausnüchterungszelle oder was?«

»Nein«, spottete Weller, der noch nicht ganz verdaut hatte, dass Röttgen ihn gerade so angeblafft hatte. »Wir haben wunderbare Suiten mit Wasserbett, Hollywoodschaukel, Großbildfernseher, Minibar und ...«

Ann Kathrin zischte in Wellers Richtung: »Bitte, Frank!«

Als sie das Haus verließen, wurde unten der Totenschein für Tammo Frerksen ausgestellt.

»Zwei Kugeln haben ihn getroffen«, sagte der Arzt zu Ann Kathrin Klaasen. »Da kann man sich nicht auf einen Querschläger rausreden. Und beide Geschosse von hinten. Ich möchte jetzt nicht in Ihrer Haut stecken, Frau Kommissarin.«

»So geht es vielen«, antwortete Ann Kathrin und fügte dann sarkastisch hinzu: »Manchmal geht es mir selbst so.«

Linus Wagner war Jahrgang 96. Er hatte bis vor einem Jahr bei seinen Eltern in Wittmund gewohnt und dort die Alexander-von-Humboldt-Schule besucht.

Inzwischen wohnte er in Marienhafe. Weller, der sich dort ganz gut auskannte, kommentierte: »Na, da wohnt er ja so nah an der Freilichtbühne, dass er bei den Störtebeker-Festspielen den Kanonendonner praktisch im Wohnzimmer hat.«

Linus Wagner war polizeilich ein unbeschriebenes Blatt. Sie vermuteten ihn auf seiner Arbeitsstelle in Aurich und fuhren zu Herrn Stahnke in die Von-Jhering-Straße, nicht weit entfernt vom Europahaus. Dort parkten Weller und Ann Kathrin auch. Die letzten paar Meter gingen sie zu Fuß.

»Sollen wir ihn gleich mitnehmen?«, fragte Weller.

Ann Kathrin antwortete mit einer Gegenfrage: »Was glaubst du, was für ein Mensch ist das? Ein Schüler, der sich in die Frau seines Lehrers verliebt und den dann hasst, das kann ich mir sehr gut vorstellen. Wir waren in Gelsenkirchen zu dritt in unseren Biolehrer verknallt. Wenn er eine von uns drannahm, waren die anderen zwei eifersüchtig.« Sie lachte. »Aus heutiger Sicht ist das zum Grinsen. Aber damals war es eine Katastrophe. Ein großes Drama.«

»Und hattest du vor, mit deinem Biologielehrer durchzubrennen und irgendwo ein neues Leben anzufangen?«

Ann Kathrin nickte. »Ja, ich glaube, jede von uns hat daran gedacht. Dabei war er verheiratet, hatte auch eine kleine Tochter. Aber wir waren so irre verliebt ...«

»Hat er das provoziert?«

»Nein, ich denke, das Angebot an interessanten jungen Männern in unserem Alter hielt sich einfach in Grenzen. Und dann haben wir uns halt in den heißesten Typen verliebt, der uns jeden Tag begegnet ist. Wir hingen an seinen Lippen.«

Weller grinste: »Hast du ihn mal geküsst?«

Sie knuffte Weller in die Seite. »Ach was, wo denkst du denn hin! Das war doch nur eine jugendliche Schwärmerei.«

»Und deine Freundinnen? Hat er sie flachgelegt?«

Weller sprang ein paar Schritte vor, als hätte er Angst, sich sonst von Ann Kathrin eine Ohrfeige einzuhandeln.

»Nein, natürlich nicht!«, lachte sie.

»Warum nicht?«, fragte Weller. »So ein Biologielehrer, gibt der nicht auch Sexualkundeunterricht?«

»Jetzt ist aber gut!«, mahnte Ann Kathrin. Um wieder zum Fall zurückzukehren, sagte sie: »Der Junge hat letztes Jahr bei einem Fotowettbewerb den zweiten Platz belegt.«

Weller konnte sich die Bemerkung nicht verkneifen: »Ja, ich weiß. Frauen trösten gerne zweite Sieger, gehen dann aber mit dem ersten fremd, oder?«

»Was ist denn los mit dir?! Frank?!«

Im Auto hatte Ann Kathrin Linus' Namen gegoogelt und dabei festgestellt, dass ein Bild von ihm vom Ostfriesland-Magazin sogar zum Foto des Monats gekürt worden war. Ein Schwan, der sich mit heftigen Flügelschlägen aus dem Wasser bewegte und dabei einen Wassertropfenvorhang hinter sich her zog.

»Das Tier ist im Grunde zu schwer zum Fliegen«, sagte Ann

Kathrin, »versucht es aber trotzdem, es folgt seiner Sehnsucht. Das hat er fotografiert.«

»Ja«, spottete Weller, »er scheint ein Sensibelchen zu sein, der geborene Künstler. Ich merke schon, du magst ihn. Aber vergiss nicht, er hat ein komisches Hobby. Er schießt auf Menschen.«

Das Schaufenster sah von außen so aus, dass Weller dachte: Da bleibt kein Mann stehen. Höchstens pubertierende Mädchen.

Der Boden des Schaufensters war mit Sand bedeckt, darauf Muscheln. Dazwischen eine Krone und ein Strauß roter Rosen. Entweder waren das die besten Plastikblumen, die Weller je gesehen hatte, oder es standen tatsächlich frische, langstielige Rosen im Schaufenster.

Alles andere war mit Hochzeitsfotos dekoriert. Eins, in schwerem goldenen Bilderrahmen, mehr Gemälde als Foto, zeigte eine Braut, die sich mit strahlendem Gesicht schwer ins Zeug legte, um ein Ruderboot über den See zum anderen Ufer hin zu bewegen, während ihr Bräutigam im schwarzen Anzug, aber die Hosenbeine hochgekrempelt, ein Fuß lässig im Wasser, die Fahrt liegend genoss, den Hinterkopf auf beide Hände gestützt.

Na, dachte Weller, wenn so die Ehe der beiden wird, dann hat er vermutlich mehr Spaß daran als sie.

Es gab eine Großaufnahme von einem Flugzeug. Der Bräutigam, stolz in Pilotenuniform, hielt seine Braut im Arm und trug sie in die Cessna.

Ein anderes, in Überlebensgröße, zeigte ein glückliches Brautpaar, sie barfuß in einem knöchellangen Rüschenkleid. Der Schleier wehte, als sei das Foto am Strand bei Nordwestwind aufgenommen worden.

Weller las: *Schaffen Sie sich unvergessliche Momente. Inszenieren Sie jetzt schon Ihre Erinnerung.*

Im Schaufenster sah Weller Ann Kathrins Gesicht. Es spiegelte sich. Ihr glückliches Lächeln gefiel ihm.

In manchen Frauen, dachte Weller, lösen Hochzeitskleider so

etwas Ähnliches aus wie bei Männern ein frisch angestochenes Fass Bier: Glücksgefühle.

Als sie die Tür öffneten, erklang eine Melodie, die Weller sehr bekannt vorkam. Er wusste aber nicht, woher.

Die gesamte Einrichtung war in Schwarzweiß gehalten.

Eine junge Frau mit glatten, blonden Haaren und sehr großen Augen begrüßte die zwei.

Ann Kathrin registrierte ihren abschätzenden Blick. Die junge Frau war es gewöhnt, dass Paare hierherkamen, und bei Paaren hatte normalerweise einer das Sagen. Ein guter Verkäufer, egal, ob im Auto- oder im Möbelhaus, wusste sofort, wen von beiden er gewinnen musste, um seine Ware an den Mann zu bringen. Hier war es nicht anders.

Die junge Frau sprach Ann Kathrin an, weil sie davon ausging, dass sie Weller hier reingeschleppt hatte.

»Darf ich Sie beglückwünschen?«, fragte sie. Die Eheringe an den Fingern der beiden irritierten sie.

»Ja, das dürfen Sie«, gab Ann Kathrin zurück. »Wir sind glücklich verheiratet. Inzwischen schon seit fünf Jahren.«

»Und so soll es auch bleiben«, führte Weller aus dem Hintergrund scherzend hinzu.

»Nun, was kann ich für Sie tun?«

Sie trug einen kleinen Anstecker, darauf stand *Sabine Michalski*.

»Frau Michalski«, sagte Ann Kathrin sachlich, »wir sind von der Kriminalpolizei. Wir würden gerne Ihren Kollegen Linus Wagner sprechen.«

Die junge Frau wurde sofort nervös. »Ja, also ... da weiß ich jetzt gar nicht ... Der Linus ist überhaupt nicht ... Soll ich vielleicht Herrn Stahnke ...«

»Ja, wenn Herr Wagner nicht anwesend ist, dann würden wir gerne Ihren Chef sprechen.«

Ann Kathrin hatte den Satz noch nicht ganz beendet, da

wurde auch schon ein weißer Vorhang hinter Frau Michalski zur Seite gezogen.

Herr Stahnke stellte sich lächelnd vor: »Stahnke mein Name. Ich höre, Sie wollen mich sprechen?«

Er hatte einen glatt ausrasierten Vollbart, rötlich-blond. Ann Kathrin schätzte ihn auf fünfunddreißig, höchstens vierzig. Er kam ihr irgendwie bekannt vor.

Stahnke war anscheinend dem guten Leben sehr zugeneigt und mindestens zwanzig Kilo zu schwer. Das Oberhemd hing über der Hose, trotzdem spannte der Bauch darunter den Stoff.

Ann Kathrin bemerkte, dass er keine Jeans trug wie die meisten Männer in seinem Alter, sondern eine Stoffhose mit einer scharfen Bügelfalte. Dazu schwarze, glänzend blankgewienerte Lederschuhe.

Er hatte die Ärmel aufgekrempelt. Seine Haarpracht war überlang. Er hatte die rötlich-blonden Haare hinter den Ohren zu dicken Wülsten zusammengesteckt, so dass es aussah, als hätte er abstehende Ohren. Obwohl er Haarklämmerchen benutzte, fiel eine Strähne immer wieder in die Stirn übers rechte Auge, so dass er die Haare mit einer Kopfbewegung zurückwarf.

»Sie haben sich also entschieden, Ihr Glück zu dokumentieren«, orakelte er selbstbewusst.

Ann Kathrin war sich sicher, dass er längst wusste, dass sie von der Kripo waren, trotzdem wiederholte sie ihren Satz: »Mein Name ist Ann Kathrin Klaasen. Ich bin von der Mordkommission Aurich. Das ist mein Kollege Frank Weller.«

Unerschütterlich blieb der Fotograf aber bei seiner Meinung, die beiden seien gekommen, um sich fotografieren zu lassen.

»Wie schön! Ein Polizistenehepaar hatte ich lange nicht. Da lasse ich mir etwas besonders Schönes einfallen. Wollen Sie im Polizeiwagen heiraten oder einen Gangsterball zur Hochzeit organisieren?«

Er klatschte in die Hände, als würde er sich mächtig auf seine Aufgabe freuen.

Ann Kathrin hob ihre rechte Hand und deutete auf ihren Ringfinger. Aber auch damit beeindruckte sie ihn nur wenig.

»Ja ja, ich weiß. Natürlich sind Sie längst verheiratet. Und jetzt wollen Sie sich noch einmal das Jawort geben.« Er breitete die Arme aus. »Eine richtig tolle Hochzeit, wo an nichts gespart wird und nicht Leute eingeladen werden, die Sie eigentlich nicht leiden können, aber unbedingt dabeihaben müssen, weil sie Ihre Verwandten sind. Jetzt wollen Sie nur Ihre engsten Freunde einladen, und das Ganze soll natürlich dokumentiert werden. Ich könnte eine Hochzeitsreportage für Sie machen. Wollen Sie sich mal anschauen, wie so etwas aussieht? Ich kann Ihnen ein paar Vorschläge machen.« Er deutete hinter den Vorhang. »Wir haben ein kleines Kino. Sie können sich gerne bei einem Gläschen Sekt anschauen, was wir für andere Paare getan haben.«

»Hochzeitsreportage?«, fragte Weller und ärgerte sich, dass er das Wort ausgesprochen hatte.

»Natürlich. Heutzutage will doch kein Mensch mehr mit so einem gestellten Schwarzweißfoto heiraten. Hinterher genieren sie sich, das rumzuzeigen, weil sie darauf im Grunde unglücklich aussehen, gequält, so wie diese furchtbaren Konfirmationsfotos. Die armen Kinder mit Kerze und Gebetbuch, die steif in die Kamera lächeln. So etwas Uninspiriertes gibt es hier nicht. Unsere Fotos und Filme strahlen Freude aus. Glück. Leichtigkeit. Wir lassen uns von den Berufen und Hobbys inspirieren. So ein Küstenrundflug zum Beispiel ist doch heute das mindeste!«

»Wir haben«, sagte Weller, und es hörte sich an wie eine Verteidigung, »im Teemuseum in Norden geheiratet.«

Er kam sich plötzlich blöd vor, so als sei ihre Hochzeit spießig, blöd, peinlich gewesen. Da gab es keine pompöse Inszenierung, sondern eine Teezeremonie und Krintstuut. Eine kleine

Hochzeitstorte von ten Cate. Peter Grendel hatte ihm einen Zettel in die Tasche gesteckt, darauf stand: *Ja, ich will*, damit er sich ja bei der wichtigsten Frage nicht verhaspelte.

Ann Kathrin nahm Wellers Hand und drückte sie einmal kurz. Dann sagte sie zu Stahnke: »Sie haben einen Auszubildenden namens Linus Wagner.«

»Ja. Ein sehr begabter junger Mann. Er hat den Blick fürs Wesentliche. Er findet den richtigen Winkel, fängt die Stimmung ein, hält die flüchtigen Momente fest. Er kann bildlich denken. So etwas ist ja heutzutage nicht mehr selbstverständlich.«

»Wir würden ihn gerne sprechen«, fügte Ann Kathrin hinzu.

»Da muss ich Sie leider enttäuschen. Der ist heute gar nicht hier bei uns in Aurich. Der bereitet den nächsten großen Event vor. Ein Shooting mit dem Brautpaar am Schwanenteich.«

»In Norden?«

Stahnke lachte süffisant, als sei das fast schon eine Beleidigung. »Nein, natürlich nicht. Wir haben in Großheide ein Hochzeitsareal. Ein Teich, darauf sind Schwäne. Viele Brautpaare wollen sich gerne mit Schwänen fotografieren lassen oder auf einem Ruderboot. Ich persönlich mag es ja lieber, wenn wir auf eine Insel fahren und dann dort am Strand Bilder machen, wenn es so richtig schön stürmt.« Er hob beide Hände. »Jetzt kommen Sie mir nicht mit: Was ist, wenn es regnet? Bei Regen habe ich die schönsten Hochzeitsfotos gemacht, und wenn der Wind so richtig pfeift, dann kriegt man Bilder, die sagen jedem, das wird eine stürmische Ehe!«

»Linus Wagner ist also in Großheide«, hakte Weller nach. »Wo da genau?«

»Wissen Sie, wo die Buurderee ist? Das Kulturzentrum? Da werden auch oft Hochzeiten und Geburtstage gefeiert. Nicht weit davon entfernt, im Kuhweg. Ein tolles Gelände, ganz für Hochzeitsfotos gemacht und bestens ausgerüstet. Eine kleine Brücke, über die man seine Braut tragen kann…«

»Und da finden wir ihn jetzt? Fotografiert der da gerade ein Brautpaar oder was?«

»Nein, er bereitet das vor. Die wollen sich mit einem Löwen fotografieren lassen. Genauer gesagt, einem Tiger, weil wir Schwierigkeiten hatten, einen Löwen aufzutreiben.«

Weller legte den Kopf schräg und sah den Mann an, als würde er ihm kein Wort glauben.

Stahnke lachte: »So etwas haben wir oft. Wir hatten auch schon eine Hochzeit auf einem Elefanten. Das sind dressierte Tiere. Nicht aus irgendeinem Zirkus, sondern die werden eigens für Filmaufnahmen abgerichtet. Wir arbeiten da mit einer speziellen Agentur zusammen, die ...«

»Verzeihen Sie meine Eile, aber wir würden jetzt wirklich gerne Linus Wagner sprechen. Wann haben Sie ihn zum letzten Mal gesehen?«

»Gestern.«

»Haben Sie zusammen Fotos gemacht?«, fragte Ann Kathrin.

»Nein, keineswegs. Wir haben mehrere Stunden zusammen im Schneideraum gesessen. Die Postproduktion bei den Hochzeitsreportagen nimmt die meiste Zeit in Anspruch. Wir haben bei einer Hochzeit in Leer mit drei Kameras gedreht. Linus«, er zeigte auf seine Mitarbeiterin mit den langen, blonden Haaren, »Sabine und ich. Jetzt kommt die Feinarbeit. Sie glauben ja gar nicht, wie schwierig das ist. Wer ist öfter im Bild? Der Vater der Braut, die Mutter des Bräutigams, Onkel Kuni, der das Ganze bezahlt?« Er winkte ab. »Man muss da sehr feinfühlig vorgehen. Die Kunden zahlen, und wer zahlt, bestimmt das Endprodukt. Da reden wir vorher lange mit den Kunden. Man muss sich genau auskennen in der Familie, sonst wird es nichts. Der eine muss unbedingt im Bild sein, der andere will auf gar keinen Fall rein ... Manchmal machen wir zwei Fassungen. Zum Beispiel eine für die Familie und eine für die Freunde und Bekannten. In dem einen Film kommen die anderen nicht vor und umgekehrt.« Er machte eine einladende Geste: »Wollen Sie sich nicht vielleicht doch ein paar Filme von uns angucken?«

»Nein, danke«, brummte Weller und verließ gemeinsam mit Ann Kathrin das Geschäft.

Er wollte draußen nicht sagen, dass er sich drinnen unwohl gefühlt hatte, denn er fürchtete, dass es Ann Kathrin vielleicht ganz anders gegangen war, und so eine Hochzeit und die damit verbundenen Vorstellungen waren ja doch äußerst sensibles Terrain für ein Liebespaar. Verminter Boden sozusagen.

»Wir fahren jetzt nach Großheide«, bestimmte sie. »Ich kann mir nicht vorstellen, dass dieser Herr Linus einen Anschlag in Bensersiel verübt, dort ein Haus unter Beschuss nimmt und dann schnell wieder zurückdüst, um die Inszenierung für ein Hochzeitsshooting vorzubereiten.«

»Wir leben in einer verrückten Welt«, sagte Weller.

Er bekam Lust auf ein Eis und fragte sich, ob nicht noch genügend Zeit wäre, in der Fußgängerzone schnell einen Erdbeerbecher zu essen. Aber er musste nur in Ann Kathrins Gesicht sehen, um zu wissen, dass das keine Option war.

Der Ort wirkte auf Ann Kathrin auf absurde Weise künstlich, ja lächerlich.

Als ihr Sohn Eike noch ein kleiner Junge gewesen war und zwischen ihr und ihrem Mann Hero die Welt noch in Ordnung schien, da waren sie auf Eikes Wunsch hin nach Paris gefahren. Er wollte seine Lieblingsfiguren im Eurodisney-Park erleben.

Für Ann Kathrin war es eine Art Kulturschock. Die Comicfiguren liefen herum, als seien sie den Heftchen entsprungen und zum Leben erwacht. Alle waren auf eine unheimliche Art freundlich und fröhlich.

Schließlich hatte sie, vielleicht um Eike einen Gefallen zu tun, mitgemacht und wurde selbst wieder ein bisschen zum Kind, als sie mit Peter Pan aus dem Fenster flog. Sie hatte sich sogar darauf eingelassen, im beweglichen Kino mit Eike zusammen den Angriff auf den Killerplaneten zu fliegen, um Eikes Star-Wars-Träume auszuleben.

Dies hier war natürlich alles viel kleiner, aber genauso künstlich. Ein malerischer Teich mit Schwänen drauf. Ein Boot. Eine Brücke. Eine kleine Schafherde, mitten drin ein schwarzes. Ein Himmelbett mitten auf der Wiese. Alles künstlich, nur die Tiere waren echt. Auch der Tiger im Käfig.

Weller stand kopfschüttelnd und staunend da.

Linus Wagner kam mit ausgebreiteten Armen auf die beiden zu. Einer wie der, dachte Ann Kathrin als Erstes, gehört gar nicht nach Ostfriesland, sondern im Grunde nach Hollywood.

Er sah blendend aus. Strohblonde, abstehende Haare, unkämmbar, unterstrichen seine Wildheit. Wasserblaue Augen. Er war schlank und durchtrainiert. Ein sehr sympathisches Gesicht, große Lippen, gesunde Zähne, fast zu schön, um echt zu sein.

Wäre ich zwanzig Jahre jünger, dachte Ann Kathrin, ich hätte mich in ihn verliebt.

Dass dieser junge Mann sich in die Frau seines Lehrers verliebt haben sollte, daran litt und nicht darüber hinwegkam, erschien ihr abwegig.

Ein Dompteur war da, mit zwei Begleitern. Sie kamen herbei, doch Linus winkte ihnen zu: »Nein, das ist nicht das Pärchen. Wir machen jetzt keine Probe.«

Die drei verschwanden durch eine Plastiktür in einen Lagerschuppen, der von außen aussah wie das Schloss Neuschwanstein, allerdings auf Einfamilienhausgröße geschrumpft. Nach kurzer Zeit kamen sie mit belegten Brötchen zurück und beobachteten Ann Kathrin und Weller.

Linus Wagner hatte einen kräftigen Händedruck. Keine verschwitzten Finger, wie Ann Kathrin es von Verdächtigen her kannte.

Dieser junge Mann fühlte sich stark, selbstsicher und vollkommen unschuldig. So, wie er dastand, gab es nichts, das ihn anfechten konnte.

»Wir haben ein paar Probleme mit den Schafen«, sagte er und deutete auf den Tiger. »Menschen gegenüber ist er sozusagen lammfromm, aber wenn er die Schafe wittert, dann ...«

»Ich sehe, dass Sie viel zu tun haben, aber wir haben ein paar Fragen an Sie.«

»Ich weiß. Mein Chef hat mich informiert, dass Sie kommen.«

Ann Kathrin warf Weller einen Blick zu. Das hatten die beiden eigentlich nicht so geplant. Hatten sie vergessen, Stahnke darauf hinzuweisen, dass er Linus Wagner nicht informieren sollte? War ihnen das wirklich durchgegangen, oder hatte er sich nur nicht an die Anweisung gehalten?

»Können wir irgendwo in Ruhe alleine sprechen?«, fragte Ann Kathrin.

Linus Wagner wies auf das Gelände. »Suchen Sie sich etwas aus. Wir können uns zum Beispiel da hinten auf die Hollywoodschaukel für Verliebte setzen.« Er grinste. »Sehen Sie, da drüben haben wir einen Steg ins Wasser gebaut. Wir können uns an den Tisch setzen, Champagnerkübel und Kristallgläser stehen schon da ... Also, ganz wie und wo Sie wollen.«

Er gab den großzügigen Gastgeber. Das wurmte Weller. Immerhin sprachen sie mit einem Verdächtigen, möglicherweise mit jemandem, der gleich in Handschellen mitgenommen werden würde.

Die drei Begleiter des Raubtieres, die sich großspurig Dompteure nannten, betrachteten Ann Kathrin und Weller kauend, wie Adlige, die keine Lust hatten, sich unter den Pöbel zu mischen. Sie zogen sich in das Schlösschen am Rande des Teiches zurück. Hier war Neuschwanstein als Fotokulisse aufgebaut. Die Fassade des Schlosses bestand aus Plastik und lackiertem Pappmaché, hinter den Türen befand sich dann eine Art Geräteschuppen. Es gab eine moderne Kaffeemaschine, ein paar Kisten Mineralwasser. Diverse Requisiten standen herum. Neben einer fünfstöckigen Plastiktorte mit vielen Kerzen darauf, die erstaunlich echt aussah, gab es noch eine Kuchenplatte mit essbaren Teilchen. Hierhin zogen sich die drei Dompteure zurück.

Ann Kathrin versuchte, Linus Wagner zu verunsichern, indem sie ohne große Umschweife zur Sache kam: »Sie hatten ein Verhältnis mit Angela Röttgen?«

»Ja, stimmt.«

»Sie wurde erschossen.«

Er hatte jetzt einen leicht aggressiven Grundton in der Stimme. »Glauben Sie, ich weiß das nicht? Gibt es irgendjemanden in Ostfriesland, der das noch nicht mitbekommen hat?«

»Auf ihren Mann wurde ebenfalls geschossen. Heute noch einmal. Dabei wurde Paul Verhoeven getroffen.«

Linus erschrak. Er wiederholte den Namen, hielt sich dabei eine Hand vor den offenen Mund.

»Sie kennen ihn?«, fragte Ann Kathrin, obwohl sie das längst wusste.

»Natürlich. Er war Lehrer an unserer Schule. Ein sehr guter Lehrer. Er hat sich leider sehr früh pensionieren lassen. Wir haben das alle sehr bedauert. Bei dem haben wir richtig was gelernt. Aber er hatte irgend so eine Scheiß-Blutkrankheit.« Linus dachte einen Moment nach, bevor er fortfuhr: »Vielleicht hatte er auch einfach die Schnauze voll und wollte die letzten Jahre noch genießen.«

Weller wollte erst einmal die grundsätzlichen Dinge klären: »Wo haben Sie sich heute den Tag über aufgehalten?«

»Ist das die Frage nach meinem Alibi?«

Weller und Ann Kathrin nickten gleichzeitig.

Linus Wagner breitete die Arme aus und drehte sich einmal: »Na, hier. Wo denn sonst?«

»Gibt es dafür Zeugen?«, wollte Ann Kathrin wissen.

»Die Schwäne, die Schafe und, ach ja, jede Menge Möwen. Spatzen und ...«

Weller ermahnte ihn: »Das ist hier kein Witz! Sie stehen unter Mordverdacht.«

Ann Kathrin versuchte, ihm eine Brücke zu bauen: »Seit wann sind die Dompteure mit dem Tiger hier?«

»Seit einer knappen halben Stunde. Wir haben gerade begonnen zu proben«, antwortete Linus. Dann verzog er seine großen, geschwungenen Lippen zu einem hässlichen Grinsen: »Sie glauben, ich hätte Angela entführt und erschossen?«

»Ja«, sagte Weller, »stellen Sie sich vor, der Gedanke ist uns tatsächlich gekommen.«

»Sind Sie völlig verrückt? Checken Sie überhaupt nicht, was hier los ist?«

Ann Kathrin bremste Weller, der etwas sagen wollte, mit einem Blick. Sie ermunterte Linus Wagner: »Wie ist es denn Ihrer Meinung nach? Dann klären Sie uns doch mal auf.«

»Ihr Mann hat unsere Beziehung nicht ertragen. Das ist ein Psychopath mit schrecklichen Verlustängsten. Seine Frau ist nicht entführt worden. Er hat sie in seiner Bude eingesperrt und nicht mehr rausgelassen, der kranke Arsch!«

»Wie kommen Sie darauf?«, fragte Ann Kathrin.

»Denken Sie doch mal nach, Frau Kommissarin. Der hat sich in der Schule krankgemeldet, macht einen auf Depression. So hat er sie endlich unter Kontrolle. Jetzt kann sie mich nicht mehr treffen. Er erzählt allen, seine Frau sei entführt worden. In Wirklichkeit schließt er sie bei sich im Keller ein. Er empfängt keine Besucher, lässt niemanden an sie heran.«

Für Weller ergab das durchaus einen Sinn. Er machte sich Notizen.

Linus Wagner schielte auf Wellers Heft. Versuchte er tatsächlich mitzulesen?

»Ich denke, Angela Röttgen hat mit Ihnen Schluss gemacht? Stimmt das nicht?«, fragte Ann Kathrin.

»O doch«, antwortete Linus Wagner. »Hat sie. Drei Mal. Auf Druck ihres Mannes. Und jedes Mal ist sie wieder zu mir zurückgekommen. Er hat sie mit den Kindern erpresst. Er könne ihr das Sorgerecht wegnehmen lassen. Was besonders schrecklich für sie war: Sie wusste, dass ihre Eltern unsere Beziehung niemals akzeptieren würden. Denen war ja schon ihr Ehemann nicht gut genug. Da brauchte sie mit mir erst gar nicht anzukommen.«

»Die Scheidungsanwältin hatte Angst vor der Scheidung?«, fragte Ann Kathrin.

Linus Wagner gab ihr gestisch recht. »Ja, wenn jemand wusste, was für Unannehmlichkeiten auf sie zukamen, dann sie selbst. Er hat ihr richtig Angst gemacht. Zimperlich war der nicht.«

Weller forderte: »Ich hätte gerne eine Liste von Ihnen, wo Sie sich in den letzten Tagen aufgehalten haben. Am besten mit Zeugen dazu. Wir erstellen von allen Verdächtigen so eine Art Terminkalender, verstehen Sie? Falls Sie einen haben, könnten Sie uns den zur Verfügung stellen, das würde unsere Arbeit sehr erleichtern.«

»Ich war die meiste Zeit in ihrer Nähe. Falls ich nicht hier war.«

Die Worte rutschten Ann Kathrin viel zu schnell heraus: »Was soll das heißen, Sie waren die ganze Zeit in ihrer Nähe?«

»Ich habe das Haus beobachtet. Was hätten Sie denn an meiner Stelle getan? Ich war total davon überzeugt, dass er sie dort gefangen hält.«

Weller provozierte: »Und dann wollten Sie als Superheld kommen und sie befreien?«

»Ja, genau das hatte ich vor. Der hat das Haus praktisch nicht verlassen, der Dreckskerl. Zweimal habe ich versucht einzusteigen. Ich wollte in den Keller vordringen, um sie da rauszuholen. Aber der verrammelt die Hütte ganz schön. Auch bei diesem tollen Wetter lässt der die Rollläden unten. Wer tut so was, wenn er nichts zu verbergen hat, Herr Kommissar?«

»Ich würde gerne feststellen, ob Sie Schmauchspuren an den Händen haben. Dafür brauche ich Ihre Abdrücke.«

»Kein Problem. Ich stehe Ihnen zur Verfügung.«

Linus zog sein Sweatshirt hoch, und in seinem Hosenbund wurde eine Waffe sichtbar. Es war eine Browning mit verstellbarer Kimme und vergoldetem Abzug.

»Schmauchspuren habe ich natürlich an den Händen. Vor einer halben Stunde habe ich nämlich die Waffe ausprobiert.«

»Ausprobiert?«, fragte Weller.

Linus nickte. »Würden Sie mit einem Tiger arbeiten, wenn Sie nicht wissen, ob das Ding auch funktioniert?«

Ann Kathrin mischte sich ein: »Ist das nicht Sache der Dompteure?«

Linus versteckte die Waffe wieder unter seinem Shirt. »Ich verlasse mich, wenn es um mein Leben geht, lieber auf mich selbst.«

»Aber«, wendete Weller ein, »wir sind hier in Ostfriesland. Nicht im Wilden Westen. Hier kann nicht einfach jeder so mit einem Ballermann im Gürtel herumlaufen.«

Linus Wagner zeigte auf Weller: »Sie tragen doch auch eine Waffe, oder etwa nicht, Herr Kommissar?«

Die Frage klang provozierend für Weller, so, als wolle der Kleine Ärger.

Ann Kathrin spürte Wellers aufkeimende Wut und wirkte beruhigend auf die Situation ein: »Das steht hier nicht zur Debatte. Sie dürfen keine geladene scharfe Waffe mit sich tragen.«

Linus drehte ihnen den Rücken zu. »Das ist kein öffentlicher Platz, sondern Privatgelände. Ich bin seit meinem vierzehnten

Lebensjahr Mitglied im Schützenverein. Ich habe die Berechtigung ...«

Ann Kathrin unterbrach ihn und tippte von hinten gegen seine Schulter: »Wir sind von der Mordkommission. Wir interessieren uns nicht dafür, ob Sie Ihre Waffe ordnungsgemäß aufbewahren. Dafür sind unsere Kollegen zuständig. Wir wollen wissen, ob Sie damit auf jemanden geschossen haben.«

Er drehte sich zu ihr. »Habe ich nicht«, behauptete er. »Ihr Mann ist der Täter. Das wissen Sie genau.«

»Er kann schlecht auf sich selbst geschossen haben«, konterte Ann Kathrin.

»Wen interessiert das denn?«, insistierte Linus. »Der Sauhund hat seine wunderbare Frau umgebracht, und dafür sollten Sie ihn auf ewig einsperren.«

Ann Kathrin ging ein paar Schritte zurück und betrachtete den jungen Mann aus der Entfernung. Er wirkte großspurig. Verletzt. Bei weitem nicht so selbstbewusst, wie er sich gab.

Sie fragte sich, ob es zu ihm passte, eine Frau zu erschießen und dann eine Rose in ihre gefalteten Hände zu legen. Hatte er das Verbrechen bereut? War es eine Art Versuch, alles wiedergutzumachen? Ihr die Ehre zurückzugeben? Waren die Rose in ihren Händen und die um die Leiche verstreuten Blumenblüten nachträgliche Liebesbeweise? Oder hätte ein liebender Mann die Erschossene nicht, von Eifersucht getrieben, mit einem Tuch vor unzüchtigen Blicken geschützt? Die zusammengepressten Beine deuteten darauf hin, dass der Täter ihr Geschlecht schützen wollte. Das passte zu einem betrogenen Ehemann genauso gut wie zu einem liebeshungrigen jungen Lover.

Ann Kathrin ließ den Blick übers Gelände schweifen. Der Tiger im Käfig interessierte sich mehr für die Schwäne und Schafe als für die Menschen. Er wirkte aber absolut friedlich, ja müde, gelangweilt. Die Menschen kamen Ann Kathrin gefährlicher vor.

Wir leben in einer anarchistischen Collage, dachte sie. Auf

der Suche nach einem gefährlichen Mörder stehe ich an diesem verkitschten, romantischen Ort, den Menschen benutzen, um aus ihrem Leben eine Seifenoper zu machen.

Dann fand sie ihre eigenen Gedanken blöd und ungerecht. Vielleicht entsprach das genau der Suche der Menschen nach etwas Heilem, Schönem. Nach Geborgenheit.

Müssen wir, fragte sie sich, unseren Sehnsüchten so Ausdruck verleihen?

Ihre Hochzeit mit Weller kam ihr plötzlich so altbacken vor. Und doch war es genau so richtig, wie es gewesen war.

Sie ging zurück zu den beiden. Sie hörte gerade noch, wie Weller zu Linus Wagner sagte: »Sie sind ein junger Mann. Ich würde das alles nicht so auf die leichte Schulter nehmen. Sie stehen unter schwerem Verdacht. Sie kommen mir vor, als wäre Ihnen völlig egal, was aus Ihnen wird.«

»Da haben Sie nicht ganz unrecht. Mir ist egal, was aus der ganzen Welt wird.«

Weller streckte die Arme aus und zeigte auf den Park: »Sie sind so drauf, und dann machen Sie das hier?«

»Ich verdiene hier mein Geld, und ich mache ein paar Leute glücklich mit dem, was ich tue. Können Sie das von sich auch behaupten, Herr Kommissar?«

Die Art und Weise, wie er *Herr Kommissar* sagte, hatte etwas Spöttisches, Verächtliches an sich.

Weller war kurz davor zu explodieren. Ann Kathrin sagte sachlich: »Wir werden dieses Gelände hier und Ihre Wohnung durchsuchen. Haben Sie noch andere Räumlichkeiten? Wenn Sie uns irgendwelche Orte verschweigen, wird das später gegen Sie sprechen. Ich hoffe, das ist Ihnen klar, Herr Wagner.«

Weller streckte seine Hand aus: »Und jetzt geben Sie mir Ihre Browning, und zwar mit spitzen Fingern. Ich muss Ihnen wohl nicht sagen, was bei der kleinsten falschen Bewegung passiert ...«

Linus Wagner lüftete wieder sein Shirt und wollte die Waffe herausziehen, doch Ann Kathrin war schneller. Sie griff einfach hin und nahm die Browning an sich. Sie wollte kein Risiko eingehen.

»Ich hätte an seiner Stelle, wenn ich etwas zu verbergen hätte, das Ding in den Löwenkäfig gebracht«, raunte Weller.

Rupert und Sylvia Hoppe nahmen sich Linus Wagners Wohnung in Marienhafe vor. Sie trugen Gummihandschuhe, als sie mit der Hausdurchsuchung begannen. Ihre Aufgabe war klar. Sie suchten eine doppelläufige Flinte, vielleicht Schrotmunition, eventuell einen Vierling, Liebesbriefe, Fotos ...

Rupert fand einen ganzen Pappkarton voll mit erotischen Fotos. Einige der jungen Frauen, die sich dort auf Teppichen räkelten oder in der freien Natur nackt posierten, kannte er sogar.

»Guck mal, guck mal, Sylvia!«, rief er. »Ist das nicht die Verkäuferin aus dem Baumarkt? Das ist doch die, die an der Kasse sitzt ... ich hab bei der mal Dübel gekauft ...«

»Ich kann zwar verstehen, dass dir das Spaß macht, Rupert, aber bevor du dich da jetzt festbeißt, haben wir noch etwas anderes zu tun ...«

»Wieso, das ist doch wichtig, was ich hier mache! Guck dir die Frauen mal an. Wer weiß, wen wir da noch so finden. Vielleicht auch die Opfer.«

Sylvia Hoppe stampfte mit dem Fuß auf. »Ja, soll ich dir vielleicht noch eine Flasche Bier holen? Möchtest du es dir gemütlich machen?«

Rupert wiegte den Kopf hin und her. »Ja, das ist im Prinzip eine gute Idee. Ich meine, warum soll Arbeit immer nur Stress sein? Man könnte ja die Füße hochlegen und sich die Fotos dann in Ruhe ...«

»Das war ein Scherz!«, schimpfte sie.

Rupert versuchte abzulenken. Sie kannte das. Es war seine übliche Art. Sobald er in die Enge getrieben wurde, wich er einfach auf ein anderes Thema aus.

»Hast du von diesem Scheiß-Austauschprogramm gehört? Ich fürchte, da müssen wir auch bei mitmachen.«

»Du meinst die internationalen Kontakte?«

Rupert spottete: »Also, ohne mich, das sag ich dir. Ich will nicht so einen mürrischen alten Zausel neben mir sitzen haben, der mir bei der Arbeit auf die Finger guckt und alles besser weiß.«

»Ich finde das Programm ganz gut«, sagte Sylvia Hoppe. »Die Verbrecher arbeiten international zusammen, dann sollten wir das auch. Wenn Kollegen von uns ins Ausland fahren und wir im Gegenzug welche von denen nehmen, dann ...«

»Ach«, schimpfte Rupert, »das kommt mir vor wie Schüleraustausch.«

»Schüleraustausch?«

»Ich kann dir jetzt schon genau sagen, wie das läuft«, prophezeite Rupert und hob dabei den Zeigefinger. »Jede Scheiß-Polizeiinspektion wird genau die Typen schicken, die sie loswerden will. Alle sind froh, die Versager für ein paar Wochen nicht mehr unter den Füßen zu haben. Und hier bei uns spielen sie dann den großen Zampano, und wenn sie zurückkommen, prahlen sie mit ihren Auslandserfahrungen und was wir für Deppen sind.« Er winkte ab. »Also, ich kann dabei sowieso nicht mitmachen. Zu uns sollen Russen kommen oder Polen, und ich kann weder polnisch noch russisch ...«

»Ich meine, es sei auch von Esten gesprochen worden.«

»Mir doch egal. Ich melde mich jedenfalls krank, wenn der Schwachsinn losgeht.«

Rupert fuhr hoch. Er hatte ein neues Foto entdeckt. »Hier, die kenne ich auch! Die arbeitet im Aldi! Da räumt die Kisten aus. Hier hat sie nur lange, blonde Haare. In Wirklichkeit hat die ganz kurze schwarze. So ein Rattenkopf ...«

Er drehte das Foto um. Hinten war eine Zahl, mit rotem Filzstift notiert. Drumherum ein Kringel.

Sylvia Hoppe nahm ihm die Kiste ab. »Wir suchen eine Schrotflinte!«

»Trotzdem«, insistierte Rupert, »die Fotos hier nehmen wir erst mal mit. Wer weiß, wozu die noch gut sind. Erst mal Beweismittel sichern.«

»Beweismittel!«, spottete Sylvia Hopp. »Herrje, er ist ein junger Fotograf! Was glaubst du denn, was der am liebsten fotografiert? Blümchen?«

Sylvia konnte es Rupert ansehen. Er haderte wieder mit seinem Beruf. Warum, fragte er sich, bin ich, verdammt nochmal, Polizist geworden? Ich hätte doch auch eine Fotografenlehre machen können, dann hätten sich die Mädels für mich reihenweise ausgezogen. Und ich hätte so eine Fotosammlung ...

»Als ich so alt war wie der«, sagte Rupert, »habe ich Idiot Briefmarken gesammelt.« Und dabei kam er sich jetzt vor wie der letzte Versager.

Das Haupthaus der Fotoagentur in Großheide bestand im Grunde aus zwei großen, hohen Räumen. Der eine war ein perfekt für Hochzeitsfotografie eingerichtetes Atelier. Scheinwerfer an den Decken. Lichtreflektoren. Ventilatoren. Hintergrundwände standen herum.

Im zweiten Raum mehrere Kleiderständer mit Kostümen, darunter einiges mittelalterlich. Dazu zwei an den Rand geschobene Schreibtische, darauf Computer mit großen Bildschirmen und zwei abschließbare Stahlschränke mit vielen kleinen Schubladen. Auf einem Schreibtisch standen eine halbvolle Kaffeetasse und ein Teller Apfelkuchen mit Sahne, halb angegessen. Im Kuchen steckte noch eine Gabel.

Weller zeigte als Erstes auf die Schränke: »Und die da machen Sie jetzt bitte für uns auf. Sie können übrigens gerne einen Anwalt hinzuziehen, wenn Sie sich dann wohler fühlen.«

»Nein, danke«, antwortete Linus Wagner. »Schauen Sie sich nur um. Je schneller Sie zu der Überzeugung kommen, dass ich unschuldig bin, umso besser für mich.«

Ann Kathrin interessierte sich nicht für die Schränke. Da passte ihrer Meinung nach kein Schrotgewehr rein, selbst dann nicht, wenn es vorher in seine Einzelteile zerlegt worden war.

Sie suchte zwischen den Kleidern und den großen, aufstellbaren Fototapeten.

»Wozu«, fragte Weller, während er in den Schubladen wühlte, »gibt es eigentlich hier so viele Ventilatoren?«

Linus Wagner trumpfte auf und gab sein Wissen zum Besten: »Weil man damit Wind machen kann. Die Haare der Bräute sollen flattern. Oder hätten Sie gerne eine mit einer Haarsprayfrisur, die aussieht, als sei sie aus Marmor?«

»Ist das da Ihr Schreibtisch?«, fragte Ann Kathrin und deutete auf den mit dem Kuchen und der halbvollen Kaffeetasse.

»Öffnen Sie bitte die Schubladen.«

»Die sind gar nicht abgeschlossen.«

Ann Kathrin zog die mittlere große Schublade auf. Darin lag nicht der übliche Kram, den andere Menschen in ihren Schreibtischschubladen verwahrten, sondern nur eine große Holzbox mit Intarsien, möglicherweise aus Elfenbein, und einem mit Leder gepolsterten Deckel. Die Box war fast so groß wie die Schublade. Ann Kathrin musste sie ganz aufziehen, um die Box herauszunehmen.

Sie öffnete das Schatzkästchen. Mehrere Lagen stiegen auf, die durch Hebel miteinander verbunden waren. Alles voller glitzerndem Schmuck. Die reinste Swarovski-Ausstellung.

Ein »Oh!« entfuhr ihr.

Linus grinste. »Was hatten Sie erwartet? Die Bräute lassen sich gerne mit Schmuck und Juwelen fotografieren, nicht jede bekommt so etwas in echt zur Hochzeit geschenkt. Auf den Bildern sieht man natürlich nicht, ob der Schmuck echt ist oder nicht. Früher haben wir viel damit gearbeitet. Heute bestehen viele Paare darauf, sich echten Schmuck zu leihen. Völliger Blödsinn, wenn Sie mich fragen, aber manche brauchen das Gefühl, richtiges Gold und echte Diamanten auf der Haut zu tragen.«

Ann Kathrin ließ ein paar Ketten durch ihre Finger gleiten. Daran waren Namensschildchen aus Papier geheftet, darunter Daten.

»Darf ich Sie fragen, was das bedeutet?«

So, wie er dastand, liebte Linus Wagner es, den beiden seine Welt zu erklären. »Nun, Frau Kommissarin, wir müssen natürlich sehr genau darauf achten, dass nicht eine Braut mit unserem Schmuck fotografiert wird, und danach sieht sie ein Filmchen ihrer besten Freundin, und die trägt genau dasselbe falsche Geschmeide …« Er lachte. »Solche Peinlichkeiten passieren Ihnen mit uns nicht. Name und Wohnort werden registriert, dazu noch der Tag. Erst drei, vier Jahre später benutzen wir so ein Teil erneut, und dann auch nur, wenn die beiden nicht gerade in Aurich wohnen, woher das vorherige Pärchen stammte …« Großspurig fuhr er fort: »Zu uns kommen Paare aus ganz Deutschland. Viele wollen am Meer heiraten. Auf einer Insel, bei Flut. Da sind wir gern dabei.«

»Verdammt gerissen«, brummte Weller. Er hatte inzwischen richtiges Filmmaterial in der Hand. »Ich wusste gar nicht«, lachte er, »dass es so etwas überhaupt noch gibt: richtige Filme für Analogfotografie.«

»Das kommt wieder total in Mode. Viele Paare wünschen sich das. Wir haben fünfzig Jahre alte Kameras, die noch richtig *Klick* machen. Ja, das ist Nostalgie!«

Ann Kathrin hielt ein Kettchen in der Hand, an dem eine Teekanne baumelte. Ein Schauer durchlief ihren Körper. Sie kannte das. Manchmal reagierte ihr Körper, bevor ihr Verstand so weit war.

Sie hob das Kettchen heraus, ließ es durch ihre Finger gleiten und sagte: »Hier ist kein Zettelchen dran.«

»Dann ist es wohl lange nicht benutzt worden«, antwortete er gelangweilt. Er sah nicht mal richtig hin.

Ann Kathrin fotografierte das Schmuckstück mit ihrem Handy und schickte das Foto direkt an Peter Röttgen: *Sah die Kette Ihrer Frau so aus?*

Die Antwort ließ nur wenige Sekunden auf sich warten: *Das ist sie!*

Ann Kathrin stellte sich gerade hin und räusperte sich. Die Art, wie sie das tat, signalisierte Weller, dass es ernst wurde. Er nahm die Hände aus der Schublade und drehte sich zu ihr um.

»Ich glaube«, sagte Ann Kathrin Klaasen, »wir setzen unser Gespräch besser in der Polizeiinspektion fort. Betrachten Sie sich als festgenommen, Herr Wagner. Diese Kette hier stammt von Angela Röttgen. Sie trug sie am Tag ihres Verschwindens. Ich glaube, Sie haben uns einiges zu erklären.«

Linus Wagner schien es schwindlig zu werden. Er stolperte rückwärts, hielt sich an einem Scheinwerfer fest. Plötzlich war sein Körper wieder voller Spannung. Er schleuderte den Scheinwerfer in Richtung Ann Kathrin und stürmte nach draußen.

Wortlos zog Weller seine Waffe und rannte hinter Linus Wagner her. »Hände hoch! Stehen bleiben!«, brüllte Weller gegen die Tür, die Linus von außen verschloss.

Ann Kathrin öffnete ein Fenster und sprang nach draußen. Linus war bereits beim Tigerkäfig und machte das Gitter auf.

»Das glaube ich jetzt nicht«, sagte Ann Kathrin. Dann bewegte sich das große Raubtier auf sie zu. Es gähnte. Oder riss es das Maul nur auf, um Maß zu nehmen?

Jetzt stand Weller neben ihr. Er hielt seine Heckler & Koch in beiden Händen und richtete sie auf den Tiger.

»Verdammte Scheiße nochmal! Sperren Sie sofort das Vieh wieder ein!«, brüllte er. »Ja, bin ich denn hier nur unter Bekloppten?!«

Linus rannte.

Ann Kathrin hatte schon ihr Handy am Ohr und meldete: »Linus Wagner ist flüchtig. Er hat einen Tiger losgelassen, um uns aufzuhalten.«

Sie gab Anweisungen, wie die Straßen abzuriegeln seien und was im Detail polizeilich zu geschehen hatte. Weller konnte dafür nicht das geringste Verständnis aufbringen, denn der Tiger umkreiste die beiden und fauchte angriffslustig.

»Wo sind die Dompteure?«, fragte er gegen den Wind. Dann rief er: »Kommen Sie sofort und sperren Sie das Vieh wieder ein, oder ich mache ein Sieb daraus!«

Er war in seinem Polizeileben schon in absurde Situationen geraten, diese hier erschien ihm vollends verrückt.

Die drei Raubtierbegleiter kamen nicht aus der Neuschwanstein-Imitation heraus. Dorthin konnten Ann Kathrin und Weller sich nicht retten, denn der Tiger befand sich genau zwischen ihnen und dem Pappmaché-Schloss.

Weller pustete beim Sprechen. Er bekam kaum Luft. »Ich weiß zwar nicht, wie sich solche Biester normalerweise verhalten, aber ich werde das Scheißgefühl nicht los, dass das Tier gleich auf uns losgeht!«

Der Tiger schlackerte mit den Ohren, als ob ihn Töne stören würden, dann legte er den Kopf schräg und bog den Rücken durch.

Inzwischen hatte Ann Kathrin ihr Handy eingesteckt und ebenfalls ihre Waffe gezogen. Aber sie spürte in sich einen enormen Widerstand, auf das schöne Tier zu schießen.

»Du bist doch ein ganz Lieber«, sagte sie.

»Um Himmels willen, Ann, fang jetzt nicht mit so einem Scheiß an! Das ist ein richtiges Raubtier, kein Schoßhündchen! Der will nicht spielen! Für den sind wir Beute!«

»Ich denke, der ist dressiert? Die wollen doch mit ihm Hochzeitsaufnahmen machen.«

»Ja«, maunzte Weller, »dabei wünsche ich ihnen auch viel Vergnügen, aber ich möchte nicht dabei sein.«

Das Tier kam ihnen bedenklich nahe. Sie konnten seinen aasigen Atem bereits riechen. Die beiden trauten sich auch nicht mehr, laut nach den Dompteuren zu rufen.

Es gab nur noch einen wirklichen Fluchtweg für Weller und Ann Kathrin. Wenn sie das Tier nicht erschießen wollten, dann ...

»Denkst du, was ich denke?«, fragte Ann Kathrin.

»Ich fürchte, ja«, gab Weller zurück.

Ann Kathrin war als Erste im Käfig. Weller traute sich keine schnelle Bewegung zu machen. Vorsichtig, fast zentimeterweise, bewegte er sich rückwärts auf die offene Käfigtür zu.

Jetzt umkreiste das Raubtier ihn und strich dabei mit seinem Fell so nah an seinen Beinen entlang, dass Weller die Berührung spürte. Ein Schauer lief ihm über den Rücken.

Ann Kathrin hatte ihre Waffe auf den Kopf des Tigers gerichtet und hoffte, nicht abdrücken zu müssen.

Weller erstarrte. Er konnte nicht mehr vor und nicht mehr zurück.

»Ich werde ohnmächtig«, flüsterte er kraftlos. »Ich fürchte, ich werde ohnmächtig.«

»Mach jetzt nicht schlapp, Frank. Nur noch anderthalb Meter, dann bist du in Sicherheit.«

Die Haare um den Hals des Tigers sträubten sich. Er schlug mit der Tatze zweimal durch die Luft, als wolle er sich irgendwo festkrallen. Dann stieß er einen furchterregenden Laut aus, der Wellers Erstarrung löste. Mit einem Satz brachte Weller sich in

Sicherheit. Er krachte gegen Ann Kathrin, die mit ihm gemeinsam umfiel. Sie lagen im Käfig auf dem Boden.

Weller raffte sich auf und ließ die Tür zuschnappen.

Der Tiger umkreiste schnaubend sein ehemaliges Gefängnis und brüllte dabei immer wieder, als wolle er den beiden Angst machen. In dem Moment verließen die drei Dompteure das künstliche Schloss. Die Situation schien ihnen mächtig Spaß zu machen. Sie amüsierten sich, klopften sich gegenseitig gegen die Schultern und machten mit ihren Handys Fotos.

»Legen Sie das Tier sofort in Ketten! Dies ist eine polizeiliche Anordnung!«, befahl Weller. »Sie gefährden die öffentliche Sicherheit und Ordnung! Das ist Freiheitsberaubung, und wenn unser Anwalt mit Ihnen fertig ist, wird Ihnen das Lachen vergangen sein!«

Der mit dem Dreitagebart begann, den Tiger zu kraulen. Dem gefiel das sehr gut. Das Tier legte sich auf den Rücken, wälzte sich im Gras und ließ sich nun auch die Brusthaare kämmen.

Die beiden anderen waren immer noch mit ihren Handys beschäftigt. »Das wird der Facebook-Hit! Ich lach mich schlapp!«

Weller wollte raus, um »dem Schnösel was auf die Fresse zu hauen!«, aber Ann Kathrin hielt ihn auf. »Das alles«, sagte sie, »ist jetzt belanglos. Sobald das Tier wieder eingesperrt ist, geht es nur noch darum, Linus Wagner einzukassieren.«

Der mit dem Dreitagebart lachte: »Mozart ist brav wie eine kleine Schmusekatze. Ich habe schon Goldhamster gekannt, die waren aggressiver ...«

Weller verließ den Käfig und ging auf den zu, der gerade seine Facebook-Seite pflegte. Weller riss ihm das Handy aus der Hand. »Wenn du das hochgeladen hast, wirst du deines Lebens nicht mehr froh! Glaub mir, Junge, ich bin nicht immer so nett, wie du mich gerade kennengelernt hast.«

Weller sah auf das Handy, aber das Display war bereits schwarz.

Weller tippte auf der Tastatur herum. »Zeig mir deinen Account. Ich will deinen Account sehen, verdammt! Hast du das Bild hochgeladen?«

»Ich fürchte, ja«, lachte der Dompteur. »Ein bisschen Spaß muss sein!«

Seit gefühlten Stunden hörte Imken Lohmeyer über sich die klackenden, kratzigen Schritte einer Dohle, die immer wieder mit dem Schnabel Getier von den Brettern pickte. Imken stellte sich vor, dass diese Decke über ihrem Kopf nicht sehr dick sein konnte, sonst wären die Geräusche nicht so deutlich gewesen.

Auch wenn sie das Tier nicht sah, wusste sie, dass es eine Dohle war, keine Möwe. Sie erkannte die typischen Laute. Auf dem Fensterbrett vor ihrem Büro stolzierte auch immer eine Dohle auf und ab. Ein schwarzer Vogel mit intelligentem, spöttischem Blick und einer graugefiederten Halskrause.

Ihr kamen die Tränen bei dem Gedanken, dass dies nicht irgendeine Dohle war, sondern die, die immer wieder vor ihrem Fenster auf und ab ging, als würde ihr das Haus gehören.

Eigentlich, so wusste Imken, waren Dohlen Singvögel und galten als die intelligentesten Vögel. Vielleicht pickte die Dohle ja nicht einfach irgendwelche Insekten, sondern vielleicht klopfte sie mit ihrem Schnabel, um ihr Signale zu geben.

Imken phantasierte sich in hoffnungsvolle, märchenhafte Kinderwelten, in denen Vögel treue Freunde waren, sich in Prinzen verwandelten und Prinzessinnen retteten.

Dann näherten sich Schritte. Zunächst auf weichem Boden, doch als der erste Fuß das Holz berührte und die Bretter unter dem Gewicht knarrten, floh die Dohle. Imken konnte sogar das Flattern der Flügel hören. Und dann diesen typischen Dohlenschrei.

Imken Lohmeyer riss die Bettdecke an sich und wickelte sich in das Leinentuch ein. Wenigstens so viel Schutz wollte sie auf der Haut haben.

Über ihr wurde eine Luke geöffnet. Es war mit einem Schlag so hell, dass sie kaum noch etwas erkennen konnte. Wie ein Schattenriss stand er über ihr. Er ließ eine Leiter hinab.

Sie befürchtete, dass sie nicht in der Lage sein würde, ihn anzugreifen. Vielleicht hatte er eine Erklärung für all das hier. Vielleicht war es ein sehr, sehr dummer, gemeiner Witz und nun endgültig beendet. Es würde Entschuldigungen regnen, und sie war bereit, allen, die an diesem Schabernack beteiligt waren, zu verzeihen. Hauptsache, das alles hatte endlich ein Ende.

Er befahl ihr, in die andere Ecke des Raumes zu gehen. Sie tat, was er wünschte. Dann stieg er die Leiter hinab. Er hatte etwas bei sich. Eine viereckige Box. Obwohl sie geschlossen war, konnte Imken riechen, dass darin etwas zu essen war. Sahnesoße. Schinken. Spaghetti Carbonara!!!

Ja, er packte tatsächlich für sie Spaghetti Carbonara aus. Das Ganze war in Plastik verpackt und mit Alufolie abgedichtet. Sie bekam Holzstäbchen dazu, eine Flasche Wasser, und wenn sie sich nicht täuschte, war das da Rotwein in einem Tetrapack.

»Keine Angst«, sagte er, »ich tu dir nichts. Und du wirst nicht verhungern.«

»Was willst du von mir?«, fragte sie ihn. »Was hast du vor? Was soll das alles hier?«

»Das ist alles nicht meine Idee«, sagte er. »Ich handle im Auftrag.«

»Im Auftrag?« Sie konnte die Gier kaum unterbinden. Am liebsten hätte sie sich einfach über das Essen hergemacht. Noch schlimmer war der Durst.

Sie griff nach der Wasserflasche und schraubte sie auf. Gierig trank sie. Sie hörte das gluckernde Geräusch, und es war ihr fast peinlich.

Anständige Mädchen benehmen sich nicht so.

»Was glaubst du, wer mir den Auftrag gegeben hat?«

Warum fragt er mich das?, dachte sie. Will er, dass ich eine Verdächtigung äußere? Warum? Was bezweckt er damit? Oder lügt er mir einfach etwas vor, um mich restlos zu verunsichern?

Die offen stehende Falltür tat gut. Es kam nicht nur Licht in ihr Verlies, sondern auch frische Luft.

»Was willst du?«, fragte sie. »Was?«

Da er nicht antwortete, sondern ihr stattdessen nur die Box mit den Spaghetti rüberschob, öffnete sie die Packung und begann zum ersten Mal im Leben, Spaghetti Carbonara mit Stäbchen zu essen. Das Zeug schmeckte unglaublich gut.

»Geht es um Sex?«, fragte sie. »Ist es das? Warum? Das ist doch blöd.« Sie aß, schluckte und sprach. »An jeder Ecke kann man Sex kaufen. In allen Varianten. Du bist doch nicht arm! Du kannst dir die schönsten Frauen leisten. Du musst doch keine entführen, um …«

Er lachte. »Nein, darum geht es nun wirklich nicht!«

Linus Wagner war wie vom Erdboden verschwunden.

Es gab zwei Fotos auf Facebook, die Weller und Ann Kathrin im Käfig zeigten. Dazu noch ein kleines Filmchen.

Martin Büscher war kurz der Illusion erlegen, er könne die Facebook-Seite sperren lassen, scheiterte dann aber schon beim ersten Versuch, da die rechtlichen Möglichkeiten dazu so kompliziert waren, dass sie mit Tagen, ja Wochen rechnen mussten. Auf keinen Fall war heute Abend noch etwas zu machen.

»Facebook«, so erklärte die Staatsanwältin Meta Jessen, »ist keine Person, die man einfach so verhaften kann oder regresspflichtig machen. Das ist ein gigantisches Unternehmen in den USA. Wir können nicht so einfach Einfluss darauf nehmen.«

»Auch nicht, wenn sie gegen Gesetze unseres Landes verstoßen?«, fragte Büscher.

Meta Jessen zuckte mit den Schultern. »Ich bin mir nicht mal sicher, ob dieses Bild gegen Gesetze verstößt. Sie haben zwar ein Recht an Ihrem eigenen Bild und könnten Persönlichkeitsrechte geltend machen, aber ...«

Ann Kathrin wischte die ganze Diskussion mit einer Handbewegung vom Tisch. »Lasst uns zum Wesentlichen kommen. Linus Wagner läuft frei herum. Er steht unter Fahndungsdruck. Wo kann er sich aufhalten?«

»Im Dreißig-Kilometer-Umkreis um Großheide haben wir einen Ring gelegt. Da kommt er nicht raus«, behauptete Martin Büscher.

»Zumindest nicht über eine Straße«, schränkte Weller ein. »Aber wir haben ja nicht auf jeder Wiese Wachen stehen. Wir versuchen, mit sechs Fahrzeugen der Sache Herr zu werden.«

»Er wird den einfachsten Weg wählen«, sagte die Polizeipsychologin Elke Sommer, »und sich irgendwo in einer Pension ein Zimmer nehmen. Wir sind hier in Ostfriesland. Das ist eine Touristengegend. Hier fragt niemand groß nach dem Ausweis oder warum jemand kommt. Wir sind mitten in der Ferienzeit. Herrje, da kann man überall problemlos unterschlüpfen.«

Ann Kathrin schüttelte den Kopf. »Nein, das glaube ich nicht. Er wird bei einem Freund untertauchen oder bei einer Freundin. Bei jemandem, von dem er glaubt, dass er ihn nicht verraten wird. Wir müssen alte Klassenkameraden, Freunde, die Leute, mit denen er im Schützenverein ist, überprüfen ...«

Büscher stöhnte: »Ja, und am besten bestelle ich aus Hannover noch hundert Kollegen, die uns helfen, oder was? Wie sollen wir das denn wuppen?« Rupert trumpfte auf. Er sprach sehr laut und deutlich. Dabei fixierte er Sylvia Hoppe, die sauer den Mund verzog. »Jetzt können wir aber alle froh sein, dass ich die Bilder beschlagnahmt habe.«

»Was für Bilder?«, fragte Martin Büscher.

»Nun, Chef, unser kleiner Fotograf hat nicht nur Hochzeitsfotos gemacht, sondern viele junge Mädchen geknipst ... Nicht alle waren dabei bekleidet ... Wenn sie sich so von ihm fotografieren lassen, dann gibt es ein gewisses Vertrauensverhältnis. Ich wette, einige von denen haben sich Hoffnungen gemacht ... Er hat garantiert eine lange Liste mit Namen. Er kann bei irgendeiner klingeln und dort ...«, Rupert grinste, »die Nacht verbringen. Wollen wir wetten? Wenn wir ihn finden wollen, dann müssen wir ihn bei diesen Mädels suchen.«

Zum Erstaunen aller lobte Ann Kathrin Rupert: »Ich fürchte, da hast du recht. Wir haben die Fotos, aber nicht die Namen. Oder stehen die hinten drauf?«

Rupert verschränkte die Arme vor der Brust und grinste: »Nun, ich dachte, ich hätte ein, zwei der Ladies erkannt und wollte sichergehen. Darum habe ich weitergesucht. Und was glaubt ihr – ganz unten in der Kiste hatte er eine Liste mit zweiundfünfzig Namen. Darauf Zahlen. Er hat die Namen nicht hinten auf die Fotos geschrieben, sondern nur Nummern. Und«, Rupert hielt den Zettel hoch, »hier habe ich die Adressen.«

»Gute Arbeit«, sagte Ann Kathrin, und Sylvia Hoppe verfiel in ihren alten Ruhrgebietsslang: »Dat Glück is mit die Doofen!« Dann fügte sie hinzu: »Sagte meine Mutter früher gern.«

Kripochef Martin Büscher verdrehte die Augen. »Zweiundfünfzig. Sollen wir diese Liste jetzt auch noch abarbeiten und gleichzeitig den Ring aufrechterhalten?«

Ann Kathrin nickte. »Ja, genau das sollten wir jetzt tun.«

Weller blickte in die Kiste, und gleich auf dem oberen Bild erkannte er Sabine Michalski, die junge Frau, die sie in Stahnkes Hochzeitsfotoladen getroffen hatten.

Klar, dachte Weller, die hat ihm natürlich auch Modell gestanden.

Rupert gefiel die Idee, diese jungen Frauen zu besuchen. Er

konnte sich vorstellen, dass einige vor Scham am liebsten im Boden versinken würden. Andere waren vielleicht besonders freizügig und bereit, ihm noch mehr zu zeigen. Sie waren alle volljährig. Wer wusste schon, was für tolle Abenteuer für ihn dabei noch herausspringen konnten …

Er fand seinen Beruf jetzt schon gar nicht mehr so schlimm.

Rupert besuchte Tissi Buhl, die Nummer 41 auf der Liste der Fotos. Eine Schönheit. Neunzehn Jahre alt, schmalhüftig, mit einem entwaffnenden Lächeln. Sie wohnte bei ihren Eltern, direkt gegenüber von Röttgens Haus. Aus ihrem Zimmer im oberen Stock hatte sie einen Blick in Röttgens Garten.

Sie beschwor Rupert, ihren Eltern nichts zu sagen. Die seien religiös und würden das Ganze sicherlich nicht verstehen. Ja, sie sei ein bisschen verliebt in Linus gewesen und habe ihn diese Fotos machen lassen. Jetzt täte ihr das alles schon leid, aber Linus habe versprochen, die Bilder nicht zu veröffentlichen. Sie wolle auch gar nicht mehr Model werden, sondern nach dem Abi Medizin studieren.

»Woher kennen Sie Linus denn?«, fragte Rupert, und sie gab an, mit ihm zusammen in Wittmund zur Alexander-von-Humboldt-Schule gegangen zu sein.

»Er war drei Klassen höher als ich und hat mich natürlich nicht beachtet. Aber ich war verliebt in ihn.« Sie wurde rot und winkte ab: »Na ja, Sie wissen ja, wie das so ist.«

»Können Sie sich vorstellen«, fragte Rupert, »warum Linus auf Peter Röttgen geschossen hat?«

»Das hat er sicher nicht getan«, sagte sie. »Er ist ein guter Mensch. Röttgen hat seine Frau nicht gut behandelt. Und dann hat er sie umgebracht. Das weiß hier jeder. Egal, an welcher Tür Sie klingeln, keiner wird Ihnen etwas anderes erzählen.«

»Kann ja sein«, sagte Rupert, »aber wir brauchen Beweise. Das gesunde Volksempfinden zählt zum Glück heute nicht mehr.«

Rupert hatte bei Gitti, gegenüber vom Amtsgericht, eine XXL-Currywurst gegessen und sich dabei das Jackett und das Hemd mit scharfer Soße beschlabbert. Er lief rüber in die Polizeiinspektion, um sich umzuziehen. Es war Abend geworden, aber er hatte noch einige Damenbesuche vor der Brust. Er wollte gut aussehen, wenn er den jungen Dingern gegenüberstand.

Er zog die blaue Uniformjacke mit den vier Sternen an. Seitdem seine Frau Beate ihm gesagt hatte, dass Krawatten ihn männlicher machten, konnte er gar nicht genug davon bekommen. Außerdem half eine gute Krawatte Nichtrauchern, wenn sie nicht wussten, wohin mit ihren Fingern.

Raucher hatten es da leichter. Die spielten mit ihrer Zigarette herum oder mit ihrer Pfeife.

Er steckte die Hände oft unwillkürlich in die Hosentaschen und zupfte am Gummibund seines Slips herum. Das konnte dämlich wirken. Da war so eine Krawatte doch viel besser. Er konnte zum Knoten greifen und ihn lockern. Das kam gerade bei Frauen viel besser an als das Herumspielen an der Unterhose. Wer seine Krawatte lockerte, demonstrierte damit auch den Übergang vom Dienstlichen ins mehr Private. Mit einem energischen Griff zum Knoten und einem vorgereckten Kinn dagegen konnte man seinem Gegenüber demonstrieren, dass es jetzt ernst wurde und der Spaß vorbei war.

Rupert hatte vor dem Spiegel geübt. Er konnte seine Krawatte inzwischen einsetzen, um Frauenherzen schmelzen zu lassen oder um Verdächtige einzuschüchtern. Es war alles nur ein Spiel mit Gesten und Blicken.

Die Stimmlage war entscheidender als die Worte, die jemand sagte. Das hatte er inzwischen begriffen. Der Alltag wurde immer mehr zum Showgeschäft, und er wollte dabei kräftig mitmischen und die Karten zu seinen Gunsten beeinflussen.

Er trug auch keine Jeans mehr, sondern Stoffhosen. Diese engen Jeans klemmten seine Eier einfach zu sehr ein. Das gefiel ihm nicht.

Beate hatte Rupert zwei Anzüge geschenkt. Sie passten ihm, fand Rupert. Sie hatten mal seinem verstorbenen Schwiegervater gehört. Inzwischen, so behauptete Beate, seien sie wieder modern.

Die Krawatten seines Schwiegervaters waren schmal und wenig farbenfroh. Einige hatte seine Frau für ihn gestrickt. Die gefielen Rupert. Er kannte niemanden sonst, der karierte Hemden und selbstgestrickte Krawatten trug.

Er fuhr nach Norden, um dort in der Westermarscher Straße Betty Korg zu besuchen. Sie war aus seiner Sicht die mit Abstand schärfste Schnitte, die Linus Wagner fotografiert hatte. Es war nicht so sehr ihr Körper, der Rupert in Aufruhr versetzte. Sexy waren diese Frauen alle. Nein – es war eindeutig ihr Blick! Sie hatte so einen lockenden, verruchten Augenaufschlag. Einfach unwiderstehlich.

Das hatte auch Ann Kathrin bemerkt und deshalb versprochen: »Auf dem Heimweg besuche ich sie.«

Klar, hatte Rupert gedacht, die macht das nur, um mich zu ärgern. Aber mit einer großzügigen Geste hatte er den Bilderkarton wieder an sich genommen und gesagt: »Ihr habt doch alle Wichtigeres zu tun. Ich zieh das hier in kürzester Zeit durch. Reine Routine.«

Jetzt fand er vor dem Haus in der Westermarscher Straße keinen Parkplatz. Fünf Wagen parkten vor dem Einfamilienhaus. Rupert konnte ja nicht ahnen, dass er in einen Junggesellinnenabschied hineingeriet.

Sie hatten ein paar Runden Bowling gespielt und anschließend schon im Regina Maris ein paar Drinks genommen. *Vorglühen* nannten sie das. Jetzt warteten sie auf die große Überraschung für Betty, die eigentlich nach ihrer Oma Elisabeth getauft worden war, aber für alle nur Betty hieß.

Ihre Freundinnen hatten für sie einen Stripper bestellt. Grit und Zoe hatten in Berlin die Original Chippendales erlebt und waren immer noch begeistert. Einen Abend lang hatten sie in einem nur mit Frauen gefüllten Zuschauerraum gepfiffen, gekreischt und geschwitzt. Auf der Bühne tanzten und strippten muskulöse Männer. Kein Gramm Fett wabbelte da. Gut definierte Sixpacks machten heftige Bewegungen. Hüften kreisten, und einige Männer schafften es, mit rhythmischen Bewegungen die Illusion zu erzeugen, sie hätten auf der Bühne Sex mit einer unsichtbaren Partnerin.

Zwei Frauen waren ohnmächtig geworden. In Zoe und Grit reifte der Entschluss: So etwas bekommt Betty zum Junggesellinnenabschied.

Nun war ein Flug zum nächsten Chippendale-Auftritt zu teuer, und schließlich wollten sie auch alle etwas davon haben. Aber zum Glück boten auch in Emden, Leer und Aurich Agenturen solche Partyevents an. Es gab Männer, die nackt oder leichtbekleidet die Küche putzten oder Partygäste bedienten.

Einen breitschultrigen Südeuropäer mit enormem Bizeps, der nichts trug als eine Fliege um den Hals und einen Tanga, der zu klein war, um alles zu beherbergen, was er zu bieten hatte, mischte angeblich *köstliche, exotische Drinks für Sie und Ihre Freundinnen*. Zwei silberne Shaker verschwanden fast zwischen seinen Fingern.

Er hatte die beiden mehr interessiert als die Putzkolonne. Es gab auch ein Zwillingspärchen, das leidenschaftlich gerne mit viel Schaum Autos wusch und sich dabei von Frauen bewundern ließ.

Am Ende hatten sie sich für den braungebrannten Polizisten entschieden, der so verführerisch die Handschellen um seinen Mittelfinger kreisen ließ.

Als Rupert klingelte, kreischten Zoe und Grit voller Vorfreude. Zoe stellte die Musik leiser, und Grit begann, den Wohnzimmertisch abzuräumen. Im Sektkübel schmolzen Eiswürfel. Darin dümpelten nicht nur zwei Flaschen Sekt, ein halbtrockener italienischer und ein Rosé aus Frankreich, sondern auch noch eine halbvolle Flasche Jägermeister. Nur für den Magen, versteht sich. Grit stellte den Kübel unter den Tisch.

»He«, rief Betty, »was soll das? Versteckst du jetzt die guten Sachen?«

»Wir brauchen doch eine Bühne! Wir wollen schließlich alle etwas mitkriegen«, freute sich Zoe.

Betty wollte zur Tür, um zu öffnen. Die erwartungsvollen Blicke ihrer Freundinnen ließen sie erahnen, dass eine besonders pikante Überraschung vor der Tür stand und bestimmt nicht nur eine weitere Freundin oder der Pizza-Express.

Alle liefen mit ihr in den Flur. Zoe überholte Betty und verbeugte sich vor der Tür wie ein besonders devotes Dienstmädchen. Sie griff zur Klinke und rief: »Tadaa! Vorhang auf!«

Die Tür öffnete sich anders, als Rupert es gewöhnt war. Normalerweise ging so etwas zögerlicher. Nur sehr selten wurde eine Tür gleich sperrangelweit aufgerissen.

Ein Schwall von Alkoholgerüchen und Zigarettenqualm schlug ihm entgegen. Dann dieses Kichern und die spitzen Schreie.

»Hereinspaziert, Herr Wachtmeister!«

»Oh, sieht der süß aus!«

»Was für ein strammer Junge!«

Rupert machte sich gerade und versuchte, sich Respekt zu verschaffen. »Hauptkommissar Rupert, K1, Mordkommission Aurich.«

Betty kapierte den Spaß ihrer Freundinnen sofort. Sie wollte cool rüberkommen.

»Gehört mir der jetzt ganz alleine, Mädels? Ihr erwartet doch hoffentlich nicht, dass ich den mit euch teile?!«

Sie packte Rupert am Schlips und zog ihn zu sich in die Wohnung. Die Tür fiel hinter ihm ins Schloss. Ein halbes Dutzend Damen umringten ihn.

Zoe kniff ihm in den Hintern. »Knackiger Arsch«, rief sie fachkundig.

Betty wollte das gleich überprüfen und klatschte ihm so auf den Po, wie ihr früherer Freund es bei ihr immer wieder getan hatte. Sie hatte nie verstanden, was er daran so toll fand. Ob sie morgens unausgeschlafen an der Kaffeemaschine stand oder ob sie sich abends nach einem anstrengenden Tag bückte, um die Schuhe auszuziehen, immer wieder knallte seine offene Hand auf ihren Hintern, den er gern *Knackarsch* nannte.

Sie selbst tat das bei einem Mann gerade zum ersten Mal, konnte dem zwar nicht viel abgewinnen, wiederholte die Aktion aber gleich noch einmal. Sie spielte die ihr zugedachte Rolle gut, denn die Freundinnen kreischten vor Freude.

Ihr Geschenk machte den Freundinnen mehr Spaß als ihr selbst. Sie hob die Arme und rief gespielt aufgeregt: »Oh, ich war ein böses Mädchen, ein sooo böses Mädchen! Werde ich jetzt bestraft, Herr Wachtmeister?«

Die Frauen schoben Rupert durch ins Wohnzimmer. Grit klopfte auf den Tisch und lachte: »Das ist Ihre Bühne, tapferer Ordnungshüter! Leider können wir keine Tanzstange anbieten.«

Rupert wurde heiß und kalt. Hände griffen nach ihm. Dieses Damenkränzchen kam ihm krakenhaft vor. Sie hatten ihre Hände überall. Sie führten ihn an der Krawatte durch den Raum.

»Die Agentur hat gesagt, anfassen ist eigentlich nicht drin, aber wenn wir die Tür geschlossen haben, sind wir doch alle erwachsene Menschen in unseren privaten Räumen«, flüsterte Zoe, dass selbst Rupert es hörte, und langsam wurde ihm klar, was hier lief. Er war der einzige – offensichtlich langerwartete – Mann auf dieser Feier, die langsam Orgiencharakter annahm.

Sie forderten ihn auf, auf den Tisch zu steigen. Er solle für sie tanzen und sich entblättern. Sie waren jung. Sie waren wild, und Rupert wurde rasch warm mit seiner neuen Rolle. Er rief: »Es ist schwer zu tanzen, so ganz ohne Musik und völlig alleine!«

Sein Wunsch wurde sofort erfüllt. Er kannte die Scheibe nicht. Die Stimme klang nach einer sehr männlichen Frau oder einem sehr weiblichen Mann, aber der Rhythmus hatte etwas Stampfendes, mit einem Bass, der in den Bauch fuhr.

Da Rupert den Text nicht kannte, brüllte er: »Uah! Uah! Uah!« Das hörte sich nach uralten Stammesritualen an, hatte etwas Archaisches und gefiel den jungen Frauen.

Drei tanzten vor ihm um den Tisch. Eine setzte sich im Schneidersitz auf ein Sideboard und sah einfach nur zu. Dabei nippte sie an einem Sektkelch mit rosa Inhalt. Sie strahlte übers ganze Gesicht, und ihre Wangen glühten. Aber trotzdem wollte sie sich lieber raushalten und mit Abstand genießen.

Betty klatschte ihrem Geschenk frenetisch Beifall. Rupert begann, sich großartig zu fühlen, und hoffte, dass der Tisch unter seinen stampfenden Bewegungen nicht zusammenbrechen würde. Er fragte sich schon, warum, verdammt nochmal, er eigentlich Polizist geworden war, und nicht Tänzer, Stripper oder Lustknabe oder was immer die Damen hier bestellt hatten. Offensichtlich hatte er alles, was nötig war, um fröhliche, amüsierwillige, leicht angetrunkene Frauen in Ekstase zu versetzen.

Ann Kathrin Klaasen ging durch die milde Abendluft zu Fuß. Sie brauchte ein bisschen Bewegung, und es war nicht weit bis zu dieser Betty Korg, die Rupert nur zu gern befragt hätte, aber Ann Kathrin fand, er sei eine Spur zu scharf auf sie, um ihr sinnvolle Fragen stellen zu können.

Jetzt staunte Ann Kathrin nicht schlecht, als sie in der Westermarscher Straße einen uniformierten Polizisten aus einem blauen Golf steigen sah.

Sie wusste gleich, dass er nicht echt war. Polizisten trugen normalerweise keine roten Turnschuhe, und den Schirm ihrer Dienstmütze trugen sie vorn, nicht im Nacken. Auch hatte sie in Niedersachsen bisher nie einen Polizisten mit einer grünen Schirmmütze der Volkspolizei gesehen und erst recht keinen, der sie falsch herum aufgesetzt hatte.

Er lief leichtfüßig vor ihr her, zu dem Haus, in dem Betty Korg wohnte. Er hatte zweifellos einen knackigen Arsch und breite Schultern, falls seine Jacke nicht mit Schulterpolstern ausgestopft war.

Es war keine echte Uniformjacke. Das Blau war zu strahlend hell und die Sterne viel zu groß, aber Ann Kathrin war überzeugt, dass sich viele Bürger davon täuschen ließen. Das hier grenzte an Amtsanmaßung.

Sie folgte dem Mann mit wenigen Metern Abstand.

Noch bevor die aufgekratzten Damen es lauthals im Sprechchor von ihm verlangten, wusste Rupert, was sie von ihm erwarteten. Ihre »Ausziehen! Ausziehen!«-Rufe heizten ihm ganz schön ein.

Sie waren alle gut fünfzehn, wenn nicht zwanzig Jahre jünger als er, aber das schien gerade keine Bedeutung mehr zu haben. Er erklärte sich das so: Frauen standen eben auf richtige Kerle. Typen wie ihn. Gestandene Männer.

Diese Jungspunde ihrer eigenen Generation brachten es eben nicht mehr. Da, wo die hinwollten, kam er doch schon her.

Das Ganze war Balsam für seine Seele, und er hatte noch nie im Leben Beifall dafür bekommen, dass er auf einem Tisch mit den Hüften wackelnd den Knoten seiner Krawatte öffnete. Als er dann mit beiden Händen den Gürtel seiner Hose berührte, fletschte Betty ihre Zähne und jubelte: »Nicht! Lass mich das machen! Das ist meine Spezialität!«

Sie versuchte tatsächlich, mit den Händen auf dem Rücken, als würde sie Handschellen tragen, seinen Gürtel mit den Zähnen zu lösen.

Grit rief: »Man merkt, dass du das früher immer an deinem Barbie-Ken geübt hast!«

Sie erntete eine Lachsalve.

»Machst du das mit deinem Nobby auch so?«, gluckste Zoe.

Betty antwortete nicht. Sie hatte zu viel mit Ruperts Reißverschluss zu tun. Auch den wollte sie mit den Zähnen öffnen.

Die junge Frau, die im Schneidersitz auf dem Sideboard saß, reckte sich, um alles genau mitzubekommen. Dabei vergaß sie ihren Sektkelch. Sie hielt ihn schräg, und ein paar Schlucke der rosa Flüssigkeit schwappten heraus. Sie liefen an der Tür des Sideboards herunter, von dort tropfte alles auf den flauschigen Teppich.

Ruperts Hose rutschte. Sie hing schon bis zu seinen Knien und gab seine weißen Oberschenkel frei. Er ließ die Uniformjacke lasziv über seine linke Schulter gleiten.

Einen Schreckmoment lang überlegte er, was für eine Unterhose er trug. Er war sich nicht sicher, ob er Boxershorts anhatte oder einen Minislip, den er Tanga nannte. Beate hatte ihm bunte Boxershorts mit Herzen und andere mit Pferden darauf geschenkt. Aber es gab auch noch eine Kollektion von seiner Schwiegermutter. Darauf standen die Wochentage, als müsse er ständig daran erinnert werden, täglich frische Wäsche anzuziehen.

Was, wenn ich jetzt eine Unterhose trage, auf der *Donnerstag* steht und heute ist Freitag?, dachte er. Oder, schlimmer noch, was, wenn ich eine anhabe mit dem Aufdruck *Mittwoch*? Was werden die Frauen von mir denken? Dass ich nie die Unterwäsche wechsle?

Überhaupt, Schwiegermütter sollten ihren Schwiegersöhnen keine Unterwäsche schenken. Er kaufte ihr zu Weihnachten ja auch keine Dessous.

Jedenfalls stand auf seinem Slip *Triumph*, *Schiesser* oder *Boss* und nicht *Unnerbüx* oder *Klein*. Nie im Leben hätte er so etwas angezogen.

Die Uniformjacke hing jetzt fast an seiner Hüfte, und er begann, sich das Oberhemd aufzuknöpfen.

Zoe quietschte: »Der sieht gar nicht schlecht aus für sein Alter!«

Grit betonte: »Die Original Chippendales waren zu teuer, aber einer aus Aurich tut's doch auch, oder, Mädels?«

Rupert stand inzwischen, nur noch mit dem Slip bekleidet, auf dem zum Glück kein Wochentag stand, sondern nur ein großes, silbernes Herz glänzte, auf dem Tisch. Er kämpfte mit seiner heruntergefallenen Hose. Sie nahm ihm beim Tanzen die Beinfreiheit. Irgendwie musste er sie doch ganz ausziehen. Aber mit den Schuhen an den Füßen war das ein Problem. Er konnte sich schlecht bücken und die Schuhe ausziehen. Das sah so was von uncool aus!

Er versuchte, sich daran zu erinnern, wie andere Männer sich tanzend entkleideten. Leider fehlte ihm da die Erfahrung. Er hatte die Chippendales nie live gesehen. Er kannte zwar einige Stripteasebars und Tabledance-Schuppen von innen, aber da waren nie Männer in Bundfaltenhosen mit Bügelfalte aufgetreten, sondern Frauen in Highheels.

Ann Kathrin folgte dem falschen Polizisten durch den Vorgarten. Sie gab sich kaum Mühe, unentdeckt zu bleiben, doch er bemerkte sie nicht.

Aus dem Haus ertönte Partylärm.

Er klingelte. Er wirkte selbst von hinten gesehen aufgeregt.

Er straffte seinen Körper und seine Kleidung. Übertrieben streng rief er dann mehrmals: »Aufmachen! Polizei!«

Betty erschrak. Sie stellte die Musik leiser. Rief da wirklich jemand: »Aufmachen! Polizei!«?

»Wir ... wir tun doch nichts Illegales, oder?«, fragte sie Zoe schuldbewusst. Die lachte nur laut und lief zur Tür. Sie sah kurz durch den Spion, dann öffnete sie.

Sie hielt den falschen Polizisten für echt: »Sie wünschen?«, fragte sie. »Waren wir etwa zu laut, Herr Wachtmeister?«

Er machte einen Stoß mit dem Becken nach vorne und hob die Arme hoch in die Luft. Er klatschte in die Hände und stöhnte: »Yeah, Baby!«

Er wollte ins Haus und seine Arbeit erledigen, doch Zoe versperrte ihm den Weg. Sie schüttelte den Kopf: »O nein, wir haben nicht das Duo gebucht, sondern nur den Solotänzer. Der ist schon da und ein echter Kracher.« Sie tippte sich an die Stirn. »Fünfhundert Euro für ein paar Minuten Spaß, das ist uns echt zu happig. Und das Vergnügen wird ja nicht größer, wenn zwei ...« Sie trat einen Schritt zurück und betrachtete ihn kritisch. »Ich meine, nichts gegen Sie, aber Ihr Kollege heizt den Mädels gerade voll ein. Ein richtiger Profi. Das merkt man sofort.«

»Ja, aber ... also das ist doch ... Ich bin extra aus Aurich gekommen. Ich lasse mir doch den Auftrag nicht wegnehmen! Ich hätte in der Zeit auch einen anderen Job annehmen können. Was will der Typ da überhaupt? Ich bin der Echte!«

»Nein«, rief Ann Kathrin von hinten, »Sie sind der Falsche. Ihr Auftritt ist eine einzige Amtsanmaßung.«

Ann Kathrin zeigte ihren Ausweis vor.

Zoe verzog die kirschroten Lippen: »Amtsanmaßung? Das ist ein Stripper! Braucht man dafür jetzt ein Staatsdiplom?«

Über Zoes Schulter konnte Ann Kathrin einen Blick in den Flur werfen. Am Ende stand die Wohnzimmertür halb offen. Ann Kathrin sah Rupert, nur im Slip, auf dem Tisch tanzen.

»Das glaube ich jetzt nicht!«, stöhnte sie. »Dem werde ich was erzählen!«

Sie schob den Auricher Stripper zur Seite und wollte an Zoe vorbei in die Wohnung.

Zoe schätzte die Lage falsch ein und rief laut nach hinten: »Vorsicht, seine eifersüchtige Frau kommt!«

»Auf so'n Stress hab ich jetzt gar keinen Bock!«, beschwerte sich Betty.

Der Auricher Stripper verlangte sein Geld.

Zoe lachte ihn aus: »Wo bleibt denn da die Leidenschaft? Hier wie ein Schluck Wasser beleidigt im Flur rumstehen, Ansprüche stellen und herumnörgeln ... Glaubst du, das macht Frauen an? Da musst du aber noch viel lernen, Kleiner. Nimm dir mal ein Beispiel an deinem Kollegen, der geht voll in seiner Arbeit auf, da spürt man, dass der noch mit ganzem Herzen bei der Sache ist. In deinen Augen sehe ich doch nur Dollarzeichen.«

Als Rupert Ann Kathrin sah, wollte er unwillkürlich Deckung suchen, aber der Schritt nach hinten wurde ihm zum Verhängnis. Er stolperte über seine Hose, die ihm immer noch unten an den Knöcheln hing. Er versuchte, sich zu halten, taumelte, fand aber kein Gleichgewicht. Er sagte noch: »Ich kann dir das alles erklären, Ann. Es ist nicht, wie du denkst ...«

Dann fiel er nach hinten. Grit wollte ihn halten. Gemeinsam krachten sie auf die Couch. Die Federn quietschten. Grit auch.

Rupert strampelte mit den Beinen in der Luft herum und zog sich so die Hose wieder hoch.

Ann Kathrin sah ihn eiskalt an.

»Wussten Sie etwa nicht, dass Ihr Mann Stripper ist?«, fragte Grit.

»Das ist nicht mein Mann«, stellte Ann Kathrin klar, aber niemand glaubte ihr.

»Ach, seien Sie doch nicht so spießig! Darf ich Ihnen einen Eierlikör anbieten oder einen Schluck Sekt?«

Ann Kathrin lehnte ab: »Nein, danke.«

Rupert richtete sich auf. »Ich wollte gerade mit dem Verhör beginnen«, behauptete er.

»Ja, Herr Wachtmeister«, freute sich Betty, die das alles inzwischen als Teil der gesamten Inszenierung betrachtete. »Ja, werden Sie doch mal so richtig streng!«

Betty glaubte, dass Ann Kathrin nun einen Streit vom Zaun brechen würde und sie dann auch noch Zeugen der Versöhnung sein würden, und schließlich könnte die gemeinsame Party dem Höhepunkt entgegengehen.

»Pack deine Dessous zusammen, Rupert. Wir gehen«, forderte Ann Kathrin.

»Och nö«, beschwichtige Zoe, »es ging doch gerade erst alles richtig los!«

Der Auricher Stripper erkannte seine Chance. Er brachte sich noch einmal ins Gespräch, in der Hoffnung, sein Geld zu bekommen: »Ich bin der Echte!«

»Echter Polizist?«, fragte Betty.

»Nein, echter Stripper! Also, Partyboy, um genau zu sein.«

»Ist das Ihre Berufsbezeichnung?«, fragte Ann Kathrin.

Er nickte.

»Partyboy?!«, sagte sie. »Ich glaub es nicht!« Sie ging zum Ausgang. »Es reicht mir.«

Rupert folgte ihr, während er versuchte, in seine Uniformjacke zu schlüpfen. Das Hemd hatte er im Eifer des Tanzes im Wohnzimmer verloren.

Im Türrahmen überholte er Ann Kathrin: »Warum guckst du

denn so sauer? Das sind ganz nette Mädels, die wollen doch nur ein bisschen Spaß!«

Ann Kathrin würdigte ihn keines Blickes.

»Augen auf bei der Berufswahl«, grummelte er. »Als ich jung war, hatte ich keine Ahnung ... Partyboy ... Und ich Trottel bin einfach zur Polizei gegangen.«

Holger Bloem veröffentlichte einen gründlich recherchierten Artikel über das Leben und Sterben der ostfriesischen Scheidungsanwältin Angela Röttgen. Er hatte ihre Eltern interviewt, sogar mit den Kindern gesprochen, mit Freunden und Klienten. Er zeichnete das Porträt einer lebenslustigen Frau, die mitten im Leben stand und plötzlich, ohne dass es die geringsten Vorwarnungen gegeben hätte, verschwand.

Es war das Psychogramm einer Familie, die an einem einzigen Tag zerstört wurde. Die Überschrift war ein Zitat ihrer Mutter: *Nichts ist schlimmer als die Ungewissheit.*

Der Bericht löste eine Menge Vermisstenmeldungen aus. Es war, als würden die Menschen sensibler werden für das Verschwinden von Angehörigen oder Nachbarn.

Marion Wolters, die in der Einsatzzentrale die Anrufe entgegennahm, sah sich außerstande, sie jeweils weiterzuleiten, denn der Fall und die laufende Fahndung überforderten die Kollegen ohnehin schon. Benninga schien plötzlich an allen Ecken und Enden zu fehlen, und sein psychischer Zusammenbruch belastete die Mitarbeiter der Polizei zusätzlich.

Paul Schrader brach seinen Urlaub auf Mallorca ab, kehrte mit dem nächsten Flieger zurück und meldete sich in seiner Dienststelle. Selbst der Computerspezialist Charlie Thiekötter, der eigentlich wegen eines Bandscheibenvorfalls krankgeschrieben war, erschien und fragte, was er tun könne.

Aus der Krummhörn kam die Meldung, eine Frau habe ihre alleinlebende Nachbarin schon lange nicht mehr gesehen. Im Briefkasten häuften sich die Tageszeitungen.

Rupert, der eigentlich vollkommen damit ausgelastet war, junge Damen zu besuchen, die sich von Linus Wagner hatten fotografieren lassen, befand sich ohnehin gerade in der Nähe, in Eilsum, bei einer hochattraktiven vierundzwanzigjährigen Zahnarzthelferin, die diesen Job leid war und tatsächlich glaubte, mit Linus Wagners Hilfe zum Fotomodell aufsteigen zu können.

Sie legte Rupert ihre Mappe vor. Sie hatte bereits als Unterwäschemodel gearbeitet, aber ihre Fotos gab es auch in Katalogen für Brautmoden. Hierhin hatte Linus sie tatsächlich vermittelt.

Da er schon in der Krummhörn war, fuhr Rupert bei Frau Ennen vorbei, um nach dem Rechten zu sehen. Der Briefkasten quoll über. Rupert klopfte und klingelte, obwohl er wusste, dass das völlig sinnlos war. Eigentlich hätte er jetzt den Schlüsseldienst rufen müssen, um die Tür öffnen zu lassen, aber er hatte nicht genug Zeit für solche Kinkerlitzchen, wie er es nannte. Sie standen alle unter Hochdruck. Da machte Rupert die Sachen, soweit es möglich war, gern im Rahmen der Gesetze, aber wenn das zu sehr aufhielt, nahm er auch schon mal eine Abkürzung.

Er ging einmal ums Haus herum und versuchte, durch die Fenster etwas zu erspähen. Ganz gegen die sonstigen Gepflogenheiten war er allein unterwegs. Eigentlich ein Unding, normalerweise wurden die Einsätze zu zweit abgewickelt, aber durch den Personalnotstand mussten sie sich aufteilen. Jetzt war es Rupert ganz recht so.

Das Küchenfenster war gekippt. Rupert besorgte sich einen Ast und öffnete es schneller, als jeder Einbrecher es geschafft hätte.

»Wer ein Fenster kippt, kann es gleich offen stehen lassen«, brummte Rupert. Er stieg durchs Fenster ein. Er wusste, dass

Staatsanwalt Scherer ihm deswegen eine Menge Ärger machen könnte, aber er hatte sich schon etwas zurechtgelegt. Er hatte Geräusche im Haus gehört, ja, vielleicht sogar Hilferufe. Da war Gefahr im Verzug, und ein Tatmensch wie er zögerte nicht lange.

Er fand die tote Frau Ennen in der Badewanne. Auf dem Rand eine Teetasse mit mehreren Herzchen und der Aufschrift *Mutti ist die Beste.*

Es war kein Blut zu sehen, und die ganze Situation wirkte auf Rupert, als sei die Frau einfach eingeschlafen, allerdings schon vor mindestens zwei Wochen. Und genauso roch es auch.

Später stellte der Amtsarzt fest, dass ein Aneurysma im Gehirn geplatzt war und das Leben von Heidi Ennen kurz vor ihrem fünfundvierzigsten Geburtstag beendet hatte.

Ihre Tochter war neunzehn Jahre alt, wohnte bei ihrem Freund in Hage und bezeichnete das Verhältnis zu ihrer Mutter als zerrüttet. Sie hätten höchstens einmal im Jahr voneinander gehört, meist um die Weihnachtszeit.

Unter den vielen Vermisstenmeldungen befand sich auch die von Dirk Lohmeyer. Er schämte sich und kam sich als Versager vor, weil er nicht wusste, wo seine Frau war. Aber so ging es vielen, deren Partner oder Kinder plötzlich verschwanden. Jeder befürchtete, irgendetwas falsch gemacht zu haben, suchte die Schuld bei sich oder entwickelte enorme Wut, wenn er über den Verschwundenen sprach.

Marion Wolters aus der Einsatzzentrale der Polizeiinspektion war von einigen Männern in ihrem Leben tief verletzt worden. Dies hatte Spuren hinterlassen. Männern gegenüber war sie immer erst mal misstrauisch. Besonders dann, wenn sie sie attraktiv fand.

Dirk Lohmeyers tiefe Stimme mit dem Timbre suchender Verzweiflung erinnerte sie an ihre letzten Beziehungen. Sie war oft in die Falle gelaufen, Männer retten zu wollen. Es war jedes Mal grauenhaft schiefgegangen. Der Letzte hatte sich ähnlich angehört wie Lohmeyer. Stimmen waren für sie wichtiger als der Duft eines Menschen oder sein Aussehen. Vielleicht arbeitete sie deshalb so gern in der Telefonzentrale. Sie bildete sich ein, Menschen gut einschätzen zu können, wenn sie ihnen zugehört hatte. Eine Betonung hier, eine gedehnte Silbe da, das alles erzählte viel über einen Charakter.

Sie ahnte, dass sie sich in Lohmeyer verlieben könnte. Zumal der Gute offensichtlich seiner Frau nachtrauerte.

Zu gern hätte sie ihm zugerufen: *Deine Tussi ist einfach eine ganz blöde Pute! Sie hat dich verlassen, siehst du das nicht? Wahrscheinlich ist sie mit einem anderen Typen durchgebrannt und amüsiert sich jetzt mit dem, während du dich grämst und um die Kinder kümmerst.*

Etwas in ihr war auch sofort bereit, den guten Mann zu trösten, und genau das machte sie misstrauisch. Sie behandelte ihn, den sie am liebsten in den Arm genommen hätte, um ihn zu trösten, stattdessen mit unterkühlter Härte.

»Wann haben Sie Ihre Frau denn zum letzten Mal gesehen?«

»Beim Bierfest in der Norder Innenstadt. Sie ist mit dem Auto losgefahren, um die Kinder von den Eltern abzuholen. Danach wollte sie mich abholen.«

Hart setzte Marion Wolters die Kaffeetasse auf den Unterteller.

So einer war das also. Samtene Stimme hin oder her, der Typ soff, ließ seine Frau mit den Kindern allein und jammerte jetzt rum, weil sie ihn verlassen hatte.

Gleich kochte ihr Männerhass hoch. Nachdenklich stimmte sie nur seine Behauptung, sie sei nie bei den Eltern angekommen und folglich habe sie die Kinder auch nicht abgeholt, sondern einfach im Stich gelassen. Nach Marions Erfahrung verließen Frauen ihre Männer, aber nur äußerst selten ihre Kinder.

Hier stimmte etwas nicht. Sie nahm sich vor, die Vermisstenmeldung an Ann Kathrin weiterzuleiten. Sie hatten abgesprochen, dass Marion Wolters eine Vorauswahl treffen sollte und alles auszusortieren hatte, was nicht in direktem Zusammenhang mit dem Fall Röttgen stand.

Selbst Väter, die sich Jahre nicht um ihre Kinder gekümmert hatten, wurden plötzlich unruhig, versuchten ihre Exfrauen zu sprechen, und wenn die inzwischen unter ihrer alten Adresse nicht mehr zu erreichen, sondern umgezogen waren, wählte so mancher die Nummer der Polizeiinspektion.

Es war, als wären die Menschen durch Holger Bloems Zeitungsartikel aufgerüttelt worden, und sie begannen nun, ihre zerbrochenen oder brüchigen Beziehungen zu überprüfen.

Bei manchen Fällen schien die Zeit schneller zu laufen. Die Ereignisse überschlugen sich, die Kollegen arbeiteten, ohne zu schlafen, versuchten zu vergessen, dass sie Familien hatten und private Verpflichtungen, weil die Dynamik der Ermittlungssituation sie vollständig forderte.

Dann wieder, wie in diesem Fall, legte sich eine bleierne Schwere auf alles. Die Dinge gerieten ins Stocken.

Gerade noch überschlugen sich die Ereignisse, dann folgte der Stillstand. Es kam Ann Kathrin vor wie Ebbe und Flut, nur weniger berechenbar.

Auch das Wetter wechselte. Dunkle Wolken trübten Ostfriesland ein. Nur ab und zu riss der Wind Lücken hinein und ließ den blauen Himmel zwischen den Wolkenpfützen sichtbar werden.

Mit dem Regen veränderte sich auch die Stimmung der Touristen. Die einen waren jetzt mies drauf, hatten das Gefühl, das Leben sei ungerecht mit ihnen. Das ganze Jahr hatten sie für diesen Urlaub hart gearbeitet und nun das!

Andere wiederum behaupteten, das sei jetzt das richtige ostfriesische Wetter und wer Ostfriesland wirklich liebe, fühle sich jetzt viel wohler. Die anderen sollten doch nach Kalifornien fliegen.

Wer Deichspaziergänge im Regenmantel mochte, war jetzt genau richtig. Danach heißen Tee, am besten am offenen Kamin, und die Kluntjes in der Tasse krachen hören. Gute Bücher gehörten dazu. Die Buchhandlungen in Ostfriesland machten prächtige Umsätze.

Rechtsanwalt Eissing saß wieder in seiner Praxis in Wittmund, führte einen großen Prozess gegen das Bauamt und gewann. Er stellte eine neue Kollegin ein, mit der er sich auf Anhieb gut verstand. Sie kam aus Stuttgart und hatte sich entschieden, den Rest ihres Lebens in der Nähe des Meeres zu verbringen.

Sie war auf Scheidungen und Ausländerrecht spezialisiert, beides Fachbereiche, die Eissing nicht besonders lagen. Sie hörten sich nach viel Arbeit und wenig Geld an.

Peter Röttgen hatte große Angst um sein Leben, denn noch immer lief sein Exschüler Linus Wagner frei herum und galt als hochgefährlich.

Röttgen willigte ein und zog in eine sichere Wohnung nach Oldenburg um, die extra für Zeugenschutzprogramme eingerichtet worden war.

Weller hatte ihn dort mit seinem Privatwagen hingebracht, und dabei war Weller sehr nachdenklich geworden. Martin Büscher hatte Weller vorher genau instruiert: »Er wird bestimmt versuchen, seine Kinder mitzunehmen. Aber das geht nicht. Über die Kinder könnte er leicht gefunden werden. Die müssen zur Schule gehen, müssen sich draußen frei bewegen. Kinder quatschen, telefonieren ... das kriegen wir nie unter Kontrolle. Versuch, es ihm zu erklären. In seinem eigenen Interesse. Die Kinder sind bei den Großeltern jetzt besser aufgehoben. Und beruhige ihn, dort fährt ab und zu ein Polizeiwagen Streife. Wir vergessen seine Kinder nicht.«

Doch Röttgen hatte seine Kinder nicht einmal erwähnt. Weller brauchte keine Überzeugungsarbeit zu leisten und konnte seine Argumentationsstrategien vergessen. Stattdessen kam es ihm so vor, als sei Röttgen froh, einen Grund zu haben, seinen Kindern nicht unter die Augen zu treten. Für irgendetwas schämte dieser Mann sich seinen Kindern gegenüber. Er wich ihnen aus.

Da Röttgen so lange schwieg, hatte Weller versucht, Themen zu finden, über die sie sich unterhalten konnten. Mit einem Lehrer, dachte er, könnte er vielleicht über Bücher sprechen. Weller packte seine Vorliebe für Kriminalliteratur aus.

Er redete darüber, wie unsinnig er den Begriff *Regiokrimi* fand, weil Kriminalromane immer klar in Zeit und Raum verortet sind, folglich jeder Krimi ein Regiokrimi ist, egal, ob er nun in Ystad in Südschweden spielt, wie bei Henning Mankell, oder in Edinburgh, wie bei Ian Rankin. Weller behauptete sogar, ostfriesische Kriminalliteratur sei inzwischen so etwas wie ein eigenes Genre geworden und das Wort *Regiokrimi* diene nur dazu, deutsche Kriminalliteratur schlechtzureden. Internationale Literaturagenten hätten es erfunden, um ihre amerikanischen und skandinavischen Krimis besser zu verkaufen.

»Wie denken Sie darüber?«, fragte Weller. Er versuchte, sein Gegenüber aus der Reserve zu locken, aber das alles schien Röttgen nicht wirklich zu interessieren.

Paul Verhoeven hatte inzwischen die Ubbo-Emmius-Klinik verlassen. Er war früher auf seinen Schmiss im Gesicht stolz gewesen, doch jetzt sah er entstellt aus. Er, der immer über Schönheitsoperationen gelacht und behauptet hatte, Menschen, die zu einem Schönheitschirurgen gingen, bräuchten eigentlich nur einen Therapeuten, weil sie ganz offensichtlich nicht mit sich selbst klarkamen, hatte vierzehn Gesichtsoperationen vor sich. Sie würden aus ihm keinen schönen Mann mehr machen, aber Kinder bekämen später keine Angst mehr vor ihm und er, der harte Kerl, musste nicht mehr weinen, wenn er sich im Spiegel ansah. Doch so weit war es noch lange nicht. Vor ihm lagen schwere Jahre.

Er, der glaubte, nach der Pensionierung die großen Prüfungen des Lebens hinter sich gelassen zu haben, stand jetzt davor.

Er hatte Radio Nordseewelle ein Interview gegeben. Es fiel ihm leichter, im Radio zu sprechen als im Fernsehen. Das wollte er auf keinen Fall. Das Interview hatte er genutzt, um den ehemaligen Schüler Linus Wagner zum Aufgeben aufzufordern, und er hatte ihm öffentlich verziehen.

»Ich weiß, dass der Junge mich nicht meinte. Wenn er sich stellt, bin ich bereit, ihm zu verzeihen und mit ihm ins Reine zu kommen.«

Einige Menschen fanden das eine große, christliche Geste, andere verurteilten diesen öffentlichen Freispruch und behaupteten, es sei eine Verspottung der anderen Opfer, Angela Röttgen und Bekir-Dieter Yildirim-Neumann.

Es quälte Ann Kathrin Klaasen, dass die Ermittlungen überhaupt nicht vorwärtsgingen. »Wir treten«, schimpfte sie, »auf der Stelle. Das heißt, wir machen Fehler. Ich weiß nur noch nicht genau, worin sie bestehen.«

Sie las die Akten wieder und wieder.

Rupert spottete: »Wenn du die Akten auswendig lernst, wird es auch nicht besser.« Aber Ann Kathrin erinnerte sich an die Worte ihres Vaters: »Das meiste steht in den Akten. Wir überlesen es nur.«

Sie suchte ihren ehemaligen Chef Ubbo Heide auf Wangerooge auf. In seiner Ferienwohnung sahen sie gemeinsam aufs Meer. Ann Kathrin erzählte ihm alles, was sie wusste, und hoffte auf einen guten Rat.

Ubbo Heide saß in seinem Rollstuhl, trank schwarzen Tee mit einem Pfefferminzblatt darin und war dankbar, weil Ann Kathrin ihm Marzipanseehunde von ten Cate mitgebracht hatte.

»Das Gras«, sagte er, »wächst nicht schneller, wenn man dran zieht.«

Sie hatte ihren Tee noch nicht angerührt, und auch den Schiffen am Horizont konnte sie nicht viel abgewinnen. Sie atmete heftig aus. »Ja, danke, Ubbo. Das hilft mir jetzt auch nicht weiter.«

»Wir müssen«, philosophierte er, »den Dingen ihren Lauf lassen. Hab Vertrauen in den Prozess ...«

»Wir suchen einen jungen Mann, über den wir sehr viel wissen. Es gibt jede Menge Fotos. Aber wir finden ihn nicht. Was machen wir falsch, Ubbo? Normalerweise kann man sich doch auf Hinweise aus der Bevölkerung verlassen oder ...«

»Viele«, sagte er, »gehen durch Zufall ins Netz. Irgendwo wird er in einen Unfall verwickelt, in eine Kontrolle kommen, und sei es, dass er in München oder Berlin ohne Ticket mit der U-Bahn fährt. So geschieht es meistens. Für dich, Ann, ist nichts wichtiger, als ihn so schnell wie möglich zu fangen. Für Tausende deiner Kollegen draußen ist etwas anderes vorrangig. Die fragen sich nicht bei jedem jungen Mann, dem sie ins Gesicht schauen: Ist er das?«

Ubbo Heide sah den Marzipanseehund an, als könne die Antwort von ihm kommen. »Komm«, sagte er aufmunternd zu Ann Kathrin, »ich schlachte ihn für uns beide.«

Er schnitt ihn in Stücke und bot Ann Kathrin davon an. Sie nahm ein Stück, um Ubbo nicht zu beleidigen. Ubbo fragte: »Glaubst du, er kann an falsche Dokumente gekommen sein? Gibt es jemanden in seinem Umfeld, der ihm so etwas besorgen kann?«

»Das ist ja das Merkwürdige, Ubbo. Wir sehen in seiner Vergangenheit nicht den geringsten Hinweis auf irgendwelche kriminellen Kontakte. Im Gegenteil. Er scheint ein sensibler, hochbegabter junger Mann zu sein. Durchaus künstlerisch veranlagt. Mit einem Blick fürs Schöne, aber irgendwie auch sehr nihilistisch.«

Ubbo zeigte auf ein Schiff: »Sieh mal. Weißt du, woher der Kahn kommt? Er hat eine ganz interessante Geschichte ...«

Ann Kathrin wusste, wie sehr Ubbo Heide sich für Schiffe und die Seefahrt interessierte, hatte aber jetzt keine Lust, sich von ihm die Geschichte eines Schiffes erklären zu lassen. »Bitte, Ubbo«, sagte sie. »Ein andermal. Nicht jetzt. Ich stehe unter enormem Druck.«

Er nickte. »Ja, meine Kleine, das spüre ich. Und der Druck nimmt dir den Blick für das Eigentliche.«

»Was willst du damit sagen?«

Er schmunzelte. Es kam ihr so vor, als läge hinter seinem Lächeln ein tiefes Wissen über die Zusammenhänge der Welt.

Interpretiere ich das nur in ihn hinein?, dachte sie. Ist es, weil ich ihn verehre wie einen Ersatzvater? Oder weiß er wirklich mehr, als er sagt? Versucht er, mich hinzuführen, damit ich selbst drauf komme und hinterher nicht das Gefühl habe, er hätte mir einen Rat gegeben, sondern ich hätte es selbständig herausgefunden.

»Was glaubst du, wo könnte sich jemand mehrere Wochen lang verstecken, ohne gesehen zu werden – ich meine, hier gibt es keine großen Wälder, keine Berghöhlen, in die man sich verkriechen kann ... Wir haben viele Ferienwohnungen, viele Touristen ...«

Ann Kathrin winkte ab. »Das haben wir alles kontrolliert. Glaub mir, da ist uns nichts entgangen.«

Ubbo Heide nickte. Das glaubte er ihr unbesehen. Wieder zeigte er aufs Meer. »Ihr habt die Straßen überprüft, die Häuser, die Hotels, die Ferienwohnungen. Aber was ist damit?«

»Du meinst, er ist übers Wasser ...«

Ubbo Heide zuckte mit den Schultern. Er strich sich übers Kinn. Der alte Mann strahlte jetzt kindliche Freude aus.

»Ruperts Idee, die Freundinnen, diese Fotomodels, zu überprüfen, war im Grunde richtig. Aber sie werden ihn nicht unbedingt bei sich zu Hause wohnen lassen. Da sind oft noch Kinder oder Freunde mit im Spiel. Viel zu gefährlich. Außerdem konnte er sich denken, dass ihr irgendwann dorthinkommt. Hat vielleicht eine von den Mädels ein Boot?« Er relativierte mit einer Handbewegung seine Sätze gleich: »Na ja, oder hat einer ihrer Väter ein Boot?«

Am liebsten hätte Ann Kathrin ihn geküsst.

Ubbos Frau Carola hockte auf dem Sofa und knabberte an einer Möhre, weil sie abnehmen wollte. Sie schielte dabei aber immer wieder sehnsüchtig zu den Marzipanseehunden hinüber.

»Es wird«, sagte Ubbo Heide, »etwas geschehen. Jemand wird einen Fehler machen. Ich habe einige Fälle erst fünfzehn, zwanzig Jahre später gelöst.«

»So lange«, protestierte Ann Kathrin, »will ich nicht warten.«

Ubbo hatte sie eigentlich zum Essen ins Restaurant *Compass* eingeladen. Er behauptete, die Fischplatte dort sei nicht von dieser Welt, sondern ein Vorgeschmack auf den Himmel, in den wir hoffentlich alle einmal kommen werden.

Ann Kathrin lehnte ab. Sie nahm den letzten Flieger zurück aufs Festland nach Harle, wo ihr froschgrüner Twingo stand.

Während sie im Flugzeug saß, nahm der Fall eine entscheidende Wendung.

Vielleicht war es Zufall, doch der Himmel riss auf, das Blau wurde sichtbar. Die Sonne tröstete die Touristen, und die Eisdielen verzeichneten seit drei Wochen zum ersten Mal wieder gute Umsätze.

Hauptkommissar Tjark Oetjen aus Wilhelmshaven staunte nicht schlecht, als Chris Hoffmann vor ihm stand und ein Paket mit Damenwäsche brachte. Er stellte das Ganze so vorsichtig auf den Schreibtisch, als würde er hochansteckende biologische Kampfstoffe hereintragen. Chris Hoffmann hatte Einweghandschuhe an.

Er erklärte: »Ich habe das hier zugeschickt bekommen, und ich ahne, wem die Sachen gehören. Eine alte Freundin von mir, Imken Lohmeyer, hat genau solche Sachen getragen. Ihr Absender steht auch drauf.«

»Soso. Eine alte Freundin von Ihnen ...«, sagte Kommissar Oetjen mit einem Tonfall, als stecke mehr dahinter.

Chris Hoffmann hob sofort abwehrend die Hände. Er trug immer noch die weißen Handschuhe.

»Nein, nein, nein, nicht, was Sie denken. Sie ist wirklich nur eine Freundin. Oder gehören Sie auch zu den Typen, die glauben, dass Männer und Frauen nicht befreundet sein können, weil ihnen immer der Sex dazwischen kommt? So ist das bei uns nicht. Wir sind wie ... wie Bruder und Schwester.«

Kommissar Oetjen nickte. »Ich habe mal in einer Wohngemeinschaft gelebt. Ich alleine mit drei Frauen. Da wird man am Ende auch wie Bruder und Schwester.«

»Wir haben nie zusammen gewohnt«, betonte Chris. »Ihr Mann ist ein eifersüchtiger Idiot. Er tauchte sogar bei mir zu Hause auf und hat ein Riesentheater abgezogen, weil er dachte, dass sie bei mir ist. Sie ist ihm wohl abgehauen.«

»Na ja, kein Wunder, dass er dann glaubt, dass sie zu einem alten Freund gegangen ist.« So, wie Kommissar Oetjen »alter Freund« aussprach, klang es jetzt schon wieder nach einer intimen Beziehung.

Chris Hoffmann sah ihn sauer an. Er bereute schon fast, gekommen zu sein.

»Und was wollen Sie bei mir? Was soll ich jetzt damit tun?«, fragte Tjark Oetjen.

»Irgendetwas stimmt nicht. Wenn sie von zu Hause abgehauen ist, wofür ich wirklich jede Menge Verständnis habe, dann hätte sie sich bei mir gemeldet. Glauben Sie mir, Herr Kommissar, sie weiß genau, dass ich sie nicht an ihren Mann verraten hätte. Ich habe jeden Tag damit gerechnet, dass sie mich anruft und sagt: *Chris, ich bin da und da, bitte hilf mir bei der Wohnungseinrichtung* oder bei sonst was. Ich war immer für sie da. Manchmal hat sie gesagt, ich sei so was wie ihr großer Bruder oder der Fels in der Brandung.«

»Ich habe«, sagte Kommissar Oetjen, »mal ein Motorrad bei Ihnen gekauft.«

Chris sah ihn groß an.

»Ihr Service war unter aller Sau.«

»Heißt das, Sie helfen mir jetzt nicht, oder was?«

»Nein, nein. Ich wollte es nur mal loswerden. So wie Ihre Mitarbeiter sich verhalten haben, so verliert man Kunden.«

»Ja, ich bin nicht immer ständig im Laden. Manchmal habe ich auch Aushilfskräfte und ... Das ist doch jetzt völlig egal! Was machen wir mit dieser Wäsche?«

Kommissar Oetjen tippte den Namen Imken Lohmeyer in sein Programm und schluckte. »Ihre gute alte Freundin ist vor ein paar Tagen von ihrem Ehemann als vermisst gemeldet worden.« Oetjen wandte sich Chris Hoffmann aufmerksam zu. »Sie haben Ihre Pflicht getan. Ich werde gleich ein kurzes Protokoll mit Ihnen aufnehmen. Sie bekommen auch eine Quittung für die Sachen hier, und dann ist das nicht mehr Ihr Ding. Klar?«

Chris Hoffmann schluckte. Er spürte seinen Herzschlag bis zum Hals. In seinen Ohren rauschte es, als würde die Nordsee durch seine Ohrmuscheln spülen.

Der Anruf von Kommissar Oetjen in der Polizeiinspektion Aurich veränderte alles. Ann Kathrin erfuhr es, als sie aus dem Flieger stieg, per Whatsapp von Frank Weller.

Er hat sich die Nächste geholt. Imken Lohmeyer. Ihr Wäschepaket ist bei einem »Jugendfreund« angekommen.

Für einen kurzen Moment hoffte Ann Kathrin, dass es sich

um einen wirklich blöden Witz handeln könnte. Doch die Geschichte mit dem Wäschepaket war in der Öffentlichkeit nie bekanntgemacht worden. Es gehörte zu Ann Kathrins Vorgehensweise, der Presse immer bewusst einige Dinge zu verschweigen, die für sie zum Täterwissen zählten. So konnte sie später falsche Geständnisse von richtigen sehr leicht unterscheiden.

Wer immer das hier getan hatte, wusste, was mit Angela Röttgen geschehen war.

Ann Kathrin fuhr nur kurz in den Distelkamp. Sie wollte duschen und sich umziehen, um sich dann frisch den neuen Ermittlungsergebnissen zu stellen. Martin Büscher hatte eine Lagebesprechung anberaumt.

Vor ihrer Tür sah sie ihren Sohn Eike mit seiner Lebensgefährtin Rebekka Simon. Sie parkten in der großen Einfahrt so unmöglich, dass dort, wo eigentlich Platz für zwei Möbelwagen war, nicht mal mehr der Twingo hinpasste.

Die beiden luden etwas Großes, offensichtlich Zerbrechliches oder sehr Empfindliches aus.

Ann Kathrin parkte ihren Frosch bei Peter Grendel und ging dann zu ihrer eigenen Wohnung ein paar Schritte zu Fuß.

Eike und Rebekka bemerkten sie nicht. Sie waren zu sehr damit beschäftigt, ihr Paket zu jonglieren. Sie kicherten dabei und hatten eine Menge Spaß.

Es tat Ann Kathrin gut, ihren Sohn so fröhlich vor ihrem Haus zu sehen. Sie mochte seine Freundin. Die Assistenzärztin war ein paar Jahre älter als er. Das führte dazu, dass er reifer wirkte und sie jugendlicher. Die Chemie zwischen den beiden stimmte einfach.

Ann Kathrin überlegte, ob sie wieder irgendeinen privaten Termin vergessen hatte. Sie war sich aktuell keiner Schuld bewusst, hatte ihren Sohn aber schon so oft versetzt, dass sie sich ihm gegenüber ständig in dem Gefühl befand, ihm noch etwas schuldig zu sein.

Nein, korrigierte sie sich selbst. Nicht irgendetwas! Zeit. Ich schulde ihm Lebenszeit. Zu oft musste er als kleiner Junge auf seine Mutter verzichten, weil irgendwelche Verbrecher die volle Aufmerksamkeit auf sich zogen.

Sie näherte sich den beiden von hinten. Eike drückte gerade zum zweiten Mal den Klingelknopf, als Ann Kathrin sagte: »Moin, ihr zwei. Herzlich willkommen im Distelkamp.«

Sie fuhren herum, und an ihren Gesichtern erkannte Ann Kathrin, dass sie keineswegs einen Termin verschwitzt hatte. Das hier war ein spontaner Besuch, und so, wie die beiden guckten, nicht ganz grundlos. Sie hofften auf Verständnis, ja, auf Entlastung von etwas, das sie beide drückte. Gleichzeitig befanden sie sich in einer unglaublichen Vorfreude.

Kündigte sich da etwa Nachwuchs an?

Betont freudig breitete Ann Kathrin ihre Arme aus. Die zwei hielten zwischen sich immer noch dieses riesige Paket. Es wackelte und drohte, Übergewicht zu bekommen.

»Wir wollten … wir kommen eigentlich, um … Also, wir haben dir etwas zu erzählen …«

»Kommt erst mal rein«, schlug Ann Kathrin vor.

Die beiden stellten den Karton nicht einfach auf dem Fußboden im Eingangsbereich ab, sondern trugen ihn in die Küche und platzierten ihn auf dem Tisch. Kater Willi war gleich sehr interessiert.

Eike platzte jetzt mit der Nachricht raus: »Wir haben einen günstigen Flug bekommen, und deshalb starten wir unsere Weltreise vierzehn Tage früher!«

»Weltreise?«, fragte Ann Kathrin.

Eike sah sie groß an: »Sag jetzt bloß nicht, du hast es vergessen, Mama!«

»Nein«, log Ann Kathrin, »natürlich nicht. Wir haben darüber gesprochen. Aber ich hatte keine Ahnung, dass ihr in der Planung schon so weit seid.«

Ist mir wirklich entgangen, dass sie eine Weltreise planen?, fragte Ann Kathrin sich. Und was ist in dem Paket? Hoffentlich kein Haustier, auf das ich aufpassen soll!

Rebekka setzte ihr gewinnendes Lächeln ein und säuselte: »Und weil wir deshalb deinen Geburtstag verpassen …« Sie hüpfte auf und ab, als sie es aussprach: »Weil wir dann nämlich gerade in Sydney sein werden …«

»Sydney«, erklärte Eike eifrig, »ist die größte Stadt Australiens, mit fünf Millionen Einwohnern. Die Hauptstadt des Bundesstaates New South Wales …« Er wollte weiter mit seinem Wissen glänzen, aber es klang für Ann Kathrin auswendig gelernt, und sie unterbrach ihn: »Ich weiß, wo Sydney liegt.«

»Jedenfalls«, lenkte Rebekka ein, »haben wir deswegen eine Geburtstagstorte mitgebracht. Wir dachten, wir könnten vielleicht schon vorher mit dir feiern …«

Die zwei begannen, die Torte auszupacken.

Sie war dreistöckig, mit Marzipanüberzug, ganz in Blau, mit weißen Sternchen drauf und oben einem roten Kreuz. Das Ganze sollte an die australische Flagge erinnern, auf Basis des britischen Union Jack.

Ann Kathrin war gerührt, und gleich meldete sich bei ihr das schlechte Gewissen. Eigentlich wollte sie nur kurz duschen, sich umziehen und dann zur Besprechung nach Aurich. Jetzt brauchte sie Zeit für ihren Sohn und die zukünftige Schwiegertochter, gleichzeitig aber auch für den Fall.

Dieses Gefühl, als eine Person einfach nicht genug zu sein, um allem und allen gerecht zu werden, begleitete sie, seit sie Mutter und Polizistin war. Am schlimmsten war es gewesen, als Eike klein war und sehr viel mehr ihre Aufmerksamkeit gebraucht hätte.

»Waren wir«, fragte Ann Kathrin, »verabredet?« Sie sah auf die Uhr.

Eike stupste seine Freundin an. »Siehst du, so ist das immer. Ich brauche einen Termin bei meiner Mutter. Ich hab's dir doch gesagt, Rebekka. Hier kann man nicht einfach so spontan reinschneien. Das ist anders als bei dir zu Hause. Und hier einen Termin zu bekommen ist nicht so leicht wie bei deinem Friseur oder Zahnarzt.«

Rebekka versuchte, den Niedergang der Stimmung abzufedern. »Ach, Eike, nun sei mal nicht so streng. Wir wollten doch nur kurz unsere Geburtstagstorte ...« Zu Ann Kathrin gewandt, gestand sie lächelnd: »Wir haben das echt zum ersten Mal gemacht. Jörg Tapper vom Café ten Cate hat uns dabei beraten. Eigentlich wollten wir bei ihm eine Geburtstagstorte in Auftrag geben, aber der hat gesagt: *So lange vorher? Das bringt Unglück*. Und dann haben wir es eben selbst versucht.«

Eike wollte ein bisschen zurückrudern. Es tat ihm leid, dass er so vorwurfsvoll geklungen hatte. Das alles hier sollte doch nett werden. Ein kurzes Treffen am Vorabend einer großen Reise. Und nun lief es irgendwie aus dem Ruder. Die Abschiedsparty war kurz davor, sich zu einem Familienstreit auszuwachsen.

»Jörg hat auch gesagt, wenn es einem Paar gelingt, eine dreistöckige Torte zu kreieren, ohne Streit zu bekommen, haben sie Chancen auf eine lange, glückliche Ehe.«

Ann Kathrin erkannte den Versuch ihres Sohnes, die Stimmung zu retten, an und lächelte: »Ja, da hat Jörg wohl recht. Ihr seid wirklich ein zauberhaftes Pärchen. Ich finde, ihr passt großartig zusammen.«

Ann Kathrin setzte Teewasser auf. Dann gab sie vor, zur Toilette zu müssen. Von dort telefonierte sie leise mit Weller.

»Bitte entschuldige mich. Eike ist gekommen. Ich kann jetzt unmöglich ...«

Eike sprach bewusst laut. Er wollte, dass seine Mutter ihn

auch auf der Toilette hörte: »Ich kann dir genau sagen, Rebekka, was sie jetzt auf der Toilette macht! Sie versucht, irgendeinen Scheißtermin um fünfzehn Minuten zu verschieben, weil wir gekommen sind.«

Ann Kathrin verließ die Toilette. Sie betätigte nicht zur Tarnung die Spülung, sondern gab es zu: »Ja, mein Sohn, du hast recht. Du kennst mich halt sehr gut. Aber ich habe nicht versucht, eine Viertelstunde herauszuschlagen, sondern eine ganze.«

Eike pfiff provozierend-anerkennend durch die Zähne. »Wow! Eine komplette ganze Stunde! Ostfriesland wird in Chaos und Verbrechen versinken, wenn meine Mutter volle sechzig Minuten aus der Verbrechensbekämpfung aussteigt. Das wollen wir nicht, Mama. Ich meine, wer möchte schon dafür verantwortlich sein, dass die Mafia die Regierungsgeschäfte übernimmt?«

Ann Kathrin versuchte einen Scherz: »Das hat sie längst, mein Sohn. Im ganzen Land. Nur hier, an diesem schmalen Küstenstreifen, stemmt sich deine Mutter der Herrschaft der Verbrecherorganisation noch entgegen.«

Sie strahlte Rebekka an, die freundlich zurücklächelte und vorschlug, jetzt die Torte anzuschneiden.

»Die reicht ja wohl für die ganze Straße«, sagte Ann Kathrin und beschloss, mindestens zwei Stücke zu essen und die Torte zu loben, völlig gleichgültig, ob das Monstrum gelungen war oder nicht. Allein der Wille zählte.

Zu ihrem Erstaunen schmeckte die Torte großartig. Frisch. Nussig. Fluffig. Der Tee half ebenfalls, die Stimmung zu heben. Die Küche duftete jetzt wie ein gutgeführtes, ostfriesisches Café.

Ann Kathrin vermutete, dass den jungen Leuten für eine so lange Reise noch ein bisschen Geld fehlte. Sie war gerne bereit, die Weltenbummler zu sponsern.

»Ist das nicht irre teuer?«, fragte sie, und da sie wusste, dass ihr Sohn mit Geld noch nie planvoll umgegangen war: »Habt ihr lange dafür gespart?«

Eike schüttelte den Kopf, Rebekka nickte.

»Wir machen Couchsurfen. Das entspannt die Urlaubskasse. So können wir – wenn alles gutgeht – zwei Monate bleiben.«

»Was macht ihr?«

»Couchsurfen. Sag bloß, du kennst das nicht, Mama?«

Sie hatte keine Ahnung, aber sie ließ es sich erklären.

»Leute aus aller Welt stellen ihre Couch kostenlos zur Verfügung. Man sucht sich übers Internet. Man tauscht Fotos aus, redet über die verschiedenen Interessengebiete. Die einen wollen einfach nette Menschen aus anderen Ländern kennenlernen, andere sind gar nicht zu Hause und überlassen einem die ganze Wohnung, wenn man dafür die Blumen gießt oder den Hamster füttert oder was weiß ich. Man bespricht das vorher ganz genau«, erzählte Eike, und es gefiel ihm, dass er seiner Mutter etwas erklären konnte.

»Ja«, fragte Ann Kathrin, »ist das denn nicht gefährlich?«

Eike stieß seine Gabel wie eine Waffe in sein Tortenstück, als sei es ein Tier, das er erlegen wollte. »Ja, das ist typisch für meine Mutter. Immer ganz die Kommissarin. Wittert halt überall das Verbrechen.« Zu Ann Kathrin gewandt, ergänzte er: »Es geht um Spaß, Mama. Junge Leute wollen preiswert die Welt sehen und sich nicht von spießigen Hotelketten abzocken lassen.«

Rebekka beruhigte Ann Kathrin. »Wir reisen ja als Paar. Jeder Gastgeber weiß, dass wir zu zweit kommen. Ich habe das aber früher auch alleine gemacht. War immer ganz o.k. Man schreibt ja hinterher sogar Bewertungen im Netz. Die Gäste bewerten den Gastgeber und der umgekehrt auch.« Sie fischte ihren Laptop aus der Umhängetasche: »Hier zum Beispiel, unser erster Gastgeber hat zwölf gute Bewertungen. Er ist ein Weinliebhaber. Wir werden ihm natürlich ein gutes Tröpfchen mitbringen.«

Ann Kathrin wurde heiß und kalt. Hier, so spürte sie, war sie näher an der Lösung des Falles als in jeder Dienstbesprechung. Jetzt saß sie wie auf heißen Kohlen. Sie musste dieses Wissen mit den Kollegen teilen, aber sie konnte unmöglich Eike und Rebekka einfach so hier sitzen lassen.

Sie griff ihr Handy. »Entschuldigt mich einen Moment.«

Eike zuckte resigniert mit den Schultern. Rebekka lächelte gequält, aber verständnisvoll.

Ann Kathrin flüchtete sich nicht zur Toilette. Sie ging in der Küche im Verhörgang auf und ab. Drei Schritte, ein Blick auf Eike und Rebekka, Kehrtwendung, drei Schritte.

Während Ann Kathrin darauf wartete, dass Weller ranging, lobte sie die beiden: »Eure Torte ist der Knaller, und ihr habt mir gerade sehr geholfen. Ihr ahnt gar nicht, wie sehr!«

Rebekka goss Tee nach.

Weller nahm das Gespräch an und raunte: »Dienstbesprechung.«

»Ich weiß, Frank. Stell dein Gerät laut, damit alle mich hören können.«

Sie wusste, dass er es tun würde, denn am Ton ihrer Stimme erkannte er die Bedeutung der Lage. Sie legte sofort los: »Wir finden Linus Wagner nicht in den Hotels und Ferienwohnungen. Auch nicht bei seinem uns bekannten Freundeskreis. Er ist nicht bei seinen Verwandten. Unsere Ermittlungen und Nachforschungen laufen ins Leere, weil Linus Wagner unterhalb des Radars fliegt. Er macht Couchsurfing.«

Jetzt unterbrach Weller sie zum ersten Mal: »Häh?«

»Couchsurfing. Guckt im Internet nach. So reist die junge Generation. Uns kommt das vielleicht komisch vor. Für Linus ist das normal, und er flutscht durch unsere Systeme wie ein kleiner Fisch durch ein zu grobmaschiges Netz.«

Sie wartete keine Antwort ab. Sie fand, sie hatte genug getan. Sie setzte sich an den Tisch und versuchte zu entspannen. Sie streckte die Beine aus.

»Danke, ihr beiden. Danke. Und jetzt werde ich mich an eurer Torte überfressen, und ich hoffe, ihr erzählt mir mehr von euren Plänen. Ich bin ganz Ohr.«

»Sollte das ein Scherz sein?«, fragte Rupert. »Couchsurfen?« Er tippte sich an die Stirn.

Martin Büscher saß völlig verblüfft da. Er rang um die richtigen Worte: »Warum haben wir von so etwas keine Ahnung?« Er blickte jeden Mitarbeiter einzeln an.

Rupert versuchte, dem Blickkontakt auszuweichen, reagierte mit Augenrollen und begann, gegen die Decke zu starren.

Büscher pochte auf den Tisch: »Wenn es neue gesellschaftliche Entwicklungen gibt, neue Verhaltensweisen oder Möglichkeiten, dann müssen wir das, verdammt nochmal, wissen! Es kommt mir gerade so vor, als würden wir die ganze Zeit die Briefpost überwachen, während die Täter sich E-Mails schreiben.«

Weller gab ihm recht: »Ja, die Entwicklungen im Internet überrollen uns oft. Das wäre nicht das erste Mal, dass wir der Zeit hinterherhinken.«

»Also«, brüllte Büscher ganz gegen seine sonstige Art los, »ich will diesen Linus Wagner! Er hat offensichtlich auch Imken Lohmeyer entführt. Ich vermute mal, er hält sie dort versteckt, wo vorher Angela Röttgen gefangen gehalten wurde. Finden wir ihn, beenden wir den Albtraum für Frau Lohmeyer!«

Weller spürte ein unangenehmes Kratzen im Hals. Er räusperte sich laut und sagte: »Dass ein gesuchter Straftäter diese Couchsurfing-Plattform nutzt, um sich der Verhaftung zu entziehen, glaube ich sofort. Das klappt garantiert. Aber ein Entführer, der eine Frau gefangen hält?«

Rupert sah eine Möglichkeit, sich wieder ins rechte Licht zu setzen: »Warum nicht? Wenn sie als Paar reisen? Von Wohnung zu Wohnung?«

Weller biss sich in den Handrücken. »Du meinst, er reist mit einer entführten Frau und übernachtet mit der in fremder Leute Wohnzimmer?«

»Kann doch sein«, konterte Rupert. »Wenn keiner zu Hause ist … Du hast doch gehört, was Ann erzählt hat.«

»Täter«, zischte Weller, »entwickeln völlig neue Muster.«

»Was ist nur aus dieser Welt geworden …«, stöhnte Rupert.

»Ja, und was heißt das jetzt für uns?«, fragte Martin Büscher. Rupert sah ihn eiskalt an. »Du bist der Boss. Sag es uns.«

»Nein!«, schrie sie, »Nein, nein nein!«

Imken saß angststarr in ihrem Verlies. Sie hörte Maike vor Todesangst schreien. Er holte sie. Er hatte irgendetwas mit ihr vor. Imken befürchtete, dass alles, was er Maike antat, er früher oder später auch ihr antun würde.

Ihre Schicksale waren auf verrückte Weise miteinander verknüpft. Sie hatten sich nie kennengelernt, doch sie wussten jetzt viel voneinander. Sie hatten sich laut brüllend unterhalten. Es ging nicht immer. Bei Regen zum Beispiel nicht. Wenn die Tropfen auf die Holzplatte prasselten, wurde es beängstigend laut in dem Erdgefängnis. Es begann schon nach kurzer Zeit hereinzutropfen. Einmal hatte es so heftig geregnet, dass Imken befürchtete, abzusaufen. An den Wänden waren Sturzbäche heruntergeflossen. Das Bett war patschnass geworden, und sie hatte versucht, es in eine Ecke zu schieben, in der nicht ganz so viel Wasser herunterkam.

In ihrer Phantasie ertrank sie in diesem Erdloch. Sie hatte zu kreischen begonnen, und plötzlich war er da gewesen.

Er trug einen gelben Ostfriesennerz und Gummistiefel. Er stand über ihr wie ein Racheengel. Ein Regengott. Irgendwie unwirklich.

Durch die geöffnete Luke hatte sie ihn in diesem Platzregen irre verzerrt angesehen.

»Ich werde hier drin ertrinken!«, hatte sie gebrüllt.

»Wirst du nicht!«, hatte er geantwortet und ihr einen Schirm hinuntergeworfen.

Sie fand es auf eine monströse Weise lächerlich, als würde man einem Ertrinkenden eine Badehose zuwerfen anstelle eines Rettungsrings.

»Willst du mich verarschen, du Dreckskerl?!«, hatte sie geschrien.

Er hatte die Luke wieder zuknallen lassen, und sie hörte, dass er sie verriegelte.

Danach hatte sie weinend in der Ecke unter dem Schirm ausgeharrt. Am ganzen Körper zitternd und vor Angst kurz davor, den Verstand zu verlieren.

Aber dann wusste sie es: Du hast einen Fehler gemacht! Du verrücktes Aas! Jetzt habe ich eine Waffe!

Mit dem Schirm konnte sie ihn attackieren. Sie war bereit, ihm die Spitze ins Herz zu rammen. Sie stellte sich dieses billige Ding härter vor, als es in Wirklichkeit war. In ihrer Phantasie wurde daraus ein tödlicher Degen.

Ihr Verstand meldete Zweifel an, doch sie brauchte jetzt etwas, woran sie sich halten konnte. Eine Hoffnung.

Ihr Vater hatte eine NBC-Serie aus den sechziger Jahren geliebt: *Hiram Holliday* mit Wally Cox in der Hauptrolle. Es waren Schwarzweißfilme. Sie hatte sie mit ihrem Vater mehrfach sehen dürfen. Er hatte sie auf DVD.

Hiram Holliday war ein kleiner Mann mit altmodischer Brille

und spießigen Anzügen. Aber der Büroangestellte nahm es mit gefährlichen Gangstern auf. In seinem Regenschirm steckte ein Degen, und Hiram war ein verdammt guter Fechter.

Später, als erwachsene Frau, hatte sie sogar die englische Ausgabe der Geschichten erworben. Es war ein Band von Paul Gallico.

Jetzt, nass, zitternd, frierend, wärmte sie der Gedanke daran, wie sie mit ihrem Vater auf dem Sofa gesessen hatte, die Füße unter einer Wolldecke und die Finger in einer Chipstüte.

Sie wollte so werden wie Hiram Holliday. Aus ihr, der Unscheinbaren, musste eine Kämpferin werden. Aus ihrem Schirm eine tödliche Waffe.

Sie hörte sich leise »Papa« flüstern. »Papa, ich bin in Not.«

Erinnerte sie sich nur an die Schreie von Maike, oder schrie sie immer noch? Sie wusste nicht mehr, was in ihrem Kopf war und was in der Wirklichkeit. Durch die ständige Dunkelheit und den Mangel an Sinneseindrücken spielte sich das meiste in ihrem Kopf ab. Sie verlor jedes Gefühl für die fließende Zeit.

»Nein, lass mich los, verdammt!«

Das war Maike. Eindeutig. Im Hier und Jetzt!

Imken nahm all ihren Mut zusammen und brüllte: »Du sollst sie in Ruhe lassen, du Mistkerl!«

Sie hörte Kampflärm. Das Klatschen von Fäusten auf feuchter Haut. Ein Mann stöhnte getroffen auf. Das war er! Hatte Maike ihn erwischt? Gelang es ihr, den Kerl k. o. zu schlagen? War dies der Tag der Befreiung?

Imken umklammerte den Regenschirm. Die Spitze hätte sie ihm zu gern in den Bauch gerammt. Sie stellte sich vor, damit bis tief in seine Eingeweide zu stoßen.

Sie kannte solche Rachegefühle von sich sonst nicht. Sie war erschrocken über sich selbst. Aber der Schreck wich der Hoffnung, sie könne gleich tatsächlich frei sein.

Eine Energieflut jagte durch ihren Körper. Es war ein Gefühl, als könne sie platzen oder fliegen. Sie machte sogar einen Versuch, an der Mauer hochzuklettern, aber sie war kein Gecko, sie hatte keine Saugnäpfe an Händen und Füßen. Sie grub ihre Nägel in die Ritzen zwischen den Steinen, doch sie rutschte ab und fiel hart aufs Steißbein.

Sie raffte sich wieder auf. »Maike! Maike! Mach ihn fertig! Lass dir nichts gefallen!«

Zwei schwere Körper krachten über ihr auf die Bretter. Der Kampf ging weiter.

Sie hörte das Stöhnen und Ringen über sich. Sie feuerte Maike an: »Du schaffst ihn, Schwester! Du schaffst ihn!«

Ja, sie schrie *Schwester*. Genauso empfand sie, als seien sie tief miteinander verbunden.

Sie wussten inzwischen einiges voneinander. Maike hatte zwei Kinder, Tim und Lisa. Sie wohnte mit ihrem Mann in Emden. Das Einfamilienhaus in Emden-Uphusen war noch lange nicht abbezahlt. Ihr Mann war Musiker, er spielte in einer Jazzband, und er unterrichtete Klavier und Blockflöte.

Über Imken rang Maike nach Luft. Es war, als würde Imken den Kampf sehen. Sie visualisierte, getrieben von den Geräuschen, das Geschehen.

Sie beschwor Maike, nicht aufzugeben: »Denk an Lisa! Denk an Tim! Das gibt dir Kraft!«

Jetzt waren Schritte zu hören. Jemand lief weg.

Er japste nach Luft und rief: »Komm zurück! Du kannst mir sowieso nicht entkommen! Willst du, dass ich mir deine Kinder hole? Ich schwöre es dir! Ich hole mir deine Kinder, wenn du nicht sofort zurückkommst!«

Er stand jetzt direkt über Imkens Kopf. Sie wünschte sich eine Schusswaffe, um durch die Bretter schießen zu können.

»Was bist du nur für eine Mutter?! Du opferst deine Kinder? Wofür? Jede richtige, liebende Mutter würde gern selbst jedes Leid der Welt ertragen, um es den eigenen Kindern zu ersparen!

Nur du nicht!« Wesentlich leiser, mehr zu sich selbst, sagte er dann: »Warte, du Luder. Ich krieg dich. Ich habe noch ein paar Tricks drauf, die du nicht kennst.«

Über Imken war plötzlich ein grelles Licht. Strahlen fielen durch die Ritzen im Holz und zerschnitten wie Klingen mehrerer Lichtschwerter das Verlies, in dem sie gefangen saß.

Mit stampfenden Schritten trampelte er auf der Abdeckung herum. Es war, als würde er mit jedem Schritt in ihr Gesicht treten.

Sie musste an ein islamisches Sprichwort denken: *Der Himmel der Frau ist unter den Füßen ihres Mannes.*

Es war ein Buchtitel. Sie hatte das Taschenbuch in der Hand gehalten, aber dann doch nicht gekauft. Sie hatte befürchtet, der Text könne sie zu sehr runterziehen, ja, ihr ein schlechtes Gewissen machen, denn ihr ging es ja mit ihrem Mann sehr gut. Sie fühlte sich geliebt von ihm.

Ja, vielleicht gab es bessere Männer als ihn, hatte sie manchmal gedacht, wenn sie mit einer Freundin Milchkaffee trank, die sich mal wieder frisch verliebt hatte und von ihrem Typen schwärmte. Aber sie wusste, dass es bestimmt auch bessere Ehefrauen gab, als sie selbst eine war. Doch ihr Durchschnittsehemann war ihr lieber als die ständig wechselnden tollen Hechte ihrer Freundinnen, die am Ende doch Single blieben, weil weder sie noch die Männer sich entscheiden konnten.

Der über ihr war nicht ihr Mann, sondern ein kranker Drecksack. Und hier unten, unter seinen Füßen, begann nicht ihr Himmel, sondern ihre Hölle.

Imken hörte, wie er sich hechelnd wie ein angeschossenes Wildschwein entfernte.

Sie begann zu beten, dass Maike die Flucht gelang und sie Hilfe holen könnte. Sie lauschte in die Stille. Sie bildete sich ein, Wind in den Bäumen zu hören.

Eine schiere Ewigkeit geschah nichts. Dann näherte sich ein

schwerer Atem. Es war ein weibliches Ringen nach Luft. Männer hörten sich einfach anders an.

Sie suchen mich! Maike hat es geschafft! Hilfe ist da!

»Ich bin hier!«, schrie Imken. »Hier unten! Er hat mich eingesperrt in diesem Erdloch! Oben ist eine Luke! Eine Falltür! Sie können sie öffnen!«

Und tatsächlich wurde der Riegel knarrend zur Seite geschoben. Die Luke hob sich, aber oben stand keine Polizistin, sondern eine nackte, verängstigte Frau mit langen, strähnigen Haaren, aufgeplatzten Lippen und fiebrigen Augen.

»Maike?!«, entfuhr es Imken.

»Schnell! Gib mir die Hand! Hier kommt man nicht so einfach raus! Er hat das Gelände eingezäunt. Stacheldraht und …« Maike kniete sich hin und reichte Imken die Hand. »Komm, schnell, bevor er …«

Imken sprang hoch und griff nach der Hand. Aber sie kam nicht hoch genug.

Maike legte sich flach auf den Boden und ließ ihre Hand noch tiefer ins Verlies hinab.

Imken schob das Bett unter die Luke.

»Beeil dich!«, forderte Maike besorgt.

Imken erreichte Maikes Hand. »Ich werde dir das nie vergessen!«, schwor Imken.

»Zu zweit schaffen wir es vielleicht«, raunte Imken.

Warum war sie plötzlich so leise? Was war mit ihm? Und wo war er?

Imken schaffte es, sich an Maikes Arm hochzuziehen. Sie hörte, wie er mit einem schrecklichen Geräusch auskugelte.

Maike verzog das Gesicht vor Schmerz, aber sie hielt durch.

Imken versuchte, nicht in Maikes Augen zu blicken. Sie wollte die Qual in ihrem Gesicht nicht sehen. Sie richtete ihren Blick in den Sternenhimmel.

Die Freiheit! Das Universum! Wenn es so einen Sternenhimmel gab, konnte das Leben nicht in einem solchen Dreckloch enden. Es musste einen Ausweg geben. Musste!

Plötzlich schob sich etwas wie ein dunkler Vorhang vor die Sterne. Er stand wutschnaubend da und versuchte, betont freundlich zu sprechen, was alles noch gruseliger machte, denn unter den netten Worten vibrierte seine hasserfüllte Stimme: »Hallo, ihr zwei Zuckermäuschen. Was macht ihr denn da Schönes? Kann ich euch helfen?«

Er griff in Maikes Haare und riss ihr den Kopf nach hinten. Knorpel knirschte.

Nie würde Imken dieses Bild vergessen können: Maikes aufgerissener Mund. Ihre Zähne, als würde sie nach etwas schnappen. Dieses Bild und dieses knirschende Geräusch brannten sich in ihr Bewusstsein ein.

Sie ließ den Arm los, stürzte auf ihr Bett. Die Matratze federte nach. Auch dieses Geräusch nahm sie als unvergesslich wahr, als würden die Bilder und Töne dieser Stunden jeweils andere Erinnerungen auslöschen.

In diesem Moment, als ihr Körper auf die Matratze traf und sie wie auf einem Trampolin wieder hochkatapultierte, konnte sie sich nicht mehr an die Augenfarbe ihres Mannes erinnern. Dieser Gedanke, so irre er war, machte ihr mehr Angst als alles andere. Begann ihr Gehirn, sich aufzulösen? Was war ein Mensch ohne seine Erinnerungen? Sie machten uns doch aus ...

Imken versuchte, sich ihre Kinder vorzustellen. Während Maike um ihr Leben schrie, wild um sich strampelte und über den Boden zu ihrem Verlies geschleift wurde, sprach Imken die Namen ihrer Kinder aus: »Till ... Anna ...«

Sie rollte sich auf dem Bett zusammen und empfand großes Glück, denn sie konnte ihre Kinder visualisieren. Sie sah sie vor sich. Nichts war wichtiger. Nichts. Die Erinnerung an ihre Kinder konnte er ihr nicht nehmen.

Der Wind wehte Blätter durch die offene Luke. Eins landete wie ein Schmetterling in ihrem Gesicht. Sie schloss die Augen und spürte die Berührung, als würden zarte Kinderlippen sie küssen. Sie konnte sich nicht entscheiden, wessen Lippen sie lieber gespürt hätte – die von Till oder die von Anna.

Sie wollte so gern bei ihnen sein. Wieder sprach sie ihre Namen aus: »Till ... Anna ...«

Über ihr schloss er die Luke. Er war sehr wütend und schimpfte: »Das war nicht nett! Nein, nett war das nicht! Wir hatten eine Abmachung. Reizt mich nicht zum Äußersten!«

Sie brüllte gegen die Decke: »Nein, wir haben keine Abmachung! Du hast uns gefangen! Du hast kein Recht dazu! Lass uns frei, du krankes Arschloch!«

Sie erschrak über sich selbst. Hatte sie sich zu krass ausgedrückt? War er jetzt beleidigt? Kam er zurück, um ihr weh zu tun?«

Er öffnete das Verlies. Imken konnte vor Angst kaum atmen.

»Krankes Arschloch nennst du mich? War ich nicht nett zu dir? Bringe ich dir nicht jeden Tag etwas Warmes zu essen? Einen Liter Wasser und manchmal sogar Wein? Und du nennst mich ein krankes Arschloch? Was bist du nur für ein undankbares Biest! Was glaubst du, wer mich beauftragt hat, dich verschwinden zu lassen? Na, rate mal! Wenn du draufkommst, bin ich gerne bereit, dir zu verzeihen.«

Die Worte entfuhren ihr wie ein Rülpser, der sich nicht unterdrücken ließ: »Mein Mann?«

Jetzt, da es raus war, begann sie laut zu schluchzen. Sie bekam wieder Luft, und ihr Körper wurde von Weinkrämpfen geschüttelt.

Er lachte. »Dein Mann? Du verdächtigst deinen Ehemann? Ja, für ihn wäre das eine gute Lösung. Er weiß, dass dir bei einer Scheidung die Hälfte der Firma zustehen würde. Wie viel ist so eine Versicherungsagentur wert? Was glaubst du? Er weiß, dass du etwas mit diesem Chris Hoffmann laufen hast. Das spielt kein Mann lange mit.«

Sie kniete im Bett und bedeckte sich mit dem Laken. Sie schrie ihn an, dabei schmerzte ihr Nacken, so sehr reckte sie ihren Hals: »Ich habe nichts mit Chris!«

Er lachte hämisch. »Das sieht dein Mann aber anders. Ganz anders.«

Er ließ die Luke zukrachen. Sofort befand sie sich wieder in völliger Finsternis. Sie blieb mit der quälenden Frage zurück: Hat mein Mann wirklich meine Entführung veranlasst?

Sie konnte sich nicht mehr an die Farbe seiner Augen erinnern, und langsam begann sein ganzes Gesicht in ihrer Erinnerung zu verschwimmen. Er wurde mehr und mehr zu einem Unbekannten.

»Lieber Gott«, betete sie, »bitte, lass es nicht mein Mann gewesen sein. Bitte, lieber Gott ...«

Ann Kathrin Klaasen konnte nicht schlafen. Aufrecht saß sie im Bett und suchte Gemeinsamkeiten zwischen den Fällen: »Er hat sich das erste Opfer nicht zufällig ausgesucht. Er war in Angela Röttgen verliebt. Aber woher kennt er Imken Lohmeyer? Woher weiß er von Chris Hoffmann aus Wilhelmshaven? Es muss eine Verbindung geben.«

Weller sah schlecht aus. Er stieß immer wieder auf und hockte im Bett, als wäre er noch im Büro am Schreibtisch. Er hatte seinen Computer vor sich und klickte sich immer noch durch die Möglichkeiten des Couchsurfens.

Manchmal glitten seine Gedanken dabei ab. Statt eine Spur von Linus Wagner zu verfolgen, überlegte er, ob es nicht eine gute Idee sei, so preiswert die Welt kennenzulernen. China interessierte ihn, Japan oder auch Thailand. Er hatte gerade einen japanischen Kriminalroman gelesen. Diese Welt kam ihm doch sehr fremd, ja unheimlich vor. Da war ihm der neue Nele-Neuhaus-Roman lieber. Er mochte zwar das flache Land, las aber gern diese spannenden Geschichten aus dem Taunus.

»Was ist mit dir, Frank?«, fragte Ann Kathrin. »Du siehst krank aus.«

»Das liegt an dieser Geburtstagstorte, glaube ich. Ich habe sie nicht gut vertragen. Sie ist mir auf den Magen geschlagen.«

»Der Fall oder die Torte?« Ann Kathrin stand auf. »Ich mache dir einen Tee.«

In der Küche sah sie die dreistöckige Torte. Es fehlte ein riesiges Stück, als hätten mehrere Personen davon gegessen.

Ann Kathrin kam mit dem Pfefferminztee zurück ins Schlafzimmer: »Hast du etwas von der Torte mit in die Dienststelle genommen?«

Er schüttelte den Kopf. »Nein, warum?«

»Wie viel hast du denn davon gegessen?«

Er zuckte mit den Schultern. »Fünf, höchstens sechs Stückchen.«

Sie sagte nichts, sah ihn nur fragend an.

»Ich konnte einfach nicht anders. Manchmal brauche ich das.«

»Und jetzt ist dir schlecht.«

»Ja. Es tut auch gut zu spüren, dass der Körper rebelliert.«

»Linus Wagner kann praktisch überall auf der Welt sein«, überlegte Ann Kathrin. »Aber ich vermute, er hält sich ganz in unserer Nähe auf.«

So kannte Weller sie. Während einer Ermittlung gelang es ihr manchmal kurz, ein anderes Thema zu streifen, über Privates nachzudenken, aber dann kehrte sie übergangslos zum Fall zurück. Ein großer Teil ihres Gehirns war ständig damit beschäftigt, das Verbrechen aufzuklären. Sie war dann wenig alltagstauglich. Sie hatte auch nicht viel Energie für die Beziehung, brauchte sie dann aber umso mehr. Die Partnerschaft sollte dann einfach gut sein, funktionieren und Kraft spenden.

Weller rülpste wieder. Er ließ den Computer zu Boden gleiten und strich seiner Frau eine Locke aus der Stirn. Er schluckte den heißen Tee.

»Ich finde einfach«, sagte sie, »die Verbindung der beiden Familien nicht. Dieser Linus schlägt doch nicht plötzlich wahllos zu.«

»Vielleicht«, orakelte Weller, »hat er Gefallen daran gefunden, eine Frau gefangen zu halten. So hat er sie für sich ganz allein. Es gibt immer wieder solche Fälle. Manche Täter haben Menschen über Jahre eingesperrt. Die Kampusch fällt mir dazu ein oder ...«

Ann Kathrin schüttelte den Kopf. »Das hier ist anders. Warum verschickt er die Wäsche seiner Opfer an Bekannte? Will er sie demütigen? Alle noch mehr in Aufruhr und Panik versetzen? Demonstriert er nur seine Macht, oder was soll das Ganze?«

»Vielleicht«, schlug Weller vor, »hat er den geheimen Wunsch, gefasst zu werden, und mit dem Wäschepaket will er uns einen Hinweis geben.«

Weller wollte vor dem Einschlafen zu gern das Thema wechseln und über etwas Erfreulicheres sprechen. Gegen seinen eigentlichen Plan verriet er jetzt alles: »Du hast ja nächste Woche Geburtstag.« Freundlicherweise unterschlug er, der wievielte es war.

Sie erkannte seinen liebevollen Versuch an, sie abzulenken, und kuschelte sich an ihn.

»Und ich habe mir etwas ganz Besonderes für dich überlegt, Ann.«

»Machst du mich jetzt nur neugierig, oder erzählst du es mir?«

Er holte tief Luft und machte es spannend. »Ein Atelierbesuch. Bei Horst-Dieter Gölzenleuchter. Er zeigt uns seine neuen

Arbeiten, er nimmt sich sogar Zeit, dich in seine Holzschnitttechnik einzuführen. Ich habe mir das so gedacht: Wir fahren nach Bochum, ein schönes Zimmer habe ich uns schon gebucht, und abends gibt es dann eine Lesung im Bochumer Kulturrat und ...«

Sie küsste ihren Frank. Sie fühlte sich geliebt und gesehen. Sie flüsterte in sein Ohr: »Ich hatte schon befürchtet, wir machen jetzt auch beim Couchsurfing mit.«

Weller lachte: »Ich glaube, dafür sind wir schon zu alt.«

Sie schlug mit dem Kopfkissen nach ihm. »Du sagst zu alt, aber du meinst zu spießig!«

Ann Kathrin Klaasen bestand darauf, Dirk Lohmeyer selbst zu befragen. Seine Aussagen waren zwar bereits Bestandteil der Akten, aber sie fand darin nicht die Antworten auf ihre Fragen. Sie lud ihn nicht in die Polizeiinspektion ein, sondern schlug vor, in Aggis Huus in Neßmersiel einen Tee zu trinken und vielleicht einen Spaziergang am Meer zu machen. Alles sollte so ungezwungen wie möglich sein. Er war ja kein Verdächtiger, sondern ein Zeuge, der vermutlich mehr über die verschwundene Imken wusste als irgendjemand sonst.

Er kam pünktlich und ohne Anwalt, gut gekleidet und frisiert ins Café. Ihr erster Eindruck war: Er ist völlig anders als Peter Röttgen. Selbstbewusst, durchaus auf seine Wirkung bedacht. Ein Geschäftsmann, der weiß, dass der erste Eindruck zählt.

Er setzte sich Ann Kathrin gegenüber auf einen Stuhl, den Rücken gerade, die Hände locker auf dem Tisch. Sein Verhalten erinnerte sie an Vertreter, die Vertrauen aufbauen wollen.

»Ich habe Ihren Kollegen bereits alles erzählt. Aber ich will wirklich alles tun, um zu helfen. Also, wenn Sie noch Fragen haben, bitte.«

Aggi kam, und er bestellte sich einen Schwarztee. Aggi bot ihm noch Kuchen an oder eine Waffel, aber er lehnte ab.

Ann Kathrin legte ein Foto von Linus Wagner auf den Tisch. »Sind Sie ganz sicher, dass weder Sie noch Ihre Frau diesen Mann kennen?«

»Das Foto haben mir bereits Ihre Kollegen gezeigt. Noch einmal: Ich habe ein recht gutes Namensgedächtnis, und ich kann mir auch Gesichter merken. Das bringt mein Beruf so mit sich. Wenn Sie Leute versichern, ist es wenig vertrauensbildend, wenn Sie die später auf der Straße nicht erkennen und grüßen. Wenn mich ein Kunde besucht, muss ich ihn nicht erst nach seinem Namen fragen. Ich erinnere mich gleich an ihn.«

»Er wurde also nicht durch Sie versichert. Aber vielleicht kennen Sie ihn aus anderen Zusammenhängen?«

»Nein, bestimmt nicht.«

Ann Kathrin war ganz offen. »Sehen Sie, Herr Lohmeyer, wir gehen im Moment davon aus, dass Linus Wagner Ihre Frau in seine Gewalt gebracht hat. Er ist flüchtig. Es gibt einen vergleichbaren Fall.«

Er schaute sich nervös um: »Angela Röttgen. Ich weiß.« Er seufzte. »Ich hatte die Hoffnung, Sie könnten mit etwas Neuem aufwarten. Zumindest mit einer Idee oder einer Frage.«

Ann Kathrin ließ sich nicht beirren: »Linus Wagner hatte mit dem ersten Opfer ein Verhältnis.«

Lohmeyer saß ohnehin schon mehr als steif auf seinem Stuhl. Jetzt schien er zu erstarren. Er brauchte einen Moment.

Aggi brachte die Getränke und für Ann Kathrin ein Stück Apfelkuchen: »Geht aufs Haus. Ist ein Gruß aus der Küche. Nur mal so zum Probieren.«

Ann Kathrin und Aggi lächelten sich an. Ann Kathrin kam oft hierher, um nachzudenken. Weller hatte mal gesagt: »Aggis Huus ist wie dein zweites Wohnzimmer.« Und in der Tat saß sie auf dem bequemen Sofa, als würde es ihr gehören.

Erst als Aggi den Raum verlassen hatte und wieder am Eingang hinter der Theke stand, äußerte Lohmeyer sich: »Wollen Sie damit sagen, dass meine Frau auch etwas mit dem Typen hatte?« Er konstruierte gleich den letzten Abend neu: »Das hieße dann, sie wäre ganz froh gewesen, dass ich mit Peter Grendel und Holger Bloem auf dem Bierfest versackt bin ... Sie hat die Chance genutzt, um zu ihrem Lover zu fahren. Später wollte sie dann die Kinder abholen und schließlich ihren angetrunkenen Mann.« Er legte beide Hände auf die Tischplatte, als müsse er sich abstützen, um nicht vom Stuhl zu fallen.

»Ihre Frau«, sagte Ann Kathrin freundlich, »hat Soziologie und Philosophie studiert. Sie spricht drei Sprachen fließend. Kann es sein, dass es ihr nicht ausreicht, Hausfrau und Mutter zu spielen?« Da er nichts sagte, fügte sie hinzu: »Sie hat ihre Karriere geopfert, damit Sie ...«

Er ließ Ann Kathrin nicht weiterreden: »Ja«, gab er betont lässig zu, »und nun seien wir doch mal ehrlich: Haben Sie in letzter Zeit einen Philosophen oder eine Soziologin gebraucht? Glauben Sie mir, meine Frau war mit dem Arrangement sehr glücklich. Sie musste nicht an diesem Putenrennen in den Institutionen teilnehmen. Für eine wie sie blieb doch nur die universitäre Karriere. Das heißt, da gehört man schnell zum akademischen Prekariat. Jobs ohne Sicherheit, aber mit viel Ansehen. Dafür kaum Geld und alle zwei Semester woanders, wenn man Glück hat. Kaum ist die Wohnung eingerichtet, kann man schon wieder umziehen. Das sind doch Wandergelehrte heutzutage.« Er schlug auf den Tisch. »Ach, ist doch wahr! Ich habe die Arschkarte gezogen! Ich kann mich den ganzen Tag mit Risikoberechnungen und Versicherungen herumschlagen. Mit Rabatten und Prozenten. Glauben Sie, das macht Spaß? Imken hat Nachhilfestunden gegeben. Meist faulen Abiturienten, die kurz vor der mündlichen Prüfung dann doch noch Französisch lernen wollten oder englische Grammatik. Sie hat das sehr gern gemacht, da kamen wenigstens Leute zu ihr, die etwas lernen wollten, schließlich haben sie dafür bezahlt, und nicht zu wenig.«

»Kannten Sie alle Schüler Ihrer Frau?«

Er winkte ab. Dann erst erschloss sich ihm der Hintergrund der Frage: »Sie meinen, es könnte sein, dass meine Frau diesem Linus Nachhilfestunden gegeben hat? Dann hat er sich in sie verliebt und schließlich, weil sie seinem Drängen nicht nachgegeben hat, ist er durchgedreht und ...«

»Sie reden wie einer von uns, Herr Lohmeyer.«

Er fühlte sich geschmeichelt. »Unsere Berufe haben viele Gemeinsamkeiten.«

»Ich höre?!«

»Wir müssen beide unser Gegenüber einschätzen können. Was will der andere? Welcher Mensch sitzt da vor mir? Ist er risikobereit? Findet er Sparen geil und Versicherungen eigentlich unnötig, oder haben wir es mit einem zu tun, der aus Angst vor dem Leben sich am liebsten in Versicherungen flüchtet? Manchmal treffe ich auf Menschen, die wollen ihre Angehörigen absichern, weil sie sich ihnen selbst nach ihrem Tod verpflichtet fühlen und für sie sorgen wollen. Andere aber wollen genau das tunlichst nicht. Nach ihrem Tod soll für niemanden etwas übrig bleiben. Sie würden am liebsten sterben, ohne vorher die letzten Rechnungen beglichen zu haben. Sie können nicht allen Menschen das gleiche Produkt anbieten.«

Ann Kathrin probierte, während er sprach, den Apfelkuchen. Sie mochte ihn. Er war etwas süß und säuerlich zugleich. Sie liebte die Kontraste.

»Und was ist Ihre Frau für ein Mensch? Trauen Sie ihr eine heimliche Affäre zu?«

Er reckte sich, als müsse er gähnen. »Mit so einem Schnösel? Nein, so eine ist meine Imken nicht. Die macht gerade in Norden eine Ausbildung als ehrenamtliche Hospizmitarbeiterin. Sie ist sehr engagiert. Ein ernsthafter Mensch. Setzt sich mit existentiellen Themen auseinander ...«

»Was dachten Sie, als Ihre Frau Sie nicht abgeholt hat? Als sie nachts nicht auftauchte, sich nicht meldete?«

»Ich dachte zunächst an einen Unfall. Meine Imken ist so eine Übermutter. Die würde doch nie ihre Kinder vernachlässigen, geschweige denn im Stich lassen.«

»Sie haben sich erst sehr spät bei der Polizei gemeldet.«

»Hm. Nach dem Zeitungsartikel von Holger Bloem.«

Ann Kathrin schob ihm den Apfelkuchen rüber. »Wollen Sie mal probieren? Wirklich köstlich.«

»Nein, verdammt!«

Ann Kathrin wusste, dass sie ihn bald so weit hatte. Es fiel ihm schwer, seine Gefühle unter Kontrolle zu halten.

»Was glauben Sie, warum die Kleidung Ihrer Frau nicht an Sie, sondern an Herrn Hoffmann geschickt wurde?«

Dirk Lohmeyer ballte die Faust. Für einen Moment sah es so aus, als wolle er hineinbeißen. Das tat er aber nicht.

»Chris Hoffmann ist ein alter Bekannter meiner Frau. Er war unser Trauzeuge. Ein Freund.«

»Ja, das haben Sie zu Protokoll gegeben. Aber was denken Sie wirklich?«

Er druckste herum. Sie sah ihn auffordernd an. Er atmete heftig. Schweiß bildete sich unter seiner Nase.

»Ja, Sie haben recht. Ich dachte, sie ist bei ihm. Das hätte wohl jeder an meiner Stelle geglaubt. Er hat einen Motorradladen. Meine Imken war früher ein heißer Feger. Also, bevor sie Mutter wurde. Sie ist gern mit ihm auf seiner Motoguzzi rumgefahren. Bikertreffen im ganzen Land. Sie stand auf Heavy Metal.« Er relativierte den Satz: »Also, damals.«

Dann schwieg er nachdenklich. Er wirkte traurig, mit hängenden Schultern.

»Und heute?«, hakte Ann Kathrin nach.

»Ach, waren wir früher nicht alle mal Hippies oder Punker? Das sind Phasen, die wir durchlaufen. Danach werden wir ...« Er sprach nicht weiter.

»Klüger?«, fragte Ann Kathrin. »Realistischer?«

»Nennen Sie es, wie Sie wollen. Etwas in uns stirbt dann auch. Wir beerdigen unsere Träume, um ein Haus abzubezahlen, den Kindern eine Familie bieten zu können oder ...«, er verzog sauer den Mund, »ach.«

Ann Kathrin stocherte in dem Apfelkuchen herum, fischte ein Apfelstückchen heraus und aß es.

»Sie dachten also, Ihre Frau sei losgezogen, um alte Träume noch einmal auszuleben?«

»Ja. Nein! Also ... Das passt nicht zu ihr. Ach, ich weiß es auch nicht! Sie hat sich zum Geburtstag von mir keine Abenteuerreise gewünscht und auch keine gebrauchte Harley.«

»Sondern?«

»Ich sollte für den *Förderverein für ein stationäres Hospiz in Norden* spenden. Habe ich getan. Fünfhundert Euro.«

»Hat Ihre Frau sich viel mit dem Tod beschäftigt?«

»Sie nannte es *Würdevolles Leben bis zum letzten Augenblick*. Das Wort *Tod* vermied sie.« Er schluckte schwer, wollte noch etwas sagen, bekam aber nichts mehr heraus.

Sie schwiegen eine Weile. Ann Kathrin wollte zahlen, aber Lohmeyer bestand darauf, die Rechnung zu übernehmen.

Im Rausgehen sagte er: »Echt schönes Café. Ich war noch nie hier. Es hätte Imken bestimmt auch gefallen, mit all den Bildern und Teekannen, den Puppen und ...«

»Wollen wir noch ein paar Meter gehen?«, fragte Ann Kathrin.

Der Wind kam von Nordost und brachte eine frische Brise mit sich. Er wühlte in Ann Kathrins Haaren, und das gefiel ihr.

»Lassen Sie uns runter zum Meer gehen«, schlug sie vor. »Manchmal pustet der Wind die Gedanken frei.«

Lohmeyer sagte nicht ja. Er ging einfach mit. Fast willenlos lief er neben ihr her.

Sie kannte einen Weg, die Kasse, wo die Strandentgeltgebühren kassiert wurden, zu umgehen und trotzdem ans Meer zu kommen.

Eine Gruppe Möwen begleitete die zwei. Es waren fünf, und sie verhielten sich, als hätten sie einen Plan. Eine kreiste ständig über ihnen, drei liefen ihnen in immer dem gleichen Abstand hinterher, und eine war ständig vor ihnen. Die Möwen wechselten die Position immer wieder. Die kreisende flog nach hinten, von hinten kam eine nach vorne, die vordere Möwe kreiste jetzt über ihnen. Auch bei wechselnden Positionen blieb die gesamte Formation ständig gleich.

Ann Kathrin war sich sicher, die Raubvögel planten einen Angriff. Wie gut, dass wir keine Pommes bei uns haben, dachte sie. Die Möwen haben noch gar nicht mitgekriegt, dass wir nichts zu essen dabeihaben. Vielleicht riechen sie den Apfelkuchen.

Ein paar Dohlen suchten rasch das Weite, als sie sich näherten.

Ann Kathrin und Lohmeyer gingen nicht weit. Schon bei den Salzwiesen blieb Lohmeyer stehen und fragte mit tränenden Augen: »Glauben Sie, meine Frau lebt noch?«

Er wartete die Antwort gar nicht ab, er umarmte Ann Kathrin und drückte sie so fest an sich, dass es ihr fast weh tat. Sie ließ es sich gefallen und streichelte über seinen Rücken. Er war bretthart.

»Ja«, sagte sie, »ich glaube in der Tat, dass Ihre Frau noch lebt. Wir haben die Möglichkeit, sie zu retten. Dazu brauche ich Ihre Mithilfe.«

»Ich tue alles. Alles!«, versprach er.

Gegen jeden Rat rief Peter Röttgen aus seiner Wohnung in Oldenburg im Dobbenviertel, nicht weit vom Schlossgarten und Staatstheater entfernt, seine Kinder an. Es war ein schwacher Moment, in dem er sich besonders stark fühlte. Er wollte ihre Stimmen hören. Diesen Albtraum beenden. Und endlich wieder Vater sein. Ein richtiger Vater, der sich um seine Kinder kümmerte. Das wurde ihm zum Verhängnis.

Tissi Buhl, die gegenüber von Röttgens Haus bei ihren Eltern wohnte und oft als Babysitterin bei den Röttgens gewesen war, erfuhr alles von den Kindern. Sie hatten ein unerschütterliches Vertrauensverhältnis. Und Tissi hatte nie den Kontakt zu Linus verloren. Sie fühlte sich toll, denn jetzt brauchte er sie.

Sie war seine Verbindung zur Außenwelt. Sie machte Botengänge und versorgte ihn mit Informationen. Er durfte ihr Handy nutzen, und so war er für die Polizei nicht zu orten. Sie hatte zu Hause noch ihren Laptop und er konnte ihr Tablet haben.

Sie fühlte sich mit ihm wie Bonnie und Clyde. Sie mochte diesen Film, nur das Ende gefiel ihr nicht. Sie wollte nicht mit Linus im Kugelhagel sterben. Aber er war ja auch unschuldig.

Sie kam sich vor wie eine Retterin. Es war ein tolles Gefühl, so einen Jungen zu retten. Sie stellte sich ihr späteres gemeinsames Leben vor.

Am Abend dann wollte Peter Röttgen einen kleinen Spaziergang machen. Tagsüber mied er die Öffentlichkeit, aber er brauchte Bewegung. Bewegung half gegen die Depression.

Er hatte sich vorgenommen, jeden Abend einen kleinen Spaziergang zu machen. Heute ging er über den Cäcilienplatz. Aber auch dort waren ihm zu viele Menschen. Im Grunde begann er zu begreifen, dass er Menschen nicht mochte. Am liebsten war er mit sich selbst allein.

Selbst Menschen im Fernsehen empfand er als Belästigung. Er

schaltete den Apparat immer nur kurz ein, als wolle er ihm eine Chance geben, aber dann konnte er es nicht lange aushalten. Alles war ihm zu laut, zu bunt, zu aufdringlich.

Er ging mit schnellen Schritten in Richtung Schlossgarten. Er wurde kurzatmig dabei. Er konnte ja nicht ahnen, dass sein Mörder bereits auf ihn wartete.

Rupert hatte sich inzwischen intensiv mit Couchsurfing auseinandergesetzt. Er wusste, dass es weltweit mehr als zehn Millionen Mitglieder gab. Allmählich fand er das Projekt immer spannender. Er stellte sich vor, dass man so eine Menge Bekanntschaften machen könne.

Linus Wagner war seit zwei Jahren Mitglied und hatte mehrere Reisen auf fremden Couchen gewagt. Frankreich. USA. Italien. Auch in Weltstädten, wo Hotels teuer waren, gab es Leute, die ihre Wohnungen kostenlos anboten.

Seit Linus Wagner nicht mehr bei seinen Eltern wohnte, stellte er seine Couch ebenfalls zur Verfügung. Er hatte als freundlicher Gastgeber sehr gute Bewertungen. Er war sogar zum ehrenamtlichen Ambassador geworden. Eine Art Botschafter der Gruppe, an den man sich als Neuling wenden konnte, wenn man Fragen oder Beschwerden hatte.

Aber wo Linus Wagner sich aktuell aufhielt, konnte Rupert nicht ermitteln.

Rupert sprach in sein Diktiergerät: »Durch die vielen Reisen und Aktivitäten hat er natürlich mehr Kontakte als die Offiziellen. Ich bin mir sicher, dass er nicht über die Homepage buchen muss, wenn er rasch verschwinden will. Da er überall als sehr freundlich und mit guten Manieren geschildert wird, kennt er bestimmt viele offene Türen. Ich glaube nicht, dass er im Ausland ist. Hier ist sein Jagdrevier. Hier kennt er sich aus. Es ist schwer, eine gefangene Person unentdeckt über eine Grenze zu bringen. Selbst innerhalb Europas halte ich das für ein Problem.«

Die Rhododendronblüte war noch nicht ganz vorbei. Dieser Park war für Peter Röttgen mehr ein Kunstwerk als ein Garten. Die üppigen Blumenbeete interessierten ihn weniger. Aber die Baumriesen faszinierten ihn. Es war für ihn ein hoffnungsvolles Symbol der Natur. Mächtig und erhaben schienen sie der Zivilisation zu trotzen.

Unter diesen Bäumen kam es ihm so vor, als seien seine Sorgen klein. Vergänglich. Dumm.

Er bemerkte den Mann hinter sich nicht. Es war, als würde er mit den Bäumen ein Zwiegespräch führen. Es ging ihm zum ersten Mal seit Wochen besser. Es keimte die Hoffnung in ihm auf, er könne noch einmal im Leben sein Glück versuchen. Vielleicht ein gutes Verhältnis zu seinen Kindern zurückgewinnen. Wieder Freude am Leben finden. Es war ein ganz kleines Glückspflänzchen, das da in ihm zu blühen begann. Ein Funken Licht in einem Meer von Dunkelheit.

Er hörte die energischen Schritte hinter sich. Dann die Stimme: »Röttgen!«

Er blieb stehen und drehte sich um. Linus trug einen langen, wallenden Mantel, Stiefel und eine Wollmütze. Er war für diese Jahreszeit geradezu grotesk gekleidet, als habe er sich die Sachen in einem Theaterfundus ausgesucht.

Er benutzte den Mantel, um die Schrotflinte darunter zu verbergen. Jetzt richtete er sie auf das Gesicht seines ehemaligen Lehrers.

Peter Röttgen hatte – völlig gegen jede Erfahrung – nicht das Gefühl, Linus könne wirklich abdrücken. Er hob die Hände nicht wie jemand, der sich ergibt. Das erschien ihm albern. Stattdessen sagte er mit trockener Stimme: »Das ist doch Wahnsinn, Junge. Was soll denn das?«

Linus zielte auf Peter Röttgen. Aus der Entfernung konnte er ihn nicht verfehlen. Trotzdem lief Röttgen nicht weg. Er ging sogar noch einen Schritt auf Linus zu.

Er sah das Mündungsfeuer. Er schloss die Augen. Die Schrotladung traf ungehindert sein Gesicht.

Er fiel um, verlor aber nicht sofort das Bewusstsein. Er hörte noch das zweite Krachen, nah an seinem rechten Ohr.

Peter Röttgen starb. Sein letzter Gedanke war: So ist es richtig. Jetzt wird alles gut. Ich gehe zu meiner Angela.

Martin Büscher wollte die Kollegen auf die ausländischen Gäste vorbereiten und darauf einschwören, diese Aktion trotz des Alltagsdrucks, der sie alle gerade im Griff hatte, zu unterstützen.

»Unserer Dienststelle«, sagte er, »sind drei Kollegen zugeteilt worden. Aus Polen Jakub Kaczmarek.« Er hielt das Foto hoch.

Rupert stöhnte in Sylvia Hoppes Ohr: »Na bitte. So habe ich mir das vorgestellt. Ein fetter Pole …«

Martin Büscher hatte Ruperts Worte durchaus mitbekommen und warf ihm einen zurechtweisenden Blick zu. Trotzdem kommentierte Rupert: »Ohne mich, sag ich da nur.«

»Aus Frankreich kommt zu uns Commissaire Pierre Legrand.«

»Der ist noch fetter«, grunzte Rupert.

»Psst!«, machte Ann Kathrin genervt. Sie sah müde aus, blass und schmallippig.

»Ich werde jedenfalls keine Dienstgeheimnisse ausplaudern«, zischte Rupert.

»Dienstgeheimnisse? Was für Dienstgeheimnisse?«, fragte Sylvia Hoppe. »Habe ich irgendetwas verpasst?«

Unwirsch bat Martin Büscher um Ruhe.

Weller rührte in seiner Kaffeetasse herum, obwohl er seinen Kaffee schwarz trank.

»Verdammt nochmal, ist hier der Stühlchenkreis im Kindergarten, oder sind wir in der Polizeiinspektion?«, schimpfte Büscher.

Rupert kratzte sich am Kopf. »Lass mich raten ...«

Ann Kathrin wirkte an der ganzen Veranstaltung völlig desinteressiert. Sie saß aus reinem Pflichtbewusstsein da und war mit dem Display ihres Handys beschäftigt.

Plötzlich sprang sie auf. Dabei stieß sie versehentlich Weller an, dessen Kaffee jetzt quer über den Tisch schlabberte. Ein paar heiße Tropfen klatschten auf seine Hose.

»Peter Röttgen wurde in Oldenburg im Schlossgarten niedergeschossen!«

»Ach du Scheiße!«, entfuhr es Weller, und es war nicht ganz klar, ob er den verschütteten Kaffee oder die Schüsse auf Röttgen meinte.

»Lebt er noch?«, fragte Sylvia Hoppe.

Ann Kathrin schüttelte den Kopf.

Rupert bollerte sofort los: »Er war doch in einer sicheren Wohnung untergebracht! Das heißt, verdammt nochmal, wir haben einen Maulwurf unter uns. Irgendjemand muss es Linus Wagner gesteckt haben.« Er zeigte auf die Fotos der ausländischen Kollegen: »Seht ihr, das haben wir jetzt davon!«

Martin Büscher verdrehte die Augen. »Die können noch nichts verraten haben. Die sind doch noch gar nicht im Gebäude!«

»Trotzdem«, beharrte Rupert. »Glaubst du etwa, es war einer von uns?«

Es war, als würde neues Leben in Ann Kathrin fahren. Ihre

Gesichtsfarbe veränderte sich. Ihre Lippen wurden voller. Ihre Augen blinzelten wach. Ihre Stimme war jetzt klar und scharf: »Linus Wagner muss Kontakt zu jemandem haben, der Bescheid wusste. Röttgen hat garantiert jemanden angerufen und sich so verraten.«

Weller drückte Papiertaschentücher auf sein nasses Hosenbein und meldete sich in gebückter Haltung: »Der hat doch nicht mal die Wohnung verlassen. Der war doch so 'ne Art Maulwurf, und gesprächig war der auch nicht gerade, Ann.«

»Wenn er die Wohnung nicht verlassen hat, wie konnte ihn dann der Täter im Schlossgarten erledigen?«

Alle sprachen durcheinander, und Ann Kathrin forderte: »Ruhe! Ich muss nachdenken!«

Rupert äffte sie nach und bewegte dabei seine Hüften, als wolle er für einen Bauchtanz üben. »Ruhe, sie muss nachdenken!«

Weller stieß ihn an und gab ihm mit einem Blick zu verstehen, er solle jetzt besser den Mund halten.

Ann Kathrin deutete auf Weller und sich: »Wir fahren zu den Kindern und den Eltern.« Dann zeigte sie auf Sylvia Hoppe und Rupert: »Ihr nehmt euch diese Tissi Buhl vor.«

Martin Büscher hob beschwörend die Arme: »Ja, Leute, sollen wir jetzt etwa wieder ganz von vorne anfangen und jede Kontaktperson einzeln befragen? Was wird mit den ausländischen Kollegen? Die muss jemand begrüßen, und dann fahren die am besten gleich mit.«

»Ohne mich!«, rief Rupert. »Weller und Ann Kathrin können das machen, die sprechen am besten ausländisch.«

Ann Kathrin und Weller bewegten sich bereits in Richtung Tür.

»Wir haben hier noch ein paar Dinge zu klären«, insistierte Martin Büscher.

Ann Kathrin sah den Kripochef an. »Ja, genau, Martin. Wir

haben einen Mörder zu stoppen, bevor er sich das nächste Opfer holt. Und wenn Imken Lohmeyer noch lebt, dann haben wir jetzt eine Chance, sie zu finden.«

Büscher hob die Schultern und ließ sie resignierend wieder fallen. Er wusste, dass sie recht hatte. Es tat ihm leid, dass sie die richtigen Dinge gesagt hatte. Es wäre eigentlich seine Aufgabe gewesen.

Manchmal, dachte er, ist sie einfach schneller als ich. Sie sieht völlig verträumt und verpennt aus, wirkt, als bräuchte sie einen Betreuer, und dann explodiert sie plötzlich. Ein sprühendes Energiebündel, das alle anderen an die Wand drückt.

Martin Büscher blieb alleine im Besprechungsraum zurück. Er hörte, wie sich die Schritte der Kollegen im Flur entfernten.

Irgendwie, dachte er, war ich in Bremerhaven nur ein kleines Licht, aber das hat wenigstens keiner versucht, auszupusten.

Hier musste er sich ständig neu behaupten.

Im Flur blieb Ann Kathrin plötzlich stehen und hielt Rupert an: »Wir machen das anders. Sylvia und du fahren zu den Eltern, ich zu Tissi Buhl.«

»Och nö!«, wehrte Rupert sich. »Ich bin nicht so gut darin, Todesnachrichten zu überbringen. Und dann noch mit den Eltern ... Das ist einfach nicht meine Sache. Also, ich kann mit so Fotomodels wie dieser Tissi einfach viel besser umgehen. Junge Mädchen liegen mir mehr als ...«

»Eben«, sagte Ann Kathrin, »dann lernst du heute mal etwas dazu.«

Auf dem Weg zu Röttgens Haus an der Harle sprach Weller kaum. Er lenkte den Wagen und bereitete sich innerlich darauf vor, noch heute einem schießwütigen Jugendlichen gegenüberzustehen. Ihm wäre es lieber gewesen, ein Sondereinsatzkommando anzufordern, aber immerhin hatte er das Glück, nah bei seiner Frau sein zu können. Vielleicht war dies der Tag, der ihn zum Helden machen würde.

Während er das Auto vor sich beobachtete, lief vor seinem inneren Auge ein anderer Film ab. Er hatte noch ein Hühnchen mit diesem Linus Wagner zu rupfen. Der Tiger und der Käfig wurmten Weller noch immer. Trotzdem würde er erst im letzten Moment schießen und dann ganz sicher auf seine Beine oder seine Arme. Benningas Zusammenbruch lag Weller noch schwer im Magen.

Jeder Schuss ist einer zu viel, dachte Weller. Vielleicht gibt es andere Möglichkeiten.

Zu gern hätte er sich auf einen Faustkampf mit Linus Wagner eingelassen. Weller redete sich ein, eine saubere rechte Gerade direkt auf Linus Wagners Nase könne den blonden Jüngling fällen wie einen Baum und gleichzeitig seinen arroganten Widerstand brechen und aus ihm einen geständigen Täter machen, der alles bereute und nach seiner Mama weinte.

»Wir sind bei Tissi Buhl an der richtigen Adresse«, sagte Ann Kathrin, »da bin ich mir ziemlich sicher.« Sie zählte auf, warum: »Sie wohnt direkt gegenüber von Röttgen. Sie hat laut Ruperts Bericht immer wieder den Babysitter gespielt. In so einer emotional angespannten Situation für die Kinder brauchen sie jemanden, den sie kennen, da werden die Eltern bestimmt nicht irgendjemanden engagieren, der mal auf die Kinder aufpasst, sondern sie haben garantiert auf Tissi zurückgegriffen, wenn sie mal ein bisschen Pause brauchten ...«

»Röttgen stand nicht gerade auf seine Kinder, das war kein wirklicher Familienmensch, Ann. Der hat nicht einmal über sie gesprochen.«

»Trotzdem. Das kennen wir doch. Plötzlich will jemand anfallartig alles wiedergutmachen und erwischt sich dabei, die alten Fehler zu wiederholen.«

»Du gehst davon aus, dass sie weiß, wo Linus Wagner ist?«

»Ja«, sagte Ann Kathrin. »Die Schwiegereltern werden ihn kaum verraten haben.«

»Das würde bedeuten, Tissi Buhl und Linus Wagner arbeiten zusammen? Ein Gangsterpärchen?«

»Warum nicht? Stell dir vor, sie ist verliebt in diesen Linus. Er aber hat nur Augen für diese Rechtsanwältin, die ihm gegenüber wohnt. Das ständige Auf und Ab. Sie tröstet ihn, wenn es schiefgeht. Dann lässt er sie wieder los und ist ganz auf die ältere Frau fixiert.«

»Deine Phantasie möchte ich haben«, sagte Weller, aber Ann Kathrin widersprach ihm sofort: »Das ist keine Phantasie, Frank. Ich kombiniere Fakten mit menschlichem Verhalten.«

»Ja, meine ich ja«, sagte er.

Tissi Buhl ging nicht weit vom Haus entfernt an der Harle spazieren, hielt sich ihr Handy ans Ohr und gestikulierte mit der anderen Hand ganz heftig, so als könne ihr Gegenüber sie dabei sehen.

Ann Kathrin stupste Weller an: »Ich denke, das ist sie.«

»Da kannst du recht haben. Und mit ein bisschen Glück telefoniert sie gerade mit ihm.«

Vielleicht, dachte Weller, ist es auch irgendeine junge Frau, die sich gerade mit ihrem Freund streitet. Wie kommt Ann Kathrin darauf, dass es Tissi Buhl ist? Ist das nur Wunschdenken, oder hat sie wirklich ein Gespür dafür?

Ann Kathrin stieg aus dem Auto und rief: »Tissi Buhl?«

Die junge Frau drehte sich um. Sie ließ das Handy sofort in ihrer Tasche verschwinden. »Ja?!«

Weller staunte, dass er sich nicht mehr darüber wunderte. Sie war es tatsächlich.

Für einen Moment sah es so aus, als wollte die junge Frau den Versuch machen wegzulaufen. Doch sie blieb stehen.

Sie war sichtlich nervös. Ihre Gesichtsmuskeln zuckten.

»Mein Name ist Ann Kathrin Klaasen. Ich bin von der Mordkommission aus Aurich. Das ist mein Kollege Frank Weller. Wir haben ein paar Fragen an Sie. Wir können Sie natürlich ins Revier einladen, aber ...«

»Nein, nein, nein«, winkte Tissi Buhl ab, »ich rede gerne mit Ihnen. Na klar. Was wollen Sie denn von mir wissen? Aber bitte«, sie schielte zum Haus hin, »meine Eltern dürfen das nicht wissen.«

»Was dürfen Ihre Eltern nicht wissen?«

»Das mit den Fotos.«

»Wenn Sie mir helfen, helfe ich Ihnen.«

Eigentlich durften sie keine Deals mit Zeugen oder Verdächtigen machen. Eigentlich. Aber das Leben lief eben nicht immer so, wie die Vorschriften es vorsahen.

»Wir suchen Linus Wagner. Und wir sind sehr sicher, dass Sie wissen, wo er sich befindet.«

Weller stellte sich vorsichtshalber so, dass er in der Lage war, Tissi Buhl den Weg abzuschneiden, falls sie versuchen sollte, zu fliehen. Sie nahm das durchaus zur Kenntnis.

»Ich weiß nicht, wo er ist, und wenn ich es wüsste, würde ich es Ihnen nicht sagen«, behauptete Tissi tapfer.

Weller streckte die Hand aus. »Dann hätte ich gerne Ihr Handy. Es ist hiermit beschlagnahmt. Sie haben doch gerade mit ihm telefoniert, oder?«

»Nein, ich ... ähm ... äh ...« Sie zog ihr Handy aus der Tasche und warf es im hohen Bogen in die Harle.

Weller schlug wütend mit seiner rechten Faust in die Handfläche seiner Linken.

»Das betrachte ich jetzt mal als eine klare Aussage. Sie wissen also genau, wo er ist, haben bis eben mit ihm telefoniert, und

Sie schützen ihn. Damit machen Sie sich einer schweren Straftat schuldig. Er hat gerade einen weiteren Menschen umgebracht. Ihren Nachbarn Peter Röttgen«, stellte Ann Kathrin klar.

Die junge Frau wirkte, als könne sie jeden Moment in Ohnmacht fallen.

»Am besten gehen wir jetzt mal rein und sprechen die ganze Sache von Anfang an durch.«

»Nein«, rief sie, »meine Eltern sind zu Hause! Wir können jetzt nicht zu mir rein. Wir ...«

»Vielleicht kürzen wir das Ganze doch ab, und Sie sagen uns, wo sich Linus Wagner aufhält und wie wir ihn erreichen können.«

Sie begann zu weinen. »Ich kann doch nichts dafür! Er war so verzweifelt, und da habe ich ihm geholfen! Das hätte doch jeder getan! Ich konnte doch nicht wissen, dass er Röttgen umbringt!«

»Nein«, bestätigte Weller gespielt harmlos und zeigte seine offenen Handflächen vor, »das konnte doch niemand ahnen. Er hat ja auch erst zweimal auf ihn geschossen.«

»Ich bin so eine blöde Kuh«, weinte sie. »Ich hab auf die Kinder aufgepasst, als Herr Röttgen angerufen hat. Ich habe sogar mit ihm selbst gesprochen. Er hat mir gesagt, dass es ihm gutgeht, dass er in Oldenburg ist, in der Wohnung, mit einem Blick auf ...« Sie konnte gar nicht weitersprechen. Weller reichte ihr ein Papiertaschentuch.

»Wo befindet sich Linus Wagner im Moment?«, hakte Ann Kathrin hart nach.

»Bei meiner Oma in Wirdum.«

»Bei Ihrer Oma in Wirdum?«

»Ja. In dem Zimmer habe ich früher immer geschlafen. Meine Oma ist eine ganz liebe Frau, und ich habe ihr gesagt, dass Linus ein alter Freund von mir ist. Das stimmt ja auch. Von unserem Nachbarn, dass seine Mutter tot ist und ...«

»Und das hat Ihre Oma Ihnen geglaubt?«

»Meine Oma ist schon ein bisschen tüdelig. Die schaut keine Nachrichten mehr. Das regt sie zu sehr auf. Linus hat ihr richtig gutgetan. Es geht meiner Oma immer besser, die hat richtig neuen Lebensmut bekommen! Linus spielt abends mit ihr Karten und ...«

»Ich glaub es nicht!«, stöhnte Ann Kathrin. »Wo genau in Wirdum?«

Tissi druckste herum, als würde sie gezwungen, ein Staatsgeheimnis zu verraten, und hätte Angst, damit ihr eigenes Todesurteil zu unterschreiben. Dann flüsterte sie kaum hörbar: »In der Ostlohne.«

»Prima. Genau dahin werden Sie uns jetzt begleiten. Wir besuchen jetzt Ihre Oma«, sagte Ann Kathrin mit einer Selbstverständlichkeit, als sei sie dort zu Kaffee und Kuchen eingeladen.

Tissi schüttelte vehement den Kopf: »Das geht nicht! Können Sie das nicht ohne mich machen?«

Ann Kathrin lächelte milde: »Warum? Haben Sie einen dringenden Termin, den man nicht absagen kann?«

Frank Weller fühlte sich ebenfalls unwohl dabei. War das jetzt nicht die Gelegenheit, um ein Mobiles Einsatzkommando anzufordern? Hatten sie nicht genug getan?

Er stellte sich vor, dass Linus Wagner sich mit seiner doppelläufigen Flinte im Haus der Oma verschanzen könnte. Er hätte eine Geisel und einen vollen Kühlschrank. Vermutlich könnte er eine Belagerung eine ganze Weile durchhalten. Weller gruselte sich schon bei dem Gedanken.

Ann Kathrin argumentierte sachlich in Richtung Tissi, zielte damit aber gleichzeitig auf Weller, denn sie spürte seine Bedenken.

»Wer garantiert mir, dass Sie ihn nicht sofort warnen, sobald wir im Auto sitzen? Außerdem könnte ich mir vorstellen, dass Ihre Anwesenheit deeskalierend wirkt, Frau Buhl.«

Tissi war es nicht gewöhnt, mit *Frau Buhl* angesprochen zu werden. Es kam ihr vor wie eine Auszeichnung, als sei sie schlagartig erwachsen geworden.

Sie stieg tränenüberströmt, mit zitternden Lippen, widerspruchslos ein.

Weller saß am Steuer, Ann Kathrin auf dem Beifahrersitz, sie verdrehte ihren Oberkörper aber so, dass sie Tissi ins Gesicht sehen konnte.

Tissi suchte nach dem Papiertaschentuch, das sie von Weller bekommen hatte. Ann Kathrin reichte ihr ein frisches. Tissi wischte sich die Tränen ab und schnäuzte sich laut die Nase.

»Was werden Sie mit ihm machen?«, fragte sie. »Was wird jetzt aus ihm?«

Weller räusperte sich. Als müsse er sich selbst Mut machen, erklärte er: »Wir werden versuchen, ein Blutbad zu verhindern. Ihr Freund hat eine sehr niedrige Frustrationsschwelle. Wissen Sie, ob er außer dem Schrotgewehr noch eine weitere Waffe hat?«

»Ja, er hat eine Browning, hat er mir erzählt.«

»Die haben wir schon einkassiert«, sagte Ann Kathrin erleichtert.

Ann Kathrin stellte eine Verbindung zur Dienststelle her und gab eine Meldung an Kripochef Martin Büscher durch: »Wir haben seinen Aufenthaltsort. Bitte jetzt keinen großen Bahnhof. Wir versuchen, das auf Sparflamme zu lösen.«

»Du wirst jetzt auf keinen Fall einen Alleingang machen, Ann Kathrin!«, eiferte Büscher sich. »Wir gehen auf Nummer Sicher und holen den jetzt mit Spezialkräften ...«

»Ach was, das sind doch Kinder!«, sagte Ann Kathrin. Weller schaute zu seiner Frau. Er schlug sich unwillkürlich mit der flachen Hand gegen die Stirn und wiederholte ungläubig, was er gerade gehört hatte: »Kinder!!! Hast du wirklich Kinder gesagt?«

»Herrje«, erklärte Ann Kathrin sich, »er ist nicht älter als mein Sohn!«

»Es gibt Massenmörder, die sind auch nicht älter als dein Sohn«, stöhnte Weller. Er musste sich selber aber eingestehen, dass ihm gerade kein Name einfiel, mit dem er seine These hätte untermauern können.

Auf der Rückbank weinte Tissi: »Der kann so lieb sein, der Linus ... so lieb.«

Martin Büscher tobte: »Er ist euch schon einmal entwischt, Ann. Darf ich dich daran erinnern? Ich sage nur Tiger und Käfig! Diesmal werden wir ganz auf Nummer Sicher gehen.«

Schon in seiner Zeit in Bremerhaven hatte Büscher viel von den Alleingängen der ostfriesischen Kommissarin gehört. Sie sei nicht teamfähig und im Grunde auch beratungsresistent. Der alte Chef Ubbo Heide hatte immer schützend die Hand über sie gehalten, und ihre Erfolgsquote war wirklich beeindruckend, aber Büscher hatte keine Lust, ein Risiko einzugehen. Am Ende musste er für alles die Verantwortung tragen. Dies war ihm nur zu sehr bewusst.

Büschers Dienstanweisung kam kälter und fordernder aus dem Lautsprecher, als er sie abgeschickt hatte. Seine Stimme klang metallen: »Du wirst mir jetzt sofort die genaue Adresse durchgeben, und dann kommst du mit Weller zurück in die Polizeiinspektion! Die Verhaftung übernimmt ein Spezialteam. Dies ist ein dienstlicher Befehl!«

»Ich verstehe nicht«, sagte Ann Kathrin. Sie fuhr mit ihren Fingernägeln über das Armaturenbrett, so dass ein quietschendes Geräusch entstand. Da hinein rief sie: »Ich kann dich nicht richtig verstehen. Was sagst du? Hallo! Hallo! Ich glaube, hier stimmt was nicht! Das Scheißding funktioniert mal wieder nicht. Oder sind wir hier in einem Funkloch, Frank? Hast du gehört, was Martin gesagt hat?«

Weller veränderte seine Sitzhaltung. Er beugte sich vor und

brüllte laut: »Martin? Hat Martin etwas gesagt? Kriegen wir keine Verbindung zu ihm? Was ist hier überhaupt los?«

Weller schaltete das Funkgerät ab und sein Handy auf lautlos. »Wenn das schiefgeht. Ann ...«, sagte er.

Sie nickte ihm dankbar zu, weil er mitspielte.

»Ja, dann machen wir endlich die Fischbude in Norddeich auf.«

»Ihr seid ja echt cool drauf«, schniefte Tissi.

»Wir haben uns schon in der Schule immer so durchgeschummelt«, kommentierte Weller. »Das musst du aber jetzt nicht unbedingt auf Facebook breittreten.«

Tissi lachte.

Wellers Scherz entspannte die Situation. Das Wort »Galgenhumor« schoss durch Ann Kathrins Kopf. Trotzdem öffnete sie ihre Handtasche und überprüfte ihre Dienstwaffe.

Sie ließen den Wagen an der Tankstelle in Wirdum stehen und gingen den Rest zu Fuß.

Ann Kathrin legte einen Arm um Tissi. »Jetzt mal unter uns Pastorentöchtern: Wie ist das normalerweise abgelaufen, wenn du ihn hier besucht hast?«

»Woher wissen Sie, dass ich ihn ...«

»Weil ich denken kann.«

»Ich habe ihm immer alles gebracht, wenn er was brauchte.«

»Zum Beispiel?«

»Meine Omi wäscht ja für ihn. Die ist ganz froh, endlich wieder jemanden zu haben, für den sie sorgen kann. Aber er hatte immer solche Angst, dass Sie ihn über sein Handy orten oder über sein Tablet, und er hatte verdammt viel im Internet zu regeln. Von solchen Sachen versteht meine Oma nichts. Die hat nicht mal einen Computer ...«

»Dann hast du ihm also dein Zeug geliehen?«

»Ja, klar. Ich habe Botengänge für ihn erledigt und ...«

»Weißt du, wo er Imken Lohmeyer gefangen hält?«

Tissis Reaktion war heftig. Sie befreite sich aus Ann Kathrins Umarmung, blieb stehen und gestikulierte wild mit den Händen.

»Er hält niemanden gefangen! Was erzählen Sie denn da? Das ist doch alles gar nicht wahr!«

Vielleicht, dachte Ann Kathrin, weiß sie wirklich nicht Bescheid, und er hat sie die ganze Zeit nur benutzt.

»Du möchtest doch sicherlich nicht, dass deiner Omi was passiert?«

»Natürlich nicht. Das ist eine ganz liebe Frau ...«

»Ja, ich weiß. Und deshalb brauche ich jetzt deine Hilfe.«

»Meine Hilfe?«

»Wir müssen so viel Distanz wie möglich zwischen ihn und deine Oma bringen. Dann können wir ihn einkassieren, ohne dass es für deine Oma gefährlich wird.«

Sie nickte. Trotzdem fragte Ann Kathrin: »Hast du mich verstanden?«

Tissi nickte noch einmal und verzog dabei den Mund wie eine Fünfjährige, der das Essen nicht schmeckt.

»Wir sind ein paarmal spazieren gegangen«, gab sie zu.

»Im Dunkeln?«, fragte Ann Kathrin.

»Nein. Ich wollte meine Eltern nicht nervös machen. Keiner sollte ja etwas ahnen. Seit Angela Röttgen verschwunden ist, sind die doch total nervös, wie alle hier. Jeder glaubt, dass irgendein verrückter Spinner Frauen kidnappt und ...«

Ann Kathrin sah Tissi Buhl ins Gesicht. »Wirst du ihn für uns rauslocken?«

Tissi schluckte schwer. »Ja, das werde ich tun. Weil sonst alles nur noch schlimmer wird.«

»Wenn er mit dir spazieren gegangen ist, war er dann bewaffnet?«

Tissi schüttelte den Kopf, aber dann sagte sie: »Ja. Nein. Ich weiß nicht, keine Ahnung. Zumindest habe ich nichts bemerkt.«

»Wie ist das normalerweise abgelaufen, wenn ihr euch getroffen habt?«

»Er hat mich angerufen, und dann bin ich halt gekommen.«

»Und du? Von dir aus? Gab es das auch?«

»Ja. Aber das können wir jetzt schlecht machen. Mein Ersatzhandy habe ich ja in die Harle geworfen.«

»Was würdest du jetzt normalerweise tun?«

»Ich würde hingehen und klingeln. Dann macht meine Oma mir auf, und ich frage sie, ob Linus oben ist. Für meine Oma heißt er übrigens nicht Linus, sondern Bennie. Das ist besser so, falls sie doch mal mitkriegt, dass irgendein Linus gesucht wird.«

Weller ging ein paar Schritte hinter den beiden her. Er hörte nur Satzfetzen. Er hoffte, dass alles gutging. Viel mehr als die Hoffnung hatte er nicht. In seinem inneren Erleben rückte die Fischbude in Norddeich ein ganzes Stück näher.

Imken Lohmeyer hatte sich in eine Ecke verkrochen. Zusammengekauert saß sie in ihrem feuchten Verlies. Sie wollte sich nicht aufs Bett setzen. Es war wie eine innere Weigerung, irgendetwas von ihm anzunehmen.

Sie hatte Essen und Getränke abgelehnt. Dabei brauchte sie die Flüssigkeit dringend. Sie dehydrierte bereits.

Sie sehnte so sehr den Wind herbei. Immer wieder schloss sie die Augen, dachte an ihre Kinder Till und Anna. Sie versuchte, sich an das Gesicht ihres Mannes zu erinnern und an gemeinsame Deichspaziergänge. Erst jetzt wusste sie, wie sehr sie den Wind liebte und brauchte. Hier unten war es stickig und nass. Kein Lüftchen wehte. Sie wünschte sich, am Deich zu stehen, die Arme auszubreiten und die Kleidung auslüften zu lassen. Sie wollte den Wind im Gesicht und in den Haaren spüren, das Rauschen des Meeres hören. Wind und Meer, das bedeutete für sie Leben.

Sie wehrte sich gegen den Gedanken und begann sich doch gleichzeitig damit abzufinden, dass sie hier unten sterben würde.

Sie, die sich in der Hospizbewegung für ein würdevolles Leben bis zum letzten Augenblick eingesetzt hatte, sollte hier unten sterben? Das war so ungerecht! Sie hatten immer für helle Räume gesorgt, für Blumen, Farben, Musik. Gute Gerüche. Alle Sinne sollten angesprochen werden.

Zweimal hatte sie das Bett eines Todkranken, den sie betreute, auf seinen Wunsch hin in den Garten geschoben. Sie sah jetzt noch sein Lächeln vor sich. Er hatte sie auf das Summen der Insekten aufmerksam gemacht. Er hatte die Biene nicht abgewehrt, sondern ihr zugesehen, wie sie über seine Bettdecke krabbelte.

Er hieß Heinrich, hatte schlohweiße Haare und wusste, dass er den Kampf gegen den Krebs nicht mehr gewinnen konnte. Er war nur wenige Tage vom Tod entfernt. Sie konnte es ihm ansehen, und er wirkte auf eine merkwürdige Weise zufrieden, gelassen, ja fast heiter.

Seine Kinder, die kamen, um ihn zu trösten, saßen dann heulend herum, und er war es schließlich, der sie tröstete.

So, hatte sie damals gedacht, möchtest du irgendwann auch aus der Welt gehen. Mit dir und der Welt im Reinen, wissend, dass die Kinder erwachsen sind und gut versorgt.

Und jetzt das hier! Der Gedanke an die Hospizarbeit zeigte ihr erst, in welch absurder Situation sie sich tatsächlich befand. Gleichzeitig erschrak sie darüber, dass sie sich an das Gesicht von Heinrich, dem ersten Menschen, den sie begleitet hatte, erinnern konnte, aber an das von ihrem Dirk nicht mehr wirklich.

Sie versuchte, es zu konstruieren. Komischerweise sah sie dann Fotos vor sich. Als seien mit dem Fotografieren auch ihre Erinnerungen im Kopf festgehalten worden. Aber sie konnte sich nicht mehr an ihren lebenden, agierenden Mann erinnern. Sein Gesicht blieb immer steif, ohne Bewegung, wie eingefroren.

Die Worte ihres Entführers hatten sie zutiefst verunsichert. Hatte ihr Mann wirklich den Auftrag gegeben, sie aus dem Verkehr zu ziehen? Hatte er eine neue Freundin?

Er hatte ihr immer die Treue geschworen und behauptet, monogam zu sein. Er hatte so sehr abgestritten, scharf auf andere Frauen zu sein, dass es ihr manchmal schon fast verdächtig vorgekommen war. Glaubte er wirklich, dass sie etwas mit Chris gehabt hatte? Herrje, es gab doch andere Mittel und Wege, so etwas zu klären! Man konnte sich miteinander aussprechen, im Zweifelsfall sogar scheiden lassen – aber das hier war doch völlig hirnverbrannt! Wenn er sie loswerden wollte, warum hatte er dann nicht den Auftrag erteilt, sie einfach umzubringen?

Und was machte Maike da hinten in ihrem Verlies? Sammelte dieser Irre Frauen, wie andere Menschen Briefmarken oder Oldtimermodelle? Er hatte nicht versucht, sich ihr sexuell zu nähern. Oder war das Ganze hier eine besonders perfide Art von sadomasochistischen Spielchen? Etwas, das sie bisher gar nicht kannte.

Gab es Männer, die davon träumten, Gefängnisaufseher zu werden, um Frauen in ihrer Gewalt zu halten? Empfand er Lustgefühle, wenn er ihr das Essen brachte oder eine andere Gunst verteilte? War das Ganze nur ein Machtspiel?

Oder steckte ihr Bruder hinter der Sache? Er, der mit der ganzen Familie gebrochen hatte, vorwurfsvoll zwar, aber doch letztendlich ohne wirkliche Erklärung.

Ihr gegenüber hatte er davon gesprochen, wie sehr er seine Eltern hasste. Das Haus, die Möbel, das alles sei ein einziger Albtraum für ihn.

Zunächst hatte sie das Gefühl gehabt, er sei in einer Sekte gelandet, die nun versuchte, ihn aus dem Familienverbund herauszulösen. Sie hatte oft von solchen Dingen gehört. Ihr Bruder hatte sogar abgelehnt, sich von den Eltern das Studium finanzieren zu lassen. Er lebte inzwischen mit seiner Frau Kendra in Lanark in Schottland, sofern die beiden sich nicht wieder getrennt hatten.

Sie hatte lange das Trauern ihrer Eltern um den Bruder miterlebt und schließlich sich selbst von dem Gedanken vollständig gelöst, ihn jemals wiederzusehen. Er war ihr ein Fremder geworden.

War das hier sein Versuch, sie alle restlos zu bestrafen? Die Eltern leiden zu lassen, die Schwester und natürlich auch ihren Mann?

Eine Dohle landete über ihr auf dem Holz. Sie konnte die Flügelschläge hören. Die Dohle pickte auf den Brettern herum.

Als sei das ein Startsignal gewesen, sprang sie auf und brüllte gegen die Holzdecke: »Ich will nicht hier unten sterben! Nicht so unwürdig! Das ist total ungerecht!«

Sie hörte nicht auf, das Wort zu kreischen: »Ungerecht! Ungerecht! Ungerecht!«

Sie wurde heiser, und ihr Hals schmerzte.

Weller und Ann Kathrin waren sich einig. Es war einen Versuch wert. Sie hofften, in den nächsten Minuten den Albtraum beenden zu können. Sie mussten Linus lebend haben, um Imken Lohmeyer befreien zu können. Kein einziger Schuss sollte fallen. Von keiner Seite.

Mit Tissi Buhls Hilfe war es nicht unmöglich. Sie sollte Linus Wagner herauslocken, zu einem Spaziergang, genau dort, wo sie üblicherweise mit ihm entlanggegangen war, und hinter den großen Hagebuttensträuchern saß dann Weller. Ann Kathrin versteckte sich bei den Kirschbäumen. Tissi sollte ihn genau dazwischen vorbeiführen. Das Ganze würde in Bruchteilen von Sekunden ablaufen.

Ann Kathrin steckte ihr ein Mikrophon an die Jacke. Es sah aus wie eine Brosche. Eine sich öffnende Blume.

»Darüber können wir dich hören«, sagte Ann Kathrin. »Versuch erst gar nicht, ins Haus zu gehen. Am besten bittest du ihn sofort raus. Draußen bist du in Sicherheit. Lock ihn weg von deiner Oma.«

»Ich habe verstanden.«

Weller betonte noch einmal: »Wir hören jedes Wort, das du sagst. Wenn du in Not gerätst, sind wir ...«

Sie lächelte. »Er tut mir nichts. Er ist ganz anders, als ihr denkt.«

Die Sekunden zogen sich zäh wie Honig hin. Weller ging das alles nicht schnell genug. Er wollte das jetzt beenden. Sofort.

Tissi klopfte an der Tür, dann klingelte sie.

Ann Kathrin zischte zu Weller: »Ich kann ihn sehen. Oben, hinter der Scheibe.«

Weller saß schon in seinem Versteck. Er zeigte Ann Kathrin den erhobenen Daumen, dann bückte er sich tief. Auch sie nahm ihre Position ein, konnte von dort aus aber das Haus gut beobachten.

Die Großmutter öffnete und umarmte ihr Enkelkind. Eine herzliche Szene.

Sie trug eine pinkfarbene Brille mit runden Gläsern, die an Harry Potter erinnerte und ihrem Gesicht etwas Jugendlich-Verschmitztes gab.

Die Oma sagte »Liebelein« zu Tissi. Ann Kathrin ging das Herz auf. Jetzt war sie sicher, dass Tissi mitspielen würde, allein schon, um ihre Omi zu retten, die sie selbst in so große Gefahr gebracht hatte.

»Ich wollte mit Benni eine Runde spazieren gehen, Omi.«

»Ja, macht das, mein Mädchen. Der Junge sitzt viel zu viel im Haus herum. Er ist ja schon ganz blass. Ich habe einen Schokoladenkuchen gemacht ...«

Statt ins Haus zu gehen, zog Tissi ihre Oma zu sich nach draußen und schob sie von der Tür weg.

Ann Kathrin hatte gleich ein ungutes Gefühl. Es war anders besprochen. Die Großmutter sollte im Haus bleiben, und Linus sollte rauskommen.

»Hau ab! Die Polizei ist da! Sie wollen, dass ich dich nach draußen locke! Ich kann nichts dafür! Sie haben mich gezwungen!«

»Was ist los, Kind? Ist das ein Spiel?«, fragte die Großmutter.

Tissis Worte fuhren Ann Kathrin direkt in den Magen. Es war, als würde sie schlagartig Durchfall bekommen. Sie war maßlos enttäuscht von sich selbst. Wie konnte sie sich so verschätzen? Und was sollten sie als Nächstes tun?

Diese schlimme Niederlage konnten sie nur durch einen schnellen Zugriff beenden. Der war allerdings jetzt hochriskant.

Immerhin, die Großmutter befand sich nicht mehr im Haus. Weller stürmte bereits zur Eingangstür. In seinen Haaren und an seiner Jacke hingen Blätter vom Hagebuttenstrauch. Er hielt die Dienstwaffe in der Hand.

Ann Kathrin hatte ihr Handy am Ohr und gab ihre Meldung an die Einsatzzentrale durch: »Wir befinden uns in Wirdum, in der Ostlohne. Linus Wagner hält sich im Haus versteckt. Außer ihm sind keine anderen Personen im Gebäude. Er ist bewaffnet und macht vermutlich von der Schusswaffe Gebrauch. Er kann das Haus nicht verlassen. Weller und ich sind am Einsatzort. Wir brauchen sofort Verstärkung.«

Am liebsten hätte sie ihren Kollegen noch gesagt: *Wir müssen ihn lebend kriegen.* Aber das tat sie nicht, denn es hörte sich zu sehr danach an, als seien ihre Kollegen schießwütig, und das konnte man nun wirklich nicht von ihnen behaupten.

Rupert empfand Ann Kathrins Funkspruch geradezu als Erlösung. Er musste also nicht den Eltern die Nachricht vom Tod ihres Sohnes oder Schwiegersohnes überbringen. Auch der Kontakt mit den Kindern blieb ihm jetzt erspart.

Er guckte Sylvia Hoppe erleichtert an: »Ann Kathrin baut gerade mal wieder Scheiße, und ich fürchte, wir müssen jetzt für sie die Kartoffeln aus dem Feuer holen.«

Er glaubte, jetzt sei die Stunde gekommen, Sylvia Hoppe seine Entschlossenheit und seine Fahrkünste zu demonstrieren. Sie fuhren auf freier Strecke. Er gab Gas und riss die Handbremse hoch. Der Wagen schleuderte, drehte sich und stand nun mit der Schnauze in der entgegengesetzten Richtung.

Sylvia griff sich ans Herz. »Spinnst du? Wehe, du machst das noch mal mit mir! Ich flippe aus! Ich bin doch keine fünfzehn mehr! Glaubst du, damit kannst du mich beeindrucken?«

Betont lässig fläzte Rupert sich in den Fahrersitz und sagte: »Ich wollte nur schnell genug am Einsatzort sein. Ich glaube, Miss Ostfriesland braucht uns.«

Er legte einen Blitzstart mit quietschenden Reifen hin.

»Nenn sie nicht Miss Ostfriesland. Sie ist kein Model bei einem Schönheitswettbewerb!«

»Stimmt«, brummte Rupert. »Da hätte sie wenig Chancen.«

Sylvia Hoppe zeigte mit dem rechten Daumen über ihre Schulter nach hinten. »Übrigens, Wirdum liegt in der Richtung.«

Rupert war sich nicht sicher, ob sie ihn reinlegen wollte. Die Drohung in ihrer Stimme klang ehrlich: »Wenn du jetzt noch so ein Wendemanöver machst, fängst du dir einen Satz heiße Ohren.«

Rupert setzte den Blinker, bog in einen Feldweg ein und drehte dort langsam, ja vorsichtig. »Ist es recht so, Madame?«, fragte er provozierend.

»Mein bescheuerter Exmann war genau wie du«, stöhnte sie. »Die gleichen dummen Sprüche. Leere Dosen klappern laut!«

Rupert antwortete: »Okay. Ich nehm das jetzt mal als Kompliment.«

Ann Kathrin zog Tissi Buhl und ihre Großmutter aus der Gefahrenzone. Sie fasste Tissi grob am Oberarm.

»Danke!«, zischte Ann Kathrin. »Das war wirklich sehr hilfreich. Darüber reden wir noch, meine Liebe!«

»Ja, aber was ist denn?«, fragte die Großmutter. »Wer sind Sie überhaupt?«

»Ann Kathrin Klaasen. Mordkommission Aurich. Bitte gehen Sie jetzt zusammen mit Ihrer Enkelin in mein Fahrzeug. Verhalten Sie sich dort ruhig, bis die Kollegen kommen und sich um Sie kümmern oder bis diese Aktion hier beendet ist. Der Mann in Ihrem Haus ist ein mehrfacher Mörder.«

»Was?!«, kreischte die nette alte Dame. Sie konnte es nicht glauben.

»Ich hätte Ihnen gerne etwas anderes gesagt.«

»Ja, gibt's denn so was? Bei uns in Wirdum? Tissi, nun sag doch mal was!«

»Ich fürchte, Omi, die Frau Kommissarin hat recht.«

»Ist er dein Freund?«

Tissi war nicht in der Lage zu antworten. Sie starrte ihre Oma nur an.

»Ja, bist du dann so eine Art Gangsterbraut?«

Ann Kathrin schob die beiden ins Auto und fuhr Tissi an: »Wenn du hier irgendeinen Mist veranstaltest, dann …«

»Keine Angst. Ich werde hier einfach mit meiner Oma warten und beten.«

Ann Kathrin lief zum Haus zurück. Tissi schrie hinter ihr her: »Tun Sie ihm nichts! Bitte, erschießen Sie ihn nicht!«

Weller spielte alle Szenarien durch. Es gab für ihn keine Alternative. Er musste hinein. Dieses verwinkelte Haus hatte zu viele Ausgänge. Fenster zu allen Seiten. Wenn Linus Wagner irgendwo rausprang, konnte er schon nach wenigen Metern im Gestrüpp verschwunden sein. Der Garten war auf eine naturverbundene Weise verwildert und bot Unterschlupfmöglichkeiten selbst für einen Reiter hoch zu Ross.

Weller war jetzt im Haus und hörte Linus Wagner oben herumlaufen.

Gut, dachte Weller. Gut. Dann sind die Türen schon mal keine Fluchtmöglichkeiten mehr für dich, und wenn du oben aus dem Fenster springst, habe ich wenigstens die Chance, dass du dir die Haxen brichst, Dreckskerl!

Weller stürmte die Treppe hoch. Seine Heckler & Koch hielt er mit beiden Händen und blaffte: »Hier spricht die Polizei! Das Haus ist umstellt! Sie haben keine Chance mehr, zu entkommen! Stellen Sie sich, mit erhobenen Händen!«

Jetzt war es oben ganz ruhig. Es gab im oberen Flur vier Türen. Sie waren alle geschlossen. Hinter einer davon musste Linus sich befinden.

Weller versuchte, sich zu orientieren. Sie hatten ihn über der Eingangstür oben am Fenster gesehen. Das musste genau die Tür rechts vor ihm sein, folgerte Weller. Er trat die Tür auf und sprang in den Raum.

Ein wuchtiger Schrank. Ein Sofa, hinter dem sich jemand verstecken konnte. Ein Sessel. Weller sicherte die Ecke hinter sich, dann warf er einen Blick hinters Sofa und hinter den Sessel.

Noch bevor Weller beim Schrank war, hörte er schnelle Schritte auf der Treppe.

Mist! Er entkam ihm.

Der junge Mann nahm mehrere Treppenstufen auf einmal. Die letzten fünf mit einem einzigen Satz. Schon war er bei der Ausgangstür. Er hatte die doppelläufige Flinte bei sich und sah selbst von hinten so aus, als würde er darauf brennen, sie auch zu benutzen.

Er geht planlos vor, schoss es durch Wellers Kopf. Er will einfach vorne raus. Da wird Ann Kathrin ihn stoppen.

»Stehen bleiben, oder ich schieße!«, schrie Weller. Doch unbeeindruckt davon verschwand Linus Wagner durch die Eingangstür nach draußen. Er drehte sich nicht einmal zu Weller um. Die Tür fiel krachend ins Schloss.

Weller hörte Schreie. Als er die Tür öffnete, hoffte er, Linus Wagner bäuchlings auf dem Boden zu sehen, mit Handschellen um seine Handgelenke und Ann Kathrin über ihm.

Leider bot sich ihm ein komplett anderes Bild. Linus Wagner benutzte Ann Kathrin als lebenden Schutzschild. Er stand hinter ihr, hatte den linken Arm fest um ihren Hals gelegt und drückte den Lauf der Schrotflinte gegen ihre Kinnlade. Der Zeigefinger seiner rechten Hand war bedenklich nah am Abzug.

Linus Wagner zitterte vor Aufregung. Ann Kathrin stand stocksteif und blickte angsterfüllt in Wellers Gesicht.

»So ein Ding kann schnell losgehen«, sagte Weller. »Legen Sie die Waffe auf den Boden und heben Sie die Hände.«

Weller hielt seine Heckler & Koch immer noch mit beiden Händen. Er richtete sie auf Linus Wagners Gesicht, aber das war so nah an dem von Ann Kathrin, dass Linus sich ausrechnen konnte, Weller würde es niemals riskieren zu schießen.

»Das läuft genau andersrum, Herr Kommissar. Sie legen jetzt Ihre Wumme ins Gras. Und dann hätte ich gerne Ihren Autoschlüssel.«

Weller zögerte einen Moment, wusste aber, dass ihm keine andere Wahl blieb.

»Die Straßen sind überall gesperrt. Sie kommen nicht weit.«

»Das lass mal meine Sorge sein, du Genie«, schimpfte Linus. Seine blonden Haare standen wild vom Kopf ab wie Stacheln, die er unter Strom gesetzt hatte.

Weller bückte sich langsam und legte seine Heckler & Koch vor seine Füße.

»Und jetzt zu mir«, befahl Linus Wagner.

Weller stupste die Waffe leicht mit dem rechten Fuß an, und sie rutschte einen Meter in Linus Wagners Richtung.

Wenn er sich danach bückt, dachte Weller, habe ich ihn.

Aber Linus erkannte die Finte: »Clever, Herr Kommissar. Haben Sie das in einer Fortbildung gelernt, oder sind Sie selbst drauf gekommen? Jetzt gehen Sie ganz langsam rückwärts und zwar bis zur Haustür.«

Weller tat, was ihm befohlen worden war. Als er gute zehn Meter Abstand zu Linus hatte, schob dieser Ann Kathrin ein Stück näher zur Heckler & Koch, bückte sich nach der Waffe, hob sie auf und steckte sie in seinen Hosenbund.

Ann Kathrin hatte immer noch ihre Handtasche umhängen, darin die Dienstwaffe.

Er hält sie fest im Griff, dachte Weller. Er hat sie garantiert abgetastet. Er denkt, sie trägt ein Schulterhalfter oder die Pistole im Gürtel. Auf die Handtasche ist der Bengel noch nicht gekommen. Noch haben wir Chancen, dieses Spiel hier zu gewinnen.

Zunächst spielte Weller auf Zeit. »Das hier«, sagte er, »ist doch etwas unter uns Jungs. Lass meine Frau laufen. Nimm mich.«

»Häh? Willst du jetzt hier den Helden spielen oder was?«

»Erwischt. Genau das hatte ich vor. Wenn du längst im Knast sitzt und darüber nachdenkst, welchen Scheiß du gebaut hast – und glaub mir, du wirst viel Zeit haben, darüber nachzudenken –, dann stehe ich als tapferer Held da, der zumindest versucht hat, sich austauschen zu lassen. Was wären Bösewichte wie du ohne Helden wie mich?«

Das macht er toll, dachte Ann Kathrin. Er zieht die Aufmerksamkeit auf sich, er verwickelt ihn in ein Gespräch.

Sie hatte nicht vor, ihre Heckler & Koch aus der Handtasche zu ziehen. Das alles war viel zu auffällig und dauerte zu lange. Aber sie konnte sich vorstellen, sich mit einer Drehung aus der Umklammerung zu befreien und Linus das doppelläufige Schrotgewehr abzunehmen. Ohne diese Waffe würde er schnell lammfromm werden.

Aber noch spürte sie das kalte Eisen direkt unter ihrem Kinn. Eine einzige winzige unbedachte Bewegung konnte ausreichen, und die Schrotkörner würden ihr Hals und Gesicht zerfetzen.

»Sie sind jung. Intelligent. Ich könnte mir vorstellen, dass Sie eine gute Sozialprognose haben«, sagte Ann Kathrin. »Selbst bei der Schwere Ihrer Straftat haben Sie immer noch ein Leben vor sich, wenn Sie aus dem Gefängnis kommen. Ein Polizistenmord dagegen ...«

»Halt die Fresse, Tante! Laber mich nicht voll! Die sperren mich sowieso auf immer und ewig ein. Wenn ihr mich kriegt ... Wenn.«

Oma und Enkelkind hielten sich auf dem Beifahrersitz fest umklammert. Die Brille der alten Dame war so verrutscht, dass sie nur noch durch ein Glas gucken konnte. Das linke Auge wirkte eingedrückt.

»Lassen Sie die beiden aussteigen«, schlug Ann Kathrin vor.

»Ich will gar nicht aussteigen!«, beteuerte Tissi.

»Verliebte junge Frauen können echt dämlich sein«, stellte Ann Kathrin sauer fest. Sie wendete sich an Tissi: »Schalten Sie mal kurz Ihren Verstand ein. Das hier könnte Ihnen der Staatsanwalt später als Beihilfe oder Mittäterschaft auslegen. Steigen Sie jetzt, verdammt nochmal, aus.«

»Nein.«

»Ich glaub es nicht«, stöhnte Ann Kathrin.

Die Großmutter stieg aus. Sie verlor dabei ihre Brille. Jetzt wirkte sie gar nicht mehr so frisch und jugendlich, sondern gebrechlich.

Spontan bückte Linus Wagner sich nach der Brille. Mitten in der Bewegung wurde ihm klar, was er gerade tat. Er ließ die Brille liegen, riss die Waffe wieder hoch und richtete sie auf Ann Kathrin. Die hatte schon eine Hand in ihrer Tasche.

Schlagartig wurde Linus die Gefahr bewusst. Gleichzeitig überprüfte er den Sitz der Heckler & Koch in seinem Hosenbund.

»Ganz ruhig, Tante! Gib mir die Tasche. Ich lass mich nicht linken!«

Vorsichtig, demonstrativ langsam, zog Ann Kathrin ihre Hand aus der Tasche und reichte sie ihm mit spitzen Fingern.

»Oooh«, sagte sie und bemühte sich, nicht allzu spöttisch zu klingen, was ihr aber misslang. »Ist gerade mit dem eiskalten Kidnapper und Killer der guterzogene kleine Junge durchgegangen, der sich rasch bückt, wenn einer Dame etwas hinfällt? Bestimmt machst du auch in der Straßenbahn Platz, wenn ältere Menschen einsteigen, oder? Im Grunde bist du doch ein echter Kavalier!«

Linus fingerte ihre Dienstwaffe aus der Handtasche und schob sie sich ebenfalls in den Hosenbund. Mit zwei Pistolen am Bauch und dem Gewehr in der Hand sah er aus wie ein moderner Pirat. Wie Klaus Störtebeker von heute, fand Ann Kathrin. Wild. Zornig und gefährlich. Auf eine verstörende Weise sogar schön.

»Ich bleibe bei dir!«, behauptete Tissi.

Ann Kathrin begann zu verstehen, was junge Frauen an diesen *Bad Boys* faszinierte.

Aber Linus hatte andere Pläne. »Steig aus!«, befahl er barsch.

Jetzt zeigte Tissi, was sie draufhatte. »Sie haben bestimmt längst Straßensperren aufgebaut. Du könntest mich als Geisel austauschen, für freies Geleit oder gegen ein besseres Auto ...«

Er dachte einen Moment nach. Er wusste, dass sie im Grunde recht hatte. Aber sie konnte auch verdammt lästig werden. Sie klebte an ihm wie eine Klette. Sie tat alles für ihn, scheinbar, ohne eine Gegenleistung einzufordern, aus reiner Liebe, aber in Wirklichkeit war sie ein Bündel voller Erwartungen und Hoffnungen. Sie wollte nur zu gerne Angelas Stelle in seinem Herzen einnehmen. Sie hatte nichts weniger vor, als die wichtigste Person in seinem Leben zu werden. Es eröffnete ihm zwar – gerade in der jetzigen Situation – viele Möglichkeiten, machte ihm aber auch Angst.

Die rührende Omi stand immer noch unschlüssig herum. »Dass ich mich so in dir geirrt habe, Bennie ...«

»Es tut mir echt leid. Ich heiße auch nicht Bennie, sondern Linus«, gab er zu.

Sie lächelte und rückte die Brille zurecht. »Ich weiß. Und du hast beim Canasta ganz schön geschummelt. Dachtest du, ich merke das nicht? Du hast die Joker vorher aussortiert und dann ...«

»Ja, ja, ja, ich habe beim Kartenspiel gemogelt. Und jetzt gehen Sie bitte ins Haus, bevor die Luft hier bleihaltig wird. Ich fürchte nämlich, eine ganze Armada von silberblauen Autos ist unterwegs zu uns.«

»Darauf kannst du deinen Arsch wetten!«, rief Weller vom Hauseingang. Er versuchte, die Aufmerksamkeit auf sich zu lenken.

Linus schickte Tissi ins Haus. »Deine Oma hat eine Rolle Teppichklebeband in dem Schränkchen neben der Garderobe. Hol mir das. Schnell. Eine Schere oder ein Messer brauche ich auch.«

Weller ahnte, was Linus vorhatte. Er wollte Ann Kathrin fesseln. Auch das würde ihn Zeit kosten.

Tissi kroch aus dem Auto und lief an ihm vorbei ins Haus. Weller raunte ihr zu: »Langsam. Zeit gewinnen ...« Er hatte die Hoffnung noch nicht aufgegeben, sie könne vernünftig werden.

Sie war schnell mit den geforderten Sachen zurück. Viel zu schnell, fand Weller. Er holte die alte Dame zu sich und beschwor sie: »Am besten gehen Sie einfach ins Haus und verhalten sich ruhig.«

»Sonst kann ich nichts tun?«

»Wenn Sie an Gott glauben, dann beten Sie für uns.«

Linus zielte auf Ann Kathrins Bauch. Er hielt die schwere Waffe jetzt tiefer.

Langsam merkt er, wie anstrengend das ist, dachte Weller. Vielleicht wird er doch noch zahm.

Aber was dann geschah, machte Weller weiche Knie. Linus forderte Tissi auf, das Klebeband zweimal um Ann Kathrins Hals zu wickeln. Sie tat es. Dabei achtete sie darauf, Ann Kathrins Haare nicht mit zu verkleben.

Weller rief: »Das ist jetzt Beihilfe zu einer schweren Straftat!«

Ann Kathrin berührte die junge Frau. »Sie befinden sich in einer außergewöhnlichen Notsituation. Sie tun das hier nicht freiwillig.«

»Doch«, sagte Tissi, »irgendwie schon.«

»Machen Sie denn alles, was er sagt? Hat er Ihnen das Wort *Sklavin* auf den Hals tätowiert?«

»Nein, aber sie würde es machen lassen, wenn ich es verlange. Stimmt's?«, prahlte Linus.

Tissi sagte nichts dazu.

Auf Ann Kathrins Brust baumelte jetzt die braune Klebebandrolle wie eine viel zu große Halskette. Linus stieß mit dem Lauf des Gewehrs in Ann Kathrins Richtung: »Steig ein.«

Sie tat es.

Er ging ums Fahrzeug herum, die Waffe immer auf sie gerichtet. Er schob den Gewehrlauf zuerst ins Auto. Er presste die

Mündung dabei gegen ihre Wangenknochen. Dann erst setzte er sich auf den Fahrersitz.

Er griff nach dem Klebeband und befestigte damit die doppelläufige Flinte so, dass beide Mündungen auf Ann Kathrins Kinnlade zielten.

Ann Kathrin war kreidebleich und kurzatmig. »Sie wollen mich jetzt so wie ein Hündchen an der Leine führen? Nur, dass ich kein Stachelhalsband trage, sondern Teppichklebeband mit einem Gewehr?«

»Sei still!« Er machte sich mit dem Wagen vertraut. Eine Hand blieb dabei immer am Abzug. Mit dem Gewehr hielt er Ann Kathrin einerseits auf Abstand, andererseits konnte sie so unmöglich fliehen, ohne den Doppelschuss auszulösen. Sie war gezwungen, jede seiner Bewegungen – am besten vorausschauend – mitzumachen.

Inzwischen filmten und fotografierten verängstigte Menschen hinter ihren Fenstern die Szene. Ein herannahender Hubschrauber war zu hören.

Tissi stieg hinten ein. Linus ließ den Wagen an. Tissi winkte ihrer Großmutter. Linus lenkte mit links und hielt mit rechts den Finger am Abzug.

»Eine Unebenheit des Bodens reicht aus, und Sie blasen mir das Gehirn weg«, sagte Ann Kathrin so sachlich wie möglich.

Er grummelte etwas Unverständliches.

»Wie soll es jetzt weitergehen?«, fragte Ann Kathrin. »Das ist doch alles sinnlos. Sie können noch ein paar Menschen töten. Mich oder andere auch, aber Sie kommen dadurch nicht wirklich weiter. Sie gewinnen höchstens ein paar Minuten, vielleicht Stunden, aber irgendwann müssen Sie essen. Trinken. Zur Toilette. Schlafen. Glauben Sie mir, das wird ein Problem. Geben Sie auf. Das könnte vor Gericht für Sie sprechen.«

»Sei ruhig!«, brüllte er.

Der Wagen hoppelte bedenklich über die unebene Straße.

Ann Kathrin schwieg. Genauso ist mein Vater gestorben, dachte sie, mit einer Schusswaffe am Hals. Wiederholt sich hier gerade eine Familientradition? Auch er hatte die Lage falsch eingeschätzt.

Ich darf jetzt nicht innerlich zum kleinen Mädchen werden. Ich muss die toughe Kommissarin sein, die mit der Sache hier fertig wird. Ich werde nicht im Dienst erschossen werden wie mein Vater! Ich werde das hier wuppen. Die Kleine retten, den Jungen entwaffnen und schließlich den Aufenthaltsort von Imken Lohmeyer erfahren. Am Ende dieses Tages, dachte sie, könnte ich als Heldin gefeiert werden oder kalt in einer Leichenhalle liegen …

Tissi umarmte Linus von hinten. Dabei umklammerte sie krakenhaft seinen Oberkörper und den Sitz.

Ann Kathrin befürchtete, durch eine unbedachte Bewegung könnte die Waffe abgefeuert werden. »Hey, hey, hey, nicht so stürmisch!«, mahnte sie.

Auch Linus war die Umarmung zu heftig. Er hatte aber keine Hand frei, um sie abzuwehren.

Tissi versuchte, sich als Gangsterbraut zu profilieren, indem sie vorschlug: »Wir sollten den Wagen wechseln. Ich meine, das ist ein Polizeiauto! Die können uns doch bestimmt orten. Vielleicht sogar abhören?!«

»Ist das so?«, fragte Linus kritisch und schielte zu Ann Kathrin.

»Über uns kreist ein Hubschrauber. Sie haben eine Kommissarin als Geisel genommen. Hinter Ihnen ist jetzt jeder Polizist in Deutschland her. Aber Sie werden Ostfriesland sowieso nicht lebend verlassen«, prophezeite Ann Kathrin.

»Warum nicht? Wie kommst du darauf?«, kreischte Tissi. Ihre Lippen waren nah an Linus' Ohr. Er verzog den Mund. »Brüll mir nicht ins Ohr, verdammt!«

Ann Kathrin versuchte, ihn zu verunsichern, indem sie Ungeheuerliches ruhig und sachlich aussprach: »Nun, so nervös, wie Sie Auto fahren, kann es nicht lange dauern, und mein Gehirn klebt an der Fensterscheibe. Welchen Grund hätten meine zornigen Kollegen dann noch, irgendeine Art Rücksicht zu nehmen? Und glauben Sie mir – die werden verdammt wütend sein!«

Ann Kathrin schluckte. Die Haut unter dem Klebeband begann zu jucken. Aber sie hatte Angst, sich dort zu kratzen.

Tissi zeigte nach vorn: »Da!«

Ein Polizeiwagen kam ihnen entgegen.

»Was haben die vor?«, fragte Linus.

»Alle Fahrzeuge fahren jetzt zum Einsatzort«, sagte sie trocken.

Sie erkannte Rupert am Steuer. Er hatte die Scheibe runtergefahren und hielt den Ellbogen locker in den Wind.

»Die Pfeifen fahren in die falsche Richtung«, polterte er grinsend, aber Sylvia Hoppe interpretierte die Situation sofort richtig: »Die haben Ann! Der Täter fährt den Polizeiwagen!«

Schon fuhren die Polizeiwagen aneinander vorbei. Durch das offene Fenster sah Rupert in Ann Kathrins Augen. Sie war nicht weiter von ihm entfernt als bei den üblichen Dienstbesprechungen. Aber so hatte sie ihn noch nie angesehen. Da war Panik und auch ein stilles Flehen um Hilfe.

»Hinterher!«, rief Sylvia Hoppe. »Hinterher!«

Noch einmal griff Rupert zur Handbremse. Diesmal würde Sylvia Hoppe froh sein, dass er die schnellste Art kannte, einen Wagen bei voller Fahrt zu wenden.

Allerdings ging es diesmal schief. Der Wagen drehte sich auf der Landstraße gleich dreimal. Sylvia Hoppe kreischte. Ihr Magen drückte das Mittagessen hoch. Ostfriesensushi und Pommes rotweiß. Ihre Wangen blähten sich auf. Sie presste die Lippen zusammen.

Rupert verfolgte den Polizeiwagen. Sylvia Hoppe übergab sich aus dem Beifahrerfenster. Sie wischte sich die Lippen ab.

Mit ihren vom Fahrtwind zerzausten Haaren sah sie aus wie eine Wahnsinnige, die dringend Medikamente zur Beruhigung brauchte. Weiß vor Wut schrie sie: »Ich hab dir gesagt, du sollst das nicht noch einmal mit mir machen! Wir sind hier nicht auf der Achterbahn!«

»Heul doch!«, konterte Rupert.

»Ich hab nicht geheult! Ich hab gekotzt!«, keifte sie und verpasste Rupert zwei Ohrfeigen. Da noch Erbrochenes an ihren Fingern klebte, verzierten jetzt Spuren davon Ruperts Gesicht.

Er fuhr praktisch Stoßstange an Stoßstange mit dem Fahrzeug, in dem Ann Kathrin gefangen gehalten wurde. Rupert brüllte aus dem offenen Fenster: »Keine Angst, Ann, ich hab die Sache voll im Griff! Gleich versohle ich dem Burschen den schmalen Hintern!«

Rupert versuchte jetzt, neben dem Fahrzeug herzufahren und es auf die Wiese abzudrängen.

»Spinnst du? Drehst du jetzt völlig durch?«, hechelte Sylvia Hoppe.

»Hast du Angst um dein bisschen Leben? Warum bist du nicht Steuerbeamtin geworden oder Erzieherin? Aber nein, die Dame musste ja zur Kripo!«

Rupert hatte mal im Kino gesehen, wie Bruce Willis die Breitseite seines Fahrzeugs in ein anderes hatte krachen lassen. Das wollte er jetzt nur zu gern nachmachen. Aber er war Hauptkommissar, kein Stuntman, und die Sache gestaltete sich schwieriger, als er gedacht hatte.

Er versuchte es noch einmal. Wer weiß, wann sich mir im Leben noch mal so eine Gelegenheit bietet, dachte er.

Linus Wagner trat das Gaspedal bis zum Anschlag durch. Der Tacho zeigte hundertzweiundachtzig Stundenkilometer an.

Ann Kathrin befürchtete zu sterben. Rupert machte mit seinen Aktionen alles nur noch schlimmer.

»Lassen Sie mich mit ihm reden«, forderte Ann Kathrin. Linus ließ es zu.

Sie sprach ins Funkgerät: »Rupert! Hör auf! Ich habe eine Waffe am Hals. Ein Schrotgewehr. Das Ding kann jeden Moment losgehen. Wehe, du rammst uns noch einmal!«

»Nicht?«

»Nein, bitte nicht noch einmal!«

»Ja, was soll ich denn machen?«

Da Ann Kathrin nicht sofort antwortete, bollerte Rupert: »Soll ich ihm Pralinen kaufen? Seinen Wagen waschen oder seine Hemden bügeln?«

Linus ließ den Lenker los und versuchte, Ann Kathrin das Mikro zu entreißen. Der Wagen brach nach rechts aus.

»Das ist doch ein Geheimcode! Was soll das bedeuten? Glaubt ihr, ich merke das nicht?«, schrie Linus.

»Das ist kein Code«, sagte Ann Kathrin, »der redet einfach nur Müll.«

Doch Ruperts knisternde Stimme aus dem Funkgerät war lauter. Es hörte sich an, als würde Rupert in einen leeren Blecheimer brüllen: »Das heißt, dass du eine Menge Ärger bekommst, wenn du nicht sofort anhältst, Bürschchen! Kleiner Arsch ist schnell versohlt!«

Linus sah Ann Kathrin an. »Der soll uns in Ruhe lassen!«

»Das sehe ich genauso«, sagte sie und gab Rupert den dienstlichen Befehl: »Stopp sofort die Verfolgung!«

»Das ist nicht dein Ernst«, behauptete Rupert und fügte laut hinzu: »Ja, kriegt die jetzt ihre Tage, oder zwingt er sie, das zu sagen?«

»Ich hab das gehört«, konterte sie. »Du wirst jetzt sofort die Verfolgung stoppen und weitere Dienstanweisungen abwarten!«

Rupert bremste den Wagen ab. Er war im Grunde erleichtert.

Sylvia Hoppe sank dankbar in den Sitz zurück. Sie war geschafft. Ihre Kleidung klatschnass.

Linus Wagner war beeindruckt. »Die hören echt alle auf dich?«

»Nur, weil Sie mir ein Gewehr an den Kopf halten, sind wir noch keine Duzfreunde«, stellte Ann Kathrin klar.

»Dann will ich dir mal sagen, was wir jetzt machen«, spottete er. »Du wirst mit deinen Leuten reden, damit ich freie Fahrt habe. Keine Straßensperren. Keine Hubschrauber in der Luft. Keine Verfolgungsjagden.«

»Und wohin geht die Reise?«

»Das erfährst du früh genug.«

»Nein«, sagte Ann Kathrin und musste sich beherrschen, um nicht den Kopf zu schütteln. »Nein, das muss ich jetzt erfahren. Wie soll ich sonst dafür sorgen, dass uns keine Polizeifahrzeuge begegnen?«

Er überlegte. Tissi nutzte die Denkpause und triumphierte: »Der Linus ist clever, was? Den kriegt ihr nie!«

»Ich will«, brüllte Linus, »zwischen Wirdum, Aurich und Wittmund keine Polizeifahrzeuge sehen. Und auch nicht in Emden!«

Ann Kathrin lachte bitter. »Das ist ein Radius von gut fünfzig, sechzig Kilometern.«

»Mir doch egal! Ich hab hier das Sagen!«

»Ja, er hat hier das Sagen!«, rief Tissi.

»Forderungen müssen realistisch sein«, verlangte Ann Kathrin.

Linus sprach ins Funkgerät: »Wenn mir ein Polizeifahrzeug begegnet, stirbt eure Kommissarin. Wenn mich eine Straßensperre aufhält, ist sie tot. Wenn mir einer von euch folgt ... oder ihr irgendwelche anderen Tricks versucht – ich warne euch, ich mache Ernst! Ich habe nichts mehr zu verlieren!«

Polizeichef Martin Büscher kochte vor Zorn über Ann Kathrins Alleingang. Jetzt begann der wahre Albtraum, und er musste die Nerven behalten und die Handlungsführung zurückgewinnen.

Er gab knappe Anweisungen an alle. So hörte er sich wenigstens kompetent an, was er aber überhaupt nicht war: »Die Sicherheit der Geisel hat oberste Priorität.«

Er sagte *Geisel*. Er erwähnte ihren Namen nicht, so als würden dadurch die Emotionen herausgenommen und alles sachlicher.

»Die Forderung ist unsinnig. Die Fahrzeugführer können nicht wissen, wo wir sind. Wir müssen ihnen den Weg bekanntgeben, sonst könnte es zu zufälligen, unabsichtlichen Berührungen kommen«, erklärte Ann Kathrin. Sie hatte das Gefühl, nicht ganz ohne Einfluss auf Linus zu sein. Sie war eine Art Beraterin bei ihrer eigenen Entführung. So irre der Gedanke war, so real erschien er ihr.

Linus schlug aufs Lenkrad. »Sie sollen alle ihre Autos einfach leer am Straßenrand abstellen.«

»Gut«, rief Tissi, »gute Idee!«

Aber schon überlegte Linus es sich anders. Er drehte sich zu Tissi um und trumpfte auf: »Die tun alles, was ich sage. Alles.«

So, wie er sie ansah, genoss er die Macht einen kurzen Augenblick. Er funkte: »Kommando zurück! Spurtet wieder in eure Autos, Jungs. Ich will, dass sämtliche Polizeifahrzeuge umgehend nach Oldenburg fahren … oder nein, besser nach Leer. Dort stellt ihr sie dann auf dem Marktplatz ab. Die Fahrer setzen sich jeweils auf die Autodächer und recken den Daumen nach oben. Dann macht ihr davon ein Foto. Und das will ich sofort auf Facebook sehen. Postet es auf meine Seite, mit vielen

Grüßen und den besten Wünschen für die Reise. Beeilt euch! Auf dem schnellsten Weg mit Blaulicht und Sirenen dahin. Haltet unterwegs nicht an! Egal, was geschieht. Das ist jetzt euer Go, Leute! Die Party beginnt!«

»Jetzt kommen Sie sich bestimmt ganz großartig vor«, sagte Ann Kathrin.

»Ja, genau. Es fühlt sich toll an.«

»Ich bring ihn um!«, schwor Rupert. »Bei Gott, ich breche ihm den Hals, wenn ich ihn in die Finger bekomme!«

»Und ich dir, wenn du jetzt wieder so wendest wie ein beknackter Actionheld!«, fauchte Sylvia Hoppe.

Rupert beschwor Büscher: »Boss, bitte sag mir jetzt nicht, dass wir uns alle für den Typen zum Affen machen!«

»Für den nicht, aber für die Sicherheit der Geisel.«

Rupert gab Büscher sofort recht: »Um Ann Kathrin zu retten, würden wir alle nackt auf der Deichkrone Polka tanzen.«

Sylvia Hoppe zeigte Rupert doof. »Ja, toll, bring den Wahnsinnigen doch noch auf gute Ideen!«

»Das hier«, freute Linus Wagner sich, »wird vielleicht mein Abgang werden, aber dafür werden die Menschen noch lange davon reden. Das wird zur Legende werden!«

Ann Kathrin machte trotz ihrer schweren Situation einen Versuch, den Aufenthaltsort von Imken Lohmeyer zu erfahren: »Sie können eine noch viel größere Legende werden, wenn Sie uns vor Ihrem *Abgang*, wie Sie es so schön nennen, verraten, wo wir Imken Lohmeyer finden.«

Als hätte sie es erst jetzt mitbekommen, protestierte Tissi vom

Rücksitz aus: »Abgang? Was heißt hier Abgang? Das ist hier nicht unser Ende! Das kann unser Anfang werden, Linus!«

Er reagierte nicht auf ihre Worte, sondern ließ die Scheibe herunter und reckte den Kopf aus dem Fenster. Der Wagen schlingerte erneut. Als Linus wieder aufrecht im Beifahrersitz saß, sagte er: »Der Hubschrauber ist weg.«

»Bringen Sie mich jetzt dahin, wo Imken ist?«, fragte Ann Kathrin.

Er grinste. Mit einer flüchtigen Bewegung über seine Schulter reichte er Tissi das Handy. »Ruf meinen Chef an.«

»Was? Stahnke?«

»Ja, genau.«

Sie tat es.

Stahnke meldete sich nach dem zweiten Klingelton. Tissi hielt das Handy von hinten gegen Linus' rechtes Ohr. Er lenkte mit einer Hand und hielt mit der anderen weiterhin den Finger am Abzug. Seine Handinnenfläche war inzwischen verschwitzt. Feuchtigkeit glänzte auf dem Holz des Gewehres.

Stahnke wusste offenbar schon Bescheid. »Stimmt das, Junge, was hier ohne Ende in den Nachrichten läuft?«

»Ja, ich denke schon.«

»Dann steckst du also bis zur Halskrause in Schwierigkeiten.«

»Kann man so sagen, Boss.«

»Und jetzt brauchst du meine Hilfe?«

»Wenn ich jemals Hilfe gebraucht habe, dann jetzt. Hältst du Wort?«

»Ich habe dir gesagt, Linus, wenn du jemals Hilfe brauchst, ruf mich an. Ein Stahnke steht zu seinem Versprechen.«

Ann Kathrin machte sich laut bemerkbar: »Herr Stahnke! Linus Wagner hält mich als Geisel gefangen! Er droht, mich zu erschießen! Ich ...«

»Sei ruhig«, forderte Linus, und Tissi nahm seinen Satz auf. Sie fuhr Ann Kathrin an: »Er hat gesagt, du sollst ruhig sein!«

Ann Kathrin schwieg. Sie beobachtete den nervösen, schweißnassen Finger am Abzug.

Ich werde so nicht sterben, schwor sie sich. *So nicht. Er wird mich zu Imken Lohmeyer bringen. Gemeinsam haben wir eine Chance zu entkommen. Oder die Kollegen finden uns. Lange kann der Spuk hier nicht mehr dauern.*

»Stimmt es, dass du auf jeder Grasnarbe landen kannst, oder war das Aufschneiderei?«, fragte Linus ins Handy.

Verdammt, dachte Ann Kathrin, *er will mit dem Flieger abheben.*

»Aufschneiderei? Ich habe vier Jahre lang Touristen auf Fotosafari in Afrika herumgeflogen. Aber im Ernst – willst du, dass ich dich irgendwo abhole?«

»Nein, ich komme zum Flugplatz.«

Stahnke zögerte. »Aber die Polizei ...«

»Die lassen uns in Ruhe, ich hab sie an der langen Leine. Fliegst du mich oder nicht?«

»Das ist doch Wahnsinn, Junge!«

Linus lachte zynisch: »Wer hat mir denn gesagt: Wenn du loyal zu mir bist, bin ich auch immer loyal zu dir!«

»Ich konnte doch nicht wissen, dass du ...«

»Okay, vergiss es!«, brüllte Linus enttäuscht.

»Nein, ich komme. Ich hab das nicht so gemeint. Klar, halte ich Wort. Ich habe noch nie mein Wort gebrochen. Noch nie in meinem Leben. Ich kann das gar nicht. Ich würde mich dann fühlen wie der letzte Dreck.«

»Sie machen sich strafbar!«, rief Ann Kathrin.

»Dann bis gleich«, sagte Linus hart und deutete Tissi an, dass sie das Gespräch wegdrücken sollte.

Weller klingelte bei seinem Skatbruder, der nur ein paar Straßen weiter in Wirdum wohnte.

»Jürgen, ich brauche dein Motorrad, deinen Helm und deine Lederjacke.«

»Sonst noch was?«, lachte der überraschte Freund.

»Ja. Hast du eine Knarre?«

»Nee. Bin Kriegsdienstverweigerer. Schon vergessen?«

»Aber den Rest kann ich haben?«

»Klar, wenn es der guten Sache dient.«

Für das Gute und gegen das Böse war damals ihr Leitspruch beim Skatturnier gewesen. Sie hatten den Erlös für Kinder gespendet, denen Landminen die Gliedmaßen zerfetzt hatten.

Weller freute sich, dass sein alter Kumpel Jürgen sich daran erinnerte. Aber er hatte keine Zeit für einen Gedankenaustausch. Dankbar zog er die Lederjacke an und setzte den Helm auf.

Tissi saß jetzt mit dem Handy hinten und guckte aufs Display.

»Das Netz ist voll. Es gibt Filmchen, wie du bei der Tankstelle … Da bin ich auch mit drauf! Wir sind berühmt! Hier gibt es schon 217 Likes und 52 Kommentare.« Sie begann, vorzulesen: *Toi, toi, toi, Alter! Du schaffst das!*

Linus, du alte Pottsau, was ist los? Falsch geparkt?

Heute bei uns im Dorf – drehen die hier einen Krimi?

Das ist echt! Ich kenn den Linus Wagner. Der hat seinen Lehrer umgebracht.

Den Stobbe?

Nicht deinen, du Pfeife! Seinen. Den Röttgen.

Ich hatte Deutsch bei dem. Ich fand den gut.

Der Röttgen hat es verdient. War ein Saulehrer. Der hat mich das Abitur gekostet.

Just another brick in the wall.
Zwergenaufstand oder was?
Mach keinen Scheiß, Linus!
Äi, Leute, habt ihr was geraucht? Das ist nicht witzig!«

Ann Kathrin räusperte sich. Das Kratzen am Hals war nur schwer erträglich. Unter dem Klebeband glühte ihre Haut. Der Juckreiz wurde immer schlimmer.

»Das ist hier kein Facebook-Scherz«, stellte sie klar. »Wir befinden uns mitten in einer bewaffneten Geiselnahme. Die Polizei wird genötigt, wichtige Rettungseinsätze zu unterlassen. Das ist kein Schülerstreich. Am Ende wird ein Richter darüber urteilen, nicht die Facebook-Gemeinde!«

Linus brüllte: »Halt's Maul, oder soll ich dir den Mund zukleben?«

Ann Kathrin sprach weiter: »Wo ist Imken Lohmeyer? Haben Sie die auch mit dem Flugzeug weggebracht?«

Linus fuhr sie ungehalten an: »Du sollst ruhig sein! Mach mich nicht wuschig!«

Ann Kathrin wog ihre Chancen ab. Hatten die Kollegen das Gespräch mitgehört? Unwahrscheinlich. Niemand hörte Stahnkes Telefon ab und auch ihr eigenes sicherlich nicht. Egal, zu welchem Flugplatz sie fahren würden – Norddeich, Harle, Emden oder dem Segelflughafen Brockzetel/Aurich –, ernstzunehmende Sicherheitskontrollen würde es nirgendwo geben. Hier warteten keine Securityleute. Hier wurde kein Gepäck durchleuchtet. Niemand wurde abgetastet. Es gab keine Körperscanner, sondern nur ein, zwei Mitarbeiter, die Flugtickets verkauften und das Gepäck wogen. Meist verstaute der Pilot es selbst in der Maschine. Für einen Vorfall wie diesen hier war man vielleicht in Frankfurt, Köln oder Hamburg gerüstet, aber sicherlich nicht in Ostfriesland.

Es gab nur kleine Maschinen, für zwei, höchstens acht Personen. Ann Kathrin vermutete, dass sich die Flieger in einem

Radius von ein paar hundert Kilometern bewegen konnten. Sie war einmal von Norddeich aus nach Bremen geflogen und einmal von Wangerooge zu einem Verhör nach Hamburg.

Wenn Stahnke wirklich auf jeder Grasnarbe landen konnte, dann war die Wahrscheinlichkeit, dass Linus noch einmal entkommen könnte, sehr groß. Es durfte erst gar nicht so weit kommen. Die Landung auf einer holprigen Landstraße oder Wiese wollte sie mit dem Schrotgewehr am Hals nicht miterleben.

Tatsächlich begegnete ihnen kein Polizeifahrzeug. Kein Uniformierter.

Linus fuhr von Wirdum kreuz und quer über Land in Richtung Harlesiel/Bensersiel. Unmöglich, seine Tour vorauszurechnen, selbst, wenn das Ziel bekannt war. Hatten die Kollegen etwa seinen Anweisungen wirklich Folge geleistet?

Ann Kathrin hoffte, Stahnke würde die Polizei informieren. Ein paar Kollegen konnten es schaffen, in Zivil am Flugplatz zu sein. Dort müsste dann der Zugriff erfolgen. Sie wollte sich gar nicht ausmalen, wie die Geschichte sonst weiterging.

Auf dem Weg zum Flugplatz Harle fuhren sie praktisch an Tissis Elternhaus vorbei. Es lag am andern Ufer.

»Wenn du willst, lasse ich dich hier raus«, versprach Linus.

Tissi schüttelte auf dem Rücksitz den Kopf, was er natürlich vorne nicht sehen konnte. Plötzlich kreischte sie los: »Das Bild! Es ist auf deiner Facebook-Seite! Sie haben es tatsächlich gemacht!«

Sie hielt das Handydisplay am ausgestreckten Arm so vor Linus' Gesicht, dass er kaum noch die Straße sah. Er wurde langsamer, hielt aber nicht an.

In Leer auf dem Marktplatz standen zehn, vielleicht zwölf Polizeifahrzeuge nebeneinander. Auf jedem Dach ein uniformierter Kollege, der den Daumen in die Luft reckte. Darunter: *Wir beglückwünschen Linus Wagner zu seiner Reise!*

Stolz sagte Linus: »Zeig es ihr auch!«

Ann Kathrin registrierte, dass Rupert in der ersten Reihe auf einem Autodach saß. Er sah aus, als sei ihm gerade ein Magengeschwür geplatzt.

Der junge Bursche schafft es tatsächlich, unsere Kräfte in Leer zu binden, während die eigentliche Sache in Harle steigt. Oder ist das auch eine Finte, fragte Ann Kathrin sich.

Linus freute sich so sehr über seine gelungene Aktion, dass sein Körper vor Lachen bebte. Eine der Pistolen in seinem Hosenbund wurde dadurch angehoben und rutschte zwischen seine Schenkel.

»Passen Sie auf«, mahnte Ann Kathrin ohne Häme in der Stimme, »dass Sie sich nicht aus Versehen die Eier wegschießen. Sie wären nicht der Erste, dem das passiert.«

Er fühlte sich durch ihre Worte um den Triumph gebracht. Er blickte sie aus hasserfüllten Augen an.

Rieke Gersema lief aufgescheucht herum. Sie konnte jetzt nicht am Computer sitzen und einen Text für die Presse formulieren. Sie war viel zu nervös.

Martin Büscher hatte ihr die Aufgabe mit den Worten überlassen: »Rück das gerade, Rieke. Wir machen uns zum Gespött der Leute. Versuch, das Schlimmste zu verhindern!«

Er selbst telefonierte mit seinem Vorgesetzten in Osnabrück, den er auf dem Laufenden halten sollte. Eine Hundertschaft Bereitschaftspolizisten saß in einer Turnhalle fest und war zum Abwarten verurteilt. Dreißig weitere Kollegen, aus Oldenburg herbeigerufen, durften ihren Bus auf einem Burger-King-Parkplatz nicht verlassen.

Irgendwie stand alles still. Diese Lähmung war nicht zum Aushalten.

Scharfschützen warteten in Emden am Flugplatz auf ihren Einsatz.

Weller war auf einem geliehenen Motorrad nach Harlesiel unterwegs. Er tippte auf den Flugplatz ganz in der Nähe von Röttgens Haus. Er hoffte, in Lederjacke und mit Helm nicht sofort erkannt zu werden. Seine Wut auf Linus Wagner war so groß, dass der vernünftige Teil in ihm fast dankbar war, dass er jetzt keine Schusswaffe zur Verfügung hatte. Die Nummer mit dem Tiger war schon schlimm genug gewesen. Aber Ann Kathrin als Geisel, die halbe ostfriesische Polizei in Leer, auf den Autos, mit erhobenen Daumen ... Nein, das war einfach zu viel!

Einer, dachte Weller, wird ihn dafür bestrafen. Hauptsache, keiner knallt ihn ab. Das sieht dann verdammt nach Rache aus, und das ist es ja im Grunde auch ...

Er hoffte, seine Frau retten zu können. Der Rest war zweitrangig für ihn.

Rieke Gersema, die bereits von n-tv und NDR um eine Erklärung gebeten worden war, sah im Fernsehen einen Bericht über die in Leer aufgestellten Polizeifahrzeuge über den Bildschirm flimmern.

Sie rief in ihrer Not Ubbo Heide auf Wangerooge an, den bereits die erschreckende Nachricht erreicht hatte.

»Ubbo?! Was soll ich machen?«, fragte Rieke. »Wir werden zum Gespött ...«

Ubbo widersprach: »Nein, ihr werdet zu Helden.«

»Häh? Helden?«

»Ja. Weil ihr alles tut, um eure Kollegin zu retten. Dafür macht ihr euch auch zum Affen. So musst du es der Presse verkaufen, Rieke. Er will euch demütigen. Eine kranke, verletzte Seele giert nach Ausgleich. Er glaubt, alle Fäden in der Hand zu haben. Die totale Macht und Kontrolle. In Wirklichkeit ist ihm aber alles aus dem Ruder gelaufen und entglitten. Ob man

Lösegeld zahlt oder ein erzwungenes Foto auf Facebook veröffentlicht, das ist doch im Grunde das Gleiche. Eine erzwungene Handlung. Ihr tut es, um Schlimmeres zu verhindern. Ihr seid nicht die Deppen. Ihr seid Helden, und am Ende wird er verlieren und für seine Straftat büßen.«

»Wer weiß, was als Nächstes kommt, Ubbo. Er hat Ann Kathrin immer noch in seiner Gewalt.«

Ubbo brummte merkwürdig.

»Was hast du gesagt?«, fragte Rieke nach.

Die Worte fielen Ubbo schwer: »Solange er Ann Kathrin hat, ist er am Drücker. Aber sie ist eine erfahrene Polizistin. Sie wird keine Chance ungenutzt lassen.«

»Sie kann nichts machen, Ubbo! Sie hat eine Schrotflinte am Hals, mit Klebeband befestigt.«

»Sie ist den Umgang mit Verrückten und Kriminellen gewöhnt. Wenn jemand mit der Situation klarkommt, dann sie. Sie wird versuchen, ihn zu beeinflussen. Ich halte es für denkbar, dass sie ihn davon überzeugt aufzugeben.«

»Dein Wort in Gottes Ohr, Ubbo.«

Er wünschte ihr von Herzen viel Glück. Nach dem Gespräch fiel es Rieke leichter, die Sätze zu formulieren. Sie hatte eine Linie. Eine vertretbare Position.

Die ostfriesischen Polizisten tun alles, um das Leben ihrer Kollegin Ann Kathrin Klaasen zu schützen. Sie kamen selbst der absurden Forderung des Geiselnehmers nach, sich auf ihre Dienstfahrzeuge zu setzen und ihn mit erhobenem Daumen zu grüßen. Das Ganze wurde via Facebook gepostet. Wir haben es offensichtlich mit einem völlig unberechenbaren Verrückten zu tun. Unser ganzes Streben ist darauf ausgerichtet, die Kollegin aus ihrer schrecklichen Lage zu befreien.

Der Täter hat bereits mehrere Menschen auf dem Gewissen und macht skrupellos von der Waffe Gebrauch. Bei ihm befindet sich nach unserer augenblicklichen Erkenntnis noch seine neunzehnjährige Freundin, bei deren Großmutter der Geiselnehmer untergetaucht war.

Vorbei an grasenden Schafen fuhr Linus Wagner mit dem Polizeiwagen auf den Flughafenparkplatz Harle. Dort warteten direkt vor dem Eingang mindestens ein Dutzend junger Leute mit ihren Handys, Tablets und Digicams, um Fotos und Filmchen von dem Ereignis zu machen. Nur ein richtiger Journalist befand sich unter ihnen: Holger Bloem.

Er fiel schon allein durch sein Alter und die Größe seiner Kamera auf. Auch er hatte die Entwicklung im Internet verfolgt. Aus vier verschiedenen Einträgen, wo Linus Wagner am Steuer des Polizeiwagens gesichtet worden war, zum Teil mit verwackelten Fotos, hatte Holger Bloem sich zusammengereimt, wohin die Reise vermutlich ging. Er war jetzt nicht wirklich als Journalist hier, sondern als Freund von Ann Kathrin, der sich Sorgen machte.

Wenn die Polizei nicht mehr agieren kann, dann sind eben ihre Freunde dran, dachte er. Er hatte keine Ahnung, wie er Ann Kathrin helfen könnte, aber er wollte jetzt für sie da sein. Es entsprach einem tiefen inneren Bedürfnis.

Holger Bloem erkannte seinen Freund Frank Weller trotz Helm und Lederjacke sofort. Weller hatte eine unverwechselbare Art, sich zu bewegen. Fließende Bewegungen aus der Mitte des Körpers. Dabei wirkten seine Arme immer, als seien sie eigentlich zu lang.

Als Weller Ann Kathrin sah, hatte er Mühe, sich nicht einfach auf Linus zu stürzen. Ann Kathrins Augen wirkten fiebrig und erschrocken, als sei sie der Hölle zu nah gekommen und nun würden ihre Kleider brennen.

Linus Wagner führte Ann Kathrin mit dem Gewehr am Hals

in die Schalterhalle. Links neben ihm, geduckt, als würde sie mit Prügel rechnen, Tissi mit einem Gesicht zwischen Lachen und Weinen.

Die Glastüren öffneten sich automatisch. Es war eine unwirkliche Szene. Die hochgereckten Handys. Einige fotografierten mit Blitzlicht und brachten Ann Kathrin tatsächlich dazu, ein unbeugsam-trotziges Lächeln zu zeigen, so, als würde sie über den Dingen stehen und könnte das hier jederzeit zu ihren eigenen Gunsten verändern.

Weller fragte sich, ob sie einen Plan hatte.

Linus reckte seinen Hals. Er sah sich nach Stahnke um. In der Halle fand er ihn nicht.

Eine Dame, die mit ihrem Enkelkind nach Wangerooge fliegen wollte und von all dem bisher noch gar nichts mitbekommen hatte, floh samt Enkelkind auf die Herrentoilette. Sie hielt der Kleinen den Mund zu, dabei hatte die gar nicht vor, zu schreien. Sie wollte ihre Oma eigentlich fragen, ob hier gerade ein Film gedreht würde.

Die Frau hinter der Glasscheibe am Ticketschalter nickte Linus freundlich zu. Sie starrte ihn an, und weil sie weder in der Lage war, den Mund zu schließen, noch, ein Wort zu sprechen, schüttelte sie den Kopf.

Wie ganz normale Fahrgäste gingen Linus, Tissi und Ann Kathrin zu den Flugzeugen. Der Hangar stand offen. Keine zehn Meter von der Eingangshalle entfernt, wartete Stahnke vor seiner vollgetankten Maschine, einer viersitzigen Skyhawk. Er trug sogar eine blaue Pilotenjacke.

Hinter Linus, Tissi und Ann Kathrin stürmte die Schar der neugierigen Handyfotografen auf den Flugplatz. Weller war das ganz recht. Zwischen ihnen hatte er Deckung. Die hochgereckten Handys fotografierten die Personen beim Wortwechsel. Ann Kathrin sprach laut und deutlich, mit erhobenem Haupt. Ihr Kopf reichte bis unter den rechten Flügel der Cessna.

»Ich werde auf keinen Fall mit dieser Waffe am Hals einsteigen!«, behauptete Ann Kathrin.

»O doch«, rief Linus. »genau das wirst du!«

»Irrtum. Dann müssen Sie mich schon hier, vor all diesen Menschen, erschießen. Ich steige so jedenfalls nicht ein.«

»Tun Sie, was ich sage!«, brüllte er.

Immerhin, jetzt siezte er sie wieder. Sie gewann emotional an Boden.

»Wenn wir über die holprige Piste fahren oder spätestens wenn wir irgendwo auf der Grasnarbe landen, wird das Gewehr losgehen, und ich sterbe ohnehin. Machen Sie mir dieses verdammte, klebrige Hundehalsband ab!«, forderte Ann Kathrin.

Weller positionierte sich hinter Holger Bloem so, dass er keine zwei Meter von Linus entfernt war. Eingeklemmt zwischen den Bloggern, den Facebookern oder einfach nur den von der Gewalt faszinierten Menschen. Sie folgten einer Art Herdentrieb. Einem Schwarmverhalten. Sie erinnerten Weller an die Vögel in der Luft, die plötzlich alle gleichzeitig ihren Flugkurs wechselten. So viele verschiedene Tiere schienen sich wie ein zusammenhängender Organismus zu bewegen. Es war nicht auszumachen, ob jemand Kommandos gab.

Holger Bloem schaffte es, obwohl er Fotos machte, eine Frage zu stellen: »Herr Wagner, was sind Ihre weiteren Pläne? Haben Sie unseren Lesern etwas zu sagen?«

Linus Wagner guckte Holger Bloem an und schwankte zwischen dem Wunsch, ihm ein Interview zu geben oder ihn ebenfalls mit einer Ladung Schrot zu töten.

»Ich werde«, rief Linus, »jetzt mit Frau Klaasen einsteigen und von hier verschwinden! Wenn mich jemand verfolgt, stirbt sie! Sagen Sie das Ihren Lesern!«

»Und ich«, fragte Tissi, »was ist mit mir, Linus?«

Stahnke öffnete die Tür zum Cockpit. Dann sagte er: »Ich fliege dich, wohin du willst, Linus. Aber so kommst du mit der

Frau nicht an Bord. Sie hat nämlich völlig recht. Das Ding geht los, wenn es ruckelt.«

Linus war sofort verunsichert. Die Worte seines Chefs beeindruckten ihn mehr als die aller anderen Personen. Trotz der besonderen Umstände war Stahnke immer noch eine Autoritätsperson für ihn. In seiner Anwesenheit wurde Linus wieder zum Lehrling, der, wenn auch widerstrebend, auf seinen Meister hörte.

»Ja, aber, ich denke, du …«

»Ja, ich bringe dich von hier weg. Dich alleine. Ohne irgendwelche Geiseln …«

»Du legst mich doch nicht rein?«, fragte Linus misstrauisch.

Stahnke blieb standhaft. Er klopfte sich gegen die Brust. »Hier stehe ich. Das ist meine vollgetankte Maschine. Wenn du eine andere Option hast, die dir besser gefällt, dann nimm doch die.«

Linus sah ein, dass es klüger war, auf seinen Freund und Lehrer zu hören. Er spürte, dass er gerade an Bedeutung verloren hatte, nicht mehr so bedrohlich war wie noch vor wenigen Sekunden. Immer mehr Handys nahmen nicht ihn auf, sondern Stahnke. Selbst für Tissi wurde er uninteressant. Sie staunte Stahnke an.

Mit der Rechten bedrohte Linus weiterhin Ann Kathrin Klaasen, doch nun zog er zusätzlich mit links eine Heckler & Koch aus dem Hosenbund. Es war Wellers Waffe. Der erkannte es an einem v-förmigen Kratzer.

Linus richtete die Waffe auf die Menge. In Kopfhöhe fuchtelte er damit herum.

»Haut ab!« Er wurde lauter. »Ihr sollt alle in die Halle zurück! Ich will niemanden auf dem Fluggelände hier sehen! Haut ab, oder ich schieße!«

Der Schwarm bewegte sich zuckend zur Flughalle zurück. Weller und Holger Bloem blieben stehen.

»Ihr auch!«, schrie Linus und bedrohte die zwei abwechselnd mit der Heckler & Koch.

Weller nahm den Helm ab und sagte mit Bekennermut: »Mein Name ist Frank Weller. Das da ist meine Frau, Ann Kathrin Klaasen.« Er zeigte auf Ann Kathrin. »Und bei Gott«, fuhr er fort, »wenn ihr etwas geschieht, werde ich dich bis ans Ende der Welt verfolgen. Du wirst nirgendwo mehr sicher sein. Und wenn ich dich habe, dann ...«

Weller sprach nicht weiter.

Stahnke begann nun einfach, das Klebeband von Ann Kathrins Hals zu zerren. Sie verzog das Gesicht.

Ein Geräusch, das sich schmerzhaft und befreiend zugleich anhörte, ließ Holger Bloem erschaudern. Nie würde er dieses Geräusch vergessen und dabei immer wieder Ann Kathrins Gesicht vor sich sehen. Dieser Moment würde ihn in seine Träume begleiten.

Linus senkte den Gewehrlauf nicht. Er hielt ihn weiter auf Ann Kathrin gerichtet.

Ihr Hals war frei. Das Klebeband hatte eine breite rote Spur hinterlassen. Scharf abgegrenzt, wie eine frische Tätowierung.

Vom Gewehrlauf hing der Klebestreifen herab. Der Wind spielte damit, ließ es flattern und knattern.

»So, nun steig ein«, schlug Stahnke vor.

Linus zielte immer noch mit der Schrotflinte auf Ann Kathrin und mit der Pistole auf Weller. Vorsichtig, Schritt für Schritt tastend, schob er Ann Kathrin vor sich her zur Tür. Stahnke stieg ein. Linus ging zur anderen Seite. Beide Mündungen der Schrotflinte zeigten immer noch auf Ann Kathrins Kopf.

»Wenn wir in der Luft sind«, sagte Linus, »dann laufen Sie, Frau Klaasen.«

»Und ich?«, fragte Tissi. »Was wird aus mir?«

Linus wirkte abweisend. »Geh nach Hause und mach dein Abitur.«

Für einen Moment befürchtete Ann Kathrin, der Junge könne aus irgendeinem Rachegedanken heraus oder auch nur, um noch mehr Angst und Schrecken zu verbreiten, einfach kurz vor Start noch auf sie schießen.

Er tat es nicht. Als der Motor aufheulte und die vom Propeller aufgewirbelte Luft ihre Haare zerwühlte, wusste sie, dass sie es überstanden hatte.

Die Maschine beschleunigte auf der Rollbahn.

Ann Kathrin lief zu Weller. Der rannte mit offenen Armen auf sie zu.

Tissi brach zusammen.

Weller und Ann Kathrin lagen sich in den Armen. Sie sprachen nicht. Sie hielten sich nur fest. Ihre Herzen rasten. Jeder spürte den pochenden Rhythmus des anderen.

Aus Holger Bloems Perspektive sah es aus, als würde das Flugzeug aus ihren Körpern in den Himmel aufsteigen. Er wollte erst ein Foto machen, aber dann ließ er es. Diesen hochemotionalen Moment kann man ohnehin nicht festhalten, dachte er.

Er ging zu den Freunden. Er hatte das Bedürfnis, sie mit seinem Körper gegen die neugierigen Blicke abzuschirmen. Er tat es, ohne ihnen dabei zu nahe zu kommen.

Nur wenige Meter von ihnen entfernt graste eine Schafherde, unbeeindruckt von den menschlichen Dramen, und Dohlen hüpften hinter dem Flugzeug auf die Rollbahn, als hätte die Natur vor, sich dieses verlorene Stückchen Erde zurückzuerobern.

Der Möwenschiss von oben verfehlte Holger Bloem nur knapp.

Ann Kathrin versuchte, wieder dienstlich zu werden: »Wir müssen die Kollegen informieren. Der Unsinn in Leer muss sofort gestoppt werden. Wir brauchen Hubschrauber. Die Flugplätze der Umgebung müssen benachrichtigt werden und ...«

»Ja, ja, ja, ja«, sagte Weller. »Er hat mein Handy und meine

Dienstwaffe. Aber dafür habe ich dich wieder, und nur das zählt, Ann.«

Holger Bloem kam einen Schritt näher und hielt den beiden sein Handy hin.

Die Cessna war über der Nordsee jetzt nicht mehr viel größer als die Möwen über ihren Köpfen, deren Schreie spöttisch klangen.

Imken Lohmeyer begann, sein Kommen herbeizusehnen. Sie hatte Hunger und Durst. Ihr war kalt und dann wieder heiß. Sie hatte keine Ahnung, wann er zum letzten Mal nach ihr gesehen hatte. Was, wenn er nicht wiederkam? Sie würde verhungern ...

Begann sie zu halluzinieren, oder waren das Wunschträume? Sie sah die knusprige Gans im Backofen. Sie konnte sie riechen. Sie spürte die Gluthitze des Ofens, wenn sie Fett und Malzbier über die Gans goss.

Sie rieb sich den rechten Unterarm. Es war, als hätte sie ihn sich verbrannt. Konnte das Imaginationsvermögen eines Menschen so groß sein? Rief ihr Gehirn Erinnerungen auf, weil ihr hier neue Eindrücke fehlten?

Aber die klaren Bilder und Gerüche machten sie leider nicht satt. Im Gegenteil. Das Hungergefühl wurde alles beherrschend. Sie drückte sich die Fäuste gegen die Magenwand, als würde sie versuchen, durch die Haut und die Muskulatur hindurch den Bauch von außen zu füllen.

Sie weinte. Sie schluckte Luft. Ihr wurde schwindlig.

Sie beobachtete eine Spinne, die sich an ihren Fäden von der Holzdecke herunterließ und auf wackligen Beinen eine Ritze in der gemauerten Wand aufsuchte. Imken überlegte, die Spinne zu fangen und zu essen. Letztendlich war es dem Körper doch egal, woher Fett und Eiweiß kamen. Aber so weit war sie noch nicht.

Schlimmer als ihr Hunger war der Durst. Sie hoffte auf Regen. Wenigstens einen kurzen Schauer. Es gab drei Stellen, da tropfte das Regenwasser sofort durch. An einer Wand hatte das Wasser sich einen richtigen kleinen Weg gebahnt, der sie an Priele im Watt erinnerte. Dort konnte sie Feuchtigkeit von den Steinen lecken. Wenn es endlich wieder regnen würde … wenn …

Sie suchte nach dem Sinn des Ganzen. Sie erinnerte sich an die Schule. Ihr Lehrer hatte gern Friedrich Nietzsche zitiert: *Wer ein Warum zum Leben hat, erträgt fast jedes Wie.*

Sie strebte nicht nach Glück, wie fast alle anderen, die sie kannte. Sie strebte nach Sinn. Und darin fand sie dann manchmal auch Glücksmomente.

Die Arbeit in der Hospizbewegung, die sich ihre Nachbarn und Freunde nur als schwer, seelisch anstrengend und düster vorstellen konnten, war für sie erfüllend.

Sie suchte immer in allem den Sinn. In ihrer Ehe. In ihrem Muttersein. Und auch in ihrer Gefangenschaft jetzt hier. Konnte auch diese schlimme Zeit irgendeinen Sinn haben? Konnte sie in diesem Erdloch irgendetwas lernen? Eine Erfahrung machen, die ihr in ihrem bisherigen Leben im Einfamilienhaus entgangen war? Oder war dieses Suchen nach Sinn auch nicht mehr als eine Sucht nach Bedeutung?

Ihr Mann, an dessen Gesicht sie sich kaum noch erinnern konnte, hatte oft zu ihr gesagt: »Manche Dinge sind einfach so, Imken. Das Leben ist trivial. Es hat nicht alles einen tieferen Sinn.«

Aber sie wollte das nicht akzeptieren. Wenn alles zufällig und sinnlos war, dann fehlte ihr der Grund, morgens aufzustehen. Sie glaubte, dass Menschen freie Wesen waren. Dass jeder für sich seine eigenen Entscheidungen treffen und dann dazu stehen musste. Das nannte sie Freiheit, und es war ihr ein hohes Gut.

Sie, die so sehr die persönliche Freiheit liebte und an den freien Willen glaubte, sah sich nun jeder Freiheit beraubt. Sie versuchte, sich das schönzureden. Natürlich war sie nicht frei von den Bedingungen, unter denen sie hier hausen musste, aber das war sie in der Familie auch nicht. Trotzdem gab es eine Freiheit darin, wie sie mit den Dingen umging.

Es war zunächst ein innerer Prozess. Fügte sie sich? Fand sie sich ab? Gab sie sich auf? Oder versuchte sie, die Verhältnisse zu ihren Gunsten zu beeinflussen, zu verändern, ja, sie zum Einstürzen zu bringen?

Nie, niemals würde sie sich damit abfinden, seine Gefangene zu sein. Wenn er nicht einfach verrückt war, sondern in einem Auftrag handelte, dann wollte sie wissen, wer ihr das warum antat. Und sie würde diese Person am Ende mit ihren Taten konfrontieren.

Ja! Dafür lohnte es sich weiterzuleben. Sie wollte herausfinden, wer für all das hier verantwortlich war, und ihn dann zur Rede stellen.

Sofort schimpfte sie mit sich. Sie brauchte solche Konstruktionen doch nicht, um ein Warum zu haben! Es gab etwas viel Wichtigeres, Bedeutsameres als diesen Durst nach Rache. Sie hatte Kinder! Für die wollte sie leben. Von denen wurde sie noch mehr gebraucht als von den Menschen im Hospiz.

Wieder schoss der Gedanke durch ihren Kopf, dem sie sich in der Hospizbewegung verschrieben hatte: Würdevolles Leben bis zum Schluss. Dazu gehörte, verdammt nochmal, auch eine angenehme Atmosphäre. Gute medizinische und pflegerische Betreuung und Besuche von Angehörigen.

Nichts von all dem hatte sie hier. Nein, dies konnte nicht ihr Ende sein! Und wenn sie Spinnen und Käfer essen musste … Ihr Leben würde weitergehen …

Da hörte sie über sich Schritte … Oder war das nur die Dohle, die nach Getier pickte?

Sie schrie: »Ich will hier raus! Ich heiße Imken Lohmeyer! Ich habe zwei Kinder! Mein Mann ist Versicherungsmakler!«

Das Wort *Lebensversicherung* erschien ihr plötzlich unsinnig. Es war wie eine Wette gegen den Tod.

Ihr Herz raste. Sie wusste von ihrem Mann, dass Lebensversicherungen unter bestimmten Voraussetzungen, zum Beispiel bei Selbstmord, nicht ausgezahlt wurden. Hatte er ohne ihr Wissen auf sie eine hohe Versicherung abgeschlossen? Es wäre ein Leichtes für ihn gewesen.

Sie wusste von einer Versicherung, die zahlte bei Tod durch Unfall das Doppelte. Er hatte es ihr selbst erzählt. Bestimmt gab es auch eine Klausel bei Entführung oder Mord ...

War ihre Gefangenschaft hier der Befreiungsversuch ihres Mannes? Wollte er so alle Lasten, die ihn drückten, abwerfen? Jeder würde verstehen, wenn er nach ihrem Tod die verhasste Agentur verkaufen würde, um woanders zu versuchen, ein neues Leben zu beginnen.

Würde er die Kinder bei ihren Eltern lassen? Dann hätten sie nach dem Verlust ihrer Tochter wenigstens noch ihre Enkelkinder. Garantiert würden sie so ein Angebot machen.

Wie viel, fragte sie sich, bin ich ihm wert? Eine Million? Zwei? Oder vielleicht nur eine halbe?

Hatte er die Lebensversicherung vorsichtshalber nicht zu hoch abgeschlossen, um nicht in Verdacht zu geraten?

Mit dem Gedanken und der glühenden Wut auf ihn kam auch die Scham. Wie konnte sie so gemein sein und ihren Mann so verdächtigen? Diese Gefangenschaft hier, das spürte sie genau, trieb einen Keil zwischen sie und ihren Mann. Ihre Gefühle zu den Kindern oder zu den Eltern veränderten sich nicht. Zumindest nicht zum Negativen. Die Gefühle wurden sogar stärker. Die innerseelische Bindung spürbarer. Die Sehnsucht schmerzhafter. Aber auf Dirk hatte sie manchmal eine solche mörderische Wut, die sie kaum noch kontrollieren konnte und für die sie sich danach jedes Mal bodenlos schämte. Dieses Wechselbad der Gefühle machte sie fertig.

Über ihr pickte die Dohle.

»Maike!«, rief Imken. »Maike? Hörst du mich? Sprich mit mir, Maike! Ich werde sonst verrückt!«

Maikes weit entfernte, heisere Stimme antwortete: »Lass uns singen. Singen hilft.«

Dann stimmte Maike an: »So ein Tag, so wunderschön wie heute, so ein Tag, der dürfte nie vergehn ...«

Imken begann hemmungslos zu weinen. Das Lied hatte sie im Familienkreis oft für ihren Vater gesungen. Meist an seinem Geburtstag. Er mochte es viel lieber als *Happy Birthday to you*.

Weder Weller noch Ann Kathrin sahen sich in der Lage, Auto zu fahren. Weller ließ das Motorrad am Flugplatz stehen. Holger Bloem brachte die zwei in seinem Dienstwagen mit der Aufschrift *Ostfriesland-Magazin* nach Hause.

Ann Kathrin sagte: »Wir müssen zur Polizeiinspektion.«

Weller widersprach: »O nein. Wir müssen in den Distelkamp.«

Ann Kathrin protestierte: »Frank, wir müssen die Fahndung koordinieren!«

Er unterbrach sie: »Wenn ich dich ansehe, Ann, dann weiß ich, dass du eine Pause brauchst. Ein warmes Essen. Einen Liter Wasser. Ein Gläschen Rotwein. Ein warmes Bad oder einen Saunagang.«

»Ja, das ist ja alles ganz toll, Frank. Aber ich kann doch jetzt nicht in der Badewanne Rotwein trinken! Der Mörder ist uns gerade entkommen! Wir müssen ...«

Weller legte seine Finger auf ihre Lippen, um sie zum Schweigen zu bringen.

Holger Bloem steuerte den Wagen und schwieg. Er tat, als wäre er gar nicht da.

»Später«, sagte Weller, »werden wir uns nicht an diesen Tag erinnern, weil er so eine große Niederlage war, Ann. Es ist nicht der Tag, an dem uns ein Mörder entkommen ist, sondern der Tag, an dem du eine verdammt brenzlige Situation überlebt hast. Und jetzt hörst du ausnahmsweise mal auf deinen Mann. Pssst ... Ich weiß, das fällt dir besonders schwer.« Er streichelte sie. »Ich sehe dich und weiß, du brauchst eine Pause. Linus Wagner wird uns nicht entkommen. Der kommt nicht mehr weit.«

Sie lachte bitter. »Nicht weit? Die haben mit der vollgetankten Maschine einen Radius von achthundert bis tausend Kilometer.«

»Und wir haben Hubschrauber, Radar und – ach, das soll jetzt nicht unsere Sorge sein! Du zitterst, und, wenn ein Mann das seiner Frau überhaupt sagen darf: Du siehst schrecklich aus.«

»Schrecklich?«

»Ja, äh ... also ... so meine ich das jetzt nicht. Ähm ...«

Weller stieß Holger an. In manchen Situationen ist es gut, einen wortgewandten Freund zu haben, dachte Weller.

»Nicht schrecklich, Ann«, korrigierte Holger. »Er meint krank. Überfordert, müde, gestresst.«

»Ja«, gab sie zu, »vielleicht habt ihr recht. Mir ist speiübel. Meine Füße spüre ich nicht mehr, als hätte ich von den Knien an nur Watte.«

Weller setzte sich anders hin. Eine Hand hatte er bei Ann Kathrin, mit der anderen wollte er Holgers Handy benutzen. Er vertippte sich aber zweimal. Dann ließ er es. Viel wichtiger, als mit Kripochef Büscher zu sprechen, war, Ann Kathrin im Arm zu halten.

Sylvia Hoppe stand hinter Rupert am Kaffeeautomaten im Flur der Polizeiinspektion Aurich, als die Nachricht über Ann Kathrin Klaasens Rettung eintraf. Sie freute sich über die Meldung so sehr, dass sie Rupert fast umarmt hätte. Fast.

Es war niemand anders in ihrer Nähe, den sie hätte umarmen können. Mitten in der Berührung stoppte sie aber und schien zu gefrieren. Nein, er erinnerte sie einfach zu sehr an ihren Exmann. Sie konnte ihn nicht umarmen. Sie wollte von ihrem Ex auch nie wieder berührt werden und von Rupert schon mal gar nicht. Nicht einmal jetzt, da ihr Herz, wie wohl jedes Polizistenherz, vor Freude hüpfte, weil Ann Kathrin gerettet worden war.

Ständig liefen Meldungen über Sichtungen des Flugzeugs ein. Die Cessna wurde gleichzeitig über der Krummhörn gesehen, landete gerade auf Juist, kurvte über Wilhelmshaven, hatte auf dem Lütetsburger Golfplatz eine Bruchlandung hingelegt und war vor Spiekeroog ins Meer gestürzt.

»In Wittmund ist doch das Taktische Luftwaffengeschwader 71. Die können ja wohl so ein Miniflugzeug orten und abfangen!«, behauptete Rupert.

Sylvia Hoppe sah Rupert nur an: »Das ist die Bundeswehr.«

»Ja und? Die haben da eine Alarmrotte, die zum sofortigen Eingreifen da ist. Das sind Jagdflugzeuge, die vierundzwanzig Stunden am Tag bereit sein müssen, den Luftraum der Bundesrepublik zu verteidigen.«

»Sicher«, stellte Sylvia fest, »wenn die Russen uns angreifen. Aber doch nicht, wenn ein Gangster mit einer Privatmaschine fliegt.«

Rupert sah das überhaupt nicht ein. Aus dem Kaffeeautomaten lief lauwarmes Wasser in Ruperts Becher. Es war nicht mit dem Kaffeepulver in Berührung gekommen.

»Wieso sollten die Russen uns angreifen? Wir haben doch

keinen Scheiß-Kalten-Krieg mehr! Wir machen Geschäfte untereinander, heizen mit deren Gas und ...«

»Rupert«, ermahnte sie ihn, »es geht trotzdem nicht! Das ist das Militär! Wir sind die Polizei!«

Rupert warf den Plastikbecher in den Abfalleimer. Dabei schwappte das Wasser auf den gebohnerten Flurboden.

»Ja, wer hat denn Eurofighter? Die oder wir?«

Martin Büschers Büro war keine zwei Meter vom Kaffeeautomaten entfernt. Er hörte den Streit. Insgeheim hoffte er, auf Ann Kathrin zu treffen. Er war immer noch stinksauer über ihren Alleingang in Wirdum. Er öffnete die Tür. Rupert trat gerade gegen den Kaffeeautomaten.

»Ach«, sagte Büscher, »deshalb funktioniert das Ding nicht. Du trittst immer dagegen.«

»Nein«, schimpfte Rupert und trat noch einmal gegen die Stelle, an der das Blech schon ganz eingedellt war, »ich trete dagegen, *weil* das Ding nicht funktioniert!«

Sylvia stellte einen Becher auf das Sieb, drückte auf *Latte macchiato,* und schon nach wenigen Sekunden spuckte der Automat Kakao aus.

Sie lächelte zufrieden. Sie trank gern Kakao. Der war gut für ihre Nerven.

Sie zeigte auf Rupert und klärte Büscher auf: »Rupert kriegt die Abgrenzung zwischen Militär und Polizei nicht hin. Ich glaube, das muss der Boss ihm mal erklären. Rupert glaubt, wir könnten die Cessna mit Abfangjägern vom Himmel holen.«

Büscher, der sich, seit er aus Bremerhaven gekommen und Chef der ostfriesischen Kripo geworden war, in einsamen Abendstunden in seiner Dachwohnung in Esens mit den wichtigsten Fällen der letzten Jahre in dieser Dienststelle beschäftigt hatte, konnte jetzt mit seinem Wissen prahlen: »Tatsächlich hat uns das Jagdgeschwader Richthofen schon mehrfach geholfen.

Einmal in einem Entführungsfall und einmal in einem Mordfall. Sie haben mit Wärmekameras für uns halb Norddeutschland abgesucht.«

»Siehst du«, spottete Rupert in Sylvia Hoppes Richtung.

Sie nippte an ihrem Kakao und zuckte mit den Schultern.

Büscher fügte hinzu: »Keine der Aktionen war erfolgreich. Leider. Aber ich fürchte, in diesem Fall nutzt uns das Jagdgeschwader nicht.«

»Wieso nicht?«, wollte Rupert wissen.

»Nun ja, damals standen wir alle unter großem öffentlichen Druck. Da musste etwas geschehen. Die hohe Politik hatte die Finger im Spiel, und so gab es dann eine übergreifende Zusammenarbeit. Diesmal ...«, er winkte ab, »die bürokratischen Wege sind einfach zu lang. Bis wir alle Genehmigungen haben, geht denen in der Cessna dreimal der Sprit aus.«

»Unter Ubbo Heide war das alles kein Problem!«, giftete Rupert. »Der griff einfach zum Telefonhörer und ...«

»So einfach ist das nicht«, verteidigte sich Büscher.

»Eine Alarmrotte, die man drei Wochen vorher beantragen muss, ist keine Alarmrotte!«, schimpfte Rupert.

Büschers Handy klingelte. Er hatte es sofort am Ohr. Er sprach gleich laut aus, was ihm mitgeteilt wurde: »Bei Bremerhaven ist eine Cessna auf einem offenen Feld gefunden worden.«

Rupert grinste: »Ach – da auch?«

Büscher deutete ihm an, er solle schweigen: »Das sind die Kollegen vor Ort. Im Cockpit sitzt ein mit Teppichklebeband gefesselter Mann. Ein zweiter ist flüchtig.«

»Bingo!«, rief Sylvia Hoppe. Sie ballte die linke Faust, in der Rechten hielt sie den Kakao.

»Diesmal entkommt er uns nicht!«, prophezeite Büscher. »Es gibt einen Ring 30, ein Mobiles Einsatzkommando rückt an und ...«

Rupert grinste: »Ich sehe sie schon alle mit erhobenem Daumen auf ihren Autos sitzen und auf Facebook Glückwünsche an ihn schreiben.«

Büscher sah Rupert tadelnd an.

Ann Kathrin lag in der Badewanne. Zwischen den Schaumflocken sah sie aus, als sei sie dabei, in einer Wolke zu versinken.

Weller saß vor der Wanne auf den Fliesen. Er war barfuß, aber sonst vollständig bekleidet. Er hatte für sie ein Glas Rotwein auf den Wannenrand gestellt, sich selbst aber nichts eingegossen.

Er gestand sich ein, dass er zwar den Tiefenentspannten spielte, aber in Wirklichkeit heiße Kohlen unterm Hintern spürte. Er wollte dabei sein, wenn dieser Schnösel einkassiert wurde, und gleichzeitig wollte er bei seiner Frau sein.

Im Grunde brauchten sie beide Urlaub. Eine Auszeit. Einen Monat, oder länger.

Ann Kathrin legte sich einen nassen Waschlappen aufs Gesicht. Sie versuchte zu entspannen, aber es kam ihr vor, als sei ihr Körper zum Zerreißen verkrampft.

»Warum«, fragte Ann Kathrin durch den feuchten Lappen, »hat er mich als Geisel genommen?«

Weller guckte seine Frau irritiert an. Stand sie noch so sehr unter Schock, dass sie solch dumme Fragen stellte?

Er antwortete sanft, als müsse er es einem Kind erklären: »Er brauchte ein Druckmittel gegen uns, sonst hätten wir ihn einfach einkassiert. So hat er es sogar geschafft, dass sich alle Kollegen in Leer auf ihre Autos ...«

Sie nahm langsam das Tuch vom Gesicht und unterbrach ihn: »Aber er hatte ein Druckmittel. Imken Lohmeyer!«

Sie brauchte nicht weiterzusprechen. Weller wusste, worauf sie hinauswollte. »Du meinst ...« Er schüttelte den Kopf. »Er ist es, Ann! Wir haben ihn beide agieren sehen. Er hat dir die Schrotflinte, mit der er die Röttgens umgebracht hat, an den Hals gehalten ...«

Weller bremste sich. Er wollte sie nicht an die schrecklichen Momente erinnern.

»Haben die Ballistiker die Sache überprüft?«

»Schrot? Was gibt es denn da zu überprüfen?«

Ann Kathrin stöhnte. »Wir haben die Patronen.«

»Ja und?«

Sie drückte sich in der Wanne hoch, stütze sich am Rand ab und sprach belehrender, als es angemessen war: »Kaliber? Kann man es derselben Waffe zuordnen oder ...«

Weller war klar, dass in der Hektik der letzten Stunden vieles vergessen oder zumindest unberücksichtigt gelassen worden war. Es gab Wichtigeres zu tun, als Akten anzulegen und zu vergleichen.

Er sprang auf und stürmte aus dem Bad.

Ann Kathrin tauchte noch einmal ganz unter. Sie wusste, dass er jetzt zu seinem Computer lief und die Falldaten aufrief.

Es dauerte nicht lange, da stand er wieder im Badezimmer. Seine Haare waren verwuschelt.

»Bei Angela Röttgen haben wir Patronen Kaliber 16 gefunden. Bei ihm in Oldenburg Kaliber 12.«

Ann Kathrin erhob sich aus der Wanne, als habe ihr Mann mit seinen Worten den Startschuss dazu gegeben. Sie streckte wortlos die Hand aus. Er reichte ihr ein flauschiges Saunatuch und widersprach dem, was sie zwar nicht gesagt, wohl aber gedacht hatte: »Ann, das heißt gar nichts. Er kann zwei, drei Schrotflinten besitzen. Wir wissen es nicht.«

Sie wickelte sich in das Saunatuch ein. »Und solange wir es nicht wissen, müssen wir alle Möglichkeiten in Betracht ziehen. Alle.«

»Und – was hast du jetzt vor?«

»Wir fahren nach Aurich in die Firma. Wenn wir Linus Wagner haben, will ich ihn verhören.«

»Okay, ich kann fahren«, schlug Weller vor. »Ich habe nichts getrunken.«

»Ich auch nicht.«

Stahnke war mit dem gleichen Klebeband gefesselt worden, das eine kratzige Spur Ausschlag an Ann Kathrins Hals hinterlassen hatte. Der kräftige Mann machte auf die Polizisten einen gebrechlichen Eindruck. Er war froh, dass sie ihn so schnell gefunden und befreit hatten. Angeblich wusste er nicht, in welche Richtung Linus Wagner gelaufen war und wohin er wollte.

Die Spuren waren eindeutig, aber nur bis zur Straße. Von dort konnte er nach Westen oder nach Osten gelaufen sein. Er wurde in Bremen oder in Bremerhaven vermutet. Stahnke behauptete, keine Ahnung zu haben, ob sein Angestellter dort irgendwelche Freunde hatte.

Er wurde auf Bitten von Kripochef Martin Büscher mit dem Hubschrauber nach Aurich gebracht. Stahnke hatte angeboten, selbst mit der Cessna zurückzufliegen, doch seine Maschine wurde beschlagnahmt. Er protestierte nur halbherzig dagegen.

Er gab an, keineswegs von Linus Wagner gezwungen worden zu sein, sondern ihn freiwillig geflogen zu haben. Einerseits sei es eine Möglichkeit gewesen, die Geiselnahme unblutig zu beenden, andererseits sei er Linus etwas schuldig gewesen. Diese Schuld sei nun endlich beglichen. Er habe ihm auch noch sein gesamtes Geld gegeben, knapp vierhundert Euro, mehr habe er nicht bei sich gehabt.

Auf die Frage, wieso er seinem Mitarbeiter etwas schuldig gewesen sei, antwortete Stahnke zunächst mit einem Schulterzucken. Eine Weile später sagte er: »Das geht Sie gar nichts an.«

Als Weller und Ann Kathrin in Aurich im Fischteichweg ankamen, gab es keine Plätze mehr. Im Hof der Polizeiinspektion parkten zwei Ü-Wagen und einige BKA-Fahrzeuge. Weller nannte die BKA-ler gern *Freunde aus Wiesbaden*. Heute bezeichnete er sie aber nur noch als *unsere Freunde*.

Er spottete: »Unsere Freunde wittern einen prestigeträchtigen Job. Da wollen sie uns die Arbeit gern aus der Hand nehmen. Wenn dann alles schiefläuft, sind wir die Blamierten, die mal wieder alles falsch gemacht haben. Die doofen ostfriesischen Bullen. Und wenn der Fall erfolgreich abgeschlossen wird, geht der Ruhm an unsere Freunde vom Bundeskriminalamt.«

»Die wollen uns nur unterstützen«, sagte Ann Kathrin in einem Ton, als würde sie die ganze Bande am liebsten zum Teufel jagen. Sie wusste, dass sie selbst gleich heftiger Kritik ausgesetzt werden würde. Davor wollte ihr Mann sie mit der Badewanne und mit Rotwein bewahren. Aber sie ließ sich nicht gern beschützen. Sie liebte ihn dafür, dass er diesen Drang hatte, aber sie zog sich nicht gern hinter einen starken Rücken zurück.

Der Beamte vom Bundeskriminalamt war zehn Jahre jünger als Ann Kathrin, tat aber, als hätte er zwanzig Jahre mehr Erfahrung. Allein, dass die legendäre Serienkillerfahnderin ihm kein Begriff war, disqualifizierte ihn schon für viele Auricher Kollegen.

Er trug sein Hemd bis zum dritten Knopf offen. Er war Marathonläufer, und genau so sah er auch aus. Lang und hager. Beim Sprechen hüpfte sein Adamsapfel rauf und runter.

»Bevor hier gleich das Kompetenzgerangel losgeht«, sagte

Ann Kathrin, »würde ich gerne zuerst mit Herrn Stahnke sprechen.«

Büscher blaffte dazwischen: »Und ich gern mit dir!«

Ann Kathrin reagierte nicht auf ihren Chef, sondern sah den BKA-ler an. Der hatte längst erkannt, dass er Ann Kathrin für sich gewinnen musste, wenn er hier vorwärtskommen wollte. Die Gruppendynamik war ganz klar. Selbst der Kripochef musste Rücksicht auf sie nehmen. Sie war hier verdammt beliebt. Zu oft, so kapierte er, hatte sie bei schwierigen Ermittlungen recht behalten.

Es gab solche Leute überall in den Polizeiinspektionen. Einige hatten einfach einen guten Riecher, andere Glück. So gewannen sie die Anerkennung der Kollegen. Aber unter ihnen waren auch viele Querulanten und Spinnköpfe.

Er musste jeweils mit den örtlichen Kräften zusammenarbeiten. Man hatte ihn vor dieser Dienststelle gewarnt. Der Name Ann Kathrin Klaasen war aber nicht gefallen, als dürfe man ihn nicht aussprechen, so wie in den Harry-Potter-Büchern *Voldemort*.

»Die haben ihre eigenen Regeln. Sei vorsichtig. Da gehst du über ganz dünnes Eis. Wenn die Ostfriesen dich nicht leiden können, dann werden sie stur und lassen dich auflaufen.«

Er hatte wohl zu lange nachgedacht. »Ja, was ist jetzt?« hakte Ann Kathrin Klaasen nach. »Kann ich nun Stahnke sprechen, oder wird das hier ein Schweigeseminar zur Selbstfindung?«

Er zuckte zusammen. *Schweigeseminar zur Selbstfindung.* Was sollte das heißen? War das ein Witz? Ostfriesischer Humor?

Er willigte ein: »Gut, aber bitte nur kurz.«

Ann Kathrin lächelte ihn süffisant an. »Junger Mann«, sagte sie betont freundlich und machte eine Pause.

»Meiser. Mein Name ist Meiser.«

»Meinetwegen, lieber Kollege Meiser. Es dauert genau so lange, wie es eben dauert.«

Sie ließ ihn stehen und ging, flankiert von Weller und Büscher, zum Verhörraum. Vor der Glasscheibe wartete schon Rupert. Im Raum saß Stahnke.

Ann Kathrin ging zu ihm hinein.

»Was soll das?«, fragte Stahnke empört. »Ich komme mir vor wie ein Beschuldigter. Das ist doch hier ein Verhörraum, oder nicht? Ich kenne das nur aus dem Fernsehen. Da hinter der Scheibe steht doch ein Psychologe und begutachtet jede Geste von mir, oder?«

Ann Kathrin setzte sich und streckte die Beine von sich. Sie bog sich durch. »Hinter der Scheibe steht mein Kollege Rupert. Der ist Hauptkommissar. Bestimmt kein Psychologe. Aber er hört uns vermutlich zu.«

Ann Kathrin winkte.

Jetzt kam Weller mit Kaffee rein. »Sie auch?«, fragte er Stahnke. Der schüttelte den Kopf.

»Diese Räume sind wichtig für uns. Bei schweren Verbrechen stehen hinter dem venezianischen Spiegel da nicht nur Kollegen und Psychologen, sondern das Gespräch wird auch in Bild und Ton aufgezeichnet, weil uns in letzter Zeit vor Gericht immer wieder verbotene Verhörmethoden unterstellt werden. Da sind solche Beweise manchmal wichtig. Ich selbst bin hier ganz gern zu Gesprächen, weil es der einzige Raum im Haus ist, wo wir ungestört in Ruhe reden können. Hier klingelt kein Telefon. Hier rennen keine Leute rein und raus. Aber wenn es Ihnen zu ungemütlich ist, können wir auch gern in mein Büro gehen.«

Stahnke hob die Arme und verneinte. Die Erklärung reichte ihm aus.

»Ich bin eigentlich nur aus zwei Gründen hier. Erstens wollte ich mich bei Ihnen bedanken, Herr Stahnke. Sie haben klug und umsichtig gehandelt und mir vermutlich das Leben gerettet.«

Ihre Worte taten ihm gut, und Weller nickte bestätigend.

»Und zweitens«, fuhr Ann Kathrin fort, »interessiert uns, warum Sie Linus Wagner einen solchen Gefallen schuldig waren ...«

»Das ist jetzt aber schon sehr privat ... Na, meinetwegen. Also, als meine Frau mich verlassen hat, bin ich in ein tiefes Loch gefallen. Sie hatte seit Jahren einen anderen und ...« Er sprach nicht weiter, sondern winkte ab. Er schluckte, als müsse er jetzt noch mit den Tränen kämpfen.

»Ich kenne das Gefühl, verarscht zu werden, nur zu gut«, gab Weller zu. »Meine Ex hat ständig mit anderen Typen rumgemacht.« In Wellers Worten klang jetzt noch seine Wut mit.

Ann Kathrin versuchte, das Gespräch aufs Wesentliche zurückzuholen: »Und was hat Linus Wagner damit zu tun?«

»Ich habe alles schleifen lassen. Mir war alles egal. Statt mich um meinen Betrieb, meine Arbeit zu kümmern, habe ich lieber im Bett gelegen oder an der Theke gesessen. Statt den Jungen auszubilden, hat er mir die Aufträge gerettet. Und ich hatte Glück, denn er ist verdammt gut. Der Beste!«

Ann Kathrin fragte kritisch nach: »Sie haben diese riskante Aktion gemacht, weil er ein paar Termine für Sie übernommen hat, als es Ihnen schlechtging?«

»Ja, ich weiß, das klingt jetzt sehr blöd, aber es war eine harte Zeit für mich. Und er hat mich wieder stabilisiert. Ein echter Freund. Ich bin ihm wirklich dankbar.« Er schwieg eine Weile, rang mit sich, dann fuhr er stockend fort: »Ja, okay, er hat mich gefunden. Er hat die Tür aufgebrochen, den Krankenwagen gerufen und ...«

Weller hustete den Satz aus: »Sie wollten sich umbringen?«

»Tabletten und Whisky. Hätte fast geklappt.«

Ann Kathrin reichte das als Erklärung völlig aus. Sie stand auf. Erst jetzt stellte Weller fest, dass dies wirklich kein Verhör gewesen war, sonst wäre sie herumgetigert. Drei Schritte, Kehrtwendung, drei Schritte.

»Ich bin erledigt«, sagte Stahnke. »Ich will nur noch nach Hause. Kann ich gehen?«

»Selbstverständlich. Die Kollegen fahren Sie gern heim.«

»Ich auch«, bot Weller sich an. Der Mann hatte bei ihm einen Stein im Brett.

Weller erwischte sich dabei, dass er darüber nachdachte, woher dieser Ausdruck kam: *Bei jemandem einen Stein im Brett haben.*

Stahnke bedankte sich und ging zur Tür. Sie war nicht verschlossen.

Vor der Tür warteten Meiser, Staatsanwalt Scherer, Büscher und Rupert.

Sofort gab es Stress. Scherer und Meiser waren sich einig: »Sie sind nicht zuständig, Frau Klaasen. Sie können den Zeugen nicht einfach entlassen. Und diese Polizeiinspektion ist kein Taxiunternehmen«, giftete Scherer und warf auch Weller einen zornigen Blick zu.

»Ja, danke der Nachfrage, Herr Scherer, es geht mir gut. Durch Herrn Stahnkes mutiges und entschlossenes Handeln lebe ich noch.«

Scherer schreckte vor Ann Kathrins Power ein Stück zurück. Er hatte in der Reha und im viel zu kurzen Karibik-Urlaub fast vergessen, welch ungeheure Energie diese scheinbar so zierliche Person entwickeln konnte.

Rupert zeigte hinter Scherers Rücken den Stinkefinger, aber Scherer sah das in der Spiegelung der Glasscheibe. Endlich hatte er ein Ventil für seine aufwallende Wut. Er drehte sich um: »Das habe ich gesehen!«

»Ich ... ich ... ich meinte Sie nicht«, stammelte Rupert.

»Ach, wen denn?«

»Weller!«, rief Rupert fast erfreut.

Der nickte. »Ja, er meinte mich, er macht das ständig in meine Richtung. Seit wir gemeinsam in der Sauna waren und er mich nackt gesehen hat, fühlt er sich einfach nicht mehr als richtiger Mann.«

Erleichtert, dass Weller ihm aus der Klemme half, nickte Rupert und sagte: »Ja«, bevor er kapiert hatte, was Weller da gerade losgelassen hatte.

»Ihr katastrophaler Alleingang in Wirdum wird zu einem Disziplinarverfahren führen!«, drohte Scherer.

Weller und Büscher gingen gleichzeitig dazwischen.

Weller bestand darauf: »Das war kein Alleingang. Wir waren zu zweit.«

Büscher zischte in Scherers Richtung: »Ach, fällt das jetzt in Ihre Zuständigkeit?«

Scherer machte den üblichen grundbeleidigten Eindruck. Jemand wie er gehörte eigentlich gar nicht nach Ostfriesland, sondern brauchte einen Posten als Verfassungsrichter. Oder wenigstens als Generalstaatsanwalt. Auch als Leiter einer Behörde hätte er sich vermutlich wohler gefühlt. Hier musste er immer um Anerkennung ringen. Er wusste nicht, warum. Egal, wie energisch er auftrat, sie akzeptierten ihn einfach nicht.

Die junge Kollegin Meta Jessen hatte es da viel leichter. Jeder mochte sie und freute sich, wenn sie den Raum betrat.

Er blies sich unnötig auf: »Als Staatsanwalt obliegt mir die rechtliche Würdigung des Sachverhalts! Ich kann das Verfahren eröffnen oder auch einstellen.«

Damit beeindruckte er hier niemanden. Weller grinste: »Wird das hier ein Fortbildungsseminar? Ich war neulich erst auf einem. Mein Bedarf für dieses Jahr ist gestillt.«

Stahnke gab Ann Kathrin die Hand und sagte: »Ich hau mir jetzt ein, zwei Whisky rein und hoffe, dass ich dann schlafen kann. Sie kennen ja meine Adresse.«

Der Whiskykenner Rupert wollte wissen: »Scotch oder Bourbon?«

»Scotch.«

Rupert war zufrieden: »Echte Männer«, behauptete er, »trinken keinen Bourbon.«

Dann interessierte Rupert sich nicht länger für diese kleinen Scharmützel und Reibereien. Er sah eine Frau durch den Flur im Gegenlicht auf die Gruppe zukommen. Ein Körper, als sei er im Himmel geschnitzt worden, um Rupert auf der Erde für seine tapferen Taten zu belohnen. Endlich. Da war sie. Die Superfrau!

Lange, glatte, schwarz glänzende Haare. Ein Gesicht, freundlich, aufgeschlossen. Hohe Wangenknochen. Lippen, die, da war Rupert sich ganz sicher, nicht nur zum Sprechen und Singen gemacht worden waren. Wenn er je einen scharfen Blick gesehen hatte, dann jetzt, aus ihren rehbraunen Augen.

Sie trug ein hellblaues Kostüm. Die Jacke offen, als habe der prächtige Busen sie einfach gesprengt. Ein wiegender Gang. Schwarze Nylons brachten ihre endlosen Beine zur Geltung.

Rupert war hin und weg. So hatte er sich zum ersten Mal als kleiner Junge gefühlt, als er seine Mama zum Einkaufen im Tante-Emma-Laden begleitet hatte. Er hatte vor dem großen Glas mit Karamellbonbons gestanden. Sie rochen so irre intensiv, und das Glas war offen und genau in seiner Kopfhöhe.

Zuerst hatte er nur hineingesehen. Aber dann ging es nicht anders. Er griff einfach zu und stopfte sich drei Karamellbonbons in den Mund.

Er bekam tierisch Ärger und verlor sogar einen Backenzahn, aber der war ohnehin wacklig gewesen. Seine Mutter nannte die Karamellbonbons *Plombenzieher*.

Ja, jetzt ging es ihm wieder so wie vor dem Bonbonglas. Er musste damals einfach hineingreifen. Sein Verstand setzte aus.

Er wollte mit dieser Frau ausgehen. Er würde sie zum Essen einladen und sich von seiner besten Seite zeigen. Was spielte es für eine Rolle, ob sie verheiratet war, Freunde hatte ... Jetzt kam er: Rupert.

Er stieß Weller an: »Stell mich ihr vor.«

»Häh? Was?«

»Bist du taub? Stell mich ihr vor!«

»Ja aber ... ich kenn sie doch gar nicht.«

»Na und? Aber du kennst mich.«

Büscher übernahm die Aufgabe, allerdings anders, als Rupert es sich erhofft hatte. Büscher stellte die junge Frau der ganzen Runde vor: »Das ist Larissa Andrejewna Achmatowa aus Moskau. Sie ist im Rahmen unseres internationalen Austauschprogramms nach Ostfriesland gekommen. Sie wohnt im Moment im Hotel Reichshof in Norden.« Er nickte Larissa freundlich zu und fuhr fort: »Das sind Hauptkommissarin Ann Kathrin Klaasen, Hauptkommissarin Sylvia Hoppe, Hauptkommissar Frank Weller und Hauptkommissar Rupert.«

Sie gab jedem in der Runde brav die Hand und lächelte.

Es ging Rupert nicht schnell genug, bis er drankam. Als sein Name endlich genannt wurde, sprang er vor und schüttelte Larissas Hand kräftig. Er tönte: »Ich nehmen Sie gerne mit in meine Schicht. Als Ihr Mentor sozusagen. Meine Kollegin Sylvia Hoppe ist sowieso krank, und da wird der Platz neben mir frei.«

»Ich bin ... also, das ist doch ... Ich bin keineswegs krank!«, behauptete Sylvia Hoppe. Sie wirkte ziemlich aufgebracht.

»Wer hat denn zweimal den Wagen vollgekotzt?«, zischte Rupert und brummte dann in Larissas Richtung: »Entschuldigen Sie den Ausdruck.«

Sie guckte, als hätte sie nichts verstanden, und Sylvia Hoppe holte aus, als wollte sie Rupert ohrfeigen. Sie tat es aber nicht. »Weil du gefahren bist wie ein Henker!«, fauchte sie.

Rupert zog Larissa zur Seite: »Ich habe das Austauschprogramm praktisch ins Leben gerufen«, log er, ohne rot zu werden. Als er es sagte, kam es ihm auch tatsächlich so vor, als habe er sich seit Ewigkeiten nichts sehnlicher gewünscht als dieses internationale Austauschprogramm.

Hinter ihnen beschwerte Meiser sich lautstark, er würde hier wohl überhaupt nicht ernst genommen.

Staatsanwalt Scherer verstieg sich zu der Behauptung, der ganze Laden hier in Aurich müsste mal ausgemistet werden. Das Wort *Vetternwirtschaft* fiel.

Larissa Achmatowas Stimme war warm, weich, gleichzeitig tief und angeraut. Sie fragte Rupert auf Englisch, was denn eigentlich los sei, und Rupert antwortete, ohne lange zu überlegen: »Also, ein Mörder hat sich mir nichts, dir nichts aus dem Staub gemacht.«

Larissa sah ihn verständnislos an. Er versuchte es auf Englisch: »The murderer made himself me nothing you nothing out of the ... – Was heißt denn Staub?«

Sylvia Hoppe, die hinter ihm stand, weil sie wissen wollte, was die zwei miteinander ausklügelten, half ihm: »Dust.«

»Genau. Out of the dust«, sagte Rupert.

Larissa verstand immer noch nicht, aber, dachte Rupert sich, muss eine so schöne Frau überhaupt irgendetwas verstehen? Muss man ihre Sprache sprechen? Reicht es nicht, sie einfach um sich zu haben?

Sylvia Hoppe tippte sich an die Stirn. »He made himself me nothing you nothing out of the dust ...«

Imken Lohmeyer hörte ihn kommen. Er pfiff ein Lied. Wenn sie sich nicht täuschte, sollte das *Verdamp lang her* von *BAP* sein. Sie kannte den Song von der LP *Für usszeschnigge!* aus dem Plattenschrank ihres Vaters. Inzwischen hatte sie sich sogar die Version von Clueso angehört. Ihr erster Freund hatte den Song mit seiner Schülerband interpretiert.

Aber noch nie hatte jemand das Lied so grauenhaft verhunzt. Er traf keinen Ton. Er steuerte ihn an und blieb dann kurz vorher stecken. Mal zu hoch, mal zu tief, mal einfach komplett daneben. Aber immer voller fröhlicher Leidenschaft.

Dieses schräge Pfeifen signalisierte Imken nur eins: Hier war jemand gutgelaunt. Vermutlich spielte er auch darauf an, dass er wusste, wie lange sie und Maike bereits auf ihn warteten. Sein letzter Besuch war wirklich verdammt lange her.

Die Bretter über ihrem Kopf knarrten unter seinem Gewicht, als könnten sie jeden Moment brechen. Er stellte etwas ab. Dann kratzte der Riegel übers Metall. Die Luke wurde geöffnet.

Sofort konnte sie riechen, was er mitgebracht hatte: Linseneintopf. Der Geruch des heißen Specks ließ sie gierig werden. Sie hätte sich am liebsten auf das warme Essen gestürzt und es verschlungen. Aber sie gönnte ihm den Triumph nicht.

Nein, so sollte er sie nicht sehen. Sie wollte cool bleiben. Vorwurfsvoll, aber klar abgegrenzt. Sie hätte ihm zu gern ihre Verachtung und ihre ganze Wut entgegengeschrien, aber sie hatte Angst vor den Konsequenzen. Sie schämte sich vor sich selbst wegen ihrer jämmerlichen Angst. Konnte sich ihre Situation überhaupt noch verschlechtern? O ja, sehr sogar ...

Er ließ die Leiter herunter und kletterte zu ihr in die modrige Grube. Er brachte zwei Aldi-Tüten mit. In einer Suppe im Plastikbecher, in der anderen Wasser, Saft und Schokoriegel.

»Außer bei der Hospizarbeit wirst du wirklich nirgendwo vermisst«, sagte er. »Dieser Herr, den du betreut hast – wie hieß er noch?«

»Rosenbaum.«

»Genau. Rosenbaum. Der ist gestorben. Ich dachte, das interessiert dich.«

Ihr erster Gedanke war: Er lügt. Er sagt das nur, um dich zu quälen. Er wusste nicht mal den Namen.

»Das ist in der Hospizarbeit eine nicht ganz ungewöhnliche Tatsache. Wir begleiten Menschen auf ihrem letzten Weg.«

Sie fand sich gut. Sie wollte ihm zeigen, dass er sie nicht getroffen hatte.

»Gibt es«, fragte er, »jemanden, den ich von dir grüßen soll?«
»Was? Wie?«
Er lachte. »Na ja, du kannst ja schlecht Postkarten schreiben. Aber ich richte gern deinen Gruß aus.«

War das sein Ernst? Etwas in ihr wollte bitten und flehen: *Ja, sag meinen Kindern, dass ich sie liebe!* Aber gleichzeitig ertrug sie den Gedanken nicht, dass er ihren Kindern nahe kam.

Wenn Dirk sie wirklich liebte, dachte sie, dann müsste er in der Anwesenheit dieses Mannes sofort spüren, dass sie sich in seiner Gewalt befand.

Meine Angst hängt in seiner Aura, dachte sie.

Ja, zu Dirk sollte er ruhig gehen. Aber bitte, bitte nicht zu ihren Kindern!

Gibt er mir jetzt wirklich die Chance, einen Hinweis auf mich zu hinterlassen? Oder ist das nur ein Spiel?

Dirk war vielleicht nicht sensibel oder spirituell genug, um zu spüren, was los war. Chris ... Ja, Chris wird mich längst suchen. Er könnte die Witterung aufnehmen. Chris ist sensibel. Er ist auch spirituell. Er würde es noch schneller merken als Dirk. Chris war ein großer, starker Beschützer, der Bruder, den sie so gern gehabt hätte.

Sie sah ihn schon mit seiner Motoguzzi herbeisausen und sie raushauen. Er hatte sich zweimal für sie geprügelt. Einmal völlig unnötig, wie sie fand, weil ein anderer Biker bei einem Ausflug an den Halterner Stausee zu ihr »Blöde Schlampe« gesagt hatte. Sie hatte den Typen einfach links liegenlassen. Im Ignorieren solcher Rüpel war sie gut. Doch Chris war auf ihn losgegangen. Er hatte ihm einen Schneidezahn ausgeschlagen und ein blaues Auge verpasst.

»Entschuldige dich sofort bei ihr!«, hatte er gefordert. Mit blutiger Lippe war sie um Verzeihung gebeten worden.

Es hatte ihr gutgetan. Jemand war bereit, für sie zu kämpfen. Chris hatte gemerkt, wie sie darauf reagierte. Auch andere Biker zollten ihm Respekt dafür.

Ein paar Monate später geschah es noch einmal. Ein Besoffener wurde aufdringlich und fasste ihr zweimal an den Busen.

Chris war mit für sie fast erschreckender Brutalität auf den Mann losgegangen, so, als müsse er jetzt noch härter eingreifen als beim ersten Mal. Es war ohne Frage eine Steigerung. Nicht zwei Schläge, sondern eine Serie prasselte auf den Besoffenen ein. Als er am Boden lag, trat Chris zu. Sie musste eingreifen, um Schlimmeres zu verhindern.

Wie sehr wünschte sie sich ihn jetzt herbei! Chris war eine ganz andere Kämpfernatur als Dirk. Der Motorradfreak und der Versicherungsagent.

Hatte sie zu lange so dagestanden und nichts mehr gesagt, versunken in ihre eigenen Gedanken, Wünsche und Gefühle?

Er ließ sie allein mit den zwei Tüten. Erst, als er die Leiter wieder hochzog, wurde ihr klar, dass sie ihn nicht angegriffen und ihre Chance nicht genutzt hatte. Nicht einmal eine Antwort hatte sie ihm gegeben.

Jetzt schrie sie: »Chris! Bitte informieren Sie Chris Hoffmann! Sagen Sie ihm, dass ich noch lebe!«

Er stand oben und sah durch die noch offene Luke. Er lachte höhnisch, sah aber aus, als hätte er genau das erwartet.

»Chris! Ich soll diesen Motorradfahrer informieren? Nicht deinen Mann? Nicht deine Kinder? Nicht deine Eltern? Nun, ich sage dir gerne die Wahrheit: Er weiß längst Bescheid, ich habe deinen Wunsch vorausgeahnt. Ich kenne ihn besser als du dich selbst.«

Seine Gestalt verschwand. Die Luke senkte sich über dem Verlies.

»Was hast du vorausgeahnt?«, brüllte Imken. »Sprich mit mir, verflucht nochmal!«

Seine Schritte entfernten sich. Er blieb ihr die Antwort schuldig.

Sie war in einem so desolaten Zustand, dass sie den Impuls verspürte, das Essen gegen die Wand zu klatschen. Ihr Verstand schrie: Nein!, doch ihre aufwallende Wut auf ihn und ihre Situation brauchten etwas, um sich abzureagieren.

Sie schonte das Essen und trommelte stattdessen mit den Fäusten auf dem Bett herum. Je wilder sie sich dabei gebärdete, umso mehr Tränentropfen flogen wie Regen durch die Luft.

Dann weinte sie nur noch.

Schließlich siegte der Lebenswille. Sie trank ein wenig Wasser, dann aß sie. Das Schlucken fiel ihr schwer, als würde ihr eine gnadenlose Hand den Hals zudrücken.

Er ging zu Maike Müller. Es war bisher unbefriedigend für ihn, sie gefangen zu halten. So ging es nicht weiter. Da fehlte jede Dynamik. Das Experiment stockte.

Er stieg zu ihr hinab. Er wollte sich Zeit für sie nehmen, die Dinge in Fluss bringen. Vielleicht hatte sie selbst eine Idee.

Sie war sehr widerspenstig, hatte ihn mehrfach attackiert, fand sich überhaupt nicht mit ihrer Situation ab, sondern unternahm Fluchtversuche. Sie war schwer beherrschbar. Sie bettelte nicht um Nahrung. Sie stellte Forderungen. Sie war für ihn in der freien Wildbahn als Rädelsführerin denkbar. Als Leiterin eines Generalstreiks oder Sprecherin einer konsequenten Opposition. Ihr Wille war nicht leicht zu brechen. Sie ordnete sich höchstens taktisch unter, um ihn dann doch wieder – wenn er sich sicher glaubte – zu attackieren.

Er hatte ihr ein paar kleine Handyfilmchen mitgebracht. Vielleicht würden die sie zusammenbrechen lassen.

Er schob die Leiter in den dunklen Raum und stieg zu ihr

hinab. Das Essen ließ er oben stehen. Sichtbar. Duftend. Eine Verlockung.

Vielleicht würde es sie dazu bringen, ihn zu bitten. Er hoffte es.

Sie hatte sich in die dunkelste Ecke verkrochen. Er sah nur ein wenig von ihrer feuchten Haut glänzen. Die Augen wie fiebrige Lichtpunkte.

Er richtete seine Taschenlampe auf sie. Das Licht war grell, hart und unerbittlich.

Mit der Lampe konnte er punktgenau Ziele in mehr als hundert Metern Entfernung taghell ausleuchten. Dieses ultrahelle Licht schockierte Menschen oder Tiere, machte sie für kurze Zeit praktisch blind. Es war mehr als eine Lampe. Es war eine Waffe. Der andere fühlte sich erkannt. Erwischt. Durchleuchtet.

Maike Müller versuchte nicht, ihre Nacktheit zu verbergen. Sie hüllte sich nicht in Bettlaken. Sie hatte ihren Körper mit Schmutz und Schleim bestrichen. Von der Wand gekratzter Mörtel und rote Backsteinkrümel trug sie als eine Art Kriegsbemalung. Sie machte sich bewusst abstoßend hässlich. Hatte sie wirklich immer noch Angst vor Vergewaltigung? Das war ja jetzt fast zum Grinsen für ihn.

Überhaupt war er heute gutgelaunt. Die Dinge liefen im Grunde prächtig für ihn. Vielleicht würde er sich bald eine dritte Frau holen. Viel Arbeit war das nicht. Das Erdloch war längst fertig. Das Bett stand bereit.

Er hielt die Lampe zwar noch auf Maike gerichtet, ließ das Licht aber erlöschen. Wenn er sie zu lange blendete, würde sie die schönen Filmchen nicht mehr genießen können, und genau das wollte er ja.

»Wie lange bist du schon bei mir, Maike?«

Sie antwortete nicht. Bereitete sie in ihrer Ecke einen Angriff vor? Sie hockte noch immer da, wie ein verängstigtes Tier.

»Nun, dein Mann hat jedenfalls immer noch keine Vermisstenmeldung bei der Polizei aufgegeben.« Er wurde lauter: »Niemand vermisst dich, Maike! Ist das nicht ein komisches Gefühl? Du verschwindest, und es ist, als seist du überhaupt nie da gewesen.«

Er hörte ein Kratzen, als würde sie mit den Fingernägeln hinter sich an der Wand herumschaben.

»Dein Mann lässt sich von seinen Freundinnen trösten. Es sind zwei. Na ja, im Grunde drei. Aber die hier hat es ihm besonders angetan. Sabine. Ich denke, sie ist gut zehn Jahre älter als du, aber das scheint ihn gar nicht zu stören. Es gibt wohl einige Sachen, die sie echt besser kann.« Er hielt das Display seines Handys so, dass Maike die Bilder sehen konnte. Dabei sprach er weiter: »Dein Mann hat nicht ein einziges Konzert ausgelassen. Er spielte beim Dollart-Jazz-Meeting. In der VHS Emden war er der Abräumer, und im Café Grusewsky erst! Der spielt nicht nur in Jazzclubs ... Trotz seiner Sabine schleppt er gern abends weibliche Fans ab. Aber das ist dir ja nichts Neues. Schließlich hast du einen Musiker geheiratet.« Er begann zu singen: »*Money for nothing and chicks for free ...* Mit seiner Bluesband ist er bei den Damen viel erfolgreicher als mit dem Jazz. Wenn das Saxophon so richtig in den Magen fährt und alles im Unterleib vibriert, dann ... Ich hab dir Bilder von den Gigs bei Jameson's in Norden und aus der Alten Backstube mitgebracht. Vom Musikcafé Marienheil in Rhauderfehn, dem Bürgerhaus Ihlow ... Und das hier, guck mal, aus dem Strandportal Benseriel! Der lässt echt nichts aus. Aber das alles kennst du ja.«

Sie hockte nur da. Wie elektrisiert starrte sie auf seine Hand mit dem Handy.

»Ach, die Auftritte interessieren dich weniger. Klar. Kann ich ja auch verstehen. Sieh mal hier, die Sabine bei euch im Garten ... also ich finde, für ihr Alter hat sie echt eine Topfigur. Sie kann den Bikini doch wirklich tragen. Überhaupt, ist das nicht deiner? Wenn sie schon deinen Mann hat, warum dann nicht auch deinen Bikini? Guck mal hier ...«

Er kam einen Schritt näher, damit sie es besser sehen konnte. Er wusste, dass es ihr weh tun würde. Ihre Kinder tollten mit Sabine im Garten herum. Sie spritzten sich gegenseitig nass.

»Das sind doch Tim und Lisa, oder? Ich dachte erst, es seien Sabines Kinder, weil sie so vertraut miteinander sind. Aber ich fürchte, es handelt sich um deine Kids, oder?«

Knirschte sie wirklich mit den Zähnen, oder waren das ihre Fingernägel an den Steinen? Sie wurde aus seiner Sicht immer animalischer. Entwickelten sich Menschen, isoliert von ihren Bezugspersonen, zu Tieren? Ging es irgendwann nur noch ums Fressen, Saufen und Überleben?

Sie kam ihm vogelartig vor. Erinnerte ihn an seinen Wellensittich, der sich einen Flügel gebrochen hatte und vielleicht auch ein Beinchen. Er fiel im Käfig immer wieder von der Stange und tapste mit einem Fuß auf dem Boden herum.

Nein, er hatte Jacky nicht gegen die Wand geworfen, wie seine Mutter behauptet hatte. Jacky war doch kein Hamster. Der Goldi hatte es damals verdient gehabt. Goldi rannte die ganze Nacht in diesem quietschenden Rad herum. Er konnte nicht schlafen und schrieb am anderen Tag eine glatte Fünf. Das war nicht seine Schuld gewesen, sondern Goldis, aber er hatte den Ärger bekommen.

Goldi musste lernen, was gut und richtig war. Er hatte keine Lust, noch eine Fünf zu schreiben. Das konnte er sich nicht leisten.

Er war zu tief in Gedanken versunken. Die Bilder seiner Kindheit hatten ihn schnell und heftig geflutet. Maike nutzte die Chance, oder sie hatte einfach nur Glück, dass er gerade abgelenkt war, als sie sich auf ihn stürzte.

Sie ertrug diese Filmchen mit den Kindern nicht. Sie federte hoch und griff nach seinem Arm, biss in seine Hand. Das Handy fiel auf den Boden.

Er schrie. Er schlug nach ihr. Sie schnappte erneut zu und

verbiss sich in sein Handgelenk. Er spürte den Schmerz bis in die Haarwurzeln.

Er packte ihre Nase und zerrte daran. So, wusste er, wurden Kühe am Ring geführt. Er hatte oft bei seinem Onkel auf dem Bauernhof Ferien gemacht und geholfen, die Kühe von der Weide zu holen.

Aber Maike war nicht brav wie eine Milchkuh. Maike hatte einen eigenen Willen, und Maike war verflucht wütend.

Sie schlug und biss, kratzte und trat. Sie wollte das Handy. Dieser simple Sachverhalt wurde ihm rasch klar. Sie versuchte, ihn so weit wie möglich vom Handy wegzudrängen. Gleich würde sie sich bücken und versuchen, es an sich zu bringen. Sie wollte einen Notruf absetzen. Sie glaubte, sie hätte eine Chance, Hilfe zu rufen.

Es war idiotisch von mir, dachte er, einfach idiotisch. Ich hätte nicht mit dem Handy hier runterkommen dürfen. Es war ein Fehler. Ein böser Fehler!

Für das, was er hier machte, gab es keine Ausbildung. Kein erfahrener Lehrer sagte: »Tu dies, lass das.« Hier herrschte das Experiment. Ständig musste er mit neuen, schwierigen Situationen fertig werden. Spontanität war gefragt. Planung und Improvisation.

Er war sich sicher, stärker als sie zu sein. Viel stärker. Aber sie entwickelte plötzlich ungeahnte Kräfte. War schnell, bissig und kratzbürstig.

Frauen kämpften anders als Männer. Aber man durfte sie nicht unterschätzen. Gerade sie konnten zu Raubtieren werden, wenn es um ihre Kinder ging.

Sie rammte ihr rechtes Knie in seine Weichteile. Der Schmerz jagte wie ein elektrischer Schlag durch seinen Körper und war dann überall gleichzeitig. Er krümmte sich, und ihr Fuß traf sein Gesicht. Er schmeckte sein eigenes Blut.

Sie griff das Handy, und schon war sie bei der Leiter. Er sah, wie sie hochstieg. Gleich würde sie von oben die Luke schließen. Dann war er der Eingesperrte, und sie konnte mit dem Handy Hilfe herbeirufen.

Sie wusste nicht, wo genau sie sich befand, aber die Polizei würde sie sicherlich rasch orten. Er war kurz davor, alles zu verlieren. Er rechnete nicht mit Gnade oder Verständnis. Sie würden über ihn herfallen wie ein Rudel Wölfe.

Sie war schon oben. Aber jetzt machte sie einen Fehler. Sie stieß die Klappe der Luke mit dem Fuß hoch. Sie krachte über das Einstiegsloch. Doch Maike verriegelte das Verlies nicht, sonst hätte sie bemerkt, dass sich die Luke nicht vollständig schließen ließ. Sie hätte die Leiter vorher hochziehen müssen.

Sie war viel zu sehr auf das Handy fixiert, achtete nicht auf die Luke. Sie kannte nur eine einzige Handynummer auswendig: die von ihrem Sohn Tim. Oma hatte ihm zum Geburtstag – überflüssigerweise, wie Maike damals fand – ein Handy geschenkt. Internetfähig und mit vielen Spielen drauf. Seitdem hing er mehr mit diesem Gerät ab als mit seinen Freunden.

Konnte sie in so einer Situation, in höchster Lebensgefahr, einen Zehnjährigen anrufen? Überforderte, ja, traumatisierte sie ihr Kind damit? Was sollte sie sagen? *Deine Mutter wird seit Monaten in einem Erdloch gefangen gehalten? Hol bitte Hilfe, mein Sohn! Du kennst meinen Entführer. Er ist nicht der harmlose, brave Onkel, für den er sich ausgibt!*

War es nicht besser, direkt die Polizei zu rufen? Aber wie? Brauchte sie eine Vorwahl? Oder einfach nur 110?

Sie stand oben auf den Brettern und sah, wie ihre Finger Tims Nummer eintippten. Bestimmt hatte er sein Handy auf lautlos gestellt. Aber vielleicht spielte er gerade verbotenerweise im Bett ein Spiel. Dann würde diese Nummer aufleuchten.

Sie kannte sich mit Tims Handy nicht aus. Würde er sofort ihre Stimme hören oder sah er nur eine unbekannte Telefonnummer?

Sie hörte Holz knarren. Die Leiter! Er kletterte die verfluchte Leiter hoch!

Er ächzte. Er hatte Schmerzen.

Sie rannte mit dem Handy in den Schutz der Bäume. Es war, als würde ihr Verstand jetzt erst beginnen, vernünftig zu arbeiten.

Die Polizei, dachte sie. Ich muss die Polizei anrufen! Was will ich mit meinem Sohn?

Aber es klingelte bereits. Tim.

Hinter ihr krachte die Falltür auf. Sie federte vom Boden wieder hoch.

Er erhob sich aus dem Verlies und leuchtete mit seiner superhellen Taschenlampe die Gegend ab. Er sah aus wie ein Dämon mit einem Lichtschwert.

Das Licht blendete sie. Wie eine Stimme aus dem Jenseits hörte sie ihren Sohn: »Ja? Hier Tim Müller. Ihr wisst ja, wie das läuft. Einfach nach dem Piepston draufquatschen.«

Die Mailbox! Sie hatte die Möglichkeit, eine Nachricht auf der Mailbox zu hinterlassen! Sie kreischte: »Tim?! Hier spricht deine Mutter! Das ist kein Scherz! Ich bin entführt worden! Ich weiß nicht genau, wo ich bin! Informiere die Polizei! Sie sollen dieses Handy orten! Es gehört dem ...«

Seine Hand legte sich wie eine Eisenkette um ihren Hals. Er glotzte sie zornig aus blutunterlaufenen Augen an.

»Was bist du nur für ein dummer Mensch? Jetzt muss ich mir auch noch deinen Sohn holen! Mir bleibt gar nichts anderes übrig. Du hast es ja so gewollt!«

»Nein«, rief sie, »nein, bitte nicht!«

Sie sank vor ihm auf die Knie und flehte ihn an.

Charlie Müller saß auf der Terrasse und las Zeitung. Nein, er las nicht wirklich. Er suchte einen Bericht über ein Konzert. Eine offensichtlich begeisterte Journalistin hatte viele Fotos gemacht und im Anschluss sogar noch ein paar Fragen gestellt.

Er hatte schon überlegt, sie abzuschleppen, aber sie war nicht wirklich sein Typ. Er war sonst nicht besonders wählerisch, aber zu dünne Frauen mochte er nicht. War sie beleidigt und hatte deswegen nichts über ihn geschrieben?, fragte er sich.

Die Sonne schien milde auf den Frühstückstisch. Die Karpfen im Teich und der Koi schwammen direkt unter der Oberfläche. Sie stülpten die Mäuler in Richtung Frühstückstisch. Oft hatten sie von dort Brotkrumen erhalten.

Sabine hatte Eier mit Speck und Krabben in einer heißen Pfanne auf den Tisch gestellt. Dazu gab es Brötchen von der Bäckerei Sikken. In Uphusen selbst gab es seit Jahren keine Bäckerei mehr. Sie musste, um Brötchen zu holen, nach Wolthusen fahren.

Zwei Kannen mit schwarzem Tee standen auf dem Tisch. Charlie trank Bünting-Tee, sie liebte Thiele-Tee. Sabine hatte ein hartes Gespräch mit ihrem Noch-Ehemann hinter sich. Er hatte wie so oft die Kinderkarte gespielt. Er bezeichnete sich selbst als Scheidungskind und wollte das alles seinen Kindern ersparen, verhielt sich aber nicht so. Er hatte die Kinder auf seine Seite gezogen. Sie war jetzt die Böse.

Hier, mit Charlie, fühlte sie sich wohl. Er beachtete sie. So, wie er sie ansah, war sie wirklich gemeint. Er war witzig, hatte immer einen Scherz auf Lager und konnte sie angucken, dass es ihr durch und durch ging.

Klar hatte er auch andere Frauen. Sie machten es ihm leicht, warfen sich ihm reihenweise an den Hals. Aber, so schwor er täglich, er liebte in Wirklichkeit doch nur sie.

Diese Musikschlampen, die sich gerne abends einen von der Band angelten, hatte sie nie als wirkliche Konkurrenz empfunden. Aber seine Frau Maike war unberechenbar. Mal hüh, mal hott. Gerade noch wollte sie ihn verlassen, schon liebte sie ihn wieder abgöttisch, war eifersüchtig und besitzergreifend.

Seit Maike verschwunden war, ging es Sabine besser. Mit Charlies Kindern kam sie gut klar. Mit ihren eigenen nicht.

Heute durften Tim und Lisa länger schlafen. Schulfrei. Trotzdem wollte sie sie jetzt wecken. Bei dem schönen Wetter! Sie sollten das Frühstück und den zauberhaften Morgen in Emden nicht komplett verpennen.

Sabine hatte heute Morgen schon einen langen Spaziergang am Uphuser Meer gemacht. Sie war merkwürdig aufgeregt, als stünde eine Entscheidung bevor. Etwas Lebensveränderndes. Sie fürchtete das Kommende nicht. Sie erwartete freudig etwas Positives.

Tim rannte die Treppe ungestüm hinunter. So, wie Charlie die Zeitung weglegte, stand nichts über den Auftritt seiner Band drin. Sabine sah es an dem verächtlichen Blick, mit dem er den Papierstapel strafte.

Tim war aufgeregt. Er sagte nicht wie sonst: »Moin«, er freute sich nicht über die Brötchen, die er sonst so gerne aß. Seine Haare standen wüst in alle Richtungen. In seinem ungewaschenen Gesicht hatte das zusammengeknüllte Kopfkissen Spuren hinterlassen. Seine Wangen glänzten rot. Er schwenkte sein Handy: »Die Mama hat mich angerufen! Sie ist entführt worden! Deshalb hat sie sich nicht gemeldet! Von wegen, *wir sind ihr egal!*«

Charlie rastete gleich aus. Er erlebte die Worte seines Sohnes als Angriff. Von der lokalen Presse ignoriert zu werden war mindestens genauso nervtötend für ihn, wie morgens auf Maike, seine Ex, angesprochen zu werden.

Er reagierte gleich sauer, aber nicht in Richtung Tim, sondern an Sabine gewandt: »Siehst du, das ist sooo typisch! Sie haut einfach ab, macht irgendwo ihr Ding und kümmert sich einen

Scheiß um uns. Kaum haben wir uns einigermaßen eingerichtet und führen wieder ein normales Leben, da bringt sie sich mit solchem Mist wieder ins Spiel. Hauptsache, es geht um sie! Sie ist eine narzisstische Lügnerin!«

»Meine Mama ist kein Nazi!«, protestierte Tim.

»Das habe ich auch nicht gesagt. Sie ist narzisstisch, nicht nationalsozialistisch. Narzisstisch heißt, dass jemand in sich selbst verliebt ist und nicht aushält, wenn es mal um andere Menschen geht und nicht immer nur um ihn.«

Tim sah seinen Vater fast verächtlich an: »Meine Mama ist in Not!«, rief Tim. »Sie braucht unsere Hilfe!«

»Deine Mutter möchte, dass wir denken, sie sei in Not, Tim. Es gefällt ihr nämlich nicht, dass wir hier an diesem schönen Tisch sitzen und friedlich miteinander frühstücken, ohne sie zu vermissen und ständig über sie zu reden.«

»Ich vermisse sie aber!«, brüllte Tim. Sein ganzer Kopf war jetzt rot, und er fuchtelte so sehr mit seinem Handy herum, dass er eine Teekanne anstieß. Sie wackelte auf dem Stövchen. Sabine griff hin. Zu spät. Die Kanne fiel. Schwarzer Tee schwappte in die Rühreipfanne.

»Na bitte«, sagte Charlie resignierend und zeigte auf den Tisch, »hat sie es also mal wieder geschafft. Sie ist nicht da, aber alles dreht sich nur um sie! Wir streiten, und unser Glück liegt in Schutt und Asche.«

Sabine versuchte, ihn zu beruhigen. »Nichts liegt in Schutt und Asche. Wir haben nur ein bisschen Tee verschüttet. Ich mache uns neue Rühreier. Die waren sowieso schon kalt.«

»Waren sie nicht!«, schimpfte Charlie.

Tim wollte die Worte seiner Mutter noch einmal abspielen. »Hier, hör mal, meine Mama sagt …«

Charlie versuchte, seinem Sohn das Handy abzunehmen. Tim ließ sich das nicht gefallen. Sie zerrten beide am Handy herum. Eine richtige kleine Rangelei entstand.

Sabine wollte zwischen Vater und Sohn schlichten, machte mit einer zu schnellen Bewegung aber alles noch schlimmer, weil Tim ihr auswich und mit dem Kopf gegen die Unterlippe seines Vaters ballerte. Die Lippe platzte, und der Saxophonspieler blutete. Er ahnte sofort, dass er mit geschwollener dicker Lippe nicht auftreten konnte, und flippte vor Zorn fast aus. Er hatte seine Aggressionen nicht mehr im Griff.

Vom Lärm geweckt, erschien Lisa im Schlafanzug auf der Terrasse. Charlie wollte seinen Sohn nicht vor aller Augen ohrfeigen, doch er spürte diesen Drang, ihm eine reinzuhauen, rasant in sich anwachsen. Er musste etwas tun, um nicht zuzuschlagen.

Er schleuderte seine Teetasse in den Goldfischteich. Sofort schwammen alle Goldfische in die Richtung, als seien sie gerade gefüttert worden.

Tim stieß seinen Vater weg und schrie: »Ich hasse dich! Ich hasse dich!«

Tim rannte an seiner Schwester vorbei ins Haus zurück. Er riss seine Fußballkappe vom Kleiderständer und stürmte draußen auf die Straße.

Zuerst suchten Charlie und Sabine im ganzen Haus nach ihm. Sie sahen sogar in den Schränken nach. Sie riefen nach ihm. Sie drohten und flehten.

Lisa probierte draußen von den Rühreiern. Sie schmeckten matschig, fand sie.

Sie half noch mit suchen, aber sie ahnte schon, dass Tim nach draußen geflohen war. Barfuß, im Schlafanzug, aber mit seiner Fußballkappe auf dem Kopf.

Das sah ihrem großen Bruder ähnlich. Immer mit dem Kopf durch die Wand. Ein bisschen bewunderte sie ihn dafür.

Sie hatte noch nicht ganz begriffen, worum es ging. Auf jeden Fall war Papa wieder böse auf Mama, und es war ihm sehr wichtig, dass Sabine merkte, wie sauer er auf Mama war.

Manchmal kam es Lisa so vor, als würde ihr Vater nur vor seiner Freundin Sabine so schlecht über ihre Mutter reden. Wenn er mit ihr oder Tim alleine war, tat er das nicht. Zumindest nicht so oft. Sabine gegenüber hörte er sich immer an, als sei er froh, Mama endlich los zu sein. Aber Lisa spürte, dass er ihre Mutter im Grunde vermisste. Das durfte nur Sabine nicht mitkriegen.

»Die Alte macht mich rasend«, schrie Charlie, »rasend! Damit hat sie uns auch diesen schönen Morgen versaut!«

Er staunte darüber, wie einfach es war. Der Junge lief ihm praktisch direkt in die Arme. Er hatte eine Schirmmütze verkehrt herum auf dem Kopf und trug einen gestreiften Schlafanzug.

Er sah ihn bei der Klappbrücke am Ems-Jade-Kanal. Er wirkte aufgewühlt, wild entschlossen, aber auch ratlos und dem Heulen nahe.

»Moin, Tim, kann ich dich irgendwohin mitnehmen?«

Der Junge lief sofort auf das Auto zu. Er wusste nicht genau, woher der Mann ihn kannte, aber Uphusen war eine kleine Gemeinschaft. Hier kannte im Grunde jeder jeden, und die Erwachsenen passten auf die Kinder mit auf, egal, ob es ihre eigenen waren oder nicht.

»Meine Mama ist entführt worden, und mein Papa, der Hornochse, glaubt mir nicht!« Tim hielt dem Mann das Handy hin. »Wollen Sie mal hören?«

Das Schicksal meint es gut mit mir. Ich habe den Jungen, und ich habe sein Handy.

»Steig ein«, schlug er vor. Tim freute sich. Er schöpfte Hoffnung.

»Fahren wir zur Polizei?«

»Na, wohin denn sonst?«

Schon saß Tim neben ihm. Erst jetzt sah er, dass der Mann

eine Verletzung an der Hand hatte. Ein weißer Verband ragte aus seinem Hemdsärmel und ging bis zu den Fingern.

Tim schnallte sich an und stellte die Mailbox laut. Er war stolz, dass er vorne sitzen durfte. Charlie und Sabine bestanden immer darauf, Kinder hätten hinten Platz zu nehmen.

Als die hektische, angsterfüllte Stimme seiner Mutter ertönte, schossen ihm Tränen in die Augen.

»Sie hat uns nicht verlassen! Sie ist entführt worden! Das ist alles echt. Die lügt nicht!«

»Ich weiß«, sagte der Mann sanft, »ich weiß.«

Er fragte sich, was er mit dem Jungen machen sollte. Er konnte ihn schlecht gehen lassen. Kinder umzubringen passte so gar nicht in sein Konzept. Aber so einen Jungen gefangen zu halten schien ihm noch viel schwieriger, als eine Frau einzusperren. Kinder waren doch flinke, kleine Kletteraffen. Den müsste ich in Ketten legen, um ihn festzuhalten, dachte er.

Verdammter Mist! Diese Maike Müller machte nur Schwierigkeiten. Ihr Mann vögelte fröhlich herum und informierte nicht einmal die Kripo, und sie selbst gebärdete sich wie ein Raubtier. Er hatte einfach die falsche Familie ausgesucht. Der äußere Schein trog.

Er musste an diesen Zeitungsartikel denken. Holger Bloem hatte Charlie Müller und seine Band vorgestellt. Es gab eine Homestory: *Der begnadete Musiker mit seiner Familie*. Alle strahlten in die Kamera, und Charlie Müller erzählte von so vielen Künstlerehen, die zerbrochen waren. Er führte eine lange Reihe auf, von Johnny Cash über Amy Winehouse, Rihanna und Chris Brown, Madonna und Sean Penn.

Diese Aussage hatte ihn damals zornig gemacht. Da stellte sich ein semiprofessioneller Saxophonist in eine Reihe mit großen Stars und erhob sich sogar über sie, weil er ja im Gegensatz zu ihnen in der Lage war, eine gute Ehe zu führen und gemeinsam mit seiner Frau Kinder großzuziehen.

Ihr seid alle gottverdammte Lügner und Heuchler, hatte er sich damals gedacht. Er wäre nur zu gerne angetreten, um zu beweisen, wie brüchig diese vorgegaukelte Idylle war. Doch ganz so verlottert und verhurt hatte er sich das alles nicht vorgestellt. Hier bei den Müllers stimmte ja einfach gar nichts. Es war, als hätte er mit der Entführung Charlie geradezu einen Gefallen getan.

Er musste grinsen. Er stellte sich vor, ihn anzurufen und Geld zu fordern. »Hunderttausend Euro, oder ich lasse deine Frau morgen früh frei.«

Na ja, vermutlich taugte der arme Schlucker gar nicht für hunderttausend Euro. Das Haus war längst noch nicht abbezahlt und gehörte im Grunde noch der Bank. Aber zehntausend könnte Charlie schon auftreiben, schätzte er.

Natürlich würde er das nicht tun. Es war nur ein Gedankenspiel. Maike Müller kannte ihn, und das hieß: Sie musste sterben. Genau wie ihr Sohn.

Er sah zu ihm. Der Kleine hatte das Zeug, mal ein schöner Mann zu werden. Bestimmt würden die Mädels auf ihn fliegen. Diese Augen ... der große Mund mit den geschwungenen Lippen. Ja, Tim Müller hatte das Zeug, ein Herzensbrecher zu werden.

Leider konnte jetzt nichts mehr daraus werden, weil seine Mutter diesen blöden Anruf getätigt hatte.

»Wo fahren wir hin?«, fragte Tim.

»Ich denke, du willst zur Polizei?« Der Fahrer schluckte, schielte zu Tim und fragte: »Wem hast du das noch vorgespielt?«

Dieser Blick und der Ton, mit dem die Worte gesprochen wurden, ließen Tim einen Schauer den Rücken runterlaufen. Er bekam eine Gänsehaut.

Er antwortete nicht, stellte sich vor, wenn er jetzt Namen nennen würde, dann könnte der Mann diesen Menschen etwas ganz Böses antun. Er sah nett aus, aber er war nicht nett.

»Wir fahren doch falsch. Hier geht es zum Großen Meer.«

Er versuchte, den gereizten Ton zu unterdrücken und freundlich zu sprechen. Obwohl, unfreundlich war er gar nicht gewesen, er machte nur den Eindruck, unter großer Spannung zu stehen.

»In Emden sind sie nicht so gut. Ich bringe dich zu Leuten, die etwas davon verstehen. Nicht so blöde Bullen, sondern richtige Spezialisten.«

»Spezialisten?«

»Sagen dir die drei Buchstaben FBI etwas?«

Tim war zwar ein Kind, aber er wusste genau, dass das FBI hier nicht zuständig war. Er wollte sich nicht verscheißern lassen.

Tim nahm all seinen Mut zusammen und sagte freundlich, aber bestimmt: »Bitte halten Sie an.«

»Willst du aussteigen?«

»Ja ... Ja ... Ich muss mal.«

Der Mann fuhr einfach weiter. Hierher hatte Tim mit seiner Mutter und seiner Schwester oft Radtouren unternommen. Er wusste einiges über diesen Ort. Seine Mutter wollte, dass ihre Kinder die Natur nicht nur aus Filmen kannten.

Das Große Meer war ein Niedermoorsee. Im Restaurant *Bootshaus* hatten sie oft Rast gemacht. Auf der Holzterrasse am Wasser trank seine Mutter gern Kaffee. Er und Lisa bekamen dann Eisbecher.

»Warum halten Sie nicht an?«

»Ist es so dringend?«

»Ja, ich hab Angst, mir sonst in die Hose zu machen.«

»Kneif die Beine zusammen. Du bist doch schon groß.«

»Ja, aber ich muss mal. Warum halten Sie nicht da an, bei den Bäumen?«

Der Fahrer gab sogar Gas.

Tim löste seinen Sicherheitsgurt. Ein Piepston erklang.

»Ich pinkle Ihnen auf den Sitz!«, drohte Tim. Das schien den Mann wenig zu beeindrucken.

Tim nutzte jetzt sein Handy als Waffe. »Ich rufe meinen Vater an! Der macht Sie fertig, wenn er hört, dass Sie mich nicht ...«

Der Mann versuchte mit der rechten Hand, Tim das Handy abzunehmen. Tim drückte sich gegen die Tür. Der Mann musste sich weit über die Gangschaltung beugen. Der Wagen schlingerte. Tim kreischte. Fast wären sie gegen den Baum geprallt.

Ein aufgeschreckter Fischreiher flog geradezu majestätisch davon. Tim sah ihn und wäre am liebsten mitgeflogen.

Jetzt steuerte der Mann wieder mit beiden Händen. Tim kannte ihn. Er wusste seinen Namen immer noch nicht, aber er kannte ihn, so wie er die Frau an der Kasse im Markant-Markt Wolthusen kannte oder die hinter der Theke bei Musswessels, wo er gern *Opa-Antons-Teekuchen* aß oder die Mandarinenroulade.

Tim drückte die Kurzwahl für *Dad*. Noch während es klingelte, schrie Tim ins Telefon: »Papa! Hilfe! Papa! Hilfe! Papa!«

Der Mann bremste hart ab. Tim flog vom Sitz und landete im Fußraum des Fahrzeugs. Der Mann zog die Handbremse. Er kletterte auf seinen Sitz und griff nach Tim. Er versuchte, Tims Handy zu fassen, um es ihm abzunehmen.

Tim wehrte sich mit Händen und Füßen. Ja, der war wirklich der Sohn seiner Mutter! Widerspenstig, aufsässig, bissig. Auf eine fast schon beeindruckende Art unerschrocken. Wie eine in die Enge getriebene Ratte wehrte er sich.

Zweimal trat der Junge aus seiner unbequemen Lage gegen die verletzte Hand, dann gelang es ihm endlich, dem zappligen Kind das Handy abzunehmen. Sein Rücken schmerzte vom Versuch, den Kleinen aus dem Fußraum zu ziehen.

Er widmete sich jetzt zunächst kurz dem Handy. Er hatte Angst, jemand könnte all das hören. Wie würde ein Vater reagieren, der die Schreie seines Sohnes wahrnahm?

Mein Gott, dachte er, die ganze Sache läuft mir aus dem Ruder. Ich habe es einfach nicht mehr im Griff. Leben ist, was passiert, während du Pläne machst ...

Tim trat ihm ins Gesicht. Einen Moment lang bekam er vor Empörung kaum Luft. So etwas hätte er sich als Kind Erwachsenen gegenüber gar nicht getraut. Er wäre schön brav auf dem Sitz hocken geblieben, wenn ein Erwachsener ihn nur streng angesehen hätte. Die Kids heutzutage waren einfach anders. Verändert vom Fernsehen, von Videospielen und all dem Mist. Schlecht erzogen waren die. Ohne Manieren.

Der Kleine trat gleich noch einmal zu, und während ihm das Blut aus der Nase spritzte, gelang es dem minderjährigen Biest, die Fahrertür zu öffnen, und schon war der Bengel draußen.

»Bleib hier! Du sollst hierbleiben!«

Natürlich hörte das Miststück nicht auf ihn, sondern rannte.

Wenn er einen Wagen anhält, bin ich erledigt. Es kann doch nicht wahr sein, dass meine Pläne an einem unerzogenen Kind scheitern ...

Er hatte das Schrotgewehr im Kofferraum. Er stieg aus. Blut tropfte von seiner Nase und klatschte auf den rechten Kotflügel. Er hob das Gewehr aus dem Kofferraum. »Bleib stehen! Du sollst stehen bleiben! Ich kann dich zu deiner Mutter bringen!«

Tim lief wie ein Hase. Er schlug Haken, sprang hinter einen Busch und rollte unter einem Stacheldrahtzaun ins hohe Gras.

»Ich krieg dich! Ich krieg dich!« Er griff in die Munitionskiste und steckte sich ein paar Patronen in die Tasche. Es war gar nicht so leicht, zu zielen, denn seine Nase war angeschwollen und schmerzte, seine Augen tränten, und seine Hände zitterten.

Dieser Junge musste bestraft werden.

Er sah sich um. Da hinten kam ein Bus. Er konnte gesehen werden. Aber was, wenn der Junge auf die Straße lief, um den Bus aufzuhalten? Zwei Dutzend Ostfrieslandtouristen, unterwegs zum Otto-Huus ...

Er feuerte. Dann sah er Tim Müller nicht mehr. Hatte er ihn erwischt? Oder war der Junge in einen Graben gesprungen und versteckte sich im Gras?

Er kletterte über den Stacheldraht. Um ihn zu suchen. Schafe liefen in einer geordneten Reihe aufgeschreckt weg.

Er stiefelte über die Wiese. Der Schafskotgeruch machte ihn rasend. Dazu seine blutige Nase und – der Junge war weg. Wie vom Erdboden verschluckt. Das plattgetretene Gras verriet nichts. Die Schafherde hatte gründliche Arbeit geleistet.

Er war kurz davor, auf die verfluchten Schafe zu schießen. Er lud nach.

»Komm raus, du kleiner Drecksack, sonst werde ich deiner Mama sehr, sehr weh tun. Das willst du doch nicht, oder?«

Plötzlich war das Kind wieder zu sehen. Viel weiter östlich, als er es vermutet hatte. Tim warf einen Stein. Er verfehlte ihn nur um einige Meter. Er hatte auf seinen Kopf gezielt, ohne jede Frage. Dieser Junge war ein einziger Albtraum.

Der Bus war jetzt so nah, dass die Touristen ihn sehen konnten. Er hielt das Gewehr so, als sei es ein Gehstock. Er schaute weg und drehte ihnen den Rücken zu. Niemand würde ihn ernsthaft beschreiben können, und er hoffte, dass nicht irgendein Idiot mit seinem Handy die schöne Landschaft filmte und dabei sein Auto samt Nummer mit aufnahm.

Tim rannte schreiend hinter dem Bus her, doch der hielt nicht. Entweder hatte der Fahrer nichts bemerkt, oder er hielt alles für einen Scherz. Der Bus verschwand hinter der Kurve.

Der nächste Schuss musste ein Treffer werden. Der Junge war schon ziemlich weit weg. Er verfolgte ihn.

Tim wechselte vom Feld auf die Straße und wieder zurück. Er suchte Deckung. Noch nie in seinem Leben war auf ihn geschossen worden. Er kannte so etwas nur aus Filmen. Er blickte sich immer wieder nach dem Mann um. Er zielte auf ihn. Ja, verdammt, der Typ wollte ihn abknallen wie einen Hasen.

Tim suchte hinter einem Baum Schutz. Wenn ich wenigstens mein Handy noch hätte, dachte er. Er fühlte sich hilflos. Ausgeliefert. Aber noch gab er nicht auf. Hinter dem dicken Baumstamm war er zwar kurzfristig sicher, aber er konnte nicht sehen, wo der Schütze war. Näherte er sich ihm?

Tims Herz klopfte so wild, als wollte es aus seiner Brust herausspringen. Er drückte sich mit dem Rücken ganz fest gegen den Stamm. Er schob den Kopf ein Stückchen vor. So konnte er einen Teil der Straße und der Schafsweide überblicken. Den Mann sah er nicht. Er musste auf der anderen Seite sein, oder er hatte ihn endgültig abgehängt.

Tim drehte seinen Kopf und tastete sich langsam vor, um auch das Feld links von sich überblicken zu können. Da war der Mann! Nur wenige Schritte von Tim entfernt. Höchstens zwanzig. Er hielt das Gewehr im Anschlag.

»Na, du kleiner Stinker? Jetzt geht's dir an den Kragen.«

»Ich hab Ihnen nichts getan! Lassen Sie mich gehen!«

Der Mann richtete das Gewehr mit den zwei Läufen auf Tims Kopf. »Du hast mir nichts getan, und ich habe auch gar nichts gegen dich. Das verdankst du alles nur deiner dummen Mutter.«

Der Mann sah entschlossen aus. Der drohte nicht nur. Der würde schießen.

Tim hatte noch keine Lust, an der Himmelstür zu klopfen. Er rannte einfach los. Er verlor seine Mütze.

Tim sah den blauen Mercedes nicht. Er hörte ihn nicht, und er spürte keinen Schmerz, als er von dem Fahrzeug erfasst und hoch in die Luft geschleudert wurde.

Heute veränderte sich nicht nur sein Leben, sondern auch das der neunzehnjährigen Alina. Sie hatte sich nach einem schrecklichen Streit mit ihrem Vater über ihren neuen Freund einfach den Autoschlüssel genommen und war rausgerannt. Sie wollte zu ihm. Sie konnte sich vorstellen, mit ihm ihr ganzes Leben zu verbringen. Ja, er war die große Liebe ihres Lebens. Zumindest in diesem Moment.

Ihr Vater nannte ihren liebevollen Verehrer einen geborenen Verbrecher, der irgendwann sowieso im Knast landen würde. Sie hatte ihn angeschrien, es gebe überhaupt keine geborenen Verbrecher und er sei nur eifersüchtig.

Jetzt hatte sie mit dem Auto ihres Vaters ein Kind überfahren. Der Junge lag, unnatürlich verrenkt wie eine weggeworfene Puppe, auf der Straße. Er war plötzlich da gewesen. Sie hatte ihn nicht kommen sehen.

Was, fragte sie sich, was soll ich jetzt nur machen?

Ann Kathrin flog mit Weller nach Wangerooge. Sie brauchte väterlichen Rat und Beistand, und da ihr Vater schon lange tot war, hielt sie sich an Ubbo Heide, der die meiste Zeit des Jahres damit verbrachte, im Rollstuhl über die Obere Strandpromenade zu fahren, um Touristen zu beobachten, oder er saß in seiner Ferienwohnung und blickte aufs Meer. Er ließ die Schiffe vorüberziehen wie die Gedanken, die ihm durch den Kopf gingen.

Bei einer Tasse schwarzen Tees ohne Kandis und Sahne konnte Ubbo ausführlich darüber reden, wie man Zunge und Gaumen vorbereiten musste, um das Geschmackserlebnis von richtigem Marzipan zu genießen. Er unterschied streng zwischen »parfümiertem Industriezuckerzeugs, das vorgaukelt, Marzipan zu sein« und »einer echten Mischung aus gemahlenen Süß- und Bittermandeln und einem Spritzer Rosenwasser«.

Der Blick aus dem Flugzeug runter auf die Wattlandschaft, die Priele, die den Meeresboden durchzogen, den Vogelschwarm, der in klarer Formation in Richtung Festland zog, und die Gedanken an Ubbo halfen Ann Kathrin schon, ruhiger zu werden.

Sie hätte noch Stunden weiterfliegen und ihren Gedanken nachhängen können, doch schon nach wenigen Minuten landete die Maschine wieder.

Sie schmunzelte, denn als sie ankamen, probierte Ubbo gerade ein Marzipanstück aus einer kleinen Konditorei in Schleswig-Holstein, das ihm Kollegen geschickt hatten. Statt Ann Kathrin und Weller zu begrüßen, sagte er nur mit Kennermiene: »Das ist gar nicht schlecht, aber es sind höchstens dreißig Prozent mallorquinische Mandeln, der Rest vermutlich aus Kalifornien ...«

Er bot Ann Kathrin an, davon zu probieren. Natürlich sollte sie es mit dem ten-Cate-Marzipan vergleichen. Weller lehnte ab, dabei hatte Ubbo ihm gar nichts angeboten, denn er wusste, dass Weller mehr auf herzhafte Sachen stand. Matjes- oder Krabbenbrötchen.

Ann Kathrin probierte, um nicht unhöflich zu sein. Ubbo verkostete Marzipan oder Pralinen wie andere Leute Wein.

Sie saßen auf dem Balkon. Die Sonne knallte ungehindert auf ihre Haut. Dazu die Reflexionen des Lichts im Wasser. Es kam ihnen nicht heiß vor, denn der Wind wehte von Nordwest und kühlte gut. Doch bevor Ann Kathrin von dem Fall und ihren Problemen erzählen konnte, deutete Ubbo Heide auf ein Muttermal an ihrem linken Arm: »Was ist das?«, fragte er.

»Ein Leberfleck, denke ich«, gab sie irritiert zurück.

Auch Weller wurde aufmerksam.

»War das immer schon so dunkel?«, fragte Ubbo Heide.

Ann Kathrin zuckte mit den Schultern.

»Ich würde das«, riet Ubbo, »untersuchen lassen. Es gefällt mir gar nicht. Zu dunkel.«

Ubbos Frau Carola kam. Sie hatte Eis für alle besorgt. Sanddorn-Sahne und Vanille mit Rumrosinen. Sie war gutgelaunt und machte Scherze, doch es wollte keine gute Stimmung mehr aufkommen. Ubbos Worte hatten Ann Kathrin und Weller verunsichert. Es war, als würde plötzlich eine dunkle Wolke über ihnen schweben. Trotzdem versuchte Ann Kathrin zu erzählen, wie sie Linus Wagner erlebt hatte. Sie wollte eine Einschätzung von Ubbo. Er hatte viel Lebenserfahrung und Menschenkenntnis. Manchmal stellte er einfach die richtigen Fragen. Fragen, die sie weiterbrachten.

»Ich habe ein komisches Gefühl, Ubbo. Warum nimmt dieser Linus mich – eine Polizistin – als Geisel, wenn er doch ein viel besseres Druckmittel gegen uns hat: Imken Lohmeyer.«

Ubbo schmunzelte. »Kränkt es dich, dass er dich für so ungefährlich eingeschätzt hat?«

Wellers Handy spielte »Piraten Ahoi!«. Er ging sofort ran, und, um nicht zu stören, verließ er den Balkon und hörte sich in Ubbos Ferienwohnung an, was Kripochef Martin Büscher zu sagen hatte. Weller nickte nur ab und zu und sagte: »Hm« und »Jo« und »Klar«. Mit neuen Informationen störte er das Gespräch auf dem Balkon zwischen Ann Kathrin und Ubbo: »Ein Junge ist angefahren worden, am Südrand vom Großen Meer.«

In Ann Kathrins Blick lag die Frage: *Ja, sind wir jetzt für Verkehrsdelikte zuständig?*

Weller fuhr unbeeindruckt fort: »Der Junge war nur mit einem Schlafanzug bekleidet. Er behauptet, auf ihn sei geschossen worden. Mit einer doppelläufigen Schrotflinte.«

Das fanden Ann Kathrin und Ubbo schon viel interessanter.

Weller machte eine kurze Pause, als wollte er noch mehr Luft holen für das, was jetzt kam. So erhöhte er die Spannung. Er schien es fast zu genießen, was Ann Kathrin ein bisschen gegen ihn aufbrachte.

»Und der Junge hat im Krankenhaus erzählt, seine Mutter habe bei ihm angerufen und gesagt, sie sei entführt worden. Sein Vater glaubt das nicht, er sagt, die Mutter habe die Familie im Stich gelassen. Seit Monaten fehlt von ihr jede Spur.«

Ann Kathrin stöhnte: »Wir müssen sofort hin.«

Weller fragte: »Zum Susemihl-Krankenhaus Emden oder zum Vater?«

Ann Kathrin stand schon. »Beides. Und die Kollegen sollen nach den Patronen suchen.«

»Die Emder Filiale unserer Firma sieht das anders. Sie glauben dem Jungen nicht. Das Ganze sei nur eine Schutzbehauptung, weil er ausgerissen sei und diesen Unfall verschuldet habe. Jetzt tische das phantasiebegabte Kind uns eine Story auf. Immerhin«, sagte Weller um Verständnis für die Emder Ermittler heischend, »stand das in allen Zeitungen. Wir suchen den Todesschützen mit der doppelläufigen Flinte ...«

»Kann sein, aber wir müssen der Sache nachgehen«, insistierte Ann Kathrin. »Hat der Junge den Mann gesehen? Kann er ihn identifizieren?«

»Ja, er behauptet, er sei sogar mit ihm Auto gefahren.«

Das war für Ann Kathrin das endgültige Go. »Los«, sagte sie, »und die Kollegen sollen den Jungen bewachen! Er schwebt in Lebensgefahr. Der Täter könnte versuchen, ihn im Krankenhaus zu ...«

Weller zuckte zusammen. »Ach du Scheiße!«

Er hatte sofort sein Handy am Ohr. Er verspürte wenig Lust, in Emden jemanden zu überzeugen. Es gab einfachere Wege. Er rief Rupert an: »Hör zu, du Held. Wir brauchen deine Supermannkräfte ...«

»Und wir brauchen sofort einen Flieger zum Festland«, stellte Ann Kathrin fest. Sie wählte die Inselflieger an.

Rupert gab Gas. Er hatte immer noch nicht kapiert, dass Larissa vermutlich besser Hochdeutsch sprach als er selbst und einige seiner Kollegen. Sie hatte sieben Semester Germanistik studiert und fand Gefallen daran, Rupert Englisch radebrechen zu lassen. Er bereitete ihr große Freude mit seinem Kauderwelsch.

Sie fand, dass er ein sehr witziger Mann war, der wunderbare Worte erfand wie: *Illsister* für Krankenschwester. Auch dass keine seiner Kolleginnen in der Lage war, ihr das Wasser zu reichen, drückte er wundervoll aus: *No of our wifepolicemen here can reach you the water.*

Sie nahm es als Kompliment. Jetzt standen ihm gerade die Haare zu Berge: *My hair stands to mountain, you know?*

Sie lachte so herzlich, dass er fragte: »*Laugh you me out?*«

»Nein«, kicherte sie, »aber ich glaube, es wäre besser, wir unterhalten uns in Ihrer Sprache.«

Rupert war erst mal platt. Sie fuhr freundlich fort: »Ich lerne dann besser Deutsch. Ich freue mich, meine Sprachkenntnisse aufzubessern.«

»Ich dachte, du sprichst kein Deutsch?«

»Na ja, nicht so gut wie du Englisch.«

Er war einerseits erleichtert, andererseits fragte er sich, ob er sich seit zwei Stunden zum Affen gemacht hatte. Egal ... Jetzt war es Zeit, den Helden zu spielen. Eine Rolle, die ihm verdammt gut stand.

»Wir sind jetzt unterwegs in Richtung Emden. Ein kleiner Junge muss vor einem Killer beschützt werden.«

Sie war beeindruckt.

Rupert überholte mehrere Fahrzeuge auf der Gegenfahrbahn. Er fragte sich, ob Larissa eine Waffe trug. Vielleicht würde sie sie brauchen. Er konnte sich schlecht vorstellen, dass sie mit einer russischen Dienstpistole angereist war.

Er hatte sie wahrscheinlich mit seinen Blicken mehr als einmal ausgezogen. Vielleicht trug sie seidene Unterwäsche, aber sicherlich war unter ihren engen Klamotten kaum Platz für eine Schusswaffe oder ein Holster.

Nein, er würde nicht nur den Jungen beschützen, sondern

natürlich auch Larissa. Auf den Helden in ihm war Verlass, und er hatte ihn lange nicht mehr spielen dürfen. Der Mangel an Gelegenheiten war selbst in diesem Job erbärmlich.

Alles wurde so trivial. Schlachtschiffe wie er sollten Akten anlegen und Formulare ausfüllen. So wurden aus Haudegen Buchhalter.

Seine Frau Beate hatte ihm neulich gesagt, er solle seine weibliche Seite entdecken. Es gäbe auch gute Mantras für Männer.

Mantras! Das war kein neues Schnellgericht aus dem Chinarestaurant, sondern das waren Sprüche, die man immer wieder aufsagen sollte, bis sie einen im Inneren erreichten und veränderten.

Er hatte Beate zuliebe eine halbe Stunde lang im Schneidersitz *Om mani padme hum* aufgesagt, ohne zu ahnen, was das bedeutete. Verändert hatte es ihn nicht, außer dass er heiser und durstig wurde. Aber danach war er mit erstaunlich gutem Sex belohnt worden, vor allem wenn man bedachte, wie lange sie schon verheiratet waren.

Jetzt wusste er auch, was der Spruch bedeutete. Sie hatte es ihm beim Whisky danach verraten. Er hatte es aber wieder vergessen. Irgendwas mit Lotosblüte. Es war ihm auch egal. Für halb so guten Sex hatte er schon viel größeren Blödsinn gemacht, als so einen Spruch aufzusagen.

Warum machen Männer sich zu Idioten, fragte Rupert sich. Die ganz Blöden für Geld, eine Karriere, eine Regierung oder die Religion. Die anderen, die besten, wie er, für Frauen. Wofür sonst? Alles andere war doch Betrug.

Dieser Charlie Müller wirkte seltsam unwillig auf Ann Kathrin, so, als sei ihr Besuch für ihn die reine Belästigung. Er wollte das alles nicht wahrhaben.

Seine Tochter Lisa stand am Teich. Zunächst sah es aus, als würde sie die Fische füttern, doch dann stellte Ann Kathrin fest, dass sie mit ihnen sprach. Sie redete die großen Goldfische und den Koi mit Namen an. Trotzdem war sie sehr in sich gekehrt, wenig zugänglich, als traue sie Erwachsenen nicht.

Weller hockte sich zu ihr an den Teich und sprach, wenn überhaupt, mit den Fischen.

Lisa rief: »Yogi! Yogi!«

Ein großer, scharlachfarbener Goldfisch mit schwarzen Tupfen auf dem Kopf und am Schwanz näherte sich und stülpte sein Maul aus dem Wasser, Lisa entgegen. Verwundert fragte Weller: »Ist das Yogi?«

Lisa nickte, als sei das selbstverständlich.

»Hören die Fische auf dich?«, wollte Weller wissen.

Sie guckte Weller komplizenhaft an und hielt den Zeigefinger vor ihre Lippen: »Ja. Aber pssst ...«

Er schmunzelte. Die Kleine erinnerte ihn an seine Ehefrau.

»Und die anderen wissen es nicht?«

»Nein.«

»Dürfen sie es nicht wissen oder glauben sie es nicht?«

Der durchdringende Blick, mit dem Lisa ihn musterte, ließ Weller erschaudern.

»Die sind alle zu blöd dafür.«

»Deine Mama auch?«

»Nein, die nicht.«

»Kann die auch mit den Fischen reden?«

»Nur mit Yogi und Goldi.«

Weller schwieg eine Weile, dann sagte er: »Ich glaube, Fische haben gar keine Ohren.«

Lisa schien den Einwand zu kennen. Sie reagierte gelangweilt: »Brauchen sie auch nicht. Die hören so ...«

»Verstehe. Und was ist mit deinem Bruder? Spricht der auch mit den Fischen?«

»Nö. Der nicht.«

Ann Kathrin beobachtete, dass Charlie Müller sehr viel Kraft aufwenden musste, um seine Gefühle unter Kontrolle zu halten. Ganz anders seine Freundin Sabine. Sie brauchte alle Energie, um die aufwallenden Emotionen zuzulassen.

Charlie Müller blieb in Abwehrhaltung. Sein Sohn sei wie seine Ehefrau. Sie würden beide ständig Lügengeschichten erfinden. Er habe es bis hier oben stehen! Mit der Handkante deutete er eine Linie über seinen Lippen an und stöhnte: »Das hat er von ihr!«

Dann zeigte er auf seine Tochter Lisa, die immer noch mit Weller am Gartenteich stand, mit dem Rücken zur Terrasse, als würde sie überhaupt nicht interessieren, was die Erwachsenen da redeten.

»Die spricht mit den Fischen. Mit dem Wohnzimmerschrank oder ...«

Das Kind war Ann Kathrin sofort sympathisch. »Sie ist ein kleines Mädchen! Ich habe in ihrem Alter mit meinem Teddybären gesprochen.« Sie fügte nicht hinzu, dass sie noch heute mit ihrem Auto redete, mit Geldautomaten oder Backöfen. Sie fand, das ginge ihn nichts an.

Charlie Müller schimpfte: »Wir hatten uns so auf einen schönen Tag gefreut! Immerhin ist heute der erste Ferientag. Das beginnen wir normalerweise mit einem großen Frühstück und dann ...« Er stockte, weil Ann Kathrin ihn so eiskalt ansah.

»Für einen Vater, dessen Sohn einen Unfall hatte, kommen Sie mir sehr unbeschwert vor«, zischte sie vorwurfsvoll.

»Wir haben schon mit dem Krankenhaus telefoniert. Es geht ihm gut. Tim schwebt nicht in Lebensgefahr«, warf Sabine entschuldigend ein.

Charlie Müller hob die Arme: »Meine zukünftige Exfrau hat uns mal wieder den Tag versaut. Ohne diesen blöden Anruf von ihr wäre das alles doch überhaupt nicht passiert.«

»Sie haben den Anruf selbst entgegengenommen?«, hakte Ann Kathrin nach.

Er lachte bitter. »Nein. Mit mir braucht sie so etwas erst gar nicht mehr zu versuchen. Ich hätte einfach aufgelegt.«

Sabine versuchte, die Aussage ihres Lovers zu unterstützen: »Sie hat auch mal behauptet, ich sei früher Stripteasetänzerin gewesen.«

»Und«, fragte Ann Kathrin, »waren Sie es?«

»Nein, verdammt, natürlich nicht! Sie ist einfach eine notorische Lügnerin, die sich gern interessant macht. Angeblich war sie mal Agentin, hat sie zumindest den Kindern erzählt. Klingt ja auch besser als Hausfrau mit abgebrochenem Philosophiestudium.«

Ann Kathrin bog ihren Rücken durch und veränderte ihre Beinhaltung. Es war, als suche sie mehr Halt. Sie beneidete Weller um das Gespräch mit Lisa. Die zwei Erwachsenen fand sie sehr verstockt, ja, bockig.

»Also, reden wir Klartext: Wir können nicht ausschließen, dass Ihre Frau wirklich entführt wurde. Es hat in der Gegend solche Fälle gegeben. Wir ...«

Charlie Müller unterbrach sie so laut, dass Weller aufmerksam wurde und sich mit einem Blick bei Ann Kathrin erkundigte, ob sie seine Hilfe brauchte. Ihr Gesicht sagte ihm: *Keine Sorge, mit dem werde ich schon alleine fertig.*

Charlie Müller brüllte: »Ja, was glauben Sie denn, warum Maike dem Jungen solche Flausen in den Kopf gesetzt hat? Meinen Sie, die liest keine Zeitung? Glauben Sie, die weiß nicht, was dieser Linus Wagner gemacht hat? Alle Welt jagt ihn, und da fällt es leicht, sich zu seinem Opfer zu machen.« Er holte tief Luft und fuhr sich durch die Haare. »So schafft sie es, sich wieder in den Mittelpunkt zu spielen. Am Ende wird sie uns dann erzählen, sie sei ihm entkommen. Und es gibt bestimmt ein paar Zeitungsfuzzis, die darauf reinfallen.«

»Sagen Sie mir, wo ich Maike Müller finde und die Sache ist sofort erledigt. Dann suchen wir nur noch den Mann, der auf Ihren Sohn geschossen hat.«

»Es hat niemand auf meinen Sohn geschossen. Das sind Hirngespinste!«

»Da wäre ich mir nicht so sicher.«

»Mein Sohn ist abgehauen, genau wie seine Mutter. Die sind sich sooo ähnlich!«

Ann Kathrin schob die Frage rüber, als wollte sie beim Poker Blatt sehen: »Hat Ihre Ehefrau einen Freund? Einen Geliebten?« Sie betonte das Wort *Ehefrau*.

Er antwortete nicht, sondern wendete sich ab, als wolle er nicht, dass Ann Kathrin sein Gesicht sah. Sie registrierte, dass er die rechte Hand zur Faust ballte, bis die Haut über den Knöcheln sich weiß färbte. Er zitterte innerlich vor Aufregung.

Sabine antwortete für ihn: »Einen? Mehrere!«

»Ich brauche Namen und Adressen«, verlangte Ann Kathrin.

Sabine sprach ihren Charlie liebevoll an: »Hilf der Kommissarin.« Sie streckte den Arm aus und wollte ihn an der Schulter berühren. Er zuckte zusammen und wich ihr aus. Schmallippig behauptete er: »Sie hat praktisch mit jedem aus meiner Band geschlafen.«

»Und es macht Ihnen nichts aus, jeden Abend mit den Jungs zusammen aufzutreten?«

Statt zu antworten, seufzte er.

»Seine ehemalige Band ...«, ergänzte Sabine. »Er hat jetzt eine neue.«

»Immer, wenn einer fehlte, wusste ich wenigstens genau, wo er ist«, spottete Charlie. »Die ganze Band flog am Ende in Stücke. Wir waren kurz davor, unsere erste CD aufzunehmen. Nicht als Privatdruck, sondern mit einem richtigen Produzenten. Einem anerkannten Label.«

»Die Namen«, beharrte Ann Kathrin.

Sabine ging im Wohnzimmer zu einem alten Schreibtisch, der nicht so wirkte, als würde daran viel gearbeitet. Sie öffnete die Schublade und nahm ein kleines Heftchen heraus. Sie reichte es Ann Kathrin.

»Das Booklet war schon fertig. Die meisten Kompositionen waren von Charlie. Das hätte der Durchbruch werden können.«

Ann Kathrin blätterte in dem Heft. Auf einer Seite war jedes Bandmitglied mit Foto abgebildet. Dazu ein drei, vier Zeilen langer Lebenslauf.

Zwei waren aus Leer. Einer aus Pilsum. Ein anderer aus Campen. Der breit grinsende Bassist wie Charlie Müller aus Emden.

Ann Kathrin ging mit dem Booklet vors Haus und gab Sylvia Hoppe die Namen durch. »Wir müssen überprüfen, ob jemand von denen ein Wäschepaket bekommen hat.«

»Jau«, sagte Sylvia Hoppe. Damit war für Ann Kathrin die Sache so gut wie erledigt.

Sie ging zu Charlie Müller zurück. Er war jetzt weiß im Gesicht. Er blaffte Ann Kathrin an: »Sie glauben also im Ernst, dass dieser Linus Wagner meine Frau entführt hat?« Er verzog den Mund. »Die bringt er schnell wieder zurück. Mit der hält es keiner lange aus.«

Ann Kathrin wies ihn zurecht: »Das ist nicht witzig! Ihre Frau schwebt in Lebensgefahr und Ihr Sohn vermutlich auch. Ich habe ihn bereits unter Polizeischutz stellen lassen.«

Charlie Müller atmete heftig aus. Er griff sich an den Magen. Er sah aus, als würde ihm schlecht werden. Erst jetzt schien er zu begreifen, was wirklich geschehen war.

Gleich beim ersten Anruf hatte Sylvia Hoppe Glück. Ivo Bleeker, im Hauptberuf Mathematiklehrer am Ulrichsgymnasium Norden, in seiner Freizeit Vogelkundler und Klarinettist, gab sofort zu, ein Paket mit Frauenkleidung erhalten zu haben. Er hatte es für einen Schülerwitz gehalten.

»Was glauben Sie«, fragte er Sylvia Hoppe, »was mir für Streiche gespielt werden? Schon zweimal wurde ich in einer Singlebörse angemeldet als *heißer Lehrer, der keinem Abenteuer aus dem Weg geht und auch strenge Erziehung praktiziert.* Eine Todesanzeige wurde auch schon für mich aufgegeben. Dildos und Reizwäsche wurden für mich bei diversen Sexversandhäusern bestellt. Natürlich gegen Nachnahme. Ich habe Gleitcremes bekommen. Aufblasbare Spielgefährtinnen. Dessous für meine Frau. Man hat es als Lehrer nicht leicht. Manchmal habe ich Anzeige erstattet gegen unbekannt, obwohl ich im Grunde ahne, welche Schüler dahinterstecken. Ich sehe es ihren Gesichtern an. Sie kichern morgens hinter mir her. Am liebsten würden sie es herausbrüllen: *Wir haben den Bleeker reingelegt!* Da ist so ein Paket mit gebrauchter Damenwäsche ja noch harmlos. Es lag ja keine Rechnung dabei. Es kam nicht per Nachnahme. Es waren weder Flöhe noch Skorpione oder Spinnen im Paket. Keine Stinkbomben. Nichts.«

Der Mann redete, ohne Luft zu holen. Sylvia Hoppe hatte ihm eine einfache Frage gestellt, und er schüttete sie mit Worten und Erklärungen zu. Sie war froh, ihn angerufen und nicht besucht zu haben.

Sie unterbrach seinen Redefluss: »Haben Sie erkannt, dass die Wäsche Frau Maike Müller gehörte?«

»Wem?«

»Der Frau Ihres Bandkollegen Charlie.«

»Die Band gibt es nicht mehr. Und mein Gott – nein! Wo denken Sie hin? Ist das ihre Kleidung? Woher wissen Sie ... Wie kommen Sie überhaupt auf die Idee?«

»Darf ich mir die Kleidung mal ansehen? Ich komme gerne sofort vorbei und ...«

»Ja, glauben Sie, ich bewahre den ganzen Mist hier auf? Da

könnte ich gleich ein Museum für misslungene Schülerstreiche eröffnen.«

»Was haben Sie damit gemacht?«

»Im Müll entsorgt, was denn sonst? Sollte ich das etwa waschen, bügeln und bei Ebay versteigern?«

»Wer war als Absender angegeben?«

Er lachte. »Gute Frau, glauben Sie, dass je ein Absender richtig war? Das sind Schülerscherze! Ich habe neulich erst ein Paket voller Abfälle und Damenbinden erhalten. Ich glaube allerdings nicht, dass Michael Jackson mir dieses Überraschungspaket gepackt hat. Der war zu dem Zeitpunkt nämlich schon tot.«

»Der Absender war Michael Jackson?«, fragte Sylvia Hoppe verwundert.

»Nein. Das heißt, ja. Von dem Müllpaket. Von der Damenwäsche, da erinnere ich mich nicht mehr. Oder, warten Sie ... es stand Müller drauf oder Meier, oder was weiß ich.«

Bevor Ann Kathrin ins Hans-Susemihl-Krankenhaus fuhr, bat sie bei Dr. Götze um einen Termin. Er betrieb gemeinsam mit seiner Frau als Hautarzt eine Praxis in Norden am Markt, die nur ein paar Schritte von der Polizeiinspektion entfernt war.

Sie fragte, ob er sich mal etwas angucken könne, das ihr Sorgen mache, und sie hatte Glück. Eine Patientin, die für eine OP vorgesehen war, hatte gerade eben abgesagt.

»Wenn Sie sofort kommen, sind Sie gleich dran. Sonst dauert es ein paar Tage.«

Einem inneren Impuls folgend, nahm sie den Termin und raste von Emden nach Norden.

Weller staunte, dass etwas Ann Kathrin wichtiger war als die eigentlichen Ermittlungen. Aber er bestärkte sie: »Die Gesundheit sollte vornean stehen. Wir gehen immer viel zu rücksichtslos mit uns um. Ich finde es gut, dass du Ubbos Warnung ernst nimmst.«

Dr. Götze sah sich den Leberfleck, auf den Ubbo Heide Ann Kathrin aufmerksam gemacht hatte, an. Dann schlug er vor, sich auch den Rest von Ann Kathrins Haut genauer anzuschauen. Der Fleck sei tatsächlich bedenklich dunkel.

Er schlug ihr einen Termin vor, um den Fleck zu entfernen und eine Probe einzuschicken. »Besser, man lässt so etwas im Labor abklären.«

Ann Kathrin wurde augenblicklich übel. Sie sah sich schon glatzköpfig am Tropf sitzen. Chemotherapie ... Das Wort jagte lärmend durch ihr Gehirn.

»Können wir das nicht gleich erledigen? Im Moment macht uns dieser Mörder und Entführer mächtig die Hölle heiß. Ich weiß nicht, wann ich in den nächsten Tagen wo sein werde, und die Sache belastet mich sehr.«

Dr. Götze sah das sofort ein. Mit einer kleinen Spritze in den Oberarm betäubte er die Stelle. Während er das verdächtige Hautstückchen abschabte, fragte Ann Kathrin ihn: »Wie geht es weiter?«

»Nun, da sind sich unsere Berufe recht ähnlich. Jetzt kommt erst mal die genaue Diagnose. Wenn im Labor festgestellt wird, dass wir es mit etwas Bösartigem zu tun haben, dann wird es großflächig entfernt, bevor der Übeltäter weitere Organe befällt und noch schlimmeren Schaden anrichtet.«

»Ja«, seufzte Ann Kathrin, »da geht es mir wirklich ähnlich. Ich versuche, den Täter zu ermitteln und dingfest zu machen, um ihn daran zu hindern, sich ein weiteres Opfer zu holen.«

Dr. Götze lächelte zustimmend.

Mit einem kleinen Pflaster auf dem Arm und der Gewissheit, verantwortungsvoll gehandelt zu haben, setzte Ann Kathrin sich ins Auto, um zur Hans-Susemihl-Klinik zu fahren. Sie versuchte, die beängstigenden Bilder zu verdrängen, die jetzt in ihr hochstiegen. Freunde, die den Krebs nicht überlebt hatten ... Manchmal, so wusste sie, kündigten sich Katastrophen ganz zaghaft an. Der Ölfleck unterm Auto, wo Bremsflüssigkeit auslief. Die kleine fehlende Dachpfanne, wenige Tage vor dem großen Sturm. Die Schritte im Dunkeln hinter einem, die dann schneller werden. Das Kratzen im Hals vor der Grippe.

Beinahe unbewusst summte sie eine Melodie. *Sehnsüchte eines Steins* von ihrer Freundin, der Liedermacherin Bettina Göschl. Sie sang es leise, fast wie um sich selbst zu trösten:

»*Ja, ein schöner Traum kommt mir in den Sinn,
und dann möchte ich nicht mehr bleiben, wie ich bin.
Manchmal wünschte ich, ich könnte fliegen,
ganz leicht beschwingt im Wind mich wiegen,
von oben mal die Welt ansehen.
Ich wünschte, ich könnte fliegen ...*«

Dann rief sie sich selbst aus der träumerischen Stimmung zurück. Was getan werden musste, habe ich getan, dachte sie. Jetzt muss ich mich auf meine Arbeit konzentrieren.

Rupert registrierte erfreut, dass Larissa sofort einen guten Draht zu Tim fand. Er wusste nicht, was es war, aber die zwei verstanden sich auf Anhieb. Tim sprudelte los. Sein Arm war bis zur Schulter eingegipst, Schläuche hingen am anderen Arm, und auch der Kopfverband schien ihn nicht zu beeindrucken.

»Der Mann wusste meinen Namen. Er hat mich Tim genannt. Er wollte mir das Handy abnehmen, und er hat auf mich geschossen. Ich hab das schon der Polizei erzählt, aber die halten mich für einen Lügner.«

»Wir sind auch Polizisten«, flüsterte Larissa mit einer Stimme, die Tim beruhigte. Rupert fand sie höchst erotisch. Er ließ Larissa machen, stand hinter ihr, sah ihr auf den Rock, der sich über den vielversprechenden Pobacken spannte, und hörte den Jungen sagen: »Bitte bringen Sie mich hier weg. Der Mann will mich holen.«

»Keine Angst«, raunte Larissa, »wir sind ja da und beschützen dich.«

»Aber ... aber ...«, stammelte Tim, »er ist auch schon da.«

»Wer?«

»Der Mann.«

Jetzt mischte Rupert sich ein. Er schob Larissa weg. »Der Mann, der auf dich geschossen hat, ist hier im Krankenhaus?«

»Ja, ich habe ihn gesehen, als sie mich mit dem Bett durch den Flur gefahren haben. Er will mir was tun.«

Rupert baute sich machtvoll auf. »Da muss er aber erst an mir vorbei. Und das wird ihm nicht gut bekommen.«

Rupert deutete einen Kinnhaken an, schielte zu Larissa und zwinkerte ihr zu.

»Wie sieht er aus?«, fragte Rupert voller Tatendrang.

Tim musterte Rupert und antwortete: »Größer als du. Stärker. Viel stärker.«

»Na, das werden wir ja erst noch sehen. Ich kann Tai Ginseng.«

Tim staunte: »Was ist das denn?«

»So was Ähnliches wie Judo und Karate, nur viel besser. Kannst du mir noch mehr über ihn erzählen?«

»Ja. Er hat einen Bart und lange Haare. So hinter die Ohren gekämmt.«

»Wie alt ist er?«, wollte Rupert wissen.

Tim machte ein Gesicht, als könne er nicht gut schätzen. Dann sagte er: »Na ja, halt schon alt.«

»Sehr alt?«

»Ja, bestimmt so alt wie du.«

Es reichte Rupert, doch Tim fuhr fort: »Er hatte einen Arztkittel an. So einen weißen.«

Rupert stupste Larissa an und gab ihr eine erste Dienstanweisung: »Du passt auf den Kleinen auf. Ich lege seine Sicherheit in deine Hände. Lass niemanden zu ihm, vor allen Dingen keinen Arzt. Ich durchsuche das Gebäude, und wenn ich ihn finde, dann ...«

Rupert zeigte seine geballte Faust. Er stiefelte breitbeinig los, die Arme hingen herunter, die Hände offen. Von hinten sah er aus wie ein Revolverheld im Western auf dem Weg zum Duell. Larissa sollte sehen, wie kampfbereit ihre deutschen Kollegen waren. Na ja, vielleicht nicht alle, aber er bestimmt.

Er schloss die Tür zum Krankenzimmer hinter sich nicht vollständig. Ein Spalt blieb offen.

Ein bärtiger Mann, gut dreißig Kilo schwerer als Rupert, kam mit einem Blumenstrauß die Treppe hoch. Er war knapp fünfzig.

Kinder, dachte Rupert, können nicht gut schätzen. Der Mann trug einen leichten, cremefarbenen Sommeranzug aus Leinen. Unter seiner Armbeuge hatten sich Schwitzflecken ausgebreitet. Sein Hals glänzte feucht. Er wischte sich mit einem Stofftaschentuch die Stirn und die Geheimratsecken trocken. Er hatte zwar keine langen Haare und erst recht keinen Arztkittel an, aber Haare ließen sich schneiden und ein Kittel rasch ausziehen. Er schnaubte verdächtig und hielt die Blumen so achtlos in der Hand, als sei ihm der Strauß völlig gleichgültig.

Rupert stoppte ihn. »Moment. Bleiben Sie stehen. Ich hätte gerne Ihren Namen und Ihre Papiere.«

Der Mann sah Rupert von oben herab an. Rupert mochte es nicht, wenn Männer größer waren als er. Er wusste, dass Larissa zusah. Er wollte beweisen, was er draufhatte.

»Ich will deinen Scheißnamen wissen und deine Papiere sehen, aber ein bisschen plötzlich!«

»Wie reden Sie denn mit mir? Ich fürchte, Sie vergreifen sich gerade im Ton!«

»Ha«, lachte Rupert, »pass bloß auf, dass ich mich nicht gleich noch ganz anders vergreife! Noch bin ich nett, aber wenn ich nicht sofort deinen Ausweis sehe, fahre ich mit dir im Hochsommer Schlitten, Freundchen!«

Der Mann war ohnehin kurzatmig, jetzt schnaufte er noch mehr. »Darf ich mal Ihren Ausweis sehen?«, fragte er und schnappte nach Luft.

Rupert war sich sicher, ihn mit einem kräftigen Schlag gegen die Brust umhauen zu können. Der Kopf war zu weit weg und Ruperts Arme zu kurz, um eine Gerade an seinem Kinn zu platzieren. Der Bauchumfang des Mannes war einfach im Weg.

»Heute ist dein Glückstag«, grinste Rupert. »Deshalb liegst du noch nicht mit einem blauen Auge und gebrochenen Armen auf dem Boden. Ich bin gut drauf und milde gestimmt. Also, deinen Ausweis oder …«

»Oder was?«

Larissa deutete Rupert an, dass er das toll mache. Auch sie ging davon aus, dass Rupert den Gangster vor sich hatte.

Tim reckte sich im Bett, konnte aber von da aus die Szene im Flur nicht sehen.

Larissa lief in den Flur, um Rupert zu unterstützen. Sie schloss die Tür, damit Tim keine Angst bekam.

»Zum letzten Mal: Deinen Scheiß-Ausweis!«

Der Mann griff etwas zu schnell in sein durchgeschwitztes Leinenjackett. Rupert befürchtete, er könne eine Waffe ziehen. Rupert handelte blitzartig. Er packte die Rechte des Mannes und drehte ihm den Arm auf den Rücken. Der Mann jaulte vor Schmerz. Der Blumenstrauß fiel auf den Boden, Larissa direkt vor die Füße.

»Ich wollte doch nur meine Brieftasche … Vorsicht, Sie brechen mir ja den Arm!«

Rupert fischte die Brieftasche selbst aus dem Jackett. Er warf sie Larissa zu.

»Guck in seinen Ausweis!«

Nervös durchsuchte sie die Brieftasche. Da stellte der Mann sich selbst vor. Er hieß Bente Krayenborg und war Richter beim Amtsgericht Emden.

Tim hörte den Lärm im Flur. Er hatte den Richter nicht gesehen, aber Tim wusste, dass er fliehen musste. Jetzt sofort. Er zog sich das T-Stück, das seinen Körper mit den Schläuchen verband, aus dem Arm. Es zwickte ein bisschen, tat aber nicht so weh, wie er befürchtet hatte.

Als er sich auf die Bettkante setzte, wurde ihm ein bisschen schwindlig. Er trug ein weißes Krankenhausnachthemd, das hinten offen war. So konnte er unmöglich abhauen.

Er stand vorsichtig auf. Im Schrank lag sein Schlafanzug. Besser als nichts.

Tim schlüpfte hinein. Am schwierigsten war es, den Gipsarm durch den Ärmel zu bekommen. Erst als der Stoff einriss, ging alles leichter. Er fand seine Turnschuhe nicht.

Das Fenster ließ sich nicht öffnen. Tim machte die Tür einen Spalt weit auf und lugte auf den Flur. Rupert und Larissa waren mit einem ziemlich aufgebrachten Mann beschäftigt, der androhte, Rupert »brotlos zu machen«.

Tim wusste nicht, was das zu bedeuten hatte, aber er nutzte seine Chance, um hinter ihnen vorbei in den Fahrstuhl zu verschwinden.

Am Kiosk vom Café Kess hätte er sich gern etwas zu trinken geholt, aber er hatte kein Geld dabei, und er wollte nicht auffallen.

Vor der Tür standen ein paar Raucher. Sie beachteten ihn

nicht. Ihr großes Thema war der Killer, der der Polizei entkommen war. Sie lachten lauthals über Polizeiautos in Leer, auf denen Polizisten gesessen hätten.

Tim war sich nicht sicher, auf wessen Seite diese Raucher waren. Hielten sie zu dem Killer? Sie nannten diesen Linus Wagner einen *verdammten Teufelskerl, der die Polizei an der Nase herumführte.*

Tim lief im Schutz parkender Autos die Bolardusstraße am Stadtgraben entlang bis zur Auricher Straße. Jetzt war es nicht mehr weit. Hier wohnte sein Freund Ole. Er, Ole und Jamie waren die drei Musketiere. Seit sie den Film gemeinsam im Kino gesehen hatten, gehörten sie zusammen.

Einer für alle. Alle für einen.

Ole würde ihm helfen. Musketier-Ehre.

Leider konnte er ihn nicht anrufen. Der böse Mann hatte sein Handy. Tim kam sich blöd dabei vor, im Schlafanzug bei Ole zu klingeln, aber das ging sowieso nicht. Eltern durften nichts erfahren. Oles Eltern würden sonst sofort bei seinen Eltern anrufen. Eltern waren in solchen Sachen schrecklich. Sie behielten einfach nichts für sich.

Zunächst musste Tim sich selbst in Sicherheit bringen. Aber er dachte schon darüber nach, ob sie – die drei Musketiere gemeinsam – es nicht schaffen könnten, seine Mutter zu befreien. Wie würden sie dann erst dastehen?

Im Garten gab es einen mächtigen Kastanienbaum. Darin hatten sie ein Baumhaus gebaut. Es war ziemlich stabil, mit dicken Brettern und langen Nägeln. Dort würde ihn so bald niemand finden, dachte Tim. Aber er könnte seinem Freund Ole leicht eine Nachricht zukommen lassen, ohne dass die Eltern etwas merkten.

Bei dem Wetter war Ole eigentlich gern draußen. Tim wunderte sich. Er kletterte ins Baumhaus. Das war nicht ganz so einfach, wie er gedacht hatte, denn sein linker Arm war gebrochen und bis zur Schulter eingegipst. Er hatte es auf der Flucht fast vergessen.

Die Hängeleiter baumelte herab, als könne sie jeden Moment reißen. Zweimal krachte Tims Körper heftig gegen den Baumstamm. Wann hatte es je so gewackelt? Das Klettern mit eingegipstem Arm war schwierig.

Eine Dohle flog krächzend aus dem Blätterdickicht über dem Baumhaus. Dann war Tim endlich drin.

Er zog die Leiter hoch. Ole würde, wenn er das sah, sofort wissen, dass ein Musketier oben war.

Im Haus spielte Oles Mutter Klavier. Sie liebte klassische Stücke. Schon mehrfach hatte sie den Musketieren vorgespielt. Mozart. Bach. Schubert. Beethoven. Ole hatte Klavierunterricht bei seiner eigenen Mutter. Das musste etwa so schlimm sein wie Matheunterricht beim eigenen Vater.

Hier oben war leider nichts zu trinken. Nur eine angebrochene Tüte Chips. Hunger hatte Tim nicht, aber sein Hals war trocken, und im Mund hatte er einen Geschmack, als hätte er eine tote Ratte gegessen. Er wusste nicht, wie tote Ratten schmeckten, aber so ähnlich stellte er es sich vor. Seine Zunge war pelzig und dick. Sie hatten ihm irgendwelche Medikamente gegen die Schmerzen gegeben. Vielleicht kam der schlechte Geschmack daher.

Er setzte sich im Baumhaus so, dass er durch das große Wohnzimmerfenster Oles Mutter am Klavier sehen konnte und einen Teil der Küche durch die offene Küchentür. Oben in Oles Zimmer flimmerte ein Bildschirm. Fernseher. Computer. Oder Oles iPad. In der Fensterscheibe sah Tim die sich ständig verändernden Lichtverhältnisse.

Das war einerseits gut, bedeutete es doch, dass Ole zu Hause war. Andererseits konnte es Stunden dauern, wenn der gerade ein Spiel zockte. Tim richtete sich auf eine lange Wartezeit ein. Allein der Gedanke daran, dass es lange dauern könnte, reichte aus, und Tim musste zur Toilette. Er hatte keineswegs vor, mit seinem eingegipsten Arm noch einmal runter und wieder rauf zu klettern. Er ließ es von oben nach unten regnen und hoffte, dass ihn niemand bemerken würde.

Oles Mutter spielte *Für Elise* von Ludwig van Beethoven. Fehlerfrei.

Rupert und Larissa hatten noch nicht mitbekommen, dass Tim nicht mehr in seinem Bett lag. Rupert hielt gerade einen korpulenten bärtigen Oberarzt auf und verlangte erstens seinen Ausweis, und zweitens wollte Rupert wissen, wo er sich heute Morgen zur Tatzeit aufgehalten hatte.

»Hier«, sagte der Oberarzt knapp. »Ich hatte Bereitschaft. War seit zwei Tagen nicht mehr zu Hause.«

Die selbstsichere, leicht genervte Art passte Rupert nicht. Er fuhr jetzt ganz große Geschütze auf: »Ein Angestellter Ihres Hauses steht unter dringendem Tatverdacht.«

»Ein Angestellter? Können Sie das irgendwie eingrenzen?«

»Ja, vielleicht ein Arzt oder ein Pfleger. Auf jeden Fall ein Mann. Möglicherweise hat er sich den weißen Kittel aber auch nur übergezogen, um hier unbemerkt in jedes Zimmer zu kommen.«

Der Oberarzt baute sich groß auf: »Und was wollen Sie jetzt von mir? Meine Patienten warten. Ich habe nicht ewig Zeit.«

»Ich will, dass sofort das gesamte männliche Personal hier antanzt. Dann guckt der Junge sich alle an und …«, Rupert klatschte sich in die Hände, »zack, haben wir das Schwein!«

»Guter Mann«, sagte der Oberarzt und betrachtete voller Wohlwollen Larissa. Er hatte mal eine russische Freundin gehabt, seitdem wirkten solche Frauen elektrisierend auf ihn.

»Hier arbeiten mehr als neunhundert Menschen. Davon gut hundert Ärzte. Sie glauben doch nicht im Ernst, dass …«

Ann Kathrin Klaasen stürmte die Treppenstufen hoch. Sie nickte Rupert nur kurz zu, wollte das Gespräch nicht unterbrechen, aber dann stand sie unentschlossen vor drei Türen. Sie zeigte auf die mittlere: »Ist er da drin?«

Larissa deutete an, genau so sei es. Rupert sagte ostfriesisch knapp: »Jo.«

Oles Mutter hatte ihre Klavierübungen beendet und säuberte jetzt mit einem Stahlschwamm den Grill von den eingebrannten Überresten des letzten Grillabends. Damit war die neue Grillsaison eröffnet.

Tim hatte mehrfach schon an solchen fleischlastigen Partys teilgenommen, und seitdem lächelte er nicht mehr über Vegetarier, sondern fand vegetarisches Essen äußerst interessant.

Oles Mutter war eine weltoffene, weitherzige Frau. Es machte ihr nichts aus, Würstchen und Fleischspieße zu grillen, während sie Maiskolben aß und zauberhaft duftende Gemüse zubereitete. Es gefiel ihr, wenn immer alle etwas von ihren Gerichten probieren wollten. Sie versuchte nicht, mit Worten zu überzeugen, sondern einfach durch ihr Handeln und durch guten Geschmack.

Sie hatte lange, blonde Haare mit einigen silbergrauen Strähnchen darin. Ihr Vater war ein schwedischer Maler. Einige große Bilder von ihm hingen im Haus.

Tims Magen knurrte, aber noch viel schlimmer war der Durst. Er wusste nicht, wie lange er schon hier oben saß. Manchmal wurde ihm schwindlig, dann hatte er das Gefühl, eingenickt zu sein und von einem Geräusch geweckt zu werden.

Ole zockte immer noch in seinem Zimmer irgendein Spiel.

Im Religionsunterricht hatte Tim davon gehört, dass jeder Mensch einen Engel habe. Er fand den Gedanken damals witzig. Es war für ihn eine Geschichte, nichts weiter. Wie die Märchen, die er als Disneyfilme kannte.

Jetzt hoffte er, dass seine Lehrerin ihn nicht belogen hatte. Vielleicht war ja etwas dran an dieser Engelsgeschichte ... Er brauchte jetzt einen Schutzengel. Er musste mächtig sein. Er brauchte große Flügel, um schnell fliegen zu können, und am besten auch ein Schwert.

Aber wo, fragte Tim sich, ist der Schutzengel meiner Mutter geblieben, als sie entführt wurde? Sie wird schon so lange festgehalten, getrennt von uns. Was für einen Penner von Schutzengel hat, verflucht nochmal, meine Mutter bekommen? Hoffentlich ist meiner besser. Oder streiken die gerade alle?

Tim wusste, was Streik bedeutete. Als sie in Urlaub fahren wollten, streikten die Piloten oder die Fluglotsen oder alle gleichzeitig. Jedenfalls verbrachten sie keine schöne Zeit am Swimmingpool, sondern in einer Flughafenhalle, zusammen mit anderen, ziemlich wütenden Menschen, bis sie mit Bussen zu einem Hotel gebracht wurden. Nein, keins am Meer, sondern nah am Hauptbahnhof.

Jetzt rief die Mutter Ole. Na endlich!

Es dauerte eine Weile. Ole erschien nicht. Noch einmal rief sie, jetzt schon nicht mehr ganz so freundlich. Sie schaffte Gemüse und Fleisch auf die Terrasse, begann, Zwiebeln zu hacken und Gemüse zu putzen.

»Ole!!! Wie wäre es, wenn du deiner Mutter ein bisschen hilfst?«

Sie hatte schon sechs, sieben Zwiebeln gehackt, Paprika in Streifen geschnitten und begann, in einer großen Schüssel einen Tomatensalat zu vollenden, dessen Duft bis hoch ins Baumhaus drang und Tims Hunger noch mehr anstachelte.

Plötzlich ließ sie alles stehen und liegen, putzte ihre Hände an einem Tuch trocken und lief ins Haus. Sekunden später sah Tim sie oben in Oles Zimmer. Er konnte nicht hören, was sie sagte, doch ihrer Körperhaltung nach waren es nicht die freundlichsten Worte.

Sie traf vor Ole auf der Terrasse ein, und ihr Messer tackerte laut bei jedem Schnitt, der jetzt mehr ein Schlag war, auf das Schneidbrett.

Endlich tauchte Ole auf. Sie hatte einige Arbeiten für ihn. Die Terrasse musste gefegt werden, außerdem sollte er die Schonbezüge für die Stühle aus der Garage holen, sich dann die Hände waschen und bei den Grillvorbereitungen mithelfen: »Du isst doch so gerne Schaschlik-Spieße, und du wolltest sie mit mir gemeinsam machen.«

Jetzt oder nie! Auf dem Weg zur Garage kam Ole unterm Baumhaus vorbei. Aber er achtete nicht auf die hochgezogene Leiter. Er rechnete einfach nicht damit, dass sich ein Musketier oben befand. Normalerweise klingelten sie doch oder meldeten sich wenigstens über Whatsapp an.

Tim zischte: »Hey, Alder!« Aber er durfte nicht zu laut sein, denn Oles Mutter hatte ein sehr gutes, musikalisch geschultes Gehör. Tim war mal dabei gewesen, als sie behauptet hatte, sie habe das absolute Gehör. Er wusste nicht genau, was er sich darunter vorstellen sollte, aber eins war ihm klar: Sie konnte gut hören.

Auch als Ole aus der Garage zurückkam, hörte er seinen Freund nicht.

Tim konnte zwischen den Häusern auch einen Teil der Straße sehen. Wenn er sich nicht täuschte, war da gerade der böse Mann vorbeigefahren. Aber nicht in einem Auto, sondern auf dem Fahrrad.

Konnte das sein, oder bildete er sich das nur ein? Inzwischen war er sich auch nicht mehr ganz sicher, ob er ihn wirklich im Krankenhaus gesehen hatte. Die Medikamente setzten ihm doch ziemlich zu ...

Jamie war auch auf Facebook. Es war ganz einfach, ihn dort über die Whatsapp-Verknüpfung zu finden. Jamie war Fan von *Justin Bieber* und den *Nordseedetektiven*. Er hatte Fotos eingestellt von der Gespensterparty bei Ole letzten Sommer. Da waren sie alle, die drei Musketiere. Auf einem Bild standen sie sogar nebeneinander und kreuzten ihre Plastikdegen.

Er nahm sich zunächst diesen Jamie vor. Dann wollte er zu Ole fahren.

Das Radfahren tat ihm gut. Er brauchte ein bisschen Bewegung.

Noch bevor Ann Kathrin die Türklinke herunterdrücken konnte, stellte Martin Büscher die Meldung direkt an alle Ermittler durch: Linus Wagner wurde in Bremerhaven am Klimahaus gesehen. Der pensionierte Oberstudienrat Hans-Peter Behringer behauptete, ihn mit an Sicherheit grenzender Wahrscheinlichkeit erkannt zu haben, und hatte sogar ein Handyfoto von ihm gemacht. Das Foto zeigte, wenn auch unscharf, im Hintergrund, ein bisschen versteckt hinter einer Besuchergruppe, einen jungen Mann, der auch für Ann Kathrin eindeutig Linus Wagner war.

Es gab sofort eine Konferenzschaltung. »Wieso«, fragte Ann Kathrin, »besucht einer, der überall gesucht wird, das Klimahaus?«

Rupert keuchte: »Wieso, warum, weshalb, solche Fragen stelle ich schon lange nicht mehr!« Gleichzeitig tischte er dann einige seiner Fragen auf: »Warum werde ich nicht befördert? Warum werden wir so schlecht bezahlt? Wieso kürzt man uns das Personal, statt es aufzustocken? Wieso haben die Gauner immer bessere Autos als wir? Weshalb ist nie was Vernünftiges im Fernsehen, wenn ich frei habe?«

»Halt die Fresse!«, zischte Weller.

Bevor Rupert still war, beklagte er sich noch: »Ach, ist doch wahr! Bei mir fragt nie einer, warum. Muss man erst Leute umbringen, damit sich die Menschen für einen interessieren?«

Martin Büscher bemühte sich um Sachlichkeit: »Wenn unsere Informationen stimmen, sind im Klimahaus im Moment zweihundert bis zweihundertfünfzig Personen. Schülergruppen aus Bayern und Baden-Württemberg, außerdem ...« Er führte die begonnene Aufzählung nicht weiter aus. »Der Mann ist hochgefährlich. Wir müssen eine Schießerei im Klimahaus auf jeden Fall vermeiden. Ein Zugriff da drinnen scheint mir viel zu riskant.«

Rupert grinste: »Womit wir die Frage geklärt hätten, warum er sich dort aufhält ... Orte mit vielen Menschen sind ideal für solche Verrückten. Er weiß genau, dass wir andere Menschenleben nicht riskieren würden. Ihm hingegen ist das völlig schnuppe.«

»Vielleicht ist er aber gar nicht im Klimahaus, sondern hat nur diesen Treffpunkt vereinbart«, erklärte Ann Kathrin. »Vielleicht trifft er dort jemanden, der ihm Unterschlupf gewährt.«

»Und warum«, fragte Weller, »geht er dann nicht direkt dorthin?«

Rupert mischte sich wieder ein: »Warum passieren an Feiertagen, wenn meine Frau mein Lieblingsessen gekocht hat, immer die schlimmen Sachen, zu denen ich ausrücken muss, und nie, wenn meine Schwiegermutter zu Besuch ist? Man könnte da vielleicht mal eine Gesetzesnovelle beantra ...«

»Du sollst die Fresse halten!«, schimpfte Weller.

Ann Kathrin öffnete jetzt die Tür. Sie sah das leere Bett. Die herunterbaumelnden Schläuche. Auf dem Boden das T-Stück. Daran klebten noch weiße Pflaster und ein bisschen Blut. Das Fenster war geschlossen und sah nicht aus, als könne es so ohne weiteres geöffnet werden.

Sofort war Ann Kathrin bei Rupert, Larissa und dem Arzt: »Wo ist der Kleine?«

Rupert deutete auf die Tür: »Na, da drin!«

»Eben nicht!«, rief Ann Kathrin.

Ruperts Gesichtszüge entgleisten quietschend.

Ann Kathrin musste nichts weiter sagen. Ihr Blick reichte.

Larissa fühlte sich gleich schuldig: »Ich ... ich ... ich sollte auf ihn aufpassen«, stammelte sie. Sie faltete die Hände wie zum Gebet, dabei war sie erklärtermaßen Atheistin.

»Die Treppe hat er nicht genommen, dann hätte ich ihn gesehen«, stellte Ann Kathrin knapp fest.

Larissa lief zum Fahrstuhl. Zu spät, vermutete Ann Kathrin. »Wann habt ihr ihn zuletzt gesehen?«, fragte sie.

Rupert guckte belämmert. Er sah auf seine Uhr. »Vor zehn, vielleicht fünfzehn Minuten.«

So, wie er es sagte, vermutete Ann Kathrin, es könnten auch gut zwanzig gewesen sein.

»Was habt ihr im Flur gemacht? Bitte sag mir jetzt nicht, ihr wart unten Kaffee trinken!«

»Nein ... Ich ... ähm ... also, da war zuerst dieser Richter, der hat sich verdächtig gemacht. Den musste ich erst mal auf das richtige Maß zurechtstutzen und dann ...«

»Richter? Welcher Richter?«

Rupert hatte den Namen schon wieder vergessen, doch Larissa hatte ihn sich gemerkt: »Bente Krayenborg.«

Ann Kathrin wiederholte den Namen ungläubig: »Bente Krayenborg?!«

»Ja, genau der. Er sah so aus, wie der Junge gesagt hatte. Alt, also, ähm ... älter als ich und viel fetter!«

»Hat Tim Müller den Mann so beschrieben?«, wollte Ann Kathrin wissen.

»Ja klar.«

Ann Kathrin schwieg einen Moment nachdenklich. »Aber Linus Wagner ist ein ganz anderer Typ. Jung, sportlich, gutaussehend.«

Rupert nickte. »Ja, der Kleine sagte auch, er hätte etwas von mir gehabt ...«

Ann Kathrin winkte ab. »Ach!«

Larissa lief die Treppe hoch: »Vielleicht«, rief sie, »ist er nach oben geflohen. Er wird doch nicht aus dem Krankenhaus rausgelaufen sein!«

Jetzt mischte der Arzt sich ein: »Also, wenn ein minderjähriger Patient einfach so aus dem Krankenhaus ... Wir haben ihn jedenfalls nicht entlassen. Er hat noch einige Untersuchungen vor sich und ...«

Ann Kathrin zeigte mit dem Finger auf Rupert: »Bete, dass er nur abgehauen ist!«

»Ja, was denn sonst?«, fragte der Arzt.

»Wenn er entführt wurde, haben wir ein echtes Problem.«

»Entführt?! Von dieser Station?«, entfuhr es dem Oberarzt. Er bekam den Mund nicht mehr zu.

Rupert druckste herum: »Der Kleine hat gesagt, der Mann sei hier. Er hätte ihn auf dem Flur gesehen ...«

Ann Kathrin wollte sofort die Liste aller diensthabenden Ärzte und Pfleger. Außerdem ordnete sie eine Suche nach Tim Müller an.

Marion Wolters in der Einsatzzentrale gab sich optimistisch: »Ein zehnjähriger Junge mit Verband am Kopf und eingegipstem Arm im Schlafanzug kommt nicht weit. Der ist ziemlich auffällig.«

Marion verband Ann Kathrin noch rasch mit Polizeichef Martin Büscher, der eine wichtige Information für sie hatte.

Eine Hundertschaft Bereitschaftspolizisten hatte gemeinsam mit der Freiwilligen Feuerwehr die Schafswiese durchkämmt. Es waren tatsächlich zwei Patronenhülsen gefunden worden. Dort war in den letzten Stunden mit Schrot geschossen worden. Die Geschichte des Jungen könnte also wahr sein. Im Moment wurden die Patronen mit denen verglichen, die bei der toten Angela Röttgen und Bekir-Dieter Yildirim-Neumann gefunden worden waren.

Verdammt, dachte er, verdammt. Der Junge war ihm entwischt. Im Krankenhaus waren zunächst ständig Ärzte und Pflegepersonal um ihn herum gewesen. Dann kamen Polizisten, und jetzt war der Junge weg. Entweder hatten sie ihn an einen geheimen Ort gebracht, oder das kleine Biest war ihm tatsächlich entkommen.

Oder wollten sie ihm eine Falle stellen? Sollte er den Jungen suchen? Wollten sie ihn locken, um ihn einzukassieren?

Sein Kopf schmerzte. Er konnte das Gedankenkarussell nicht abschalten. Sein Experiment geriet völlig außer Kontrolle. Das mit dem Kind hatte er nicht geplant.

Überhaupt lief einiges anders, als er es sich vorgestellt hatte. In seiner Phantasie gingen die Familien aufeinander los, sobald jemand verschwand. Vorwürfe und Verdächtigungen würden das brüchige Band des Zusammenhalts reißen lassen. Am Ende, so hatte er gehofft, ja, geglaubt, würden die Frauen ihm dankbar sein, weil er ihnen die Augen geöffnet hatte.

Gingen nicht auch Mönche in die Einsamkeit, um in der Kontemplation zu innerem Wissen, zur Erkenntnis, ja, zu Gott zu gelangen? Musste man nicht einmal innehalten, sich von allem Weltlichen zurückziehen, um in der Reflexion Lug und Trug der Welt zu durchschauen? Alle Weltreligionen kannten doch solche Praktiken des Rückzugs. Diese Frauen, so hatte er gehofft, würden die Zeit nutzen, um in sich zu gehen und Erkenntnisse zu sammeln.

Inzwischen gab es jedoch Tote. Wenn er nicht auffliegen wollte, musste er dieses Kind töten. Verdammt, er musste es tun! Den Jungen zum Schweigen bringen ...

Ich habe dein Handy, dachte er. Das wird mir weiterhelfen. Wohin willst du schon fliehen? Wenn du nicht zu deinem bescheuerten Vater zurückwillst, dann bleiben nur Freunde, die dich nicht verraten. Verwandte würden deinen Dad informieren. Überhaupt jeder Erwachsene ...

Langsam wurde ihm alles klarer. Tim würde zu einem Freund, einem Spiel- oder Klassenkameraden flüchten. Ganz klar. Kinder hielten gegen Erwachsene zusammen. Er hatte bestimmt einen Kumpel, bei dem er untertauchen konnte.

Er betrachtete das Handy. Mit Sicherheit waren hier die Adressen seiner besten Freunde gespeichert.

Er sah sich die Telefonkontakte an.

Mom. Pa. Ole. Jamie. Till. Tante Jutta. Onkel Heinz.

Tim war auch bei Whatsapp. Dort gab es eine Gruppe. *Die drei Musketiere.*

Bingo!, dachte er. Ich krieg dich, Tim. Soll ich dich zu deiner Mutter bringen, oder zeige ich ihr besser ein Foto von deiner Leiche, damit sie sieht, was sie angerichtet hat, die dumme Kuh?

Imken Lohmeyer hielt sich die Ohren zu. Sie konnte Maikes Schreien und Flehen nicht mehr hören. Es machte sie fertig.

In den schlimmsten Momenten glaubte Imken, dass ihr mit Maikes Schicksal auch das eigene prophezeit werden würde. Holte er sich wirklich Maikes Sohn, wie sie die ganze Zeit beklagte? Würde er sich dann auch irgendwann an Till und Anna vergreifen? Warum? Was sollte das? Warum wollte er ihre Familie vernichten?

Sie fasste den Entschluss, ihn zu töten.

Ja, ihr blieb keine andere Wahl. Sie, die immer für eine friedliche, bessere Welt gekämpft hatte, war jetzt so weit.

Wollte er das? Ging es darum, sie in eine mordende, hassende Furie zu verwandeln? Wie lange dauerte es, bis ein Mensch bereit war, all seine Prinzipien über Bord zu werfen?

Hatte Maike aufgehört zu brüllen? Imken nahm vorsichtig die Hände von den Ohren. Da war ein Rauschen. Hörte sie ihr eigenes Blut? Oder bildete sie sich das Geräusch nur ein? Leitete dieser Teufel irgendein Gewässer um? Wollte er das Verlies fluten, um sie elendig verrecken zu sehen?

Ann Kathrin griff unwillkürlich an ihren Oberarm. Die Wirkung der Spritze hatte nachgelassen.

Wie wird sich mein Leben verändern, wenn sich wirklich der Verdacht auf schwarzen Hautkrebs bestätigt?

Sie wusste, dass es weißen und schwarzen Hautkrebs gab. Der schwarze war aggressiv, streute, konnte, zu spät erkannt, töten. Hatte sie zu lange gewartet? Wichtige Vorsorgeuntersuchungen versäumt?

Sie sah aus dem Fenster. Die Landschaft huschte vorbei. Musste der Himmel gerade heute so unverschämt blau sein und das Gras so grün?

Ja, verdammt, sie liebte dieses Ostfriesland. Sie liebte ihr Leben.

Sie konnte Weller, der den Wagen bedächtig steuerte, kaum ansehen, ohne dass ihr Tränen in die Augen schossen. Endlich ging es ihr mit einem Kerl so richtig gut. Er war aufmerksam, behandelte sie liebevoll. Mit ihm konnte sie stundenlang reden und auch streiten. Mit ihm war sie glücklich, und sie wollte das Leben mit ihm noch eine ganze Weile genießen. Alles voll auskosten bis zum Schluss. Und irgendwie konnte doch jetzt noch nicht Schluss sein ...

Ihr Sohn Eike war inzwischen erwachsen, führte ein eigenständiges, selbständiges Leben. Sie bekam viel zu wenig davon mit.

Sie fühlte sich tief verbunden mit ihren Freunden. Sie sah Gesichter vor sich: Peter und Rita Grendel. Jörg und Monika Tapper. Holger und Angela Bloem. Frank und Melanie Weiß.

Ihr Atem war ein einziges Seufzen. Weller merkte, dass seine Frau sehr verunsichert war. Er kannte sie anders. Je druckvoller Situationen wurden, je heftiger die Krise, je verwirrender das Chaos, umso ruhiger wurde seine Ann Kathrin. Wenn alle am Rande des Nervenzusammenbruchs agierten, kopflos wurden und folglich Fehler machten, dann behielt sie den Überblick und wurde ganz ruhig, so, als würde eine beginnende Katastrophe ihren Puls herunterfahren, ihre Gedanken klären und ihren Blick fokussieren. Aus solchem Holz mussten Krisenmanager sein. Rettungskräfte. Notärzte. Auf eine faszinierende Art kaltblütig.

Im Alltag war sie ganz anders. Fahrig, vergesslich, ließ Spiegeleier anbrennen, musste dreimal in den Supermarkt, weil sie jedes Mal etwas anderes vergessen hatte. Statt einen Computer zu programmieren, redete sie ihm gut zu und war beleidigt, wenn er nicht so funktionierte, wie sie es sich wünschte.

Sie würde es auch nicht *funktionieren* nennen. Das Wort gebrauchte sie kaum. Sie würde sagen: »Warum macht der das?« Oder: »Warum macht der das nicht?«

Einmal hatte sie behauptet, der zentrale Polizeicomputer würde ihre Arbeit boykottieren. Weller hatte ihr freundlich beigebracht, dass sie ihr Passwort dreimal falsch eingegeben hatte.

Jetzt war sie geistig abwesend.

»Ist was mit dir, Ann?«, fragte er.

»Ich bin«, antwortete sie nach einer Denkpause, als habe sie Mühe, seine Sprache zu verstehen, »mit sehr existentiellen Fragen beschäftigt.«

»Leben und Tod?«

»Ja. Werden und Vergehen.«

»Denkst du da an dich oder an die Opfer?«

»Hier«, sagte sie und zeigte auf die sie umgebende zauberhafte Landschaft, »kommt keiner lebend raus.«

Er schluckte schwer. Am liebsten hätte er angehalten, um sie erst einmal in den Arm zu nehmen. Aber hinter ihnen fuhren mehrere Autos, und die Straße war schmal. Alle hätten stoppen müssen. Er wollte diese Aufmerksamkeit nicht. Er empfand den Wagen jetzt als Schutzraum.

Er versuchte, etwas Ermutigendes zu sagen: »Das ist alles nicht so schlimm, Ann. Du bist so ein lebensfroher Mensch. Du hast keinen Hautkrebs.«

Sie lächelte dankbar: »Das ist lieb von dir, Frank, aber die Seele entscheidet nicht alles, fürchte ich. Als Kind hatte ich oft einen Sonnenbrand. Vielleicht rächt sich das jetzt. Die Haut ist wie ein Kleidungsstück, das die Seele trägt. Sie kann von innen und von außen verletzt werden.«

Eine Durchsage unterbrach ihr Gespräch: »Wir haben ihn!«

Marion Wolters klang aufgeregt, aber auch schrecklich unkonkret.

»Wen? Tim Müller oder Linus Wagner?«, fragte Ann Kathrin.

»Nee, nicht den Jungen. Den Killer! Er hat wohl Lunte gerochen und ist ins Mediterraneo geflohen. Das muss so eine Art Einkaufszentrum in Bremerhaven sein. Der ganze Laden wurde geräumt. Er kommt da nicht mehr raus. Ein Mobiles Einsatzkommando hat ihn eingekesselt. Scharfschützen sind da. Diesmal ist er erledigt.«

»Wer leitet den Einsatz vor Ort? Die Scharfschützen sollen verschwinden! Wir brauchen diesen Wagner auf jeden Fall lebendig. Er hat möglicherweise Imken Lohmeyer und Maike Müller, vielleicht sogar den kleinen Tim«, sagte Weller.

»Er hat den Jungen?«, kreischte Marion Wolters.

Ann Kathrin beruhigte sie: »Wir haben ihn jedenfalls noch nicht, und solange wir ihn nicht haben, müssen wir davon ausgehen, dass ...«

»Verstehe.«

Weller unterbrach: »Heißt das jetzt, wir düsen nach Bremerhaven?«

»Nein, Frank, da sind genug Einsatzkräfte, da können wir nichts tun.«

»Sondern?«

»Wir suchen Tim Müller. Freunde. Klassenkameraden. Verwandte. Ich glaube kaum, dass sich ein zehnjähriger Junge im Schlafanzug in Emden ein Hotelzimmer mietet und sich beim Zimmerservice sein Lieblingsessen bestellt. Wenn er geflohen ist, dann zu Bekannten. Zu Unterstützern.«

So, wie sie es aussprach, klang es fast nach *krimineller Vereinigung*.

Weller nickte. »Unterstützer ...«

Die ersten Partygäste kamen. Zwei Freundinnen von Oles Mutter, deren Stimmen Tim nervig fand, redeten die ganze Zeit von fremden Städten. Rom. Paris. L.A.

Oles Mutter betonte, sie mache ihren Urlaub auf den ostfriesischen Inseln und zählte sie auf: »Borkum. Langeoog ...« Sie kam nur bis Spiekeroog, dann lachten ihre Freundinnen so laut, dass Tim den Rest nicht mehr verstand.

Er war kurz davor, nach unten zu klettern. Jetzt, da die Erwachsenen so sehr mit sich selbst beschäftigt waren, konnte er es vielleicht riskieren, einfach seinen Freund Ole zu besuchen.

Allerdings würden sie ihn auf seine Verletzungen ansprechen und sie wussten garantiert, dass er gesucht wurde. Trotzdem. Der Durst wurde zu groß, war kaum noch auszuhalten. Manchmal war da schon so ein Flimmern vor seinen Augen, als hätte er zu lange in die Sonne geschaut.

Inzwischen hatte Oles Vater mit seinen Freunden bereits ein kleines Fass Bier angestochen. Es schäumte sehr. Aus den Gläsern tropften weiße Wölkchen auf die Terrasse.

Jetzt war Tim so weit. Er hätte sogar Bier getrunken. Er mochte kein Bier, fand es ekelhaft und verstand überhaupt nicht, warum Erwachsene, gerade Männer, so jeck darauf waren.

Jamie trudelte ein und brachte von seiner Mutter einen selbstgemachten Kartoffelsalat mit. Zwei Musketiere auf der Terrasse, und niemand bemerkte, dass im Baumhaus ein verletzter Mitstreiter saß.

Inzwischen waren Tim und Linus Wagner zum dominierenden Gesprächsthema geworden. Rasch einigten sich die Erwachsenen darauf, dass es schrecklich für Charlie Müller sein müsse. *Erst verschwindet die Frau und dann der Sohn.*

Selbst Oles Mutter, die immer fand, Charlie würde als Musiker maßlos überschätzt, war jetzt ganz auf seiner Seite, als sei er der eigentlich Leidtragende.

Wer seiner Familie so etwas antue, müsse völlig krank sein, behauptete die Freundin mit der schrillen Stimme, für die Paris immer noch die Hauptstadt der Welt war und keinesfalls Rom, New York oder Moskau, wie sie mehrfach betont hatte.

Zwei Freunde der Familie diskutierten jetzt das Für und Wider der Todesstrafe.

Die ersten Würstchen und Lammkoteletts zischten auf dem Grill, da bemerkte Ole, dass die Leiter oben war. Jamie beobachtete seine Wurst auf dem Grill. Er hatte sie gerne von allen Seiten gleichmäßig knusprig. Die Männer ließen die Kinder aber nicht zu nah ans Feuer. Das Grillen hier war Männersache.

Ole stupste Jamie an. Der kapierte sofort. Er schielte zu seiner Rindswurst. Sie war noch nicht so weit, aber schon kurz davor.

Gemeinsam gingen Ole und Jamie zum Baumhaus.

»Tim?!«, raunte Ole.

Als Antwort ließ Tim die Strickleiter runtersausen.

Ole kletterte als Erster hoch. Selbst jetzt hielten sie sich an das Versprechen, niemals zu zweit gleichzeitig die Leiter zu belasten. Erst als Ole oben war, kam Jamie hinterher. Er hörte auf halber Höhe Oles Ausruf: »Wie siehst du denn aus, Bruder?«

Tim spielte jetzt den Coolen: »Hatte ein Duell. Du solltest mal den anderen sehen.«

Tim ließ sich zunächst ein bisschen bewundern, bedauern und ausfragen. Dann sagt er leise: »Ich habe einen Mordshunger und Durst. Vor allen Dingen Durst.«

»Unsere Würstchen sind sowieso bestimmt längst fertig«, glaubte Jamie.

»Ich kann jetzt nicht mit euch runter. Die würden mich verpfeifen.«

»Klar«, bestätigte Ole und Jamie fügte hinzu: »Alle für einen. Einer für alle!«

Oles Vater lachte: »Ja, wo bleibst du denn? Die erste Ladung ist schon so gut wie verdaut!« Er sah die enttäuschten Gesichter der Kinder. »Keine Angst, ich habe zwei Würstchen an den Rand gelegt. Sie sind noch warm.«

Zwei Rindswürstchen und ein bisschen geröstetes Brot. Sie nahmen zusätzlich eine Apfelschorle mit hoch. Tim stand auf Apfelschorle. Ole mochte, zum Leidwesen seiner Mutter, lieber Cola. Aber es gab nur eine Flasche pro Woche, da war sie ganz konsequent. Selbst heute, weil er sein Kontingent schon aufgebraucht hatte, gab es keine Ausnahme.

»Wir essen oben«, rief Ole seiner Mutter zu. Er hatte das Gefühl, es gefiel den Erwachsenen, die Kinder eine Weile los zu sein.

Im Baumhaus sahen Ole und Jamie Tim zu, wie er trank. Sie hatten noch nie einen Menschen so gierig saufen sehen. Nicht einmal die Männer beim Fassanstich.

Sie hatten nur zwei Würstchen und ein bisschen Brot. Sie teilten alles brüderlich, wobei Tim sich das beste Stück aussuchen durfte.

Jamie kletterte wieder runter und fragte, ob er Kartoffelsalat und vielleicht noch zwei Würstchen haben dürfe. Er sagte zwei, nicht drei. Das wäre zwar besser gewesen, aber eben auch verräterisch.

Oles Mutter bot noch gegrillte Maiskolben und einen Tomatensalat an. Um nicht unhöflich zu sein, leckte sich Jamie demonstrativ über die Lippen und sagte: »Hm! Ja, gerne!«

Er ging mit seinem Vater an jedem ersten Samstag im Monat fischen. Selbst im Winter. Eisangeln konnte sehr viel Freude machen. Sie benutzten Maiskörner als Köder. Seitdem aß Jamie keinen Mais mehr. Er stellte sich immer vor, darin sei ein Haken verborgen, der sich gleich in seinen Gaumen bohren würde.

Tim hatte solche Bedenken nicht. Ihm schmeckte der Maiskolben besonders gut.

Dann sahen sie ihn. Tim hatte sofort eine Gänsehaut. »Da ... da unten ... das ist er!«

»Wer?«, fragten Ole und Jamie gleichzeitig.

»Der Mann, der meine Mutter entführt hat. Der ... der ist da unten! Er hat auf mich geschossen.«

Ole und Jamie wirkten wie versteinert. Ungläubig und ängstlich zugleich.

Linus Wagner erkannte, dass ihm der Weg die Rolltreppe abwärts zur Bürgermeister-Smidt-Straße von zwei Polizisten versperrt war. Sie standen betont locker herum, als hätten sie es höchstens auf Taschendiebe abgesehen und seien keineswegs hinter einem Killer her.

Linus flüchtete vom Eiscafé zur Kundentoilette. Der Weg führte über einen langen Außenbalkon am Gebäude entlang. Es war für ihn, als sei dies ein Ort, wo jeder Mensch vor Verfolgung sicher war, als würde aus reinem Anstand oder Respekt vor der Intimität des anderen ihm niemand dorthin folgen.

Welch ein Irrtum. Wie blöde von ihm! Jetzt saß er in der Falle.

Als ihm klarwurde, dass er hier nicht mehr rauskam, versuchte er, eine Geisel zu nehmen. Die Einsatzkräfte blockierten draußen bereits den einzig möglichen Fluchtweg. Da sie sich nicht sicher sein konnten, ob sich noch Menschen auf der Toilette aufhielten, warteten sie bis zum Zugriff erst noch ab.

Ein vierzehnjähriges Mädchen mit Zahnspange, superkurzem Minirock und weißen Söckchen kam kaugummikauend aus der Damentoilette, wo sie sich mit diesem knallroten Lippenstift und Bräunungspuder geschminkt hatte. Zu Hause ging das nicht. Ihr Vater fand, es sehe nuttig aus, wenn sie so herumlief, und regte sich schrecklich auf.

Sie sah die Polizisten und wäre fast in die Damentoilette zurückgeflüchtet. Ihr Vater hatte zwar gute Beziehungen zur Polizei, wie sie wusste, aber so gute nun auch wieder nicht.

Sie blieb stehen und hob die Hände.

»Komm einfach hierher, Kim!«, rief der Beamte, den sie als Freddy kannte und der mit ihrem Vater gern kegeln ging. »Schnell, Kim! Mach schon!«

In dem Moment spürte sie einen Druck im Rücken und eine junge Stimme sagte: »Du bleibst hier. Tu, was ich sage, oder du erlebst all diese Dinge nicht mehr, von denen du träumst. Keine schöne Hochzeit in Weiß und ...«

»Ich will überhaupt nicht heiraten! Sehe ich so spießig aus, oder was?«

»Wollen nicht alle Mädchen heiraten? In Weiß?«, fragte er und zog sie in den Toilettenraum zurück. Er überprüfte rasch, ob sich noch mehr weibliche Geschöpfe auf der Damentoilette befanden. Er stellte sich vor, mit zwei oder drei Geiseln sei es leichter, wieder herauszukommen.

Er hatte Glück. Er hörte eine Spülung rauschen.

Er hielt Kim den Mund zu. »Psst ...«

Eine Frau um die fünfzig, vielleicht einige Jahre älter, trat aus einer Kabine. Sie wollte sich die Hände waschen. Sie stieß einen kurzen, spitzen Schrei aus, als sie Linus sah. Sie riss die Augen weit auf, fing sich aber rasch wieder, denn sie deutete die Situation falsch.

»Da machen die hier auf der Toilette rum! Kinder! Liebe ist doch etwas Schönes, dafür braucht man auch einen angemessenen Ort.«

Sie hatte seine Waffe noch nicht registriert. Sie lächelte kopfschüttelnd. »Wie alt bist du eigentlich, Kleine? Ich hab meine Unschuld mit siebzehn verloren. Aber heutzutage ...«

»Sehr interessant«, sagte Linus und zeigte seine Pistole.

Jetzt erst kapierte die Dame. »Sie sind ... Sie sind der ... Oh, mein Gott!« Sie wagte nicht, das Wort auszusprechen.

Unter einem Waschbecken sah Linus einen alten, kaputten Regenschirm. Das brachte ihn auf eine Idee.

Ole beugte sich zu weit vor. Das Baumhaus wackelte und neigte sich nach links, wo es von einem Ast gehalten wurde, der mit dicken Seilen umwickelt war. Die Konstruktion hielt.

»Doch bestimmt, das ist er! Ich erkenne ihn ganz genau. Er sucht mich«, flüsterte Tim.

Die anderen zwei Musketiere beäugten den Mann. Er schlich ums Haus, als würde der Grillduft ihn magisch anziehen, aber die Kinder wussten, der wollte keine Rindswurst. Der wollte Tim.

»Wir können die Polizei rufen«, schlug Ole vor, aber Tim glaubte, eine bessere Idee zu haben: »Der hat meine Mama. Wir verfolgen ihn und befreien sie.«

»Ihr spinnt doch!«, rief Jamie. Ihm wurde schon schlecht, wenn er nur daran dachte. Er erlebte Abenteuer am liebsten im Kinosessel, mit Popcorn in der Hand.

»Ja, sind wir jetzt die Musketiere oder nicht?«, fragte Tim.

Jamie wusste nicht, ob die beiden das ernst meinten. Wurde er hier nur verarscht?

»Okay«, sagte er, »das ist die Gelegenheit für uns, zu Legenden zu werden.«

Aber die beiden anderen Musketiere nickten. Sie sahen entschlossen aus, wie zukünftige Helden.

Eine Stimme in Jamie, die sich sehr nach seiner Mutter anhörte, prophezeite: *Das geht nicht gut, Kinder. Lasst den Unsinn.* Aber Jamie hatte Angst, in den Augen seiner Freunde als Feigling oder Spielverderber dazustehen. Er hatte das Gefühl, dies sei ein ganz entscheidender Abend für den Rest seines Lebens. Viel stand auf dem Spiel. Er wünschte sich, eine Comicfigur zu sein. Die waren einfach nicht kleinzukriegen. Fielen von Dächern, wurden von Dampfwalzen platt gerollt, und danach entknitterten sie sich einfach wieder und machten munter weiter.

Das Baumhaus knarrte bedenklich, weil Ole sich so weit rauslehnte wie nur möglich, um den bösen Mann zu beobachten.

Tim versuchte, ihn reinzuziehen. »Du verrätst uns noch, Mensch!«

»Ja, was jetzt? Folgen wir ihm oder nicht?«, wollte Jamie wissen.

»Klar folgen wir ihm. Wir hauen meine Mama raus!«

»Verdammt Leute, wie werden wir dastehen, wenn das

klappt ...«, orakelte Jamie. Er klang mutig, ja, draufgängerisch, doch seine eigenen Worte machten ihm Angst.

»Wie komme ich hier runter, ohne dass die Erwachsenen mich sehen?«, fragte Tim.

Linus Wagner wollte den Scharfschützen kein Ziel bieten. Sie würden garantiert nicht riskieren, eine der beiden Frauen zu treffen. Er musste es ihnen unmöglich machen, ein sicheres, freies Schussfeld zu finden.

Linus spannte den Regenschirm auf. An einer Stelle war ein Stab abgeknickt und ragte wie eine Lanze aus dem Stoff.

»So, ihr zwei, darunter werden wir eng aneinandergekuschelt diese gastliche Stätte hier verlassen.«

Die Dame war vermutlich schwerer als Linus und Kim zusammen. Sie atmete hektisch. »Sie sind ... Du bist ... der Mörder, der ...«

»Psst, ganz ruhig«, sagte Linus. »Ich habe nichts mehr zu verlieren, deshalb bin ich so gefährlich.« Er zeigte nach draußen. »Das wissen die da auch.«

Er drückte beide Frauen unter den Schirm. »Hakt euch ein«, befahl er.

Mit links hielt er den Schirm über ihre Köpfe, mit rechts seine Waffe. So konnte zwar kein Scharfschütze seinen Kopf sehen, aber er hatte auch Mühe, den richtigen Weg nach draußen zu finden. Schon die Tür bereitete ihm Probleme. Sie passten nicht alle gleichzeitig mit aufgespanntem Schirm durch die Türöffnung.

Der Polizist, den Kim Onkel Freddy nannte, rief: »Ergeben Sie sich! Sie haben keine Chance! Machen Sie alles nicht noch schlimmer!«

Linus Wagner lachte höhnisch: »Wie soll es schlimmer werden? Angela ist tot! Ich habe zwei Menschen erschossen! Geht es noch schlimmer?«

Den Frauen raunte er, um ihren bockigen Widerstand zu brechen, zu: »Ich sterbe lieber im Kugelhagel als im Gefängnis.«

»Mir wird schlecht«, stellte Frau Borisch fest.

»Heute hilft dir kein Krankenschein. Da müssen wir jetzt gemeinsam durch«, spottete Linus. »Reißen Sie sich zusammen!«

Er drängelte die Frauen vorwärts und drückte sich dicht an sie.

»Platz machen!«, schrie Linus. »Weg frei!«

»Sie kommen hier nicht raus«, rief Freddy, »das Gebäude ist umstellt! Ihr Spiel ist aus, sehen Sie das doch ein, Mensch!«

»Es war nie ein Spiel! Ich komme hier raus, und zwar mit einem eurer Autos! Und ihr macht mir sogar den Weg frei! Ich verlange, dass überall, wo ich an euren Leuten vorbeikomme, die ganze Bande strammsteht und salutiert! Kapiert? Die Hacken zusammenknallen, Hand an die Stirn und dann ein Lied, zwo, drei ...«

Frau Borisch stolperte. »Mir ist schwindlig ... ich muss mich setzen.«

Linus fuhr sie an: »Einen Scheiß musst du!«

Der Polizeipsychologe stand inzwischen neben Freddy und ermunterte ihn: »Sie machen das gut. Sie haben einen Draht zu ihm. Halten Sie den Kontakt. Gewinnen Sie sein Vertrauen!«

»Verdammt, wie soll ich das denn machen? Vertrauen gewinnen ...«

»Hilf mir, Onkel Freddy«, rief Kim, »der Arsch hat ne Pistole!«

»Keine Angst, mein Mädchen, alles wird gut! Onkel Freddy ist da!«

Heute Morgen noch hatte er darüber nachgedacht, ob es möglich sei, sich früher pensionieren zu lassen. Er wollte raus aus dem Apparat, der ihn im Laufe der Jahre mürbe gemacht hatte. Seine Fettleber war als Argument nicht stichhaltig genug, aber ein Kollege mit Burnout und Depressionen war gerade dienstuntauglich geschrieben worden. Er wurde damit für einige zum abschreckenden Beispiel, was passierte, wenn man sich zu sehr reinstresste. Für andere dagegen wurde er zum leuchtenden Vorbild für einen frühzeitigen Abgang.

Jetzt wusste Freddy plötzlich wieder, warum er Polizist geworden war. Nicht, um sich von Besoffenen ankacken zu lassen. Nicht, um für verfehlte Politik den Prügelknaben zu spielen. Nicht, um Neonaziaufmärsche zu schützen. Sondern weil er der rettende Fels in der Brandung für Menschen in Not sein wollte. Weil er die Schwachen beschützen wollte, für das Gute kämpfen und gegen das Böse. Weil er Mädchen wie Kim beistehen wollte. Weil der Schrei: *Hilf mir, Onkel Freddy* nicht unerhört verhallen sollte.

Etwas rieselte durch seinen Körper, ließ ihn sich wieder spüren, sich seiner Kraft bewusst werden. Es kribbelte auf der Haut, und aus dem Inneren seines Körpers schoss eine selbstproduzierte Energie in seine Muskeln, die ihm eine Kraft gab, wie sie nicht im Fitnessstudio antrainiert werden konnte.

Die drei kamen unter dem Schirm näher.

Hier kommst du nicht vorbei, dachte Freddy. Hier nicht. Du sitzt echt in der Falle.

Aber der Einsatzleiter befahl: »Rückzug! Bahn sofort freimachen!«

Als habe Freddy das nicht verstanden, übersetzte der Psychologe: »Wir sollen verschwinden. Das Ding hier ist für uns gelaufen.«

»Ich wiederhole: Kein Zugriff!«, betonte der Einsatzleiter ungehalten.

Die drei waren keine fünf Meter mehr von Freddy entfernt, da knickte Frau Borisch in den Knien ein. Kim konnte die schwere Frau nicht halten. Zwischen Eisdiele und vietnamesischem Imbiss fielen sie hin.

Sie blickte panisch um sich. Hinter der Theke zogen Menschen die Köpfe ein und gingen in Deckung. Weiter hinten kroch jemand unter einen Tisch.

»Aufstehen!«, befahl Linus Wagner. Er ließ den Schirm fallen und zerrte an der Frau herum.

Jetzt hätten die Scharfschützen eine Chance gehabt, aber Linus befand sich nicht mehr in ihrer Schusslinie, und sie waren nicht mehr einsatzbereit.

Kim, die seit knapp sechs Monaten in einem Selbstverteidigungskurs für Mädchen war, hatte gelernt, einen Messerstecher zu entwaffnen. Mit einer Pistole ging es nicht viel anders. Sie stellte sich seitlich zu ihm, griff die Hand mit der Waffe und streckte Linus' Arm. Mit dem Knie trat sie gegen seinen Ellenbogen. Der Knochen brach nicht, aber Linus brüllte vor Schmerz, und die Waffe fiel zu Boden.

Bevor Linus Wagner sie wieder an sich bringen konnte, war Freddy da, drückte ihn runter und ließ seine Handschellen klicken.

»Es ist vorbei, Kim«, keuchte er. »Dein Onkel Freddy hat den Burschen hier im Griff.«

»Mein Arm! Sie hat mir den Arm gebrochen«, jammerte Linus Wagner.

»Heul doch«, schlug Freddy vor. »Eine Dreizehnjährige hat dich ausgeknockt. Dafür wirst du im Gefängnis noch eine Menge Spott ernten.«

»Ich bin vierzehn«, stellte Kim klar und half Frau Borisch beim Aufstehen.

Der Psychologe, der Einsatzleiter und ein Scharfschütze mit Sommerschnupfen näherten sich vorsichtig von der Rolltreppe her.

Freddy klatschte in die Hände, als müsse er Staub abklopfen. »So«, sagte er, »das war's. Und jetzt kauf ich dir ein Eis, Kim.«

Sie umarmte ihn, küsste ihn auf die Wange und rief: »Du bist mein Held!«

Er sah sich stolz um. Hoffentlich hatten das alle gehört.

Ja, verdammt, deshalb bin ich Polizist geworden, dachte er, ging mit Kim zur Theke der Eisdiele und zeigte auf die Auslage. Mit einer Geste, als würde König Lear seine Ländereien an seine Lieblingstochter verschenken, sagte er: »Such dir aus, was immer du willst.«

Hinter ihnen wurde Linus Wagner nach weiteren Waffen durchsucht, dann führte man ihn ab.

Freddy und Kim schleckten ihr Eis.

Tim war schon fast aus dem Baumhaus geklettert. Er wollte sich hinter dem dicken Baumstamm an einem Seil nach unten hangeln. Er hoffte, von den langsam immer betrunkener werdenden Erwachsenen dort nicht gesehen zu werden.

Aber dann kamen zwei Polizisten. Sie stellten sich als Hauptkommissarin Ann Kathrin Klaasen und Hauptkommissar Frank Weller von der Mordkommission vor. Sie gaben an, Tim zu suchen. Seine Mutter sei vermutlich entführt worden und er auf der Flucht. Er schwebe in höchster Lebensgefahr.

Oles Mutter gab an, ihr Sohn und sein Freund Jamie seien im Baumhaus.

Die Kommissarin ging hin und forderte freundlich, aber bestimmt die Jungs auf, nach unten zu kommen. Sie habe mit ihnen zu reden.

Tim klammerte sich kreidebleich und stocksteif an einem Querbalken fest.

Ole stieg als Erster herab. Nein, er würde Tim nicht verpfeifen. Das sagte wortlos sein letzter Blick. Er war ein Musketier.

Jamie folgte Ole. Er zitterte. Es war ihm peinlich. Er fand, Helden, Musketiere, sollten angesichts der Gefahr nicht zittern.

Aber er bekam ja schon Durchfall, wenn er an die nächste Mathearbeit dachte. Stress konnte er nicht gut ab.

Ann Kathrin Klaasen wollte von ihnen wissen, wann sie Tim zum letzten Mal gesehen hatten, wo er sich gerne aufhielt und ob sie wüssten, wo er im Moment sei.

Die zwei sahen sich vor jeder Antwort an, als müssten sie sich abstimmen. Obwohl Ann Kathrin dies genau wahrnahm, führte sie das Gespräch nicht zu Ende. Ein Anruf änderte alles.

Martin Büscher sagte für seine Verhältnisse knapp: »Meine alten Kollegen aus Bremerhaven haben dem Spuk ein Ende bereitet. Keine Angst, Wagner lebt noch. Eine Pubertierende hat ihn entwaffnet. Ist das nicht witzig?«

Ann Kathrin erlebte den Satz durchaus als kleine Spitze gegen sich selbst. Immerhin war es ihr nicht gelungen, ihn gefangen zu nehmen.

»Ich will ihn verhören«, forderte sie.

»Dachte ich mir. Bevor es jetzt länderübergreifende Schwierigkeiten gibt, versuche ich über den kurzen Dienstweg ...«

»Danke, Martin«, sagte Ann Kathrin. Jetzt war es von Vorteil, einen Chef zu haben, der aus Bremerhaven kam. Er kannte dort jeden und wusste, wie er es anstellen musste.

»Manchmal«, sinnierte er, »muss man nur an den richtigen Fäden ziehen und wissen, auf welche Knöpfe man drückt. Schon ist alles einfach und unkompliziert.«

Weller gab den Erwachsenen eine Karte mit seiner Telefonnummer. Er bat sie, ihn sofort anzurufen, falls Tim doch noch auftauchen sollte.

Meiser überragte Martin Büscher um einen ganzen Kopf. Er glaubte, dass die Sache jetzt erst recht länderübergreifend geworden war und folglich in seine Hände gehörte. Er sprach von oben auf Büscher herab, drang aber nicht zu ihm durch. Weder mit Vernunft noch mit Dienstvorschriften war Büscher zu überzeugen. Er wiegelte jeden Versuch ab, Ann Kathrin Klaasen den Fall aus den Händen zu nehmen.

»Sie hat nicht nur den Ruf, die beste Verhörspezialistin zu sein. Sie ist es auch. Schauen Sie ihr zu. Sie werden eine Menge lernen, junger Mann«, versprach der ostfriesische Kripochef.

Es fuchste Meiser, dass er hier so gerne *junger Mann* genannt wurde. Damit wischten sie seine Erfahrungen und Kompetenzen weg, machten aus ihm einen Anfänger, der er nun wirklich nicht war. Wenn er von seinen Fortbildungen und Kursen in den USA, in Rom und London erzählte, grinsten alle so hämisch, als seien solche Weiterbildungsmaßnahmen nur etwas für völlig Verblödete. Die lebten hier echt in ihrer eigenen Welt, schufen ihre eigenen Regeln und kamen offensichtlich damit erstaunlich gut durch. Ob in Hannover oder Berlin Dinge beschlossen wurden, Gesetze geändert oder Kompetenzen bestimmt, interessierte die hier vor Ort genauso wie die Frage, wann im Zoo die Raubtierfütterung war. Es faszinierte ihn einerseits, machte ihn aber auch wütend.

Er bat Martin Büscher im Flur beim Kaffeeautomaten, aus dem außer Büscher kaum jemand Kaffee ziehen konnte, doch auch mal über den Tellerrand zu blicken.

Rupert kam mit Larissa. Er wollte ihr die moderne Art der Daktyloskopie zeigen. Natürlich sagte Rupert normalerweise nicht Daktyloskopie, sondern Fingerabdruckverfahren, aber das Wort klang so schön intellektuell, fand Rupert.

Jetzt sah er seine Chance, sich bei Larissa ins rechte Licht zu setzen und Martin Büscher hilfreich unter die Arme zu greifen: »Über den eigenen Tellerrand gucken! Was meint der damit, Boss?«, grinste Rupert angriffslustig.

Meiser holte zu einer Erklärung aus: »Wir haben in Wiesbaden beim BKA ganz klare Vorstellungen davon, wie ...«

Weiter kam er nicht. Rupert klatschte in die Hände: »In Wiesbaden?! Ja, wo soll das denn sein? Noch hinter Leer? Also praktisch in Süddeutschland?« Meiser war sprachlos.

Büscher deutete Rupert mit Blicken an, er solle den Mund halten. Aber für Rupert war es viel wichtiger, wie Larissa seinen Auftritt fand.

Die fragte jetzt mit wunderbarem russischen Akzent: »Wiesbaden? Ist das eine Stadt? Ein Land? Oder ein Fluss?«

Rupert erklärte es ihr gerne: »Das ist ein Ort. Da hat das Bundeskriminalamt seinen Hauptsitz, und die schicken uns immer so smarte Jungs, die uns das Leben erklären sollen, von dem sie allerdings selbst meist keine Ahnung haben, weil das Leben in der Wirklichkeit stattfindet und selten im Reagenzglas.«

»Ich kann nichts dafür, Kollege Rupert, dass man Sie beim BKA nicht genommen hat. Ich habe nichts mit der Personalpolitik zu tun.«

Damit traf Meiser ins Schwarze. Rupert hatte den Frust, dort abgelehnt worden zu sein, nie überwunden. Er hegte immer noch Groll gegen alles und jeden, der vom BKA kam.

Linus Wagner wurde durch den Gang zum Verhörraum geführt. Er hatte ein arrogantes Lächeln im Gesicht. Allein dafür hätte Rupert ihm gerne eine reingehauen. Von der Aktion in Leer mal ganz zu schweigen.

»Er sieht aus wie ein König, der zum Staatsbesuch kommt, nicht wie ein Krimineller, der Angst hat, im Gefängnis zu landen«, sagte Larissa.

Auch Martin Büscher spürte, dass der Typ glaubte, noch Trümpfe im Ärmel zu haben. Gerade dadurch wurde der Kripochef in seiner Entscheidung bestärkt, Ann Kathrin das Verhör zu überlassen.

Sie machte am offenen Fenster in ihrem Büro ein paar Atemübungen, um sich auf das Verhör vorzubereiten. Weller und Sylvia Hoppe waren bei ihr.

»Wir wissen nicht«, sagte Weller, »in welchem Zustand Imken Lohmeyer und Maike Müller sind. Vielleicht hat er sie längst umgebracht. Vielleicht sind sie irgendwo, irre vor Angst, Hunger und Durst und warten auf ihre Rettung.«

Sylvia Hoppe gab ihm recht: »Die Zeit ist jetzt ein wichtiger Faktor. Wie lange kann ein Mensch aushalten, wenn er nicht versorgt wird? Wenn wir davon ausgehen, dass Wagner keine Komplizen hat, dann ... Ich erinnere mich an einen Fall, da wurde der Entführer geschnappt. Das Kind verhungerte in einem Wohnzimmerschrank, während er verhört wurde.«

Sylvia Hoppe sah wild entschlossen aus. Das dürfe jetzt auf keinen Fall passieren.

Weller forderte Ann Kathrin auf: »Knack ihn so schnell wie möglich. Keine Spielchen. Kein Drumherumgerede. Nagel ihn an die Wand!«

Ann Kathrin atmete tief aus. Sie wartete einen Moment, bis sie wieder einatmete. Sie mochte diesen Augenblick der Leere. Selbst Weller und Sylvia Hoppe hielten die Luft an, bis Ann Kathrin wieder durch die Nase Sauerstoff in ihre Lungen sog.

Linus Wagner saß schon im Verhörraum. Rupert stand auf Ann Kathrins Bitte stumm an der Tür und sah Linus nur an. So wollte sie den mutmaßlichen Täter weichklopfen.

Sie ließ ihn warten. Er wusste genau, dass die Polizei unter Zeitdruck stand. Ann Kathrin wollte ihm diese Gewissheit, ja, diese Trumpfkarte aus der Hand nehmen.

Hinter der Glasscheibe sah sie ihm zu, wie er nervös wurde. Da Rupert nicht sprach, geriet Linus Wagner unter Mitteilungsdruck.

»Was ist los? Warum sagen Sie nichts? Ist das eine neue Methode oder was? Kann ich etwas zu trinken bekommen?«

Rupert reagierte nicht, sah geradeaus wie ein Zinnsoldat.

Linus Wagner brüllte ihn an: »Ich muss mal!«

Rupert verzog keine Miene. Das Spiel begann, ihm Spaß zu machen.

»Er hat«, sagte Ann Kathrin, »irgendeinen Plan. Er hält es kaum aus, uns gegenüber seine Karten endlich auszuspielen. Wir kriegen ihn. Wir kochen ihn weich ...«

»Wenn man Eier zu lange kocht, werden sie nicht weich, sondern hart«, grantelte der BKA-Mann Meiser.

»Eier schon, aber die Welt besteht nicht nur aus Eiern«, erklärte Weller. »Kartoffeln zum Beispiel oder Nudeln ...«

»Ja, wird das jetzt hier ein Kochkurs oder was?«, schimpfte Martin Büscher. Ann Kathrins Vorgehensweise gefiel ihm. Er sah die Wirkung.

Meiser protestierte: »Ich kann das hier nicht gutheißen. Jede Minute, die wir warten, kann ein Stück Folter für die gefangenen Frauen bedeuten. Und wenn er das Kind auch noch hat, dann ... ist das hier unverantwortlich.«

In dem Moment klingelte Martin Büschers Handy. Er ging ran. Seiner Miene nach zu urteilen hatte er eine nicht ganz unwichtige Person am Apparat. Er erschien kurz danach und sagte knapp: »Also gut. Kollege Meiser beginnt jetzt mit dem Verhör.«

Weller war völlig perplex. »Wie? Was? Das ist jetzt nicht dein Ernst, Martin!«

Ann Kathrin versuchte, den Satz umzudeuten: »Du meinst, Kollege Meiser und ich nehmen uns jetzt Linus Wagner gemeinsam vor?«

Martin Büscher schüttelte den Kopf. »Nein, das meine ich nicht.«

Meiser löste sich augenblicklich aus der Gruppe und war mit wenigen Schritten an der Tür zum Verhörraum. Rupert guckte irritiert, als Meiser eintrat.

»Was soll das?«, fragte Ann Kathrin Büscher.

»Macht es mir nicht so schwer, Kinder. Ich bin hier nur erster Kriminalhauptkommissar, nicht der König von Deutschland.«

Mit zusammengepressten Zähnen murrte Weller: »Ich dachte, du hättest Eier in der Hose.«

Dann schwiegen alle, denn das Geschehen im Verhörraum nahm sie gefangen.

Meiser ging ganz nah an Linus Wagner heran, als wolle er sein Morgenshampoo riechen. Er schnüffelte sogar und kam dann ohne Umschweife zur Sache: »Sagen Sie mir, wo sich Imken Lohmeyer und Maike Müller befinden. Und, falls Sie noch mehr Gefangene haben, zum Beispiel Tim Müller, dann wüsste ich auch gern deren Aufenthaltsorte.«

Ann Kathrin biss sich in den Handrücken. »Falsch! Falsch! Schwerer Fehler«, zischte sie.

»Aber warum? Darum geht's doch schließlich«, verteidigte Martin Büscher Meisers Vorgehensweise.

»Was stimmt nicht?«, fragte Weller.

»Er gibt ihm Macht«, sagte Ann Kathrin, »und er verrät ihm den Stand unserer Ermittlungen. Linus Wagner weiß jetzt, dass wir keine Ahnung haben, wo Tim Müller sich befindet. Wir müssen etwas von ihm erfahren. Nicht er von uns. Das ist eine ganz einfache Regel.«

Linus Wagner setzte sich anders hin. Er stützte seine Hände auf der Tischplatte ab und bog seinen Rücken durch. Er fixierte Meiser.

»Haben Sie hier etwas zu sagen? Ich will nicht mit irgendwelchen Statisten sprechen. Ich rede nur mit Hauptdarstellern!«

»Mein Name ist Meiser. Ich bin Hauptkommissar beim Bundeskriminalamt.«

»Gleich fragt er ihn noch nach seiner Gehaltsgruppe«, stöhnte Weller.

Doch es kam schlimmer.

»Braucht man dafür Abitur?«, wollte Linus Wagner grinsend

wissen und machte damit endgültig klar, dass er sich keineswegs als unterlegenes, armes Würstchen fühlte.

»Ich habe Sie etwas gefragt!«, brüllte Meiser. »Ich will wissen ...«

Linus Wagner hob beschwichtigend die Hände: »Schon klar. Sie wüssten zu gern, wo Imken Lohmeyer, Maike Müller und Tim Müller sind ...«

Meiser nickte erleichtert. »Genau.«

Linus Wagner lächelte süffisant. »Okay. Ich muss sagen, ich bin von der Behandlung hier ziemlich enttäuscht. Ihre Leute in Bremerhaven waren nicht nett zu mir. Nein, nett waren die echt nicht. Man hat mir weder ein angemessenes Abendessen angeboten noch einigermaßen wohltemperierte Getränke. Bevor ich weiter mit Ihnen rede, hätte ich gern Deichlammfilets. Mindestens drei. Schön rosig in der Mitte und außen braun gebraten. Dazu Gemüse. Brokkoli. Erbsen und Möhren. Das Übliche halt. Keine Pommes, stattdessen Bratkartoffeln. Am liebsten Süßkartoffeln. Finden Sie nicht auch, Süßkartoffeln werden unterschätzt? Wer mag denn schon diese mehligen Salzkartoffeln? Am besten lassen Sie alles im Smutje holen.« Er hob den Zeigefinger. »Beim Lammbraten kann man vieles falsch machen. Deichlamm wird schnell tranig. Das muss auf den Punkt gebraten sein. Und lassen Sie es gut verpacken, Lamm muss heiß gegessen werden. Ideal wäre es natürlich, wenn es gleich hier am Tisch zubereitet werden würde.«

Linus Wagner schwieg und lehnte sich bequem zurück wie ein Gast im Restaurant, der auf sein Essen wartet.

Meiser sah zum Spiegelfenster. Zu gern hätte er von den Kollegen einen Tipp oder Hinweis bekommen.

Rupert stand noch stumm im Raum, wie ein in Stein gehauenes, lebensgroßes Denkmal eines zornigen Polizisten.

Meiser bot an: »Ich kann Ihnen, wenn Sie hungrig sind, etwas zu essen bringen lassen. Ein Käsesandwich oder ...«

Linus Wagner lachte hell auf: »Schon gut. Ich dachte, Sie seien hier der Chef oder hätten wenigstens irgendetwas zu sagen ...« Er spottete: »Käsesandwich!? Ja, glauben Sie im Ernst, ich esse diese wabbelige Pappe, die in Deutschland leider immer noch als Weißbrot legal verkauft werden darf? Da kann ich ja gleich Papiertaschentücher essen oder Tageszeitungen! Also, wenn Ihre Kompetenz nur bis zum Sandwich geht, dann rede ich lieber mit dem, der hier für richtiges Essen zuständig ist.«

Meiser lief zur Tür.

Ann Kathrin kommentierte das mit einem: »Nein. Bitte nicht!«

Rupert hielt es mit Linus Wagner alleine im Raum nicht aus. Er hatte Angst, auf ihn loszugehen, deswegen folgte er Meiser in den Flur.

»Lasst mich jetzt ein paar Minuten mit dem arroganten Schnösel alleine. Geht einfach mal alle ne Runde spazieren. Ich brauch nicht lange, dann sagt der mir alles. Ich weiß, wie man das Vögelchen zum Singen bringt ...«, tönte Rupert und zeigte seine Faust. Er hoffte, dass die anderen ihn davon abhalten würden.

»In meiner Polizeiinspektion gibt es keine Gewalt gegen Verdächtige«, befahl Büscher.

»Der ist aber nicht verdächtig. Wir wissen alle, dass er es war!«, blaffte Rupert zurück.

»Hier wird niemand verprügelt!«, schrie Büscher. Seine Nerven lagen blank. Normalerweise brüllte er nicht rum.

»Wir sollten ihm geben, was er will«, verlangte Meiser. »Je eher wir wissen, wo die Entführten sind, umso besser.«

Ann Kathrin schüttelte vehement den Kopf. »Das ist ein Fehler!«

»Fehler? Wieso Fehler?«, fragte Meiser und tippte sich gegen die Stirn.

»Wir verlieren Zeit, und er führt uns an der Nase herum«, erwiderte Ann Kathrin.

»Er testet seine Macht aus«, fügte Weller hinzu. »Wenn wir ihm Macht geben, nutzt er das sofort aus. Leer, sage ich nur ...«

»Erinnere mich nicht daran«, stöhnte Rupert.

Büscher gab klein bei. »Also gut. Wir wollen nichts unversucht lassen. Wenn Sie es wünschen, besorgen wir ihm, was er verlangt. Wenn wir so die beiden Frauen retten können und vielleicht das Kind, soll es mir recht sein.«

Weller verdrehte die Augen.

Tim saß immer noch im Baumhaus. Inzwischen war es dunkel geworden und wesentlich kühler. Der Wind pfiff durch Ritzen und Spalten. Tim fror.

Ole hatte ihm ein T-Shirt, eine Jogginghose, Strümpfe und ein buntes Halstuch gebracht, doch es war nicht leicht für Tim, mit dem Gipsarm in dem niedrigen Raum die Sachen anzuziehen.

Die meisten Erwachsenen hatten sich von der Terrasse ins Haus zurückgezogen. Die Grillkohle spendete rotgoldenes Licht. Immer wieder kamen einzelne Gäste aus dem Wohnzimmer, um auf der Terrasse zu rauchen.

Tim war aufgeregt und müde zugleich. Aus der Verfolgung des bösen Mannes war nichts geworden. Ole lag inzwischen im Bett, und Jamie war von seinen Eltern abgeholt worden. Vielleicht, dachte Tim, hätte ich mich doch den Polizisten zeigen sollen. Aber er traute ihnen nicht. Sie würden ihn ja doch nur wieder nach Hause bringen. Das hatte Tim früh gelernt.

In seiner Klasse im ersten Schuljahr gab es ein Mädchen mit süßen Sommersprossen und abstehenden Ohren. Sie lief immer wieder von zu Hause weg. Sie versteckte sich in Hausfluren, übernachtete in düsteren Kellern und jedes Mal, wenn die Polizei sie fand, wurde sie wieder nach Hause zurückgebracht zu ihrer besoffenen Mutter und den wechselnden Kerlen, die sich als ihr Vater aufspielten.

Sein Vater würde ihm nicht glauben, und sein Vater würde auch seiner Mutter nicht helfen. Es war nämlich so, dass er im Grunde froh war, sie endlich los zu sein. Jawohl! Genau so war es.

Tim war verzweifelt. Er war müde, und er fror. Er sehnte sich nach seiner Mutter. Er weinte still vor sich hin und hätte doch am liebsten laut geschrien.

Jetzt stand eine dieser Freundinnen von Oles Mutter auf der Terrasse. Aber sie rauchte nicht. Sie flüsterte mit Oles Papa, und dann knutschten die beiden, und er fingerte an ihr herum, bis die andere mit der schrecklichen Stimme auch auf die Terrasse kam. Dann taten die zwei so, als würden sie nur zufällig hier herumstehen. Sie lachten übertrieben laut.

Wird der böse Mann kommen und mich hier holen? Bin ich hier sicher? Wenn er mich im Krankenhaus gefunden hat, findet er mich dann auch hier?

Trotz der schlechten Lichtverhältnisse erkannte Maike Müller, dass er schlecht aussah. Geschafft. Aufgewühlt. Lief nicht alles so, wie er es geplant hatte? Oder hatte ihn eine Magen-Darm-Grippe erwischt?

Sie gönnte es ihm von Herzen.

Er zeigte ihr Tims Handy. Ihr wurde so schlecht, wie es ihr noch nie im Leben gewesen war.

»Was hast du mit meinem Sohn gemacht, du Bastard?«

Sie spürte, dass Tim noch lebte. War das die Hoffnung einer Mutter, die sich mit der schrecklichen Wirklichkeit nicht abfinden wollte oder gab es tatsächlich so etwas wie eine emotionale Funkverbindung zwischen Mutter und Kind?

Er lebte! Er musste einfach leben ...

»Noch geht es ihm gut ...«, sagte er. In diesem Satz lag eine frohe Botschaft und gleichzeitig eine Drohung. Dieses *noch* war ein Höllenschlund.

»Wo ist er?«, fragte sie bang.

Er beantwortete die Frage nicht. Er lächelte nur wissend.

»Du könntest einiges für ihn tun. Er hat Angst. Er will zu seiner Mama. Obwohl du ihn schnöde verlassen hast ...«

»Das habe ich nicht! Ich wurde entführt!«

»Ja ja, ich weiß ... Du hast ihn aber lange vorher verlassen, als du angefangen hast, herumzuhuren ...«

»Was? Ich habe nicht ...« Sie versuchte, die aufwallende Wut zu unterdrücken. Sie wollte sich nicht rechtfertigen. Das brachte doch nichts. Es lohnte sich nicht, mit Irren zu diskutieren.

»Kinder«, sagte er traurig, »sind so anhänglich, egal, wie oft man sie enttäuscht ...«

»Was willst du von mir? Was soll ich tun, damit du mein Kind in Ruhe lässt?«

Er zeigte ihr ein Foto. Tim im Krankenhaus. Verbunden und an Schläuchen.

Der Anblick erschütterte sie zutiefst.

»Der Kleine hatte einen Unfall. Aber es geht ihm gut. Er will zu seiner Mama.«

Sie konnte die Tränen nicht zurückhalten. Sie bekam kaum noch einen Ton heraus. Es war, als würde ihr etwas den Hals zuschnüren. Sie hustete.

Er kam endlich mit der Sprache heraus: »Ich will Fotos von dir machen. Nacktfotos. Aber nicht hier in diesem Loch, sondern draußen an der frischen Luft. Am Deich.«

Sie konnte es kaum glauben. »Du willst was?«

»Du sollst meine Meerjungfrau sein. Ich will dich, wie Gott

dich schuf. Du weißt, dass ich dich nicht anfassen werde. So einer bin ich nicht. Ich will nur die Fotos ...«

Sie kapierte jetzt, warum er mehrfach versucht hatte, sie von hier wegzubringen. Er hatte ihr jedes Mal die Kleidung weggenommen. So hatte er das auch mit Angela Röttgen gemacht. Sie erinnerte sich noch an die Schreie. Angela war tapfer gewesen. Aber seit dem Abend hatte sie nie wieder etwas von ihr gehört.

Danach war Imken gekommen. Er hatte Angela weggebracht. Sie wusste nicht, was er mit Angela gemacht hatte.

Gab es eine schlimmere Situation als die, in der sie sich jetzt befand?

Es interessierte sie nicht, was er mit den Fotos vorhatte. Es war ihr völlig egal. Sie wollte nur ihr Kind zurück.

Sie wagte nicht, nach ihrer Tochter zu fragen. Sie wollte ihn nicht noch auf dumme Gedanken bringen.

»Ich tue alles«, sagte sie, »was du willst.«

»Wenn du versuchst zu fliehen, wird dein Junge Höllenqualen erleiden«, prophezeite er.

»Ich werde nichts dergleichen tun.«

»Versprochen?«, fragte er ungläubig.

»Versprochen.«

Meiser brachte die Warmhaltebox in den Verhörraum. Sogar an Plastikbesteck hatte er gedacht.

Linus Wagner bestand auf einer Stoffserviette und einem Glas Bordeaux.

Meiser goss ihm ein. Als Weinglas benutzte er einen Kaffee-Pappbecher.

Linus musterte Meiser abfällig: »Was sind Sie für ein kulturloser Mensch? Guter Bordeaux gehört in Kristallgläser.«

Linus probierte trotzdem mit Kennermiene. Dann verzog er die Lippen: »Der hier aber nicht. Da reicht echt ein Pappbecher. Wissen Sie, ich bin zwar kein Sommelier, aber dieser Wein ist für einen Gourmet wie mich eigentlich eine Zumutung. Aber gut. Ich will Ihnen verzeihen. Sie wissen es halt nicht besser ... Ich habe mit meinem Chef an einigen Weinproben im Kontor teilgenommen und auf Langeoog in der Weinperle. Das ist wie eine Fortbildung in Lebensart ...«

Rupert knirschte hinter der Scheibe vor Wut mit den Zähnen. »Dieser Großkotz Meiser macht mich einfach fertig ...«

Larissa betonte, in Russland seien solche Verhörmethoden mit Rotwein und edlem Essen unbekannt.

Meiser öffnete, innerlich bebend, die Warmhaltebox. Sofort duftete es nach gebratenem Lamm.

Linus Wagner atmete tief ein. Er begutachtete das Essen auf seinem Teller genau. Zunächst kostete er von den Bratkartoffeln. Er machte ein zufriedenes Gesicht und nickte Meiser anerkennend zu.

Ann Kathrin beobachtete jede Bewegung, die Linus Wagner machte. »Ich halte es kaum aus«, stöhnte sie.

Weller legte eine Hand zwischen ihre Schulterblätter, um sie zu beruhigen.

»Wenn er uns gleich sagt, wo die Frauen sind, hat alles einen Sinn gehabt«, betonte Martin Büscher hoffnungsvoll.

»Das wird er aber nicht«, orakelte Ann Kathrin.

Linus Wagner schob die drei Lammfilets auf dem Teller herum. Es dauerte eine Weile, bis er sich entschieden hatte, von welchem er ein Stück abschneiden sollte. Er sah es sich zunächst an.

»Rosa. Auf den Punkt!«, lobte er. Er roch daran, dann schob er es zwischen seine Lippen. Er kaute mit geschlossenen Augen.

Meiser schaute zur Scheibe hoch und zeigte den erhobenen Daumen.

»Sie haben versprochen«, erinnerte er Linus Wagner, »mir zu sagen, wo die entführten ...«

Linus ließ die Plastikgabel fallen und schlug mit der flachen Hand auf den Tisch. Der Pappbecher fiel um. Der Rotwein ergoss sich über die Tischplatte und tropfte auf den Fußboden.

»Ja glauben Sie, ich bin blöd? Das ist kein Deichlamm! Das ist vermutlich aus Argentinien oder Irland, irgendeine Massentierhaltung! Deichlamm schmeckt anders, mein Lieber! Wenn die Tiere am Deich groß werden, fressen sie salziges Gras, atmen mineralienhaltige Luft. Haben Auslauf! Glauben Sie, das schmeckt man nicht? Das hier ist garantiert nicht aus dem Smutje geholt worden!«

Er schob den Teller weg.

»Ja«, fragte Meiser, »was heißt das jetzt?«

»Ganz einfach: Das esse ich nicht!«

Meiser flippte aus. »Sagen Sie mir jetzt, wo die Frauen sind! Ich habe mich hier für Sie zum Affen gemacht! Sie wollen mich doch jetzt nicht so hängenlassen?!«

Linus Wagner verschränkte die Arme vor der Brust. »Doch, genau das werde ich. Den Rotwein habe ich Ihnen noch verziehen, aber dieses Lamm garantiert nicht.«

»Sie werden mir jetzt sagen, wo ...« Meiser packte Linus Wagner. »Sie müssen mir verdammt nochmal ...«

»Einen Scheiß muss ich!«

Ann Kathrin machte sich gerade. »So. Das war es. Ich übernehme! Wer immer dich angerufen und Druck gemacht hat, Martin, schöne Grüße von mir, er kann mich mal! Wir machen das jetzt auf unsere Art.«

»Genau!«, freute Rupert sich und strahlte Larissa an. »Wir ziehen das jetzt auf unsere Weise durch.«

Ann Kathrin öffnete die Tür zum Verhörraum. »Herr Meiser, Sie werden am Telefon verlangt.«

Er sah sie fassungslos an. »Ich kann jetzt nicht ... ich ...«

Weller erschien hinter Ann Kathrin. »Es ist sehr dringend.«

Ann Kathrin ging fast schlafwandlerisch zu dem Tisch, auf dem der Rotwein verlaufen war. Sie tunkte den Zeigefinger ein und malte ein großes, grinsendes Gesicht auf die Tischplatte.

Linus Wagner wusste nicht, was er davon halten sollte. Es verunsicherte ihn.

Weller schob Meiser nach draußen und schloss die Tür.

Ann Kathrin hob mit spitzen Fingern ein Lammfilet hoch über ihren Kopf und ließ es langsam nach unten auf ihre Lippen sinken, dann biss sie hinein. So probierte Weller im Mai den ersten frischen Matjes, bevor er einen im Brötchen aß.

Ann Kathrin kaute genüsslich. Sie sah Linus Wagner nicht an, sie sprach stattdessen über seinen Kopf hinweg mit Weller: »Er hat keine Ahnung. Das ist Deichlamm, und zwar ganz hervorragendes Deichlamm.«

Sie hielt Weller den Rest vom Filetstreifen hin. Er aß genau wie sie davon, wog dann den Kopf hin und her: »Vielleicht ist er einfach nur ein Ignorant, der einen Gourmet spielt, in Wirklichkeit aber keine Ahnung hat. Oder er will uns nur verarschen. Mit Meiser mag ihm das ja gelungen sein, aber wir sollten jetzt andere Saiten aufziehen. Was denkst du, Ann? Gelacht haben wir doch genug.«

Weller biss noch einmal ab und schmatzte demonstrativ.

»Ich hätte das an seiner Stelle gegessen. Er wird für sehr lange Zeit so etwas Gutes nur noch in der Erinnerung haben. In seiner Realität wird es nie wiederauftauchen. Oder beliefert das Smutje neuerdings Gefängniskantinen?«

Frank Weller lachte.

Ann Kathrin fuhr fort: »Der kleine Idiot glaubt, dass er uns weismachen kann, er hätte Macht. Wir sollen denken, dass er Imken und Maike in seiner Gewalt hat.«

Weller tippte sich gegen die Stirn. »Denkt der, nur weil wir Ostfriesen sind, sind wir blöd?«

Linus Wagner guckte von Ann Kathrin zu Weller und wieder zurück. Er versuchte zu verstehen, was hier gerade lief.

»Der ist doch selbst Ostfriese«, sagte Ann Kathrin.

Weller tat, als könnte er es nicht glauben. »Nee, echt?«

»Hm.«

»Aber dann wüsste er doch, dass wir uns gern dümmer stellen, als wir sind, damit man uns unterschätzt ...«

»Ja«, sagte Ann Kathrin, »aber ich fürchte, er hat das nicht richtig kapiert.«

Meiser fuhr Büscher an: »Das wird ein Nachspiel haben!«

Rupert sagte scharf: »Hör genau zu. Jetzt kannst du noch was lernen.«

Es war nicht klar, ob er zu Larissa gesprochen hatte oder zu Meiser.

Ann Kathrin wendete sich an Linus Wagner: »Unter uns. Wir fanden das klasse, wie du den Kollegen vom BKA reingelegt hast. Aber wir sind richtige Polizisten. Wir werden dich überführen, und dann wirst du wegen des Mordes an Peter Röttgen lebenslänglich weggesperrt.«

»Vielleicht kommen wir dich mal besuchen«, fügte Weller hinzu, »wenn du einen runden Geburtstag hast zum Beispiel. Sagen wir, zum vierzigsten oder zum fünfzigsten. Was meinst du, Ann? Das könnten wir doch machen, oder?«

Es war wie ein letztes Aufbäumen. Linus Wagner schrie ein bisschen zu laut, eine Spur zu heiser und entschieden zu herausgestellt: »Ich habe die Frauen und das Kind in meiner Gewalt! Und wenn ihr mich nicht freilasst, werden sie alle elendig verrecken! Verhungern und verdursten! Ich verlange freies Geleit, oder es geschieht ein Unglück! Daran seid ihr dann schuld!«

Ann Kathrin verzog beeindruckt die Lippen. Sie nickte nachdenklich und sagte zu Weller: »Das ist ein gutes Argument.« Sie hob den Zeigefinger. »Ein sehr gutes.«

Aber so, wie sie es sagte, klang Ironie mit.

Weller wog den Kopf hin und her. »Freies Geleit ... klingt interessant. Ich meine ...«, argumentierte er in Ann Kathrins Richtung, »freies Geleit hört sich irgendwie nobel an. Fast adlig.« Er äffte Linus Wagner gestisch und stimmlich nach: »Der Großfürst erbittet für sich und seinen Hofstaat freies Geleit. Dafür verspricht er, in Zukunft seine Steuern pünktlich zu zahlen ...«

Ann Kathrin wirkte trotzig wie ein kleines Kind beim Abendessen: »Trotzdem bin ich dagegen!«

Weller spielte den Enttäuschten, mit einem Schmollmund: »Ooch, sie ist dagegen. Wie blöd. Aber warum denn?«

Linus Wagner versuchte zu verstehen, was die zwei hier abzogen. Sie verhandelten seine Zukunft, aber irgendwie kam es ihm so vor, als würden sie ihn nicht ernst nehmen.

Ann Kathrin zickte pubertär herum: »Warum denn? Warum denn?« Sie klang, als sei sie eine Kaugummi kauende Dreizehnjährige, die keine Lust hatte, ihre Hausaufgaben zu machen und die Fragen ihres Lehrers nicht beantworten wollte.

Linus Wagner suchte bei Weller Rat und Halt. Er guckte ihn erwartungsvoll an. Weller zuckte bedauernd mit den Schultern: »Verstehe einer die Frauen«, sagte er. Er spürte genau, dass Linus Wagner verunsichert war und zu schwimmen begann.

»Ich verlange sofort einen guten, vollgetankten Mittelklassewagen mit mindestens hundert PS! Niemand darf mir folgen und ...«

»Sagt man heute noch PS?«, fragte Ann Kathrin und begann, sich ihre Fingernägel anzuschauen. Sie zückte dann ihr Handy und gab etwas bei Google ein. Sie lachte: »Na bitte, das heißt jetzt kW. Keine Ahnung, was die Abkürzung bedeutet, aber hier steht: *Die Richtlinie 80/181/EWG, kurz, Einheitslinie oder Richtlinie über Einheiten im Messwesen genannt, schreibt die Verwendung des internationalen Einheitensystems (SI) verbindlich vor.* Also, damit wir keine Fehler machen ... Wieviel kW soll der Wagen haben? Kann man das irgendwie umrechnen? Wieviel kW sind hundert PS?«

Linus wirkte verzweifelt.

Weller bemühte sich, ihm die Lage zu erklären: »Weißt du, Kleiner, neulich war eine Fee bei mir, die sagte: *Weller, du bist ein feiner Kerl. Es gibt nicht viele deiner Art, und deshalb hast du auch einen Wunsch frei.*«

Hinter der Glasscheibe stöhnte Meiser: »Ich fasse es nicht! Was soll das? Ist der nicht mehr ganz dicht?«

Rupert ermahnte Meiser: »Pst! Sonst verpassen wir etwas. Das Beste kommt noch!«

»Einerseits habe ich mich gefreut, andererseits war ich sauer, weil ... Ich meine, man kennt doch solche Geschichten. Ich sagte also zu der Fee: *Vertust du dich nicht? Habe ich nicht drei Wünsche frei?* Man will sich ja nicht von so einer Fee hinters Licht führen lassen. Immerhin bin ich Hauptkommissar.«

Meiser stöhnte gequält.

Martin Büscher hatte zwar keine Ahnung, worauf alles hinauslief, zeigte aber einen erhobenen Daumen, wissend, dass Weller die Geste nicht sehen konnte. Larissa tat es Büscher gleich.

»Diese Fee blieb aber stur, sagte, *nur einen Wunsch, vergib mir, mehr gibt es nicht.* Ich sagte ihr, *okay, dann wünsche ich mir etwas ganz Schweres.* Ich habe es mehr getan, um sie zu ärgern. Und ich forderte von ihr: *eine Autobahn von Norddeich bis nach Amerika, damit Leute, die Flugangst haben und keine Zeit für große Schiffe, auch mal bis Amerika kommen können.* Damit habe ich diese geizige Fee ganz schön in Schwierigkeiten gebracht. Sie stöhnte: *Eine Autobahn von Norddeich bis Amerika? Hast du es nicht etwas kleiner, zum Beispiel von Norddeich nach Juist?* Aber ich bin stur geblieben. *Nee,* hab ich gesagt, *von Norddeich nach Amerika. Was soll denn eine autofreie Insel mit Autobahnanschluss?* Aber die Fee kam echt ins Schwitzen. Sie sagte, ich sei unverschämt und undankbar und solle mir etwas anderes wünschen. Ich wollte keinen Stress und sagte: *Okay, du faule Fee, dann habe ich einen anderen Wunsch. Bitte erklär mir die Frauen. Ich habe zeit meines Lebens versucht, sie zu verstehen, aber ich kapier sie einfach nicht.* Und was glaubst du, was die Fee geantwortet hat?«

Linus Wagner sah ratlos aus. Weller guckte Ann Kathrin an. Die kaute an ihren Nägeln herum.

»Na, die Fee zierte sich eine Weile, rang mit der Fassung, und dann sagte sie: *Zurück zu dieser Autobahn. Muss die eigentlich vierspurig sein?*«

Rupert brach in brüllendes Gelächter aus. Er stieß Meiser so heftig an, dass der fast das Gleichgewicht verlor. »Komm, der war gut, das muss doch selbst so eine Pfeife wie du zugeben!«

Weller streichelte über Linus Wagners Haare, als müsse er ein Kleinkind trösten: »Also, ich wollte damit sagen, ich weiß auch nicht, warum sie dagegen ist.«

Ann Kathrin übernahm jetzt. Ihr Körper war voller Spannkraft, als sei sie ein zum Zerreißen gespannter Bogen. Sie feuerte den imaginären Pfeil ab: »Wenn er Imken und Maike hat, weißt du, was ich mich dann frage?«

»Nee«, gab Weller erstaunt zu.

»Dann frage ich mich, warum, verdammt, er erst mich als Geisel genommen hat und dann in Bremerhaven auf der Toilette diese Kim und die Dame mit dem schwachen Herzen ... Und dazu fällt mir nur eine Antwort ein.«

»Nämlich?«, fragte Weller gespielt naiv.

»Er hat sich Geiseln genommen, weil er keine anderen hat.«

»Da kann etwas dran sein«, räumte Weller großzügig ein. »Ich meine, wer nimmt einen Kasten Bier mit in die Kneipe? Das ist doch sinnlos. Behindert einen nur.«

Ann Kathrin verschränkte die Arme vor der Brust. »Genauso ist es. Er blufft nur. Wenn er die zwei in seiner Gewalt hätte, würde er uns ihren Aufenthaltsort verraten und dafür bessere Haftbedingungen aushandeln. Vielleicht fünfzehn oder zwanzig Jahre Rabatt. Da lässt doch jeder Staatsanwalt mit sich reden. Aber er hat nichts, womit er dealen kann. Deshalb führt er sich hier so kindisch auf.«

»Aber«, warf Weller ein. »er hat ganz sicher Peter Röttgen erschossen und Paul Verhoeven schwer verletzt, und diesen Tammo Frerksen hat er auch auf dem Gewissen, und ich frage mich ...«

»Das mit Verhoeven wollte ich nicht, und Tammo geht auf euer Konto! Den hat einer von euch erschossen! Der Dicke!«

»Vielleicht«, sagte Weller, »hätte ich die Fee bitten sollen, mir die Jugend von heute zu erklären.«

Linus Wagner hatte Tränen in den Augen. Seine Unterlippe zitterte jetzt. Weller und Ann Kathrin wussten, dass er bald so weit war. Die Wahrheit wollte heraus, denn er litt daran, und sein großspuriges Schweigen erleichterte ihn nicht.

»Ich bin eigentlich ein Guter«, behauptete er. Er hatte Mühe, nicht zu stottern. »Ich ... ich hab sie wirklich geliebt. Und er hat sie eingesperrt. Er wollte sie nicht freigeben. Er hat sie umgebracht, und dann hab ich ...«

Linus Wagner sprach nicht weiter.

Ann Kathrins Körperhaltung veränderte sich. Sie wurde weich, irgendwie durchlässig. »Ein Verbrechen aus Liebe ...«, sagte sie.

»Es war kein Verbrechen!«, schrie Linus. »Er war so ein Schwein! Das einzige Verbrechen, dessen ich mich schuldig bekenne, ist, dass ich sie nicht beschützt habe. Ja, verdammt, ich hätte sie befreien müssen ... Ich war zu schwach ... Viel zu schwach. Erst als sie tot war, bin ich wach geworden. Aber da war es schon zu spät.«

Ann Kathrin richtete ihren Blick auf die Scheibe. Meiser fühlte sich, als könne sie ihn sehen, und er schämte sich.

»Gesehen, wie das hier geht?«, fragte Rupert. »So führt man ein Verhör, statt den Zimmerkellner zu spielen.«

Larissa zeigte sich beeindruckt. »Und das haben sie alles von dir gelernt?«, fragte sie Rupert. Er lächelte bescheiden.

Martin Büscher stellte fest: »Das bedeutet für uns, der Kidnapper läuft noch frei herum und hat die Frauen nach wie vor in seiner Gewalt.«

Meiser mischte sich sauer ein: »Das hier ist gegen alle Regeln. Wenn er einen Komplizen hat, was dann?«

Ann Kathrin suchte Blickkontakt mit Linus Wagner. Er hielt die Situation kaum aus. Weller gab ihm wortlos ein Taschentuch für seine Tränen.

»Frau Röttgen wurde nicht von ihrem Mann umgebracht. Sie haben den Falschen getötet. Aus Eifersucht und weil Sie gern den Helden spielen wollten. Aber Frau Röttgens wirklicher Mörder ist noch frei. Vielleicht können Sie uns helfen, ihn zu fassen. Er hält mit ziemlicher Sicherheit auch Imken Lohmeyer und Maike Müller gefangen.«

Linus wischte sich mit dem Handrücken Rotz von der Nase. Er sah wild entschlossen aus.

»Wir gehen davon aus, dass der Täter Sie kannte. Recht gut sogar. Es gibt viele Anhaltspunkte dafür. Er weiß auch offensichtlich eine Menge über Frau Lohmeyer und über Frau Müller. Aus polizeitaktischen Gründen kann ich Ihnen nicht erzählen, was, aber Sie haben Frau Röttgen geliebt und wochenlang ihr Haus beobachtet ... Ihre Erfahrungen sind wichtig für uns. Sie können uns helfen, den Täter zu fassen.«

Er fragte es mit verblödetem Gesichtsausdruck: »Ich kenne den richtigen Täter?«

Ann Kathrin und Weller nickten gleichzeitig.

»Dann habe ich ihren Scheiß-Ehemann umsonst getötet?«, fragte Linus Wagner, als würde er mit sich selbst sprechen. Er schien in einer Welt aus Erinnerungen zu versinken.

Weller und Ann Kathrin kannten das. Viele reagierten kurz vor oder kurz nach einem Geständnis so. Die eigene Tat und das Erstaunen über sich selbst nahmen sie total gefangen.

Weller versuchte, ihn zu erreichen: »Hat außer Ihnen noch jemand Frau Röttgen nachgestellt? Hat sie mal davon gesprochen, dass sie sich verfolgt oder beobachtet fühlte?«

Linus Wagner sprach leise und langsam: »Ja, von ihrem Scheiß-Mann. Er hat sie ständig kontrolliert und ihr nachspioniert.«

»Und dieser Dr. Harm Eissing, mit dem sie eine gemeinsame Anwaltskanzlei hatte? Was ist mit dem? Ist zwischen den beiden etwas gelaufen?«, hakte Weller nach.

Linus Wagner lächelte abwesend. Er wirkte jetzt wie unter Medikamenteneinfluss. »Er war bestimmt scharf auf sie. Ich meine, wer war das nicht ... Aber sie stand nicht auf alte Knacker.«

Weller fühlte sich angegriffen von Linus Wagners Worten, so als sei er selbst gerade als alter Knacker bezeichnet worden.

Die Nacht war sternenklar, die Luft merklich abgekühlt. Von Nordwest blies ein sanfter Wind. Die Nordsee lag still da, fast wie ein Teich. Eine ideale Nacht für ein Fotoshooting am Strand.

Fast sehnte Maike Müller sich danach, endlich ins Meer laufen zu dürfen. Das Salzwasser spülte ihr in ihrer Vorstellung allen Dreck und die Angst von ihrer Haut. Gleichzeitig fürchtete sie sich vor dem dunklen, undurchsichtigen Meer.

Angela Röttgen war von so einem Ausflug nicht wieder in ihr Verlies zurückgekehrt. Würde er sie hier töten? Er hatte Lampen und Lichter dabei. Einen digitalen Fotoapparat und eine doppelläufige Flinte. Das Gewehr hing auf seinem Rücken, die Läufe ragten über seinem Kopf nach oben. Aus ihrer Perspektive sah es aus, als hätte er ein Teufelshorn. Die vom Wind zerzauste Frisur ließ jetzt daneben ein Haarbüschel hochstehen wie ein abgesägtes zweites Horn.

Er erklärte es ihr zweimal. Sie sollte zunächst ins Wasser hineinlaufen, »bis es dir zu den Knien geht. Dann drehst du dich um und läufst auf die Kamera zu.«

Sie fragte sich, ob man ihre Gänsehaut sehen könnte. Was sollten diese Fotos? Wollte er damit später beweisen, dass alles freiwillig geschehen war? Sollten die Bilder ihn entlasten?

Nein, so einfach war es garantiert nicht. Plante er irgendeine raffinierte Schweinerei, oder war er einfach nur völlig irre?

Wenn er vorhatte, diese Bilder irgendwem zu zeigen, dann gab es vielleicht eine Möglichkeit, einen Hinweis zu hinterlassen. Aber was für einen Hinweis? Und wie?

Er fotografierte und gab Regieanweisungen: »Schau in die Kamera. Lächle! Spiel mit der Kamera! Flirte sie an, als sei sie der heißeste Typ, den du jemals gesehen hast.«

Mit einer Taschenlampe, die er in den Deichboden gesteckt hatte, warf er einen Lichtkegel aufs Meer. Alles wirkte gespenstisch dadurch. Unwirklich.

»Ich friere«, sagte sie und hoffte, dass er den Appellcharakter der Botschaft verstehen würde. Aber selbst wenn, dem Appell würde er kaum nachgeben.

»Mir ist wirklich saukalt!«, rief sie.

Er fotografierte weiter. »Macht nichts. Das sieht man auf den Bildern nicht.«

Sie hoffte auf nächtliche Jogger. Auf Liebespärchen. Auf irgendeinen rettenden Zufall. Aber nichts dergleichen geschah.

»Ich will«, flehte sie nass und frierend, »zu meiner Familie!«

Er lachte. »Familie? Glaubst du, dass dein Mann dich vermisst?«

Das war gemein, dachte sie. Warum bist du so verdammt gemein und verletzend? Ich tu doch alles, was du willst.

Sie traute sich nicht zu sagen: *Ich will zu meinen Kindern.* Sie wollte ihre Tochter erst gar nicht in seinen Fokus rücken. Gleichzeitig war es ihr unmöglich, den Namen Tim auszusprechen, ohne von einem Heulkrampf geschüttelt zu werden.

Sie versuchte, sich zu orientieren. Wo war sie hier? Klar. Am Deich. Aber wo?

Die ostfriesische Küste war gut zweihundert Kilometer lang. Deiche gab es überall. Lichter einer Stadt sah sie nicht. Hier war es verdammt einsam. Folglich hatte sie keine Ahnung, wo sie war.

Sie wusste nicht, wie lange sie mit dem Auto gefahren waren. Gefühlt war es eine Ewigkeit gewesen. Aber wie viel reale Zeit war vergangen? Eine Stunde? Eine halbe? Oder doch nur zehn Minuten? Vielleicht war er eine Weile im Kreis herumgefahren, nur, um sie zu verwirren.

Plötzlich beugte er sich vor. Sie zuckte schon zusammen, bevor seine Worte sie ansprangen wie ein wildes Tier. Seine Körperhaltung wurde aggressiv, sein Gesicht bedrohlich. Er reckte den Kopf vor wie ein Tier, das zubeißen will. Der Fotoapparat baumelte jetzt an seinem Hals. Er schrie sie an: »Denk nicht einmal daran, sonst stirbt er!«

»Woran soll ich nicht denken?«, fragte sie und bedeckte so viel wie möglich von ihrer Nacktheit mit ihren Armen.

»Daran, abzuhauen!«

Sie schüttelte heftig den Kopf. »Nein! Nein! Ich ... ich werde nicht fliehen!«

Eine Welle klatschte an ihr hoch. Ihre Füße sackten tiefer in den Schlick.

»Da war Angela ganz anderer Meinung, deshalb ist sie jetzt tot!«, schrie er und zog das Gewehr von der Schulter. Er zielte nicht wirklich auf sie. Er hielt es einfach nur in ihre Richtung.

»Das ist Schrot«, drohte er. »Die Körner machen auf diese Entfernung hässliche Löcher. Du würdest im Meer verbluten ...«

Sie reckte die geöffneten Handflächen in seine Richtung, als könne sie so die Schrotladung aufhalten. »Nicht«, flehte sie. »Nicht!«

Sie presste die Oberschenkel zusammen. Da war auch ein Impuls in ihr, sich einfach ins Wasser fallen zu lassen. Im dunklen Wasser konnte sie tauchen. Einfach verschwinden. Das Wasser würde auch einen Schuss bremsen, so hoffte sie. Sie war eine gute Schwimmerin. Vielleicht hatte sie eine Chance.

Aber sie versuchte es nicht einmal. Er hatte Tim, und er konnte sich jederzeit Lisa holen. Für ihre Kinder war sie bereit, zu sterben. Ja, das spürte sie jetzt als eine glühende Gewissheit. In dieser Zeit existentieller Unsicherheit, in der sie nicht wusste, was in der nächsten Minute geschah, in der es keine Regeln gab und keine Rechte mehr für sie, sondern nur noch Willkür, da tat es gut, diese eine Gewissheit zu haben: Es gab etwas, das ihr wichtiger war als ihr Leben: ihre Kinder.

Sie bedauerte jede Sekunde, die sie nicht mit den zweien verbracht hatte. Es tat ihr leid, dass sie manchmal ungehalten gewesen war und genervt. Ja, verdammt, in schwarzen Stunden hatte sie sogar bedauert, überhaupt Mutter geworden zu sein. Wie viel Freiheit hatte sie dafür aufgegeben, zwei anspruchsvolle, widerspenstige Rotznasen großzuziehen?

Jetzt gab es nichts Wichtigeres mehr in ihrem Leben. Gar nichts.

Sie hasste diesen Mann mit dem Fotoapparat und dem Gewehr, und sie erschrak, weil sie ihm einen Bruchteil einer Sekunde lang auch dankbar war. Dankbar, dass er sie spüren ließ, was wirklich wichtig für sie war. Mit dieser Erkenntnis würde sie weiterleben, wenn er längst tot oder im Gefängnis war.

Er schulterte das Gewehr wieder und zielte jetzt mit dem Objektiv seines Fotoapparates auf sie. »So, und jetzt lächle! Gib dir Mühe! Du siehst scheiße aus. Willst du so anderen Menschen in Erinnerung bleiben? Eine strahlende Schönheit sieht anders aus.«

Sie versuchte zu lächeln und zu posieren, wie sie es von Fotomodellen aus Magazinen kannte.

»Das ist jetzt eher für Strickmoden als für den Playboy. Aber immerhin«, grinste er.

»Was«, fragte Meiser, »was wussten Sie, von dem wir keine Ahnung hatten? Sie sind doch von vornherein davon ausgegangen, dass er die beiden Frauen nicht in seiner Gewalt hat.«

Rupert spielte sich auf: »Die unterschiedlichen Kaliber der Patronen, die wir bei Herrn und Frau Röttgen gefunden haben zum Beispiel ...«

Ann Kathrin hatte eigentlich keine Lust, jetzt solche Fragen zu beantworten, aber sie tat es, um dann die Gedanken für die weitere Fahndung frei zu haben. »Er hat mich als Geisel genommen. Da habe ich viel über ihn gelernt.«

Weller nickte Meiser zu, so als müsse er Ann Kathrins Worte unterstreichen. »Tissi Buhl, eine wunderschöne junge Frau, die mit ihm zur Schule gegangen ist, hat sich ihm praktisch an den Hals geworfen, und sie war ihm nur lästig.«

Ann Kathrin sah Meiser an, als sei damit alles gesagt.

»Ja, äh ... und?«, fragte er.

»Es gibt nach meiner Erfahrung nur einen Grund dafür ...« Sie führte den Satz nicht zu Ende, sondern erwartete es von Meiser. Auch Rupert fixierte ihn interessiert, tat, als wisse das hier jeder und lenkte damit davon ab, dass er selbst überhaupt keine Ahnung hatte.

»Sie war nicht sein Typ?«, riet Meiser.

Ann Kathrin schaute ihn als, als hätte er sich damit in ihren Augen endgültig zum Trottel gemacht. »Er ist immer noch verliebt in Angela Röttgen. Er hat für andere keine Gefühle frei. Er hat weder Augen für sie noch Ohren. Und das, obwohl seine Geliebte tot ist. Er will sie rächen, und damit rächt er sich gleichzeitig an uns allen, denn wir haben sie nicht beschützt und den Mörder nicht gefasst. Er hat keine Angst zu sterben, denn dann wäre er näher bei ihr. Deshalb war er so draufgängerisch und hat uns so vorgeführt.«

Weller platzte fast vor Stolz auf seine Frau. »So«, sagte er, »das reicht jetzt. Hier ist ja heute kein Fortbildungskurs fürs BKA ... Aber wenn es da Bedarf gibt, können Sie Ann Kathrin gerne nach Wiesbaden einladen, und sie hält einen Vortrag über Verhörtechniken.«

»Schaden würde es nicht«, grinste Rupert und flüsterte Larissa zu: »Ich habe keine Zeit, Vorträge zu halten und Fortbildungen zu machen. Einer muss ja hier für Ordnung sorgen.«

Larissa lächelte wissend.

Die Party unten war vorbei, die Grillkohle erloschen, nur eine vergessene Kerze flackerte noch in einer Gartenlaterne bei der Garage.

Tim konnte in seinem Baumhausversteck nicht schlafen. Es fuhren kaum noch Autos auf der Straße. Es war still geworden in der Umgebung. Die Mondsichel schien sich an einem Schornstein verhakt zu haben. Jetzt pfiff der Wind durch jede Ritze und machte unheimliche Geräusche.

Tim hatte Mühe, eine Stellung zu finden, in der seine Schulter nicht schmerzte. Auf dem Rücken konnte er nicht liegen. Auf dem Bauch versuchte er es erst gar nicht, und wenn er seitlich mit angezogenen Beinen lag, ging es eine Weile, dann schmerzte die gesunde Schulter, und der Arm schlief ein.

Sein Nacken wurde steif. Ach, es war eine Qual. Er wünschte

sich zurück in sein kuscheliges Bett zu Hause, in sein Zimmer mit den hundert Verstecken.

Er weinte still vor sich hin. Dann zuckte er zusammen. Da waren Geräusche. Ganz eindeutig. Jemand kletterte zum Baumhaus hoch.

Die Strickleiter! Sie hing noch herab. Er hätte sie, nachdem die beiden anderen Musketiere ihn verlassen hatten, wieder hochziehen müssen.

Alles in ihm krampfte sich zusammen. Er war kurz davor, sich vor Angst zu übergeben. War der böse Mann zurückgekommen, um ihn zu holen? Jetzt, da alle Erwachsenen angetrunken und vollgefressen in den Betten lagen, hatte er gute Chancen …

Tim versuchte, etwas durch eine Bodenritze zu erspähen. Er sah nur ein wackelndes Stück vom Seil nach unten baumeln.

Ich könnte ihn in die Hand beißen, dachte Tim. Vielleicht schrie er und stürzte, wenn er sich nicht halten konnte, nach unten. Ole war einmal heruntergefallen. Weil er zu viel mit nach oben nehmen wollte, hatte er das Gleichgewicht verloren und war abgerutscht. Er hatte sich das Sprunggelenk gebrochen. Damals wollten Oles Eltern das Baumhaus eigentlich abbauen und verbrennen, aber er hatte versprochen, nie wieder solchen Unsinn zu machen.

Erwachsene taten sich meist viel mehr weh, wenn sie fielen. Vielleicht würde der böse Mann sich ja nicht nur das Sprunggelenk brechen, sondern auch noch den Arm oder den Kiefer.

Tim wollte es riskieren, doch die Hand, die nach der obersten Sprosse griff, war klein. Nicht die Hand eines Erwachsenen.

Ole!

Tim stöhnte. »Boah, äi, du hast mich so erschreckt!«

»Leise«, ermahnte Ole seinen Freund. »Ich wollte dich holen. Du kannst bei mir im Bett schlafen. Die Erwachsenen pennen alle. Aber keinen Mucks, bei uns im Wohnzimmer übernachten diese Schreckschrauben …«

Tim kam nur zu gerne mit. Er gab aber nicht zu, dass er hier oben Angst gehabt hatte.

Ann Kathrin wurde von Kaffeeduft geweckt. Weller brutzelte zwei Omeletts mit Käse, Pilzen und Zwiebeln in der Pfanne. Seins schärfte er mit einer kleingehackten Chilischote. Das von Ann Kathrin nicht.

Der Seehund in Ann Kathrins Handy heulte. Weller ging ran, weil sie im Bad war. Er fühlte sich gewappnet, jeden beruflichen Anspruch an seine Frau bis nach dem Frühstück in Schach zu halten.

Aber eine Sprechstundenhilfe von Dr. Götze war am Apparat. Der Herr Doktor wolle die Diagnose mit Frau Klaasen besprechen.

Weller hatte sofort keinen Appetit mehr. Er wusste gleich, dass es eine schlechte Nachricht war. Dr. Götze hätte kaum morgens anrufen lassen, um ihr mitzuteilen, dass alles völlig o. k. war. Hier war Eile geboten.

Weller stützte sich an der Arbeitsplatte ab. Fast hätte er auf den Herd gegriffen.

Er bedankte sich, versprach, sie werde rasch zurückrufen, und drückte das Gespräch weg.

Er musste sich setzen. Etwas in ihm zerbrach.

Er fühlte sich kraftlos, so, als sei es schon eine zu große Anstrengung, den Körper überhaupt aufrecht zu halten. Es war, als wäre die Haut nicht mehr in der Lage, die Innereien des Körpers zu begrenzen. Er verlor Energie nach außen. Er begann sofort zu frieren.

Ich muss ins Bad und es ihr mitteilen. Ich muss ihr das Handy bringen, ermahnte er sich, sah sich aber nicht in der Lage dazu. Er hatte plötzlich schwere Beine und einen enormen Druck auf der Blase, als seien einige Organe schwerer geworden und nach unten gerutscht.

Er versuchte, tief zu atmen. Es gelang ihm nicht. Er hechelte. Nur ein kurzes, schnelles Luftschnappen war ihm möglich.

Er verlor das Gefühl für Zeit und Raum. In seinem Kopf dröhnten schwere Maschinen, die ausgereicht hätten, Ostfrieslands marode Straßen auszubessern.

Ann Kathrin betrat barfuß, mit nassen Haaren, im flauschigen Bademantel, die Küche. Sie sah den Qualm und die verkokelten Omeletts. Sie hob die Pfanne vom Herd, stellte sie in die Edelstahlspüle, schaltete den Herd aus und öffnete die Küchentür. Der Rauch zog ab, und Kater Willi, der eigentlich auf Futter gehofft hatte, trollte sich zu den Nachbarn.

Erst jetzt setzte Ann Kathrin sich zu Weller, sah ihn an und fragte: »Frank? Frank?«

Er starrte zombiehaft vor sich hin, und genauso langsam bewegte er sich auch. Erst, als sie ihn berührte, schaffte er es, sie anzusehen.

Ann Kathrin war sich sicher, dass er immer noch nicht gemerkt hatte, was in der Küche los war. Garantiert waren das seine ersten verbrannten Omeletts. Gerade er, für den es immer so wichtig war, alles auf den Punkt genau zu garen, der beim Kochen immer voll und ganz bei der Sache war und entspannte, wie andere bei einer Ganzkörpermassage, hatte die Pfanne völlig vergessen. Etwas Schlimmes musste geschehen sein. Sie vermutete, etwas mit seinen Kindern.

Er sah seine Töchter Sabrina und Jule nicht oft, liebte sie aber abgöttisch.

Er war immer noch nicht in der Lage zu sprechen, aber sie sah, dass ihr Handy vor ihm auf dem Tisch lag. Sie drückte die Funktion, die ihr den letzten eingehenden Anruf anzeigte. Noch bevor die Nummer auf dem Display erschien, ahnte sie, worum es ging.

»Der Hautarzt?«

Weller nickte.

»Was hat er gesagt?«, fragte Ann Kathrin.

Weller zuckte nur mit den Schultern.

Sie tippte auf *Rückruf*. In der Praxis war besetzt.

Ann Kathrin trank ein Glas Wasser und versuchte es erneut. Immer noch besetzt.

Weller sagte leise: »Sie bitten um Rückruf.«

Sekunden später versuchte Ann Kathrin es noch einmal. Sie kam durch. Sie wurde sofort weiterverbunden. Dr. Götze erklärte ihr mit ruhiger Stimme, dass die Hautprobe ein Treffer war. Ein malignes Melanom. Schwarzer Hautkrebs. 0,04 Millimeter tief.

Sie wusste, was das bedeutete. Das Ding war hochgradig aggressiv.

»Und was jetzt?«, fragte Ann Kathrin. Sie wunderte sich selbst darüber, wie hart ihre Stimme klang. Es war, als würde sie Dr. Götze verhören, statt seinen Rat einzuholen.

»Wir sollten das Melanom entfernen und in einem genügenden Sicherheitsabstand gesunde Haut dazu.«

»Wann?«, fragte sie.

»Ich würde nicht lange warten. Zeit ist in diesem Fall ein wichtiger Faktor.«

»Also, ich kann jederzeit. Ich bin bereit, wenn Sie bereit sind ...«

»Morgen, sieben Uhr dreißig«, schlug er vor.

Ann Kathrin war einverstanden.

»Geschieht das ambulant?«

»Ja, in meiner Praxis.«

»Kann ich danach wieder in den Dienst zurück?«

»Wenn Sie wollen. Sie sind nicht wesentlich eingeschränkt. Lediglich Ihr Arm wird örtlich betäubt.«

»Muss ich nüchtern kommen?«

»Nein. Sie können ganz normal frühstücken.«

»Also gut, bis morgen um sieben Uhr dreißig.«

Sie hielt das Handy in der Hand und starrte vor sich hin.

»Es geht nicht nur um dich, Ann«, sagte sie zu sich selbst. »Konzentriere dich auf das Wesentliche. Zwei Frauen und möglicherweise ein Kind sind noch in der Hand des Kidnappers.«

Weller bäumte sich auf, als sei er mit einer kalten Dusche geweckt worden. »Doch, es geht jetzt nur um dich, Ann! Ich will dich nicht verlieren!«

Er stand plötzlich gerade. Sie umarmten sich. Dann standen sie weinend in der Küche und hielten sich fest umklammert.

»Ich habe uns Omeletts gemacht«, behauptete Weller, »so, wie du sie am liebsten magst.«

Sie schaffte es nicht, ihm zu widersprechen. »Ja, danke, Frank«, flüsterte sie. Hinter ihr sah er die Pfanne in der Spüle und begriff.

»Selten sind Eier«, behauptete er, »mit so viel Liebe verbrannt worden.«

Tim wurde als Erster wach. Er wollte gleich raus aus dem Bett, hatte Sorge, Oles Mutter könne gleich reinkommen. Ole beruhigte Tim. In den Ferien und an Sonn- und Feiertagen schliefen seine Eltern gern lang und frühstückten dann bis in den Nachmittag hinein.

Tim war schon fast so weit, sich der Polizei anzuvertrauen. Er wollte ihnen aber erst das Versprechen abnötigen, dass sie ihn nicht zu seinem Vater zurückbringen würden.

Ole hatte eine bessere Idee. Ihre Lieblingslehrerin, Frau Büttner! Ja, ihr konntet sie sich anvertrauen.

Tim warf ein: »Wir haben Ferien. Leider.«

Dass er mal das Wort *Ferien* in Zusammenhang mit dem

Wort *leider* aussprechen würde, hätte er sich vor kurzem auch nicht träumen lassen.

»Aber«, lachte Ole, »sie wohnt nur zwei Straßen weiter. Sie steht auf Gartenarbeit und so. Züchtet Tomaten und Möhren in ihrem Garten und ganz viele Kräuter. Das riecht bei ihr immer wie bei einer Kräuterhexe. Bestimmt ist die längst im Garten und schneidet die Hecke oder so ...«

Tim hatte keine Ahnung, wie es bei Kräuterhexen roch, aber er vertraute Frau Büttner mehr als allen anderen Erwachsenen, seine Mutter vielleicht mal ausgenommen.

Ole half Tim, frische Sachen anzuziehen. Es war nicht leicht, mit dem Gipsarm. Zum Glück passten Oles Sachen Tim. Sie waren ihm sogar ein bisschen zu groß.

Dann pirschte Ole als Erster runter. Im Bad duschte schon jemand. Auf der Terrasse rauchte die Frau mit der schrecklichen Stimme ihre erste Morgenzigarette. Sie sah strubbelig aus und verknittert.

Ole aß morgens gern Cornflakes. Er sollte Müsli aus dem Bioregal im Supermarkt in seine laktosefreie Milch schütten, aber er nahm lieber Cornflakes. Die knackten besser. Statt der Milch kippte er den fettreduzierten Joghurt in eine Schale und rührte dann Erdbeermarmelade oder Honig hinein. Darauf wollte er auch heute nicht verzichten.

Um bei seinem Sohn zu punkten, hatte Oles Vater ihm heimlich ein Glas Nutella gekauft. Ole versteckte es bei den Chips in seiner alten Schatzkiste. Darin verwahrte er die alten Legosteine, die er schon lange nicht mehr benutzte und irgendwann für viel Geld auf dem Flohmarkt verkaufen wollte. Manchmal kamen aber Schätze, die man vor der Mutter besser versteckte, hinzu. Nutella, Gummibärchen, Chips oder Schokoriegel.

Er schlich sich an einer im Wohnzimmer auf dem Sofa schlafenden Person vorbei in die Küche und bemühte sich, so wenig Lärm wie möglich zu machen.

Tim kletterte, weil die Eingangstür verschlossen war, aus dem Fenster neben der Tür. Draußen wartete er auf Ole.

Der Himmel war wolkenlos. Ein Flugzeug zog einen Kondensstreifen hinter sich her, und aus Tims Perspektive sah es aus, als würde die Maschine direkt in die Sonne fliegen.

Ivo Bleeker hasste es, Mathematikhefte zu korrigieren. Er spielte lieber Klarinette. Aber da er nun mal Mathematiklehrer am Ulrichsgymnasium in Norden war und kein Musiklehrer, blieb es ihm im Alltag nicht erspart.

Jetzt waren Ferien. Endlich! Er wollte sich ganz seinen Hobbys widmen. Vögel beobachten und Musik machen.

Sein Frühstück bestand aus einem Brathering mit Zwiebeln und einem Becher schwarzem Filterkaffee. Er saß dabei vor dem Laptop, neben sich den Topf mit den Bratheringen. Er öffnete seine E-Mails, um sich mit seinen Freunden zu verabreden. Als Vogelkundler ging er gern allein auf seine Streifzüge. Musik machte aber in der Gruppe mehr Laune.

Die E-Mail mit dem Betreff *Maike Müller* fiel ihm erst auf, nachdem er zwei Angebote für preiswerte Sofortkredite gelöscht hatte.

Die Nacktfotos von Maike Müller ließen ihn zusammenzucken. Er hatte das unangenehme Gespräch mit der Polizei wegen des verfluchten Wäschepakets noch in guter Erinnerung.

Zunächst wollte er die E-Mail einfach löschen, aber dann entschied er sich doch, lieber die Polizei zu informieren.

Marion Wolters saß mürrisch in der Einsatzzentrale, weil sie trotz Paleo-Diät zugenommen hatte. Nun ernährte sie sich nur noch von Fleisch, Obst und Gemüse, verzichtete auf ihre geliebten Spaghetti, auf Weißmehl und jede Art von Kuchen, schubste jedes Pommes-Stäbchen vom Teller, strich Bratkartoffeln von der Speisekarte und wog nach einer Woche doch fast zwei Kilo mehr als vorher.

Ein aufgeregter Mann erzählte ihr am Telefon, er habe Nacktfotos per E-Mail erhalten.

Sie lachte hämisch: »Und jetzt ist Ihr Computer der reinste Virenzoo, was? Herrjeh, willkommen im 21. Jahrhundert! Man öffnet solche E-Mail-Anhänge nicht! Da ist selten etwas Gutes drin. Und ich muss Sie enttäuschen – wir sind dafür nämlich nicht zuständig. Schaffen Sie sich ein gutes Antivirenprogramm an und seien Sie in Zukunft nicht mehr so blauäugig.«

Er blies heftig seinen Atem aus: »Ich habe Nacktfotos von Maike Müller bekommen. Der Frau, die Sie vermissen ...«

»Ach, du Scheiße«, sagte Marion Wolters. Sie war so aufgeregt, sie konnte nicht anders: Sie griff in ihre Schreibtischschublade und fischte den letzten Schokoriegel heraus. Die eiserne Reserve, falls der Blutzuckerspiegel mal zu sehr absacken sollte.

Sie kaute den weichen Riegel und konnte die Karamellfüllung nicht schnell genug runterschlucken, als sie Ann Kathrin am Telefon hatte. Anns Stimme klang für Marion Wolters, als habe sie sie aus dem Tiefschlaf gerissen. Mit vollem Mund gab Marion die Information weiter. Ann Kathrin bedankte sich sachlich und versprach, sich sofort darum zu kümmern.

Marion Wolters schluckte das süße Zeug runter, spülte mit warmem, abgestandenem Mineralwasser ohne Kohlensäure aus der Flasche nach und biss sofort noch einmal vom Riegel ab.

Ich habe kein Problem mit meinem Gewicht, und wenn andere eins damit haben, müssen die sich eben in Therapie begeben. Zum Glück gibt es eine Menge Männer, die auf mollige Frauen stehen.

Ihr letzter Freund hatte sie für eine verlassen, die gut fünfzehn Kilo mehr drauf hatte als sie selbst.

Weller guckte seine Frau ungläubig an. »Du willst doch jetzt nicht etwa ...«

»Doch«, sagte sie, »genau das will ich.«

»Ann, bitte ...«

Sie brauste auf: »Ja, soll ich über Radio Nordseewelle verbreiten: An alle gekidnappten Frauen und Kinder: Haltet durch, die Kommissarin ist leider unpässlich, aber sobald es ihr wieder bessergeht, bekommt ihr Hilfe ...«

Weller fasste Ann Kathrin an beiden Armen. Er wollte sie schütteln, um sie zur Vernunft zu bringen. »Ann! Du arbeitest nur bei der Kripo, du bist sie nicht in Persona!«

»Du meinst, ich sei ersetzlich?«

»O ja, glaub mir, das bist du. Wir haben hervorragende Kollegen, die sich um den Fall kümmern können. Martin Büscher ... Sylvia Hoppe ... Rupert ...« Er wollte noch mehr aufzählen, stoppte aber: »Na gut, Rupert ist jetzt vielleicht nicht das gelungenste Beispiel ...«

Ann Kathrin begann, sich umzuziehen.

»Du willst wirklich los?«

»Ja. Komm mit, Frank. Ich brauche das jetzt. Es hilft mir. Ich kann nicht rumsitzen und Trübsal blasen. Ich muss etwas tun.«

»Ja, muss man denn, um auf andere Gedanken zu kommen, unbedingt Schwerverbrecher jagen?«

Sie zog ihre Schuhe an. »Ich schon. Andere backen vielleicht einen Kuchen oder spielen Minigolf. Ich tue das, was ich am besten kann.«

Maulig erhob Weller sich: »Frauen ...«, raunzte er.

In Ivo Bleekers Wohnung gab es ein Fenster, von dem aus eine der Windmühlen am Ortseingang zu sehen war. Am Fenster pappte ein Aufkleber: *Norden – nicht ohne mein Krankenhaus.*

Es roch nach frischem Kaffee, geröstetem Toast und Bratheringen.

Ann Kathrin sah aufgekratzt und verschlafen zugleich aus. Weller schaute sich die Fotos an. Bleeker hatte sie bereits ausgedruckt.

Ann Kathrin sah sich in der Wohnung um. Im Buchregal hauptsächlich Kriminalromane deutscher Autoren, Musikerbiographien und Bücher über Physik und Mathematik.

Neben dem Laptop stand eine offene Schüssel mit Bratheringen. Sie schwammen in einem Sud, der nach Koriander roch. Obendrauf entdeckte Weller drei Lorbeerblätter.

»Haben Sie«, fragte Weller, »die selbst eingelegt?«

Bleeker nickte. »Meine Spezialität. Rezept von meiner Großmutter.«

Wellers Gesicht war eindeutig. Bleeker machte eine auffordernde Geste. »Wollen Sie?«

»Oh, ehe ich mich schlagen lasse ... Ich hatte heute noch kein Frühstück.« Weller fischte sich einen Hering aus dem Topf. Ein Lorbeerblatt klebte daran. Es fiel ab, als Weller den Fisch hoch über seinen weit geöffneten Mund hielt. Ein paar Sudtropfen erreichten Wellers Zunge.

»Ich mag ihn süßsauer«, kommentierte Bleeker.

Die beiden verstanden sich auf Anhieb.

Erst nachdem Weller noch einen zweiten Brathering gegessen hatte, sah er sich die Fotos genauer an. »Und das ist eindeutig Maike Müller?«

»Ja, ich erkenne sie gut, obwohl es dunkel ist. Aber ihr Gesicht ist ja voll drauf. Außerdem steht es im Betreff.«

Weller schaute sich die E-Mail genau an. »Haben Sie eine Ahnung, warum Ihnen das jemand schickt?«

»Nein, aber nachdem ich ihre Unterwäsche im Paket bekommen habe, wundert mich gar nichts mehr.«

»Hatten Sie etwas mit ihr?«, wollte Weller wissen.

»Das denkt jetzt garantiert jeder«, antwortete Bleeker sibyllinisch.

Ann Kathrin hatte genug von der Wohnung gesehen, um sich ein Bild von Bleeker machen zu können. Sie zeigte auf ein Foto: »Was ist das für eine Lichtquelle? Da leuchtet etwas vom Festland aufs Wasser. Scheinwerfer von einem Fahrzeug?«

»Glaube ich nicht«, sagte Weller. »Dann müsste der Wagen ja auf dem Deich stehen, mit der Schnauze zum Meer.«

»Der Lichtkegel eines Leuchtturms?«, riet Bleeker.

Aber auch das konnte Weller nicht überzeugen. »Wo soll das denn dann sein? Auf einer Insel?«

»Vielleicht hat er einfach eine sehr helle Taschenlampe benutzt. Die Bilder sind ja wohl bei Nacht entstanden.«

»Ja«, sagte Weller zögerlich, »wenn das kein Fake ist, sind das Sterne.«

»Fake? Sie glauben doch nicht, dass das eine Fototapete ist? Die gute Maike steht wirklich im Watt«, empörte Bleeker sich.

»Ich will genau wissen, wo die Aufnahmen gemacht wurden und wann«, verlangte Ann Kathrin.

»Wie wollen Sie das denn herausbekommen?«, fragte Bleeker beeindruckt, aber zweifelnd.

»Die Sterne. Der Stand von Ebbe und Flut. Ich denke, es gibt schon einige Anhaltspunkte.«

Weller deutete auf einen Lichtpunkt am Horizont. »Entweder spiegelt sich da ein Stern oder das ist ein Schiff.«

»Wir werden es herausfinden«, versprach Ann Kathrin.

Bleeker bot auch ihr seine selbsteingelegten Bratheringe an. Ann Kathrin lehnte ab. Sie wollte auch keinen Kaffee. Sie bat darum, die Fotos mitnehmen zu dürfen und gleichzeitig digital zu bekommen. Bleeker erledigte das gleich am Computer.

Während er ihr die Fotos schickte, stellte sie fest: »Sie lesen viel Kriminalromane.«

»Ja, ein guter Krimi ist wie Mathematik.«

»Nur spannender«, grinste Weller.

Ivo Bleeker wog den Kopf hin und her. »Sagen Sie das nicht. Mathematik kann sehr aufregend sein.«

»Wenn das so ist«, spottete Weller, »dann war mein Mathematiklehrer ein Versager.«

»Meiner dagegen war ein Genie. Er hat in mir die Lust darauf geweckt, Zusammenhänge verstehen zu wollen«, konterte Bleeker.

»Das«, sagte Ann Kathrin, »wollen wir auch.«

Frau Büttner war, genau wie erwartet, bereits im Garten. Die Hände, die Knie und die Füße beklebt mit gutem Mutterboden, hörte sie die Klingel. Sie wollte nicht quer durchs Haus tapsen und überall Erdkrumen hinterlassen, also lief sie ein Stückchen durch den Garten, so dass sie den Besuch vor der Tür sehen konnte.

Sie winkte: »Moin, Ole, moin, Tim!«

Sie gehörte zu den Lehrerinnen, die sich über Schülerbesuch freuten. Sie hatte selbst keine Kinder und empfand sich als Mutter einer dreißigköpfigen Rasselbande.

Ole sprang über den hüfthohen Jägerzaun. Tim fiel das schwerer. Ole half ihm.

Frau Büttner bückte sich und breitete die Arme aus, um die zwei zu umarmen, doch für solche Gesten waren sie inzwischen zu groß. Was ihnen vor kurzem noch gefallen hatte, war ihnen jetzt peinlich.

Sie sah Tims Zustand und fragte voller Sorge: »O Gott, mein Junge, was ist passiert?«

Es war eine Frage, wie eine Lehrerin sie eben stellte, um einem Kind Anteilnahme zu zeigen. In Wirklichkeit wusste sie längst, dass Tim gesucht wurde und in Gefahr war. Ann Kathrin Klaasen und Frank Weller hatten sie besucht und gefragt, ob sie wisse, wohin der Junge geflohen sein könne und wo er sich verstecken würde. Insgeheim hatte sie gehofft, er würde zu ihr kommen. Gab es einen größeren Vertrauensbeweis? Ja, sie war fast ein bisschen gekränkt, dass er nicht zu ihr gekommen war. Sie wohnte doch nicht weit vom Hans-Susemihl-Klinikum entfernt.

Jetzt war Tim da, gemeinsam mit seinem Freund. Alles würde gut werden. Sie war bereit, die Gartenarbeit liegen zu lassen, und sich um das Einzige zu kümmern, was ihr wichtiger war als ihr Garten und ihre Gesundheit: ihre Schüler.

Sie versuchte, den Druck aus der Situation zu nehmen, und bat die Kinder erst mal ins Haus. Sie zog die Schuhe nicht vorher aus, legte die Gartenhose nicht, wie sonst, auf die Plastikkiste auf der Veranda. Sie pfiff auf den Wohnzimmerteppich. Ihr Lebensmotto war: Die wichtigen Dinge sind wichtiger als die unwichtigen. Und sie war Weltmeisterin darin, wichtige von unwichtigen Dingen zu unterscheiden.

Die Kinder folgten ihr ins Haus. Sie druksten herum. Die Jungs wussten nicht genau, wie und wo sie anfangen sollten. Frau Büttner kegelte erst einmal ihre Matschschuhe in die Ecke und ging auf Socken weiter. Sie ging fest davon aus, dass die beiden das cool finden würden. Sie bot ihnen Saft an und etwas von ihrem selbstgemachten mallorquinischen Mandelkuchen.

Sie hatte von ihren Eltern eine kleine Finca auf Mallorca geerbt, und dort wuchsen fünf Mandelbäume. Sie hingen fotografiert, als Ölbilder und mit Wasserfarben gemalt, an den Wänden. Jeder einzelne Baum hatte sogar von ihr einen Namen bekommen. Und wenn sie in voller Blütenpracht standen, sahen sie aus wie Botschafter einer fernen, besseren, friedlicheren Welt.

Ein bisschen aus Verlegenheit, ein bisschen, weil sie tatsächlich Hunger hatten, sagten die zwei zu dem Mandelkuchen ja. Frau Büttner schnitt ihnen großzügig ab. Sie wollte nicht gleich die Polizei anrufen oder die Eltern. Die Kinder sollten sich erst mal beruhigen, alles von der Seele reden, und der Rest würde sich finden.

Vermutlich stand Tim noch unter Schock. Wenn es stimmte, was Ann Kathrin Klaasen gesagt hatte, und es gab keinen Grund, an ihrer Aussage zu zweifeln, war auf Tim geschossen worden, und man hatte ihn angefahren. Nichts war jetzt für Frau Büttner wichtiger, als dem Kind das Gefühl von Sicherheit zu vermitteln.

Sie saßen beide auf der Wohnzimmercouch vor ihr und krümelten die bunte Patchworkdecke voll, die aussah, als sei sie aus gut hundert verschiedenen Topflappen zusammengenäht.

»Mein Freund«, sagte Ole und klang dabei sehr erwachsen, »hat ein paar echte Probleme.«

»Keiner soll wissen, dass ich hier bin!«, rief Tim.

Frau Büttner hob beruhigend die Hände. »Ich bin verschwiegen. Von mir erfährt niemand etwas. Hier seid ihr erst mal beide in Sicherheit.«

Die Worte taten dem tapferen kleinen Tim Müller gut. Eine Träne rollte über seine rechte Wange bis zu seinen Lippen. Er wischte sie ab.

»Ein Mann hat meine Mama entführt. Mein Papa glaubt das nicht, oder es ist ihm egal. Und der Mann ist auch hinter mir her. Ich bin aus dem Krankenhaus abgehauen, denn da war er auch. Er hat mich sogar fotografiert.«

Am liebsten hätte Frau Büttner Tim umarmt und fest an sich gedrückt, aber der Junge wirkte, als würde er sich nicht gern berühren lassen.

»Ich finde«, sagte sie mit sanfter Stimme, »es wäre am besten, die Polizei zu informieren. Vielleicht kannst du ihnen helfen, deine Mutter zu finden. Du kennst den Täter. Du kannst ihn beschreiben.«

Merkwürdig verstockt saß Tim jetzt da. Traute er der Polizei so wenig? Hatte er schlechte Erfahrungen mit der Polizei gemacht, fragte Frau Büttner sich.

»Mein Freund hat Angst, dass ihm sowieso keiner glaubt«, erklärte Ole Tims trotzige Haltung.

Es klingelte an der Haustür. Tim zuckte zusammen, als sei ein Schuss gefallen.

»Keine Angst. Ich schaue rasch nach. Das ist bestimmt die Post, ich erwarte ein Paket. Greift ruhig zu und nehmt euch noch mehr von dem Mandelkuchen.«

Sie ging zur Tür. Tim saß wie steifgefroren da. Es war, als wüsste seine Seele bereits, was passieren würde, bevor er die Stimme des Mannes hörte: »Moin, Frau Büttner. Strohheim, Kripo Emden. Ich komme wegen Ihres Schülers Tim Müller.«

Der Mann war groß und kräftig. Er trug eine braune Lederjacke und neue Turnschuhe.

»Es waren schon Kollegen von Ihnen da.«

»Ich weiß, aber ich habe noch ein paar Fragen.«

Frau Büttner war so verdattert, dass sie nicht daran dachte, sich den Ausweis zeigen zu lassen. Noch nicht.

Ole stupste seinen Freund an: »Was ist?«

»Das ist er«, sagte Tim, immer noch unfähig, sich zu bewegen.

Ole handelte sofort. Er war ein Musketier! Er zog Tim vom Sofa und verschwand mit ihm durch die Tür zur Veranda.

Der falsche Polizist hörte Geräusche. »Ist er bei Ihnen?«, fragte er mit drohendem Unterton in der Stimme und reckte sich, um hinter Frau Büttner besser ins Haus gucken zu können. Es lag etwas Verräterisches in seiner Art. Er hatte etwas Getriebenes, das die erfahrene Lehrerin stutzig machte. Sie stellte den Fuß gegen die Tür, damit er sie nicht weiter aufschieben konnte.

Er versuchte aber, den Spalt weiter zu öffnen, um ins Haus zu kommen.

»Ich würde gerne Ihren Ausweis sehen«, sagte sie und wusste doch längst, wie sinnlos diese Bitte war. Ihre Stimme klang heller und erschrockener, als es ihr lieb war.

Er stieß die Tür mit einem Tritt auf. Frau Büttner fiel hin. Schon stand er im Flur. Sie lag vor ihm, kroch rückwärts und versuchte, sich aufzurichten. Der Regenschirmständer war nicht weit. Sie versuchte, ihn zu erreichen. So ein Regenschirm konnte eine Waffe sein.

»Haut ab, Kinder!«, kreischte sie.

Der Mann wollte mit einem großen Schritt an ihr vorbei ins Wohnzimmer. Sie umklammerte todesmutig sein rechtes Bein. So, mit ihr als Gewicht am Bein, konnte er die Jungs nicht gut verfolgen.

Er schlug ihr ins Gesicht. Sie ließ nicht los, sondern begann, um Hilfe zu brüllen.

Er zog seinen Hirschfänger aus der Jacke und stieß ihr die Waffe in die Brust. Er kümmerte sich nicht weiter um die Frau. Sie würde verbluten, das war ganz klar. Vielleicht würde er später zurückkommen, um ihr Leid abzukürzen. Jetzt waren die Jungs wichtiger.

Sie hatte: *Haut ab, Kinder!* gerufen. Da waren also mindestens zwei. Er musste die lästige Sache jetzt beenden, bevor alles noch schlimmer wurde.

Hinter ihm schleppte sich Frau Büttner ins Wohnzimmer. Sie hinterließ eine breite Blutspur auf dem Teppich. Bevor sie ohnmächtig wurde, stellte sie erleichtert fest, dass Tim und Ole ihre Chance genutzt hatten und geflohen waren.

Kripochef Martin Büscher sah aus, als sei er magenkrank. Er stieß immer wieder auf, was ihm sichtlich unangenehm war. Er sollte diese Sitzung hier eigentlich leiten, fühlte sich aber körperlich kaum in der Lage dazu.

Rupert wollte nett sein und hielt ihm einen Marzipanseehund von ten Cate hin: »Die Dinger hat unser Ubbo Heide immer gegessen, damit sich sein nervöser Magen beruhigte.«

Martin Büscher guckte Rupert widerwillig an: »Ich mag kein Marzipan.«

»Das ist 'n stressiger Job, da braucht man eine gute Grundlage.« Rupert brach den Kopf ab und schob ihn zwischen die Lippen. Mit vollem Mund sprach er weiter: »Das Zeug beruhigt den Magen und regt das Gehirn an. Echt. Probier mal.«

Martin Büscher nahm den Schwanz. Larissa kostete vom Mittelstück und war begeistert.

Alle hatten sich versammelt. Polizeipsychologin Elke Sommer saß neben Sylvia Hoppe. Rieke Gersema wirkte fahrig und unausgeschlafen. Sie tippte unentwegt auf ihrer Laptoptastatur herum. Die Klappergeräusche nervten Weller.

Den Journalisten Holger Bloem hatte Ann Kathrin dazugebeten. Meiser vom BKA fand das – vorsichtig ausgedrückt – ungewöhnlich. Normalerweise waren Journalisten bei solchen Lagebesprechungen nicht anwesend. Sie warteten im Flur und hofften auf ein Interview oder eine baldige Pressekonferenz. Dieser Bloem, das hatte Meiser inzwischen kapiert, genoss Ann Kathrin Klaasens volles Vertrauen. Ebenso wie ein Maurer namens Peter Grendel, der auch noch dazustoßen sollte, aber gerade »auf dem Bau war«, wie Weller allen erklärt hatte.

Bloem gab Weller stumm einen Stapel Farbkopien. Weller nickte ihm nur kurz zu und schichtete das Papier vor sich auf.

Rupert nannte Bloem und Grendel *die Hilfssheriffs von Madame Klaasen*. Darin lag eine Mischung aus Spott und Anerkennung.

Ann Kathrin stand und malte mit rotem Filzstift drei Kreise an die Pinnwand. In jedem stand ein Name. Röttgen. Lohmeyer. Müller.

»Wir wissen«, sagte Ann Kathrin merkwürdig emotionslos, als würde sie Aktienkurse vorlesen, »dass aus jeder Familie die Frau entführt wurde. Der Täter hat den Frauen die Kleidung abgenommen und an Bekannte geschickt. Interessanterweise niemals an den Ehemann.«

Die Namen der Männer, an die die Wäsche geschickt worden war, schrieb sie mit blauem Stift darunter. Eissing. Hoffmann. Bleeker.

»Wir erkennen hier unschwer ein Handlungsmuster. Nun hat Herr Bleeker Nacktfotos bekommen. Sie wurden nachts im Watt aufgenommen. Das erste uns bekannte Opfer, Angela Röttgen, wurde erschossen hinter dem Deich in einem Rapsfeld gefunden. Wir können davon ausgehen, dass sie bei einer ähnlichen Fotosession versucht hat zu fliehen.«

»Reine Spekulation«, warf Meiser ein.

»Vieles spricht dafür«, betonte Ann Kathrin. »Wir haben keine Erklärung für ihren Tod. Warum war sie nackt? Wie ist sie dorthin gekommen? Die Fotos von Frau Müller geben uns Anlass, anzunehmen, dass der Täter Frau Röttgen ebenfalls im Watt fotografieren wollte.« Mit Blick auf Meiser dozierte sie: »Denn, wie wir alle wissen, verhält der Täter sich in Mustern. Dabei ist dann etwas schiefgelaufen. Ich vermute, Frau Röttgen ist einfach losgerannt. Vielleicht erhoffte sie sich Hilfe von diesem kurdischen Autoschlosser aus Wattenscheid ...«

Weller bekam mit, dass Ann Kathrin den Namen nicht auswendig wusste. Sie musste ihn dazu nicht einmal ansehen. Weller half ihr ungefragt: »Bekir-Dieter Yildirim-Neumann.«

»Danke.« Sie lächelte Weller kurz an und fuhr dann fort: »Wenn unser Täter sein Handlungsmuster gestört sieht, tötet er skrupellos. Wir müssen mit weiteren Morden rechnen. Er hat irgendeinen verrückten Plan und zieht sein Ding brutal durch. Er hat versucht, Tim Müller zu töten. Vermutlich, weil der Junge einen Anruf seiner Mutter erhalten hat. Das Kind kann dem Täter also gefährlich werden.«

Meiser mischte sich ein, ohne sich vorher zu melden: »Ich fürchte, wir müssen mit an Sicherheit grenzender Wahrscheinlichkeit davon ausgehen, dass das Kind inzwischen tot ist.«

»Da will einer glänzen, hat aber selbst keinen Schimmer«, flüsterte Sylvia Hoppe in Richtung Rieke Gersema.

»Solange wir keine Leiche haben, gehen wir davon aus, dass sowohl Imken Lohmeyer als auch Maike Müller und ihr Sohn Tim noch leben«, sagte Ann Kathrin in einem Ton, der keinen Widerspruch zuließ.

Rupert klopfte auf dem Tisch Beifall und grinste den BKA-Mann hämisch an. Am liebsten hätte er ihm wie damals in der Schule die Zunge rausgestreckt, aber das kam ihm zu kindisch vor.

»Für uns gilt es nun, Verbindungslinien zwischen diesen Familien zu finden«, sagte Ann Kathrin. Sie zog Linien hin und her. »Wir kennen sie nicht, aber es muss sie geben. Und genau dort finden wir auch den Täter. Er kennt alle drei gut. Auch die Männer, denen er die Kleidung geschickt hat, und ihre Verbindung zu den Familien. Wenn wir diese Linien aufdecken, haben wir den Täter!« Sie zeigte auf Holger Bloem: »Deshalb habe ich Herrn Bloem und Herrn Grendel – der bestimmt gleich kommen wird – dazugebeten. Herr Bloem hat einen Bericht über Charlie Müller im Ostfriesland-Magazin veröffentlicht.«

Weller teilte die Berichte in Kopie aus.

»Auf einem Foto der Band«, erklärte Holger Bloem, »ist auch Ivo Bleeker zu sehen. Hier, der Mann mit der Klarinette. Wir haben eine richtige Homestory gemacht. Viele Künstler wollen das ja nicht, haben Angst um ihre Privatsphäre. Darauf nehmen wir auch immer Rücksicht, aber dieser Charlie Müller bestand richtig darauf, dass auch seine Kinder Tim und Lisa mit abgebildet wurden. Hier ist er mit Frau und Kindern. Alle auf dem Rad vor dem Otto-Huus.«

Die einzelnen Anwesenden betrachteten den aus dem Ostfriesland-Magazin kopierten Bericht. Einige lasen sich fest, andere sahen sich nur die Fotos an.

Martin Büscher hielt sich die Hand vor den Mund und stieß sauer auf.

»Also aus meiner Sicht eine sehr nette Familie. Aufgeweckte Kinder«, sagte Holger Bloem, »aber man kann den Menschen natürlich nur vor den Kopf gucken und nicht hinein. Sie hatten die Wohnung picobello aufgeräumt, das machen viele Leute, bevor die Presse zu Besuch kommt. Aus meiner Sicht nichts Ungewöhnliches. Die wollten sich bewusst als Familie inszenieren.«

Meiser tat uninteressiert und tippte für alle sichtbar auf seinem Handy herum.

»Und, hast du etwas von Spannungen mitgekriegt, Holger?« wollte Ann Kathrin wissen.

»Nein, Frau Müller hat zwei-, dreimal während des Gesprächs aufs Handy geschaut und eine Nachricht geschrieben oder erhalten, aber auch das ist ja heutzutage wohl leider normal.«

Meiser sah sich erwischt und steckte sein Handy wieder in die Jackentasche.

Peter Grendel trat ein. Eine beeindruckende Persönlichkeit. Die meisten Männer im Raum hätten sich hinter dem Maurer leicht verstecken können.

Er klopfte auf den Tisch und sagte knapp: »Moin.«

Ann Kathrin, Weller und Holger Bloem begrüßten ihn mit Blicken.

»Das ist Peter Grendel, mein Nachbar. Er kennt die Familie Lohmeyer.«

»Stimmt. Ich habe ihr Haus gebaut. Also, nicht alleine, sondern natürlich mit meiner Truppe.«

»Und wie ist dein Eindruck von ihnen, Peter«, wollte Ann Kathrin wissen.

»Sehr gut. Bilderbuchfamilie. Reizende Kinder. Anna und Till. Sie ist so eine ganz Schlaue, hat Sprachen studiert. Er verkauft Versicherungen. Also, ich kann nichts Negatives über sie sagen. Im Gegenteil.«

Ann Kathrin rieb sich den linken Oberarm und reckte sich: »Würdest du sagen, die lieben sich?«

»Jo. Sie machten einen glücklichen Eindruck. Ist auch eher selten, dass Leute, die sich hassen, sich gemeinsam ein Haus bauen.«

»Herr Röttgen hat seine Frau ebenfalls geliebt«, behauptete Weller.

»Wenn das die einzige Gemeinsamkeit ist, die Sie entdecken können, dann danke«, maulte Meiser.

Büscher beugte sich in Richtung Rupert vor: »Kann ich vielleicht doch noch etwas von dem Marzipan ...«

Rupert fischte einen zweiten Marzipanseehund aus seiner Jacke und befreite ihn mit lautem Knistern aus der Cellophanverpackung. Er teilte ihn mit seinem Schweizer Offiziersmesser in mundgerechte Stücke.

Niemand sprach ein Wort. Alle warteten, bis Rupert fertig war, so, als wolle niemand dieses heilige Ritual unterbrechen. Es war, als würde Rupert damit zum heimlichen Chef werden, denn das Zerteilen und Verteilen von Marzipan während der Sitzungen hatte bisher immer nur dem von allen hochgeschätzten, aber inzwischen pensionierten Kripochef Ubbo Heide zugestanden.

Rupert war es ein bisschen unangenehm, dass ihn alle ansahen. Er geriet unter Erklärungsdruck: »Also, ähm ... ich hab hier mal einen Seehund geschlachtet. Geistesnahrung sozusagen.«

Er reichte das Marzipan auf dem Papier weiter. Martin Büscher nahm gleich zwei Stücke und schob den Rest zu Rieke Gersema, die auch zugriff und dann die Seehundteile weiterleitete.

»Früher kreisten die Joints, heute die Marzipanseehunde«, lachte Rupert.

Mit Blick auf Meiser stellte Büscher klar: »In dieser Dienststelle kreisten noch nie die Joints.«

Rupert zwinkerte Larissa zu: »Sagt ein Mann, der erst knapp ein halbes Jahr hier ist.« Rupert kicherte.

Ann Kathrin ermahnte alle: »Ich würde jetzt gerne fortfahren. Wir haben nämlich noch wesentlich mehr Gemeinsamkeiten. Jede Familie hat zwei Kinder. Sie wohnen alle in einem freistehenden Einfamilienhaus.«

»Die Frauen sind ausgesprochen hübsch«, warf Rupert ein, um auch einen Beitrag zu leisten.

»Sie sind aber in keinem gemeinsamen Verein. Ihre Freundeskreise überschneiden sich nicht«, sagte Ann Kathrin.

Weller machte weiter. Er hatte das Gefühl, seine Frau entlasten zu müssen. Außer ihm wusste niemand im Raum, wie angeschlagen sie war. »Wir haben bisher keinerlei Anhaltspunkte dafür, dass die Müllers in Emden und die Lohmeyers aus Norden und die Röttgens aus Carolinensiel sich jemals begegnet sind. Vermutlich kannten sie sich nicht einmal. Die Frage ist also, warum hat der Täter sie ausgesucht? Was hat er mit ihnen zu tun?«

»Zufall«, behauptete Polizeipsychologin Elke Sommer. »Der höchstwahrscheinlich psychisch schwer gestörte Täter sucht wahllos Familien aus und greift sich die Frauen. Er weiß ja, je weniger wir an Verbindungen finden, umso sicherer ist er selbst. So stochern wir alle im Nebel.«

Aber Ann Kathrin beharrte darauf: »Trotzdem hat er sie nach einem bestimmten Prinzip ausgesucht. Die Frauen sind sehr unterschiedlich. Haarfarbe. Gesicht. Körperform. Hier ist kein Typ erkennbar, außer, dass es sich jeweils um Mütter handelt.«

»Er zerstört, wenn er eine Frau entführt, jeweils das Glück einer ganzen Familie«, orakelte Weller. »Im Fall Röttgen war das besonders schlimm. Deshalb sind beide tot. Alles, was vorher unter den Teppich gekehrt werden konnte, brach plötzlich auf. Ein Schüler Röttgens verliebt sich in dessen Frau und geht auf den Mann los, weil er glaubt ...« Weller winkte ab. »Das Endergebnis kennen wir ja alle.«

»Du kannst recht haben, Frank. Er hält das Glück der Familien nicht aus«, stimmte Ann Kathrin zu.

Rupert grinste Rieke Gersema an: »Na, dann muss ich mir um dich ja keine Sorgen machen. Altersmäßig passt du zwar in sein Beuteschema, aber sonst ... Glückliche Beziehung ... ist ja wohl nix ...«

»Halt die Fresse, Rupert!«, zischte Weller.

Rieke Gersema sprang auf und verließ heulend den Raum.

»Das war verletzend und gemein«, stellte Elke Sommer fest. »Du brauchst dringend eine Therapie, agierst ständig alles aus. Ich würde dir gerne helfen, Rupert, aber ich fürchte, deine Komplexe sind mir einfach zu groß.«

Dafür sind mir deine Titten zu klein, wollte Rupert eigentlich kontern, aber mit Blick auf Larissa schwieg er lieber. Es fiel ihm nicht leicht.

Diese Kinder waren schrecklich. Sie sprangen in den Bus Nummer 501 Richtung Hauptbahnhof. Er schaffte es gerade noch, hinten einzusteigen. Er fürchtete, Tim könne jeden Moment losbrüllen: *Der Mann da hat meine Mutter entführt!*

Der andere Knirps besaß möglicherweise ein Handy. Er

musste aufpassen, dass keine Fotos von ihm gemacht wurden. Fotos waren das Letzte. Fotos ließen sich in Bruchteilen von Sekunden um den Erdball schicken. Der Bus war voll. Er musste vorsichtig sein.

Eine Frau mit Kinderwagen versperrte ihm den Weg. Sie sah indisch aus oder türkisch. Vielleicht auch syrisch. Jedenfalls mit einem Kopftuch, in dem alle Haare versteckt waren.

Er trug den Hirschfänger unter der Lederjacke. Er hatte das Blut nicht abgewischt. Zwei Tropfen fielen auf seinen rechten Laufschuh. Die atmungsaktiven Asics mit der Gel-Dämpfung waren regenabweisend. Die beiden Blutstropfen lagen wie dunkelrote Perlen darauf. Er war fast so weit, ein Papiertaschentuch aus der Hose zu ziehen und die Tropfen abzutupfen, aber das hätte nur noch verdächtiger gewirkt.

Die Jungs waren jetzt am anderen Ende des Busses, nah beim Fahrer.

Ich krieg euch, ihr Saubande. Von euch lass ich mir keinen Strich durch die Rechnung machen. Von euch nicht!

Er redete sich selbst Mut zu, aber gleichzeitig war er froh, genügend Bargeld zusammenzuhaben, um sich absetzen zu können. Fast 260 000 Euro hatte er flüssig. Er konnte sich schnell vom Acker machen.

Er tat es nicht gerne, aber er musste darauf vorbereitet sein, alles zurückzulassen, um woanders von vorn zu beginnen.

Er hatte auf alle Immobilien Kredite aufgenommen und zu Bargeld gemacht. Ja, er war bereit, jederzeit alles loszulassen. Im Loslassen hatte er Erfahrung.

Er griff unter seine Jacke und spürte den Horngriff des Hirschfängers. Welch eine Waffe. Zu Unrecht aus der Mode geraten. Sehr gut geeignet zum Abfangen eines angeschossenen Tieres. Die beidseitig geschliffene Klinge war dreißig Zentimeter lang und reichte immer für einen Stich ins Herz.

Er liebte diese Blankwaffe. Doch jetzt war sie verräterisch

groß und voller Blut. Auch an seiner rechten Hand klebte Blut. Verdammt, sie hatte ihn vollgespritzt! Erst jetzt sah er die Flecken an seinem Bein.

Der Bus hielt am zentralen Omnibus-Bahnhof. Die Jungs rannten raus zu den anderen Bussen. Er hinterher. Er wollte sich nicht schnell bewegen, wollte nicht wirken wie jemand, der Angst hatte. Aber hier war nichts Verdächtiges dabei. Viele Leute rannten. Es ging darum, irgendeinen Bus nicht zu verpassen.

Die Jungs stiegen in den mit der Nummer 504. Er hatte keine Ahnung, wohin sie wollten. Es war ihm auch nicht wichtig. Er musste sie schnappen und töten. Alle beide.

Ihm blieb gar nichts anderes übrig, sagte er sich. Er hatte das nicht gewollt, aber er war nicht mehr vollständig Herr der Lage. Vielleicht hätte er statt Maike Müller besser Oles Mutter nehmen sollen. Die klavierspielende Vegetarierin mit dem fleischfressenden Ehemann wäre eine gute Alternative gewesen. Durch die Müllers geriet alles durcheinander. Und jetzt hatte er auch noch diese Lehrerin umbringen müssen. Es war eine Schande!

Aber der Mensch an sich war eben schlecht. Jeder trug die Hölle in sich, und es bedurfte nur eines kleinen Anlasses, und sie brach aus.

Im Bus 504 war ein Mensch mit eingestiegen, der für ihn genauso aussah wie ein Fahrkartenkontrolleur.

Er erschrak. Er durfte nicht aufgehalten werden. Er würde, falls nötig, eine Strafe zahlen, als Schwarzfahrer. Aber die Kinder durften ihm nicht entkommen.

Ein Pärchen stritt sich. Sie war eine Punkerin mit Militärstiefeln, schwarzen Nylonstrümpfen mit Laufmasche an jedem Bein, schwarzer Lederjacke und rotblonden Haaren, die abstanden wie bei Pumuckl. Sie hatte ziemlich viel Blech im Gesicht, war aber eigentlich eine hübsche, junge Frau, der es nicht mal gelungen war, sich mit den vielen Piercings und der schrecklichen Frisur zu entstellen.

Ihr Freund saß nur da und starrte seine Dose Bier an, als habe er gerade einen Klumpen Gold gefunden.

Sie stand und beschimpfte ihn, er sei eine warmduschende Männerattrappe. Eine Witzfigur von einem Kerl. Er sei zu blöd, ein Präservativ zu benutzen.

Sie pochte mit den Fingerknöcheln gegen seinen Kopf: »Hallo, ist jemand zu Hause? Hat dir deine Mama nicht erklärt, wo die kleinen Kinder herkommen?«

»Lass mich«, bat er, ohne sie anzusehen. Er nahm einen Schluck aus der Dose.

Sie riss sie ihm von den Lippen: »Du sollst nicht so viel saufen, hab ich dir gesagt! Hör auf deine Mutter, du Hurensohn!«

Die Kinder hielten sich weit von ihm entfernt bei der Tür auf. Sie sahen ständig zu ihm hin. Er fand dieses streitende Pärchen sehr hilfreich. Sie zogen alle Aufmerksamkeit auf sich.

Die Jungen rangen mit der Entscheidung, Erwachsene um Hilfe zu bitten oder lieber nicht.

Er arbeitete sich zu ihnen durch. Jetzt war er nah bei ihnen. Er beugte sich zu Tim runter und flüsterte: »Wenn du deine Mutter wiedersehen willst, kommst du mit mir und dein Freund auch.«

Tim zog die Schultern hoch, als hätte er Angst, von dem Mann gebissen zu werden.

»Ich mache Ernst, Bürschchen! Wir steigen jetzt besser aus.«

Er öffnete seine Jacke ein Stückchen und zeigte den beiden die blutverschmierte Klinge. Tim hatte er sofort im Sack. Bei Ole war er sich nicht sicher.

»Und deine Mutter hole ich mir auch, wenn du nicht lieb bist, Ole.«

Die Punkerin schrie jetzt quer durch den Bus: »Ich bin schwanger, Leute, und er hat eine andere! Eine mit solchen Hupen!« Sie deutete Riesenbrüste an. Sie verpasste ihm eine

Ohrfeige und fragte lauthals: »Was stimmt mit meinen Brüsten nicht? Häh? Was?!« Sie zog ihr Oberteil hoch. Ihr zukünftiger Exfreund schüttelte nur den Kopf.

Als Erstes fragte sie den Mann, den er für einen Kontrolleur gehalten hatte: »Na, wie findest du mich? Los! Frei raus mit der Sprache!«

Der Mann sah sich um. »Ja, ich bin jetzt hier vielleicht nicht der Richtige. Fragen Sie da besser mal die anderen Leute.«

»Warum?«

»Na ja, also, ich bin seit fast dreißig Jahren verheiratet.«

»Und? Haben Sie deshalb keine eigene Meinung mehr? Soll ich besser Ihre Frau fragen?«

»Nein, ich ... also ... Wenn Sie es genau wissen wollen, ich finde Ihre Brüste großartig.«

Sie fuhr herum, und noch einmal klatschte ihre Hand in das Gesicht des verdatterten Punkers, der sein Bier zurückhaben wollte. »Hast du gehört?!«, rief sie. »Er hat gesagt, großartig!«

Sie drehte sich wieder zu dem Mann um, den sie für ihre repräsentative Volksbefragung ausgesucht hatte. Sie wackelte vor ihm hin und her. »Großartig? Ja? Nicht zu klein?«

»Nein, bestimmt nicht. Sie sind schlicht und einfach großartig.«

Der Bus hielt in der Kopernikusstraße.

»So Kinder«, sagte der böse Mann lächelnd, »ich glaube, wir gehen jetzt besser mal. Das hier ist nichts für kleine Jungs.«

Ole und Tim stiegen tatsächlich mit ihm aus. Das, was geschehen war, lag jenseits ihrer bisherigen Erfahrungen. Sie wussten einfach nicht damit umzugehen. Der Schock steckte noch in ihnen fest. Sie kamen sich vor wie aus der Welt gefallen. Gerade noch war ihr größtes Problem die nächste Klassenarbeit gewesen, und plötzlich war eine Mutter entführt worden, man hatte auf Tim geschossen, und sie hatten gesehen, wie ihre Lieblingslehrerin niedergestochen wurde.

Tim wollte kein Musketier mehr sein, sondern nur noch ein braver Sohn, der seiner Mutter mit einem aufgeräumten Zimmer eine Freude machte. Er war bereit, mit dem Mann zu gehen. Er wollte zu seiner Mutter. Alles andere wurde bedeutungslos dagegen.

Aber Ole trat dem bösen Mann gegen das Schienbein und rannte plötzlich los. Jetzt konnte Tim nicht anders. Wie von einer magischen Kraft gezogen, folgte er seinem Freund Ole.

Sie sahen sich nicht um. Sie rannten einfach nur noch los.

Vor ihnen lag das Dollart Center.

Mitten in die Konferenz platzte die Meldung. Ein Mitarbeiter der Betriebsstelle Norden/Norderney des NLWKN, wie der Niedersächsische Landesbetrieb für Wasserwirtschaft, Küsten- und Naturschutz kurz genannt wurde, wollte gern aus der Jahnstraße persönlich vorbeikommen, um ausführlich zu erklären, wie sie die Stelle, an der die Fotos gemacht worden waren, genau lokalisieren konnten.

Aber eine telefonische Ortsangabe reichte Martin Büscher aus. Er bot allen Gesprächen Einhalt, während er telefonierte, bedankte sich und sprach dann die ganze Runde an: »Die Fotos wurden praktisch da gemacht, wo wir die tote Angela Röttgen gefunden haben, nur eben auf der Meeresseite des Deiches.«

»Er ist zum Tatort zurückgekommen und hat mit Maike Müller beenden wollen, was er mit Angela Röttgen begonnen hatte«, sagte Ann Kathrin wie zu sich selbst.

»Die Magie des Ortes?«, fragte Weller und fügte nachdenklich hinzu: »Wie in der *Judenbuche*.«

»Häh? Was für eine Buche? Da gibt es keine Buchen«, maulte Rupert.

»*Judenbuche* ist ein Buch von Annette von Droste-Hülshoff.

Der erste Kriminalroman, wenn du so willst. Also eigentlich mehr eine Novelle als ein Roman ... Aber in diesem Buch wird die Magie des Ortes beschworen ...«

Ann Kathrin schaute ihren Weller so an, dass er verstand, jetzt war keine Zeit für literarische Debatten.

Larissa kannte die *Judenbuche* aus dem Germanistikstudium. Für die restlichen Anwesenden spielte das alles aber keine Rolle.

Meiser regte sich auf: »Wer hat bitte wie den Ort so genau bestimmt? Auf den Bildern ist eine Nackte irgendwo im Wasser.«

Martin Büscher zeigte jetzt, wie sehr er sich hier in Ostfriesland eingearbeitet hatte. Er trumpfte auf: »Das Land Niedersachsen ist für den Sturmflutschutz der Inseln zuständig. Es werden fünfunddreißig Kilometer Deiche und fast hundert Kilometer Schutzdünen, Deckwerke und Seebuhnen unterhalten. Vor allen Dingen, um die Westseite der Inseln zu sichern. Die Inseln sind nämlich auch fürs Festland wichtig. Sie bilden einen natürlichen Schutz für die gesamte Küstenregion.«

»Ja, danke für den Unterricht. Und was hat das mit unseren Fotos zu tun?«, pflaumte Meiser, der sich geschulmeistert fühlte und das überhaupt nicht leiden konnte.

»Eine Menge. Die Küste wird beobachtet. Jede kleine Veränderung ist wichtig. Jedes Schiff wird registriert. Die Öl- und Schadstoffbekämpfung ist fürs Watt lebenswichtig.« Büscher zeigte auf eins der Fotos: »Der Stand der Sterne und des Wasserspiegels ... Und ganz hinten kann man auf dem Bild bei starker Vergrößerung die Lichter der Insel Norderney sehen.« Martin Büscher guckte sich stolz in der Runde um. »Die wissen nicht nur genau, wo die Bilder geschossen wurden, sondern auch, wann. Dem Wasserstand nach zu urteilen, zwischen dreiundzwanzig Uhr dreißig und vierundzwanzig Uhr.«

Weller war immer noch ganz bei der *Judenbuche*. »Wenn du dich diesem Ort näherst, so wird es dir ergehen, wie du mir getan hast«, zitierte er aus dem Kopf den Satz, der ihn nach der Lektüre nie wieder in Ruhe gelassen hatte.

Sie flohen zunächst einfach zu Expert Bening, dem Elektrogeschäft neben Aldi. In dem großen Raum hofften sie, sich hinter Waschmaschinen, Flachbildschirmen und Kühlschränken gut verstecken zu können.

Aber dann betrat der böse Mann den Verkaufsraum. Er sah wütend aus. Er war abgehetzt und atmete schwer.

»Wir müssen«, schlug Ole vor, »uns trennen. Er kann nicht in zwei Richtungen gleichzeitig laufen.«

Tim nickte zuerst, aber dann schüttelte er den Kopf. Er ahnte, dass der böse Mann ihm folgen würde. Er wollte nicht mit ihm allein sein. Niemals. Auf gar keinen Fall!

Sie verkrochen sich hinter den großen Kühlschränken, als Ole eine Idee hatte. »Sollen wir da rein? Kein Mensch sucht uns da drin.« Er zeigte auf eine Kühltruhe.

»Kriegen wir denn da genug Luft? Wir können die Tür ja schlecht offen stehen lassen.«

»In so einem großen Ding ist bestimmt viel Luft.«

»Ist es darin kalt?«

»Garantiert nicht. Die sind doch nicht an. Aber es wird dunkel sein.«

»Er hat uns gesehen. Er kommt hierhin«, zischte Ole ängstlich. »Jetzt jeder in eine andere Richtung!«

Ole rannte los. Damit erregte er das Misstrauen eines Verkäufers. Hatte der Junge etwas stehlen wollen? War er so blöd, dass er schon im Geschäft losrannte?

Tim wählte die Kühltruhe. Sie kam ihm vor wie ein Sarg für Erwachsene. Er stieg hinein.

Der Verkäufer erwischte Ole am Ausgang. Tim bekam in seiner Position nichts davon mit. Er blieb einfach im Dunkeln sitzen und wagte kaum zu atmen. Er hatte die Truhe nicht ganz geschlossen, sondern ein Plastikschildchen mit Preis und genauer Gerätebeschreibung dazwischen geklemmt. So fiel ein schmaler Lichtstreifen in die Truhe, der Tim an die Sonnenstrahlen erinnerte, die durch die Ritzen im Baumhaus geleuchtet hatten.

Ann Kathrin stand auf dem Deichkamm und sah aufs Meer. Weller suchte den Boden unter ihr nach möglichen Spuren ab.

Von hier oben konnte Ann Kathrin beide Stellen sehen. Die Stelle, wo die tote Angela Röttgen gefunden, und die, an der Maike Müller im Watt fotografiert worden war. Was war so besonders an diesem Fleckchen Erde? Die Windräder waren nicht weit. Knapp hundert Meter in Richtung Osten grasten ein paar Dutzend Schafe. Der Wind wehte das Blöken einzelner Tiere herüber.

Der Deich, dachte Ann Kathrin, ist, wie so oft, die Trennlinie zwischen Leben und Tod. Zwischen Sicherheit und Gefahr. Er hielt das Meer im Zaum. Ohne den Deich konnte die Nordsee zu einer tödlichen Bedrohung werden.

Was verband den Täter mit dieser Stelle? Waren die Fotos ein geheimer Hinweis von ihm? Eine Botschaft? Er hatte nicht nur zweimal diese Stelle ausgesucht, sondern war auch jedes Mal bei Nacht gekommen.

Sie atmete tief ein und schloss die Augen. Sie konnte das Watt riechen. Hier war die Luft mineralienhaltig. Zink. Eisen. Salz. Magnesium. Sie hatte das Gefühl, es auf der Zunge schmecken zu können. Diese Luft war gut für die Atemwege und für Menschen mit Hautproblemen.

War der Täter deshalb hierhergekommen? War er vielleicht als Kind in der Meeresluft gesund geworden? Und versucht er nun, eine andere Krankheit zu heilen? Eine der Seele? Eine schwere Verletzung zu verarbeiten, indem er solch schreckliche Dinge tut? Geht es um Rache oder um Heilung? Ist Rache nicht auch nur ein Versuch der verletzten Seele, wieder gesund zu werden? Ein falscher, zum Scheitern verurteilter Versuch?

»Hier ist alles voller Schafsköttel«, sagte Weller.

Ann Kathrin fühlte sich durch seine profanen Worte gestört. »Und was folgerst du daraus?«, fragte sie spitz.

»Dass der Täter Schafsscheiße an den Schuhen hat«, bollerte Weller.

Auf der Landseite des Deiches roch es anders. Hier waren schon weniger Mineralien in der Luft. Hier summten Insekten, auf der Suche nach Blütenstaub. Die Rapsblüte neigte sich dem Ende zu. Der Wind fegte die gelben Blütenblätter über das Feld. Es roch seifig und nach Kohl. In der Ferne tuckerte ein Trecker über den Acker. Hinter ihm eine aufgeregte Möwenschar.

Ann Kathrin zog die Schuhe aus. Weller ahnte, was sie vorhatte: »Du willst doch jetzt nicht nackt ins Watt?« Er zeigte nach oben. Dort flog eine Cessna in Richtung Juist.

»Hast du Angst, der dreht eine Extrarunde, um mich so zu sehen?«, schmunzelte sie.

»Und da hinten kommt ein Radfahrer«, gab er zu bedenken.«

»Seit wann bist du so verklemmt, Frank? Hier ist Ostfriesland! Berühmt für seine Nacktbadestrände und ...«

»Trotzdem«, sagte er.

»Bist du schlecht gelaunt?«

»Meine Frau hat Schwarzen Hautkrebs. Soll ich Freudensprünge machen?«, fragte er.

Sie ging gar nicht darauf ein, sondern wollte von ihm wissen: »Wie hat Maike Müller sich gefühlt? Hat sie keinen Versuch unternommen wegzulaufen? Wusste sie, dass er Angela Röttgen hier bei einem Fluchtversuch erschossen hat? Wusste sie vielleicht sogar von dem zweiten Opfer, diesem Yildirim-Neumann?«

»Hör auf ...«, bat Weller.

»So viele Fragen, und wir brauchen Antworten, um den Täter zu fassen.«

Weller trat trotzig mit dem Fuß auf: »Aber dafür musst du, verdammt nochmal, nicht nackt im Watt posieren wie ein Fotomodell!« Er kam sich selbst blöd vor, hielt einen Moment inne und fragte dann: »Soll ich dich etwa dabei noch fotografieren?«

Sie nahm den Vorschlag auf, als sei er ernstgemeint: »Keine schlechte Idee. Ich dachte schon, ich muss Rupert fragen ...«

Weller verdrehte die Augen. »O Mann, bist du hart drauf.«

»Langsam bekomme ich ein Gefühl für ihn. Er ist ein Getriebener, ein leidender Mensch. Er fühlt sich unverstanden von der ganzen Welt. Er will etwas beweisen. Sich selbst oder uns allen«, sinnierte sie.

»Er ist nur ein krankes Arschloch, und ich kenne eine Menge Leute, die ihm zu gerne heftig in die Fresse hauen würden. Ich zum Beispiel.«

Sie guckte ihn missbilligend an. »Du redest wie Rupert.«

»Entschuldige, Ann, ich bin schrecklich im Moment. Ich habe einfach nur Angst um dich. Scheißangst.«

Sie umarmten sich und standen schweigend auf dem Deichkamm. Zwei Möwen näherten sich vorsichtig, sie fanden Anns Schuhe interessant. Eine pickte kurz daran herum. Die Schuhe schmeckten ihr nicht.

»Wie kannst du jetzt«, fragte Weller, »in so einer Situation, arbeiten?«

»Ein Schiff«, sagte Ann Kathrin, »sinkt nicht, weil es im Wasser fährt. Auch nicht bei schwerer See. Ein Schiff sinkt, weil Wasser in den Innenraum kommt.«

Weller verstand, was sie ihm sagen wollte. »Und du müllst dich mit Arbeit zu, um das alles nicht an dich ranzulassen?«

Sie antwortete nicht. Sie sah aufs Meer.

Jemand beugte sich über die Tiefkühltruhe. Der Schatten der Person ließ den Lichtstrahl, der durch die Ritze hineinfiel, verschwinden. Da waren Stimmen.

Im Tims Kopf herrschte Chaos. Sein Herz raste. Er hatte Angst, ohnmächtig zu werden, wenn gleich über ihm das Gesicht des bösen Mannes auftauchen würde.

Er fasste noch den Entschluss, dann einfach loszubrüllen. Manchmal, so sagte er sich, wenn man ganz laut losschreit, kommt vielleicht jemand, der einfach stärker ist als man selbst und der die ganze Sache regelt.

Im grellen Neonlicht sah er über sich eine Frau, älter als seine Mutter. Sie hatte ein Doppelkinn, dicke, geschwungene Lippen und freundliche Augen, die sie jetzt weit aufriss.

Tim versuchte, wie ein Kind zu reagieren, das einen Spaß gemacht hat. Er reckte einen Arm hoch und machte »Uuuaaaahhh!«

Die Dame zuckte zurück und rief: »Erich, guck mal!«

Tim kletterte aus der Kühltruhe. Der eingegipste Arm schmerzte.

Er rannte Richtung Ausgang.

»Was ist denn heute hier los?«, schimpfte der Verkäufer.

Tim drängelte sich an der Kasse vorbei und rannte durch die langen Flure. Seine Schritte hallten in seinen Ohren, als würden sie von Verstärkern überall hin übertragen.

Was jetzt? Wohin? fragte er sich. Vielleicht doch zu Papa oder zur Polizei? Was war mit Ole? Hatte der Mann ihn erwischt?

Tim bekam vom Rennen Seitenstiche. Ihm wurde schwindlig. Da sah er ihn im Café Ibanez gemütlich in einem Korbstuhl sitzen und Espresso trinken.

War das eine Halluzination oder hockte der Mann wirklich mit übereinandergeschlagenen Beinen, den Schuh des rechten Fußes locker auf das Knie des linken Beins abgelegt, da, als hätte er gerade Mittagspause?

O doch, er war es. Leider keine Einbildung.

Er federte hoch und kam grinsend näher. Er sah siegesbewusst aus.

»Na, mein Freund, so schnell sieht man sich wieder. Hast du es dir anders überlegt? Kommst du mit zu deiner Mama? Ich wäre fast schon gegangen, aber ich dachte, eine Chance gebe ich dir noch. Für einen schnellen Espresso ist immer Zeit.«

Lieber Gott, dachte Tim, *wenn es dich gibt, wieso lässt du mich dann so hängen? Ich war immer ein guter Junge. Also, fast immer. Jetzt könnte ich mal ein bisschen Unterstützung von dir brauchen.*

Marion Wolters in der Einsatzzentrale wusste sofort, dass dies ein wichtiger Anruf war und trotz aller Hektik, die hier heute herrschte, ernst genommen werden musste. Es gingen ständig irgendwelche Meldungen und Hinweise ein. Ihre Aufgabe war es, das alles vorzusortieren.

Der Kollege aus Emden, den sie persönlich nicht kannte, erzählte es in unangemessenem Plauderton: Ein Security-Mann des Dollart Centers, der sich als Kaufhausdetektiv vorgestellt habe, was er selbst für einen sehr antiquierten Ausdruck hielt, behauptete, ein Junge sei in seiner Obhut, der ständig wiederhole, seine Lehrerin, eine gewisse Frau Büttner, sei umgebracht worden und hinter ihm und seinem Freund Tim Müller sei ein böser Mann her, der sie beide töten wolle. Der Junge habe sich verdächtig benommen, aber offenbar laut Angabe des Security-Manns nichts gestohlen. Er sei total verängstigt und würde sich weigern, seinen eigenen Namen zu nennen, oder hätte ihn möglicherweise sogar vergessen.

»Ja«, fragte Marion Wolters, »und hat der Junge die Wahrheit gesagt?«

»Wie, die Wahrheit? Keine Ahnung. Aber ihr sucht diesen Tim doch überall.«

»Habt ihr keinen Wagen zu der Lehrerin geschickt?«

»Doch, natürlich.«

Marion Wolters wollte das Gespräch wegdrücken und Ann Kathrin oder Martin Büscher informieren, aber da bremste der Kollege aus Emden sie: »Moment, Moment! Hier kommt gerade eine Meldung rein: Da klei mie ann Mors. Der Junge hat recht. Da ist tatsächlich eine tote Frau – genau wie er gesagt hat.«

Marion Wolters bekam augenblicklich einen trockenen Hals. Sie hatte nur noch einen Tee neben sich stehen, der vor Stunden kalt geworden war. Sie trank trotzdem einen Schluck. Er schmeckte widerlich.

Weller und Ann Kathrin brachen sofort auf und waren vierzig Minuten später da. Die Emder Spusi war schon fleißig. Die Männer in den weißen Ganzkörperkondomen wirkten immer noch wie Aliens auf Ann Kathrin. Außerirdische, die aus wissenschaftlichen Gründen auf die Erde gekommen waren und hier nun überall Proben nahmen, um zu überprüfen, ob Leben auf diesem Planeten für sie überhaupt möglich war.

Der Tod dieser Lehrerin, die Ann Kathrin gestern noch besucht hatte, um sie nach Tim auszufragen, schlug ihr auf den Magen. Sie fühlte sich, als würde der Tod von Frau Büttner auf ihr Konto gehen, als hätte sie einen Fehler gemacht und damit die Frau gefährdet.

Der anwesende Arzt hatte eine, wie Ann Kathrin fand, ungesunde Solariumbräune. Sie hielt sich aber im letzten Moment zurück, ihm das zu sagen, denn sie erkannte, dass es wohl mehr ihr eigenes Problem war als seins.

»Sie wurde«, sagte er heiser, als habe er Stimmbandprobleme, »mit einem langen Dolch oder Schwert erstochen. Fast wäre die Klinge hinten wieder rausgetreten, so dünn, wie die gute Frau ist. Der Täter muss sehr kräftig sein, sonst hätte er nicht so fest zustechen können. Wenn Sie mich fragen – also nur meine persönliche Meinung –, hat er einen Hirschfänger oder ein Bajonett benutzt. Er hat die Waffe gleich wieder rausgezogen und mitgenommen.«

Ann Kathrin ging den Blutspuren bis zur Veranda nach. Sie sprach laut, wie zu sich selbst: »Ein Jäger vielleicht. Er hat sich kaum Zeit für sein Opfer genommen. Es ging nicht um sie. Als er sie verließ, lebte sie noch. Sie hat sich ein paar Meter weit vom Flur ins Wohnzimmer geschleppt. Er hat die Kinder verfolgt, die sich zu ihrer Lehrerin geflüchtet hatten. Woher wusste er von ihr? Habe ich etwas falsch gemacht? Und wo ist Tim? Hat er sich den Jungen geschnappt?«

Sie drehte sich zu Weller um. »Wir müssen mit diesem Ole reden. Er kann den Täter beschreiben.«

Weller, der leidenschaftliche Koch, war von den vielen Kräutern im Garten und auf den Fensterbänken fasziniert. Es tat ihm gut, hinzuschauen und zu schnuppern. Oregano. Thymian. Bohnenkraut. Er kannte längst nicht alle anderen Kräuter.

Ann Kathrin ermahnte ihn: »Frank!«

Er war sofort wieder voll bei der Sache, griff sich nur noch kurz an die Nase, als könne er die Gerüche so besser darin speichern.

»Das muss jetzt ein Ende haben, Frank. Diese Sache wächst uns über den Kopf. Wenn wir den Jungen verlieren, quittiere ich den Dienst.«

In dem Moment, als sie es sagte, meinte sie es ganz sicher ernst. Aber er konnte sich nicht vorstellen, dass sie in einem anderen Beruf glücklich werden würde. Er zuckte innerlich zusammen und sah seine Frau jetzt mit ganz anderen Augen an. Er war sich auf einmal überhaupt nicht mehr sicher, ob sie in diesem Beruf wirklich noch glücklich war.

Tim ging einfach so auf der Straße neben dem Mann her. Jeder konnte die zwei sehen, doch niemand schöpfte Verdacht. Er nahm Tims Hand geradezu liebevoll. Tims Tränen deuteten die wenigen Menschen, die das weinende Kind überhaupt bemerkten, falsch. Sie glaubten, einen besorgten Vater zu sehen, der seinen verletzten Sohn nach einem Unfall nach Hause brachte.

»Magst du ein Eis?«, fragte der Mann, und Tim nickte sogar. Er fand es blöd von sich, aber er nahm das Eis. Ein Magnum. Der böse Mann entschied sich für ein Cornetto Nuss im Hörnchen. Sie knüllten das Papier sorgfältig zusammen und warfen es in den dafür vorgesehenen Abfalleimer, der von Wespen belagert wurde.

Tim bat innerlich die Wespen, auf den bösen Mann loszugehen. Er hatte neulich in einem alten Akim-Heft seines Vaters gelesen, dass Akim die Sprache der Tiere sprach.

Wenn ich jetzt die Wespensprache könnte, dachte Tim, würde ich sie bitten, dem bösen Mann das Gesicht zu zerstechen.

Er konnte es kaum glauben, doch tatsächlich flog eine Wespe in seine blonden Haare, und eine zweite setzte sich auf dem Cornetto Nuss ab und naschte davon.

So, wie er reagierte, mochte der Mann Wespen überhaupt nicht. Er fuchtelte mit den Händen in der Luft herum und lockte damit nur noch mehr Wespen an. Eine probierte von den Blutstropfen auf seinen Laufschuhen.

Lockte das Blut die Wespen an, oder hörten sie plötzlich alle auf Tims Kommando, fragte der Junge sich. Schickte ihm der liebe Gott eine Wespenarmee zu Hilfe? Waren die Wespen für ihn, was für Akim im Urwald die Affen und die Löwen waren?

Tim wusste, dass manche Menschen allergisch gegen Wespenstiche waren. Er hatte mal erlebt, wie eine Nachbarin an ihrem Karpfenteich gestochen worden war. Damals war die Welt für ihn noch in Ordnung gewesen. Seine Mutter hatte Pflaumenkuchen gebacken, von Pflaumen aus dem eigenen Garten. Er hatte drei Stückchen gegessen, mit Schlagsahne, bis ihm schlecht geworden war. Lisa hatte ihn *Vielfraß* genannt.

Die Wespen mochten den Pflaumenkuchen seiner Mutter genauso gerne wie er. Sie fielen richtig darüber her. Die Nachbarin, Tante Käthi genannt, kreischte. Sie schlug mit einer Serviette nach den Wespen. Seine Mutter hatte sie gewarnt, das besser nicht zu tun: »Du machst sie nur nervös und angriffslustig. Hör besser auf. Die holen sich, was sie wollen, und dann verschwinden sie auch wieder.«

Aber eine Wespe hatte Tante Käthis Kopf umkreist. Sie wiederum war aufgesprungen und in den Garten gelaufen, um die Wespe abzuschütteln. Beim Teich hatte die Wespe dann zugestochen.

Tante Käthi war es sofort schwindelig geworden. Sie wankte, und es sah einen Moment so aus, als würde sie in den Teich fallen. Sie musste ins Haus und sich dort aufs Sofa legen.

Sie hatten den Notarzt gerufen. Bis der kam, kühlte Tims Mutter die Einstichwunde mit Eiswürfeln in einem Spültuch.

Tim und Lisa mussten alle Fenster und Türen schließen, weil Tante Käthi panische Angst hatte, die Wespen könnten ins Haus kommen, um sie noch einmal zu stechen.

Sie bekam dann eine Spritze. Der Notarzt sagte, sie habe einen allergischen Schock und das sei lebensgefährlich. Sie müsse im Grunde immer ein Notfallset mit sich führen.

Tims Schwester Lisa war im gleichen Sommer gestochen worden. Sie hatte zwar ein bisschen geheult und einen dicken Arm bekommen, aber sonst war ihr nichts passiert.

Vielleicht, dachte Tim, kriegt der böse Mann ja auch einen allergischen Schock oder er hat sein Notfallset nicht dabei. Auf jeden Fall machte er den gleichen Fehler wie Tante Käthi. Er schlug nach den Wespen und fuchtelte in der Luft herum.

Attacke, Freunde, Attacke! Rief Tim innerlich und biss in sein Magnum. Die Wespen und das kühle Eis im Mund gaben Tim neue Zuversicht. Er rannte einfach los. Vorbei an ein paar Fahrrädern. Er warf sie um, so konnte er dem bösen Mann den Weg versperren. Er sah eine Politesse, die Parkknöllchen verteilte. Er rannte in ihre Richtung. Der böse Mann hinter ihm her.

Doch dann stoppte sein Verfolger und warf sein Eis in den Rinnstein. Einerseits hatte die Wespe ihn in die Nase gestochen, andererseits sah er ein, dass er jetzt viel zu viel Aufsehen erregte. Der Junge hatte offensichtlich nicht aufgegeben. Er sprach mit der Politesse und zeigte in seine Richtung.

Er drehte sich um und versuchte, in der Menschenmenge zu verschwinden. Doch plötzlich lief diese Politesse hinter ihm her. Er konnte es kaum glauben. Das waren doch Hilfskräfte, nichts weiter! Unbewaffnet. Vom Ordnungsamt oder vom Straßenverkehrsamt. Sie sollten Gelder für die Stadt eintreiben, mehr nicht. Oder waren das neuerdings echte Polizistinnen?

Er rannte jedenfalls bis zur Straßenkreuzung und versteckte sich in einer Einfahrt. Er hörte ihre schnellen Schritte. Keine fünfzig Meter hinter ihr kam der Junge.

Sie lief an der Einfahrt vorbei. Er duckte sich im Schatten an die Wand.

Tim hechelte mit seinem Gipsarm heran. Er blieb stehen, und für einen kurzen Moment sahen die beiden sich an. Der böse Mann legte einen Zeigefinger über seine Lippen und machte leise: »Pscht.« Seine Nase war vom Wespenstich dick geschwollen und rot.

Tim rief: »Hier ist er! Hier!«

Die Politesse kehrte um und stand Sekunden später bei den beiden. Als sie in die Augen des Mannes blickte, wusste sie, dass er sie umbringen würde. Sie sah den blanken Hass.

Trotz dieser Gewissheit floh sie nicht. Sie hatte immer geahnt, dass sie nicht alt werden würde. Schon als Pubertierende hatte sie sich vorgestellt, sie würde als Entwicklungshelferin in Katastrophengebieten arbeiten. Vielleicht als Ärztin in Kriegsgebieten oder als Hebamme in einem Flüchtlingscamp.

In ihren Träumen starb sie immer wieder einen gewaltsamen Tod. Sie stellte sich marodierenden Söldnern in den Weg, um die ihr anvertrauten Kinder zu schützen, und versuchte, plündernde, vergewaltigende Männer daran zu hindern, eine Baracke zu betreten, in der sich junge Mütter und schwangere Frauen versteckten.

In diesen Träumen wurde sie am Ende meist erschossen. Ein ganzer Kugelhagel traf sie, und diese nächtlichen Tode kamen ihr irgendwie richtig vor. Sie hatte sich in dieser Sache schon zweimal einem Menschen anvertraut. Einmal einem Geliebten, neben dem sie schreiend im Bett wach geworden war. Er hatte ihr dringend geraten, sich in Therapie zu begeben. Ein zweites Mal einer Freundin, die ihr gesagt hatte: »Vielleicht sind das keine Träume, sondern Erinnerungen an frühere Leben.« Der Gedanke hatte ihr gefallen. Seitdem fühlte sie sich wie eine Märtyrerin.

Sie stellte sich schützend vor den kleinen Jungen. Sie trug einen Elektroschocker bei sich. Sie war bereit, zu kämpfen.

Sie wunderte sich, dass er keine Schusswaffe zog, sondern ein langes Messer. Sie war im Traum nie erdolcht worden. Immer nur erschossen.

»Na, du süße, kleine Knollenmaus«, grinste er, »das war aber ganz schön dumm von dir. Die Sache geht dich gar nichts an. Ich habe nicht falsch geparkt. Schuster, bleib bei deinen Leisten, sagt der Volksmund doch. Politesse, bleib bei deinen Knöllchen!«

Sie griff zu ihrem Elektroschocker, aber er war schneller. Die Klinge verletzte sie am Hals, doch sie konnte sich abwenden. Aus einer langen Schnittwunde lief das Blut warm an ihrem

Hals entlang und ließ auf ihrer Oberbekleidung einen dunklen, roten Fleck entstehen.

Die Verletzung war schmerzhaft, aber ganz sicher nicht tödlich. Sie hob den Elektroschocker.

»Machen Sie ihn fertig!«, rief Tim. »Er hat meine Mutter ...«

Der Mann stach zu. Diesmal erwischte er sie schlimmer. Sie spürte, wie die Klinge in ihre Brust drang.

Der Elektroschocker fiel zu Boden. Sie taumelte.

Er drückte noch einmal fest, um das Messer ganz tief in sie einzutauchen. Es hörte sich an, als würde ein Knochen gestreift.

Sie wollte einatmen, und es ging nicht mehr.

Er zog die Klinge aus ihr raus und wischte sie an ihrer Uniformjacke ab.

Sie guckte ihn ungläubig an. Es war, als würde sie lächeln. Dann brach sie zusammen.

Tim stand starr. Er wollte wegrennen, aber seine Beine gehorchten ihm nicht.

Der böse Mann zeigte auf die Politesse, die sich am Boden im Todeskampf wand: »War das nötig? Das ist alles nur deine Schuld, Kleiner. So, und jetzt komm mit zu deiner Mutter.«

Er trat nach der Politesse. »Am Ende hat sie es noch geschafft, ihre Kollegen zu informieren. Ich habe keine Lust, noch mehr Leute zu töten. Für heute reicht es. Du und deine Freunde, ihr habt wirklich genug Ärger angerichtet.«

Weller konnte sich nicht durchsetzen. Er versuchte, Ann Kathrin zu überreden, sie solle die Befragung von Ole den Kollegen in Emden überlassen. Schließlich gab er auf und fuhr sie hin. Sie waren ja bei Frau Büttner nur ein paar Straßen weit entfernt, und es war immer noch besser, als tagsüber in der Hauptsaison

Nacktfotos am Deich zu machen. Er ahnte aber, dass Ann Kathrin dies für die Nacht plante.

Als sie vor dem Einfamilienhaus ankamen, packte Oles Mutter gerade den Familien-Van. Der VW Touran stammte noch aus einer Zeit, als ihnen abwaschbare Sitze und viel Platz im Kofferraum wichtiger gewesen waren als schickes Design, Fahrspaß oder umweltfreundliche Abgaswerte.

Ole saß schon hinten drin, eingeklemmt zwischen Kissen und Stofftieren. Er war angeschnallt, wirkte apathisch und hielt wie zum Hohn eine Wasserpistole schussbereit in beiden Händen.

Seine Mutter wuchtete eine Kiste Mineralwasser in den Kofferraum und eine Kühlbox. Ann Kathrin folgerte daraus, dass sie nicht vorhatte, in ein Hotel zu fahren, sondern irgendwo eine Ferienwohnung aufsuchen wollte. Sie deckte sich mit Vorräten ein.

»Mein Name ist Ann Kathrin Klaasen und ich ...«

»Wir kennen uns«, gab die Frau kurz angebunden zurück. »Sie waren mit Ihrem Partner Walter hier, bevor der Horror begann.«

»Weller«, korrigierte Weller. Sie reagierte nicht darauf.

Es fiel Weller auf, dass seine Frau hier wie eine Bittstellerin auftrat: »Ich würde gern mit Ihrem Sohn reden. Ich glaube, er kann uns helfen.«

Die Mutter rastete sofort aus. Sie fuhr Ann Kathrin an: »Ihnen helfen? Hauen Sie bloß ab! Der Kleine ist traumatisiert genug! Was der gesehen hat, braucht kein Mensch, Kinder schon mal gar nicht! Das wird ihn ein Leben lang verfolgen!«

Ann Kathrin schreckte vor der nackten Emotion, mit der die Frau sie anging, zurück.

Weller fragte: »Was haben Sie denn jetzt vor?«

Sie baute sich breit vor ihm auf, stemmte die Fäuste in die Hüften und keifte: »Was ich vorhabe? Na, da fragen Sie noch? Wie bescheuert sind Sie eigentlich? Ich werde mein Kind in Sicherheit bringen und beschützen, bis Sie diesen Irren gefangen haben!«

»Wir können Ihren Sohn selbstverständlich unter Polizeischutz stellen«, bot Ann Kathrin an.

Oles Vater trat aus dem Haus. Er hielt eine doppelläufige Flinte hoch. »Wir können schon ganz gut selbst auf unseren Sohn aufpassen.«

Weller sah sich das Gewehr kritisch an.

»Und gleich werden Sie fragen, ob ich dafür einen Waffenschein habe?! Nein, habe ich nicht, und es ist mir auch scheißegal! Das Gewehr gehört meinem todkranken, zweiundachtzigjährigen Vater. Er ist Jäger. Und ich werde damit jedem eine Ladung Schrot auf den Pelz brennen, der sich meinem Sohn ungebeten nähert. Kapiert?«

Ann Kathrin versuchte, die Situation zu deeskalieren, und Weller begriff, warum sie schon so übervorsichtig begonnen hatte. Sie befanden sich auf einem emotionalen Pulverfass, das jeden Moment hochgehen konnte.

»Ich verstehe Ihre Reaktion«, gab Ann Kathrin ehrlich zu. »Ich bin selbst Mutter. Aber Ihr Kind ist erst dann wirklich in Sicherheit, wenn wir den Täter hinter Schloss und Riegel haben. Ihr Sohn könnte uns dabei behilflich sein.«

Die Mutter lachte hämisch: »Als Lockvogel oder was?«

Ihr Mann legte das Gewehr ins Auto. »Fassen Sie den Täter, dann reden wir weiter. Und jetzt lassen Sie uns bitte in Ruhe. Wir verreisen sofort, und zwar mit unbekanntem Ziel. Wir lassen unsere Handys hier, damit wir nicht geortet werden können.«

Als müsse sie die Worte ihres Mannes näher erläutern, brüllte Oles Mutter: »Wir sind weg, kapiert? Und wenn Sie versuchen, uns zu folgen, wird mein Mann nicht zögern, auf Sie zu schießen!«

Oles Vater zuckte zusammen. Das war jetzt auch für ihn zu

viel. Er guckte Weller nur an und schüttelte den Kopf. Es war wie ein Friedensangebot unter Männern. *Lass mich ziehen, und alles wird gut.*

Ann Kathrin machte noch einen Versuch in Richtung Mutter: »Ihr Sohn braucht jetzt psychologische Betreuung. Wir haben ...«

»Mein Sohn«, schrie sie, »braucht jetzt keinen Psychologen! Mein Sohn braucht seine Mutter und seinen Vater und die Sicherheit, dass wir ihn beschützen!« Sie fletschte die Zähne vor Wut. Speicheltropfen flogen aus ihrem Mund: »Kein Gott hindert mich daran, meinen Sohn jetzt in Sicherheit zu bringen. Und Sie schon mal gar nicht!«

Weller und Ann Kathrin blieben in der Hoffnung, der Ärger könne verrauchen und die Vernunft doch noch siegen, am Straßenrand stehen und sahen beim Packen zu. Die Mutter ignorierte die beiden völlig, der Vater schielte ab und zu kritisch in ihre Richtung, als habe er Sorge, sie könnten Verstärkung rufen.

Schließlich krachte die Autotür zu. Ann Kathrin und Weller sahen den Touran davonbrausen.

Ole hatte sie nicht ein einziges Mal angeguckt. Er starrte nur vor sich hin.

Ann Kathrin war sich nicht sicher, ob es der Schock war oder ob der Junge mit Medikamenten ruhiggestellt worden war. Obwohl sie die Eltern verstand, blieb ein ungutes Gefühl in ihrer Magengrube zurück.

»Und jetzt?«, fragte Weller echt ratlos.

»Ich brauche etwas zu essen, und dann möchte ich in das Haus der Familie Röttgen.«

Weller staunte sie an. »Warum ausgerechnet dorthin?«

»Angela Röttgen war die erste Leiche. Ihr Mann wurde das Opfer von Linus Wagner. Irgendwie habe ich das Gefühl, dass dort alles begann.«

Weller war erleichtert. Wenn sie noch ein bisschen Zeit in

diesem Haus verbringen wollte, um den Ort auf sich wirken zu lassen, dann war damit vielleicht die Nacktnummer am Deich erledigt ...

»Kann ich nicht auf den Beifahrersitz?«, fragte Tim sanft.

»Nein«, antwortete der böse Mann hart. »Beeil dich, bevor uns noch jemand sieht. Du hast mir schon genug Schwierigkeiten gemacht.«

Er musste keine Gewalt anwenden. Tim stieg freiwillig in den Kofferraum.

Er war nicht gefesselt und nicht geknebelt. Es hatte alles sehr schnell gehen müssen. Der böse Mann war unzufrieden mit sich selbst. Das machte ihn noch böser.

Tim hatte einfach aufgegeben. Er konnte nicht mehr. Er flog im Kofferraum hin und her. Es war eine schnelle, rucklige Fahrt. Er versuchte, sich abzustützen und seinen Kopf zu schützen, aber als der böse Mann scharf bremste, krachte Tims Kopf gegen das Blech, und sein Gipsverband bekam Risse. Tim kreischte vor Schmerz.

Jetzt stand der Wagen still. Es dauerte eine Weile, dann öffnete der Mann die Kofferraumhaube. Tim sah über sich eine Baumkrone. Er hörte Schafe. Sie waren nicht mehr in der Stadt.

Der böse Mann sagte: »Mund auf.«

Tim tat, wie ihm befohlen.

Der Mann stopfte ihm einen Lappen zwischen die Lippen. Er schmeckte nach Seife und Öl, aber nicht nach den guten Seifen und duftenden Ölen, die seine Mutter verwendete, sondern nach Motoröl und Schmierseife.

Tim würgte.

Mit silbernem Tape klebte ihm der Mann den Mund zu.

Tim hatte Angst, brechen zu müssen. Wie sollte er sich mit

verklebtem Mund übergeben? Er griff aus Sorge, ersticken zu müssen, mit einer Hand zum Klebeband.

Das gefiel dem bösen Mann gar nicht. Er drehte Tims Arm auf den Rücken. Er wollte ihm die Hände zusammenbinden, aber mit dem bis zur Schulter eingegipsten Arm ging das nicht. Der Mann packte den Gipsarm und riss ihn in die andere Richtung. Der Gips brach. Tim hörte das Krachen.

Der Schmerz war wie eine Flamme, die im ganzen Körper auflodderte und die Haut von innen verbrannte. Tim wurde ohnmächtig.

Ann Kathrin stieg aus. Weller blieb noch im Auto sitzen. Gern hätte er eine Zigarette geraucht, am liebsten ohne Filter. Er hatte die letzte nach drei Zügen vor gut fünf, sechs Monaten weggeworfen. Sie hatte es trotzdem gerochen und ihn angesehen, als sei er nicht mehr ganz dicht. Aber es gab Tage und öfter noch Nächte, da glaubte er, dass jetzt nichts hilfreicher wäre als ein kühler Drink und eine Zigarette. Okay, ein Fischbrötchen half manchmal auch, zumindest am Tag.

Sie parkten direkt vor Röttgens Haus. Hier waren sie im Zentrum des Geschehens. Ann Kathrin stand beim Auto, eine Hand auf dem Dach, als müsse sie sich versichern, dass Weller nicht einfach wegfuhr.

Da drüben wohnten die Eltern von Tissi Buhl. Oben brannte Licht. Ann Kathrin bildete sich ein, Tissis Anwesenheit zu spüren. Gemeinsam mit ihr hatte sie die Zeit im Wagen als Geisel von Linus Wagner erlebt.

Sie schüttelte sich jetzt noch bei dem Gedanken, wie sehr Tissi sich dem jungen Mann, der sie nicht liebte, angebiedert hatte. Verliebte junge Mädchen konnten so verdammt realitätsblind sein. Vielleicht war sie selbst auch einmal so gewesen. Bestimmt sogar. Gab es eine größere Entfernung von der Realität als eine nicht gelebte Liebe? Ungestillte Sehnsucht?

Auf der Harle zogen Schwäne majestätisch ihre Bahnen. Für sie, dachte Ann Kathrin, ist dieses Gewässer das Zentrum der Welt. Und sie sind die Herrscher über den Fluss.

Wie oft mag Linus Wagner oben in Tissis Zimmer gewesen sein, nur um von dort aus Röttgens Haus und Garten beobachten zu können? Hatte er Tissi Hoffnungen gemacht, vielleicht gar die große Liebe vorgespielt, nur, um die Frau, die er wirklich begehrte, wenigstens aus der Ferne sehen zu können?

Er muss sich nächtelang hier rumgetrieben haben, krank vor Eifersucht. Steigerte er sich in die Idee hinein, Röttgen würde seine Frau gefangen halten, damit sie nicht mit ihm durchbrennen konnte?

Ann Kathrin löste die Versiegelung der Haustür und ging in den Flur. Es roch säuerlich. Die abgestandene Luft wurde durch die geöffnete Tür aufgewirbelt. Staubpartikel tanzten durch den Raum.

Weller blieb im Auto. Er bewachte die Tür, sah immer wieder hin, kam sich ein bisschen vor wie der Fahrer eines Fluchtwagens, der mit laufendem Motor auf die Kumpels wartete. Er schaltete den Motor aus.

Ann Kathrin stand eine Weile regungslos in der Wohnung, ließ alles nur auf sich wirken, versuchte, die Energie aufzusaugen. Nach Röttgens Tod war diese Wohnung durchsucht worden. Die Spuren davon waren noch überall zu sehen.

Sie blieb jetzt ruhig stehen und schloss die Augen. Trauer und Verzweiflung hingen für sie noch fühlbar in der Luft. In den Sitzmöbeln klebten depressive Gedanken. Die Wände brüllten nach Erlösung. Sie riss die Augen wieder auf, als müsse sie sich vergewissern, wirklich allein im Haus zu sein.

Weller wartete draußen. Er saß nicht mehr im Auto, er stand auf dem Steg und betrachtete die Spiegelung des Wassers in der

Abendsonne. Die Teestube Tüdelpott war nicht weit von hier. Gern hätte er jetzt mit Ann dort gesessen und in Ruhe über alles gesprochen oder einfach Händchen gehalten und Kaffee getrunken. Den besten Kaffee gab es ja bekanntlich in Teestuben.

Er wusste, dass Ann im Haus allein sein musste. Viele Kollegen konnten mit dem, was sie da jetzt tat, nichts anfangen. Sie ließ Orte auf sich wirken, als könnten Möbel sprechen. Sie versank dann manchmal richtig. Das konnte Stunden dauern.

Rupert hatte mal gespottet, das sei wohl ihre Art des Aktenstudiums. Sie sagte, danach verstünde sie die Akten erst richtig. Tatorte hätten eine eigene Ausstrahlung.

Dies hier war kein Tatort im eigentlichen Sinne. Aber doch irgendwie der Ausgangspunkt für so viel Leid.

Drei Schwäne näherten sich Weller in der Hoffnung, gefüttert zu werden.

Habt ihr Glück, dass ihr nicht gut schmeckt, sonst wärt ihr bei eurer Zutraulichkeit längst auf irgendeinem Grill gelandet, dachte er.

Er verließ den Steg und spazierte ein bisschen am Ufer auf und ab. Er liebte dieses Farbenspiel am Abend, wenn die rote Sonne sich hinter Wolken versteckte und sie in leuchtende Fetzen mit glühenden Rändern verwandelte. Seine Augen brannten vom langen Hinsehen, deshalb guckte er auf den Boden. Punkte flimmerten vor seinen Augen. Kleine Sonnen tanzten vor ihm her.

Er hob zwei flache Kieselsteine auf und ließ sie übers Wasser hüpfen. Der erste klatschte nur einmal auf und versank. Der zweite schaffte drei Sprünge.

Als Kind hatte er einen flachen Stein fünfmal auftupfen lassen. Das war sein Rekord. Er hatte ihn weder als Jugendlicher noch als erwachsener Mann je brechen können.

Die Nachricht, dass in Emden eine Politesse in einer Einfahrt erstochen worden war, erreichte Weller und er sah, wie seine Kollegen, gleich einen Zusammenhang zu dem Mord an der

Lehrerin und folglich zum gesamten Fall. Er konnte sich nur noch nicht erklären, warum der Täter erneut zugeschlagen hatte.

Ann Kathrin stand hinter einem Ohrensessel. Die Arme aufgestützt, machte sie den Rücken krumm. Als sie sich wieder gerade aufrichtete, ließ sie den Blick über die Wände streifen. Einige Bilder von Leuchttürmen. Fotos und Drucke von Ole West. Auf dem zugemüllten Schreibtisch ein Familienporträt. Herr und Frau Röttgen und ihre Kinder. Zwischen den Leuchttürmen ein rundes Hochzeitsfoto. Angela Röttgen im weißen Kleid, er im schwarzen Anzug. Im Hintergrund Strandkörbe und das Meer. Beide strahlten zwar, wirkten aber steif und angespannt.

Genauso fühlte Ann Kathrin sich selbst und fragte sich jetzt, ob sie ihre Gefühle nur auf die fotografierten Menschen übertrug oder ob sie wirklich angespannt aussahen. Sich selbst immer wieder in Frage zu stellen war für sie als Ermittlerin von großer Bedeutung. Nur so konnte sie verhindern, falsche Schlüsse zu ziehen.

Sie setzte sich in den Sessel. Von hier aus hatte sie einen direkten Blick auf den großen Flachbildschirm. Die Röttgens besaßen noch ein Abspielgerät für Videokassetten, und im Regal neben dem Bildschirm standen viele VHS-Kassetten. Bei flüchtigem Hinsehen wirkten sie wie Bücher. Ann Kathrin fischte eine Kassette heraus und legte sie ein. Vermutlich hätte sie dafür einen richterlichen Beschluss gebraucht, aber wenn sie versuchte, einen Fall emotional zu erfassen, spielten solchen Überlegungen für sie eine untergeordnete Rolle.

Sie sah die Familie unbeschwert im Urlaub. Die typischen Filmaufnahmen von Kindern, die laufen lernten. Sandburgen und Kutschfahrten.

Wahrscheinlich hat jede Familie solche Filme, dachte Ann Kathrin. Heute, durch die film- und fotofähigen Handys noch viel mehr als damals. Die Welt hatte sich auch diesbezüglich rasant entwickelt.

Sie schaltete den Bildschirm aus und stellte die Videokassette zu den anderen zurück. Es gab gleich drei Kassetten mit der Aufschrift *Hochzeit auf Wangerooge*. Den Videofilm von der Hochzeit hatte Stahnke gedreht. Die Kassetten waren schön gestaltet.

Die Röttgens hatten sich im Alten Leuchtturm das Jawort gegeben. Ann Kathrin fand das romantisch. Von dort aus hatte man einen grandiosen Rundblick über die Insel. Bei gutem Wetter bis zum Festland. Auf einer kleinen Insel zu heiraten, in der alten Wachstube des Leuchtturmwärters, faszinierte nicht nur Ostfriesen. Menschen kamen von überall her, weil die Symbolik sie anzog. Ein Leuchtturm soll bei Wind und Wetter und gerade bei schwerer See zeigen, wo es langgeht.

Ann Kathrin lächelte. Sie ging raus zu Weller. Sie fühlte sich erschöpft. Es fiel ihr schwer, durchzuatmen.

Weller sah sie ruhig an: »Und jetzt zum Watt?«, fragte er.

Sie schüttelte den Kopf. »Nein. Ich kann nicht mehr. Lass uns nach Hause fahren.«

Vom Mord an der Politesse in Emden sagte er nichts. Seine Frau brauchte jetzt Ruhe. In Emden gab es genug gute Leute.

Er bat sie um ihr Handy. Sie gab es ihm. Er schaltete es aus und steckte es ein. »Feierabend«, sagte er selbstironisch und streng zugleich.

Im Distelkamp legte Weller *Thrill & Chill* auf, weil er wusste, dass diese Musik von Ulrich Maske Ann Kathrin half, runterzukommen. Er machte noch Spaghetti mit Zwiebeln, Thunfisch und Öl. Auf ihre Bitte hin nahm er weniger Knoblauch, denn sie hatte ja morgen einen Arzttermin.

Die Spaghetti, ein Glas Rotwein, dazu die beruhigende Musik – er hoffte, das alles würde seine Wirkung tun. Er wählte einen Ribera del Duero Legaris Crianza aus. Ein schwerer, spanischer Wein mit einem Geschmack von Waldbeeren und einem Hauch Vanille. Trotzdem saß Ann Kathrin nur auf der Stuhlkante und aß, als sei das Essen keine Freude, sondern eine notwendige Aufnahme von Energie.

»Tut mir leid, Frank«, sagte sie, »du gibst dir so viel Mühe, aber ich ...«

Er wiegelte ab: »Jetzt krieg bloß nicht noch ein schlechtes Gewissen, wenn dein Mann dich ein bisschen verwöhnt ...«

»Hab ich schon.«

»Okay«, lachte er, »dann kann ja nur eine Fußmassage die Gewissensnot noch vergrößern.«

Sie nahm das Angebot an. Direkt nach dem Essen gingen sie ins Wohnzimmer. Ann Kathrin nahm noch ein zweites Glas Rotwein, doch die Fußmassage hielt sie kaum aus. Sie fühlte sich, als hätte sie so einen liebevollen Ehemann einfach nicht verdient.

Er stellte den Wecker auf sechs Uhr. Er wollte mit ihr aufstehen und vor dem Arztbesuch noch mit ihr frühstücken. Im Bett schlief er neben ihr ein. Er schnarchte, wenn auch nicht sehr laut.

Sie konnte nicht schlafen. Das hatte wenig mit seinem Schnarchen zu tun. Sie konnte jetzt ihrer eigenen Angst vor dem Krebs nicht länger entkommen. Schwarzer Hautkrebs. Das klang schon schrecklich. Wenn sie die Augen schloss, sah sie sich in Krankenhausfluren. Sie hatte einen weißen Bademantel an und trug Flip-Flops. Sie zog eine Stange auf Rädern neben sich her, daran hing ein Tropf.

Im Bett liegend breitete sich das Gefühl in ihr aus, eine Chemo zu bekommen. Der Gedanke lähmte sie und machte sie gleichzeitig wieder hellwach. Ihr ganzer Körper war trotz

Essen, Rotwein, Musik und Fußmassage in Alarmbereitschaft. Die Idee, dass Gift in ihre Adern tropfen sollte, um einen Feind in ihrem Körper zu bekämpfen, regte sie auf. Sie wollte dieses Gedankenkarussell abschalten, bekam es aber nicht hin.

Leise, um Weller nicht zu wecken, glitt sie aus dem Bett und schlich sich ins Wohnzimmer. Im Kühlschrank lagen noch ein paar Deichgrafkugeln. So ein süßer Tröster war jetzt genau richtig. Eine Kugel nahm sie in der Hand mit, die zweite biss sie noch am offenen Kühlschrank stehend an. Es knackte so herrlich.

Sie streckte sich auf dem Sofa aus. Hier roch es nach dem Kokosöl, mit dem Frank ihr die Füße massiert hatte. Sie switchte zwischen den Fernsehprogrammen herum. Vielleicht, dachte sie, lenkt mich ein spannender Film ab. Jedes Mal aber, wenn Schüsse fielen oder Autos explodierten, schaltete sie weiter.

Hat das Fernsehen um diese Zeit nur gewalttätige Lösungen für Probleme anzubieten, fragte sie sich.

Die Nachrichten waren ganz entsetzlich.

Nein, sie konnte sich diese Horrorshow nicht länger ansehen. Vielleicht lag es an ihrer augenblicklichen seelischen Verfassung, sagte sie sich selbst. Aber beim Schauen der Nachrichten stieg die Vermutung in ihr auf, dass die Welt sich auf einen Abgrund zu bewegte. Narzisstische karrieregeile Politiker führten Staaten, als seien es Konzerne, geschaffen zur Gewinnmaximierung der Aktionäre. Steuern wir auf einen dritten Weltkrieg zu, fragte sie sich.

Irgendwann, es musste so um vier Uhr morgens gewesen sein, fielen ihr dann doch die Augen zu und die Fernbedienung aus der Hand.

Sie wurde wach, weil Weller Kaffee ins Wohnzimmer brachte und den Fernseher ausschaltete. Sie redeten nicht viel. Die Stimmung zwischen ihnen war so innig, dass sie keine Worte brauchten.

Schon um 7.15 Uhr parkten sie am Markt, direkt gegenüber der Hautarztpraxis. Es brannte schon Licht. Innen herrschte bereits reges Treiben. Eine Computertastatur klapperte. Ein Telefon klingelte. Eine Frau mit heftiger Neurodermitis im Gesicht saß strickend im gläsernen Wartezimmer.

Es lief alles betont freundlich ab. Die Mitarbeiterinnen gaben Ann Kathrin das beruhigende Gefühl, gut aufgehoben zu sein. Obwohl sie zu früh kam, war sie Minuten später schon dran.

Weller setzte sich so lange ins Wartezimmer. Er hatte sich – typisch für ihn – gleich zwei Kriminalromane mitgebracht. In Nele Neuhaus' *Im Wald* hatte er noch gut fünfzig Seiten, und dann wollte er mit Susanne Kliems *Das Scherbenhaus* beginnen.

Dr. Götze bat Ann Kathrin, es sich auf einer Liege bequem zu machen. Die Spritze in den Oberarm bemerkte sie kaum. Er sprach mit ihr, während er operierte, über Alltäglichkeiten. Die geplante Schließung des Freibads in Norddeich und die Planung der Badelagune.

Er vermied es, den aktuellen Fall anzusprechen. Er sagte, die verdächtige Stelle sei nun entfernt und er werde die Wunde wieder vernähen.

Die junge Hilfskraft tupfte immer wieder Blut ab. Wenn Ann Kathrin die Augen öffnete, sah sie die roten Tupfer. Schmerzen verspürte sie nicht. Sie hörte nur, wie Dr. Götze die Fäden durch die Haut zog.

Jetzt schwieg sie und hielt die Augen geschlossen. Ihr war ein bisschen flau. Um sich abzulenken, dachte sie über den Fall nach. Sie versetzte sich wieder in Röttgens Haus an der Harle. Sie sah sich jetzt von außen, wie sie durch die Räume ging und sich die Leuchttürme an den Wänden ansah. Dann stand sie vor dem VHS-Kassetten-Regal, und plötzlich stellte sich ihr eine bohrende Frage: War das der Zusammenhang? Alle drei entführten Frauen waren verheiratet. Hatte Stahnke auch auf den anderen Hochzeiten fotografiert und gefilmt?

Ihr wurde heiß und kalt. Am liebsten hätte sie jetzt sofort Weller angerufen und ihm den Auftrag gegeben, das zu überprüfen. Gleichzeitig fragte sie sich, ob sie nicht nur eine Möglichkeit suchte, die OP zu unterbrechen.

Sie schämte sich Stahnke gegenüber sogar, ihn zu verdächtigen. Hatte sie es nicht seiner Umsicht zu verdanken, dass Linus Wagner sie als Geisel freigelassen hatte?

»Dauert es noch lange?«, fragte sie.

»Höchstens zehn Minuten«, antwortete Dr. Götze.

Am liebsten hätte sie um ihr Handy gebeten, doch das war noch bei Weller im Wartezimmer. Außerdem vermutete sie, dass noch nie jemand während einer OP telefoniert hatte.

Etwas in mir, dachte sie grimmig, führt Krieg gegen mich. Dr. Götze schneidet es raus. Wie ist es überhaupt in mich hineingekommen? Die Haut, ihr größtes Organ, ihre Abgrenzung gegen die Außenwelt. Die Begrenzung ihres Ichs hatte etwas in sich, das aggressiv wucherte und sie letztendlich umbringen wollte.

In ihrem Kopf lief jetzt ein Film ab, der ihre Angst vor schnell wachsenden Krebszellen relativierte.

In einem spärlich beleuchteten Raum hörte sie ein Wimmern. Sie drückte ihr Ohr gegen eine Wand mit nikotingelben Tapeten. Sie klopfte gegen die Wand. Das Wimmern wurde lauter. Sie hatte plötzlich einen Zimmermannshammer in der Hand und schlug damit ein Loch in die dünne Rigipsplatte. Die Schläge in die Wand spürte sie bis in den Arm.

Ihr Verstand sagte ihr, dass sie gerade die Realität einer Haut-OP und die Fiktion eines Tagtraums von einer Geiselbefreiung durcheinandermischte.

Sie riss die Platte ein. Es staubte weiß. Sie ließ den Hammer fallen, packte jetzt mit beiden Händen in das Loch. So brach sie große Stücke heraus. Dahinter saß gefesselt und geknebelt ein kleiner Junge.

Dr. Götze beendete ihren Heldinnentraum mit den Worten: »So. Das geht jetzt an den Pathologen, und mit ein bisschen Glück war's das ...«

Seine optimistische Art gefiel ihr. Sie wollte aufstehen. Er bat sie, vorsichtig zu sein: »Nicht, dass Ihnen noch schwindlig wird.«

Sie setzte sich aufrecht hin und ließ die Beine von der Liege baumeln.

»Es geht mir gut«, sagte sie forsch.

Sie war noch nicht vollständig angezogen. Der Ärmel hing noch herunter, da stürmte sie bereits durch den Flur ins Wartezimmer. Weller hatte inzwischen den Nele-Neuhaus-Roman durch und mit Susanne Kliems Psychothriller begonnen. Er hatte noch nicht mit Ann gerechnet und war ganz im Roman versunken. Er mochte es, von einem Buch direkt ins nächste zu springen und den Stil der Autorinnen zu vergleichen. Er ließ sich gern in literarische Krimiwelten entführen. Es half ihm, mitten in Chaos und Hektik ruhig zu bleiben.

Ann Kathrin legte sofort los: »Die Hochzeit ist die Verbindung. Da müssen wir ansetzen. Vielleicht hatten sie alle denselben Hochzeitsfotografen. Bei den Röttgens war es Stahnke.«

Weller guckte, als würde er nichts kapieren, klappte sein Buch zu, steckte es, sich bei den anderen Patienten im Wartezimmer für Ann Kathrins Auftritt entschuldigend, ein und führte sie nach draußen. Als sie an der Rezeption vorbeigingen, sagte eine Arzthelferin noch: »Frau Klaasen, Sie brauchen noch einen Termin zum Verbandswechsel und zum Fäden ziehen.« Aber Ann Kathrin war schon wieder viel zu sehr im Fall, um darauf noch zu reagieren.

Schon auf der Straße sagte Weller: »Vielleicht hatten sie auch alle denselben Standesbeamten oder ein und denselben Alleinunterhalter während ihrer Party. Ich glaube, bei den Müllers hat die eigene Band gespielt und bei den Lohmeyers ein Shanty-Chor gesungen. Aber wer weiß ...«

Sie stieg nicht ein, sondern stützte sich auf dem Autodach ab.
»Frank, ich will, dass das überprüft wird, und zwar sofort.«

Er öffnete ihr die Wagentür, argumentierte aber weiter: »Vielleicht hatten sie auch alle bei der Geburt dieselbe Hebamme oder ... bei der Taufe denselben Priester ...«

»Frank!«, ermahnte sie ihn streng.

»Ist ja schon gut«, wiegelte er ab.

Weller gab den Ermittlungsauftrag telefonisch an Rupert weiter, dann wollte er Ann Kathrin nach Hause fahren. Doch sie lehnte ab. Sie wünschte sich, direkt um die Ecke in der Osterstraße im Café ten Cate ihre Freundin Monika Tapper zu besuchen. Sie ließen den Wagen stehen und gingen zu Fuß. Ein Kaffee und ein gutes Frühstück waren Weller jetzt sehr recht. Er ahnte, dass es für Ann Kathrin mehr als einen Grund gab, jetzt zu ten Cate zu gehen. Von da aus war sie in wenigen Sekunden in der Polizeiinspektion, falls sich etwas tun sollte.

Rupert fuhr mit Larissa zu Herrn Lohmeyer. Während der Fahrt tönte er: »Dieser Großkotz Meiser vom BKA, den haben wir endlich auf das richtige Maß zurechtgestutzt. Der ist mir schon lange auf die Eier gegangen! Ich meine ... ich wollte sagen ...«

Sie hielt sich eine Hand vor den Mund und kicherte: »Sagt man in Deutschland so? Auf die Eier gegangen? In Russland gibt es auch eine Bezeichnung dafür, aber das sag ich nicht ...«

Rupert bereute den sprachlichen Ausrutscher. »Also ... Wie soll ich sagen ... Eine feine Dame würde das bei uns auch nicht sagen.«

»Bin ich eine feine Dame?«, fragte sie.

»Jo, ich denke schon.«

»Und Ann Kathrin? Die auch?«

»Na ja, fast. Also, ein bisschen ...«

»Und Marion Wolters?«

»Nee, die nicht. Die sagt noch viel schlimmere Sachen.«

Rupert hatte sich so eine Agentur für Versicherungsangelegenheiten irgendwie anders vorgestellt, und das sagte er auch, während sie auf Lohmeyer warteten. Seine Assistentin, die ziemlich aufreizend geschminkt, aber angezogen war wie ihre eigene Großmutter, guckte ihn schnippisch an: »Wie denn?«

»Na ja, ich dachte ... Also, ich weiß auch nicht ... Zum Beispiel den Abreißkalender da, mit Fischen drauf, den finde ich spießig.«

»Was hätten Sie denn besser gefunden?« Die Kleine war auf Krawall gebürstet, das hatte Rupert schon beim ersten »Moin« bemerkt.

Rupert sagte nichts mehr. Das war auch nicht nötig. Sie legte ihm die Worte in den Mund: »Was für einen Kalender hätten Sie denn lieber an der Wand? Einen vom Playboy mit nackten Häschen drauf?«

Rupert fragte sich, ob sie so auf ihn reagierte, weil er mal was mit ihr gehabt hatte und sie jetzt nicht mehr erkannte. Diese Lippen. Dieser verruchte, angriffslustige Blick ... Es war schon möglich. Leider trug sie kein Namensschildchen und hatte sich nicht namentlich vorgestellt, sondern nur als Assistentin von Herrn Lohmeyer. Vielleicht hatte sie aber auch einfach nur eine Abneigung gegen Polizisten, dachte er sich.

»Sie meinen einen Kalender mit nackten Frauen?«, fragte Larissa nach.

Die Assistentin guckte, als würde sie Larissa für schwachsinnig halten, aber sich gar nicht darüber wundern, sondern der festen Überzeugung sein, so eine Idiotin passe auch am besten zu Rupert.

Er spielte jetzt die ihm zugedachte Rolle: »Also, einfache Nacktfotos finde ich gar nicht so spannend. Ich mag mehr Dessous. Wissen Sie, wenn man nicht gleich alles sieht und noch Raum für Phantasie bleibt.«

»Ganz Ihrer Meinung«, sagte Dirk Lohmeyer. Er kam aus dem Nebenraum. In der Hand hielt er eine halbvolle Wasserflasche. »Aber wissen Sie, Herr Kommissar, wenn hier alleinerziehende Verkäuferinnen oder Grundschullehrerinnen hereinkommen, um eine Berufsunfähigkeitsversicherung abzuschließen, einen Bausparvertrag oder weil wir ihr Auto versichern wollen, denn das mit dem Parklücke fahren ist ein Problem und die Beulen werden immer teurer, also dann finden sie einen Versicherungsmakler mit Aktbildern an den Wänden nicht so vertrauenserweckend. Dagegen sind Tier- und Landschaftsfotos einfach der Bringer.«

Rupert hatte keine Lust, dieses Gespräch fortzuführen oder sich vorführen zu lassen. Er kam sofort zur Sache: »Ich muss alles über Ihre Hochzeit wissen. Wer hat Musik gemacht? Wer Fotos? Wo war die Feier? Wie hieß die Hebamme Ihrer Frau, wie der behandelnde Arzt ...«

Die Assistentin blies heftig Luft aus.

»Die Fotos hat irgend so ein berühmter Fotograf gemacht. Keine Ahnung, wie der heißt. Für meine Frau war das enorm wichtig und auch für ihre Eltern. Es durfte natürlich nicht irgendein Fotograf sein. Um Himmels willen ... Der Typ hat ein Schweinegeld gekostet. Sogar einen Film hat er gedreht, und danach wurden die Kassetten an alle möglichen Leute verschickt, die bei der Feier dabei waren. Völliger Quatsch, wenn Sie mich fragen. Wer guckt sich denn so was an? Und natürlich durften wir für jede einzelne Kassette noch mal richtig latzen.«

»Darf ich mal so ein Foto sehen?«, bat Larissa, die auf Hochzeiten und Brautkleider stand, wie Rupert längst kapiert hatte.

Lohmeyer holte aus dem Nebenraum ein gerahmtes Foto. Er in Motorradkleidung, seine Frau ebenfalls. Beide auf einer Motoguzzi. Sie hinten drauf. Neben ihnen noch ein Mann, ganz in Leder, mit Helm unterm Arm.

»Oh, Sie waren mal ein richtiger Rocker?«, grinste Rupert. »Wer ist denn das da neben Ihnen? Der Chef der Hells Angels?«

»Das«, erklärte Lohmeyer, »ist unser Trauzeuge Chris Hoffmann. Es ist auch seine Maschine. Ich persönlich fahre lieber gute Mittelklassewagen. Bei mir ist alles so mittel. Ich gehöre dem Mittelstand an und ...«

Rupert entfernte den Rahmen.

»Hey, was machen Sie denn da?«, empörte Lohmeyer sich.

Rupert drehte das Foto um. »Na bitte. Stahnke, Aurich.«

Rupert wollte das Foto wieder in den Rahmen drücken, scheiterte dabei aber kläglich.

»Solche Erinnerungen sind im Moment alles, was ich habe«, sagte Lohmeyer vorwurfsvoll.

Rupert guckte belämmert. Larissa nahm ihm alles aus der Hand und reparierte den Schaden mit wenigen Handgriffen.

Rupert und Larissa verließen die Versicherungsagentur. Die Assistentin, deren Namen Rupert immer noch nicht wusste, sah ihm grimmig hinterher, als würde sie Rupert verwünschen.

»Wenn sie eine Hexe wäre«, fragte Rupert Larissa, »was glaubst du, in was sie mich verwandeln würde? Eine Wanze? Eine Spinne? Eine Ratte? Einen Frosch?«

Larissa sah sich zu ihr um. »Sie hat den bösen Blick«, sagte sie. Sie fand Gefallen daran, Rupert Angst zu machen. »Sie würde dich in Calamari verhexen.«

»In Calamari?«

»Ja, dann würde sie dich in kleine Stücke hacken und mit Zwiebeln, Knoblauch und Tomaten in die Pfanne hauen. Und dann«, fuhr Larissa geradezu begeistert fort, »würde sie dich aufessen und dazu ein Glas Weißwein trinken.«

Rupert schüttelte sich. Er rief in Emden bei Charlie Müller an. Der erinnerte sich sofort an den Hochzeitsfotografen, fand ihn »sündhaft teuer«. Er schimpfte, der Mann hätte gewusst, wie man Frauen manipulierte und beeindruckte. Er habe seiner Maike jede Menge unnötige Extras verkauft. »Von wegen, ein Foto, klick und fertig.« Eine ganze Reportage habe er gedreht. »Das«, so behauptete Charlie Müller, »war teurer als die ganze Hochzeitsreise.«

Er war jetzt noch in Rage deswegen. Nun begann er sich aufzuregen, weil die Polizei sich für solch nebensächlichen Blödsinn interessierte, während sein Sohn und seine Frau in den Händen eines Verrückten seien.

Rupert registrierte, dass der Mann Maike Müller sehr betont als »seine Frau« bezeichnete. Rupert klickte das Gespräch weg. Dann erst sagte er: »Du mich auch.«

Monika Tapper und Ann Kathrin versanken gleich in tiefe Gespräche. Die zwei waren sich ähnlich. Sensibel und tiefgründig.

Weller ging in den Verkaufsraum, um sich an der Theke ein Stück Kuchen auszusuchen. Für ein Frühstück war es ihm jetzt doch zu spät. Außerdem wollte er die beiden Freundinnen ein bisschen alleine lassen. Sie brauchten jetzt Raum zum Reden.

An der Theke sah er mehr auf sein Handy als zu den Auslagen. Er wusste eh, was er nehmen wollte. Ein Stückchen Baumkuchen. Er hatte Ann Kathrins Handy immer noch bei sich. Es war wie ein Schutz für sie. Aber er fragte sich, wie sie reagieren würde, wenn sie von dem Mord an der Politesse erfuhr. Bis jetzt hatte sie noch keine Ahnung.

Jörg Tapper kam aus der Backstube, um Weller zu begrüßen. In dem Moment erschien Ruperts Nachricht auf Wellers Display: *Stahnke hat alle drei Hochzeiten fotografiert.*

Weller lief ins Café zurück: »Wir haben die Verbindung!«

Ann Kathrin stand sofort auf: »Wir müssen«, sagte sie. Monika nickte Ann Kathrin zu. Ihr Blick erleichterte sie in der Tiefe ihrer Seele. Eine Freundin verstand auch ohne viele Erklärungen.

Im Auricher Fotostudio trafen sie nur auf Sabine Michalski, die junge Mitarbeiterin. Sie gab an, ihren Chef seit Tagen nicht mehr gesehen zu haben. Das sei aber nicht ungewöhnlich.

Weller und Ann Kathrin fuhren zu seiner Wohnung. Sie riefen nicht den Schlüsseldienst, um die Tür öffnen zu lassen, sondern Weller sagte zu Ann Kathrin, nachdem er zweimal geklopft und geklingelt hatte: »Hörst du nicht auch, dass da drin jemand um Hilfe ruft?«

»Ja«, gab sie ihm recht, »ich meine, ich hätte es gehört.«

Mit einem Fußtritt öffnete Weller die Tür.

Das Auricher Büro hatten sie bestens aufgeräumt angetroffen. Seine private Wohnung erinnerte dagegen mehr an einen desorientierten, zugemüllten Messie als an einen selbständigen Geschäftsmann.

Berge von Pizzapackungen, Eisbechern, Pralinenschachteln und leeren Plastikflaschen. Eine Art Trampelpfad führte hindurch zum riesigen Fernseher, dem gegenüber ein Sessel stand, umgeben von Haribo-Tüten, Schokoriegeln und Limoflaschen. Eine umgekippte Plastikbox, halbvoll mit Dauerlutschern, die Ann Kathrin aus ihrer eigenen Kindheit kannte. Rote Lollies mit Brausekern und Himbeergeschmack.

»So«, stellte Ann Kathrin fest, »lebt doch kein erwachsener Mann. So haust ein Kind, das die Möglichkeit hat, all seine Wunschträume zu verwirklichen, aber dann nicht damit fertig wird.«

»Wenn mein Zimmer so ausgesehen hätte«, sagte Weller und

winkte nur ab. Er wollte sich die Reaktion seines strengen Vaters gar nicht erst vorstellen.

Ann Kathrin sah sich das Regal, auf dem der Bildschirm stand, genauer an. Auf dem Fußboden lagen DVDs und einige leere, offenstehende DVD-Hüllen.

»Kinderfilme«, stellte Ann Kathrin fest.

Auf einem weiteren Regal entdeckte sie Kinderbücher, daneben jeweils die dazugehörigen Verfilmungen. Sämtliche Ausgaben von Astrid Lindgrens *Pippi Langstrumpf*, Otfried Preußlers *Jim Knopf* und *Die kleine Hexe*.

Ann Kathrin flüsterte: »Er hat die Bücher und die Filme. Geschichten sind wichtig für ihn.«

Sie erwischte sich dabei, wie sie wieder die Zeilen aus Bettina Göschls Song *Sehnsüchte eines Steins* zu summen:

»*Ja, ein schöner Traum kommt mir in den Sinn,
und dann möchte ich nicht mehr sein, so wie ich bin.*«

Seit Ann Kathrin einen Auftritt von Bettina im Gulfhof erlebt hatte, ging ihr das Lied einfach nicht mehr aus dem Kopf:

»*Manchmal wünschte ich, ich könnte fliegen,
ganz leicht beschwingt im Wind mich wiegen,
von oben mal die Welt ansehen.
Ich wünschte, ich könnte fliegen ...*«

Auf einem Umzugskarton stand: *Hochzeitsfilme*. Der Karton war offen. Darin DVDs und VHS-Kassetten. Ann Kathrin griff hinein und hob ein paar hoch.

Weller fand Kopfschmerztabletten und Antidepressiva in einer bunten Dose für Weihnachtsgebäck. Neben den Medikamenten lagen vertrocknete Dominosteine und Nürnberger Lebkuchen.

Weller rief Martin Büscher an: »Stahnke ist ganz klar unser Mann. Er hat voll einen an der Waffel. Wir müssen sein Hochzeitsareal in Großheide durchsuchen. Wir brauchen dafür alle verfügbaren Einsatzkräfte und am besten ein MEK. Sofort. Vermutlich hat er die Frauen und das Kind dort versteckt. Platz genug ist da ja.«

Die Nerven aller Beteiligten waren bis zum Zerreißen gespannt. Die Hundertschaft aus Osnabrück ließ auf sich warten. Die Busse hingen angeblich auf der Autobahn fest. Beidseitige Sperrung, weil ein Tanklaster umgekippt war.

Das nahegelegene Kulturzentrum Buurderee wurde zur Einsatzzentrale. Der Besitzer, Hermann Manot, kannte Ann Kathrin Klaasen und Weller, denn sie hatten schon zweimal musikalisch-literarische Abende bei ihm besucht.

Alles lief ganz unkompliziert. Es gab sogar frischen Kaffee und Kuchen, der von einer Hochzeitsfeier vom Vortag übrig geblieben war.

Ann Kathrin telefonierte mit Holger Bloem.

Meiser regte sich auf: »Zitiert sie jetzt diesen Journalisten hierher? Die Presse wird bei der Erstürmung so eines Geländes oder Gebäudes grundsätzlich nicht vorab informiert! Es gibt Regeln! Die gelten auch in Ostfriesland.«

Rupert flüsterte Larissa ins Ohr: »Großkotz-Meiser mal wieder ... Der kapiert einfach nicht, wie hier bei uns der Hase läuft ...«

Weller hatte jetzt noch mehr als sonst das Gefühl, seine Frau beschützen zu müssen. Er ging Meiser frontal an und sprach absichtlich so laut, dass alle in dem großen Raum ihn hören konnten: »Ann Kathrin zitiert ihn nicht herbei, wie Sie es gerade so schön ausgedrückt haben, Herr Meiser. Holger Bloem ist ein hochkarätiger Journalist! Sie bittet ihn freundlich um seine Mitarbeit!«

Meiser pflaumte zurück und versuchte, Wellers Lautstärke noch zu übertreffen: »Ist Ihr hochkarätiger Journalist jetzt Fahnder geworden, und kommt vielleicht gleich noch dieser Maurer oder der Konditor ...«

Weller hatte von Ubbo Heide gelernt, dass leise Worte oft überzeugender waren als jedes Herumgebrülle. »Holger Bloem kennt Ostfriesland wie seine Westentasche. Stahnke ist ein berühmter Fotograf. Ich wette mit Ihnen um einen Kasten Bier, dass Holger Bloem diesen Stahnke besser kennt als wir alle und längst eine Reportage über ihn geschrieben hat.«

Ann Kathrin hörte Holger und Weller gleichzeitig zu. Sie deutete Weller mit den Fingern eine Zwei an. Dankbar korrigierte Weller: »Zwei Kästen Bier.«

Ann Kathrin schüttelte den Kopf und flüsterte: »Zwei Reportagen.«

Martin Büscher hob die rechte Hand hoch über seinen Kopf. Alle Anwesenden schwiegen.

Hermann Manot stand mit einem Tablett voller Sahnetorte mitten im Raum. Er bewegte sich nicht und machte kein Geräusch. Rupert nahm ihm ein Stückchen für Larissa ab.

»Wir haben das Gelände, so weit wie möglich, umstellt. Wir können nicht länger auf die Hundertschaft warten. Wer geht vorne durch den offiziellen Eingang rein?«

Ann Kathrin zeigte auf. »Das mache ich.«

Weller stellte sich zu ihr und machte so klar, dass er mit dabei war.

»Das Leben der Geiseln hat absolute Priorität. Wir müssen ihn lebend bekommen. Wer weiß, wen er noch wo gefangen hält.«

»Falls er überhaupt unser Mann ist«, brummte Meiser.

Zweiundsechzig Einsatzkräfte waren an der Aktion beteiligt.

Sie drangen von vier Seiten in das Gelände ein. Bei den meisten kam das Gefühl auf, sich in einer verlassenen Filmkulisse zu bewegen. Die Männer vom Mobilen Einsatzkommando in ihrer martialischen Schutzkleidung mit den kugelsicheren Westen, den Helmen und den automatischen Waffen im Anschlag wirkten darin noch mehr, als seien sie einem Hollywoodfilm entsprungen. Ann Kathrin kam das alles unecht vor. Sie kannte deren Aufzug, aber sie würde sich nie daran gewöhnen.

Larissa bestaunte Neuschwanstein. Rupert machte gemeinsam mit ihr ein Selfie vor dem Minischloss. Er fand, neben diesem Vollweib wirkte er selbst einfach noch viel cooler. Seit er keinen Minipli mehr trug, sondern den Schädel fast kahlrasiert hatte, kam er noch mehr wie Bruce Willis rüber.

Martin Büscher forderte Taucher für den Teich an. Es war nicht auszuschließen, dass sie darin Leichen finden würden.

Ann Kathrin rief, getrieben von ihrem Tagtraum während der OP bei Dr. Götze: »Klopft jede Wand ab! Er muss sie hier irgendwo versteckt haben! Hier können Erdlöcher sein! Falltüren! Geht sorgfältig vor!«

Für die Hundestaffel aus Aurich war das hier ein aufregendes Ereignis. Sie nahmen natürlich auch die Gerüche des Tigers noch wahr. Obwohl die Hunde friedlich und eifrig ihre Arbeit taten, ohne zu bellen, erschrak ein Schaf so sehr, dass es einen Herzinfarkt bekam und zuckend auf der Wiese verendete, während die anderen in Ruhe weitergrasten.

Als die Hundertschaft endlich eintraf, hatte sich längst die Gewissheit breitgemacht, dass der Vogel ausgeflogen war. Trotzdem wurde jeder Quadratmeter abgesucht. Imken Lohmeyer, Maike und Tim Müller konnten hier irgendwo sein.

»Hoffentlich«, stichelte Meiser, »ist er nicht von einem Ihrer Vertrauten gewarnt worden, Frau Klaasen.«

»Das ist eine gemeine Unterstellung«, schnauzte Weller, »das nehmen Sie sofort zurück!«

Rupert gab Weller gestisch recht. Ann Kathrin schwieg, als sei es ihr zu blöde, darauf überhaupt zu reagieren.

Martin Büscher warnte: »Nun haltet mal die Bälle flach, Leute!«

Larissa glaubte, dazu einen Beitrag leisten zu können, indem sie Meiser eine Frage stellte: »Darf ich Sie auch mal etwas fragen, Herr Großkotz-Meiser?«

Alle erstarrten. Larissa stoppte mitten in der Frage. Sie erkannte an den Reaktionen der anderen, dass sie wohl etwas Falsches gesagt hatte.

»Wie hat sie mich genannt?«, fragte Meiser in die Runde.

»Ja, heißen Sie denn nicht so?«, staunte Larissa.

Rupert sah betreten auf seine Schuhe. Meiser stampfte zornig davon. Weller konnte sich ein Grinsen nicht verkneifen.

Er war jetzt um eine Erfahrung reicher. Mütter konnten zu Bestien werden, wenn es um ihre verletzten Kinder ging. Maike Müller war sofort auf ihn losgegangen, als sie Tim gesehen hatte. Einen Moment lang war er sich chancenlos vorgekommen gegen so viel wilde Entschlossenheit.

Sie schien keine Schmerzen mehr zu spüren. Er hatte harte Fausthiebe in ihren Unterleib gelandet und auch ihr Gesicht voll mit der Rechten getroffen. Aber es war, als hätte er sie mit Wattebäuschchen beworfen. Die Schläge stoppten sie nicht. Aus ihren Augen funkelte ihn die nackte Mordlust an. Da war dieses *Du oder ich. Einer von uns beiden wird sterben.*

Jetzt lag sie ruhiggespritzt am Boden, neben ihr der Kleine. Er konnte mit diesen Betäubungsspritzen umgehen, aber er war kein Anästhesist. Die Atmung des Kindes setzte immer wieder aus. Seine Arme und Beine waren wie aus Gummi. Sein Körper hatte keine Spannkraft mehr.

Er fragte sich, ob Tim das alles hier überleben konnte. Es war ihm zwar lästig, aber wenn er sich selbst im Spiegel ansah, kamen ihm die Tränen. Maikes Faust hatte aus seiner Nase einen Blumenkohl gemacht. Zielgenau hatte sie seine bereits von dem Wespenstich angeschwollene Nase ausgesucht und zugeschlagen.

Er hatte Essen mitgebracht. Pizza und Cola. Aber das alles lag jetzt hier auf dem Boden. Es roch in dem Erdloch vermutlich nach geschmolzenem Käse und Oregano. Er selbst roch überhaupt nichts mehr und musste durch den Mund atmen.

Er war so irre wütend! Sie hatten alles verdorben. Alles. Sie waren gemein zu ihm gewesen. Es war wie immer. Niemand wusste zu schätzen, was er tat. Er hätte sie töten können, aber er hatte ihnen das Leben geschenkt, auf die einzige Art, wie Männer Leben schenken konnten. Er hatte sie verschont. Er hatte ihnen Nahrung gebracht.

Aber so waren Frauen eben. Undankbar. Was hielt ihn davon ab, sie jetzt einfach sterben zu lassen? Um den Jungen tat es ihm irgendwie leid. Das mit dem Jungen wäre nicht nötig gewesen.

Am Ende diesen langen Tages konnte Ann Kathrin mit dem Frust, die gekidnappten Personen nicht gefunden zu haben, nicht einfach so in den Distelkamp zurück. Manchmal half es, einfach am Meer zu sitzen und die Naturgewalten auf sich wirken zu lassen. Dieses Grollen der heranrollenden Wellen war für Ann Kathrin die eigentliche Musik des Lebens. Eine, auf die sie niemals würde verzichten können.

Sie parkten bei Meta gegenüber und setzten sich auf die dem Meer zugewandte Seite des Deiches ins Gras. Sie konnten ein paar Lichter auf Juist sehen. Norderney hatte einen leuchtenden Heiligenschein. Wahrscheinlich ging dort im Bermuda-Dreieck zwischen den Kneipen Columbus, Inselkeller und Klabautermann gerade heftig die Post ab. Aber dort wollten weder Weller noch Ann Kathrin sein. Sie suchten die Ruhe.

Für Weller gehörte zum Abschluss des Tages noch ein gutes Essen. Fisch oder Lamm. Am liebsten Fisch. Er stellte sich ein Zanderfilet, auf der Haut gebraten, vor, dazu ein kühles Weißbier.

Ann Kathrin summte wieder den Refrain, der ihr nicht aus dem Kopf ging:

> *»Denn manchmal wünschte ich, ich könnte fliegen,*
> *ganz leicht beschwingt im Wind mich wiegen ...«*

Als der Seehund in Ann Kathrins Handy heulte, brauchten die zwei einen Moment, um zu registrieren, dass nicht ein verlassenes Jungtier am Strand nach der Mutter jaulte. Ann Kathrin wollte das Gespräch eigentlich nicht annehmen, sondern das Handy nur auf lautlos stellen, doch dann sah sie den Namen *Holger* auf dem Display und meldete sich: »Moin, du Guter.«

Er legte sofort los: »Mir ist noch etwas eingefallen. Vor knapp einem Jahr habe ich mal einen Bericht über Versteigerungen in Ostfriesland gemacht. So: Wie funktioniert das überhaupt ... Habe einen Konkursverwalter interviewt und ...«

Sie fragte sich, worauf er hinauswollte, aber sie hatte den Eindruck, es könnte wichtig werden. Sie schaltete lauter, damit Weller auch etwas hören konnte.

»... Natürlich war ich auch bei Versteigerungen dabei und habe mir das angesehen. Dahinter verbergen sich ja oft sehr traurige Geschichten. In einem Fall ging es um ein im Grunde recht wertloses Stück Land in Rhauderfehn. Ein paar Bäume, Wiese, mehr nicht. Keine Anbindung an irgendeine Infrastruktur. Das wird nie im Leben Bauland, wenn du mich fragst. Stahnke hat mitgeboten und es meiner Meinung nach für einen Appel und ein Ei erstanden. Also, was heißt, mitgeboten ... Außer ihm hat ja niemand geboten. Der Besitzer – ich weiß seinen Namen nicht mehr, kann ich aber gleich im Archiv nachgucken – war stinksauer. Er behauptete, das Grundstück sei viel mehr wert. Er war ursprünglich aus Duisburg, glaube ich. Er hatte Schulden bei der Bank, und die pfändeten jetzt gnadenlos durch. Als er mitkriegte, dass ich von der Presse bin, hat er mir irgendwelche Verschwörungstheorien aufgetischt, in denen all die anderen die Bösen waren und er selbst das Opfer.«

»Kenn ich«, sagte Weller.

»Aber Stahnke kam dann auch zu mir. Er kannte mich ja, weil ich über ihn geschrieben hatte. Er bat mich, das alles nicht zu veröffentlichen, und wenn, dann auf keinen Fall mit seinem Namen. Er wolle als Fotograf und nicht als Grundstücksspekulant bei den Menschen in Erinnerung bleiben. Er scheint ein sehr emotionaler Mensch zu sein. Beim Konzert von Bettina Göschl im Gulfhof zum Beispiel habe ich ihn weinen sehen. Er hat dort fotografiert, genau wie ich. Und als sie *Sehnsüchte eines Steins* gesungen hat, konnte er nicht mehr weiterfotografieren, hat sich abgewendet und die Tränen aus dem Gesicht gewischt. Ich dachte erst, ihm sei schlecht geworden. Aber danach hat er sich wieder gefangen und weiterfotografiert.«

Stimmt, dachte Ann Kathrin, da habe ich Stahnke schon gesehen ...

Holger erzählte weiter von der Versteigerung: »Ich habe seinen Wunsch respektiert und ihn gefragt, was er denn mit diesem Stückchen Erde vorhabe. Ein weiteres Hochzeitsareal? Er hat nur mit den Schultern gezuckt und etwas von Geldanlage gemurmelt, es gäbe ja heutzutage kaum noch Zinsen fürs Guthaben.«

»Wo in Rhauderfehn?«, fragte Ann Kathrin, und die Art, wie sie fragte, ließ Weller ahnen, dass der Rest des Abends gelaufen war. Von wegen Zanderfilet, auf der Haut gebraten ... Wahrscheinlich musste er froh sein, wenn gleich noch jemand Bratwurst mit Pommes holte.

»Ich kann euch hinbringen. Es ist nicht so leicht zu finden. Führt nur ein Feldweg hin. Ich glaube kaum, dass der auf einem Navi eingespeist ist. Ich habe mir das damals aus Neugier angeguckt, wollte ja wissen, worum es geht.«

»Es kann sein, Holger«, sagte Ann Kathrin, »dass du uns gerade die entscheidende Nachricht gegeben hast, um die Geiseln zu befreien!«

Der wortgewandte Journalist verstummte.

Meiser war gerade in sein Hotel Deichkrone in Norddeich zurückgekehrt. Er wollte sich etwas zu essen mit aufs Zimmer nehmen und mit einem Bierchen vor dem Fernseher einschlafen. In der Hoffnung, seine Frau und seine Tochter würden mitkommen, hatte er sich in dieses Familienhotel eingebucht, wo es Kinderbetreuung mit Animation gab und einen Wellnessbereich mit Kinderbecken, Sauna und Fitnessraum. Aber sie hatten ihn voll drauf hängenlassen und waren mit einer befreundeten Familie nach Mallorca geflogen.

Dieser Scheißfall raubte ihm das letzte bisschen Familienleben. Er hatte schon den letzten Urlaub abbrechen müssen, weil ein akuter Fall nicht auf die lange Bank geschoben werden konnte. Das hatte seine Frau ihm immer noch nicht verziehen und seine Tochter auch nicht, selbst wenn sie es geschickt überspielte.

Jetzt saß er allein im Familienhotel, um sich herum nur fröhliche Mamis und Papis, während er das Gefühl nicht loswurde, dass seine Ehe den Bach runterging, seine Karriere stoppte und seine Tochter schneller groß wurde, als es ihm lieb war. Vor kurzem war er noch ihr Held gewesen. Jetzt stand sie auf Jungs irgendeiner Boy-Group, deren Namen er andauernd vergaß und deren Musik er hasste.

Als ihn die Nachricht erreichte, es gebe einen Tipp von Holger Bloem, wo sich die gekidnappten Personen befinden könnten, hatte seine Wut endlich ein Ventil. Er verfluchte diesen Bloem und diese Klaasen und die ganze versnobte ostfriesische Bande.

Also kein Abendessen. Kein Bier vor dem Fernseher. Nicht einmal das.

Jetzt war er fast schon wieder froh, dass Frau und Tochter nicht mitgekommen waren. Er hätte ihre großen Augen nicht ertragen, wenn sie ihn so enttäuscht anguckten, weil er mal wieder keine Zeit für sie hatte.

Die Kleine spielte gern Monopoly mit ihm. Noch. Bald schon würde sie lieber mit Jungs spielen als mit ihrem Vater und ihrer Mutter. Er wusste schon jetzt, dass es schwer für ihn werden würde, und er verfluchte jede Minute, die irgendein Verbrecher ihm von der Zeit mit ihr gestohlen hatte.

Okay, dachte er, nutzt ja nichts. Auf in die Polizeiinspektion. Und dann ab nach Rhauderfehn mit der Bande, wo immer in diesem Scheiß-Ostfriesland das sein sollte. Schließlich war es auch nicht denkbar, dass gleich die Frauen befreit werden würden, während er im Familienhotel einen ZDF-Krimi ansah. Wie würde er dann dastehen?

Als er dann in der Abenddämmerung die Klappbrücken über die Fehn-Kanäle sah, die Windmühlen und die historischen Gebäude, da kam ihm diese ganze Gemeinde im Landkreis Leer vor wie eine Touristenattrappe, von Märklin aufgebaut. Früher hatte er eine Märklin-Eisenbahn. Auf einer Platte in seinem Zimmer hatte er mit gebastelten Bäumchen und Häuschen versucht, so eine Idylle herzustellen. Nur, dass bei ihm noch eine Eisenbahn durchtuckerte. Hier gab es das alles in groß.

Meiser saß hinten im Auto bei Rupert und Larissa. Natürlich hatte Larissa auf dem Beifahrersitz Platz genommen. Neben

Rupert. Der laberte die ganze Zeit, was Meiser schrecklich auf den Keks ging: »Das sind hier sogenannte Fehn-Siedlungen. Das war früher alles einmal Moor und wurde durch Moorkolonisten urbar gemacht. Ein Mörderjob! Hier gibt es Hochmoore und Niedermoore. Die Hochmoore sind Regenmoore. Im Jammertal ist das Hochmoor noch vorhanden. Das ist jetzt ein Naturschutzgebiet in der Esterweger Dose. Den Rest der Moore haben sie praktisch abgebaut. Die Torfgewinnung war hier der große Wirtschaftsfaktor ...«

»Mensch, können Sie nicht mal ruhig sein? Wen interessiert das alles denn?!«, fauchte Meiser schlechtgelaunt.

»Mich«, antwortete Larissa, als habe er wirklich eine Frage gestellt.

»Oh«, sagte Rupert, »wo sind denn jetzt die anderen? Habe ich die doch glatt verloren!«

Meiser klatschte sich mit der flachen Hand gegen die Stirn. »Das kommt von dem Gequatsche! Wie kann man denn beim Kolonne fahren den Vordermann verlieren?«

Rupert lachte: »Reingelegt! Da sind ja die anderen.« Dann sprach er mit Larissa weiter: »Aber den Rest über die Entstehung der Hochmoore und den Torfabbau erklärt dir bestimmt gerne unser Fachmann vom BKA: Ich muss mich jetzt nämlich aufs Fahren konzentrieren.«

Larissa spielte sofort mit und fragte Meiser: »Also, das ist ja ganz nett von Ihnen. Wie sind denn die Hochmoore entstanden?«

Meiser drehte sich weg. »Ach, was weiß denn ich!«

Es wurde fast schlagartig dunkel. Die Kolonne bog jetzt nach rechts ab, und kurze Zeit später holperten die Wagen über einen Feldweg.

Holger Bloem saß vorn im ersten Auto. Weller fuhr. Holger spielte auf dem Beifahrersitz das freundliche Navi.

Ann Kathrin war in Gedanken versunken.

»Wir sollten nicht ganz bis hin fahren«, schlug Weller vor. »Wir wollen ihn doch nicht warnen.«

»Er hat uns vermutlich schon gesehen«, sagte Ann Kathrin. »In dem flachen Land hier weiß doch jeder sonntags schon, wer montags zu Besuch kommt.«

»Fliehen kann er kaum«, warf Holger Bloem ein. »Es gibt nur diesen einen Weg hin und wieder zurück. Der Weg führt bis zu dem Wäldchen, und dann ist Schluss.«

Holger lehnte sich aus dem offenen Fenster, um besser sehen zu können. Die Abendluft tat ihm gut.

»Ich vermute, wenn er uns sieht, wird er das Feuer auf uns eröffnen«, sagte Ann Kathrin trocken. Holger Bloem zog den Kopf rasch wieder ein und ließ vorsichtshalber auch die Scheibe hochsausen.

»Ist es da, hinter den Bäumen?«, fragte Ann Kathrin.

»Ja«, sagte Holger, noch immer ein bisschen erschrocken.

»Dann halten wir hier.«

Weller tat, worum Ann Kathrin ihn gebeten hatte. In dieser Wallheckenlandschaft war der Ort zum Parken gut gewählt. Hinter den dichten Haselnusssträuchern, Weißdorn und Hainbuchen standen die Fahrzeuge relativ geschützt zu dem Wäldchen.

Hinter ihnen waren noch drei weitere Wagen. Aus dem ersten stieg Rupert. Er war gut gelaunt. An Abenden wie diesen, das wusste er, wurden Helden geboren. Und er hatte das Zeug dazu. Wer, wenn nicht er?

Schrader wurde verdonnert, bei den Autos zu bleiben. Er war sofort einverstanden. Ann Kathrin hatte Sorge, der Täter könne mit einem der Fahrzeuge entkommen.

Sie liefen gebückt im Dunkeln zu dem kleinen Wäldchen. Obwohl es den ganzen Tag nicht geregnet hatte, war der Boden feucht. Die Grasbüschel waren kniehoch. Auf Ann Kathrins Anweisung hin benutzte niemand seine Taschenlampe.

Meiser fiel hin. Larissa verlor in einem Graben einen Schuh.

Dohlen flatterten plötzlich vor ihnen hoch. Die schwarzen Vögel wirkten in der Finsternis gegen den Sternenhimmel wie düstere Vorboten. Der Mond war hinter einer Wolke nicht zu sehen.

Sie erreichten die ersten Bäume. Große Buchen und Eichen, dazwischen viel Gestrüpp und Totholz. Schon nach wenigen Metern wurden sie durch einen hohen, mit Stacheldraht bewehrten Zaun gebremst.

Ann Kathrin hielt es für möglich, dass der Zaun unter Strom stand. Alles wirkte recht aggressiv, geschützt wie eine militärische Anlage oder ein Staatssicherheitsgefängnis für Schwerverbrecher, als sei dahinter etwas sehr Gefährliches. Durch die ostfrieslandtypischen Wallhecken und die Bäume war alles vor Blicken gut verborgen.

Ann Kathrin sah Holger Bloem an und nickte ihm, dankbar für den Tipp, zu. Sie waren am Ziel. Keine Frage.

Rupert flüsterte Larissa, die nur noch mit einem Schuh lief, zu: »Jetzt haben wir das Arschloch gestellt, und inzwischen ist die Hundertschaft natürlich weg, und die Jungs vom Mobilen Einsatzkommando liegen längst in den Federn. Wir ziehen das jetzt hier alleine durch. Wenn du lieber im Auto warten möchtest, dann ...«

»Nein«, raunte sie zurück, »aber eine Waffe wäre jetzt nicht schlecht.«

»Eine Schusswaffe?«

»Nein, eine Streitaxt.«

Er verstand ihren Humor. Er gefiel ihm.

»Ich habe«, fuhr sie fort, »in Russland einige Titel als Meisterschützin geholt. Sagt man so? Meisterschützin? Oder Schützenmeisterin?«

Ann Kathrin war sauer, weil Rupert mit Larissa redete. Sie machte ein paar Schritte auf ihn zu und stieß ihn an. Er schwieg.

Sie machte gestisch klar, dass sie versuchen müssten, durch den Zaun auf das geschützte Gelände zu kommen.

Ein Specht hämmerte. Sonst war es geradezu beängstigend still.

Ann Kathrin deutete allen an, sich ein paar Meter hinter die Eichen zurückzuziehen. Dort hockten sie gemeinsam im Gestrüpp.

»Der Zaun könnte unter Strom stehen oder unter Strom gesetzt werden, wenn er uns bemerkt. Hinter dem Zaun könnten noch Stolperdrähte oder was weiß ich auf uns warten«, vermutete Ann Kathrin.

Martin Büscher, der die ganze Zeit geschwiegen und Ann Kathrin die operative Leitung des Einsatzes überlassen hatte, meldete sich zu Wort: »Hunde sind jedenfalls nicht da. Die hätten längst angeschlagen.«

Er verstand sich mehr als strategischer Leiter der Polizeidienststelle Aurich/Wittmund. Die eigentlichen Einsätze überließ er gern den Führungskräften vor Ort. Er wollte aber nicht als unentschlossen gelten.

»Wir brauchen Seitenschneider, um reinzukommen, und wenn wir drin sind, schweres Gerät, um Zäune oder Mauern zu durchbrechen.«

Rupert zeigte stolz sein Leatherman-Multitool, ein Geschenk seiner Frau Beate. Ann Kathrin guckte nur müde. »Richtige Seitenschneider.«

Rupert lief gebückt mit Larissa zu den Fahrzeugen zurück. Bei Schrader angekommen, deutete er auf dessen Füße: »Welche Schuhgröße hast du?«

»Zweiundvierzig.«

»Na bitte, passt doch«, grinste Rupert.

»Ich habe vierzig«, betonte Larissa.

»Man soll sie immer ein bisschen größer tragen, weil die Füße beim Laufen anschwellen«, erklärte Rupert fachmännisch.

»Ja, und was heißt das jetzt?«, wollte Schrader wissen.

»Gib ihr deine Schuhe und deinen Ballermann, oder willst du, dass sie in Moskau von uns denken, wir seien keine Gentlemen und würden Ladys barfuß und unbewaffnet auf so eine gefährliche Mission schicken?«

Schrader gab sofort klein bei: »Natürlich nicht.« Er zog seine Schuhe aus und gab Larissa seine Heckler & Koch.

Larissa begann zu begreifen, dass Rupert wohl doch so etwas wie der heimliche Chef dieser Truppe hier war.

Rupert holte Seitenschneider und Brecheisen aus dem Kofferraum.

Als Larissa in Schraders Schuhen und mit seiner Dienstwaffe im Schutz der Wallhecken hinter Rupert her zurück zu den anderen lief, bekam Schrader ein mulmiges Gefühl. Immerhin war er hier jetzt ganz allein und hatte die Verantwortung für alle Einsatzfahrzeuge. Unbewaffnet und auf Socken kam er sich fast nackt vor.

Er zog die Socken auch noch aus und steckte sie in seine Hosentasche. Er schritt barfuß an den Autos vorbei. In der Hecke raschelte etwas und hinter ihm huschte etwas durchs dunkle Gras.

Schrader leuchtete mit der Taschenlampe hin. »Ist da wer?«, rief er.

Ann Kathrin und Weller hatten mit den anderen einmal das eingezäunte Gelände umkreist. Weller hatte dabei die Schritte gezählt. Zweihundertzehn in der Länge, hunderteinundsechzig in der Breite. Ein Loch im Zaun hatten sie leider nicht entdeckt.

Es gab einen Eingang. Eine Tür aus Stahlgittern, die an ein Gefängnistor erinnerte. Ein dickes Schloss und eine Kette sicherten sie zusätzlich.

»Wir können nicht einfach so riskieren, den Zaun zu berühren«, mahnte Martin Büscher noch einmal.

Ein Eichhörnchen sprang in den Zaun und kletterte daran hoch.

»Na bitte, ihr Schisser. Kein Strom«, stellte Rupert lakonisch fest. Er gab jetzt ganz den Bruce Willis. Eine seiner Lieblingsrollen.

Er benutzte den Seitenschneider, um ein Loch in die Konstruktion zu knipsen. Martin Büscher sagte noch: »Nicht, um Himmels willen!«, da hatte Rupert schon ganze Arbeit geleistet. Den Rest trat er zu Boden. Dann machte er eine Verbeugung, als habe der Hofdiener den Adligen die Schlosstür geöffnet.

»Das war lebensgefährlich«, stellte Holger Bloem fest.

»Glück gehabt«, konstatierte Ann Kathrin.

Rupert grinste: »Nix Glück. Köpfchen! Habt ihr das Eichhörnchen nicht gesehen? Dem ist doch auch nichts passiert.«

Holger Bloem konnte über so viel Unwissenheit nur staunen. »Vögel«, sagte er, »sitzen auch auf Stromleitungen und ihnen passiert nichts. Weißt du, warum?«

Rupert versuchte eine Erklärung: »Weil ihre Füße aus Horn sind oder so, und der Scheiß nicht leitet?«

Holger schüttelte den Kopf. »Nein. Weil sie keinen Bodenkontakt haben. Hatte das Eichhörnchen auch nicht. Ganz im Gegensatz zu dir.«

Rupert wurde schlecht.

Direkt hinter dem Zaun machten zig Rollen Stacheldraht, spiralenförmig ausgelegt, das Laufen zu einem gefährlichen Abenteuer. Ann Kathrin gab jetzt die Benutzung der Taschenlampen frei. »Wir durchsuchen das Gelände.«

Rupert blieb nah bei Larissa, als müsse er auf sie aufpassen.

Martin Büscher teilte drei Gruppen ein. Eine bewegte sich links am Zaun entlang, eine andere rechts. Die dritte, größte Gruppe, drang ins Innere des Geländes vor. Dort teilte Martin Büscher die Gruppe noch einmal.

Die meisten hielten die Waffe und die Taschenlampe mit beiden Händen fest aneinandergepresst, um im Notfall direkt auf das schießen zu können, was im Lichtstrahl erschien. Nur Weller und Ann Kathrin ließen ihre Schusswaffe stecken.

Alle gingen davon aus, jetzt, hier und heute, die Sache zu beenden. Psychopathische Killer und Geiselnehmer wie dieser Stahnke wurden nur selten lebendig gefasst. Die meisten legten es darauf an, getötet zu werden, oder brachten sich selbst um. Deshalb rechneten alle Beteiligten damit, gleich beschossen zu werden, und sie gaben mit ihren Taschenlampen verdammt gute Zielscheiben ab. Trotz des Risikos gingen sie Schritt für Schritt vorwärts, in der Hoffnung, Tim Müller, Maike Müller und Imken Lohmeyer befreien zu können.

Direkt vor Meiser brach Larissa ein. Es krachte, und der Erdboden tat sich unter ihr auf. Sie stieß einen kurzen, spitzen Schrei aus. Sie stand knietief in einem Erdloch.

Rupert und Meiser leuchteten hin. Der Boden des Lochs war mit zerschlagenen Flaschen bedeckt. Die Scherben standen messerscharf hoch. Das Loch war knapp einen Quadratmeter groß und höchstens einen halben Meter tief. Jemand hatte es ausgehoben, mit Scherben gefüllt und dann mit einer dünnen Sperrholzplatte abgedeckt. Das Ganze war unter Gräsern, Moos und Hölzern versteckt.

Larissa hielt Rupert die Hand hin. Er half ihr raus.

»Welches kranke Gehirn denkt sich denn solche Fallen aus?!«, schimpfte Rupert.

»Ich mag gar nicht daran denken, wie ich jetzt ohne Schraders Schuhe aussehen würde. So heißt dein Untergebener doch, Schrader, oder nicht? Ich bin ihm etwas schuldig.«

Martin Büscher nahm amüsiert zur Kenntnis, dass Rupert neuerdings Untergebene hatte.

»Hierhin, Leute!«, rief Weller. Er stand vor dem tiefen Erdloch, in dem Stahnke Imken Lohmeyer gefangen gehalten hatte. Er hatte sich nicht mal die Mühe gemacht, die Luke wieder zu schließen. Weller leuchtete in das Verlies. Das Bett darin ließ ihn erschaudern.

Sylvia Hoppe und Holger Bloem standen Sekunden später vor dem Erdloch, in dem bis vor kurzem Maike Müller gefangen gehalten worden war. Holger Bloem gestand sich ein, so etwas Abscheuliches noch nie im Leben gesehen zu haben. Wenn er sich nicht täuschte, waren das da an den roten Backsteinmauern Kratzspuren von Fingernägeln.

Sylvia Hoppe deutete auf eine Vertiefung in der Ecke, daneben ein Haufen Erde. »Da hat eine der Frauen versucht, sich mit den Händen nach draußen in die Freiheit zu graben.«

»Er ist uns entwischt«, stellte Ann Kathrin fest. »Entweder finden wir hier auf dem Gelände ihre Leichen, oder er hat sie mitgenommen ...«

Martin Büscher wollte etwas zu schnell und ungestüm zum zweiten Erdgefängnis. Er blieb mit dem rechten Bein im Stacheldraht hängen und fiel lang hin. »So eine verfluchte Scheiße«, stöhnte er.

Meiser half Büscher hoch.

Ann Kathrin sinnierte: »Wo hat er sie hingebracht? Wie transportiert einer zwei erwachsene Frauen und ein Kind gegen ihren Willen ...«

»Am besten als Leichen«, rutschte es Rupert raus. Larissa wies ihn mit einem kurzen Kopfschütteln zurecht. Um von seiner unsensiblen Aussage abzulenken, kündigte Rupert laut an: »Das hier wird eine Schweinearbeit für die Jungs von der Kriminaltechnik. Die haben hier wochenlang Spuren zu sichern.«

Er ignorierte immer noch, dass es bei der KT auch viele Frauen gab. Frauen und Technik, das schloss sich laut Rupert einfach aus.

Sie standen unschlüssig auf dem Gelände herum. Ann Kathrin hatte schwere Beine. Sie fühlte sich erschöpft und leer.

Die Enttäuschung, die Frauen nicht befreit zu haben, war ihr deutlich anzusehen. Wie um sich selbst zu trösten, summte sie:

> *»Denn manchmal wünschte ich, ich könnte fliegen,*
> *ganz leicht beschwingt im Wind mich wiegen,*
> *von oben mal die Welt ansehen.*
> *Und ich wünschte, ich könnte fliegen ...«*

Sie stockte. »Er hat ein Flugzeug!«

»Scheiße, du hast recht!«, rief Weller. »Glaubst du, er ist verrückt genug, die Frauen und das Kind ...«

Meiser mischte sich ein: »Wie soll denn jemand mit drei Gefangenen durch die Sicherheitskontrollen ...«

Ann Kathrin lachte bitter. »In Frankfurt, Hamburg, München und Düsseldorf funktioniert das bestimmt nicht. Aber wir sind hier in Ostfriesland. In Norddeich oder Harle, da ...« Sie winkte einfach ab. Sie hatte keine Lust, es ihm zu erklären.

Sie fuhren direkt zum Flugplatz Norddeich. Noch im Auto klingelte Ann Kathrin ein paar Leute vom Inselflieger-Team aus den Betten.

Stahnkes Flugzeug stand weder in Harle noch in Norddeich.

»Kann er denn nachts gestartet sein?«, staunte Meiser.

»Natürlich ist das nicht erlaubt. Aber die Leute, die hier Flieger haben, können auf das Gelände. Außerdem ist es nicht groß gesichert. Die Landebahn ist auch nicht beleuchtet. Aber Stahnke kennt das doch wie seine Westentasche. Wie oft ist er von hier aus gestartet und hier wieder gelandet?«

»Ein Blindflug? In der Nacht? Ohne Radar?«

»Ja. Und ohne dass wir den geringsten Schimmer haben, wo er mit seinen Geiseln hin ist ...«, stöhnte Ann Kathrin.

Weller deutete auf die Deichanlagen, die den Flugplatz schützten. Dort grasten noch Schafe. »Er kann von dort einfach übers Feld gekommen sein. Hat seine Gefangenen ins Flugzeug geladen und flupp, war er weg.«

»Ich kann nicht mehr«, sagte Ann Kathrin. »Für heute bin ich fertig. Ich muss ins Bett. Wir sehen uns morgen. Dienstbesprechung um sieben.«

Ann Kathrin schlief im Auto neben Weller ein. Er brachte sie in den Distelkamp zurück und half ihr aus dem Wagen, als sei sie eine alte, gebrechliche Frau.

Sie zog auf dem Weg ins Schlafzimmer ihre Schuhe aus und ließ sie einfach auf dem Teppich liegen. Dann ließ sie achtlos zwei Kleidungsstücke fallen und kroch unter die Bettdecke. Sie fischte sich noch ein Kinderbuch vom Stapel auf ihrem Nachttisch, schaffte es aber nicht einmal mehr, es aufzuschlagen.

Erst jetzt sah Weller den Verband an ihrem Arm. Es war so viel passiert, dass er sich eingestehen musste, das Zeitgefühl verloren zu haben. War das mit der OP wirklich erst heute Morgen geschehen? Oder schon gestern? Es kam ihm vor, als seien inzwischen Tage vergangen. Er war sich in dem Moment unsicher, ob er ihren Geburtstag verpasst hatte. Er musste auf sein Handy gucken, um das Datum festzustellen.

Eigentlich hatte er für morgen alles vorbereitet. Ein Hotelzimmer in Bochum gebucht, Karten für den Krimiabend im Kulturrat, und Horst Dieter Gölzenleuchter freute sich auf den Besuch in seinem Atelier.

Es tat Weller leid, wenn er seine Frau wie ein weidwund geschossenes Reh im Bett liegen sah. Sie brauchte eine Pause. Bald. Sehr bald. Aber er befürchtete, dass er den Geburtstagstrip nach Bochum absagen musste.

Start und Landung waren ein Witz für ihn gegen das, was dann kam. In der Luft fühlte er sich gut und frei. Immer wieder unangreifbar. Eins mit der Welt. Am Boden war alles ganz anders.

Er musste die drei bis Meppen bringen. Das Haus lag nicht weit entfernt von der Mündung der Hase in die Ems. Hier hatte er seine Mutter nach dem Selbstmord gefunden. Er nannte es Selbstmord. Alle anderen Unfall. Tabletten und Alkohol. Ein tödlicher Cocktail.

Er hatte dieses Haus nie wirklich haben wollen. Er schaffte es nicht, sich darum zu kümmern. Um es zu vermieten, hätte er es wenigstens renovieren müssen. Über einen Makler hatte er versucht, es zu verkaufen. Zwei Jahre lang. Ergebnislos. Die Angebote, die reinkamen, empfand er als Beleidigung.

Vielleicht, so dachte er inzwischen, hatte er auch alles verrotten lassen, weil es ein Symbol für das Leben, für den Verfall der Gesellschaft an sich war und für ihn im Speziellen. Der größte denkbare Widerspruch zu seinem Hochzeitsareal mit Schwanenteich und Schlossimitation.

Hier in dieser Bruchbude in Meppen sollte also alles sein Ende finden.

Die Garage war so eng, dass er den Spiegel des VW-Busses abgefahren hatte. Scheißegal. Der Wagen war gut zwanzig Jahre alt. Aus der Welt gefallen, wie er selbst. Reif für den Schrottplatz.

Es war ihm gelungen, den Bus kurzzuschließen. Als Jugendlicher hatte er das mal im Kino gesehen. Nach der Landung hatte er sich ein Youtube-Video zu dem Thema ansehen müssen, um es dann wirklich richtig hinzukriegen.

Es war eine verrückte Situation, wie geschaffen für einen großen Kinofilm. Die Kulisse war gigantisch. Er mit den beiden komatösen Frauen und dem halbtoten Kind vor diesem rostigen VW-Bus, das Youtube-Video abspielend. Im Hintergrund seine Cessna. Der linke Flügel knapp über dem Boden, die Maschine zur Seite gekippt. Der Nachthimmel. Die Probestrecke der Transrapidbahn im Hintergrund.

Diese Versuchsanlage war genauso gescheitert wie sein Experiment und wie er selbst. Aber sie hatte mehr Menschenleben gekostet. Dreiundzwanzig. Und zehn Schwerverletzte. Weil sich noch ein Werkstattwagen auf der Strecke befand und die Magnetschwebebahn, die fast vierhundert Stundenkilometer fahren konnte, nicht mehr rechtzeitig zu bremsen gewesen war. Das war wohl das Ende der ganzen Versuchsanlage, so wie dies hier sein Ende werden würde.

Er schleppte die beiden Frauen ins Schlafzimmer. In diesen Betten hatte seine Mutter es mit zig Kerlen getrieben. Ihm wurde jetzt noch schlecht bei dem Gedanken.

In diesem Schlafzimmer aus Schleiflack mit dem großen Frisierspiegel hatte er sie gefunden. Jetzt lagen in den Lotterbetten Maike, Imken und zwischen ihnen der kleine Tim.

Er begann, das Haus zu einer verteidigungsfähigen Festung auszubauen. Er dunkelte die Fenster ab und legte einen Wasservorrat an. Er glaubte nicht, dass sie ihn hier so bald finden würden. Aber wenn, dann wollte er bereit sein.

Imken Lohmeyer bäumte sich im Bett auf und japste nach Luft. Bevor sie zu schreien begann, war er bei ihr. Er hatte nicht mehr genug von dem Betäubungsmittel. Es reichte höchstens noch für zwei, drei Spritzen.

Er ärgerte sich. Gerade er, der immer alles so gut im Voraus plante, hatte nicht genügend Vorräte angelegt.

Was soll ich mit ihnen machen, fragte er sich, wenn ich sie nicht mehr ruhigstellen kann?

Im Keller war ein Öltank. Genug, um alles hier in eine Feuerhölle zu verwandeln.

Nein, es gab kein Geburtstagsfrühstück. Weller wurde um kurz nach sechs durch einen Anruf von Martin Büscher geweckt.

»Das Flugzeug wurde gefunden. Im Emsland, bei Lathen. Er hat es praktisch neben der Versuchsstrecke für die Magnetschwebebahn aufgesetzt. Gar nicht blöd. Freies Feld über zig Kilometer. Dünn besiedelt.«

Weller flüsterte, um seine Frau nicht zu wecken: »Ann hat heute Geburtstag. Wir wollten eigentlich …«

»Was hast du gesagt, Frank?«

»Ach, nichts. Vergiss es. Wir kommen.«

Pünktlich um sieben Uhr begann die Lagebesprechung in Aurich in der Polizeiinspektion im Fischteichweg.

Polizeipsychologin Elke Sommer sah aus, als habe sie eine schwere Krankheit knapp überlebt, war aber einfach nur hundemüde. Rieke Gersema ließ eine große Thermoskanne mit Kaffee kreisen. Weller, der starken Kaffee mochte, fragte sich, ob dieses Zeug noch unter Lebensmittel oder schon unter Droge einzuordnen war. Elke Sommer probierte, verzog den Mund und holte heißes Wasser, um den Kaffee zu verdünnen. Rupert wäre ein Scotch im Kaffee lieber gewesen, aber einfach so trinken konnte er dieses Gebräu auch nicht.

Ann Kathrin saß schweigend und ein bisschen frierend am Tisch. Martin Büscher hatte rasch alle Details erzählt. Dann kam Meiser. Er war strubbelig und seine Anzugjacke verknittert.

»Die Kollegen vor Ort sagen, dass die vermissten Personen mit an Sicherheit grenzender Wahrscheinlichkeit im Flugzeug transportiert wurden«, sagte Büscher und würdigte Meiser, der zu spät gekommen war, keines Blickes.

Der maulte sofort: »Aber das kann doch per DNA-Analyse sofort festgestellt werden.«

Büscher grinste: »Sag ihm doch mal, wie spät es ist, Larissa.«

Larissa sah auf die Uhr und sagte: »Sieben Uhr fünf.«

Ann Kathrin brach ihr Schweigen. »Warum, frage ich mich,

fliegt er ins Emsland? Er wäre doch schneller mit dem Auto dort gewesen. Er hat einen riskanten Flug gemacht, bei Nacht. Das ist doch nur eine Stunde mit dem Auto.«

Elke Sommer sagte: »Ich könnte mir vorstellen, dass er uns reinlegen will.«

»Eine falsche Fährte?«, fragte Rieke Gersema.

Meiser nahm das sofort auf: »Der Meinung bin ich ganz klar auch. DNA-Spuren lassen sich leicht legen. Der ist doch nicht blöd. Ihm war klar, dass wir das Flugzeug rasch finden würden. Er hat seine Geiseln irgendwohin geflogen, sehr weit weg von hier, garantiert in ein anderes Bundesland, dann hat er uns den Flieger praktisch vor die Haustür gestellt, damit wir ihn hier suchen.«

Ann Kathrin hörte aufmerksam zu, schüttelte aber den Kopf. »Das glaube ich nicht«, sagte sie, sprach aber nicht weiter, sondern versank in Gedanken.

»Was denkst du, wie es war?«, fragte Martin Büscher vorsichtig.

»Ich glaube, dass er seinen Plan geändert hat. Er wollte seine Gefangenen weit weg bringen. Darum die Flucht mit dem Flieger. Aber er ist panisch. Er hat nicht damit gerechnet. Die Lehrerin und die Polizistin in Emden, das war nicht vorgesehen. Er fühlt sich durch uns, durch die Kinder aufgeschreckt und in die Enge getrieben. Er ahnte, dass wir kommen, um ihn abzuholen. Seine Flucht war übereilt. Erinnert euch, er hat nicht mal die Falltüren geschlossen.«

»Ja, und was heißt das jetzt?«, wollte Meiser ungeduldig wissen.

»Es heißt, dass er ganz in unserer Nähe ist. Ich denke, er war schon in der Luft, aber er wusste noch nicht, wohin. Vielleicht ist er eine Weile rumgeflogen und hat dann in der Luft erkannt, dass er im Grunde nirgendwohin kann.«

»Und dann?«, fragte Rieke Gersema.

»Dann hatte er eine Idee für einen Unterschlupf. In Lathen, Meppen, Hare, Lingen, vielleicht sogar in Papenburg. Das Versuchsgelände war für eine Landung gut gewählt. Aber von dort musste er irgendwie wegkommen. Gemeinsam mit seinen Gefangenen. Er konnte sich schlecht ein Taxi rufen. Entweder hat er dort einen Komplizen oder ...«

Martin Büscher tippte auf seinem Handy herum. »Ein Bus wurde als gestohlen gemeldet. Die Erprobung der Magnetschwebebahn ist zwar seit dem großen Unfall damals vorbei, aber dort arbeiten noch gut zwei Dutzend Leute. Einer hat seinen Bus als ...«

»Damit ist er weg«, kombinierte Weller.

Martin Büscher gab sofort eine dringende Fahndung durch, verbunden mit der Aussage, dass der Autodieb vermutlich schwer bewaffnet und hochgefährlich sei.

»Also kein Komplize«, folgerte Ann Kathrin. »Er ist dort gelandet, ohne zu wissen, wie er wegkommt. Dafür kann es nur einen Grund geben.«

»Jetzt bin ich aber mal gespannt«, flötete Meiser.

»Er hat dort einen Unterschlupf«, kommentierte Rupert in Meisers Richtung.

»Können wir feststellen, ob er im Emsland auch etwas ersteigert hat?«, fragte Weller in die Runde.

»Er kann auch ganz einfach etwas gekauft oder gemietet haben«, meinte Rieke und putzte ihre Brille. Der Kaffee war ihr auf den Magen geschlagen. Eigentlich musste sie jetzt dringend zur Toilette, wollte aber ihren Platz in dieser Runde nicht einfach so verlassen. Es kam ihr den anderen gegenüber respektlos vor, die, so, wie sie aussahen, auch noch nicht geduscht oder gefrühstückt hatten.

Weller zeigte in die Runde: »An die Arbeit, Leute! Grundbuchämter, Bankkredite, Vermietungen ...«

Weiter kam er nicht. Ann Kathrin unterbrach ihn: »Er hat

eine emotionale Verbindung. Die hat ihn in der Luft eingeholt, und dann ist er dort gelandet.«

»Was hat ihn eingeholt?«, hakte Meiser nach.

»Eine emotionale Verbindung«, wiederholte Ann Kathrin, als hätte er sie wirklich akustisch nicht verstanden.

Die Psychologin Elke Sommer sprang Ann Kathrin sofort bei und erklärte: »In Stress- oder Konfliktsituationen fallen Menschen oft in alte Verhaltensmuster zurück. Angesichts der drohenden Schlacht schreit der große Feldherr plötzlich nach seiner Mama, der zum Tode Verurteilte wünscht sich das Essen, das seine Oma mal für ihn gekocht hat, als er traurig war, oder ...«

»Ja«, stöhnte Meiser genervt, »ich hab's kapiert.«

Ann Kathrin rief Holger Bloem an.

»Himmel! Ich hab's geahnt«, meckerte Meiser, gab aber jeden Protest dagegen auf.

Ann Kathrin ging zum Telefonieren vor die Tür. Rieke Gersema nutzte die Chance, um jetzt doch zur Toilette zu gehen. Als sie erleichtert in den Besprechungsraum zurückkam, stand Ann Kathrin auf ihren Stuhl gestützt und sagte sachlich: »Stahnkes Mutter hat nach der Scheidung von Stahnkes Vater noch mehrfach geheiratet und jeweils den Namen des neuen Ehemanns angenommen. Holger weiß nicht genau, wie sie heute heißt, aber Stahnke hat ihm gegenüber erwähnt, dass sie in Meppen wohnte oder gewohnt hat.«

»Der Rest«, sagte Martin Büscher trocken, »ist Fleißarbeit ...«

»Der kleine bonbonkauende Junge, der Kinderbücher liebt und mit einer Pizza auf den Knien Kinderfilme guckt, ist zu seiner Mama geflohen«, raunte Ann Kathrin Weller zu.

Martin Büscher bekam das mit und warnte: »Seid vorsichtig. Er ist kein kleiner Junge. Er ist ein gefährlicher Killer.«

Um neun Uhr elf kannten sie die Adresse. Um neun Uhr fünfzehn starteten sie nach Meppen.

Ann Kathrin bestand darauf, noch kurz vor Stahnkes Wohnung zu halten. Sie holte sich aus dem zugemüllten Fernsehraum zwei von seinen roten Brauselollies.

Meiser registrierte verwundert, dass niemand sie fragte, warum.

Sie schaltete ihr Handy auf lautlose Vibration um, weil dauernd Geburtstagsglückwünsche für sie eintrafen.

Um zehn Uhr siebenundzwanzig kam die ostfriesische Ermittlertruppe am Ufer der Ems an. Es waren bereits Scharfschützen auf den umliegenden Häusern postiert, und ein hochmotiviertes SEK wartete auf den Einsatzbefehl.

»Es riecht schwer nach Benzin«, stellte der Stadtbrandmeister der Freiwilligen Feuerwehr fest. »Wir haben um die Ecke unser Tanklöschfahrzeug 4000 einsatzbereit. Die Bewohner der umliegenden Häuser konnten bereits evakuiert werden. Falls dieser Irre das Haus in einen Feuerball verwandelt ... Am liebsten würden wir die Wände und Dächer der angrenzenden Gebäude jetzt schon mit Wasser besprühen. Wir hatten hier ein paar sehr trockene Tage. Das Feuer kann rasch übergreifen.«

Ann Kathrin bedankte sich bei dem Stadtbrandmeister, lobte ihn für seine Umsicht, bat ihn und seine freiwillige Truppe aber, sich jetzt zurückzuhalten, um den Täter nicht nervös zu machen.

Vor Ort gab es kurz eine Rangelei über die Zuständigkeit. Darum kümmerte Martin Büscher sich.

Ann Kathrin wollte sofort ins Haus.

Das Mobile Einsatzkommando war bereit für den Zugriff. »Es befindet sich nur ein Täter im Haus. Wir können versuchen, ihn abzulenken und das Gebäude zu stürmen. In wenigen Minuten ist alles erledigt.«

Ann Kathrin war entschieden dagegen. Weller gefiel der Gedanke, seine Frau würde gleich alleine da reingehen, überhaupt nicht.

»Ich kenne ihn. Er hat mir mal geholfen«, sagte sie.

»Na, herzlichen Glückwunsch«, gratulierte Meiser zynisch.

Ann Kathrin guckte ihn an, als würde sie den Glückwunsch ernst nehmen, und bedankte sich.

»Ich glaube, ich habe einen guten Draht zu ihm«, fuhr sie fort.

Ruhig bewegte sie sich auf die Haustür zu. Sie sah für Meiser fast aus wie eine Priesterin, die zum Altar schritt.

»Was ist hier eigentlich los?«, fragte er sich. Er stupste Martin Büscher an: »Wieso hindert sie niemand an diesem Alleingang? Das ist gegen jede Absprache und Regel.«

»Die sind hier so«, beruhigte Martin Büscher ihn. »Als ich aus Bremerhaven hierherkam, musste ich mich auch erst daran gewöhnen. Die gehen einfach stur ihren Weg.«

»Sie müssen hier andere Saiten aufziehen«, riet Meiser.

Martin Büscher lächelte süffisant: »So lange wir bei Kapitalverbrechen hier eine Aufklärungsquote von hundert Prozent haben, fällt es mir schwer, richtige Argumente dafür zu finden, andere Saiten aufzuziehen.«

Weller rief hinter seiner Frau her: »Ann ...« Den Rest klemmte er sich.

Sie sagte leise, ohne sich umzudrehen: »Ich weiß.«

»Sie ist nicht verkabelt«, beschwerte Meiser sich.

»Sie möchte nicht, dass er sich gelinkt fühlt. Er hat drei Menschen in seiner Gewalt. Sie will sie rausholen.«

»Dafür haben wir Verhandlungsgruppen, Psychologen und ...«

Elke Sommer sah weg, so, als könne sie unmöglich gemeint sein. Sie wusste, dass sie nicht in der Lage war, ins Haus zu gehen. Ihr wurde schon bei dem Gedanken schlecht.

Rupert deutete an, Meiser solle jetzt ruhig sein.

Ann Kathrin blieb ein paar Meter vor der Haustür stehen, so, als würde sie den verwilderten Vorgarten als Schutzraum für Stahnke akzeptieren. Sie stand ganz ruhig. Sagte nichts. Tat nichts. Stand nur da.

Hinter einem Fenster neben der Tür bewegte sich etwas.

Ein Scharfschütze gab durch: »Ziel erfasst. Er hat ein Gewehr.«

Statt das Fenster zu öffnen, schlug Stahnke es ein, so, als würde es mehr Eindruck auf die Polizei machen und seine Entschlossenheit unterstreichen.

»Hauen Sie ab«, schrie Stahnke, »oder ich schieße!«

Er schob den Lauf gut sichtbar durch das Loch zwischen die wie Messer aus dem Rahmen ragenden Glassplitter.

Der zweite Scharfschütze meldete: »Freies Schussfeld. Gute Sicht. Habe ihn.«

»Hier wird kein Schuss fallen, bevor ich das Go gebe«, betonte Martin Büscher scharf.

»Eure Leute sollen abziehen, sonst töte ich die Geiseln!«

»Immerhin«, raunte Rupert, »verlangt er nicht, dass wir Twist tanzen oder auf unseren Autodächern sitzen in der Innenstadt Karamellbonbons verteilen.«

Ann Kathrin sprach so laut, dass alle sie hören konnten. Trotzdem klang ihre Stimme unangestrengt, ja, sanft: »Ich kann mit Ihnen nur verhandeln, wenn ich mich vorher davon überzeugt habe, dass Tim Müller, Maike Müller und Imken Lohmeyer leben. Bitte lassen Sie mich rein. Ich möchte die drei sehen. Braucht jemand von ihnen medizinische Versorgung?«

»Alle sollen abhauen, oder ich fackle das Gebäude mit allen Leuten hier drin ab! Verzieht euch einfach, dann passiert nichts!«

»So läuft das nicht, das wissen Sie doch selbst. Ich muss mich erst davon überzeugen, dass ...«

Er feuerte in die Luft.

Scharfschütze Eins gab drängelig an: »Noch habe ich ihn.«

Ann Kathrin blieb stur stehen. »Ich habe Ihnen einiges zu verdanken, Herr Stahnke. Sie haben mir sehr geholfen, als ich in Linus Wagners Gewalt war. Ich hatte ein ähnliches Gewehr am Hals wie das, das Sie jetzt auf mich richten. Vielleicht kann ich Ihnen jetzt helfen. Ich würde mich gerne revanchieren.«

Ann Kathrin begann, ganz langsam einen Brauselolli aus dem Papier zu rollen. Dabei knisterte sie bewusst laut mit der bunten Verpackung. Sie öffnete ihre Lippen und schob sich den runden Dauerlutscher in den Mund. Sie spielte mit den Fingern an dem Stiel herum.

»Was, verdammt, macht sie da?«, wollte Meiser wissen.

»Sie baut ein Verhältnis auf«, flüsterte Weller. »Sie spricht nicht den Verbrecher in ihm an, sondern das Kind.«

»Was für ein Kind?«

Weller guckte mitleidig, als habe Meiser sich gerade endgültig disqualifiziert.

»Wollen Sie auch einen?«, fragte Ann Kathrin gespielt kindlich-naiv. »Meine Kollegen, die rauchen lieber oder trinken Bier. Ich mag diese Brauselollies. Man sieht es mir hoffentlich nicht an, aber ich stehe auch auf Schokoriegel und Eiscreme.«

»Machen die jetzt zusammen einen Einkaufszettel oder was?«, lästerte Meiser, der die gesamte Gesprächsführung unterirdisch fand.

Ann Kathrin hielt den zweiten Lutscher am weit ausgestreckten Arm in Richtung Tür.

»Okay«, rief Stahnke, »aber wehe, Sie versuchen, mich reinzulegen!«

»Das werde ich nicht tun«, versprach Ann Kathrin. »Ich habe Ihnen viel zu verdanken. Sie haben mich gerettet. Ohne Ihre umsichtige Handlungsweise stünde ich jetzt gar nicht hier.«

»Gut«, kommentierte Martin Büscher. »Sehr gut.«

Ein für Krisensituationen geschulter Psychologe traf ein, wurde aber an der Absperrung nicht durchgelassen.

Plötzlich schob sich der Gewehrlauf noch weiter durch das eingeschlagene Fenster.

»Hab ihn klar«, bestätigte Scharfschütze Zwei.

»Er ist vorne gut abgelenkt. Wir könnten jetzt von hinten ins Haus«, bot der Leiter des MEK an.

Martin Büscher winkte ab und vertraute auf Ann Kathrin. Er wusste, dass er jetzt über dünnes Eis ging. Bei den ostfriesischen Kollegen würde ihm dieses Vertrauen in Ann Kathrin später viel Ansehen bringen, aber bei allen anderen nur Unverständnis auslösen. Wenn das hier schiefging, deutete sich das Ende seiner Karriere an.

»Wer sagt mir, dass du nicht bewaffnet oder verkabelt bist?!«

Ann Kathrin zog vorsichtig, mit spitzen Fingern, ihre Heckler & Koch hervor und legte sie vor sich aufs Pflaster.

»Zieh dich aus«, forderte er.

»Das ist unter Ihrem Niveau. Linus Wagner würde so etwas vielleicht verlangen, um mich oder andere zu demütigen. Aber das ist doch nicht Ihr Stil.«

Er kam tatsächlich ins Schwimmen. Sie erkannte es an seiner Stimme. »Ich ... ich muss sichergehen, dass ich nicht verarscht werde.«

»Okay«, sagte Ann Kathrin, »okay«, und begann, sich auszuziehen. Die ganze Zeit über behielt sie den Lutscher im Mund und machte sogar laute Schmatzgeräusche.

»Ich glaube es nicht!«, entfuhr es Meiser.

Jetzt sahen alle, dass Ann Kathrin am Oberarm einen Verband trug. Büscher fragte sich, ob ihm etwas entgangen war.

»Ist das da eine frische Verletzung?«, fragte er in Richtung Weller.

Der bestätigte: »Ja. Eine Haut-OP.«

»Ist sie überhaupt einsatzfähig?«, fragte Büscher.

Weller zuckte mit den Schultern. »Sie behauptet, ja.«

Jetzt stand Ann Kathrin in Unterwäsche vor ihren Kleidern, die sie zu einem kleinen Haufen zusammengelegt hatte.

»Drehen Sie sich langsam einmal um die eigene Achse«, forderte Stahnke.

Sie tat es.

»So. Sie haben bekommen, was Sie wollten. Jetzt werfen Sie mir bitte einen Bademantel raus. Das ist hier für mich eine ungute Situation. Da ist doch bestimmt noch ein Bademantel in der Wohnung, oder?«

»Warum zieht sie nicht einfach ihre Klamotten wieder an?«, staunte Meiser.

Inzwischen war der Psychologe bei ihnen. Er kannte Elke Sommer von einem Seminar und stellte sich zu ihr.

Der MEK-Leiter drängte: »Jetzt ist er hinten im Haus. Die Tür ist für uns frei. Wir können jetzt ...«

»Nein«, sagte Martin Büscher hart, »nein.« Er erlaubte lediglich, dass Rupert losrannte und an einem Fenster ein Mikrophon anklebte. So konnten sie mit etwas Glück hören, was drinnen gesprochen wurde.

Rupert lief nicht wieder zurück zu den anderen, sondern blieb unter dem Fenster zwischen Unkraut, wucherndem Rhododendron und Brombeersträuchern und schlug nach Insekten, die ihn attackierten. Er hoffte, dass er hier nicht stundenlang ausharren musste.

Stahnke erschien für den Bruchteil einer Sekunde im Türrahmen. Er warf einen champagnerfarbenen Bademantel in Ann Kathrins Richtung. Sie fing ihn auf und zog ihn an.

Elke Sommer bekannte staunend: »Das ist ja so verflucht clever!«

»Warum«, fragte Meiser, »was soll daran clever sein?«

»Es ist garantiert der Bademantel seiner Mutter. Er wird Hemmungen haben, darauf zu schießen.«

Ann Kathrin bückte sich, hob ihr Handy auf und den zweiten roten Lolli. Beides hielt sie hoch, damit er es genau sehen konnte. Dann steckte sie den Lolli in die linke Bademanteltasche und das Handy in ihre rechte. Sie zog den flauschigen Mantel am Hals zusammen und bewegte sich auf die Tür zu.

Für Meiser sah es aus, als würde sie für eine Modenschau üben.

Rupert zeigte ihr den erhobenen Daumen. Fast hätte er hinter ihr her gepfiffen, als sie an ihm vorbei das Haus betrat. Sie blieb im Türrahmen einen Moment stehen, um den Kollegen einen kurzen, freien Blick ins Gebäude zu ermöglichen. Sie hoffte, dass der Moment ausgereicht hatte. Sie durfte Stahnke nicht misstrauisch machen.

Im Haus roch es noch viel schlimmer nach Heizöl. Ann Kathrin konnte im Wohnzimmer auf dem Tisch eine brennende Kerze sehen. Der Teppichboden unter ihren Füßen patschte.

»Sie haben alles mit Benzin getränkt«, stellte sie fest.

Er nickte und hielt das Gewehr auf sie gerichtet.

»Ich würde mich jetzt wohler fühlen, wenn die Kerze aus wäre«, sagte Ann Kathrin verhalten. »Allein die Dämpfe reichen schon für eine Explosion aus.« Sie versuchte, ihm eine Brücke zu bauen. Sie lächelte: »An Tankstellen darf man ja auch nicht rauchen. Früher dachte ich, das seien alles Gesundheitsapostel geworden. Aber es geht um die Explosionsgefahr.«

Er reagierte nicht.

»In Texas sind bei einer Explosion durch verpuffende Gase letzte Woche dreiundvierzig Menschen gestorben.«

»Kann hier nicht passieren«, meinte er barsch.

»Warum nicht?«

»Na, weil wir nur zu fünft sind. Sie, ich und die drei da im Schlafzimmer.«

Sollte das ein Scherz sein, oder war er unfreiwillig komisch?

»Kann ich sie sehen?«

Er gab den Weg ins Schlafzimmer frei, hielt sein Gewehr aber die ganze Zeit auf Ann Kathrin gerichtet. Ann Kathrin hörte bei jedem Schritt das Heizöl im Teppichboden patschen.

Die drei waren mit dicken Federbetten zugedeckt. Auch die Bettwäsche war mit Öl getränkt.

Ann Kathrin sprach zuerst das Kind an, dann jede Frau. Sie erhielt keine Reaktion, aber offensichtlich lebten die drei noch. Imken Lohmeyer hustete, dass das Bett wackelte, aber ihre Augen blieben geschlossen.

»Was haben Sie ihnen gegeben?«, fragte sie.

Er deutete auf das Spritzenbesteck neben dem Foto seiner Mutter auf dem Sideboard. Seine Gesichtsmuskeln zuckten. Er kämpfte mit sich. Sie spürte es genau.

Sie hielt ihm jetzt den Lolli hin. Er nahm ihn nicht.

»Sie haben diese Menschen drapiert wie Puppen«, sagte Ann Kathrin.

Er schluckte.

»Es sieht fast liebevoll aus«, lobte Ann Kathrin ihn. »Sie haben sie zugedeckt. Hat Ihre Mutter das mit Ihnen früher auch so gemacht?«

Er schüttelte sich angewidert. »Sie ist in diesem Bett gestorben.«

»Wie alt waren Sie da?«

»Was soll der Quatsch?«, fluchte er. »Ich bin ein erwachsener Mann!« Er begann zu schimpfen: »Ja, sie hat mich wie ihre Puppe behandelt, wenn Sie so wollen, das stimmt schon. Sie hat mich rumgetragen, schön angezogen, mich beschmust, mir was vorgesungen und mich dann in die Ecke gepfeffert und vergessen, bis es ihr wieder schlechtging, sie in die Krise kam und sie wieder ein Püppchen zum Liebhaben brauchte!«

Ann Kathrin konnte den Schmerz des kleinen Jungen spüren. Er sprang sie geradezu an. »Und in der Zwischenzeit haben Sie sich in Bücher gerettet? In Geschichten? Das hab ich auch getan.«

Ein Teil von ihm war schon weich und nachgiebig, ein anderer Teil böse und voller Rachegedanken. Dann war da noch etwas. Eine Art Erwachsenen-Ich, das alles zusammenhielt und versuchte, die Lage hier in den Griff zu kriegen.

»Ihre Leute sollen draußen abhauen. Ich will freies Geleit.«

»Das wird es nicht geben«, sagte sie freundlich, »und das wissen Sie doch auch genau. Als ich klein war«, fuhr sie fort, »hat mich Pippi Langstrumpf fasziniert. Sie lebte allein, ohne Eltern, in der Villa Kunterbunt. War frei und ...«

Er platzte heraus: »Ihre Mutter kommt in den Büchern nie vor. Das finde ich großartig! Und wissen Sie, warum?«

Ann Kathrin wurde vorsichtig. Sie war auf dem richtigen Weg, aber sie fragte sich, ob ihr der Bademantel der geliebten und doch so verhassten Mutter nicht am Ende zum Verhängnis werden könnte.

»Weil Pippi Langstrumpf keine Mutter brauchte, deshalb«, schrie er. »Und ihr Vater, der ist Negerkönig in Taka-Tuka-Land und kommt sie nur ab und zu mal besuchen. Er ist stolz auf seine Tochter!«

Martin Büscher hörte über Kopfhörer mit. Es klang dumpf und knisterte, aber er konnte alles gut verstehen.

Meiser stieß ihn an. »Na, worüber reden sie?«

»Über Pippi Langstrumpf«, antwortete Martin Büscher wahrheitsgemäß und winkte ab.

Meiser verdrehte die Augen. »Was?«

Martin Büscher deutete an, er solle den Mund halten.

»Und Sie wollten sein wie Pippi, frei und unabhängig«, sagte Ann Kathrin.

Stahnke nickte. »Ich dachte immer, ich gehöre nicht wirklich dahin, nicht zu ihnen. Wenn sie da war, dann war diese ganze Affenliebe da, und dann hat sie sich wieder mit meinem Vater verkracht oder einen anderen kennengelernt, und dann war sie einfach wieder über Nacht weg. Ich hatte keine Möglichkeit, das irgendwie zu beeinflussen. Ich habe mich so machtlos gefühlt ... Ich bin innerlich dabei wie versteinert. Ich wollte ihre Liebe, wenn sie wiederkam, nicht mehr an mich ranlassen. Ich habe gar nichts mehr gespürt ...«

»Da hatte es Jim Knopf besser«, sagte Ann Kathrin verständnisvoll. »Er kam mit einem Paket auf die Insel, gehörte eigentlich nirgendwohin ...«

»Aber die Ladenbesitzerin, Frau Waas, hat ihn großgezogen. Sie war immer für ihn da«, lächelte Stahnke und sah fast durch Ann Kathrin hindurch.

Meiser hielt es nicht aus, dass er nichts hörte. Er deutete auf Büschers Kopfhörer: »Kann man das nicht lauter stellen? Übertragen? Wo sind wir hier denn?«

»Nein«, sagte Büscher knapp.

»Ja, und worüber reden sie jetzt? Über den Räuber Hotzenplotz?!«, provozierte Meiser.

»Nein«, erwiderte Büscher knapp, »über Jim Knopf und Lukas, den Lokomotivführer.«

Meiser bekam den Mund nicht mehr zu.

»Sie ist damit in ihrer zentralen Kompetenz. Sie kennt sich in der Kinderliteratur aus wie sonst niemand hier«, sagte Weller.

Meiser breitete die Arme aus: »Ja, aber ...«

»Sie sagt, das Buchregal eines Menschen sei der Fingerabdruck seiner Seele«, erklärte Weller.

Jetzt überlegte Meiser, was sein Buchregal zu Hause über ihn aussagen könnte.

Ann Kathrin wusste, dass Stahnke jetzt entweder zusammenbrechen oder auf sie losgehen würde. Sie sprach das Kind in ihm an, und sie duzte ihn. »Aber warum«, fragte sie, »hast du diese Mütter aus ihren Familien entführt?«

Er schrie: »Weil ich es nicht mehr ausgehalten habe, all diese Lügerei! Diese Heuchelei! Diese heiligen Familien! Ich habe sie jeden Tag vor mir gehabt, habe sie jeden Tag fotografiert. Ihr

Glück in Szene gesetzt. Es hat mir jedes Mal so weh getan!«
Er schlug sich gegen die Brust. »Ich habe immer gewusst, dass alles nur Lüge ist. Es gibt keine Liebe! Das ist Betrug, Betrug, Betrug!«

Es war nicht schwer, ihm das Gewehr aus der Hand zu nehmen. Er hielt es ohnehin nur noch wie einen Stock, mit dem er nichts anzufangen wusste.

»Ich wollte sie doch nur auf die Probe stellen. Ich wollte ...«
Er kam nicht weiter. Er lag jetzt heulend in ihren Armen.

Sie wusste, dass sie rasch handeln musste. Imken Lohmeyer und Maike Müller sahen sehr schlecht aus, und sie war sich nicht sicher, ob Tim überhaupt noch atmete.

Sie streichelte Stahnkes Kopf, und es war, als würde sie ein Kind im Arm halten. Vorsichtig hob sie ihr Handy ans Ohr. Sie drückte den Knopf für *Weller*. Etwas übereilt sagte sie: »Safe.«

Sie rechnete damit, dass jetzt Weller, vielleicht auch Martin Büscher, Elke Sommer oder einer ihrer anderen Leute hereinkommen würde. Jemand in Zivilkleidung. Auch mit Rupert wäre alles gutgegangen, dachte sie. Aber die zwei Männer vom Mobilen Einsatzkommando gingen zu stürmisch vor, waren zu herausgestellt bewaffnet, sahen aus wie moderne Raubritter.

Es war, als würde sie Darth Vader stöhnen hören. Stahnke stieß Ann Kathrin weg und riss die brennende Kerze hoch.

»Raus!«, schrie er. »Raus, oder ich lasse die Kerze fallen!«
Jeder konnte sich vorstellen, was dann geschehen würde.
Beide Männer vom MEK zielten auf Stahnke.
Ann Kathrin bat sie: »Geht. Tut, was er sagt!«
Ihnen war klar, dass jeder Treffer dazu führen würde, dass die Kerze hinfallen und die Flammen ein Inferno auslösen könnten. Ein Funke reichte, um all das hier in eine Feuerhölle zu verwandeln.

Die mobilen Kräfte gaben sich geschlagen und zogen sich zurück.

Ann Kathrin sah zum Gewehr. Es lag zwei, drei Meter von ihnen beiden entfernt, aber es würde ihr jetzt wenig nutzen.

Sie suchte lieber wieder das Gespräch: »Ich glaube, Sie haben es doch selbst mit der Ehe versucht, oder nicht? Waren Sie nie verliebt?«

»Doch. Zweimal. Sie haben mich beide verlassen. Wie meine Mutter.«

In dem Moment vibrierte ihr Handy. Sie zog es aus dem Bademantel. »Darf ich?«

Er nickte.

Ihre Nachbarin, die Sängerin Bettina Göschl, war am Apparat. Bettina wollte wie jedes Jahr ihrer Freundin ein Geburtstagsständchen singen. Ann Kathrin unterbrach sie. Bettina bemerkte an Ann Kathrins Stimme sofort, dass etwas nicht stimmte.

»Bitte«, sagte Ann Kathrin, »sing mir *Sehnsüchte eines Steins*. Ich glaube, hier ist jemand, der möchte es auch gerne hören.«

Sie schaltete auf Laut. Bettina fragte nicht lange, warum. Ihre Stimme erklang:

»In Fels und Berg bin ich geboren,
hab meine Wurzeln nie verlor'n,
lieg hart und schwer am Wegesrand.
Werd ewig sein und nie vergehen,
als müder Stein stets anzusehen.
Als solcher bin ich hier bekannt.
Ja, ein schöner Traum kommt mir in den Sinn,
und dann möcht ich nicht mehr bleiben, wie ich bin.«

Sein Körper verlor an Spannkraft. Er wurde weicher. Die Aggression wich aus seinem Gesicht. Bettinas Stimme erreichte ihn emotional. Er konnte mit dem Text eine Menge anfangen.

> *»Manchmal wünschte ich,*
> *ich könnte fliegen.*
> *Ganz leicht beschwingt im Wind mich wiegen,*
> *von oben mal die Welt ansehen.*
> *Ich wünschte, ich könnt fliegen ...«*

Er begann zu zittern und zu weinen. Ann Kathrin pustete die Kerze aus.

»Ich ... ich kann fliegen«, sagte er. »Wenn ich fliege, fühle ich mich frei. Aber meistens bin ich wie ein Stein. Ich spüre nichts, gar nichts mehr.«

»Ich weiß«, sagte Ann Kathrin, »ich weiß«, und nahm ihn in den Arm.

Bettinas Stimme ertönte weiter aus dem Handy.

> *»Bei Regen, Sonne oder Wind werden wir so,*
> *wie wir sind ...,«*

Sie befürchtete einen erneuten Einsatz des MEK, das wollte sie nicht riskieren. Deshalb führte sie Stahnke raus ins Freie. Es war, als könne er kaum noch selbst gehen.

Im Vorgarten angekommen, konnte auch sie besser atmen.

»Nicht schießen«, schrie sie, »er ist unbewaffnet! Die Geiseln sind im Schlafzimmer!«

Rupert stand schon hinter Stahnke und ließ die Handschellen klacken. »So, das war's«, triumphierte Rupert.

Weller kam zu seiner Frau. Der wurden jetzt die Knie weich. Sie sackte zusammen.

Notärzte kümmerten sich sofort um Tim Müller, seine Mutter und Imken Lohmeyer. Der Stadtbrandmeister sah sich die Bescherung an und wusste, dass seine freiwilligen Helfer noch eine Menge Arbeit vor sich hatten.

Weller fuhr Ann Kathrin in den Distelkamp zurück. An einen

Besuch in Bochum war nicht zu denken. Aber Horst Dieter Gölzenleuchter versprach, ihr sein Atelier ein anderes Mal zu zeigen. Außerdem hatte er bald eine Ausstellung im Kunstverein Norden.

Noch bevor sie den Distelkamp erreichten, kam über Funk die Nachricht, dass die drei Geiseln außer Lebensgefahr seien.

Im Distelkamp wartete eine Torte von ten Cate, die Monika und Jörg Tapper für Ann Kathrin vorbeigebracht hatten, draußen auf der Veranda unter der Überdachung. Peter Grendel und seine Frau Rita stellten gerade Blumen vor die Tür. Als sie sahen, wie fertig Ann Kathrin aussah, fragte Peter: »Soll ich dir helfen, sie über die Schwelle zu tragen, Kumpel?«

Ann Kathrin schlief ein, während Weller und die Grendels draußen von der Torte aßen. Sie schlief fast sechzehn Stunden. Als sie wach wurde, hatte Weller das schönste Geburtstagsgeschenk überhaupt für sie. Die Untersuchung ihrer Haut hatte ergeben, dass es gelungen war, das gesamte böse Gewebe zu entfernen. Es war den Krebszellen noch nicht gelungen, die Lederhaut zu durchbrechen und in den Blutkreislauf einzudringen. Damit galt sie praktisch als gesund.

»Wir haben«, lachte Weller, »noch eine Menge Leben vor uns, Ann. Lass es uns genießen!«

ENDE

Leseprobe

Klaus-Peter Wolf

Ostfriesennacht

Der 13. Fall
für Ann Kathrin Klaasen

Erscheinungstermin:
21. Februar 2019

Sie hatten sich schon oft gestritten, aber so heftig noch nie. Mein Gott, was hatte sie ihm alles an den Kopf geworfen?! Erschrocken über ihren eigenen Mut, staunte sie über sich selbst.

Sabine Ziegler war das Leben mit diesem Choleriker leid. Sie hatte ihn tatsächlich rausgeschmissen, und er war völlig perplex von einem Bein aufs andere hüpfend in seine Jeans geschlüpft und hatte dann die Ferienwohnung fast fluchtartig verlassen. Barfuß, in T-Shirt und Jeans. Auf dem weißen T-Shirt war in Brusthöhe ein Tomatenfleck von den Spaghetti mit Tomatensoße und Flusskrebsschwänzen, die sie gekocht hatte.

Jetzt lag sie frierend im Bett und rieb ihre Füße gegeneinander. Sie fragte sich, ob das alles wirklich so gewesen war – oder hatte sie es nur geträumt?

Sie tastete im Dunkeln neben sich. Da war niemand.

Sie grinste, und Stolz keimte auf. Sie war tatsächlich im Nachthemd auf den Balkon gestürmt und hatte seine Sachen nach unten geworfen. Zuerst die Schuhe, dann seinen Reisekoffer mit den Hemden drin, schließlich eine Hose und dann den Roman. *Schitt häppens* von Herbert Knorr. Ein Hardcover.

Sie hoffte, ihn damit am Kopf zu treffen, und sie hatte Glück gehabt. Er bückte sich nach den Schuhen, sah hoch und zack, krachte die Ruhrgebietsgroteske mit der Breitseite auf seine Nase.

Er jaulte.

Sie rief: »Schitt häppens! Du Arsch!«

Er betastete wehleidig sein Gesicht, und sie spottete: »Da bekommt das Wort Facebook doch mal eine ganz neue Bedeutung, was?!«

Sie griff den Schlüsselbund, der auf dem Tisch der Ferienwohnung lag, und pfefferte ihn auch in Florians Richtung. Es tat ihr sofort leid, denn daran war nicht nur der Autoschlüssel, sondern auch ihr Wohnungsschlüssel. Und zumindest in diesem Moment hatte sie nicht vor, ihn weiter bei sich wohnen zu lassen.

Sie hätte ihm gern noch mehr hinterhergeschmissen, es waren noch genug Sachen von ihm da. Ein Kulturbeutel im Badezimmer, mit dieser brummenden Zahnbürste und dem Angeber-Rasierwasser, das angeblich irgendwelche Pheromone enthielt, die Frauen paarungswillig machen sollten, wie die Werbung suggerierte. In der Tat war es ein Wohlgeruch aus Myrrhe, Sandelholz, Kokos mit einem Hauch von Weihrauch.

Er konnte allerdings nicht richtig damit umgehen. Sie wusste immer, wann er scharf auf sie war, und das machte sie sauer. Wenn er Sex wollte, benutzte er einfach zu viel davon.

Sie mochte den Duft in einer kaum wahrnehmbaren Intensität, als eine Ahnung von etwas Angenehmen. Auch die schönsten Gerüche konnten aufdringlich werden und in ihr geradezu Fluchtreaktionen auslösen.

Er schaffte es manchmal, sein Rasierwasser mit dem Eau de Toilette zu kombinieren, das sie ihm geschenkt hatte. Die angeblich aphrodisierende Wirkung von Maninka und Passionsfrucht lösten aber in ihr eher einen Brechreiz aus. So erreichte er genau das Gegenteil von dem, was er wollte. Sie zog sich zurück, statt wuschig zu werden. Das frustrierte ihn, und er benutzte noch mehr Parfüm, womit alles für sie unmöglich wurde. Sie konnte ihn dann im wahrsten Sinne des Wortes nicht mehr riechen, war aber kaum in der Lage, es ihm zu sagen.

Im Laufe der Zeit war sie vorsichtig geworden. Choleriker sollte man nicht zu oft frustrieren, wenn man einen schönen Urlaub haben wollte. Sie gestand es sich ein, jetzt, hier in der einsamen Ferienwohnung, war sie immer noch wütend auf ihn, aber gleichzeitig wünschte sie ihn zurück. Diese ewige Ambivalenz!

Er hatte ja auch ganz andere, gute Seiten. Konnte ein zärtlicher Liebhaber sein, ein witziger Gesprächspartner und ein loyaler Freund. Sie mochte seine Stimme, samtweich und mit einem dunklen Kratzen bei den tiefen Tönen.

Seine Wildlederjacke hing noch im Flur am Garderobenständer. Darin, immer in der rechten Tasche, sein Schlüssel für die Ferienwohnung. Ja, er war in solchen Sachen ein Gewohnheitstier. Alle Schlüssel immer in der rechten Jackentasche.

Sie suchte ständig etwas. Ihren Autoschlüssel. Ihr Handy. Das Ladekabel. Den Lippenstift. Bei ihm hatte alles einen festgelegten Platz. Schlüssel rechte Jackentasche, Handy links, Brieftasche mit Kreditkarten und Führerschein neben dem Kugelschreiber in der Brusttasche.

Da seine Jacke noch hier war, musste er wiederkommen. Sie stellte sich vor, wie er durch Norddeich lief, auf der Suche nach Blumen. Jetzt, mitten in der Nacht, hatte er schlechte Karten. Aber nach einem Streit war er immer mit Blumen zurückgekommen, manchmal mit Tulpen von der Tankstelle. Einmal mit Plastikblumen von einer Kirmes. Selbstgeschossen.

Besonders gut hatten ihr die Rosen aus Nachbars Garten gefallen. Nur blöd, dass die Nachbarin am anderen Tag zu Besuch kam und sich tierisch darüber aufregte, dass »irgend so ein Banause« ihre Rosen aus dem Garten geklaut und dabei noch die Lavendelbüsche zertrampelt hatte. Immer wieder hatte sie beim Kaffeetrinken in der Küche zu dem Strauß im Wohnzimmer hingeschielt.

»Ich will ja nichts sagen, aber kann es sein, dass da hinten meine Rosen in deiner Vase stehen?«

Sabine hatte es einfach lachend zugegeben: »Ja, Florian und ich hatten einen heftigen Streit. Er ist dann raus, ein paar Bier trinken und sich abkühlen. Er hält es nie lange aus. Er kam mit den Blumen zurück ...«

»Und dann?«

»Und dann hatten wir herrlichen Versöhnungssex.«

Die Nachbarin bekam leuchtende Augen: »Du Glückliche! Wenn es zwischen meinem Tarzan und mir kracht, dann ist er danach wochenlang eingeschnappt und redet nur das Nötigste. An den Rest ist dann gar nicht zu denken ...«

Er wird zurückkommen, dachte Sabine Ziegler, auch nach diesem heftigen Streit. Er ist ja immer zurückgekommen. Er bereut es hinterher, wenn er so aus der Haut gefahren ist, und dann kehrt er, von Schuldgefühlen geplagt, zu mir zurück.

Wenn er sich schämte, weil er genau wusste, dass er unhaltbare Dinge gesagt hatte und das auch noch laut, dann war er geradezu unterwürfig, sprach und guckte devot. Aber sie wollte keine Domina sein, sondern einfach nur seine Frau.

Da er den Schlüssel nicht bei sich hatte, würde er sie wach klingeln müssen. Sie stellte sich vor, ihm verschlafen zu öffnen. Ihr Nachthemd war mehr ein T-Shirt mit Überlänge. Darauf stand: *Wenn man uns die Flügel bricht, fliegen wir auf einem Besen weiter.*

So hatte sie ihn rausgeschmissen. Aber so wollte sie ihm nicht öffnen. Sie brauchte etwas Verführerisches. Sie hatte genau das Richtige im Koffer. Ein Weihnachtsgeschenk von ihm. Sie hatte es grinsend mit dem Satz kommentiert: »Da hast du wohl eher dir was geschenkt als mir.«

Sie zog sich um und kroch wieder unter die Bettdecke. Eine Kerze in einem hohen Glas spendete milchiges Licht. Das Glas war zu einem Drittel mit Sand gefüllt, darin stand die Kerze. Das Licht gab dem Raum etwas Sakrales.

Sabine schlief besser ein, wenn sie dabei auf eine Kerze sah. Ihre Sinne beruhigten sich, und ihre Augenlider wurden schwer. Sie war noch nicht ganz eingeschlafen, höchstens ein wenig weggedöst, da hörte sie Geräusche. Sie lächelte in sich hinein. Er war wieder da.

Aber wie hatte er es ohne Schlüssel geschafft? War er über den Balkon gekommen? Sie hatte die Tür nicht wieder geschlossen. Sie liebte die metallhaltige Nachtluft am Meer. Mücken gab es hier kaum.

War er wirklich an der Außenfassade hochgeklettert? Es gab links unten neben dem Balkon einen Carport. Von dort wäre es ein Leichtes für ihn gewesen …

Sie hatte ihm im Kletterzentrum Neoliet auf dem ehemaligen Gelände der Zeche Constantin beim Indoorklettern zugesehen. Für sie war das nichts. Ihr wurde schon beim Zuschauen schwindlig. Sie fuhr im Urlaub auch nicht gern in die Berge. Sie brauchte das flache Land, die Weite.

Er war an einer freistehenden Trainingswand nach ihrer Schätzung mindestens zehn Meter hoch geklettert und wollte noch weiter hinauf. Sie hatte sich die Augen zugehalten und ihn aufgefordert, wieder runterzukommen.

O ja, für ihn war diese Hauswand aus rotem Backstein mit Rosengitter und Mauervorsprung kein Hindernis, sondern eine Herausforderung.

Sie hörte ihn in der Küche. Hatte er noch Hunger?

Sie stellte sich schlafend.

Es gab eigentlich nur zwei Möglichkeiten. Entweder, er war reumütig zurückgekommen und wollte gleich unter ihre Decke kriechen, als sei nichts gewesen, oder sie hatte ihn so tief verletzt, dass er nur hereingeschlichen war, um seine restlichen Sachen zu holen und dann endgültig aus ihrem Leben zu verschwinden, wie sie es ihm vorgeschlagen hatte.

Kinder hatten sie keine. Verheiratet waren sie nicht. Warum denn auch? Er war damals in die große Wohnung ihrer Eltern nach Dinslaken an den Rotbach gezogen.

Verdammt, was machte der da so lange in der Küche? Warum

kam er nicht endlich? Wollte er sich noch Brote schmieren, bevor er endgültig verschwand?

Der Wind ließ die Balkontür klappern.

Einmal, so erinnerte sie sich, war er nach einem Streit erst morgens zurückgekommen, hatte ihr frische Brötchen, gepressten Orangensaft und ein Omelett mit Käse und Pilzen ans Bett gebracht. »Eine kleine Entschuldigung vom großen Kindskopf«, hatte er gesagt. Sie nannte ihn liebevoll »Meinen Wüterich«.

Sie sah den alten, digitalen Radiowecker auf dem Sideboard. Wer benutzte heute, im Zeitalter der Handys, noch so etwas? Aber in Ferienwohnungen standen diese kleinen Monster herum. Manche Vermieter entsorgten ihren Einrichtungsmüll in ihren Ferienwohnungen, von der Matratze bis zur Kaffeemaschine, als sei es für die Gäste gerade noch gut genug.

Es war, falls das Ding richtig ging, kurz nach drei. Also zu früh für ein Frühstück.

Was hatte er vor?

Sie zwang sich, im Bett liegen zu bleiben. Sie wusste selbst nicht genau, warum. Es kam ihr richtig vor. Sie wollte jetzt nicht in die Küche gehen. Sie wusste nicht, was sie sagen sollte, und ihre verführerische Nachtwäsche kam ihr plötzlich albern vor. So aufdringlich wie sein Rasierwasser.

Wieso machte er in der Küche kein Licht? Hatte er Angst, sie zu wecken? War er neuerdings so rücksichtsvoll? Oder war das in der Küche gar nicht Florian, sondern ein Einbrecher, der nach Bargeld suchte? Der Gedanke kroch wie eine Giftschlange zu ihr ins Bett.

Sie zog die Knie an den Körper und rollte sich zusammen. Sie hielt die Bettdecke an ihrem Hals fest, so, als könne jemand versuchen, sie ihr wegzureißen.

Ihr Handy lag unerreichbar weit weg. Weil sie nicht ständig diese Handystrahlung in ihrer Nähe haben wollte, lud sie das Handy nachts im Badezimmer auf.

Sie zog sich die Bettdecke bis über die Nase.

Ich könnte zum Balkon laufen, dort um Hilfe schreien und auf das Dach des Carports springen. Es sind viele Feriengäste hier. Um die Zeit grillt zwar keiner mehr draußen, aber irgendjemand wird mich hören.

Dann stellte sie sich den viehisch lachenden Florian vor, mit einem Käsebrot in der einen Hand und einer Flasche Bier in der anderen.

»Das ist meine Frau! Erst wirft sie meine Sachen vom Balkon, knallt mir ein Buch an den Kopf, und jetzt flieht sie übers Dach aus ihrer Ferienwohnung. Aber ich bin hier der Choleriker! Ich, nicht sie!«

War das seine Rache für den Rauswurf? Machte er sich über sie lustig? Es war alles so verwirrend.

Die Küchentür quietschte, und sie hörte den Holzfußboden knarren. Schritte kamen näher zum Bett. Sie spürte den Blick. Es war, als würden die Beulen der Bettdecke abgetastet und mit Röntgenaugen durchleuchtet werden.

Sie wagte es nicht, ihre Augen zu öffnen. Sie stellte sich weiter schlafend.

Wäsche raschelte. Eine Gürtelschnalle wurde geöffnet.

Sie entspannte sich. Das war kein Einbrecher. Das war Florian.

Er zog sich aus, ließ wie immer die Wäsche vor dem Bett auf dem Boden liegen und kroch dann zu ihr.

Sie seufzte. Unter der Decke suchte seine Hand nach ihr. Aber etwas irritierte sie. Er roch weder nach Alkohol noch nach Myrrhe, Sandelholz, Kokos oder Weihrauch.

Hatte er geduscht? War er in die Nordsee gesprungen, um sich abzukühlen? Aber bisher hatte er nach jedem Streit erst irgendetwas getrunken, bevor er zurückgekommen war.

Sie hob die Bettdecke ein Stückchen an und sog die Luft tief durch die Nase. Der Mann in ihrem Bett roch sauer, nach Schweiß und einem Hauch von Maiglöckchen.

Sie bäumte sich im Bett auf. Ein hoffnungsvoller Schrei entfuhr ihr: »Florian?!«

Eine kräftige Hand legte sich über ihren Mund und drückte sie ins Kissen zurück.

»Pssst ...« Er zog die Bettdecke weg. »Du hast dich aber schick gemacht. Das wäre doch gar nicht nötig gewesen.«

Rupert setzte sich auf den Stuhl wie ein Cowboy auf sein Lieblingspferd. Er grinste breit. Endlich ging es mal nicht um Ann Kathrin Klaasen!

Der Chefredakteur des Ostfriesland-Magazins, Holger Bloem, rührte die Sanddornkekse auf dem Tisch in der Polizeiinspektion nicht an. Stattdessen stellte er Fragen und schrieb fleißig mit.

Jessi Jaminski plauderte munter drauflos. Die Pressesprecherin der ostfriesischen Polizei, Rieke Gersema, saß pikiert daneben, weil sich niemand für sie und ihre vorbereiteten Erklärungen interessierte. Frustriert zerkrachte sie schon den vierten Keks. Sie mochte eigentlich keine Sanddornkekse, aber Schokokekse gab es heute nicht.

Sie hatte viel zur Initiative der ostfriesischen Polizei, Nachwuchskräfte zu gewinnen, zu sagen. Anwärter wurden nach ihrem Studium an der Polizeiakademie in Oldenburg eingeladen, direkt in den ermittelnden Bereich in Aurich, Wittmund und Norden einzusteigen. Das Ganze lief recht erfolgreich, aber Holger Bloem interessierte sich nicht dafür, sondern nur für Jessi. Ihre Erfahrungen als Boxerin im Boxclub Norden und ihre Teilnahme an den Niedersachsenmeisterschaften fand Holger Bloem viel spannender als die Einstiegsmöglichkeiten in den Polizeidienst für Realschüler nach einem Jahr weiterer Fachoberschule.

Polizeichef Martin Büscher hörte zu, nickte manchmal freundlich-amüsiert und trank die dritte Tasse Tee. Er vertraute immer mehr auf sein gutes Team und ließ den Dingen ihren Lauf. Verglichen mit seinen krampfhaften Profilierungsversuchen am Anfang hatte er jetzt etwas Buddhahaftes an sich, nur dass Buddha wahrscheinlich nicht so viel schwarzen Tee getrunken hatte.

Jessi zeigte auf Rupert: »Ohne diesen Mann säße ich heute gar nicht hier! Er ist mein Held!«

Rupert flegelte sich betont lässig auf dem Stuhl herum. »Ich war bei ihm Praktikantin. Also, nicht richtig, aber ...«

Bevor das Gespräch in gefährliches Fahrwasser abgleiten konnte, bremste Rieke Jessi aus: »Also ... eigentlich gibt es ja Regeln dafür ...«

Holger Bloem sah sie fragend an. Er spürte, dass hier irgendetwas nicht stimmte oder verschwiegen wurde.

Rupert platzte mit der Erklärung raus: »Ich habe sie als Sandsack mitgenommen.«

»Als Sandsack?«, hakte Holger Bloem nach.

»So nennen wir scherzhaft eine dritte Person, die im Streifenwagen mitfährt, um die richtige Polizeiarbeit zu schnuppern. Die jungen Leute haben nämlich sehr oft klischeehafte Vorstellungen ...«, warf Martin Büscher ein und widmete sich wieder seinem Tee.

Rieke verzog den Mund.

»Rupert«, fuhr Jessi fort und strahlte ihn an, dass der ganz verlegen wurde, »hat meine Begeisterung für den Polizeidienst geweckt. Seine Leidenschaft ist einfach ansteckend.«

Holger Bloem horchte auf. Das wollte er gern konkreter haben. »Wie meinen Sie das: Seine Leidenschaft ist einfach ansteckend?«

Rupert ermahnte Jessi: »Pass auf, was du sagst. Die denken sonst noch, wir hätten was miteinander. Gerade der Bloem mit seiner ...« Rupert schluckte die Worte *schmutzigen Phantasie* herunter.

Holger Bloem ermunterte ihn, es auszusprechen: »Ja? Mit seiner was?«

»Analytisch-journalistischen Art ...« schlug Rieke diplomatisch vor. Dafür erntete sie von Büscher einen lobenden Blick.

Jessi winkte fröhlich ab und sagte zu Rupert: »Ach, das denken die Spießer doch sowieso alle. Ich meine, die sehen eine junge, hübsche Frau wie mich mit einem alten Knacker wie dir und denken gleich: *ui, ui, ui, zwischen denen, da läuft bestimmt etwas.*«

Die Bezeichnung *alter Knacker* hatte Rupert in der Magengrube wie ein ansatzloser Tiefschlag getroffen. Er versuchte, den Schmerz wegzulächeln.

Jessi erzählte munter weiter, und Holger Bloem schrieb mit: »Also, ich meinte natürlich seine Leidenschaft für den Polizeidienst. Für den Kampf des Guten gegen das Böse. Ja. So muss man sich das vorstellen. Er hat mir viel erzählt, zum Beispiel, wie er die Russenmafia aus Aurich vertrieben hat ...«

Rupert blickte auf den Boden.

»Ach, hat er das?«, fragte Bloem.

»Ja. Praktisch im Alleingang«, bestätigte Jessi. »Und wie er sich als Geisel hat austauschen lassen ...«

Rupert räusperte sich und deutete Jessi an, sie solle besser schweigen.

Sie interpretierte seine Geste. »Es ist ihm unangenehm«, sagte sie. »Rupi ist doch so bescheiden. Arbeitet lieber unerkannt im Hintergrund und schafft Fakten.«

»Bescheiden«, wiederholte Rieke Gersema staunend für sich selbst.

»Der Presse gegenüber wurde das alles nie an die große Glocke gehängt«, behauptete Jessi und guckte geradezu verschwörerisch. »Ich finde das aber falsch.« Sie deutete an, dass es Riekes Versäumnis war. »Die Welt braucht solche Heldengeschichten. Also, wenn es nach ihm hier ginge ... dann wäre die Presse voll mit wahren Heldenstorys.« Jessi griff sich an den Kopf. »Wenn Polizei und Feuerwehr eine Katze vor dem Ertrinken retten oder einer Witwe den entflohenen Wellensittich zurückbringen, dann wird da in den Medien eine Meldung draus. Aber wenn internationale Drogenkartelle Ostfriesland verlassen, weil ihnen durch die konsequente Ermittlungsarbeit hier der Boden zu heiß wird, dann ...«

Rieke verdrehte die Augen. Kripochef Martin Büscher griff ein: »Ich denke, es ist doch besser, wenn wir uns auch in diesen Dingen in ostfriesischer Zurückhaltung üben.«

»Darf ich das zitieren?«, fragte Holger Bloem.

Martin Büscher räusperte sich: »Ich finde, Herr Bloem, das alles sollte nicht zu hoch gehängt werden. Es ist im Grunde geheim. Eine Berichterstattung könnte schwebende Ermittlungsverfahren gefährden.«

Holger Bloem verstand. Er kannte Rupert gut und ahnte, mit welchen Aufschneidereien der versucht hatte, die zweifellos attraktive Jessi zu beeindrucken.

»Ich bin ja hier, um ein Porträt zu schreiben. Die junge, in Norden aufgewachsene Frau, die sich als Boxerin lokal einen Namen gemacht hat und sich nun für den Polizeidienst entscheidet ... Das ist meine Geschichte.«

Mit dieser Klarstellung beruhigte Bloem alle Beteiligten.

»Ich möchte«, strahlte Jessi, »wie mein Vorbild Rupi Ermittlerin in der Mordkommission werden.« Mit stolzgeschwellter Brust bekräftigte sie: »Ja, ich möchte Ermittlerin in der Königsdisziplin werden!«

»Haben Sie«, fragte Holger Bloem, »schon mal eine Leiche gesehen?«

Jessi schluckte schwer.

Florian Betton hatte zunächst versucht, die Nacht im Auto zu verbringen. Aber die Liegesitze erwiesen sich als äußerst unpraktisch. Gar nicht gut für seinen Rücken. Er erinnerte sich daran, dass sein alter Klassenkamerad, Gerd Wollenweber, traditionell in den Sommerferien seinen Wohnwagen in Norddeich auf dem Parkplatz beim Ocean Wave stehen hatte.

Er weckte ihn gegen vier Uhr morgens. Gerd war vor dem Fernseher eingeschlafen. Auf dem Klapptisch standen mehrere Dosen Bier. Gerd hatte seinem alten Kumpel nicht nur gern Asyl gegeben, sondern auch noch zwei Dosen Bier mit ihm geknackt.

Gerd hatte nie wirklich Glück mit Frauen gehabt. Am Ende fühlte er sich immer ausgenommen, gegängelt und geradezu entmannt. Er hatte bei seiner Vorgeschichte viel Verständnis für Florian. Diese Sabine war einfach zu gutaussehend, um die Richtige zu sein, fand Gerd. Außerdem war sie zu Hause von ihren Eltern verwöhnt worden. Immer Papis Liebling. Dagegen kam ein Partner sowieso nicht an. Darin hatte Gerd Erfahrung. Frauen mit Heldenpapis verließen Männer immer nach einer Weile, sobald klarwurde, dass sie von ihnen nie so bedingungslos geliebt werden würden wie von ihrem Papi.

»Finger weg von Frauen mit tollen Vätern«, lautete Gerds Lebensmotto inzwischen. »Die Väter versauen die Töchter.«

Gemeinsam hatten sie über Frauen geschimpft und gelästert, bis die Sonne aufging. Eigentlich wollten sie zum Deich, um sich das Schauspiel anzusehen, aber dann waren sie doch zu träge und zu müde.

Zweimal weckte Florian Gerd, weil der so schnarchte. Es kam zu einem kurzen, aber heftigen Streit zwischen ihnen, und zum zweiten Mal seit seiner Ankunft in Norddeich flog Florian raus.

Diesmal warf ihm niemand Sachen hinterher. Er hatte, wie in weiser Voraussicht, alles im Auto gelassen. Er tigerte zunächst auf dem Parkplatz herum wie ein ausgebrochenes Raubtier, das mit seiner neuen Freiheit nichts anfangen kann und nicht weiß, wohin. Er war so unglaublich wütend!

Dann sah er den alten, roten BMW in der vierten Reihe, nahe beim Toilettenhäuschen. Er wackelte so verdächtig rhythmisch auf und ab. Florian ging hin und sah, an einen VW-Bus gelehnt, dem Pärchen zu. Sie waren laut und wild. Sie ritt ihn, und er wühlte in ihren Haaren.

Der Anblick besänftigte Florian Betton keineswegs. Im Gegenteil. Es hätte alles so schön sein können mit Sabine, dachte er grimmig, wenn sie nicht manchmal so verdammt widerspenstig wäre. Sie konnte so dickköpfig sein! Er wusste, dass er ein Problem hatte, seine Gefühle in den Griff zu kriegen. Wenn er zu sehr geärgert wurde, konnte er schon mal ausrasten. Er war eben keiner dieser weichgespülten Typen, die sich zum Tanzbären dressieren ließen.

Nein, er hatte sie nie geschlagen. Nur manchmal niedergebrüllt. Mehr nicht.

Dabei liebte er sie so sehr. Er wollte sie nicht verlieren.

Er hatte mehrfach beim Antiaggressionstraining mitgemacht. Nie wieder wollte er eine Frau verprügeln, wie seine letzte Ex. Er hatte sich grässlich danach gefühlt, und so etwas sollte ihm nie wieder passieren. Seit er Sabine kannte, arbeitete er ernsthaft an sich.

Er beschloss, zur Ferienwohnung zurückzulaufen. Er würde nicht mit dem Auto fahren, sondern sich die letzten Aggressionen aus dem Körper rennen.

Ja. Das ging! Er hatte es trainiert. Es half, wenn er sich über eine Schmerzgrenze hinaus belastete. Wenn die Muskeln brannten und er nach Schweiß roch, dann wurde er friedlich. Lammfromm.

Er wollte losspurten, aber noch faszinierte ihn das Pärchen im Auto. Er beneidete sie, weil sie auf so eine hemmungslose Weise frei waren.

Die Frau stieß mehrfach hintereinander mit dem Kopf gegen das Verdeck. Sie versuchten einen Positionswechsel. Dabei entdeckte die Frau Florian. Sie schrie.

Ihr wilder Hengst war sofort bereit, den Helden zu spielen und ihr zu zeigen, was für ein furchtloser Typ er war. Die Beifahrertür flog auf. Dabei krachte sie hart gegen den VW-Bus, der daneben parkte.

»Ich krieg dich, du Scheiß-Spanner!«, drohte der Mann und kroch behände auf allen vieren aus dem Auto.

»Hat der Fotos gemacht?!«, kreischte seine Freundin. Dann, als habe sie etwas gesehen, beantwortete sie ihre Frage gleich selbst: »Ja, der hat Fotos gemacht! Der hat bestimmt Fotos gemacht! Mein Mann bringt mich um, wenn ...«

Florian hob die Hände hoch und zeigte vor, dass sie leer waren. »Ich habe keine Fotos gemacht. Ich ...«

Weiter kam er nicht, denn jetzt richtete sich ein Mann in graublau gestreiften Shorts der Marke *Nur Der* vor ihm auf. Die Augen zu Schlitzen verengt, fixierte er Florian.

Florian glaubte, dass es irgend so ein männlicher Wettstreit – *wer guckt zuerst weg* – werden würde. Aber es war nur ein Ablenkungsmanöver. Während Florian sich noch darauf konzentrierte, dem Blick standzuhalten, platzierte sein Gegner seine rechte Faust auf Florians Nase.

Der Schlag traf Florian deckungslos. Es tat höllisch weh.

Kurz hintereinander wurde er noch zweimal hart am Kopf getroffen, und schließlich riss jemand an seinen Haaren herum und trat gegen seinen Brustkorb.

Er wusste nicht, ob er bewusstlos geworden war. Jedenfalls lag er jetzt auf dem Boden, und der BMW war weg. Er konnte kaum noch etwas sehen. Das rechte Auge war zugeschwollen, und vor dem linken schien ein milchiger Vorhang zu wehen.

Jetzt brauchte er Sabine mehr denn je. Sie würde keine Schadenfreude empfinden, da war er sich sicher. Sie würde ihn bedauern, vielleicht sogar Schuldgefühle entwickeln, weil sie ihn weggeschickt hatte, und sie würde zu einer sanftmütigen, fürsorglichen Krankenschwester werden.

Er drehte sich aus zwei Papiertaschentüchern Tampons für die Nasenlöcher, um die Blutung zu stillen. Er ärgerte sich, dass er nicht genügend Taschentücher bei sich hatte, um wenigstens die schlimmsten Wunden im Gesicht zu versorgen. In den Rückspiegeln der Fahrzeuge, an denen er vorbeitaumelte, konnte er sehen, dass sein Gesicht immer weiter anschwoll, als würde sein Kopf aufgeblasen werden.

Zwei pubertierende junge Männer kamen ihm auf Fahrrädern entgegen. Der eine rief: »Guck mal! Der ist vielleicht auf die Fresse geflogen!«

Florian schimpfte nicht einmal hinter ihnen her. Er hatte sich im Griff. Von wegen Choleriker! Er war praktisch die Ruhe selbst.

Er lief bis zur Ferienwohnung. Es war nicht weit, aber jetzt kam es ihm endlos vor. Er klingelte und klopfte, aber Sabine öffnete ihm nicht.

Er stieg nicht über den Balkon ein, wie sie vermutet hatte. Dazu wäre er gar nicht mehr in der Lage gewesen. Sein Geduldsfaden riss. Er stand hier blutig, frierend und zusammengeschlagen vor der Tür, während er sich vorstellte, dass Madame am Frühstückstisch schmollte.

»Aber nicht mit mir«, grummelte er, »nicht mit mir.« Sie sollte ihm bloß nicht erzählen, sie hätte ihn weder klingeln noch klopfen hören, und auch seine Rufe seien ihr entgangen. Gerade sie, die Lärmempfindliche, hatte genau mitbekommen, dass er hier draußen stand und Einlass begehrte.

Er warf sich gegen die Tür, und sie gab sofort nach. Jeder Zehnjährige hätte sie mühelos ohne Werkzeug knacken können.

Er rief laut: »Sabine?! Sabine?!«

Ja, sie sollte ihn ruhig so sehen. Damit wäre gleich alles zwischen ihnen wieder klar. Er würde ihr vergeben. Nicht sie ihm. Das von dem Pärchen würde er nicht erzählen, sondern dass er überfallen worden war, als er versucht hatte, auf einer Parkbank zu schlafen. Ja, das war zweifellos die bessere Geschichte. Damit würde ihr Schuldenkonto bei ihm erhöht werden, und er hatte durchaus vor, sie lange an den Schulden abbezahlen zu lassen.

Plötzlich war da überall Blut. Er sah es, als würde er durch ein engmaschiges Netz gucken. Zunächst glaubte er, eine Ader in seinem zerbeulten Gesicht sei geplatzt oder seine Nase endgültig explodiert, doch dann entdeckte er ihren Leichnam.

In seinen Ohren begann ein Brausen wie von heißgelaufenen Propellern. Er hielt sich am Bett fest, weil ihm schwindlig wurde. Er brauchte eine Weile, bis er ansatzweise begriff, was geschehen war, und es schaffte, den Notruf der Polizei zu wählen.

Auch als Hörbuch erhältlich!

»Wolf kann mit der Stimme spielen, kann Sätze zerdehnen und hüpfen lassen und Szenen leidenschaftlich formen, dass es ein Genuss ist.«

Elisabeth Höving / WAZ

4 CDs ISBN 978-3-8337-3805-0

Das erwachsene HörProgramm **Goya**LiT
aus dem Hause **JUMBO**
Neue Medien & Verlag GmbH
www.jumboverlag.de • www.goyalit.de

Klaus-Peter Wolf
Totenstille im Watt
Sommerfeldt taucht auf
Roman
Band 29764

Der neue Held von Kult-Autor Klaus-Peter Wolf

»Es ist viel schwieriger, eine gute Fischsuppe zu kochen, als an eine neue Identität zu kommen. Meine ist perfekt. Ich heiße neuerdings Dr. Bernhard Sommerfeldt. Ich bin praktischer Arzt. Ich habe mich in dem schönen Städtchen Norddeich niedergelassen. Die Leute kommen gerne zu mir. Ich höre ihnen zu. Behandele nicht nur ihre Wunden, sondern entsorge auch schon mal den gewalttätigen Ehemann. Ich bin ein Mann mit Prinzipien. Und ich scheue vor Mord nicht zurück.« Ostfriesland ist noch gefährlicher geworden, und Ann Kathrin Klaasen hat einen neuen, raffinierten Gegenspieler.

Das gesamte Programm gibt es unter
www.fischerverlage.de